KNAUR

Von Wolf Serno sind bereits folgende Titel erschienen:
Der Wanderchirurg
Der Chirurg von Campodios
Die Mission des Wanderchirurgen
Die Liebe des Wanderchirurgen
Hexenkammer
Tod im Apothekenhaus
Der Balsamträger
Der Puppenkönig
Das Spiel des Puppenkönigs
Das Lied der Klagefrau
Die Medica von Bologna
Der Medicus von Heidelberg
Hexensarg

Über den Autor:
Wolf Serno arbeitete 30 Jahre als Texter und Creative Director in der Werbung. Mit seinem Debüt-Roman *Der Wanderchirurg* – dem ersten der fesselnden Saga um Vitus von Campodios – gelang ihm auf Anhieb ein Bestseller, dem viele weitere folgten, unter anderem: *Der Balsamträger, Hexenkammer, Der Puppenkönig* sowie *Das Spiel des Puppenkönigs, Die Medica von Bologna, Das Lied der Klagefrau* und *Der Medicus von Heidelberg.*
Wolf Serno, der zu seinen Hobbys »viel lesen, weit reisen, gut essen« zählt, lebt mit seiner Frau und seinen Hunden in Hamburg.

Wolf Serno

Die Gesandten der Sonne

Roman

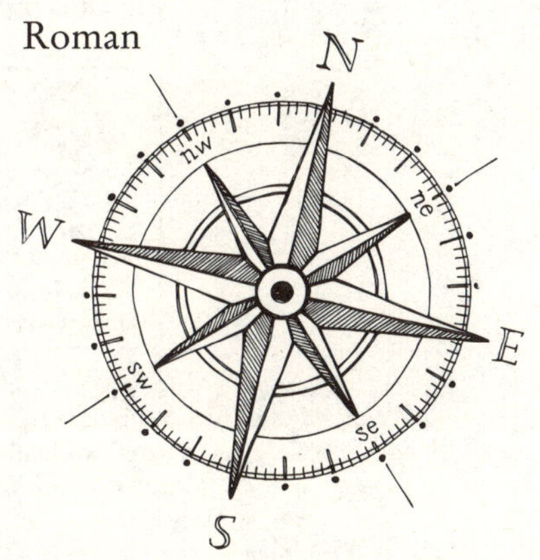

KNAUR

Besuchen Sie uns im Internet:
www.knaur.de

Vollständige Taschenbuchausgabe November 2017
Knaur Taschenbuch

Ein Imprint der Verlagsgruppe
Droemer Knaur GmbH & Co. KG, München

Redaktion: Ilse Wagner
Covergestaltung: ZERO Werbeagentur, München
Coverabbildung: On the road of Attok, Pakistan: elephant and kornak, 1880, engraving / Bridgeman Images; »AQUISGRANUM / Achen« (Stadtansicht von Aachen). Kupferstich von Matthäus Merian d. Ä. (1593–1650). Aus: M. Zeiller, Topographia Germaniae, Bd. 8, Topographia Westphaliae, Frankfurt (Matthäus Merian) 1647 / AKG images; FinePic®, München / shutterstock
Karte: © Nico Bizer, www.nbgrafxfactory.de
Kompass: shutterstock / felichy
Satz: Adobe InDesign im Verlag
Druck und Bindung: CPI books GmbH, Leck
ISBN 978-3-426-51720-8

2 4 5 3

Für mein Rudel:
Micky, Eddi und Olli

Und für Fiedler, Buschmann und Sumo,
die schon auf der anderen Seite
der Straße gehen

Wer der Sonne
entgegenwandert, lässt den Schatten hinter sich

Deutsches Sprichwort

Aldaabah wa Alsabr
houma Jamalan yastatiou Alinsan obour
Ay Sahraa bihima
Humor und Geduld
sind zwei Kamele, mit denen man
durch jede Wüste kommt

Arabisches Sprichwort

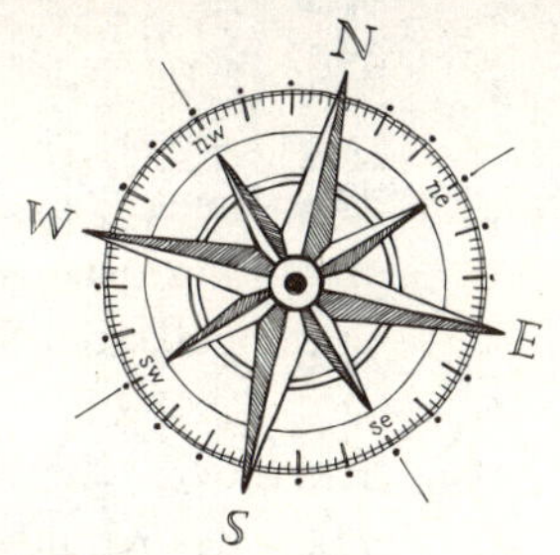

Die wichtigsten Personen der Handlung

Cunrad von Malmünd – der Erzähler der Geschichte. Gleichermaßen Arzt (»Hakim«) und Mahut. Wächst auf der Rückreise der Gesandten mehr und mehr in die Rolle des Anführers hinein.

Al-Tariq – der Zuhörer. Ein reicher, mit Juwelen handelnder Stummer, der unter seinesgleichen im *Haus der Stummen* in Alexandria lebt.

Isaak* – ein sprachkundiger Jude, der oftmals Schwierigkeiten hat, die Speisegesetze seines Glaubens einzuhalten. Von Karl dem Großen zum Dolmetscher der Gesandtschaft bestimmt.

Harun al-Raschid* – der »Rechtgeleitete«, vierter Kalif aus dem Geschlecht der Abbasiden, Befehlshaber der Gläubigen. Residiert im Khuld-Palast zu Bagdad und leidet manchmal unter »Enge in der Brust«.

Aurona – eine stolze Langobardin im Harem des Kalifen. Nimmt zum Schein den Glauben der Muselmanen an, um nicht als Sklavin leben zu müssen. Cunrads Geliebte und spätere Ehefrau.

DSCHIBRIL*, eigentlich Gabriel – der Erste Leibarzt des Kalifen. Nestorianischer Christ. Autor eines in syrischer Sprache abgefassten Werkes namens *Kunnasch.*

RAYHAN – Cunrads persönlicher Diener im Löwenkopf-Haus des Khuld-Palastes. Sehr dick, sehr bemüht und sehr schlecht zu Fuß.

DANTAPURI – der Mahut von Abu l-Abbas, dem Elefanten. Leidet stark unter Heimweh. Stammt wie der Elefant aus Sri Lanka.

WEITERE PERSONEN

MERIT – eine alte verschleierte Dienerin im *Haus der Stummen.*

LANTFRID*, SIGIMUND* – zwei fränkische Handelsherren. Von Karl dem Großen zu Führern der Gesandtschaft bestimmt.

FAUSTUS – ein eifernder Prediger, der Läuse als »Perlen Gottes« bezeichnet und sich den Gesandten unaufgefordert anschließt.

GARLEF, SIGERIK – zwei wortkarge sächsische Krieger, die zum Schutz der Gesandten mitreisen.

ABBO, GISO – zwei fränkische Wachsoldaten, die ebenfalls zur Schutztruppe der Gesandten gehören.

RANDOLPH – der erfinderische Koch der Gesandten. Backt Fladenbrot aus Heuschreckenmehl.

Masrûr* – der Scharfrichter von Harun al-Raschid. »Schwertträger seiner Rache«.

Zubaida* – der »Kleine Butterball«, Lieblingsfrau des Kalifen. Bricht manchmal unter der Last ihrer Juwelen zusammen.

Yahya* – der Wesir des Kalifen aus dem Geschlecht der Barmakiden. Haruns engster Vertrauter.

Al-Fadl ibn al-Rabi* – der *hadschib* (Kämmerer) im Khuld-Palast des Kalifen.

Arpak – ein Leibarzt des Kalifen. Intrigiert bei Hofe gegen Dschibril.

Yussuf ibn Abd al-Quddus – ein arroganter Höfling des Kalifen. Begleitet die Gesandtschaft als »Geschenke-Bewahrer«.

Baschi, eigentlich Baschar ibn Amat ibn al-Barq – der »Lustsklave« des Geschenke-Bewahrers.

Wathiq – ein junger Töpfer, der von Cunrad auf die Symptome der »Körnchenkrankheit« (Trachom) untersucht wird.

Ephraim – der *Resch Galutha*, also der politische Führer der Bagdader Juden.

Rahman – der Anführer einer Gruppe räuberischer Beduinen vom Stamm der Hilaym.

Abd, eigentlich »Diener« – ein Unbekannter, der Cunrad im Gefängnis von Damaskus verhört.

Zosimus – ein Benediktinermönch der Abtei Montecassino. Zelebriert die Trauung von Cunrad und Aurona in einem Mündungsarm des Nils.

Josua – ein wegekundiger Säumer in den Alpen.

Karl der Grosse* – König und späterer Kaiser des Frankenreichs. Legte den Grundstein für das römisch-deutsche Kaisertum.

Einhard* – Leiter der Hofschule Karls des Großen. Sein Ratgeber und Biograph.

Ercibald* – ein Notar, der Cunrad im Auftrag Karls des Großen entgegenreist, um den Elefantentransport über das Meer zu ermöglichen.

Und nicht zuletzt

Abu l-Abbas – genannt Abul. Der große, sanfte Elefant, der historisch belegt ist und mit der Gesandtschaft den weiten Weg von Bagdad nach Aachen zurücklegt.

Kastor, Pollux – zwei treue Grautiere, die auf der Reise von Anfang an dabei sind.

Die mit einem * gekennzeichneten Personen haben tatsächlich gelebt.

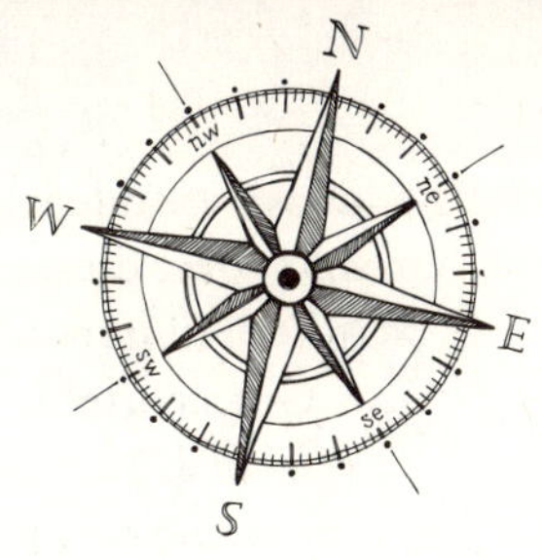

Prolog

Salam alaikum, Herr! Allah, der Erbarmer, der Barmherzige, schenke dir ein langes Leben! Warum gehst du vorüber, ohne mir ein Almosen zu geben? Hast du noch nie einen Bettler gesehen? Leide ich an Pest oder Aussatz? Ich gebe zu, ich sehe nicht aus wie ein Araber, und der Kittel, den ich trage, ist nicht die übliche *schamla,* mit der die meisten Armen in Alexandria ihre Blöße bedecken, aber ist das ein Grund, mich nur anzustarren und mir nichts zu geben? Ein oder zwei Dirham werden dich nicht ärmer machen, mir jedoch zu einer guten Mahlzeit verhelfen.

Warum sagst du nichts? Oh, ich sehe, du kramst in deinen Taschen. Willst du mir doch etwas geben? Du scheinst kein Mann vieler Worte zu sein und lässt lieber Taten sprechen. Zehn silberne Dirham? Du beschämst mich. Wenn ich kein Bettler wäre, würde ich sie nicht annehmen. Aber ich habe keine Wahl. Danke, Herr! Für zehn Silberdirham kann ich mir Speisen kaufen, wie sie mein Gaumen lange und schmerzlich vermisst hat: Wachteln in Weinblättern, gepfefferte Wildpastete, Safranreis, kandierte Früchte und manches mehr. Es liegt über drei Jahrzehnte zurück, dass ich derlei Köstlichkeiten in dieser Stadt zu mir nahm. Wenn du willst, erzähle ich dir, was ich damals erlebte. Aber ich sage dir gleich, du wirst mir kein Wort glauben.

Du schmunzelst und bedeutest mir, dir zu folgen?

Gut, ich folge dir. Wie es der Zufall will, habe ich Zeit. Was mich nur wundert, ist, dass keine Silbe über deine Lippen kommt, einerlei, was ich sage. Doch vielleicht hältst du es mit der alten arabischen Weisheit, die da lautet: *Wenn du redest, muss deine Rede besser sein, als dein Schweigen gewesen wäre.*

Nun, dann will auch ich schweigen. Die Sonne versinkt bereits im Meer, und der Abend ist viel zu schön, um ihn durch Worte zu verwässern …

Ich habe eine Weile geschwiegen, Herr, doch jetzt, da du mich in das Viertel der Reichen geführt hast und vor diesem prächtigen Anwesen haltmachst, muss ich dir sagen, dass mir das Haus bekannt vorkommt. Lass mich überlegen: Ich habe es schon einmal gesehen, damals, vor langer Zeit. Man bezeichnete es als das *Haus der Stummen,* weil alle, die darin wohnten, nicht sprechen konnten, einschließlich der Diener, der Gärtner und der Sklaven. Es gehörte, wenn ich mich recht entsinne, einem begüterten Kaufmann, al-Tariq genannt, weil die Juwelen, mit denen er handelte, wie der Morgenstern funkelten und … Allmächtiger Gott, du bist es! Du bist al-Tariq, habe ich recht?

Verzeih, dass ich dich nicht erkannte, aber wir sind uns nie zuvor begegnet. Auch damals nicht, als ich in den Jahren 798 und 801 in Alexandria weilte. Ich wohnte jeweils für einige Wochen auf der Pharos-Insel am Hafen, zusammen mit der Gesandtschaft, die nach Bagdad zu Harun al-Raschid, dem großen Kalifen und *amir al-mu'minin,* geschickt worden war. Viele meiner Gefährten nannten mich Hakim, weil ich sie als Arzt begleitete.

Als Arzt, das muss ich einräumen, war ich recht jung, ich zählte erst dreiundzwanzig Jahre, und was mein Aussehen anbetrifft, so war es nicht minder ungewöhnlich. Jedenfalls für ein arabisches Auge. Ich war großgewachsen, blond und breitschultrig, auch wenn du dir das heute, da ich gebeugt gehe und grauhaarig wie alle alten Männer bin, nicht vorzustellen vermagst. Doch glaube mir, da, wo ich herkomme, sind viele Männer groß und blond. Es ist ein Land, weit im Nordwesten jenes Meeres, das die Muselmanen das »Weiße Meer« nennen: das Land der Franken, dessen Herrscher zu jener Zeit König Karl war.

Nun, ich denke, es wird Zeit, dass ich dir meinen richtigen Namen verrate: Cunrad heiße ich, Cunrad von Malmünd, denn ich wuchs in einem Gutshaus auf, das zu den Ländereien des gleichnamigen Klosters gehörte. Mein Vater, Otmar von Malmünd, verwaltete als Majordomus die Güter der frommen Männer und gab mich als Knabe in ihre Obhut, damit ich lesen und schreiben lernte und mich in Latein und Griechisch, den Sprachen der Wissenschaft, verständigen konnte.

Die Gesandtschaft, von der ich eben sprach, wurde angeführt von zwei älteren Kaufleuten, Lantfrid und Sigimund mit Namen, dazu von Isaak, einem sprachkundigen Juden. Wir waren Emissäre von König Karl und sollten freundschaftliche Kontakte zu Harun al-Raschid knüpfen. Zu diesem Zweck führten wir wertvolle Geschenke mit uns – das Beste, was das Frankenland zu bieten hatte: Schwerter, so scharf, dass sie eine Feder im Wind zu zerteilen vermochten, Hunde, so stark, dass sie im Kampf einen Löwen zerreißen konnten, und Hemden, Hauben und Beinschienen aus Stahl, wie sie im Morgenland kaum bekannt waren. Ferner mächtige, zur Zucht bestimmte Schlachtrösser und feinste flämische Wolle von den Webstühlen der Stadt Brüssel.

Doch ich will dich nicht langweilen. Bist du noch immer gewillt, meine Geschichte zu hören? Bedenke, dieser Abend würde nicht ausreichen, sie zu erzählen, es würde viele Abende dauern – bis zu dem bitteren Ende, aus dem hervorgeht, warum ich als Bettler vor dir stehe.

Du lässt Speise und Trank auftragen? Das, oh, Tariq, ist eine Antwort, die deiner würdig ist! Du bist kein »Verräter am Salz«, wie ihr Araber einen Mann nennt, der die Gastfreundschaft nicht achtet, sondern ein großherziger Mann. Wohlan, so höre, was mir damals in den aufregendsten Jahren meines Lebens widerfuhr …

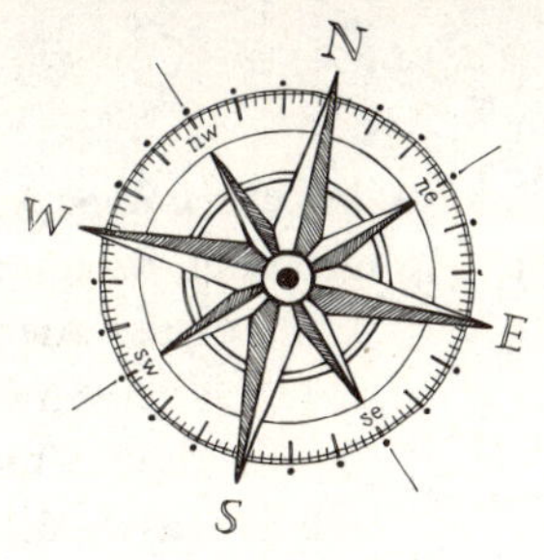

Kapitel 1

Falludscha, Bagdad;
Dezember 798

Wann wirst du endlich begreifen, dass es Gottes Perlen sind?«, rief Faustus, der Prediger, und sah mich zürnend an.

»Gottes Perlen«, wie er sie nannte, waren während unserer langen Reise ins Morgenland immer wieder eine Quelle des Ärgers gewesen, denn bei den Perlen handelte es sich um nichts anderes als Läuse. Sie bewohnten Faustus' Körper und Kleider und machten vor keinem unserer Gesandtschaft halt. Ob jemand fromm war oder nicht, war ihnen einerlei. Sie bissen zu und sogen sich voll, und ihre Bisse verursachten lang anhaltenden, quälenden Juckreiz.

»Es ist christliches Blut, das in ihnen steckt!«, belehrte Faustus mich, während er sich vorsichtig kratzte, um sie nicht zu zerquetschen. »Blut von getauften Seelen. Willst du, dass ich es vergieße?«

Ja, wollte ich antworten, ja, das will ich. Ich will die Plagegeister ein für alle Mal los sein, denn als Arzt bin ich verpflichtet, für das Wohlbefinden eines jeden Einzelnen von uns zu sorgen. Vom ersten Tag an haben wir unter deinen verfluchten Läusen gelitten, weil du es hartnäckig ablehntest, auf die gebotene Reinlichkeit zu achten. Mehr noch: Du sahst in deiner Weigerung ein Zeichen besonderer Heiligkeit. Längst wärest du kopfüber in einem Waschzuber gelandet, wenn du meinen Weggefährten dafür nicht das Höllenfeuer angedroht hättest!

Doch ich schwieg, denn ich wusste, es war zwecklos, mit dem verblendeten Mann zu reden. Niemand der Gesandtschaft wusste zu sagen, wer uns Faustus als seelischen Beistand für die Reise beschert hatte. Beim Aufbruch in Aachen vor über einem Jahr war er plötzlich da gewesen, hatte das Kreuz geschlagen und uns Gottes Wort gebracht. Und die verfluchten Läuse.

Bagdad, unser Reiseziel, so hoffte ich, würde dem Übel ein Ende machen.

Ein sehniger Alter trat an meine Seite, Salah mit Namen. Salah stammte aus den Marschlanden am Unterlauf von Euphrat und Tigris, weshalb er sich stolz als »Marscharaber« bezeichnete. Seine Leute ernährten sich vom Fischfang und von der Milch der Büffel, die das Schilf an den Ufern abweideten. Salah jedoch war weder Fischer noch Bauer, sondern ein weitgereister Flussschiffer, der viele Sprachen beherrschte. Und es gab wohl niemanden, der sich auf dem Wasser besser auskannte als er.

Am Oberlauf des Euphrat, südlich von Raqqa, hatten wir ihn kennengelernt und ihn gebeten, uns Boote zu besorgen. »Boote?«, hatte er gefragt und meckernd gelacht. »Was wollt ihr mit Booten? Wisst ihr nicht, dass wir im Monat *Ḏū l-ḥiǧǧa* sind? Der Fluss führt zu dieser Jahreszeit nicht mehr als zwei Fuß Wasser. Was ihr braucht, sind Flöße. Mindestens drei, wie ich es sehe. Wenn ihr wollt, besorge ich sie euch.«

Und das hatte er getan. Und uns in den letzten zehn Tagen sicher durch alle Fährnisse gesteuert. Jetzt deutete er mit der Hand nach vorn und fragte: »Siehst du den Punkt am Horizont, Hakim, wo die Ufer des Flusses zusammenlaufen? Dort liegt die Stadt Falludscha. Wir werden sie um die fünfte Nachmittagsstunde erreichen.«

»Das ist eine gute Nachricht, Salah«, antwortete ich froh, denn ich wusste, dass Falludscha die letzte Station vor unserem ersehnten Reiseziel war.

Salah verzog das faltige Gesicht. »Ich weiß, Hakim, für dich ist es eine gute Nachricht. Und für die Männer deiner Gruppe gewiss auch. Für einen alten Mann wie mich aber ist die Stadt nichts. Zu viel Lärm, zu viel Unruhe. Mir ist der Fluss lieber. Er ist mein Freund, er gibt mir alles, was ich brauche. Tiamat hat es gut mit mir gemeint.«

»Tiamat?«, fragte ich.

Salah nickte. »Sie ist die Urgöttin, die Göttin, mit der alles begann. So heißt es jedenfalls in alten Erzählungen. In Tiamats Augen entsprangen Euphrat und Tigris. Sie war mit dem Gott Ea verfeindet, weshalb sie von Eas Sohn Marduk, dem Gott Babylons, getötet und in zwei Hälften gespalten wurde. Danach formte Marduk aus den zwei Hälften Tiamats den Himmel und die Erde …«

»Das ist Teufelsgeschwätz!«, fuhr Faustus dazwischen, als hätte er nur darauf gewartet, sich einmischen zu können. Seine Stimme klang schrill, während er mit erhobenem Zeigefinger vor Salahs Nase herumfuchtelte. »Gott der Allmächtige war es, der die Welt in sechs Tagen erschuf und den siebten Tag zum Ruhetag bestimmte! Gott war es und kein anderer. In der Genesis, im Buch der Bücher, kannst du es nachlesen. Aber wahrscheinlich kannst du gar nicht lesen, du armseliger Tor! O Vater im Himmel, welche Prüfung hast du mir mit dieser Reise in die Barbarei auferlegt!«

Angesichts von Faustus' Ausbruch wich Salah erschrocken einen Schritt zurück, was ich zum Anlass nahm, mich schützend vor ihn zu stellen. Es war nicht das erste Mal, dass ich dem eifernden Prediger Einhalt gebieten musste. Oft genug hatte ich auf der Reise die Wogen glätten müssen, weil nicht jeder so leicht einzuschüchtern war wie der alte Salah. Der Kamelhändler in Jaffa fiel mir ein, der versucht hatte, einem jungen Hengst beim Einführen seines Penis in eine paarungsbereite Stute zu helfen. Oder die Würdenträger von Farma, die zu unseren Ehren ein Festmahl gegeben hatten, dessen Krönung das Auftischen von Ziegen-Embryonen war. Oder der reiche arabische Handelsherr, der auf dem Sklavenmarkt von Damaskus einen Knaben von oben bis unten betastet und ihn anschließend zur Befriedigung seiner Lust gekauft hatte – sie alle waren von Faustus abgekanzelt worden und hatten eine drohende Haltung gegen ihn eingenommen. Allein, er war unverbesserlich.

Niemand hatte ihn gebeten, uns auf unserem langen, gefahrvollen Weg zu begleiten, und manch einer hatte sich gewünscht, er wäre zu Hause im Frankenland geblieben. Das und mehr hätte ich Faustus sagen können. Doch ich schwieg abermals. Stattdessen sagte ich: »Die Menschen denken nun einmal verschieden. Jeder mag glauben, was er will, solange er den anderen in Frieden lässt.« Ich hoffte, damit würde der Prediger es bewenden lassen. Aber ich hatte mich geirrt.

»Willst du etwa behaupten, ich stifte Unfrieden, wenn ich Gottes Willen verkünde?«, lamentierte er. »Willst du mir den Mund verbieten? Ich sage dir: Mir den Mund zu verbieten heißt, Gott den Mund zu verbieten! Ich werde nicht nachlassen, für den Allmächtigen zu streiten, und wenn ich dafür den Märtyrertod sterben muss wie einst der heilige Faustus, nach dem meine selige Mutter mich benannt hat!«

»Die einzigen Märtyrer, die ich hier sehe, sind wir, die wir deine Nähe ertragen müssen, denn wir kratzen uns wegen deiner Läuse noch zu Tode«, entgegnete ich, da mir allmählich der Kragen platzte. »Lass Salah in Ruhe. Lass uns alle in Ruhe. Bereite dich lieber vor, um in Bagdad einen würdigen Dankgottesdienst für die erfolgreiche Reise abzuhalten.«

»Du wagst es ...«, hob Faustus an, doch ich hatte genug von seinem Gezeter. Ich wandte mich ab und betrat die kleine hölzerne Wohnhütte, die für die Führer der Gesandtschaft auf dem größten Floß errichtet worden war. Aufatmend schlug ich die Tür hinter mir zu. Isaak, unser sprachkundiger Übersetzer, der auf seiner Lagerstatt geschlafen hatte, schreckte hoch. Ich bat um Entschuldigung, während ich im Halbdunkel mein eigenes Lager ansteuerte. »Tut mir leid, Isaak«, sagte ich, »ich musste vor Faustus flüchten.«

»Du meinst wohl, vor seinen Läusen?«, erwiderte er und lachte unfroh. Er war Jude und ein weitgereister Mann von blasser Erscheinung, den man weder alt noch jung nennen konnte, weder dick noch dünn. Doch wer ihn näher kannte, entdeckte hinter der Fassade einen tapferen Mann mit herausragenden Sprachkenntnissen. Gleich zu Beginn unserer Reise hatte ich ihn gebeten, mit mir ausschließlich arabisch zu sprechen, da es mir klug erschien, die Sprache unserer künftigen Gastgeber halbwegs zu beherrschen.

»Ja, auch vor seinen Läusen«, sagte ich auf Arabisch. »Er versuchte, Salah zu bekehren, als dieser mir sagte, wir würden Falludscha in wenigen Stunden erreichen.«

»Er ist ein blindwütiger Eiferer, und seine Besessenheit wird ihm irgendwann zum Verhängnis werden.« Isaak gähnte und erhob sich. »Ich wollte sowieso noch hinüber aufs mittlere Floß. Lantfrid und Sigimund sind dort und überprüfen den Zustand der Geschenke für Harun al-Raschid. Der Erhabene, dessen Name gepriesen sei, möge geben, dass alles noch unbeschädigt ist.« Er verließ mit schnellen Schritten die Hütte.

Das nahm ich zum Anlass, meine eigene Ausrüstung noch einmal zu überprüfen. Neben dem, was ich auf dem Leib trug, bestand meine Habe aus wenig mehr als einem Schulterbündel und einem verschließbaren hölzernen Kasten. In beidem befand sich das Wichtigste, was ich zur Behandlung von Kranken brauchte. Hieronymus, der Mönchsarzt vom Kloster Malmünd, hatte mir bei der Zusammenstellung der Inhalte sehr geholfen: So barg das Schulterbündel insgesamt sechzehn Leinensäckchen mit den unterschiedlichsten Heilkräutern. Darunter der Fingerhut, der bei Herzbeschwerden zum Einsatz kam, Kampfer, der als Pulver gegen Husten, Brustkrampf und Muskelschmerz wirkte, Mönchspfeffer, dessen scharf schmeckender Same die Monatsbeschwerden der Frauen linderte, aber auch als Speisewürze benutzt wurde, um die Fleischeslust bei Mönchen und Nonnen zu dämpfen.

Auf meine Frage, warum die notwendige Kräuteranzahl genau sechzehn betrage und nicht fünfzehn oder siebzehn, hatte Hieronymus mit ernster Miene geantwortet: »Warum gibt es die Dreifaltigkeit? Warum die vier Elemente? Warum die fünf Finger an jeder Hand? Du fragst zu viel. Im Übrigen entspricht die Zahl sechzehn genau jener Zahl an Kräutern, die du auch im *hortulus,* im Gärtlein unseres Klosters, finden wirst.«

Seine Antwort hatte mich nicht überzeugt, aber da er ein erfahrener Lehrmeister war, wagte ich seine Worte nicht anzuzweifeln.

Ich schloss den hölzernen Kasten auf. Er enthielt eine Auswahl an chirurgischen Instrumenten: blitzende Skalpelle, Messer, Sonden und Haken. Dazu Pinzetten, Löffel, Spreizer und manches andere. Auch mehrere halbrunde Nadeln, von denen eine sogar aus Gold war, dem am meisten heilungsfördernden Metall überhaupt. Und nicht zuletzt einen griechischen Schwamm, der bei Operationen als *Spongia somnifera,* als Schlafschwamm, diente. Was ich sah, beruhigte mich. Alles war vollständig und von guter Beschaffenheit.

Ich klappte den Deckel des hölzernen Kastens wieder zu. Er trug die Aufschrift: *Quae herbae non sanat, ferrum sanat,* eine Aufschrift, die in der Übersetzung »Was die Kräuter nicht heilen, heilt der Stahl« bedeutet.

In der Tat hatte ich immer wieder Gelegenheit gehabt,

meine stählernen Instrumente einzusetzen. Ich hatte Geschwüre geöffnet und Verletzungen vernäht, hatte Zähne gezogen und zahllose Blasen, die vom Marschieren herrührten, aufgestochen. Dennoch: Wenn man bedachte, in wie viele gefahrvolle Situationen unsere Gesandtschaft geraten war, hatte ich erstaunlich wenig eingreifen müssen.

Ich hoffte, auf der Rückreise würden meine ärztlichen Herausforderungen nicht größer werden, denn jede weitergehende Maßnahme, eine Operation etwa oder eine Amputation, barg ein hohes Risiko. Doch zunächst mussten wir Falludscha erreichen – unsere letzte Station vor Bagdad, der Stadt Harun al-Raschids.

Ich streckte mich auf meinem Lager aus und fiel in einen unruhigen Schlummer.

Der Tag neigte sich schon, als unsere drei Flöße sich Falludscha näherten. Trotz der vorgerückten Stunde herrschte am Flussufer reges Treiben. Es summte wie in einem Bienenkorb, als Salah und seine Männer die Flöße an den Anlegern festmachten. Sie mussten achtgeben, wohin sie traten, denn zeitgleich mit uns war eine Karawane aus der Wüste eingetroffen, bestehend aus Dutzenden von Kamelen, denen man die Lasten abnahm. Es wurden Salzbarren zum Weitertransport auf Lastkähne verladen, Amphoren mit Olivenöl verstaut, Kisten mit Feigen geschultert, Sandelhölzer geschleppt, Weinfässer gerollt. Es wurde gerufen, gestoßen, gelacht und geflucht. Ein Chaos auf den ersten Blick. Doch ein Chaos mit System, wie ich erkannte. Denn jeder schien zu wissen, was seine Aufgabe war.

Lantfrid und Sigimund begaben sich an Land, um die Begrüßung durch Harun al-Raschids Abordnung entgegenzunehmen. Dazu hatten sie ihre besten Kleider angelegt. Beide trugen feine, indigogefärbte Kittel mit breitem Ledergürtel, darüber den Rechteckmantel, wie er im Abendland üblich ist. Dieser Mantel wird im Orient oftmals belächelt, doch wegen seiner einfachen Form ist er sehr vielseitig. Er besteht, wie der Name schon sagt, aus einem rechteckigen Stück Tuch, das meistens als Decke um die Schultern gelegt und an der Seite durch eine Spange zusammengehalten wird. Bei Lantfrid und Sigimund waren es, ihrem Stand entsprechend, sehr kostbare Spangen, wobei Sigimund als der Kleinere von beiden besser auf den Mantel verzichtet hätte. Nicht nur, weil es an jenem Abend drückend heiß war, sondern auch, weil er sehr kurze Beine hatte, was dem würdigen Eindruck, den er zu vermitteln trachtete, etwas abträglich war.

Nachdem sie eine Zeitlang auf und ab geschritten waren, ohne dass sie jemand beachtet hätte, riefen sie nach Isaak. Ich sah, wie sie mit seiner Hilfe den einen oder anderen Vorbeihastenden ansprachen, aber nur Kopfschütteln oder Schulterzucken ernteten. Sigimund verlor als Erster die Geduld. »Frage die Leute, ob es hier einen Hafenmeister oder etwas Ähnliches gibt«, befahl er Isaak. »Der wird wissen, wo die Begrüßung für uns stattfindet.«

Es dauerte wiederum eine Weile, bis ein kleiner, weißgewandeter Araber mit einem Abakus in der Hand erschien. Der Art nach, wie er sich aufführte, war er ein wichtiger Mann. Doch das, was er sagte, schien weitaus wichtiger zu sein, denn es dauerte eine halbe Ewigkeit, bis er geendet hatte.

»Was hat er gesagt?«, fragte Sigimund.

»Er sagte, sein Name sei Yakub al-Schiraf.«

»Mehr nicht?«, fragte Lantfrid.

Isaak zuckte mit den Schultern. »Er sagte noch, Allah sei groß, und er sei der Teppichhändler, er würde uns einen guten Preis machen.«

»Und von einer Begrüßungsabordnung weiß er nichts?«

»Nein.«

Daraufhin sah ich, wie Lantfrid und Sigimund aufeinander einredeten. Sie unterschieden sich sehr im Temperament, und es gab selten eine Situation, in der sie auf Anhieb einer Meinung waren. Sigimund neigte oftmals zu schnellem Entschluss, während Lantfrid ein eher bedachtsames Wesen an den Tag legte. Zusammen jedoch bildeten sie ein erfolgreiches Gespann, und genau darum waren sie von König Karl als Führer unserer Gesandtschaft ausgewählt worden.

Sigimund sagte laut: »Frage ihn, ob er eine gute Herberge kennt.«

Wieder dauerte es aufreizend lange, bis Yakub al-Schiraf mit seinen Ausführungen fertig war, dann übersetzte Isaak: »Er fragt, wie viele Männer wir sind.«

Sigimund verdrehte die Augen. »Er soll einfach eine Herberge nennen und nicht so viel fragen!«

»Warte.« Lantfrid hob die Hand und bedeutete Isaak, er möge mit der Übersetzung warten. Er rechnete kurz nach, dann antwortete er: »Einschließlich der Knechte sind wir sechsundzwanzig Männer. Aber die Soldaten und die Knechte brauchen keine Zimmer. Sie können im Freien schlafen.«

Abermals setzte ein Redeschwall ein, bevor die Antwort feststand: Es gebe nur eine Herberge, die so groß sei, dass sie alle Männer aufnehmen könne, sagte Yakub al-Schiraf, aber diese Herberge sei durch die Ankunft der Karawane bereits restlos belegt. Er könne uns stattdessen sein Lagerhaus mit den Teppichen zur Verfügung stellen, und er würde uns einen Preis machen, der kleiner sei als der kleinste Dattelkern.

Nun riss auch Lantfrid der Geduldsfaden. »Sag dem Kerl, wir brauchen keine Teppiche. Wir bleiben die Nacht über an Bord unserer Flöße. Morgen früh sehen wir weiter.«

»Ja, sage ihm das«, bekräftigte Sigimund nach kurzem Zögern.

Die gestenreiche Antwort des Teppichhändlers ersparten sie sich. Sie ließen ihn stehen und kehrten an Bord zurück.

Am anderen Morgen brach die Gruppe früh auf. Nachdem sämtliches Gerät und alle Tiere an Land geschafft worden waren und wir uns von Salah und seinen Männern verabschiedet hatten, nahmen wir die Formation ein, in der wir die letzten Monate durch so viele Landstriche marschiert waren. An der Spitze und am Ende ritten jeweils drei Wachsoldaten, die das Gelände scharf beobachteten. Die ersten drei erkundeten gleichzeitig den Weg, die letzten drei sicherten den Tross nach hinten ab. An den Flanken links und rechts ritt ebenfalls ein Soldat. In der Regel waren es Garlef und Sigerik, zwei sächsische Krieger, die im Dienst König Karls standen und als besonders kampferprobt galten. In der Mitte fuhren mehrere Ochsenkarren, darauf die Käfige für die Kampfhunde und weitere Geschenke für Harun al-Raschid. Die zur Zucht bestimmten kostbaren Schlachtrösser wurden von drei erfahrenen Pferdeknechten betreut. Lantfrid und Sigimund hatten in Alexandria auf dem Kamelmarkt nach vielerlei Gefeilsche zwei Dromedare erstanden, auf denen sie würdig einherritten. Ich selbst reiste, ebenso wie Isaak, auf dem Rücken eines Esels – eine Fortbewegungsart, die vielleicht nicht standesgemäß war, doch überaus verlässlich, denn es geht nichts über die Zähigkeit und die Genügsamkeit eines Grautiers, wie jeder Weitgereiste bestätigen kann.

Wir marschierten Stunde um Stunde, immer nach Osten, dem Tigris entgegen, an dessen Ufer Bagdad liegt. Nur wenige Male machten wir halt, um den Tieren eine Rast zu gönnen und Wasser zu trinken. Am Abend schlugen wir ein

Lager auf, entzündeten Kochfeuer und postierten die Wachen, wie wir es unzählige Male zuvor getan hatten. Wir wussten, es war die letzte Nacht vor dem Erreichen unseres Ziels, und Faustus ließ es sich nicht nehmen, dem Herrgott dafür zu danken, dass er uns auf unseren Wegen in seiner Gnade beschützt hatte. Alle nahmen an dieser Andacht teil. Alle, bis auf die Wachen sowie Garlef und Sigerik, die sächsischen Krieger.

Nach einem Loblied auf Gott und einem letzten »Amen« legten wir uns nieder.

Ich selbst jedoch erhob mich nach einer Weile wieder, denn ich konnte keinen Schlaf finden. Ich entfernte mich vom Lagerplatz und schritt ein wenig auf und ab. Über mir wölbte sich ein nachtschwarzer Himmel mit Hunderten von Sternen, von denen mir manche zum Greifen nah schienen. Fast so nah wie der Geröllhügel, der sich unmittelbar vor mir erhob. Seine dunklen Konturen ahnte ich eher, als dass ich sie sah. Dafür hörte ich dahinter umso deutlicher Geräusche. Sie klangen wie das Murmeln eines Baches. Ich trat näher und nahm menschliche Stimmen wahr. Es waren die Stimmen von Garlef und Sigerik.

Dann sah ich ein schwaches Feuer. Garlef und Sigerik knieten davor und redeten in einer mir unbekannten, kehligen Sprache. Ich verstand nichts. Eines jedoch glaubte ich zu erkennen: Sie beteten. In ihren Händen hielten sie Gegenstände, die mir sonderbar vorkamen. Sie streiften sie über ihre Gesichter. Waren es Masken? Waren es Götzenbilder? Welch Blendwerk spielte sich da ab?

Jetzt warfen sich beide vornüber auf den Boden, mit weit geöffneten Armen, ständig vor sich hin murmelnd und hin und wieder beschwörend einen Namen rufend. Der Name lautete Sinthgunt. Sinthgunt? Das sagte mir nichts. Wer oder was war Sinthgunt?

Ich erschauerte. Ein beklemmendes Gefühl kroch in mir

hoch, als mir klarwurde, dass Garlef und Sigerik eine heidnische Gottheit anriefen.

Dann jedoch erinnerte ich mich an das, was ich am Tag zuvor Faustus entgegengehalten hatte, als dieser glaubte, den alten Salah bekehren zu müssen: Die Menschen denken nun einmal verschieden, hatte ich gesagt. Jeder mag glauben, was er will, solange er den anderen in Frieden lässt.

Und friedlich waren Garlef und Sigerik. Mehr noch, sie hatten für ihre Anbetung einen abgeschiedenen Ort gewählt, um niemanden zu behelligen. Ich kam zu dem Schluss, dass die Sache mich nichts anging. Ich war Arzt und kein Missionar. Und ich merkte, dass die Spannung von mir abfiel.

Leise machte ich mich davon und suchte wieder mein Lager auf.

Am Nachmittag des nächsten Tages erreichten wir die Ausläufer der »Runden Stadt«, wie Bagdad auch heute noch manchmal genannt wird, weil Kalif al-Mansur, der Großvater Haruns, sie ursprünglich in Kreisform hatte anlegen lassen. Für die dreißig Römischen Meilen von Falludscha bis zum Syrischen Tor, durch das wir von Westen her die Stadt betraten, hatten wir ohne Übernachtung und Pausen vierzehn Stunden gebraucht. Eine gute Marschleistung für eine Gruppe, deren Geschwindigkeit durch Ochsengespanne bestimmt wird.

Doch mit dem Marschieren sollte es fürs Erste genug sein. Wir alle waren müde und erschöpft und von Herzen froh, endlich unser Reiseziel erreicht zu haben. Wir passierten die drei Wälle, die ehemals die Runde Stadt begrenzten, und gelangten über eine der breiten Straßen, die wie Speichen eines Rades ins Zentrum führten, in das Herz der großen Metropole. Hier glaubten wir, den Palast Harun al-Raschids vorzufinden, doch wir hatten uns getäuscht. Man sagte uns, wir müssten das Innere der Stadt wieder verlassen und nach Osten zum Tigris-Ufer gehen, dort fänden wir den Großen Platz, und hinter diesem Platz läge al-Khuld, der »Palast der Ewigkeit«, wie der Prachtbau des Kalifen genannt werde.

Wir nahmen die letzten Kräfte zusammen, denn die Stadt in ihrer Ausdehnung war riesig. Aachen, die Residenz König Karls mit ihrer keineswegs kleinen Pfalz, erschien uns dagegen wie ein unscheinbares Dorf. Schließlich erreichten wir einen großen, quadratischen Platz, auf dem die Gebäude der Leibgarde errichtet worden waren. Auch die Aufenthaltshäuser für die zahlreichen Bittsteller des Kalifen befanden sich dort.

Lantfrid, Sigimund, Isaak und ich waren vorausgeritten, in der Hoffnung, unsere Ankunft hätte sich herumgesprochen und eine geziemende Begrüßung würde vor den Mauern des Palastes stattfinden. Doch wir hatten uns abermals getäuscht. Ein hagerer, hochaufgeschossener Mann eilte mit rudernden Armen auf uns zu, blickte uns streng an und stieß folgende Worte hervor: »*Salam alaikum,* Fremde! Niemand darf sich den Mauern des Palastes mehr als fünfzig Schritte nähern. Macht darum kehrt und wartet im Haus der Bittsteller, wie es jeder Untertan des großen *amir al-mu'minin,* des Befehlshabers der Gläubigen, zu tun hat!«

»Wir sind keine Bittsteller, mein Freund«, erwiderte Lantfrid mit Isaaks Hilfe. Und Sigimund fügte hinzu: »Ebenso wie du nicht die Begrüßungsabordnung des Kalifen sein dürftest.«

Da der Hagere uns keiner Antwort würdigte, ergriff Isaak selbst das Wort und sagte: »Wir sind von weit hergekommen, um dem Kalifen unsere Aufwartung zu machen. Wir sind eine Gesandtschaft von Karl, dem König der Franken. Vor dir stehen Lantfrid und Sigimund, zwei hohe Handelsherren und Vertraute des Königs, sowie Cunrad von Malmünd, unser Hakim. Ich selbst heiße Isaak, bin Jude und diene, wie du sicher gemerkt hast, der Gesandtschaft als Dolmetscher. Wir führen kostbare Geschenke für den Kalifen mit uns.«

Unglücklicherweise war unser Tross mit den Ochsenkarren, den Knechten und der Bewachung noch nicht in Sichtweite, was den Hageren wohl glauben ließ, wir hätten ihn angelogen. Er verzog höhnisch das Gesicht und sagte: »Ich sehe wohl, was ihr für Harun, den Nachfolger des Gesandten Allahs, in den Händen haltet. Es ist nichts als Luft. Nun macht, dass ihr ins Haus der Bittsteller kommt. Wenn die Zeit reif ist, da ihr vorsprechen dürft, wird man es euch wissen lassen.«

Nach diesen schroffen Worten wollte er sich entfernen, aber ein Ruf Sigimunds hielt ihn auf. »Wie ist dein Name, dass du es wagst, so unhöflich mit den Abgesandten eines mächtigen Königs zu sprechen?«, donnerte er.

Der Hagere hielt inne. »Mein Name ist Israfil«, sagte er herablassend.

»Israfil, na und?«, setzte Lantfrid nach. »Welcher Art sind deine Dienste für Kalif Harun?«

Der hagere Mann straffte sich. »Ich bin die rechte Hand von al-Fadl ibn al-Rabi, dem *hadschib* des Palastes.«

»Ich werde mir deinen Namen merken«, sagte Lantfrid grimmig und blickte dem sich Entfernenden nach.

Isaak erklärte: »Der *hadschib* ist der Kämmerer des Kalifen. Der Kämmerer ist ein sehr wichtiger Mann bei Hofe.«

»Das gibt diesem Israfil noch lange nicht das Recht, uns so zu behandeln«, entgegnete Lantfrid. Und Sigimund ergänzte bissig: »Der *hadschib* mag wichtig sein, sein Bediensteter aber ist nichts als wichtigtuerisch.«

»Ich schlage vor, wir fügen uns ins Unvermeidliche und nehmen Quartier im Haus der Bittsteller«, sagte ich. »Es ist sicher nur für eine Nacht. Morgen wird sich, so Gott will, alles aufklären.«

Mein Vorschlag wurde angenommen, und einige Stunden später hatte unsere ganze Gesandtschaft mit sämtlichen Tieren eine Unterkunft gefunden. Der Raum, den man mir und Isaak zugewiesen hatte, war klein und niedrig. Eine winzige Maueröffnung, die für die Luftzirkulation sorgen sollte, wies hinaus auf den großen Hof, an dessen Ende sich eine Zisterne befand, aus der unsere Tiere trinken konnten. Man hatte den Pferden Futtersäcke mit Korn umgebunden, den Hunden hatte man Fleischreste vorgeworfen, und Kamele und Esel fraßen Ballen von getrocknetem Gras, die man ihnen gegeben hatte.

Alles in allem geht es den Tieren besser als den Menschen, dachte ich bitter, während ich mich auf meinem harten Lager ausstreckte. Ich war todmüde und konnte dennoch wieder nicht einschlafen. Zu viele Gedanken geisterten in meinem Kopf herum. Überdies umschwirrten mich ständig Fliegen. Sie störten mich fast so sehr wie die Läusebisse, die ich Faustus und seiner falsch verstandenen Frömmigkeit verdankte.

Mein Blick wanderte über die rissigen Mauern, und ich sah manches Wort, das andere in früherer Zeit dort eingeritzt hatten. Die Bedeutung der Wörter konnte ich nicht erfassen, denn ich war nur in der Lage, arabisch zu sprechen, nicht aber, die arabische Schrift zu lesen. Dennoch konnte ich mir denken, worum es ging, die obszönen Zeichnungen daneben ließen keinen Zweifel zu.

Ein Gecko lief steil die Wand empor und verharrte mitten auf einem eingeritzten Phallus. Die kleine Echse war nahezu durchsichtig, ich konnte sehen, dass sich in ihrem Inneren ein schwarzer Klumpen befand. Es mussten Fliegen sein, die der Gecko verschluckt hatte.

Ich seufzte und wünschte mir, ich wäre ähnlich genügsam

wie das kleine Tier, denn unsere Vorräte waren zur Neige gegangen, und niemand aus dem Palast hatte es für nötig befunden, uns mit Speisen zu versorgen. Der Gecko verweilte noch einen Augenblick, dann huschte er zur Tür hinaus. Ich beschloss, ihm zu folgen. Zwar wusste ich nicht, was mich in der Stadt erwartete, aber da an Schlaf nicht zu denken war, konnte ich ebenso gut die fremden Gassen erkunden.

Ich erhob mich und blickte auf den schlafenden Isaak hinunter. Er hatte wie alle anderen einen anstrengenden Tag gehabt. Ich ließ ihn ruhen, auch wenn es mir lieber gewesen wäre, ihn an meiner Seite zu haben.

Leise ging ich hinaus, gelangte auf den großen Platz und kam in eine der breiten Hauptstraßen, die in regelmäßigen Abständen von Fackeln erhellt wurden. Es war die Straße, die zum Khorasan-Tor führte, durch das man die Stadt verließ, wenn man den Weg zu den persischen Provinzen einschlagen wollte. Trotz des Lichts sah ich nur wenige Menschen, deshalb lenkte ich meine Schritte in eine der kleinen Seitengassen, aus der mir lebhaftes Stimmengewirr entgegenschlug. Ich kam in die Gasse der Stoffhändler, von dort in die Gasse der Geldwechsler und anschließend in die Gasse der Töpfer, wie ich an den irdenen Waren erkannte, die auch zu dieser späten Stunde noch ausgestellt waren.

»Du siehst aus, als wüsstest du einen meiner schönen Trinkkrüge zu schätzen, Herr«, ertönte plötzlich eine Stimme hinter mir.

Ich drehte mich um und sah einen Jungen von vielleicht dreizehn Jahren, der mich aus dunklen Augen anblickte.

Ich antwortete: »Willst du damit sagen, du hättest diese Stücke selbst gemacht?«

»Ja, Herr. Gefallen sie dir?«

Das war durchaus der Fall, doch mir stand nicht der Sinn nach dem Erwerb eines Tongefäßes, und ich sagte: »Für einen Töpfer scheinst du mir recht jung zu sein. Bestell deinem Vater, ich fände seine Arbeiten sehr schön, aber ich brauchte keinen Trinkkrug.« Und weitergehend sagte ich mehr zu mir selbst: »Wenn, dann höchstens seinen Inhalt, denn ich habe seit Stunden nichts getrunken.«

Da hielt der Junge mich am Ärmel fest. »Alles, was du hier siehst, Herr, habe ich selbst angefertigt. Das schwöre ich beim Propheten Mohammed, auf dem Allahs Segen und Heil ruhe. Verzeih, dass ich die Gastfreundschaft für einen Augenblick vergaß. Komm herein auf einen Trunk. Ich habe Minze aufgebrüht.«

Die Worte klangen so ehrlich und freundlich, dass ich nicht nein sagen konnte. Ich ging also mit dem Jungen in das Ladengewölbe, in dem er seine Werkstatt hatte, und nahm dankend etwas von dem heißen Getränk entgegen. Nachdem ich vorsichtig einen Schluck getrunken hatte, sagte ich: »Ich kann kaum glauben, dass du diese meisterhaften Stücke selbst gemacht hast, äh … wie ist eigentlich dein Name?«

»Wathiq, Herr«, antwortete der Junge. »Und doch verhält es sich so, dass alles, was du hier siehst, auf meiner Töpferscheibe entstanden ist. Mein Vater lehrte mich diese Kunst.« Ein Schatten fiel auf sein hübsches Gesicht. »Er ist vor zwei Jahren gestorben. Seitdem schlage ich mich allein durch.«

»Das tut mir sehr leid«, sagte ich. »Hast du denn gar keine Geschwister?«

»Doch, vier ältere Brüder. Aber sie sind blind. Sie leben auf der Blindeninsel im Tigris.«

»Auf der Blindeninsel?«, fragte ich.

»Ja, Herr.« Wathiq schenkte mir von der aufgebrühten Minze nach. »Alle, die durch die Augenkrankheit erblindet sind, leben auf der Insel. Es gibt dort ein *bîmâristân,* wie wir es nennen. Unser Kalif Harun hat diesen Ort der Fürsorge einrichten lassen. Ich will dir nicht zu nahe treten, Herr, aber du siehst nicht aus wie ein Muselmane, deshalb lass dir erklären, dass die Betreuung Bedürftiger im Islam eine Pflicht ist.«

»Im Frankenland, wo ich herkomme, wird Krankheit als Strafe für begangene Sünden verstanden, aber auch ein Christ wie ich weiß, dass man Siechen gegenüber barmherzig sein muss«, entgegnete ich. »Doch lass uns nicht über religiöse Dinge reden. Ich bin Cunrad, der Arzt, weshalb deine Landsleute mich Hakim nennen. Mich interessiert, welcher Art die Augenkrankheit ist, von der du sagst, sie habe zur Erblindung deiner Brüder geführt.«

»Wir nennen sie auch Körnchenkrankheit, Hakim. Sie ist sehr ansteckend. Die Nachbarn sagen, es ist ein Wunder Allahs, dass ich bisher von dem Übel verschont blieb.«

Ich hatte mir schon gedacht, dass die Krankheit, von der Wathiq sprach, sehr ansteckend war, denn ich kannte sie aus dem Werk *De materia medica* des griechischen Arztes Dioskurides. Er war es, der das Leiden als Erster »Trachom« genannt hatte, was so viel wie »rauhes Auge« heißt. Die Körnchen, so hatte ich bei ihm gelesen, bedecken die Augenlider von innen und sondern Schleim und Eiter ab. Nach einiger Zeit verheilen sie und hinterlassen Narben. Der Patient glaubt schon, er habe die Krankheit überwunden, doch mit jedem Wimpernschlag reiben sich die Narben an der Hornhaut des Auges. Weitere Körnchen entstehen. Darüber hinaus ziehen sich die Lider durch die Narben zusammen, wodurch sie sich krümmen und die Wimpern nach innen stehen. Neue Entzündungen und Verletzungen sind die Folge. Ein Teufelskreis, der letztendlich zur Erblindung führt.

Das alles wusste ich in der Theorie, in der Praxis jedoch hatte ich noch nie jemanden kennengelernt, der mit der Krankheit unmittelbar in Berührung gekommen war. Ich konnte deshalb meine Neugier nicht zügeln und sagte:

»Hättest du etwas dagegen, wenn ich dich untersuche, Wathiq?«

Der Junge zögerte, dann sagte er: »Um ehrlich zu sein, habe ich Angst, du könntest etwas entdecken, Hakim.«

»Das verstehe ich«, sagte ich, »aber ich glaube nicht, dass ich etwas Verdächtiges finden werde. Und wenn es so wäre, würdest du es in Kürze ohnehin bei jedem Blinzeln spüren.«

»Vielleicht hast du recht.« Ganz überzeugt wirkte Wathiq jedoch nicht, deshalb sagte ich zu ihm: »Setz dich ins Licht. Es geht ganz schnell, und es tut nicht weh.«

Wathiq gehorchte. Ich nahm mit der linken Hand einen dünnen Griffel, wie man ihn zum Schreiben auf Wachs benutzt, hielt ihn quer über sein rechtes Auge und rollte vorsichtig das obere Lid über den Griffel. Dann betrachtete ich genau, was ich sah. Ich legte den Griffel zur Seite und zog mit dem Daumen das untere Lid nach vorn. Nach einem weiteren Blick sagte ich: »Ich bin Linkshänder, aber das darf keine Rolle spielen, wenn man Arzt ist. Man muss mit beiden Händen gleichermaßen geschickt sein. Deshalb nehme ich den Griffel jetzt in die rechte Hand und untersuche dein linkes Auge.«

Nachdem auch diese Prüfung vollzogen war, sagte ich: »Die Bindehaut beider Augen ist makellos, blassrot und glatt, wie sie sein soll. Nun hast du die Gewissheit, gesund zu sein.«

Wathiq atmete hörbar aus. Ich konnte sehen, wie erleichtert er war. »Danke, Hakim«, sagte er. »Aber gesetzt den Fall, du hättest, äh, etwas anderes gesehen, hättest du mich vor dem Erblinden bewahren können?«

Ich schüttelte den Kopf. »Für diese Art Augenkrankheit gibt es kein Heilmittel. Die äußere Schicht des Auges vernarbt im Laufe der Zeit so stark, dass die Bilder, welche die Luft überträgt, nicht mehr durch den hohlen Sehnerv die

Hirnkammern erreichen, in denen der Lebensgeist sitzt. So jedenfalls hat es Aristoteles, ein griechischer Arzt und Philosoph, erklärt.«

»Ich habe zwar nicht alles verstanden, aber ich danke dir für die Erklärung, Hakim.«

»Tut mir leid, dass ich dir keine andere Antwort geben kann.« Ich stand auf, denn ich wollte die Gastfreundschaft des Jungen nicht länger in Anspruch nehmen. Das heiße Getränk hatte mir gutgetan, aber nun meldete sich mein Magen wieder mit Macht. Ich musste unbedingt etwas essen und hoffte, eine Garküche oder ein Wirtshaus in der Nähe finden zu können.

Als hätte er meine Gedanken erraten, sagte Wathiq: »Leider kann ich dir keine Speise anbieten, Hakim, ich habe selbst nichts, aber am Ende der Gasse findest du Ali, einen Wirt, den man den Hammelbrater nennt. Bei ihm wirst du gewiss etwas Gutes bekommen.«

»Willst du mich nicht begleiten?«

»Gern, Hakim, aber das ist nicht möglich. Ich kann meine Waren nicht unbeaufsichtigt lassen.«

»Nun, das verstehe ich. Jedenfalls danke ich dir für den Trunk.«

Wathiq deutete eine Verbeugung an. »Ich habe zu danken, Hakim, denn du hast mir eine große Sorge genommen. Allah sei mit dir.«

»Bleib gesund«, sagte ich, »vielleicht sehen wir uns irgendwann einmal wieder.«

Auf meinem Weg ans Ende der Gasse wurde ich mehrfach von anderen Ladeninhabern bedrängt, ich möge doch etwas kaufen, aber der freundliche Wathiq, der noch ein Knabe war und doch schon seinen Mann stehen musste, ging mir nicht aus dem Sinn. Dann jedoch brachte mich der Duft nach köstlicher Speise auf andere Gedanken. Ich hatte den Platz erreicht, an dem Ali, der Hammelbrater, seine

Gäste bewirtete. Über einem Feuer drehte sich ein ganzer Schafbock am Spieß, und Ali, ein stark schwitzender Mann, schnitt davon große Fleischstücke ab. Mit dem sicheren Blick des erfahrenen Wirts erkannte er, dass ich als Gast in Frage kam, und rief mir zu: »Da auf der Bank ist noch ein Plätzchen frei, Fremder. Setz dich, und ich will dir ein Stück vom Besten bringen!«

Ich quetschte mich zwischen die anderen Gäste und wartete, bis ich die Speise bekam. Es war ein schönes Stück von der Keule, wie Ali mir versicherte, bevor er fordernd die Hand ausstreckte. »Bei mir wird immer sofort bezahlt, Fremder. Ich habe so meine Erfahrungen.«

»Wie du willst.« Ich gab ihm die geforderten Münzen und wollte mit Heißhunger den ersten Bissen zu mir nehmen, als sich zwei Männer, die mir gegenübersaßen, in die Unterhaltung einmischten. Der eine war von ungeschlachtem Äußeren und blickte grimmig drein, der andere war von großem Wuchs, mit ebenmäßigen Gesichtszügen und kleinem, energischem Mund. Beide trugen prächtige, kunstvoll gewickelte Turbane, denn in Arabien sagt man, der Turban sei auf dem Schlachtfeld ein Schild, in der Versammlung eine Ehre und in allen Wechselfällen des Lebens ein Schutz, außerdem lasse er seinen Träger größer erscheinen. Letzteres hatte der mit dem energischen Mund allerdings nicht nötig, er war auch so groß genug, selbst im Sitzen. Er fragte den Wirt: »Was meintest du eben damit, als du sagtest, du hättest deine ›Erfahrungen‹?«

Ali lachte ölig. »Du scheinst nicht von hier zu sein, Herr, sonst würdest du wissen, dass sich in Bagdad des Nachts viele Betrüger herumtreiben. Da kann man nicht vorsichtig genug sein. Nichts für ungut, woher kommst du, wenn ich fragen darf?«

»Aus Basra«, antwortete der Große nach kurzem Zögern, und der Grimmige nickte.

»Welch schöne Stadt! Die Spinnereien, die Zuckerfabriken, die großen Werften! Eine Nichte von mir wohnt dort, das heißt, genauer gesagt, in Kalla, dem Flusshafen von Basra. Kann ich dir noch etwas bringen, Herr?«

»Ja, einen Krug Wein. Und schenke deinem neuen Gast auch einen Becher ein.«

»Das ist sehr freundlich«, sagte ich, »aber ich kann für mich selbst zahlen.«

»Du bist unser Gast«, sagte der Große in einem Ton, der keinen Widerspruch duldete, und der Grimmige bestätigte: »Ja, unser Gast.«

»Dann trinke ich auf eure Gesundheit«, sagte ich, als der Wein gebracht worden war und Ali mir eingeschenkt hatte.

»Und wir trinken auf deine. Allah gebe dir Frieden und ein langes Leben.«

»Möge Gott euch dasselbe schenken.«

»Gott?« Der Große, der gerade trinken wollte, hielt inne und sah mich stirnrunzelnd an.

»Ich bin Cunrad von Malmünd«, sagte ich, denn ich fand, es war Zeit, mich vorzustellen. »Ich bin Christ, ich komme aus dem Abendland mit einer Gesandtschaft, die Karl, der König der Franken, ausschickte, um Kontakte mit Harun al-Raschid zu knüpfen. Leider wurden wir bei unserer Ankunft sehr unhöflich behandelt, sonst würde ich nicht hier sitzen, sondern hätte eine angemessene Unterkunft im Palast gefunden.«

»Was du nicht sagst.« Der Große und der Grimmige sahen sich an und tranken. Ich dachte schon, ich hätte sie gelangweilt, als der Große wieder das Wort ergriff: »Wir sind Kaufleute und kommen viel in der Welt herum. Wir handeln mit Salz, Silber, Holz und Amber, und unsere Reisen führen uns bis nach Indien, aber im Frankenland waren wir noch nie. Erzähle uns von Karl, deinem König.«

Um Zeit zu gewinnen, trank auch ich zunächst einen Schluck und gleich darauf noch einen, denn niemals zuvor war ich in die Verlegenheit gekommen, etwas über meinen König erzählen zu müssen. Ich sagte also: »Karl ist ein mächtiger Herrscher, ungefähr fünfzig Jahre alt und mehr als sechs Fuß groß. Er hat einen klaren Blick, einen festen Händedruck und einen Bart, in dem sich noch kein einziges graues Haar findet. Zu seinen Lieblingsbeschäftigungen zählt die Jagd in den Wäldern und das Baden in den Quellen der Stadt Aachen. Jeder, der ihn sieht, ist von ihm eingenommen.«

»Auch die Frauen?«

»Nun, äh, auch die Frauen. Er ist zum vierten oder fünften Mal verheiratet. Seine jetzige Gemahlin heißt Luitgard.«

»Und hat er Nebenfrauen?«

Die Frage war mir ein wenig zu direkt. Ich wusste zwar, dass man bei Hofe tuschelte, Karls augenblickliche Geliebte heiße Gerswind und sei von sächsischem Geblüt, doch ich fand, das ging die beiden Kaufleute nichts an. Ich zuckte deshalb bedauernd mit den Schultern.

Der Große lächelte spöttisch. »Bei uns kann jeder Muselmane vier rechtmäßige Frauen haben und muss sich nicht heimlich mit seiner Angebeteten treffen. Im Koran steht: *Ihr Gläubigen! Erklärt nicht die guten Dinge, die Allah euch erlaubt hat, für verboten!* Und vom Propheten ist folgende Erkenntnis überliefert: *Wann immer ihr den Geschlechtsakt vollzieht, gebt ihr ein Almosen.* Ich muss schon sagen, dein König Karl tut mir leid.«

Darauf wollte ich lieber nicht eingehen und fuhr deshalb rasch fort: »Karl ist auch ein großer Feldherr, er gewann viele Schlachten gegen die Langobarden, die Sachsen und die Awaren. Sie alle hat er unterworfen. Ganz Europa gehört zu seinem Reich, bis auf England und den äußersten Norden.«

»Dann gehört ihm auch die Iberische Halbinsel?«

Ich stutzte. »Nein, die nicht. Ich vergaß, das Emirat von Córdoba zu erwähnen. Es wird, soviel ich weiß, von al-Hakam dem Ersten beherrscht, einem Omayyaden.« Ich wollte noch hinzufügen, dass Karl im Jahre 778 mit einem Feldzug in Spanien gescheitert war, überlegte es mir jedoch anders. Mein König sollte in den Augen Fremder nichts an Glanz einbüßen.

Der Große mit dem energischen Mund bestellte neuen Wein und sagte zu mir: »Der Omayyade ist ein Feind unseres Kalifen, das macht den Handel mit Spanien nicht gerade leichter. Dasselbe gilt für das Byzantinische Reich, in dem die Kaiserin Irene das Zepter schwingt. Sag, warum hat dein König dich und deine Gesandtschaft nicht zu Irene geschickt?«

Ich räusperte mich und spürte, dass ich meine Worte gut abwägen musste, denn wenn es um Politik geht, ist ein Streit schnell vom Zaun gebrochen. Also sagte ich: »Ich verstehe nichts von dem, was die Mächtigen dieser Welt bewegt, aber wenn ich es richtig sehe, fürchtet sich Irene vor Karls militärischer Macht, zumal er gute Beziehungen zu Papst Leo III. in Rom unterhält. Mit anderen Worten: Das Verhältnis zwischen Irene und Karl ist gespannt. Da ich gehört habe, dass Gleiches für das Verhältnis zwischen Harun und Irene gilt, scheint es mir ganz natürlich, dass Karl freundschaftliche Bande mit Kalif Harun al-Raschid knüpfen will.«

Der Große sagte verächtlich: »Irene ist eine falsche Schlange. Im letzten Jahr hat sie dafür gesorgt, dass ihr Sohn Konstantin, mit dem sie sich die Macht teilte, geblendet wurde, um allein regieren zu können.«

»Ich habe auf unserer Reise davon gehört«, antwortete ich vorsichtig. »Konstantin soll an den ihm zugefügten Wunden gestorben sein.«

»So ist es.« Der Große nickte und trank einen weiteren Schluck.

Der Grimmige, der bisher kaum ein Wort gesprochen hatte, fragte: »Weißt du, wie viele Männer dein König Karl unter Waffen hat?«

Ich zuckte bedauernd mit den Schultern: »Nein, das kann ich nicht sagen. Aber es sind sehr, sehr viele. Warum willst du das wissen?«

Bevor der Grimmige antworten konnte, sagte der Große: »Wie ich schon sagte, wir sind Kaufleute. Und nur dort lässt sich gut Handel treiben, wo das Land befriedet ist. Frieden aber gibt es nur, wenn eine starke Hand mit vielen Kriegern dafür sorgt.«

»Jetzt verstehe ich.« Ich schluckte den letzten Bissen meines Fleisches hinunter und wischte mit einem Stück Fladenbrot den Bratensaft auf. »Habt Dank für den Wein, ihr Herren. Es war sehr angenehm, mit euch zu plaudern, doch jetzt muss ich gehen. Wer weiß, was der morgige Tag für mich bereithält.«

Der Große lächelte. »Das weiß nur Allah, mein Freund. Gute Nacht, und gehe in Frieden.«

»Gute Nacht.«

Voller Gedanken wanderte ich durch die Gasse der Töpfer zurück. Als ich an Wathiqs Laden vorbeikam, machte ich halt und rief nach ihm. Ich bekam keine Antwort. Leise betrat ich die Werkstatt. Dort fand ich ihn. Er war auf dem Schemel vor seiner Töpferscheibe eingeschlafen. Im fahlen Licht der Straßenfackeln wirkte sein Gesicht überraschend klein und verletzlich. Ich beschloss, ihn nicht zu stören. Behutsam drückte ich ihm ein kleines Paket in die Armbeuge. Es enthielt eine gute Portion Fleisch von Alis Braten.

»Lass es dir schmecken«, murmelte ich und setzte meinen Weg zum Haus der Bittsteller fort, denn ich war plötzlich sehr müde …

Oh, Tariq, mein großherziger Gastgeber, hier soll der erste Teil meines Berichtes enden, denn auch jetzt spüre ich eine große Müdigkeit. Deshalb bitte ich dich, mir eine Pause zu gönnen. Ich danke dir für die köstliche Speise, die ich während meines Berichts zu mir nehmen durfte, und will morgen Abend um dieselbe Zeit wieder hier sein, um meine Geschichte weiterzuerzählen. Dann sollst du auch erfahren, warum sich an unserem zweiten Tag in Bagdad alles zum Guten fügte und unsere Gesandtschaft plötzlich willkommen war.

Richte auch der alten verschleierten Dienerin, die mich bis eben so freundlich umsorgte, meinen Dank aus. Ich habe lange nicht mehr so gut gegessen.

Nein, nein, behalte Platz, es ist nicht nötig, dass du mich hinausbegleitest. Ich wünsche dir eine gute Nacht. Allah sei mit dir – und Gott befohlen!

Kapitel 2

Bagdad, Dezember 798

Ich schreckte von meinem Lager hoch, denn ich hatte Schreie gehört. Aus welcher Richtung waren sie gekommen? Isaak, der neben mir fest schlief, konnte nicht der Urheber sein. Wieder ertönte ein jammervoller Schrei. Er drang von außen in unsere armselige Unterkunft. Ich eilte hinaus und sah auf dem großen Platz einen Pfahl, der mir gestern nicht aufgefallen war. An den Pfahl war ein Mann gebunden, ein hagerer Mann mit nacktem Oberkörper. Neben ihm stand ein anderer Mann, der eine Peitsche schwang. Er ließ sie auf den Rücken des Hageren niedersausen, was einen neuerlichen Schrei zur Folge hatte. Ich schluckte, denn der Gezüchtigte tat mir leid. Doch dann endete mein Mitgefühl jäh, denn ich hatte den Mann wiedererkannt.

Es war Israfil.

Ich blickte mich um und sah, dass ich nicht der Einzige war, den die Schreie aufgestört hatten. Auch Lantfrid und Sigimund eilten aus ihrer Unterkunft herbei. »Was hat das zu bedeuten?«, fragte Lantfrid außer Atem. Dann erkannte er den Übeltäter und fügte nicht ohne Genugtuung hinzu: »Sieh da, die Gerechtigkeit nimmt ihren Lauf.«

Sigimund jedoch wies auf das große Palasttor, aus dem in diesem Augenblick ein würdig aussehender Araber trat. Er trug ein kostbares meergrünes Gewand und einen gleichfarbigen Turban, in dessen Mitte ein taubeneigroßer Topas blitzte. Er war in Begleitung von mehreren ebenso vornehm gekleideten Männern, bei denen es sich vermutlich um Höflinge handelte. Gemessenen Schrittes näherte sich der würdevolle Mann, bis er zehn Schritte vor uns haltmachte und sich verneigte. Dies alles geschah, während der hagere Israfil ohne Pause weiter schrie und weiter geschlagen wurde.

»Ich bin al-Fadl ibn al-Rabi, der *hadschib* des Khuld-Palastes, dem Wohnsitz von Harun al-Raschid, dem rechtmäßigen Nachfolger des Gesandten Allahs, dem Imam aller Muselmanen und Befehlshaber der Gläubigen«, sagte der würdevolle Mann umständlich. »Ich nehme an, ich habe es mit den Emissären zu tun, die der König des Frankenreiches von weit her ausschickte, um dem großen *amir al-mu'minin* seinen ehrerbietigen Gruß zu überbringen.«

Lantfrid und Sigimund blickten verständnislos drein, woraufhin al-Fadl, nun schon etwas verwundert, seine Worte wiederholte.

»Was hat er gesagt?« Lantfrid und Sigimund sahen mich an, und mir wurde mit Schrecken klar, dass Isaak noch immer schlief und mir nichts anderes übrigblieb, als die Aufgabe des Dolmetschers zu übernehmen. Also übersetzte ich die Worte al-Fadls, und ein Gespräch kam, wenn auch etwas holprig, zustande.

Nachdem wir uns ebenfalls verbeugt und vorgestellt hatten, sagte Lantfrid: »Wir fühlen uns sehr geehrt durch deine Begrüßung.«

Al-Fadl nickte voll Würde.

»Leider«, fuhr Lantfrid fort, »hatten wir nicht schon gestern Abend das Vergnügen, deine Bekanntschaft zu machen, aber ich bin sicher, dass dich unaufschiebbare Geschäfte daran hinderten.«

Damit hatte er dem *hadschib* zweifellos eine Kröte zu

schlucken gegeben, aber dieser ließ sich nichts anmerken und antwortete: »Du hast recht. Ich hatte unaufschiebbare Geschäfte. Aber ich hätte sie sofort liegenlassen, wenn ich von eurer Ankunft unterrichtet worden wäre. Durch ein bedauerliches Missverständnis geschah dies nicht. Aber Missverständnisse sind dazu da, dass man sie ausräumt und« – er hob die buschigen Augenbrauen – »bestraft.« Während er das sagte, wanderte sein Blick zu dem unglücklichen Israfil, der die Tortur überstanden hatte und jammernd am Boden saß.

Niemand schien sich um seine blutenden Wunden zu kümmern. Ich musste an Wathiq, den jungen Töpfer, denken, der mir versichert hatte, dass die Betreuung Bedürftiger im Islam eine Pflicht sei, deshalb sagte ich: »Gewiss hat der Mann seine Strafe verdient, aber ist es in diesem Land nicht üblich, einen Verletzten zu verbinden?«

»Ich sehe keinen Verletzten«, entgegnete al-Fadl mit unbewegter Miene. »Ich sehe nur Gäste unseres rechtgeleiteten Kalifen Harun, die sehr willkommen sind. Im Übrigen ist es eine glückliche Fügung, dass unser aller Gebieter in diesen Tagen in Bagdad weilt, da er sich in letzter Zeit überwiegend in seinem Palast in Raqqa aufzuhalten pflegt. Bitte folgt mir nun.«

Doch Lantfrid und Sigimund zögerten. Leise sprachen sie aufeinander ein, dann sagte Sigimund zu mir: »Bleib du hier und kümmere dich um die Gruppe. Sorge dafür, dass sie unserem König keine Schande macht. Die Soldaten sollen ihre Ausrüstung reinigen und die Waffen putzen, die Pferdeknechte sollen die Rösser striegeln, die Kampfhunde sollen Maulkörbe tragen, damit sie nicht bellen, die Ochsenkarren sollen von Mist und Dreck gesäubert werden und so weiter und so weiter. Und wenn das alles getan ist, sollst du die Gruppe unter dem Banner Karls in den Palast führen. Kann ich mich auf dich verlassen?«

»Gewiss, das kannst du«, sagte ich, obwohl mir der Kopf schwirrte.

»Dann geh zurück zum Haus der Bittsteller und schick Isaak her.«

»Jawohl«, sagte ich und tat, wie mir geheißen.

Eine Stunde später war die gesamte Reisegruppe fertig zum Aufbruch. Ich begab mich an die Spitze, wo eine berittene Eskorte des Kalifen uns bereits erwartete, und in guter Ordnung marschierten wir über den großen Platz, vorbei an dem Pfahl, an dem ich kurz zuvor noch Israfil verbunden hatte, und machten halt vor dem riesigen, mit vergoldeten Ornamenten geschmückten Palasttor.

Das Tor war so groß, dass es mehrerer Männer bedurfte, um seine Flügel zu öffnen. Die Mauer, in die es eingelassen war, betrug in der Höhe über dreißig Fuß; das Tor selbst maß zwanzig Fuß. Ich fragte mich, warum es so hoch war, weil ich zu jener Zeit noch nicht wusste, dass nicht nur Krieger zu Pferde, sondern auch ausgewachsene Elefanten mit aufgesattelter Sänfte und Baldachin hindurchpassen mussten.

Angesichts der gewaltigen Ausmaße erwartete ich, eine Festung zu betreten, doch als ich das Tor passiert hatte, tauchte ich in eine völlig andere Welt ein.

Unversehens gelangte ich in ein Meer aus Blumen und Blüten, aus Farben und Düften. Gold, Silber, Diamanten und edle Hölzer begegneten mir und meinen Gefährten auf Schritt und Tritt. Am Wegesrand sah ich zierliche Gewächse, deren Blüten sich nach dem Sonnenstand ausrichteten. Sie waren so eingepflanzt, dass ihre Anordnung arabischen Buchstaben glich. Die Buchstaben wiederum bildeten Wörter und die Wörter Gedichte. Ich sah Bäume, deren Stamm und Gezweig mit goldener Folie überzogen waren, Folie, die mit dicht an dicht sitzenden Juwelen geschmückt war. Ich sah Blüten und Blätter, die mit Goldstaub gepudert waren. Ich sah marmorne Becken und künstlich angelegte Bäche, ich sah kleine, aus kostbaren Hölzern gefertigte Brücken, die über die Bäche führten, ich sah Lauben und Pavillons, die von Eiben und Zypressen gesäumt waren, ich sah silbrige Seen, auf denen weiße, rosafarbene und rote Seerosen kleine Inseln bildeten ... Ich sah so viel, dass meine Augen trunken wurden von all der Pracht. Nichts, so schien mir, war in dieser Landschaft dem Zufall überlassen. Ein Paradies von Menschenhand.

Dann bestaunte ich die zahlreichen Gebäude mit ihrer strengen und doch spielerischen Architektur, die Säulen, die Erker, die filigranen Spitzbögen. Ebenso wie die Runde Stadt war auch al-Khuld in orientalischer Bauweise errichtet worden – aus ungebrannten Ziegeln, die mit gebrannten Ziegeln verstärkt und verschwenderisch mit Arabesken verziert worden waren.

Ich ging weiter und weiter und fragte mich schon, wie lange ich noch gehen sollte, als ein paar weißgekleidete Bedienstete sich vor mir verneigten und mir bedeuteten, ich möge stehen bleiben. Sie wiesen mit der Hand auf ein kleines Gebäude, über dessen Tür ein Löwenkopf aus Alabaster modelliert war. Ich sollte eintreten – und lehnte ab. Erst wollte ich wissen, was aus meinen Begleitern werden würde.

Ein längeres Palaver entstand, weil mein Arabisch noch nicht sehr gut war und weil ein Teil der Bediensteten diese Sprache nicht beherrschte. Es waren dunkelhäutige Kerle, vielleicht Sklaven aus Mauretanien, die mir am Ende mit Händen und Füßen erklärten, dass die Geschenke, deren Unterbringung mir besonders am Herzen lag, unter der Obhut unserer Soldaten bleiben könnten. Die Rösser sollten in einem Freigehege gehalten werden, die Hunde in einem Zwinger, für alle anderen Präsente, besonders die unvergleichlichen Schwerter, sollte ein fest zu verschließender Raum bereitgestellt werden.

Nachdem ich das Banner und damit die Verantwortung an Garlef und Sigerik weitergegeben hatte, erklärte ich mich bereit, das Löwenkopf-Haus zu betreten. Ich war gespannt, welche Art Unterkunft man für mich vorgesehen hatte, und kam in einen schmalen, nur von Oberlichtern erhellten Gang, *dihliz* genannt. Der Gang führte auf einen Hof, an dessen gegenüberliegender Seite mich ein glatzköpfiger, unglaublich dicker Mann erwartete, der wegen seiner Leibesfülle sichtlich Mühe hatte, eine Verbeugung anzudeuten. »Willkommen, Herr«, rief er mit quäkender, heller Knabenstimme, »mein Name ist Rayhan, das bedeutet ›der von Allah Bevorzugte‹. Ich bin der Oberste der Diener.«

»Ich danke dir«, sagte ich und fragte mich, wie ein so schmerbäuchiger, überdies kastrierter Mann von Gott bevorzugt sein konnte.

»Dieses Haus soll von nun an das deine sein. Ich werde mich bemühen, dir alle deine Wünsche vom Munde abzulesen, Herr.« Rayhan nahm mir mein Bündel mit den Kräutern ab, nahm auch den hölzernen Kasten mit den Instrumenten an sich und ging mit watschelnden Schritten voran. Er führte mich in einen mittelgroßen Raum mit niedriger Decke, den man sowohl als Baderaum wie auch als Ruheraum hätte bezeichnen können, denn in seiner Mitte befand sich ein knietiefes Becken mit kristallklarem Wasser, und im Hintergrund lag ein kostbarer armenischer Teppich, auf dem sich zahlreiche bunte, perlenbestickte Kissen verteilten. Links und rechts vor mir knieten je zwei junge Frauen, den Blick ergeben gesenkt. Bei meinem Erscheinen erhoben sie sich und begannen ohne ein Wort, mir die Kleider auszuziehen. Ich wollte protestieren, doch Rayhan lachte und beschwichtigte mich. Es war ein Lachen, das an das Kollern eines Auerhahns erinnerte. »Vertrau dich nur diesen Sklavinnen an, Herr«, quäkte er, »sie sind durch meine Schule gegangen und bewandert in allen Künsten, die einen Mann erfreuen.«

»Das mag sein«, erwiderte ich, »aber das Ganze geht mir ein wenig zu schnell. Achte lieber darauf, dass meine Habe an einem sicheren, nicht zu feuchten Ort untergebracht wird. Es ist die Ausrüstung eines Hakims, und nichts davon darf abhandenkommen.«

»Du bist ein Hakim?«

»So ist es. Bitte sorge dafür, dass jemand ein Auge auf meine Sachen hat.«

»Ich höre und gehorche, Hakim!« Rayhan machte kehrt und watschelte davon. Ich war allein mit den Sklavinnen. Und ich war nackt. Eine von ihnen nahm mich bei der Hand und zog mich zum Wasserbecken. »Nein, ich möchte nicht baden«, sagte ich verlegen.

Sie sah mich an und lächelte. Nichts in ihrem Gesicht verriet, ob sie mich verstanden hatte. Vielleicht kam sie aus Merv, aus Buchara oder Samarkand im äußersten Osten, ich wusste es nicht. Die anderen Sklavinnen blickten ebenfalls freundlich. Sie machten ihre Sache gut, aber ihre Augen lächelten nicht. Nie zuvor hatte ich eine so seltsame Situation erlebt. Im Frankenland hätte mindestens eine von ihnen gekichert oder eine kecke Bemerkung gemacht, aber diese schönen jungen Frauen taten es nicht.

»Ich möchte lieber ein wenig ruhen«, sagte ich und deutete mit der Hand auf die Kissen.

Sie schüttelten den Kopf und drückten mich mit sanfter Gewalt ins Wasser. Wohlige Wärme umfing mich. Der Duft nach ätherischen Ölen machte mir Nase und Lungen weit. Ich schloss die Augen. Als ich sie wieder öffnete, waren die Sklavinnen verschwunden. Das war mir nur recht. Ich fühlte, wie gut das Wasser meiner Haut tat und wie lindernd es auf meine juckenden Läusebisse wirkte. Ich musste wohl für einen Augenblick eingeschlafen sein, denn als ich die Augen öffnete, waren die Sklavinnen wieder da. Eine von ihnen goss mir einen Krug vorgewärmtes Wasser über die

Haare und begann, sie zu waschen. Eine andere reinigte meinen Körper mit einem Öl aus Oliven, Sesam und Safflor, eine Dritte widmete sich meinen Fingernägeln, und die Letzte pflegte meine Füße. Sie arbeiteten mit Seifen, Salben und sauberen Tüchern, und das Besteck, mit dem sie meine Nägel schnitten, entnahmen sie einem ganz besonderen Behältnis. Es war ein Kasten, der in Form und Farbe einem Schwan glich. Die Flügel des Schwans konnten nach außen geschwenkt werden und gaben auf diese Weise ein Fach für die verschiedensten Utensilien frei.

Als sie mit ihrer Arbeit fertig waren, halfen sie mir aus dem Becken und bedeuteten mir, ich möge mich auf die Kissen legen. Ich gehorchte, versäumte es dabei aber nicht, meine Blöße mit einem Tuch zu bedecken. Die Erste von ihnen schüttelte den Kopf und nahm mir das Tuch wieder fort. Dann schickte sie sich an, mich zu massieren, während die Zweite in einem Kohlebecken Weihrauch entzündete und die beiden Letzten zu einer Laute griffen und leise ein fremdartiges Lied sangen.

Der schwere Duft nach Weihrauch durchzog den Raum, ich fühlte, wie eine angenehme Leere in meinem Kopf entstand. Ruhe und Zufriedenheit ergriffen von mir Besitz, während die Erste der Sklavinnen mich weiter mit kundiger Hand massierte. Nach einer Weile merkte ich jedoch, wie die Entspannung wich und einer zunehmenden Versteifung Platz machte. Der Vorgang war mir peinlich. Ich murmelte eine Entschuldigung und drehte mich hastig auf den Bauch.

Daraufhin zeigten die jungen Sklavinnen zum ersten Mal eine Reaktion. Sie hielten sich die Hand vor den Mund, prusteten los und eilten mit trippelnden Schritten aus dem Raum.

Aufatmend drehte ich mich wieder auf den Rücken, denn ich glaubte mich wieder allein. Das aber war nicht der Fall, wie ich nur einen Augenblick später feststellte, denn der dickleibige Rayhan stand wieder in der Tür. Er war in Begleitung einer dunkelhäutigen Schönheit, die züchtig die Lider gesenkt hielt. Bis auf einen schmalen Streifen im Gesicht war ihr Körper vollständig mit dem *izar* verhüllt, einem großen Stück Stoff aus feinstem weißem Linnen.

»Sie kommt aus Darfur im Westen Nubiens, Hakim«, quäkte Rayhan, »einem Landstrich, in dem die schönsten Sklavinnen zu Hause sind. Ich habe sie Siham genannt und sie nach persischer Sitte für dich vorbereiten lassen, denn wie du vielleicht weißt, stammt die Familie unseres Kalifen Harun aus Persien. Siham fühlt sich sehr geehrt, deine Bekanntschaft machen zu dürfen.«

Er gab ihr einen sanften Stoß, und Siham kam langsam auf mich zu. Sie hatte den stolzen, aufrechten Gang jener Frauen, die es gewohnt sind, Lasten auf dem Kopf zu tragen. »*Salam alaikum*, Hakim«, sagte sie mit sanfter Stimme und kniete vor mir nieder.

»*Salam alaikum*«, antwortete ich verwirrt, denn es bedurfte keiner großen Vorstellungskraft, um zu erkennen, dass sie von Rayhan auserwählt worden war, mit mir das Bett zu teilen.

»Wenn du erlaubst, wird sie für dich tanzen, Hakim«, sagte Rayhan, bemüht, seiner Stimme einen verführerischen Klang zu geben.

Siham erhob sich wieder. Während sie das tat, hatte leises Flötenspiel eingesetzt. Von irgendwoher drang es in den Raum und schien sich auf seltsame Art mit dem Weihrauchduft zu vermischen. Eine Harfe fiel ein. Siham begann, sich langsam vor mir zu bewegen. Ihr biegsamer Körper wiegte sich im Takt der Musik. Sie tanzte gut, und während sie tanzte, zog sie den *izar* von ihrem Kopf herunter, und ich sah, wie schön sie war. Dann legte sie das Kleidungsstück vollends ab, tanzte weiter, bog ihren Körper vor und zurück, schälte sich langsam aus der eng am Leib liegenden *ghilala* und aus dem *sirwal,* einer Art Hose, die durch eine zarte Schnur gehalten wird. Schließlich tanzte sie nackt vor mir, nackt und vollkommen, eine schwarze Venus. Niemals zuvor hatte ich eine so makellos gewachsene Frau gesehen.

Die Musik erstarb mit einem langgezogenen Ton, Siham hielt inne. Sie blickte mich an, und ich sah ihr zum ersten Mal direkt in die Augen. Ich entdeckte Angst darin.

Rayhan, der uns vorübergehend allein gelassen hatte, war plötzlich wieder da, watschelte auf mich zu und beugte sich zu mir herunter, so weit es ging. »Sei gut zu ihr, Hakim«, quäkte er flüsternd, »sie ist eine undurchbohrte Perle.«

Darauf wusste ich keine Antwort, aber Rayhan kicherte und machte sich schnell davon.

Siham setzte sich direkt vor mich hin. Sie blickte mich wieder an, und während sie mich anblickte, öffnete sie langsam ihre Schenkel. Ich wollte es nicht, und doch musste ich hinsehen. Was ich sah, war das, wofür Männer immer wieder grausame Kriege angezettelt hatten, getötet hatten, gemordet hatten. Es war tausendmal verführerischer als der Apfel, der Adam von Eva im Paradies angeboten worden war.

Und trotzdem war es mir fremd, ja, es stieß mich sogar ab. Denn die zarten Blütenknospen waren vollständig rasiert und schreiend rot bemalt. Ich schluckte und schüttelte den Kopf. »Bitte, geh«, sagte ich heiser.

Sie verstand mich nicht. Vielleicht wollte sie es auch nicht.

»Bitte, geh.«

Siham blieb. Nur ihre Schenkel schlossen sich.

Ich murmelte etwas davon, wie müde ich sei und welch anstrengende Reise hinter mir läge, und drehte mich zur Wand, so dass sie nur noch meinen Rücken sah. »Bitte, geh«, sagte ich zum dritten Mal.

Es muss für sie eine schreckliche Beleidigung gewesen sein, aber ich konnte einfach nicht gegen meine Natur. Ich konnte nicht mit dieser schönen jungen Frau schlafen. Ich hatte die Angst in ihren Augen gesehen und die mit Henna gefärbte Röte ihres Schoßes. Es ging nicht. Ich wartete eine Weile und täuschte lautes Schnarchen vor. Ich wartete weiter. Und schnarchte. Und wartete.

Endlich hörte ich, wie sie sich leisen Schrittes entfernte.

Am nächsten Tag traf ich Lantfrid und Sigimund, die in einer von üppig blühenden Kameliensträuchern umgebenen Laube saßen und gekühltes Honigwasser tranken. Sie trugen, ebenso wie ich, die *durra'a,* ein weites, vorn geschlitztes Gewand mit Ärmeln, das eine Art Hoftracht darstellte. Lantfrid, der von beiden der größere Genießer war, wies auf ein Stück Eis in seinem gläsernen Trinkgefäß und sagte: »Man kann von diesen Arabern halten, was man will, aber sie haben schnelle Kuriere. Dieses Eis, so wurde mir gesagt, lässt Kalif Harun eigens aus dem persischen Zagros-Gebirge herbeischaffen.«

Sigimund nickte. »Ja, er ist sehr bemüht, dass es an nichts fehlt. Ich frage mich nur, wann er sich herablassen wird, uns zu empfangen.«

»Das weiß nur Gott allein«, sagte Lantfrid. »Der *hadschib* al-Fadl jedenfalls hat mir zugesichert, so bald wie möglich eine Audienz erwirken zu wollen.«

»So bald wie möglich?« Sigimund lachte abfällig. »Wer weiß, was dieser Muselman unter ›bald‹ versteht?« Er winkte einem Sklaven und bedeutete ihm, er möge auch mir einen Becher mit Honigwasser füllen.

Wir tranken. Dann fragte Lantfrid mich: »Wie bist du untergebracht, Cunrad? Ich hoffe, ebenso fürstlich wie wir?«

»Ich kann nicht klagen«, antwortete ich und schilderte den Aufwand, den der Eunuch Rayhan für mich treiben ließ. Von der schönen Sklavin Siham erzählte ich nichts.

»Besonders die Speisen, die man mir heute Morgen gab, sind ganz anders als in der Heimat«, fuhr ich fort, »alles ist kleiner portioniert und schärfer gewürzt, und vielfältiger ist es obendrein. Ich bin noch nicht sonderlich darin geübt, nur mit drei Fingern der rechten Hand zu essen, aber der Araber, so sagte man mir, lege sehr viel Wert auf diese Sitte.«

Lantfrid nickte. »Das sagte man uns auch. Außerdem soll man die Hand vor dem Essen waschen, wobei ich nicht weiß, ob das auch für die linke gilt, denn sie wird als unrein angesehen und darf zur Aufnahme der Speisen nicht verwendet werden.«

»Weil sie der Reinigung jener Stelle dient, an der die Speise den Körper wieder verlässt«, ergänzte Sigimund grinsend. »Seltsam ist auch die Sitte, immer und unbedingt etwas übrig lassen zu müssen, da der Gastgeber sonst denken könnte, man sei nicht satt geworden.«

Lantfrid trank einen Schluck Honigwasser und sagte: »Gestern Abend wollten Sigimund und ich einen guten Krug Wein trinken, aber man erklärte uns, der Prophet Mohammed habe Alkohol verboten. Andererseits ist immer wieder zu hören, dass Kalif Harun selbst einem kräftigen Trunk nicht abgeneigt ist. Wie passt das zusammen?«

Über dieser Frage sinnierten wir eine Weile, dann sagte ich: »Wenigstens sind die Kleider, die man uns gegeben hat, allesamt weiß und von feinster Seide. Sie sind so glatt, dass Faustus' verfluchte Läuse keinen Halt mehr an ihnen finden dürften. Endlich sind wir die Plagegeister los.«

»Das stimmt«, sagte Lantfrid. »Wo ist der Prediger überhaupt? Hast du etwas von ihm gehört?«

Ich schüttelte den Kopf. »Nein, aber ich hoffe, man hat ihn ebenso nackt wie mich samt seiner Läuse in einem Wasserbecken versenkt.«

Bei dieser Vorstellung mussten wir lachen, und Sigimund sagte: »Es wäre gut, Cunrad, wenn du mal nach ihm sehen könntest. Immerhin ist er unser Prediger, und ich möchte, dass er genauso gut untergebracht ist wie wir.«

»Das mache ich«, sagte ich, trank einen letzten Schluck und erhob mich. »Ich bin gespannt, wie es ihm geht.«

Ich traf Faustus erst am Nachmittag dieses Tages, da Rayhan es sich nicht hatte nehmen lassen, mir sämtliche Diener meines neuen Hauses langatmig vorzustellen und überdies die Arbeitsabläufe bis ins Kleinste zu erläutern. Als ich schließlich meine Absicht äußerte, das Haus verlassen zu wollen, um einen Besuch bei unserem Prediger zu machen, antwortete er eifrig: »Gewiss, Hakim, du sollst zu deinem Bibelgelehrten gehen, aber gedulde dich noch einen Augenblick.«

Er watschelte eilig davon und winkte mich kurz darauf vor die Tür, wo vier Träger mit einer Sänfte warteten.

»Was soll das?«, fragte ich.

»Ein Herr wie du geht nicht zu Fuß, Hakim«, quäkte Rayhan.

»Ich bin heute Morgen auch zu Fuß gegangen, und ich werde es diesmal genauso tun«, antwortete ich entschlossen.

Daraufhin guckte Rayhan mich an wie ein geschlagener Hund, und mir wurde klar, dass ich die Sänftenträger nicht fortschicken konnte, ohne dass mein dicker Eunuch an Gesicht verlieren würde. Also sagte ich: »In Gottes Namen, dann tragt mich. Wisst ihr überhaupt, wohin ich will?«

Einer von ihnen nickte, und ich kletterte in die Sänfte. Sie war vollständig mit Seide ausgeschlagen und roch aufreizend nach Parfum. Ich ließ die Männer ein paar hundert Schritte gehen, bis mein Haus und Rayhan außer Sichtweite waren, und befahl ihnen anzuhalten. »Hört mal«, sagte ich, »in der Sänfte muss jemand sein Riechfläschchen mit Lavendel ausgeschüttet haben. Immer, wenn ich Lavendel rieche, wird mir schwindelig, und ich kriege Kopfschmerzen.

Solche Gerüche sind was für Weiber, aber nichts für einen Mann.«

Wie erhofft, lachten sie scheu.

»Ich gehe deshalb zu Fuß weiter. Kehrt nur um, ich finde nachher allein zurück.« Da ich den Weg zu Faustus aber nicht kannte, nahm ich einen von ihnen als Führer mit.

Ich traf Faustus in einem Haus an, das dem meinen sehr ähnlich war. Nur über der Tür wachte statt des Löwenkopfs ein Falkenkopf. Auch dieses Haus verfügte über einen Raum mit Wasserbecken, und in diesem Raum traf ich ihn an. Er kniete vor einem behelfsmäßig errichteten Altar und betete inbrünstig eine Christusfigur an. Genau wie ich trug er weiße seidene Kleider, und ich fragte mich, ob unsere Hoffnung in Erfüllung gegangen war und man ihn in das Wasserbecken gesteckt hatte.

Ich sollte nicht lange im Ungewissen bleiben, denn er sprach laut: »Oh, Herr, vergib mir, dass ich schwach war und nicht verhindert habe, dass man mich tauchte. So wurden deine Perlen, o Herr, gemeuchelt. So wurde getauftes Blut vergossen. Blut von getauften Seelen, die den Bund mit dir eingegangen waren. Ich will kein Judas sein, Herr, über den es bei Matthäus siebenundzwanzig im vierten Vers heißt, nachdem er den Hohepriestern die dreißig Silberlinge zurückgebracht hatte: *Ich habe übel gethan, daß ich unschuldig Blut verraten habe!* Strafe mich nicht, o Herr, wie Judas, den Sünder, strafe mich nicht, ich will auch ...«

»Gott zum Gruße, Faustus«, sagte ich.

Er fuhr herum und blickte mich abweisend an. »Siehst du nicht, dass ich im Gebet bin?«

»Doch, ich sehe es«, sagte ich, »und ich höre mit Freuden, dass du dich von deinen geliebten Perlen getrennt hast.«

»Du gottloser Mensch!« Faustus sprang auf, seine Augen funkelten vor Empörung. »Willst du dich über mich lustig machen?«

Unwillkürlich wich ich einen Schritt zurück. »Sieh es doch einfach als Gottesurteil«, sagte ich beschwichtigend. »Wenn Gott gewollt hätte, dass die Perlen mit dem getauften Blut dein Reinigungsbad überleben, hätte er es so eingerichtet.«

»Was verstehst du schon von Gottes Willen!«

»Oder«, sagte ich, »bedenke, dass die Perlen, um die du dich sorgst, womöglich das Blut von Dieben oder Mördern enthielten. Das Blut von Sündern. Ich frage dich: Kann es Sünde sein, sündiges Blut zu vergießen?«

»Nun, äh …«

»Vergiss nicht, die Perlen, wie du sie nennst, sind nichts anderes als Läuse, die wer weiß wen schon gebissen haben mögen, bevor sie sich auf deinem Leib niederließen.«

Faustus hatte sich wieder gefangen. »Was willst du überhaupt?«, blaffte er.

»Ich habe Auftrag von Lantfrid und Sigimund, nach dir zu sehen und mich davon zu überzeugen, dass es dir gutgeht.«

»Es geht mir schlecht, das siehst du ja! Aber ich will in den nächsten Tagen auf allen öffentlichen Plätzen eine Messe feiern und den allein seligmachenden Glauben verkünden.«

»Das lass besser sein«, sagte ich warnend.

»Warum?« Faustus reckte das Kinn vor.

»Weil ich überzeugt bin, dass du dir den Unmut des *hadschibs,* wenn nicht gar des Kalifen zuzögest. Das würde den Erfolg unserer gesamten Mission in Frage stellen.«

»Was Gott mir aufträgt, muss ich tun, ich bin sein gehorsamer Diener!«

Ich seufzte. Faustus war wirklich unbelehrbar, ein blinder Eiferer, ein Besessener, der uns gefährlich werden konnte. Ich nahm mir vor, in nächster Zeit öfter nach ihm zu sehen, notfalls auch einen der Soldaten abzustellen, damit er auf keine Dummheiten kam. »Denk an meine Worte«, sagte ich eindringlich. »Schlag dir deine Bekehrversuche aus dem Kopf.« Dann kam mir ein Gedanke, und ich fügte hinzu: »Wenn du unbedingt eine Messe halten willst, dann für die armen getauften Seelen, deren Blut du im Bade vergossen hast.«

Dann ging ich.

Und ließ einen nachdenklichen Faustus zurück.

Später am Tag bestieg ich meine Sänfte, weil Rayhan abermals darauf bestanden hatte, und machte mich auf den Weg zu Isaak, der es abgelehnt hatte, ein eigenes Haus auf dem Gelände des Palastes zu beziehen. Er hatte gastliche Aufnahme beim *Resch Galutha,* dem politischen Führer der Bagdader Juden, gefunden. Die *Rahdaniten,* wie die Juden hier genannt wurden, waren geschickte Kaufleute, die mit Gewürzen, Getreide, Stoffen und Sklaven handelten.

Der *Resch Galutha* von Bagdad hieß Ephraim und hatte seinen prächtigen Wohnsitz in der Gasse der Gewürzhändler. Man ließ mich freundlich ein, und Ephraim, ein würdiger alter Mann mit schlohweißem Haar, bat mich, ich möge mich etwas in Geduld fassen, denn Isaak befände sich gerade in der *Mikwe.* Auf meine Frage, was das sei, erklärte er mir, es handele sich um ein rituelles Tauchbad.

»In gewisser Weise habe auch ich ein solches Bad genommen«, sagte ich scherzend und erzählte von dem Wasserbecken, in das mich meine Sklavinnen mit sanfter Gewalt gezwungen hatten.

Ephraim lächelte. »Die Reinigung in der *Mikwe* ist etwas völlig anderes, Hakim, denn sie hat religiöse Gründe. Es fängt schon mit dem Wasser an: Es muss ›lebendiges‹ Wasser sein, wie wir sagen, das heißt, es darf nur Wasser natürlichen Ursprungs verwendet werden. Es darf weder herangetragen noch anderweitig zur *Mikwe* transportiert worden sein. Aus diesem Grund kommt nur Quell- oder Grundwasser in Frage. Allenfalls noch gesammeltes Regenwasser, aber das bereitzuhalten fällt gerade in der heißen Jahreszeit schwer.«

Danach erzählte mir Ephraim noch mehr über die Vorschriften, die bei einem Judenbad einzuhalten sind, und ich hörte gespannt zu, denn alles Fremdartige und Unbekannte weckte von jeher meine Neugier. Irgendwann erschien Isaak, gereinigt und erfrischt, und wunderte sich über meinen Besuch.

»Ich wollte wissen, wie es dir ergangen ist, aber wie ich sehe, geht es dir gut«, erklärte ich.

»Ja, es geht mir gut«, bestätigte Isaak, und Ephraim fügte hinzu: »Wir Juden haben zwar kein Vaterland, aber überall, wo wir hinkommen, finden wir ein Zuhause in einer jüdischen Gemeinde. Wir sind wie eine große Familie, die über die ganze Welt verstreut ist.« Dann klatschte er in die Hände, woraufhin eine Dienerin mit Wein und schönen Kelchgläsern erschien.

Ephraim ließ einschenken, und als er Isaaks fragenden Blick sah, erklärte er: »Keine Sorge, mein Freund, der Wein ist erlaubt, er wurde vom Rabbi unserer Gemeinde nach der Tora für koscher erklärt.«

Wir tranken, und nachdem wir unsere Gläser abgesetzt hatten, sprach Ephraim ein kurzes Dankgebet. Ich muss wohl etwas erstaunt geblickt haben, denn er erklärte mir freundlich: »Du als *schejgez* kannst es nicht wissen, aber wir Juden sprechen nicht nur nach dem Genuss von Speisen ein Gebet. Im Talmud heißt es: *Wer die Güter dieser Welt ohne ein Gebet genießt, ist ein Dieb.*«

Ich antwortete, dass ein Christ nicht gleich zum Dieb würde, wenn er das Dankgebet versäumte, es aber durchaus gottgefällig sei, sich für das zu bedanken, was der Allmächtige für die Menschen gedeihen ließe.

Wieder tranken wir, und im Folgenden drehte sich die Unterhaltung um alles, was koscher ist und was nicht. »Wenn ich es richtig verstanden habe«, sagte ich, »darf ein Jude Wein trinken, sofern er die Regeln beachtet. Muselmanen jedoch ist der Genuss von Alkohol verboten. Oder gibt es auch für sie bestimmte Ausnahmen?«

Ephraim runzelte die Stirn. »Da müsstest du eigentlich einen Korangelehrten fragen. Warum willst du das wissen?«

»Weil ich gehört habe, dass Kalif Harun öfter einen guten Tropfen zu schätzen weiß. Als Imam aller Muselmanen und Befehlshaber der Gläubigen müsste er jedoch mit gutem Beispiel vorangehen und den Alkohol meiden?«

»Darüber solltest du dir nicht den Kopf zerbrechen, Hakim!« Ephraim hob warnend den Finger. »Was Kalif Harun macht, darf niemand hinterfragen.«

»Ist es denn so gefährlich, über den Kalifen zu sprechen?«, fragte ich weiter.

Der alte Mann seufzte. Das Thema war ihm sichtlich nicht angenehm. Ich wollte schon einlenken und das Gespräch in andere Bahnen lenken, als er antwortete: »Ja und nein. Der Kalif hat zwei Gesichter. Eines ist gütig, das andere ist grausam. Man kann nie sicher sein, welches er aufsetzen wird, wenn man ihm gegenübertritt. Doch jeder ist gut beraten, nicht seine grausame Seite heraufzubeschwören.«

Isaak, der bis zu diesem Zeitpunkt geschwiegen hatte, fragte: »Ist es denkbar, dass Kalif Harun noch ein drittes Gesicht hat? Ein gleichgültiges womöglich? Anders kann ich es mir nicht erklären, warum er den *hadschib* noch nicht hat wissen lassen, wann er unsere Delegation zu empfangen gedenkt.«

»Vielleicht hat er es, vielleicht auch nicht«, antwortete der alte Mann und wies einladend auf ein Tablett mit kleinen Ingwerkuchen, das gerade hereingetragen wurde. »Bedient euch, meine Freunde, während ich über die Antwort nachdenke.« Er schloss für einen Moment die Augen, gleichsam als suche er Rat im Schlaf, und sagte dann: »Wie alle Kalifen, die dem Geschlecht der Abbasiden entstammen, ist auch Harun außerordentlich stolz. Er ist der mächtigste Herrscher auf Erden, gebietet mit seinem Kalifat über das größte Reich und die meisten Untertanen. Ich denke, das will er alle Welt spüren lassen oder, um es anders auszudrücken: Er will euch, die Abgesandten König Karls, die Unwichtigkeit eures Herrschers vor Augen führen, indem er euch warten lässt.«

»Das wäre eine Erklärung«, sagte ich.

»Aber besonders höflich wäre es nicht«, ergänzte Isaak.

Ephraim nahm ein Kuchenstück und schob es sich in den fast zahnlosen Mund. Während er kaute, sagte er: »Höflichkeit, Freundlichkeit, Rücksichtnahme, in solchen Rubriken denkt Harun nicht. Er denkt ausschließlich an seine Macht und wie er sie erhalten kann. Das ist allen Abbasiden von Geburt an zu eigen. Wären sie nicht so machthungrig und rücksichtslos, hätten sie niemals die Omayyaden, die zuvor das Land beherrschten, stürzen können. Aber ich will mich nicht beklagen. Wir Juden müssen zwar eine hohe Steuer zahlen, um unsere Religion ausüben zu dürfen, doch die *dschizya* bringt uns nicht um. Insgesamt führen wir kein schlechtes Leben als Haruns Untertanen.«

Wir redeten noch eine Weile über dieses und jenes, und Ephraim bat mich, zum Essen zu bleiben, damit ich mich von der Schmackhaftigkeit der jüdischen Küche überzeugen könne, es gebe junges Lamm mit Aprikosen und Rosinen. Doch ich lehnte höflich ab, denn ich wollte weiter zu unseren Soldaten, die für die Unversehrtheit der Gastgeschenke verantwortlich waren. Wieder bestieg ich meine Sänfte und befahl den Trägern, mich in den Palast zurückzubringen. Dort angekommen, ließ ich sie kurz vor dem Ziel anhalten, um den Rest des Weges zu Fuß zu gehen. Ich fand es unpassend, meinen Weggefährten so hochherrschaftlich zu begegnen.

Die Unterkünfte, die unseren Wachsoldaten zugewiesen worden waren, lagen in unmittelbarer Nähe des Hundezwingers und des Auslaufgeländes. Schon von weitem merkte ich, dass etwas nicht stimmte. Einige Soldaten standen an der Einlasspforte, redeten heftig miteinander und deuteten mit den Händen in eine bestimmte Richtung. Mehrere der Kampfhunde lagen am Boden, hechelnd und blutüberströmt, zwei von ihnen schienen sogar tot.

Nachdem ich meine Fassung wiedergewonnen hatte, fragte ich streng: »Wie konnte das geschehen?«

Ein Redeschwall von verschiedenen Seiten war die Antwort. Ich gebot Ruhe und fragte noch einmal. Nach einigem Hin und Her ergab sich folgendes Bild: Jemand musste die Hunde losgebunden und auf das Gelände gelassen haben, wo sie sich sofort ineinander verbissen hatten. »Wer ist für die Tiere verantwortlich?«, fragte ich.

Ein junger Soldat namens Abbo meldete sich zögernd. »Ich, Hakim, aber ich schwöre bei Gott, dass ich die Tiere nicht befreit habe. Ich war Essen holen für die Kameraden.«

»Wenn du es nicht warst, wer war es dann?«

»Ich weiß es nicht.«

»Weiß es jemand von euch?« Ich blickte in die Runde.

Als keiner antwortete, setzte ich nach: »Hatte ein Unbekannter die Möglichkeit, die Tiere loszulassen?«

Sie zögerten und verneinten dann.

»Nun gut, da niemand außer euch in der Nähe war, muss es einer von euch gewesen sein. Also, wer war es?«

Wieder fragte ich vergebens, und zu meiner Bestürzung über den Vorfall gesellte sich Ärger. »Wieso hast du deinen Posten verlassen, um Essen zu holen?«, fuhr ich Abbo an.

»Es war ein Befehl, Hakim.«

»Ein Befehl, von wem? Lass dir nicht jedes Wort aus der Nase ziehen.«

»Von Garlef und Sigerik. Sie hatten die Wachaufsicht.«

»Soso. Nun ja.« Dagegen konnte ich schlecht etwas sagen, ohne die beiden kampferprobten Krieger bloßzustellen. Ich ließ deshalb die Sache fürs Erste auf sich beruhen und befahl Abbo, die Beine in die Hand zu nehmen und meine chirurgische Ausrüstung so schnell wie möglich aus dem Löwenkopf-Haus zu holen.

Es dauerte nicht lange, bis er atemlos zurückkam. Ich hatte die Zwischenzeit genutzt und mir die Tiere angesehen. Zwei von ihnen waren tatsächlich tot, drei weitere schwer verletzt. Der Rest hatte leichtere Bisswunden, die weniger gefährlich zu sein schienen. Insgesamt war festzustellen, dass von den ursprünglich zehn starken Kampfhunden allenfalls noch fünf oder sechs als Geschenk für Kalif Harun al-Raschid in Frage kamen. Ein herber Verlust. Doch daran durfte ich keinen weiteren Gedanken verschwenden.

»Über die Sache ist das letzte Wort noch nicht gesprochen«, sagte ich zu Abbo. »Jetzt ist erst einmal das Naheliegende zu tun. Du assistierst mir bei der Behandlung der Tiere.«

»Ja, Hakim«, antwortete er kleinlaut.

In den folgenden Stunden ließ ich mir die Hunde einzeln zuführen und untersuchte jede Wunde auf das sorgfältigste. Ich wusch sie aus, strich eine Salbe mit den Extrakten der Ringelblume darauf, vernähte und verband sie. Die vor kurzem noch so wilden Kampfhunde erwiesen sich dabei erstaunlicherweise als lammfromm. Vielleicht spürten sie, dass ihnen geholfen wurde.

Als die Arbeit getan war, sagte ich zu Abbo: »Lass die toten Tiere unbemerkt begraben. Niemand muss wissen, dass die Anzahl von König Karls Geschenken sich verringert hat. Sorge dafür, dass die überlebenden Hunde leicht verdauliches Futter bekommen. Am besten Reis und gekochtes Hühnerfleisch. Und achte darauf, dass keine Knochen oder Knöchelchen dabei sind.«

Er versprach alles, und ich packte mein chirurgisches Besteck zusammen, verschloss den Kasten und ging zu meiner Sänfte zurück. Aufatmend setzte ich mich hinein und dachte, dass ich rund zwei Dutzend zum Teil sehr schwere Verletzungen behandelt hatte. So viele wie nie zuvor auf einmal. Doch meine Patienten waren keine Menschen, sondern Hunde gewesen. Das Leben ging manchmal seltsame Wege. Ich lehnte mich in meinem Sitz zurück und schloss müde die Augen, während meine Träger mich rasch nach Hause brachten. Zum ersten Mal war ich froh, nicht selbst laufen zu müssen.

Der Tag darauf begann sehr viel friedlicher. Meine schönen Sklavinnen weckten mich mit einem Lied zur Laute und legten mir anschließend frische Kleider an meine Lagerstatt. Sie wollten mich auch überreden, wieder ein Bad zu nehmen, aber dagegen sträubte ich mich, ebenso wie ich mich weigerte, mir in die seidene *durra'a* helfen zu lassen.

Rayhan erschien, sah mich missbilligend an und rollte mit den Augen. »Hakim«, quäkte er, »wenn dieser Morgen ein guter Morgen für dich werden soll, was ich dir durchaus wünsche, darfst du nicht alles selbst machen wollen. Wozu hast du mich und deine kundigen Sklavinnen?«

»Auch ich wünsche dir einen guten Morgen«, sagte ich möglichst freundlich. »Bitte verstehe, dass ich zu dieser Tageszeit noch nicht besonders gesprächig bin und in Ruhe gelassen werden möchte.«

Schmollend zog er sich zurück.

Ich kleidete mich allein an, bemühte mich, mit drei Fingern etwas von den bereitgestellten Köstlichkeiten zu essen, und ließ mir die Geschehnisse des vergangenen Tages noch einmal durch den Kopf gehen. Ich war sicher, dass jemand mit voller Absicht die Kampfhunde aufeinandergehetzt hatte, nur: Welchen Sinn ergab das Ganze? Eine Zeitlang grübelte ich, doch ich kam nicht weiter. Keinem unserer braven Wachsoldaten traute ich eine solche Tat zu. Also war der Täter unter den Bediensteten des Palastes zu suchen? Wenn ja, was hätte er davon gehabt, die für seinen Herrscher bestimmten Gastgeschenke zu vernichten? Musste er nicht vielmehr den Zorn Haruns fürchten, wenn seine Tat ruchbar würde?

Ich seufzte und rief nach Rayhan. Er kam herbeigewatschelt und fragte mich kurzatmig nach meinen Wünschen. »Hole mir meinen Kasten mit den Instrumenten«, sagte ich.

»Sind es die Werkzeuge, mit denen du gestern die wilden Hunde zu kurieren versuchtest?«, fragte er neugierig.

»So ist es«, sagte ich. »Der Vorfall hat sich also schon herumgesprochen?«

Rayhan lachte kollernd. »In diesem Palast haben die Wände Ohren und die Türen Augen, Hakim.«

»Hole mir jetzt den Kasten.«

»Ich höre und gehorche, Hakim.«

Wenig später hatte ich das Gewünschte bekommen und wollte mich daranmachen, die Instrumente zu reinigen, hielt aber inne, weil Rayhan stehen geblieben war und mich unschlüssig ansah. »Was gibt es noch?«, fragte ich.

»Hakim, es ist im Leben so, dass nicht immer alles beim ersten Versuch gelingt«, begann er umständlich.

»Das mag so sein«, sagte ich. »Worauf willst du hinaus?«

»Beim zweiten Versuch ist es dann häufig umso schöner.«

»Komm zur Sache, Rayhan.«

»Hakim«, quäkte mein Diener, »du machst es mir nicht leicht! Ich spreche von Siham, der schönen Nubierin. Es ist nicht gut, wenn ein Mann allein schläft. Darf ich sie dir heute Abend …?«

»Nein«, sagte ich und dachte an den angstvollen Ausdruck in ihren Augen. »Ich möchte nicht mit Siham das Bett teilen. Und sie mit mir auch nicht.«

»Hakim, ich widerspreche dir nur ungern, aber darauf, was Siham möchte, kommt es nicht an. Es kommt einzig darauf an, was du …«

»Bitte lass mich jetzt allein.«

»Ich höre und gehorche, Hakim.« Beleidigt watschelte mein dicker Diener hinaus.

Ich zwang meine Gedanken zurück zu den verletzten Hunden. Während ich jedes Instrument einzeln aus dem hölzernen Kasten nahm und sorgfältig reinigte, fragte ich mich, ob es wahrscheinlich sei, dass sich etwas Derartiges wiederholte. Ich wusste es nicht. Klar jedoch war, dass die Geschenke für den Kalifen von nun an umso stärker bewacht werden mussten.

In diese Überlegungen hinein erschien plötzlich Lantfrid. Auch er hatte schon von dem gestrigen Ereignis erfahren und sagte, während er sich ächzend auf einem meiner Kissen niederließ: »Das ist eine Katastrophe, Cunrad! Ich habe schon mit Sigimund, Isaak und Faustus gesprochen, aber keiner der drei ahnt auch nur, wie es dazu kommen konnte. Hast du eine Erklärung dafür?«

»Beruhige dich erst einmal«, sagte ich, obwohl ich seine Erregung gut verstehen konnte. »Darf ich dir etwas anbieten?«

Er winkte ab. »Mir ist nicht nach Essen zumute. Sage mir lieber, was du von der Sache hältst.«

Ich berichtete von meinem Gespräch mit Abbo und von meinem vergeblichen Versuch, den Täter zu ermitteln.

»Mit Abbo habe ich auch schon gesprochen. Ich glaube nicht, dass er etwas damit zu tun hat. Niemand hat auch nur die leiseste Ahnung, wer es gewesen sein könnte. Wir stehen vor einem Rätsel. Wenn wir schon nicht herausfinden können, wer der Übeltäter war, sollten wir wenigstens dafür sorgen, dass sich so etwas nicht wiederholt. Nicht auszudenken, wenn demnächst auch eines der unersetzbaren Schlachtrösser verlorenginge. Was schlägst du vor?«

»Wir könnten die Posten verdoppeln. Vier Augen sehen mehr als zwei.«

Lantfrid nickte. »Das könnten wir. Vielleicht sollten wir es sogar. Trotzdem bleibt der Verlust von mindestens zwei Hunden, also zwei Gastgeschenken für Harun. Meinst du, die anderen Tiere kommen durch?«

»Ich hoffe es, Lantfrid, aber genau weiß ich es erst in ein paar Tagen. In jedem Fall werde ich regelmäßig nach den Tieren sehen.«

»Das ist gut.« Lantfrid schwieg eine Weile. Dann hellte sich sein Gesicht auf. »Ich denke, es wäre das Einfachste, bei der Übergabezeremonie so zu tun, als hätten wir von Anfang an nicht mehr Hunde gehabt.«

»Daran habe ich auch schon gedacht«, sagte ich, »aber das wird nicht möglich sein. Rayhan, mein dicker Diener, erzählte mir, das Unglück habe sich schon überall herumgesprochen.«

»Tod und Teufel!« Es kam nicht oft vor, dass Lantfrid fluchte. »Und wenn wir die ganze Meute einfach verschwinden ließen? Ein Geschenk, das man nicht bekommt, wirft keine Fragen auf.«

»Ich fürchte, dafür ist es zu spät.«

Wir grübelten noch eine ganze Weile, ohne zu einem Ergebnis zu kommen. Schließlich sagte Lantfrid etwas halbherzig: »Kommt Zeit, kommt Rat. Ich muss nun gehen, Cunrad. Und vergiss nicht, nach den vermaledeiten Hunden zu sehen.«

An den folgenden Tagen hielt ich mich an mein Versprechen. Ich tat mein Bestes, um die Hunde zu heilen, konnte aber nicht verhindern, dass ein drittes Tier starb. Ein weiteres würde zeit seines Lebens hinken. Die restlichen sechs, so schien es, würden wieder vollends genesen, obwohl sie mehr oder weniger schwere Verletzungen davongetragen hatten. Die Nähte verheilten gut, nur in ihrem Umfeld hatten sich weiche, kissenförmige Ablagerungen unter der Haut gebildet, weil von den Wunden Flüssigkeit ausgeschwitzt worden war. Da die *secretio* sich nicht von selbst zurückbildete, musste ich sie mehrmals mit der Hohlnadel absaugen.

Abbo half mir regelmäßig bei meiner Arbeit. Er war es auch, der mir Auskunft darüber gab, wie es um die anderen Präsente für Kalif Harun stand. Die Schwerter und die Brüsseler Stoffe, so versicherte er mir, seien komplett und in gutem Zustand. Doch ich wollte mich lieber selbst überzeugen. Deshalb wandte ich mich an Garlef und Sigerik, die beiden kampferprobten sächsischen Krieger, die Lantfrid persönlich für den Zustand der verbliebenen Geschenke verantwortlich gemacht hatte. Sie zeigten mir bereitwillig alles, was ich sehen wollte, und ich war beruhigt. Natürlich fragte ich sie auch, ob sie eine Vermutung hätten, wer die Kampfhunde aufeinander losgelassen hatte, aber sie zuckten nur mit den Schultern.

»Und warum habt ihr Abbo zum Essenholen geschickt und dadurch in Kauf genommen, dass die Hunde unbeaufsichtigt waren?«, wollte ich wissen.

»Wir haben uns darauf verlassen, dass niemand sich an sie herantrauen würde, Hakim«, antworteten sie treuherzig. »Und irgendjemand musste die Verpflegung doch besorgen.«

Das leuchtete mir ein, und ich ließ es dabei bewenden.

Ansonsten gingen die Tage dahin, und ich vertrieb mir die

Langeweile, indem ich das Palastgelände erforschte. Dies fiel mir umso leichter, als ich mich überall frei bewegen durfte. An einem schönen Morgen, es muss in der zweiten Hälfte des Dezembers gewesen sein, entdeckte ich eine Mauer, hinter der sich eine große, parkähnliche Anlage befand. Neugierig trat ich näher und erblickte die unterschiedlichsten Tiere. Die wenigsten von ihnen hatte ich schon einmal gesehen. Da waren Gazellen mit langen Hörnern, die unseren Rehen ähneln, Pfauen mit blauem Gefieder, die unseren Fasanen gleichen, Zebras mit weißen und schwarzen Streifen, die unseren Pferden entsprechen, ferner Löwen, Bären, Affen und mancherlei Tierarten mehr.

Da mich niemand daran hinderte, ging ich durch ein Tor in der Mauer und kletterte auf einen grauen, von Haselnusssträuchern umgebenen Felsblock. Oben angelangt, erkannte ich, dass es auf dem Gelände nicht nur Käfige und Gehege mit flugunfähigen Tieren gab, sondern auch einen besonders hohen, nach allen Seiten mit Gittern gesicherten Kasten, in dem es auf vielfältigste Weise piepte, tschilpte und zwitscherte. Zahllose buntgefiederte Vögel saßen darin auf Bäumen und Zweigen, putzten sich die Schwingen, flatterten umher oder pickten eifrig Körner auf. Wie gebannt schaute ich den lustigen kleinen Gesellen zu. Die meisten von ihnen saßen auf einem Baum mit weit ausladenden Ästen. Der Baum war eine Platane, sehr dick und sehr alt. Dann geschah etwas Merkwürdiges. Die Platane bewegte sich zur Seite, schwankte hin und her, und ich dachte, das geht nicht mit rechten Dingen zu! Doch einen Herzschlag später wurde mir klar, dass nicht der Baum mit den Vögeln sich bewegt hatte, sondern ich!

Plötzlich erzitterte der Boden unter mir. Eine unsichtbare Faust schien mich durchzuschütteln. Ich ruderte mit den Armen, verlor das Gleichgewicht und fiel von dem Felsblock hinunter. Als ich mich aufrappelte, blickte ich gegen eine graue Wand. Sie war faltig und fleckig, und sie bewegte sich. Dann entdeckte ich vier mächtige Säulen, fast so dick wie die Platane, und einen Körper, so groß wie ein Haus.

Der Felsblock, auf dem ich gestanden hatte, war ein Elefant …

Oh, Tariq, mein großherziger Gastgeber, ich weiß nicht, ob du jemals einen Elefanten gesehen, geschweige denn ihm gegenübergestanden hast. Ich versichere dir, der Anblick wird dich bis ins Mark erschüttern! Ein Elefant ist größer als zwei ausgewachsene Männer und so schwer wie ihrer fünfzig. Er hat einen hochgewölbten Rücken, einen kastenförmigen Kopf mit zwei Höckern und steiler Stirn, recht kleine Ohren und eine runzlige Haut, die häufig mit sommersprossenartigen Flecken übersät ist. Ich sage dir, oh, Tariq, wer ein solches urweltliches Ungetüm zum ersten Mal sieht, glaubt, seinen Augen nicht zu trauen!

Du lächelst und bedeutest mir, einen Augenblick Geduld zu haben? Nun gut, ich warte …

Was trägst du da herbei? Eine Ölvase. Sie sieht aus wie eine alte ägyptische Vase aus der Zeit der Pharaonen. Und sie trägt auf der Seite neben einigen Schriftzeichen die Abbildung eines Elefanten! Jetzt verstehe ich, warum du die Vase holtest. Lass mich den Elefanten betrachten. Nun, oh, Tariq, er ist nicht von der Art, wie ich sie kennengelernt habe. Es ist ein Elefant, wie er südlich der Großen Wüste Ifriqiyas lebt. Er hat größere Ohren als jener, der mir in der Parkanlage von Kalif Harun begegnete.

Der Dickhäuter, der mich bei unserem ersten Zusammentreffen so sehr erschreckte, trug den Namen Abu l-Abbas, und er hatte wie alle Elefanten hinten und vorn einen Schwanz, wobei der vordere Schwanz Rüssel genannt wird, dazu dick wie der Oberschenkel eines Mannes ist und überdies von schlangengleicher Beweglichkeit. Aus Abu l-Abbas' Kopf ragten zwei riesige Stoßzähne hervor, jeder mindestens drei Fuß lang. Sie dienten ihm zum Ausgraben von Wurzeln und zum Abschälen von Baumrinde. Im Zweifelsfall auch als gefährliche Waffe. Doch Abu l-Abbas war das friedfertigste Tier, dem ich jemals begegnete. Bis ich seine Freundschaft gewinnen konnte, sollten noch viele Monate vergehen.

Am morgigen Abend werde ich dir, oh, Tariq, von diesen Monaten berichten, ich will dir erzählen, wann endlich Kalif Harun geruhte, unsere Gesandtschaft zu empfangen und unsere Gastgeschenke entgegenzunehmen.

Erlaube mir nun, mich zurückzuziehen, ich bin müde, und die köstlichen Speisen, die deine alte verschleierte Dienerin abermals für mich aufgetragen hat, haben mich etwas schläfrig gemacht.

Du forderst mich auf, die Nacht in deinem Haus zu verbringen? Das, oh, Tariq, ist eine große Ehre für mich, aber ich habe deine Großzügigkeit schon genug ausgenutzt. Ich kann dein Angebot nicht annehmen. Verstehe, dass mein Stolz als freier Mann es mir verbietet.

Ich wünsche dir eine gute Nacht. Allah sei mit dir – und Gott befohlen!

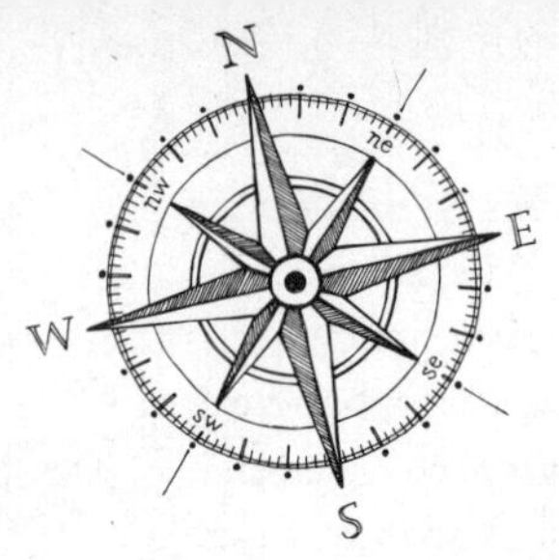

Kapitel 3

Bagdad, Dezember 798

Die nächsten Tage zogen sich dahin. Der zwölfte Monat im Jahr brachte auch im Morgenland mitunter empfindliche Kälte mit sich, besonders des Nachts. Rayhan, mein dicker Diener, versuchte dem abzuhelfen, indem er mir ein besonders großes Kohlebecken neben die Lagerstatt rückte und mir darüber hinaus immer wieder versicherte, es gehe nichts über die Wärme, die der Leib einer jungen Sklavin spenden würde.

Doch ich begnügte mich mit dem Kohlebecken, auch wenn die Einsamkeit manches Mal über mich kam und ich mich nach Zärtlichkeit sehnte. Ich war ein junger Mann, dessen Säfte kraftvoll pulsierten. Aber ich war auch stolz. Ich wollte nicht mit einer Sklavin das Lager teilen, in deren Augen die Angst vor der Liebe stand.

Als Rayhan schließlich einsah, dass seine Bemühungen, mir Siham zuzuführen, erfolglos blieben, versuchte er, mich anderweitig zu zerstreuen. Er erzählte mir viel von Bagdad und seinen Bewohnern, schwärmte mir vor, wo es die besten Gerichte gäbe, die knusprigsten Vögel, die köstlichsten Fleischsorten, die würzigsten Suppen, die saftigsten Früchte und zu alledem die süßesten Melodien für das verwöhnte Ohr.

»Wenn man dich ansieht, liegt der Gedanke nicht fern, dass du ein eifriger Besucher der Gasthäuser bist«, sagte ich mit leisem Spott.

Rayhan schien nicht im mindesten beleidigt. »So ist es, Hakim«, quäkte er. »Du solltest einmal den ›Eierkuchen in der Flasche‹ oder das ›Linsengemüse im Blätterbett‹ versuchen. Beides bekommst du bei Suheyb, dem Koch, sein Gasthaus liegt ganz in der Nähe von al-Karkh, dem größten Markt im Südwesten der Stadt. Suheyb sagt immer ›Eine Tafel ohne Gemüse ist wie ein Greis ohne Weisheit‹.«

»Du scheinst dich in Bagdad gut auszukennen«, sagte ich. »Bist du hier geboren?«

»Hier?« Rayhan wurde plötzlich ernst. »Wenn meine Mutter mich hier geboren hätte, wäre ich so schlank wie du, Hakim.«

»Wie meinst du das?«

»Im Islam ist die Kastration streng verboten, Hakim. Die Eunuchen, die dir im Kalifat des großen *amir al-mu'minin* begegnen werden, stammen deshalb hauptsächlich aus dem Reich der Byzantiner.«

»Dem Reich der Byzantiner?« Ich war erstaunt. »Dann kommst du womöglich aus Konstantinopel?«

»Nicht direkt, Hakim. Ich stamme aus einem Dorf in der Nähe, es heißt Eyüp. Eines Tages, ich war knapp fünf Jahre alt, kamen die Häscher, um mich zu rauben. Sie ließen mich entmannen und verkauften mich, nachdem ich die Prozedur mit knapper Not überlebt hatte, an einen reichen Kaufmann für seinen Harem in Damaskus. Der Kaufmann wiederum verkaufte mich, als ich siebzehn war, für eine große Summe an den Hof des Kalifen Harun.«

»Langsam begreife ich, warum dir gute Speisen so viel bedeuten«, sagte ich nachdenklich. »Andere Freuden hast du wahrscheinlich nicht.«

Rayhans Gesicht hellte sich wieder auf. »Du bist ein kluger Mann, Hakim.«

Da ich das Gefühl hatte, an Rayhan etwas gutmachen zu müssen, sagte ich: »Du erwähntest vorhin eine Speise namens Eierkuchen in der Flasche. Um was handelt es sich dabei?«

»Oh, Hakim, willst du das wirklich wissen?«

»Sonst hätte ich nicht gefragt.«

»So höre: Dabei handelt es sich um eine Speise, bei der mehrere rohe Eier verrührt und in eine Tonflasche gegeben werden. Dann verschließt man die Flasche und legt sie in einen Erdofen. Nach einiger Zeit, wenn das Ei sich in der Flasche verfestigt hat, nimmt man sie wieder heraus und bietet sie dem Gast zum Verzehr an.«

»Zum Verzehr, wie soll das gehen?«, fragte ich erstaunt.

»Man isst das Ei mit Hilfe eines langen Löffels, den man in den Flaschenhals steckt, Hakim.«

»Aber wozu? Es wäre doch viel leichter, das Ei von einem Teller oder aus einer Schüssel zu essen?«

Rayhan gestattete sich ein Grinsen. »Im Allgemeinen ja, Hakim. Aber wir sind in Bagdad. In dieser Stadt kommt es weniger darauf an, wie eine Speise schmeckt, sondern vielmehr darauf, ob sie außergewöhnlich ist. Eine besonders fade, zerkochte Suppe aus dicken Bohnen oder eine mit Pfeffer, Muskat und Zimt überwürzte Barbe oder ein Hühnchen, das nicht mehr nach Hühnchen schmeckt, sondern nur noch nach Minze, zählen häufig mehr als das Normale. Das gilt natürlich auch für die Art, wie man die Speise zu sich nimmt.«

»Ich verstehe«, sagte ich und nickte. »Da, wo ich zu Hause bin, würde man derlei Speisegewohnheiten als verkommen bezeichnen.«

»Hier nicht, Hakim. Hier gibt es für einen Gastgeber nichts Wichtigeres, als wenn sein Festmahl am Morgen darauf zum Tagesgespräch wird.«

»Nun gut, darüber steht mir kein Urteil zu. Würdest du mir einen Gefallen tun, Rayhan?«

»Mit Freuden, Hakim.«

»Dann bringe mir einen Eierkuchen auf dem Teller und keinen Löffel. Ich möchte mit drei Fingern essen.«

»Ja, Hakim!« Rayhan lachte kollernd. »Ich höre und gehorche.«

Am nächsten Tag beschloss ich, einen Rundgang durch die Stadt zu machen. Ich wollte sie auf eigene Faust erkunden, ohne Sänfte, ohne jede Begleitung, was zunächst einen heftigen Protest Rayhans auslöste, doch als ich standhaft blieb, gab mein dicker Diener schließlich nach. »Du musst selbst wissen, ob du wie ein bedeutender Mann oder wie ein Bettler daherkommen willst«, grollte er.

»Nicht jeder Mann, der zu Fuß geht, muss gleich ein Bettler sein«, entgegnete ich. »Warte zur Mittagszeit nicht auf mich. Ich werde in irgendeiner Garküche eine Kleinigkeit essen.«

Dann ging ich los, verließ das Palastgelände, gelangte auf eine der großen Straßen und fand mich jählings von Lärm und drangvoller Enge umgeben. Ein Mahlstrom aus menschlichen Leibern riss mich mit, aus Müßiggängern, Handwerkern, Wasserträgern, Ausrufern und fliegenden Händlern, aus Arabern, Berbern, Beduinen, Persern und Türken – Menschen aus allen Himmelsrichtungen, von denen jeder die für sein Land typische Kleidung trug. Ein lautes, buntes Völkergemisch, wie ich es nie zuvor gesehen hatte.

Und über allem schien eine kalte Sonne aus blassblauem Himmel. Es herrschte Winter in Bagdad, was man nicht nur daran erkannte, dass mancher Reiche seine Gewänder mit Marderpelzen verbrämt hatte, sondern auch an den hohen, festen Lederstiefeln, die vielfach getragen wurden – einem

Schuhwerk, mit dem es eine besondere Bewandtnis hat, denn es ist am oberen Schaft so weit, dass man Schreibzeug und sogar Bücher hineinstecken kann.

Ich ließ mich treiben, ging weiter und weiter, vorbei an den meist einstöckigen Häusern am Wegesrand, mit ihren flachen Dächern, auf denen an wärmeren Tagen die ganze Familie lebte oder des Nachts sogar unter dem Sternenzelt schlief. Ich überquerte zahllose Wasserläufe und Kanäle, denn Bagdad ist eine Stadt des Wassers, und ein geflügeltes Wort lautet: »Jeder Bewohner soll einen Esel im Stall und ein Boot auf dem Fluss haben.«

Und immer wieder sah ich kleine Moscheen, *masdschid* genannt, was so viel heißt wie »Haus, in dem man sich niederwirft«. Es waren einfache Gebäude, in denen sich die Menschen aus der Nachbarschaft zu den fünf täglichen Gebeten versammelten. Doch die Moscheen waren nicht nur ein Ort der Gebete, sondern auch eine Stätte der Begegnung für Reisende und Gestrandete. Ein Ort, an dem der Kadi Recht sprach und der Lehrer seine Schüler unterwies, an dem Ladenbesitzer ihre Stände aufbauten und Gaukler, Akrobaten und Taschenspieler auftraten – und nicht zuletzt ein Ort, an dem das siebte Gebot ständig gebrochen wurde, denn zu jeder Tages- und Nachtzeit trieben Langfinger dort ihr Unwesen.

Ein Händler am Straßenrand, der eisgekühltes, mit Moschus und Rosenduft versetztes Wasser verkaufte, wies mir den Weg zum Markt al-Karkh, denn ich hatte beschlossen, dorthin zu gehen. Nicht, weil ich den Eierkuchen von Suheyb, dem Koch, probieren wollte, sondern weil Rayhan mir gesagt hatte, es gebe auf diesem Markt nichts, was es nicht gebe. Diese Vielfalt zog mich an.

Ich hatte Rayhan gefragt, welche Straßen in das Marktgebiet führten, damit ich das Gelände besser finden könnte, doch mein dicker Diener hatte mich nur kopfschüttelnd angeschaut und gequäkt: »Straßen, Hakim? Al-Karkh ist ein *suq,* da gibt es nur schmale Pfade und überdachte Gässchen, durch die du dich zwängen musst, vorbei an tausenderlei Geräten, Gewürzen und Gewändern, die allesamt zum Verkauf stehen! Doch sieh dich vor, Hakim, nimm nicht gleich das Erstbeste, denn ein goldenes Halsband kann in Wahrheit aus Messing sein, ein Stück gepresster Safran aus Kurkuma und ein seidenes Gewand aus Wolle. Und feilschen musst du, Hakim! Von jedem Preis, den man dir nennt, zieh zunächst die Hälfte ab, dann wirst du nicht betrogen.«

Ich hatte alles versprochen, obwohl ich keineswegs die Absicht hegte, etwas zu erwerben. Ich wollte einfach nur schauen und das bunte Treiben auf mich wirken lassen. Am meisten beeindruckte mich jedoch die unerwartete Stille, die einen der Geschichtenerzähler, *qussas* genannt, umgab, während er das Märchen von dem Tongefäß mit den Goldstücken zum Besten gab: »Ein reicher Kaufmann träumte«, hob er an, »es sei der Wille des Propheten – Allah segne ihn und spende ihm Heil –, dass er die Pilgerfahrt nach Mekka unternehme. Also verkaufte er all seine Habe und erlöste daraus tausend Golddinar. Die Golddinare tat er in ein tönernes Gefäß und füllte es anschließend bis zum Rand mit Oliven auf, denn niemand sollte merken, welchen Schatz es barg. Dann verschloss er das Behältnis sorgfältig und brachte es zu seinem besten Freund. ›Höre, Bruder‹, sagte er, ›noch heute gehe ich mit einer Karawane auf Pilgerreise nach Mekka. Sei so freundlich und verwahre für mich dieses mit Oliven gefüllte Gefäß.‹

Der Freund versprach es.

Nach einem halben Jahr kehrte der Kaufmann aus Mekka zurück und nahm das Gefäß dankend in Empfang. Er trug es nach Hause, öffnete es und sah, dass es keinen einzigen Golddinar mehr enthielt – nur noch Oliven.

Bestürzt eilte er zu seinem Freund und sprach: ›Bruder, als ich dir das Tongefäß anvertraute, befanden sich darin außer den Oliven tausend Golddinar. Ich nehme an, du warst geschäftlich in Schwierigkeiten und hast dir die Münzen vorübergehend geborgt. Wenn ich dir aushelfen konnte, will ich zufrieden sein. Du kannst mir die Summe bei Gelegenheit zurückzahlen.‹

Der Freund jedoch entgegnete: ›Ich habe das Gefäß nach deiner Abreise auf den Speicher gestellt und seitdem nicht angefasst. Als ich es dir zurückgab, war es verschlossen und unberührt, das hast du selbst gesehen. Wenn du Goldstücke hineingelegt hast, müssen sie noch darin gewesen sein. Du batest mich damals nur, ich möge Oliven für dich aufheben.‹«

Als der Geschichtenerzähler an diesem Punkt angelangt war, ging ein Murren durch die Zuhörer. Worte des Unmutes wurden laut, doch der Erzähler hob Ruhe gebietend die Hand, strich sich über den schütteren Bart und fuhr fort: »Da die beiden Freunde, die nun keine mehr waren, sich nicht einigen konnten, kam die Sache vor den Kadi, auf dass er Recht spreche. Der Kadi hörte sich den Fall an und fragte den Kaufmann: ›Hast du Zeugen dafür, dass du die Goldstücke in das Gefäß legtest?‹

Als der Kaufmann verneinte, fragte der Kadi den Freund, ob er beschwören könne, dass er die Münzen nicht gestohlen habe. Das könne er, antwortete der Freund und schwor. Danach sprach der Kadi den Freund frei.«

Der Geschichtenerzähler blickte auf, und die Unmutsbekundungen der Lauschenden wurden noch lauter als zuvor. Abermals ermahnte er sie zur Ruhe und sagte: »Was lernen wir daraus, liebe Brüder? Ich will es euch verraten: Misstraue niemals deinem besten Freund, denn das zahlt sich nicht aus. Wenn der Kaufmann von vornherein gesagt hätte, was sich tatsächlich in dem Tongefäß befand, wäre er nicht betrogen worden. So aber trifft den Betrogenen genauso viel Schuld wie den Betrüger.«

Nachdenklich ging ich weiter, nur um wenige Augenblicke später erneut stehen zu bleiben. Schrille, klagende Töne waren an mein Ohr gedrungen. Sie rührten von einem mit vollen Backen blasenden Mann her, der mit gekreuzten Beinen auf dem Boden saß. Er hielt eine Flöte in den Händen, auf der er eine Melodie spielte, die eine Kobra aus ihrem Korb hervorzulocken schien. Das Mundstück der Flöte bestand aus einem Flaschenkürbis und sah damit ganz ähnlich aus wie das Schlangentier mit seiner haubenartigen Verbreiterung hinter dem Kopf.

Es kam mir vor, als würden sich Flöte und Schlange im Gleichklang auf und ab bewegen. Je lauter und eindringlicher die Melodie wurde, desto höher erhob sich der Schlangenkörper aus dem Korb. Dabei kam der Beschwörer, ein hutzliger, alter Mann mit schmutzigem Turban, dem Tier näher und näher, bis es plötzlich zischend zustieß. Ein Aufstöhnen ging durch die dichtgedrängten Zuschauer, doch der Alte schien den Angriff vorhergesehen zu haben, denn ebenso schnell, wie das Ungetüm zugestoßen hatte, war er zurückgewichen – dabei ständig weiterblasend. Ich sah eine Weile zu und hatte den Eindruck, dass die Kobra immer angriffslustiger wurde.

Wieder zischte es, doch diesmal war es nicht die Schlange mit ihrer gespaltenen Zunge gewesen, sondern ein Mann, der halb verdeckt seitlich von mir stand und sich lauthals empörte: »Ungeziefer, Natterngezücht, animalisches Geschmeiß!«, rief er. »Was ist das für ein barbarischer Glaube, der es erlaubt, dass die Schlange, die sündigste, die verwerflichste aller Kreaturen, zur Schau gestellt wird wie das Goldene Kalb! Wisst ihr Gotteslästerer nicht, was in der Offenbarung des Johannes steht? Da heißt es: *Und der Engel ergriff den Drachen, die alte Schlange, welche ist der Teufel und Satan; und band ihn tausend Jahr und warf ihn in den Abgrund und verschloß ihn und versiegelte oben darauf, daß er nicht verführen sollte die Heiden …«*

Weiter kam er nicht, denn die Zuhörer hatten sich aus ihrer Erstarrung gelöst. Sie hatten die Schelte des Mannes gehört, und die Schelte gefiel ihnen nicht. Sie rotteten sich zusammen, ballten die Fäuste und gingen gegen ihn vor.

Auch ich hatte mich von meinem Schrecken erholt und erkannte den Geifernden: Es war niemand anderer als Faustus, unser unverbesserlicher Prediger. Während ich mich zu ihm drängte, hörte ich ihn weiter lamentieren: »*… bis daß vollendet würden tausend Jahr; und darnach …*«

Ich hatte Faustus erreicht, schirmte ihn ab und hielt ihm den Mund zu, gleichzeitig versuchte ich, die wütende Menge zurückzudrängen. Ich wusste, wenn ich nicht sofort handelte, würden die aufgebrachten Muselmanen uns zu Boden schlagen, vielleicht sogar steinigen. Die einzige Möglichkeit, die ich hatte, war, darauf zu bauen, dass Faustus nicht arabisch, sondern fränkisch gesprochen und die Stellen der Johannes-Offenbarung aus der Vulgata, der lateinischen Übersetzung, zitiert hatte. »Hört mir zu, meine Freunde!«, rief ich laut auf Arabisch. »Ihr irrt, wenn ihr glaubt, dass dieser Mann euch etwas Böses will! Er ist nur ein unwissender *firandj*. Wenn er eben die Schlange beschimpfte, dann nur, weil ein Tier, das genauso aussah wie dieses, am gestrigen Abend seinen Bruder gebissen und getötet hat. Vergebt ihm, wenn ihr dachtet, er hätte euch beschimpft, sein alleiniger Zorn galt dem Tier. Seid barmherzig, wie der Prophet es fordert. Ich schaffe euch den Mann aus den Augen, damit er zurück in sein Haus gehen und um seinen Bruder trauern kann.«

So sprach ich, denn mir fiel keine bessere Ausrede ein. Und zu dem Schlangenbeschwörer sagte ich: »Nimm als Zeichen meiner Wertschätzung für deine Kunst diese Münzen.« Ich gab ihm mehrere Dirham, und er schien zufrieden. Doch die Menge war noch immer aufgebracht, ich hörte, wie sie an meinen Worten zweifelte, und ein großer Kerl schrie: »Ich habe die Worte nicht verstanden, die der Fremde sprach, aber ich habe gesehen, dass er uns aufs übelste beschimpft hat. Los, Brüder, geben wir ihm und seinem Fürsprecher, was sie verdient haben!«

Zu unserem Glück erschienen in diesem Augenblick zwei Männer der *schurta* des Kalifen, Ordnungshüter, die regelmäßig auf dem Markt Streife liefen. Sie fragten, was hier vorgehe, und ich gab ihnen hastig noch einmal dieselbe Erklärung. Gottlob glaubten sie mir und riefen ihren Landsleuten zu, sie sollten ihrer Wege gehen.

Ich bedankte mich und machte, dass ich mit Faustus davonkam. Als wir in Sicherheit waren, schalt ich: »Was hast du nur getan! Um ein Haar wären wir in die Fänge der Menge geraten. Sei froh, dass niemand darunter war, der dich verstehen konnte. Versprich mir, dass du so etwas nie wieder tust!«

Faustus' Augen blitzten. Er schien nicht gewillt, die Unsinnigkeit, ja, Gefährlichkeit seines Handelns einzusehen. »Ich tue das, was Gott mir aufträgt! Die Schlange der Verderbnis war der Mittelpunkt eines teuflischen Rituals. Es ist die Pflicht eines jeden gläubigen Christen, da einzuschreiten.«

Ich musste mich beherrschen, um angesichts solcher Verbohrtheit ruhig zu bleiben. »Ich habe dir schon einmal gesagt, dass die Menschen verschieden denken. Jeder mag glauben, was er will, solange er den anderen in Frieden lässt. Halte dich also zurück!«

»Und ich habe dir geantwortet: Mir den Mund zu verbieten heißt, Gott den Mund zu verbieten! Ich werde nicht nachlassen, für den Allmächtigen zu streiten, und wenn ich dafür den Märtyrertod sterben muss wie einst der heilige Faustus, nach dem meine selige Mutter mich benannt hat!«

»Faustus!« Meine Geduld war endgültig erschöpft. Ich

packte ihn am Arm, zwang ihn, stehen zu bleiben, und sah ihm direkt in die Augen. »Wenn du dich nicht beherrschst – einerlei, ob es dir schwerfällt oder nicht –, bringst du nicht nur dich in Lebensgefahr, du gefährdest auch den Erfolg unserer gesamten Mission. Das kannst du doch nicht wollen!«

Faustus hielt meinem Blick stand. Langsam sagte er: »Ich muss tun, was ich tun muss, Gott ist mein Zeuge.«

»Dir ist nicht zu helfen«, sagte ich verärgert und ließ ihn stehen.

Kurz bevor die letzte Dezemberwoche anbrach, erhielt ich im Löwenkopf-Haus eine Nachricht von Lantfrid. Darin schrieb er, Faustus' Verhalten auf dem Markt, von dem ich ihm berichtet hätte, sei in der Tat sehr besorgniserregend. Er habe mit Sigimund darüber gesprochen, und sie seien zu dem Entschluss gekommen, das Falkenkopf-Haus durch zwei unserer Soldaten überwachen zu lassen, um Faustus besser im Auge zu behalten. Der Erfolg unserer Mission dürfe auf keinen Fall gefährdet werden. Noch wichtiger jedoch sei die Kunde, die ihn gerade erreicht habe: Der Kalif sei endlich bereit, uns zu empfangen, der *hadschib* al-Fadl würde uns alles wissen lassen, was für das große Ereignis von Wichtigkeit wäre.

Nachdem ich die Nachricht gelesen hatte, rief ich nach Rayhan. »Was gibt es, Hakim?«, fragte dieser, sich watschelnd nähernd.

»Ich habe gerade erfahren, dass der Kalif Harun unsere Gesandtschaft empfangen will. Bitte lass meine Kleider überprüfen und säubern.«

Rayhan verbeugte sich, soweit es ihm möglich war, und antwortete: »Das wird nicht nötig sein, Hakim.«

»Nicht nötig? Was willst du damit sagen?«

Rayhan kicherte. »Ich will damit sagen, dass du auf dem Empfang keines deiner weißen Kleidungsstücke tragen wirst, Hakim.«

»Die meinte ich auch nicht. Ich meinte meine fränkischen Kleider. Ich gehöre zur Delegation König Karls und möchte das auch äußerlich unterstreichen.«

»Auch deine fränkische Tracht wirst du nicht tragen, Hakim.«

»Willst du mir das etwa verbieten?«

Rayhan kicherte wieder. Es machte ihm offensichtlich Freude, mehr zu wissen als ich. »Ein Bote des *hadschib* wird noch heute in dein Haus kommen und dir alles erklären.«

»Nun gut. Dann will ich die Zeit nutzen und vorher ein Bad nehmen. Lass alles vorbereiten.«

»Ich höre und gehorche, Hakim.«

Ich badete in kristallklarem, nach ätherischen Ölen duftendem Wasser und ließ mich anschließend von den schönen Sklavinnen meines Hauses massieren. Wie immer verrichteten sie ernst und wortlos ihre Arbeit. Doch daran hatte ich mich inzwischen gewöhnt. Ebenso, wie es mir nichts mehr ausmachte, ihnen nackt zu begegnen.

Nachdem sie mir die Haare geschnitten und die Nägel gereinigt hatten, hüllten sie mich in ein großes weißes Tuch, und ich bat sie, mir etwas auf der Laute vorzuspielen, denn auch daran hatte ich mich gewöhnt. Ich schloss die Augen und genoss die sanften Töne, die meine Ohren umschmeichelten.

In diese entspannte Stimmung platzte mein dicker Diener hinein und rief: »Er ist da, Hakim!«

Hinter ihm erschien ein Mann, der nach Art der Palastdiener gewandet war. Der Mann verbeugte sich tief und sprach: »Mein Name ist Faris, Hakim, ich komme im Auftrag des hoch zu verehrenden *hadschib* al-Fadl und soll dich mit allem vertraut machen, was du für den Empfang bei Kalif Harun wissen musst.«

»Sei mir willkommen«, sagte ich.

Faris, ein kleiner Mann mit Hängebacken, legte ein dunkles Bündel vor mich hin, dessen Verpackung aus einem Stoff bestand, von dem ich bislang nur gehört hatte. Dieser Stoff nannte sich Papier und wurde seit kurzem aus Flachs und Hanf in Bagdad hergestellt. Umständlich schnürte Faris das Bündel auf und legte einen Stapel tiefschwarzer Kleider frei. »Das ist die Kleidung, die du morgen Vormittag, zur dritten Tagesstunde, beim Empfang tragen sollst, Hakim.«

»Ich habe nichts dagegen«, sagte ich, »Rayhan erklärte mir bereits, dass weiße Kleidung morgen nicht erwünscht sei. Aber mich würde interessieren, warum.«

»Weil morgen kein gewöhnlicher Tag ist, Hakim. Morgen ist der Empfang für eure Gesandtschaft, und Empfänge sind offizielle Anlässe, an denen schwarze Kleidung Pflicht ist.«

»Und warum muss die Kleidung schwarz sein?«

»Es ist die Farbe der Abbasiden.«

»Das wusste ich nicht. Gibt es etwas, das ich sonst noch wissen muss?«

»Ja, Hakim, du darfst nicht dein Schwert umgürten. Die Einzigen, denen es beim Empfang gestattet ist, eine Waffe zu tragen, sind Kalif Harun in seiner Eigenschaft als *amir al-mu'minin* und Masrûr, sein Scharfrichter.«

»Allmächtiger Gott, was hat ein Scharfrichter bei einer Audienz zu suchen?«

»Masrûr weicht niemals von des Kalifen Seite, Hakim, er trägt den Titel ›Schwertträger seiner Rache‹.«

»Das hört sich blutrünstig an. Nun gut, ich bin kein Schwertträger. Als friedliebender Arzt besitze ich gar keine Waffe.«

»Umso besser. Dann schlage ich vor, du ziehst die Kleider gleich einmal an, sie sind ein persönliches Geschenk des Kalifen. Wer ein solches Geschenk erhält, darf sich in höchstem Maße geehrt fühlen.«

Ich betrachtete die schwarzen Gewänder näher, die Strümpfe, die Leibwäsche, die hohen Stiefel, den Ledergürtel mit dem kunstvoll gepunzten Silberbesatz, und überlegte, ob Lantfrid, Sigimund und Isaak wohl auch dieser Ehre teilhaftig geworden waren. Dann fiel mir eine seltsam hohe Mütze auf. »Was ist das für eine Kopfbedeckung?«, fragte ich.

»Wir nennen sie *qalansuwa,* Hakim. Alle Männer tragen sie bei wichtigen Empfängen, ebenso wie die *qaba.*«

Ich schlüpfte in die schwarzen Kleidungsstücke, legte die *qaba,* einen mantelartigen Überwurf, an, gürtete mich und setzte zum Schluss die hohe Mütze auf. Alle Stücke passten auf Anhieb.

»Du siehst sehr gut aus, Hakim.«

»Danke, du schmeichelst mir.«

»Wenn du erlaubst, werde ich dich jetzt mit dem Hofzeremoniell, das unter allen Umständen einzuhalten ist, vertraut machen.«

»Ja, tu das.«

»Als Erstes und Wichtigstes darfst du als Ungläubiger den Kalifen niemals mit *amir al-mu'minin,* also mit ›Befehlshaber der Gläubigen‹ anreden, denn diese Anrede würde nicht deiner Überzeugung entsprechen, da du einem anderen Glauben angehörst. Als Christ wäre für dich ›oh, großer Kalif‹ angemessen.«

»Ich werde es mir merken.«

»Sehr gut, Hakim.«

Und dann erklärte Faris mir lang und breit, was alles beim Empfang des Kalifen zu beachten war, und je mehr er mir erklärte, desto unbedeutender kam ich mir vor – und desto erheblicher wurden meine Zweifel, ob unsere Mission erfolgreich sein würde.

»Garlef und Sigerik haben mir versichert, alle Geschenke seien vollzählig und in bestem Zustand, das gelte sogar für die verbliebenen Hunde«, flüsterte Lantfrid mir zu, während wir mit Sigimund und Isaak die riesige Empfangshalle betraten. Ebenso wie ich trugen sie das Abbasiden-Schwarz und hatten Mühe, ihre Anspannung zu verbergen. Hinter uns, in einigem Abstand, folgten unsere Krieger und Knechte, deren Aufgabe es war, die Gaben für den Kalifen bis zur Übergabe nicht aus den Augen zu lassen.

Während mein Blick über die verschwenderisch mit Gold und Edelsteinen ausgestalteten Deckenornamente und die mit kostbaren armenischen und persischen Teppichen geschmückten Wände glitt, während ich die zahlreichen in der Halle sitzenden, ebenfalls in Schwarz gekleideten Würdenträger musterte, richtete der *hadschib* al-Fadl das Wort an meine Gefährten und mich. »Bitte wartet hier, edle Herren«, sagte er mit Hilfe Isaaks, unseres Übersetzers, »der *amir al-mu'minin* – möge ihm Gesundheit und ein langes Leben beschieden sein – hat einen Großen Empfang angeordnet. Er möchte damit seine besondere Wertschätzung für euren König Karl, sein Reich und seine Taten zum Ausdruck bringen. Wenn sich der schwarze Vorhang hebt, den ihr am Ende des Saales seht, werdet ihr dahinter Kalif Harun sitzen sehen. Zu seiner Rechten werdet ihr Yahya, den Wesir, erkennen, der ihm schon seit Jugendjahren dient. Zur Linken des Kalifen sitzen zwei seiner Söhne, al-Amin und al-Ma'mun. Al-Amin wurde vor kurzem zum ersten Thronfolger bestimmt, obwohl er der Jüngere ist.«

Al-Fadl machte eine Pause, und ich nutzte die Gelegenheit, um zu fragen: »Wie kam es zu dieser ungewöhnlichen Regelung?«

»Nun, Hakim, al-Ma'mun wurde zwar von Zubaida, der Lieblingsgemahlin des Kalifen, großgezogen, aber er ist nur der Sohn einer persischen Sklavin namens Maradschil. Al-Amin hingegen wurde von Zubaida geboren.«

Danach warteten wir eine Weile, ohne dass etwas geschah. In die Stille hinein erklärte al-Fadl mit leiser Stimme: »Hinter dem großen *amir al-mu'minin* werdet ihr Masrûr, den ›Schwertträger seiner Rache‹, sehen.«

An den Namen Masrûr mit seinem blutrünstigen Titel konnte ich mich gut erinnern. Der Diener Faris hatte ihn erwähnt, als er mich mit dem Zeremoniell vertraut machte. Wieder warteten wir. Mein Blick fiel auf Sigimund, bei dem ich mir sicher war, dass er die Wartezeit kaum ertrug. Dann betrachtete ich die Anwesenden, die links und rechts an den Wänden auf weichen Seidenkissen Platz genommen hatten. Es waren mehrere Dutzend Würdenträger von unterschiedlichstem Alter und Aussehen. Alle schwiegen und starrten auf den Vorhang, der sich noch immer nicht hob.

Al-Fadl ergriff wieder das Wort: »Auf der linken Seite, direkt vor dem Vorhang, erblickt ihr weitere Prinzen sowie Zubaida, die Lieblingsfrau des Kalifen, die ich soeben schon erwähnte. Sie hat sich heute eigens aus al-Qarar, ihrem Bagdader Palast, hierhertragen lassen. Zu ihrer Rechten und Linken seht ihr weitere Familienangehörige. Dazu die Söhne des Wesirs Yahya, Dscha'far und al-Fadl. Sie haben die Ehre, in unmittelbarer Nähe der Abbasidenfamilie sitzen zu dürfen.«

»Ist es Zufall, dass der zweite Sohn des Wesirs genauso heißt wie du?«, fragte ich ebenso leise.

»Der Name Fadl ist in dieser Stadt nicht ungewöhnlich und häufig mit hohen Ämtern verbunden«, antwortete al-Fadl nicht ohne Stolz. »Auf der rechten Seite, ziemlich in der Mitte, sitzt al-Fadl ibn Naubakht, der Oberbibliothekar des großen *amir al-mu'minin,* um nur ein Beispiel zu nennen. Neben dem Oberbibliothekar sitzen der Kadi und Korangelehrte Abu Yusuf sowie Abu Zakkar, ein blinder Musiker, dessen Künste bei Hofe besonders geschätzt werden. Ferner die Dichter Abu l-Atahiya und Ibn Dschami …«

Neben mir hörte ich Lantfrid tief durchatmen. Auch er konnte seine Ungeduld kaum noch verbergen. Mir selbst schwirrte der Kopf ob all der vielen, fremd klingenden Namen.

»… der Narr Saif aus Aleppo, der Geograph Ibn Rusteh, General Harthama ibn A'yan, Ali ibn Isa, der für das Amt des Gouverneurs in Khorasan vorgesehen ist, Khwarizmi, der Mathematiker …«

Endlich hob sich der Vorhang am Ende der riesigen Halle. Ein Raunen, fast unhörbar, ging durch die Reihen der Anwesenden. »Denkt daran, ihr Herren, ab jetzt ist jede Unterhaltung strengstens verboten«, flüsterte al-Fadl. »Redet nur, wenn ihr angesprochen werdet.«

Wir nickten, wie gebannt auf den sich bewegenden Vorhang starrend. Er gab den Blick auf einen Mann frei, der mit gekreuzten Beinen auf einer Art Bett saß, das mit gold- und perlendurchwirkten Seidenstoffen überzogen war. Über ihm, ihn gleichsam beschützend, spannte sich ein prächtiger Baldachin. Er hatte seine rechte Hand auf den Knauf seines Säbels gelegt und hielt in seiner Linken einen juwelenbesetzten Herrscherstab. Doch alles das sah ich, ohne es recht wahrzunehmen. Ich bemerkte kaum die weit geschnittene, vielknöpfige *durra'a,* die er trug, und die darübergeworfene *burda,* den Mantel des Propheten. Ich übersah den kostbaren Turban aus schwarzem Zobel ebenso wie die beiden Knaben an seiner Seite und den grimmig dreinblickenden Mann in seinem Rücken, denn mein Blick ruhte unverwandt auf seinem Gesicht. Es war ein Gesicht, das ich schon einmal gesehen hatte, mit ebenmäßigen Gesichtszügen und kleinem, energischem Mund. Es gehörte jenem Mann, dem ich an meinem ersten Abend in Bagdad bei Ali, dem Hammelbrater, begegnet war und der sich mir als Kaufmann vorgestellt hatte. Konnte es sein, dass jener Kaufmann und Kalif Harun ein und dieselbe Person waren?

Prüfend musterte ich den finsteren Mann, der hinter dem Kalifen stand. Kein Zweifel, Masrûr, der Schwertträger, war der zweite Kaufmann, der mir bei Ali gegenübergesessen hatte. Beiden hatte ich mein Leid über den frostigen Empfang und die unwürdige Unterbringung unserer Gesandtschaft geklagt – und Harun hatte umgehend dafür gesorgt, dass sich am zweiten Tag alles änderte.

So musste es gewesen sein.

Während ich noch über diese Dinge nachdachte, bemerkte ich plötzlich, dass der Kalif mich direkt anschaute, was ich zum Anlass nehmen musste, rasch den Kopf zu senken – so wie man es mir eingeschärft hatte. Als ich wieder aufblickte, sah ich, wie er den Säbel und den Herrscherstab in Masrûrs Obhut gab und al-Fadl zunickte.

Daraufhin geleitete uns der *hadschib* nach vorn, blieb zwei Schritte vor seinem Herrscher stehen und fiel auf die Knie.

»Steh auf, Fadl«, sagte Harun mit der mir wohlbekannten Stimme, »und walte deines Amtes.«

Al-Fadl erhob sich und nickte Lantfrid zu. Lantfrid trat vor und kniete nieder, um Harun die Hände und die Füße zu küssen. Ihm folgten Sigimund und Isaak, als Letzter war ich an der Reihe. Nie zuvor hatte ich jemandem die Hände geküsst, geschweige denn die Füße, und ich kann nicht sagen, dass ich es als besonders angenehm empfand, aber ich brachte die Prozedur hinter mich, stets daran denkend, dass ich es für König Karl und das Land meiner Väter tat.

Danach durften wir uns setzen. Zu diesem Zweck waren kniehohe Prunkkissen in unmittelbarer Nähe des Herrschers bereitgestellt worden. Gespannt wartete ich, was nun geschehen würde.

»Oh, Nachfolger des Gesandten Gottes, oh, *amir*

al-mu'minin«, rief al-Fadl, »erlaubst du, dass ich dir die Emissäre von Karl, dem König des Frankenreiches, vorstelle?«

Verstohlen blickte ich zu Harun hinüber und erwartete seine gnädige Zustimmung, doch zu meinem Erstaunen blieb der kleine, energische Mund stumm.

Was hatte das zu bedeuten? Hatte Harun al-Fadls Rede nicht verstanden? Musste der *hadschib* seine Worte wiederholen? Nichts geschah. Dann wusste ich es: Harun al-Raschid, »der Rechtgeleitete«, wie er sich selbst nannte, ließ uns absichtlich warten, um jedermann in der Halle zu zeigen, wie unwichtig und unbedeutend wir waren.

Nach einer kleinen Ewigkeit – Harun hatte die ganze Zeit mit ausdrucksloser Miene durch uns hindurchgesehen – schien er endlich geneigt, uns zu erlösen. »Ich erlaube es«, sagte er.

Nun kam wieder Leben in al-Fadl, und er stellte uns der Reihe nach vor. Dann fügte er hinzu: »Die Herren haben sich mit Brief und Siegel ihres Königs Karl ausgewiesen, sie sind befugt, für ihn zu sprechen.«

»Sie mögen reden«, sagte Harun.

Nun war der Augenblick da, für den wir über ein Jahr durch die halbe Welt gereist waren, zahllose Beschwernisse ertragen und viele Gefahren gemeistert hatten. Einige waren sogar tödlich gewesen, wie jene Situation auf einem Saumpfad unterhalb des Gotthardpasses, als sich ein Rad an dem Ochsenkarren löste, auf dem mehrere unserer Gefährten saßen.

Lantfrid als der Älteste und Angesehenste unserer Gesandtschaft war als Sprecher auserwählt worden. Er stand auf, verbeugte sich tief und sagte: »König Karl, der mächtigste Herrscher des Abendlandes, entbietet seinem königlichen Bruder, dem großen Kalifen Harun, dem mächtigen Herrscher im Osten, Norden und Süden, seinen Gruß und wünscht ihm Gesundheit und Gottes Segen. Er möchte die freundschaftlichen Bande zum Reich der Abbasiden, die bereits sein Vater Pippin im Jahre 765 mit al-Mansur, dem Vater deines Vaters, oh, großer Kalif, anknüpfte, verstärken und schickt uns aus diesem Grund an deinen Hof.«

Harun nickte zustimmend, die wohlgesetzte Rede verfehlte ihre Wirkung nicht. Er beugte sich hinüber zu Yahya, seinem Wesir, und wechselte ein paar Worte mit ihm.

»Neben der seit langem bestehenden Verbundenheit, die es zu vertiefen gilt«, fuhr Lantfrid fort, »gibt es auch einen drängenden Anlass, warum wir den Weg zu dir, oh, großer Kalif, gefunden haben. Denn kurz vor unserer Abreise aus Aachen trafen beunruhigende Nachrichten aus Jerusalem ein. Räuberische Beduinen hatten die Stadt überfallen, christliche Gemeinden ausgeplündert und achtzehn Mönche ermordet. König Karl bittet dich, seinen Bruder Harun, du mögest mit deinem starken Arm dafür sorgen, dass solche Schandtaten zukünftig nicht mehr vorkommen. Er selbst hat bereits ein Übriges getan, indem er uns befahl, während unserer Reise das Wohlwollen der muselmanischen Fürsten durch Geschenke zu gewinnen und Geld an die Christen in Ägypten, im Heiligen Land und in Syrien zu verteilen. Auch sorgt sich unser König sehr um das Grab Jesu und um die christlichen Einrichtungen in Jerusalem. Er würde es begrüßen, wenn der Schutz dieser Stätten in einem schriftlichen Vertrag festgehalten würde.«

Nach dieser langen Rede hielt Lantfrid inne und wartete auf Haruns Reaktion.

Dieser ließ sich Zeit. Dann sagte er: »Wir werden sehen.« Er beugte sich wieder zu Yahya, seinem Wesir, hinüber und sprach mit ihm. Yahya legte die Hand an sein Ohr, um besser hören zu können, denn er war zu jener Zeit schon sehr alt und fast taub. Er stammte aus dem berühmten Geschlecht der Barmakiden und war nach dem Kalifen der einflussreichste Mann im Reich. Er war der engste Vertraute Haruns, war gleichzeitig Berater, Verwalter und väterlicher Freund, denn einer seiner Söhne war Haruns Milchbruder gewesen.

»Fahre fort«, befahl Harun.

»Du weißt, oh, großer Kalif«, setzte Lantfrid seine wohlüberlegte, mit Sigimund und mir abgestimmte Rede fort, »dass dein Urahn Abu l-Abbas, der Begründer der glorreichen Abbasiden-Dynastie, die Armee der Omayyaden bei Kufa am Ufer des Euphrat vernichtete, weshalb er sich den Beinamen ›al-Saffah‹, ›der Blutrünstige‹, gab. Die Vernichtung bedeutete das Ende für alle Abkömmlinge der Omayyaden.«

Lantfrid schöpfte Luft und redete rasch weiter, denn er wusste, dass Harun das, was nun kam, nicht gern hören würde: »Für alle, außer Prinz Abd al-Rahman ibn Mu'awiya. Ihm gelang es als Einzigem, auf die Iberische Halbinsel zu fliehen, wo er sich dem Machtbereich der Abbasiden entzog und sich im Jahre 756 zum Emir von al-Andalus ausrufen ließ. Seitdem sitzen seine Nachkommen in Córdoba …«

»Sie sind Gewürm, armselige, lächerliche Kreaturen! Nicht wert, auch nur ein Wort über sie zu verlieren!«, fiel Harun Lantfrid ins Wort. Sein kleiner Mund verzog sich vor Verachtung.

»Genauso denkt auch König Karl, oh, großer Kalif«, beeilte Lantfrid sich zu versichern. Er hoffte, nunmehr den Boden für seinen kommenden Vorschlag gut beackert zu haben, und fuhr fort: »Die Omayyadenbrut ist ihm genauso wie dir ein Dorn im Auge. Er weigert sich, sie und ihren Machtanspruch anzuerkennen. Dich aber, oh, großer Kalif, würde er als Herrscher von al-Andalus sofort bestätigen.«

Harun nickte versöhnt. Der Gedanke gefiel ihm.

Doch Lantfrid war noch nicht fertig. »König Karl bittet

dich deshalb, die Menschen in al-Andalus wissen zu lassen, dass er in Übereinstimmung mit dir handelt, wenn er dort für Recht und Ordnung sorgt und von jedermann Gehorsam einfordert. Dies umso mehr, als bereits der *gobernador* von Huesca ihm die Schlüssel seiner Stadt schickte, mit der Zusicherung, ihm jederzeit die Tore öffnen zu wollen. Gleiches haben die Oberen der Städte Pamplona und Tarragona in Erwägung gezogen.«

Harun stutzte. Dann blickte er spöttisch. »Will dein König mein Statthalter in al-Andalus werden?«

»Nein, nein, gewiss nicht.« Lantfrid ruderte rasch zurück. »Sagen wir, es wäre ein Bruderdienst, den er dir erweist.«

»Soso, ein Bruderdienst.«

Es lag auf der Hand, dass hinter König Karls Vorschlag das Interesse lag, seinen Einflussbereich nach Süden auszudehnen. Die Frage war nur, was Harun davon hielt. Und was er vorziehen würde: den Stachel im Fleisch, den die Omayyaden zweifellos nach wie vor für ihn darstellten, oder einen noch mächtigeren Frankenkönig im Herzen von Europa – der allerdings einen willkommenen Gegenpol zu Irene, der skrupellosen Herrscherin des Byzantinischen Reiches, bildete.

»Ein Dienst, der von ungeheurem Wert für dich sein wird«, versicherte Lantfrid.

»Wir werden den Vorschlag prüfen«, sagte Harun, »und deinem König – oder wie du es ausdrückst: meinem Bruder – zu gegebener Zeit eine Antwort zuteilwerden lassen.«

Damit war der offizielle Teil des Empfangs vorüber. Ob unsere Gesandtschaft die Ziele König Karls erreichen würde, musste sich erst noch erweisen. Was blieb, war das Überreichen der Geschenke.

Lantfrid verbeugte sich abermals und sagte: »Zum Zeichen seiner großen Hochachtung hat König Karl dafür gesorgt, dass wir nicht mit leeren Händen vor dich hintreten, oh, großer Kalif. Wir führen eine Reihe unterschiedlichster Geschenke mit uns, von denen wir hoffen, dass sie dein königliches Herz erfreuen werden.«

Harun nickte und winkte gnädig, woraufhin sich alle Köpfe zur großen Eingangstür drehten, denn von dort sollten die Präsente nacheinander hereingebracht werden. Die Reihenfolge war zuvor genau von uns besprochen worden, und wir waren übereingekommen, das Beste und Kostbarste am Schluss zu überreichen.

Es begann damit, dass einige Knechte große Ballen mit flämischer Wolle hereintrugen und vor Harun absetzten. Ein Ballen wurde geöffnet und eine Probe vor Harun ausgebreitet. Lantfrid zählte die Vorzüge der Wolle auf, wobei er sich bemühte, die Einmaligkeit des Erzeugnisses hervorzuheben. Harun nahm seine Rede schweigend zur Kenntnis und fragte am Ende: »Wird in der Stadt Brüssel, die du als Herkunftsort nennst, auch Seide hergestellt?«

Das musste Lantfrid verneinen. Harun schien nicht besonders beeindruckt.

Als Nächstes wurden die Kampfhunde hereingeführt. Um ihre Gefährlichkeit zu unterstreichen und um ihr Bellen zu verhindern, waren ihnen Maulkörbe umgebunden worden. Sie wurden eng an der Kette gehalten und zogen die Blicke durch ihre massigen, muskulösen Körper auf sich. Lantfrid rief: »Dies, oh, großer Kalif, sind die furchtlosesten Kampfhunde der Welt. Sie stammen aus König Karls persönlicher Zucht und nehmen es mit den größten und wildesten Raubtieren auf.«

Yahya, der alte Wesir, der die ganze Zeit geschwiegen hatte, ergriff zum ersten Mal das Wort: »Wie man hört, nehmen sie es auch gern mit sich selbst auf«, sprach er mit krächzender Stimme. »Das mag der Grund dafür sein, warum ich nur sechs Tiere sehe. Waren es nicht ursprünglich zehn?«

»Nun, ja …« Lantfrid suchte nach einer Antwort. Ich kannte ihn gut genug, um zu wissen, wie verlegen er war. Und wie ärgerlich. Es war zweifellos eine grobe Unhöflichkeit von Yahya, den Wert eines königlichen Geschenks vor aller Augen herabzusetzen. Andererseits durfte angenommen werden, dass Yahya nichts sagte, was nicht in Haruns Sinne war.

»Nun, ja …«, sagte Lantfrid abermals, und plötzlich kam mir ein Einfall. Ohne darüber nachzudenken, ob es mir erlaubt war oder nicht, verbeugte ich mich und sagte zu Harun: »Oh, großer Kalif, es stimmt, was im Palast erzählt wird: Durch eine Unachtsamkeit der Wärter konnten sich die Hunde befreien und übereinander herfallen. Aber wir hätten sie jederzeit trennen können. Wir haben es nicht getan, weil nur die Stärksten der Starken es wert sind, zu überleben und deine Anerkennung zu finden.«

Dann senkte ich den Blick und wartete mit klopfendem Herzen.

»Eine geschickte Antwort«, hörte ich Harun sagen. »Was wurde aus den restlichen vier Hunden?«

Ich sah auf. »Sie konnten nicht gerettet werden, obwohl ich alles versucht habe.«

»Bist du ein Tierpfleger?«

»Nein, ich bin ein Hakim.«

»Ein Hakim?« Der kleine Mund verzog sich spöttisch. »Ach, richtig, der *hadschib* sagte es eingangs bei der Vorstellung. Mich wundert, dass du als Christ des Abendlandes unsere Sprache sprichst. Wahrscheinlich verschmähst du auch Schweinefleisch und isst stattdessen lieber ein schönes Stück Hammelkeule?«

»Nur, wenn ich abends bei Ali, dem Hammelbrater, zu Gast bin«, erwiderte ich und wusste in diesem Augenblick, dass auch Harun mich erkannt hatte. Was würde er zu meiner wenig ehrerbietigen Antwort sagen?

Nichts, wie sich zeigte. Denn in der Zwischenzeit waren die ersten der mächtigen Schlachtrösser hereingeführt worden und zogen alle Aufmerksamkeit auf sich. Zu jedem der Rösser hatte ein kostbarer Kriegssattel gehört, doch waren uns die Sättel kurz nach Alexandria auf unerklärliche Weise abhandengekommen. Wahrscheinlich waren sie gestohlen worden. Gottlob konnte das niemand in der großen Halle wissen, und auch so boten die Rösser einen prachtvollen Anblick. Mähnen und Schweife waren kunstfertig gestutzt, das Fell so glatt gestriegelt, dass man sich darin spiegeln konnte. Die Hufe waren von unseren Pferdeknechten mit weichen Lappen umwickelt worden, um den marmornen Boden der Halle zu schonen, denn jedes der Schlachtrösser war schwer wie ein Zugochse und höher als mannshoch.

»Verzeih meine Unwissenheit«, ließ Yahya sich wieder vernehmen, »doch wozu bedarf es so riesiger Rösser?«

Diesmal war Lantfrid nicht in Verlegenheit zu bringen. »Unsere nächsten Geschenke werden die Antwort geben«, sagte er und winkte zur Eingangstür. Dort standen schon mehrere unserer Soldaten bereit. Gemessenen Schrittes trugen sie Sturmhauben, Panzerhemden und Beinschienen herein – jedes Stück aus schwerem, schimmerndem Stahl gefertigt, die Hauben aus einem einzigen Stück getrieben, die Hemden aus unzähligen Ringen gebildet, die Schienen wohlgeformt. »Wer eine solche Wehr trägt, ist nahezu unbesiegbar, doch er wiegt fast so viel wie zwei Männer«, erklärte Lantfrid. »Kein Beduinenpferd kann in einer langen Schlacht so viel tragen. Doch diese Rösser können es.«

»Kämpfen die fränkischen Reiter immer auf diese Weise?«, fragte Harun.

»Ja, oh, großer Kalif.«

»Die Rösser sollen meinem Marstall zugeführt werden, die Rüstungen meiner Waffenkammer.«

»Wartet, oh, großer Kalif«, bat Lantfrid, »denn die beste

Rüstung ist wenig von Nutzen, wenn ihr Träger nicht das richtige Schwert in der Hand hält. »Erlaube mir und meinen Gefährten, dir einige der besten Klingen des Frankenreiches zu übergeben.« Er klatschte in die Hände, und auf dieses Zeichen hin schritten zwölf unserer Soldaten und Knechte mit feierlicher Miene heran. Jeder von ihnen trug ein samtenes, mit König Karls Wappen besticktes Kissen, und auf jedem dieser Kissen lag ein blitzendes Schwert.

»Es sind Meisterstücke von Cuthbert, dem berühmtesten Schmied des Abendlandes«, erklärte Lantfrid. »Halte eines von ihnen in einen Fluss, und seine Klinge wird so scharf sein, dass sie ein herantreibendes Blatt zerteilt.«

Lantfrid machte eine Pause, um die Bedeutung seiner Worte wirken zu lassen. Dann ergriff er eines der Schwerter und zeigte es Harun. »Wie du siehst, trägt es als stählerne Intarsie den Schriftzug CUTHBERT. Der Schriftzug ist gut lesbar, da er aus einem helleren Stahl besteht als die Klinge selbst.«

Harun nickte, schien aber nicht besonders interessiert.

Lantfrid gab noch nicht auf. Er zeigte auf den Parierstab des Schwerts und sagte: »Hier erkennst du eingraviert den arabischen Monatsnamen für Januar: *Muḥarram,* denn das Schwert entwickelt eine besondere Kraft in dieser Zeit. Dasselbe gilt für die anderen Schwerter und ihren Monat: *Ṣafar, Rabīʿ al-awwal, Rabīʿ aṯ-ṯāni, Ǧumādā l-ūlā* und so weiter. Wir haben die Gravuren in Damaskus bei einem Meister seines Fachs anfertigen lassen.«

»Wo du gerade Damaskus erwähnst«, sagte Harun, »die dort gefertigten Damaszenerklingen sind ebenfalls für ihre außergewöhnliche Güte bekannt. Kannst du mir sagen, warum ich ein Cuthbert-Schwert einem arabischen Krummschwert vorziehen sollte?«

Die Frage zeigte erneut, dass Harun und sein Hof nicht viel Feingefühl im Umgang mit fremden Besuchern an den

Tag legten. Vermutlich war es ein Ausdruck des Überlegenheitsgefühls gegenüber allem, was nicht ihrer Kultur entsprach. Lantfrids Gesicht jedenfalls versteinerte. Er war der festen Überzeugung, dass nichts auf der Welt besser sein konnte als unsere Klingen. Doch ihm fiel keine Antwort ein.

Mir erging es ebenso.

In dieser Situation rettete uns Sigimund. Er verbeugte sich und rief: »Oh, großer Kalif, wisse, dass diese Schwerter mit dem Blut des Sieges getränkt sind!«

»Wie das?« Harun wunderte sich.

»Es gab einen Überfall«, erklärte Sigimund rasch. »Einen Überfall, bei dem alle Mitglieder unserer Gesandtschaft fast überwältigt und getötet worden wären. Wir wehrten uns nach Kräften und hatten den Tod schon vor Augen, als uns die Cuthbert-Schwerter einfielen. Wir hätten sie nicht nehmen dürfen, oh, großer Kalif, da sie ein persönliches Geschenk für dich sind, aber wir hatten keine andere Wahl. Mit Hilfe der prachtvollen Waffen gelang es uns, die Angreifer in die Flucht zu schlagen. Es waren Reiter der Kelb, wilde Horden, die südlich der Karawanenstraße von Damaskus nach Firadh ihr Unwesen treiben. Sie sprachen einen Dialekt, den keiner verstand.«

Die Geschichte, die Sigimund sich da so eilig zusammenreimte, stimmte nicht, doch sie hatte einen wahren Kern, denn in der Tat hatten wir auf unserer Reise von einer Karawane gehört, die von den Kelb überfallen und ausgeraubt worden war. Bevor Harun nach Einzelheiten fragen konnte, fügte ich schnell hinzu: »Wir müssen dich um Vergebung bitten, oh, großer Kalif, dass du nicht mehr die Gelegenheit haben wirst, den ersten Hieb mit den Schwertern zu führen, aber wir wussten keinen anderen Ausweg.«

Harun schien zum ersten Mal wirklich beeindruckt. Lantfrid sah es und nutzte die Gelegenheit. Er klatschte abermals in die Hände, woraufhin ein einzelnes Schwert hereingetragen wurde. Garlef war es, der es trug. Der sächsische Krieger machte kurz vor Harun halt, beugte das Knie und hielt ihm die Klinge entgegen.

Lantfrid sagte: »Wie du siehst, ist bei diesem Schwert nicht CUTHBERT in die Klinge intarsiert worden, sondern HARUN. Ich darf dir versichern, oh, großer Kalif, sie ist das Beste, was Meister Cuthbert jemals in seinem Leben geschmiedet hat. Und sie soll von nun an dein persönlicher Begleiter sein.«

»Richte deinem König meinen Dank aus«, sagte Harun. »Er wird sicher nichts dagegen haben, wenn ich die Schärfe der Klinge prüfen lasse.«

»Gewiss nicht.« Lantfrid verbeugte sich tief.

Harun wandte sich nach hinten und sprach kurz mit Masrûr, seinem finsteren Schwertträger. Dieser nickte. Daraufhin wurde ein Sklave von sehr dunkler Hautfarbe hereingeführt. Es war ein junger Mann, fast noch ein Knabe, vielleicht aus dem äußersten Süden Ifriqiyas. Masrûr fesselte dem Sklaven die Hände auf dem Rücken. Der Sklave begann, schnell und hastig zu sprechen. Ich konnte ihn nicht verstehen. Es klang, als bäte er um etwas. Schweiß trat auf seine Stirn. Masrûr drückte ihn zu Boden, so dass er vor ihm kniete. Der Sklave zitterte. Was hat das alles zu bedeuten?, fragte ich mich.

Meine Unwissenheit sollte nicht lange anhalten. Denn Masrûr ergriff eine lederne Rolle und breitete sie vor dem knienden Sklaven aus. Es war die Rolle, die im ganzen Kalifat nur »das Blutleder« genannt wurde.

Masrûr richtete sich auf und sagte: »Es ist alles bereit, oh, *amir al-mu'minin.*«

Harun sagte zu seinem Sohn al-Amin: »Dann wollen wir sehen, was dieses fränkische Schwert kann. Nimm es und gebrauche es.«

Al-Amin, der Thronfolger, wurde blass. Doch mit steifen Bewegungen stand er auf und ergriff das Schwert mit beiden Händen. Masrûr hatte unterdessen den zitternden Sklaven bei den krausen Haaren gepackt und ihm den Kopf hinuntergedrückt. Der Sklave kauerte am Boden, er zitterte noch mehr, rief etwas in höchster Not, vielleicht den Namen seiner Mutter, vielleicht den Namen seines Gottes. Mir stockte der Atem. Und nicht nur mir. Es war, als hielte die ganze Halle den Atem an. Dann schlug der junge al-Amin zu. Er hatte gut gezielt. Mit einem einzigen Hieb trennte er den Kopf vom Hals. Der Kopf fiel mit einem dumpfen Laut auf das Blutleder und rollte zur Seite.

Ein Stöhnen entrang sich zahlloser Kehlen.

Harun al-Raschid lachte.

Ich riss mich von dem Anblick des abgeschlagenen Kopfes los und starrte den mächtigsten Mann des Morgenlandes an, der in der Tat höchst vergnügt dreinblickte. Wie war das möglich angesichts des abscheulichen Schauspiels? Es schien nur eine Erklärung dafür zu geben: Die Tatsache, dass sein erst elf Jahre alter Sohn es fertiggebracht hatte, einen unschuldigen Menschen wie ein Stück Vieh abzuschlachten, hatte ihn mehr erfreut als sämtliche Geschenke König Karls …

Oh, Tariq, mein großherziger Gastgeber, an diesem Tag, der von so sinnlosem Blutvergießen überschattet war, schrieb man den vierundzwanzigsten Dezember des Jahres 798, den Tag vor der Heiligen Nacht, in der Jesus von Nazareth geboren wurde, der Erlöser, der den Christen die Liebe und den Frieden brachte. Es war auch der Tag, an dem ich zum ersten Mal die grausame Seite von Harun al-Raschid kennenlernte. Ich sollte ihn später auch von einer milden, gerechten und überaus freigebigen Seite erleben, aber diesen ersten Eindruck konnte ich nie vergessen.

Das Erzählen hat mich angestrengt, mein lieber Tariq, und die barbarischen Bilder haben mich mitgenommen. Erlaube mir, dass ich mich zurückziehe. Wie immer gilt mein Dank deiner Gastfreundschaft und deiner alten verschleierten Dienerin, die mir die köstlichsten Speisen bereitstellte. Morgen will ich den Faden meiner Erzählung wieder aufnehmen und dir berichten, wie Abu l-Abbas, der riesige Elefant, dafür sorgte, dass ich Aurona, der großen und einzigen Liebe meines Lebens, begegnete.

Ich wünsche dir eine gute Nacht. Allah sei mit dir – und Gott befohlen!

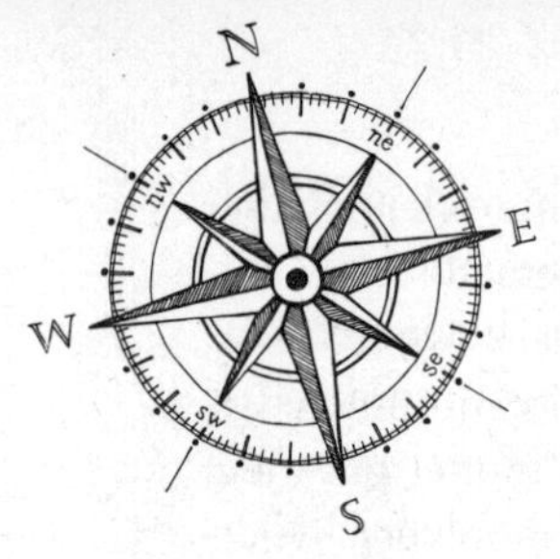

Kapitel 4

Bagdad, Februar 799

Das blutige Ereignis am Vortag des Weihnachtsfestes, das wohl eine Mutprobe für al-Amin, den elfjährigen Thronfolger, darstellen sollte, ging mir nur schwer aus dem Sinn. Immer wieder fiel mir der verzweifelte junge Sklave ein, der sein Leben aus einer Laune heraus hatte hingeben müssen. Und immer wieder musste ich daran denken, wie richtig Lantfrids Entscheidung gewesen war, Faustus die Teilnahme an dem Empfang zu verweigern. Kaum vorstellbar, was geschehen wäre, wenn unser eifernder Prediger Zeuge des grausamen Geschehens geworden wäre. Gewiss hätte er sich und unsere ganze Gesandtschaft um Kopf und Kragen geredet.

Zwei oder drei Mal wollte ich ihn in seinem Haus mit dem Falkenkopf besuchen, denn ich hatte längere Zeit nichts von ihm gehört. Seine Worte, er wolle auf allen öffentlichen Plätzen eine Messe feiern und den allein seligmachenden Glauben verkünden, waren mir noch in lebhafter Erinnerung. Doch leider traf ich ihn nicht an. Man sagte mir, er sei unterwegs, wo, das wisse man nicht. Ich möge mir keine Sorgen machen, denn die beiden Soldaten, die stets vor dem Hause wachten, seien in seiner Begleitung.

So lenkte ich fast wie von selbst meine Schritte wieder zu

der großen ummauerten Parkanlage mit dem nach allen Seiten vergitterten Kasten, in dem zahllose buntgefiederte Vögel piepten, tschilpten und zwitscherten. Auch dem mächtigen grauen Felsblock, der sich als Elefant entpuppt hatte, hoffte ich zu begegnen. Allein, das Rüsseltier war nicht da, nur die dichten Haselnusssträucher, zwischen denen es geruht hatte, standen noch an ihrem Platz. Ein verdrießlich dreinblickender, den Gesichtszügen nach aus Indien stammender Mann tauchte hinter den Sträuchern auf und deutete eine Verbeugung an, als er meiner gewahr wurde.

Ich grüßte zurück und fragte höflich: »Bist du es, der hier die Vögel versorgt?«

»Ich?« Er stieß ein Lachen aus, das abweisend und abfällig zugleich klang. »Sieh mich an, dann weißt du, was ich bin.«

Ich betrachtete seine Kleidung. Er trug ein leinenes Hemd mit elfenbeinernen Knöpfen, darunter eine Art Lendenschurz, der um die Hüften und im Schritt gewickelt war, und einen hohen Turban. Der Turban war von besonderer Auffälligkeit. Ihn zierte ein runder schwarzer Stein mit einem weiß opalisierenden Ring darin.

»Ich muss gestehen, dass mir dein Anblick wenig hilft«, sagte ich.

»Ich bin ein Mahut.«

»Was ist ein Mahut?«

»Das weißt du nicht?«

»Nein, aber du wirst sicherlich so freundlich sein, es mir zu verraten.«

»Jedenfalls bin ich keiner, der sich um so flatterhafte Geschöpfe wie Vögel kümmert. Wenn du wissen willst, wem mein Herz und meine Hand gehören, dreh dich um.«

Ich drehte mich um – und erblickte abermals den schwarzen Stein mit dem weißen Ring. Er war direkt über mir und starrte mich an. Er war das Auge des Elefanten.

Erschrocken sprang ich einen Schritt zurück und landete in den Armen des Mahut.

»Das ist Shankar«, sagte der Mahut.

»Soso«, stammelte ich. »Das kam ein bisschen plötzlich.«

Der Mahut lachte, und diesmal klang sein Lachen nicht mehr abweisend oder abfällig.

»Das Auge des Elefanten gleicht genau dem Stein an deinem Turban«, sagte ich unnötigerweise, denn ich hatte mich noch immer nicht von dem Schrecken erholt.

»Der Stein ist mein drittes Auge, durch das ich alles sehe, wie Shankar es sieht. Auf diese Weise verstehe ich ihn. Ich kenne ihn so gut wie mich selbst.«

Der graue Koloss stand ruhig vor mir, lediglich seine Ohren bewegten sich leicht. »Was hat das zu bedeuten?«, fragte ich.

»Nichts weiter«, antwortete der Mahut, »vielleicht ist er nur ein wenig neugierig, weil er dich wiedererkannt hat.«

Mir fiel ein, dass ich bei meiner ersten Begegnung mit dem Elefanten ebenfalls keine gute Figur gemacht hatte. »Warst du denn dabei, als ich …«

»Ich bin immer in seiner Nähe. Seit fünfunddreißig Jahren ist kein Tag vergangen, an dem ich nicht mit ihm zusammen gewesen wäre.«

»Das ist eine sehr, sehr lange Zeit.« Ich staunte. »Shankar, sagtest du, heißt das Tier?«

»So ist es. Aber es ist besser, du merkst dir den Namen nicht. Der Kalif hat verfügt, dass der Elefant anders gerufen wird: Abu l-Abbas muss er genannt werden, nach dem Begründer der Abbasiden. Für den täglichen Gebrauch mag ›Abul‹ genügen. Wenn du die Peitsche nicht schmecken willst, nenne den Elefanten stets so.«

»Du scheinst die Züchtigung nicht zu fürchten, sonst hättest du den verbotenen Namen nicht zwei Mal gebraucht«, entgegnete ich.

Wieder lachte der Mahut. »Ich habe verlernt, mich zu fürchten, seit ich meine Heimat verlassen musste. Nichts ist schlimmer als die Sehnsucht nach dem Ort, wo man geboren wurde.«

»Und wo liegt deine Heimat ... äh, wie ist eigentlich dein Name?«

»Ich bin Dantapuri, der Mahut. Das Land, aus dem ich komme, ist eine Insel, die Tausende von Meilen entfernt im Meer liegt. Sie hängt wie ein schimmernder Tautropfen unter der Landmasse Indiens und wird von ihren Bewohnern Lanka genannt. Geographen bezeichnen sie als Taprobana, doch einerlei, wie man sie nennt, sie ist der schönste Fleck auf Erden, sie ist die Insel der Zimtbäume und der Perlenfischerei.«

Ich ahnte, wie Dantapuri sich fühlte, denn auch zwischen mir und meinem Heimatort Malmünd im Frankenland lagen Tausende von Meilen. »Warum musstest du deine Insel verlassen?«, fragte ich.

Dantapuri rieb über den Augenstein an seinem Turban und antwortete: »Mein Herr, der König von Anuradhapura, entschied eines Tages, dass Shankar – oder besser: Abu l-Abbas – dem Kalifen al-Mahdi, dem Vater von Kalif Harun, zum Geschenk gemacht werde. Daraufhin wurde eine Abordnung zusammengestellt, die den Elefanten begleiten und ihn am Ziel übergeben sollte. Der Zweck des Unternehmens war die Ausweitung des Handels zwischen beiden Reichen. Doch am Tage des Aufbruchs rührte Abul sich nicht von der Stelle. Er machte keinen Schritt, sosehr man sich auch bemühte.«

»Was war der Grund dafür?«

Dantapuri trat an das riesige Tier heran und begann, ihm den Rüssel zu streicheln. »Der Grund ist einfach: Abul und ich gehören zusammen. Ohne mich geht er nirgendwohin, dasselbe gilt umgekehrt für mich. Der König befahl mir deshalb, Abul ins Reich des Kalifen zu begleiten. Sechzehn Jahre liegt das nun zurück, aber die Insel Lanka kann ich nicht vergessen.«

Ich nickte. »Das kann ich gut verstehen. Mein König hat meine Gefährten und mich mit ähnlicher Absicht nach Bagdad geschickt.« Dann erzählte ich Dantapuri, wer ich war und welchen Auftrag unsere Gesandtschaft hatte. Und je mehr ich erzählte, desto mehr hellte sich seine Miene auf.

Als ich fertig war, sagte er: »Wir haben manches gemeinsam, Hakim. Lege deine Hand auf Abuls Rüssel, damit er dich näher kennenlernt.«

Ich zögerte. Der Elefant stand zwar noch immer regungslos vor mir, aber er war hoch wie ein Berg, und ich empfand großen Respekt vor ihm.

»Du brauchst keine Angst zu haben«, beruhigte Dantapuri mich. Er nahm meine Hand und legte sie auf den Rüssel.

Die Haut fühlte sich warm und trocken an. Ein wenig rauh. Und ein wenig wie Leder. Ich fasste mir ein Herz und streichelte sie. Dann, plötzlich, krümmte sich der Rüssel, und seine Spitze kam mir entgegen. Rasch trat ich einen Schritt zurück.

Dantapuri schmunzelte. »Wie gesagt, du brauchst keine Angst zu haben.« Er griff in seinen Wickelschurz und holte einen Apfel hervor. »Gib ihm den.«

Ich nahm den Apfel und blickte ratlos. »Ich weiß nicht, ob ich an Abuls Maul heranreiche.«

»Halte den Apfel einfach auf der flachen Hand und warte ab, was passiert.«

Ich tat, wie mir geheißen. Einen Augenblick später schoss mir ein weiterer Schrecken durch die Glieder, denn der Rüssel schlängelte sich heran, und seine Spitze pflückte mir die Frucht von der Hand. Dann bog er sich nach innen und ließ sie in das geöffnete Maul fallen.

So etwas hatte ich noch nie gesehen.

Ich kam jedoch nicht dazu, mich lange zu wundern, denn schon näherte sich die Spitze wieder. Abuls Absicht war klar: Er wollte einen weiteren Apfel.

»Ich habe keinen Apfel mehr«, sagte ich bedauernd.

Abul wandte sich ab und stapfte davon. Sein Interesse an mir war erloschen.

»Für heute ist es genug«, sagte Dantapuri. »Abuls Fütterung ist schon überfällig. Elefanten lieben einen geregelten Tagesablauf. Es war angenehm, mit dir geplaudert zu haben, Hakim. Vielleicht sehen wir uns einmal wieder?«

»Ja, vielleicht«, sagte ich und verabschiedete mich.

Insgeheim aber nahm ich mir vor, Abul und Dantapuri nicht zum letzten Mal begegnet zu sein.

In der Folgezeit richtete ich es so ein, dass ich den grauen Koloss und seinen Mahut öfter traf. Und mit jedem Mal, da wir uns sahen, erfuhr ich mehr über Elefanten im Allgemeinen und Abul im Besonderen. Der Rüssel, so erzählte mir Dantapuri, diene keineswegs nur als Greifwerkzeug, um dem Maul Nahrung zuzuführen, er sei ebenso Riechorgan, Orientierungshilfe und nicht zuletzt auch Waffe. »Weißt du, Hakim«, sagte er einmal anlässlich eines abendlichen Spaziergangs, »ein einziger Schlag mit dem Rüssel kann einem ausgewachsenen Löwen das Genick brechen.«

»Hast du das schon einmal gesehen?«, fragte ich.

»Nein, Hakim, aber es ist möglich. Es gibt nichts, was ein Elefant nicht kann. Der Rüssel spielt übrigens auch bei der Verständigung eine wichtige Rolle. Man sollte die Signale, die der Elefant damit gibt, deuten können, sonst kann es gefährlich werden. Der erhobene Rüssel beispielsweise kann eine Warnung sein, während der gesenkte Rüssel häufig ein Zeichen des Nachgebens ist.«

»Warst du mit Abul schon einmal in einer bedrohlichen Situation?«

»Nein, zum Glück noch nie. Ich glaube, allein seine Größe schüchtert jeden Angreifer ein. Dazu kommen die mächtigen Stoßzähne. Wer würde sich davon schon gern aufspießen lassen! Dabei ist Abul lammfromm, das gutmütigste Tier auf Erden. Aber er ist auch wählerisch im Verschenken seiner Gunst. Seine Freundschaft zu gewinnen dauert lange.«

»Meinst du, mir könnte es gelingen?«

»Vielleicht.« Dantapuri gab Abul ein Zeichen, woraufhin dieser in seinem gemächlichen Schritt innehielt. »Ich denke, wir sollten es heute probieren.«

»Was meinst du damit?«

»Wart's nur ab.« Dantapuri rief Abul etwas zu, und der riesige Elefant schwenkte seinen Rüssel zur Seite. Dantapuri stieg auf das Ende und wurde alsbald wie von einem Kran in luftige Höhe gehoben. Er setzte sich hinter den Kopf und rief mir zu: »Jetzt bist du dran!«

Ich betrachtete das graue Ende des Rüssels, das sich mir entgegenstreckte. Sollte ich wirklich daraufsteigen? Was geschah, wenn ich das Gleichgewicht verlor?

»Los, los!«, rief Dantapuri von oben.

Da trat ich auf den Rüssel wie auf eine Treppenstufe und wurde im Nu an der grauen Wand emporgehoben. Dantapuri packte mich beim Oberarm und half mir, hinter ihm auf Abuls breitem Rücken Platz zu nehmen. »Du musst die Beine spreizen, sonst sitzt du nicht sicher«, riet er mir.

Ich gehorchte und sah mich um. Der Blick von oben war mir nicht unbekannt. Er hatte mich schon einmal in Erstaunen versetzt, damals, als ich glaubte, ich stünde auf einem Felsblock.

»Wir werden einen kleinen Ausritt entlang der großen Parkanlage machen, doch dazu müssen wir unsere Richtung ändern«, sagte Dantapuri.

»Einverstanden«, rief ich nach vorn, »aber wie kann Abul wissen, wohin wir wollen?«

»Ganz einfach, ich sage es ihm.«

»Du sprichst mit dem Tier wie mit einem Menschen? Das glaube ich nicht!«

Dantapuri lachte. »Ich spreche mit Abul durch den Druck meiner Füße. Es gibt Dutzende von empfindlichen Punkten, mit deren Hilfe ich ihn lenken kann. Wenn ich zum Beispiel mit beiden großen Zehen auf eine Stelle hinter seinen Ohren drücke, geht er vorwärts. Drücke ich mit meinen Fersen gegen seine Schultern, geht er rückwärts. Rund zwanzig Befehle reichen für den täglichen Bedarf.«

»Ich verstehe.«

Während Dantapuri mir die Sprache erklärte, in der er sich mit Abul verständigte, hatten wir die Mauer der großen Parkanlage erreicht und schritten an ihr entlang. Doch ich hatte keine Gelegenheit, die seltenen Tiere dahinter zu betrachten, denn Dantapuri sprach bereits weiter: »Auch wenn es nicht so aussieht, Hakim, aber die Haut eines Elefanten ist sehr empfindlich. Er spürt die kleinste Berührung. Selbst eine Fliege, die sich auf ihm niederlässt, fühlt er genau. Und das, obwohl seine Haut mehr als einen Zoll dick ist.«

»Was du nicht sagst.«

»Wenn Abul spürt, dass ihn ein Schwarm Insekten umschwirrt, bläst er mit dem Rüssel eine Staubschicht auf seine Haut, damit sie geschützt ist. Du siehst, auch dafür ist der Elefantenrüssel von Nutzen. Ebenso wie beim Trinken oder beim Selbstbespritzen mit Wasser. Elefanten lieben nichts mehr als ein Bad im Wasser oder im Schlamm.«

Ich ließ Dantapuris Erklärungen auf mich wirken und fragte: »Was ist das eigentlich für ein Stab, den du ständig mit dir herumträgst?«

Dantapuri reichte mir den Stab nach hinten, und ich hatte

Gelegenheit, ihn näher zu betrachten. Er bestand aus einem Holzschaft, an dessen Ende eine stählerne Spitze mit seitlichem Haken saß. Die Gesamtlänge betrug ungefähr eineinhalb Fuß. »Ein schönes Stück.« Ich gab das Gerät zurück.

Dantapuri erklärte: »Wir sagen dazu Ankus. Der Ankus dient dazu, in bestimmte Körperpunkte des Elefanten zu stechen. So lassen sich weitere Befehle geben.«

»Ich dachte, die Haut ist sehr empfindlich. Wozu bedarf es da eines so spitzen Gegenstands?«, fragte ich verwundert.

»Du hast gut zugehört, Hakim, aber nicht alle Elefanten sind so folgsam wie Abul«, entgegnete Dantapuri. »Manchmal muss der Befehl ein wenig energischer ausfallen.«

»Wozu brauchst du dann den Ankus?«

»Er ist nicht nur ein Befehlsgeber, sondern auch eine gute Waffe.«

»Das leuchtet mir ein.«

Wir ritten weiter und kamen an das Ende der Parkanlage, wo die Mauer in eine gleich hohe Hecke überging. Ich war noch nie an diesem Ort gewesen und staunte über die prachtvollen Rosenstöcke, aus denen die Hecke bestand.

»Was du hier siehst, ist das Rosa Gärtchen«, erklärte Dantapuri. »Anders als die große Parkanlage gehört es zum Harem des Kalifen, weshalb du darin keinen einzigen Mann entdecken wirst. Vielleicht mit Ausnahme einiger Eunuchen. Doch ich rate dir, nicht gar zu auffällig hinzusehen, wir könnten sonst große Schwierigkeiten bekommen.«

»Ja, gewiss«, sagte ich und musste einmal mehr an den jungen Sklaven denken, dem Kalif Harun den Kopf hatte abschlagen lassen. Doch in allem Verbotenen liegt ein besonderer Reiz, und deshalb konnte ich nicht umhin, immer wieder einen Blick in das Gärtchen zu werfen.

Und was ich da sah, berührte mich sehr. Das Rosa Gärtchen machte seinem Namen alle Ehre, denn niemals zuvor hatte ich so viele Blumen in so vielen verschiedenen Rosatönen gesehen. Und alle Blumen waren Rosen, mal klein, mal groß, mal kletternd, mal kriechend, als Hecken, Büsche und Beete – geometrisch so angelegt, dass sie sich zu einer einzigen großen, liegenden Rose zusammenfügten. Welch eine Augenweide! Welch ein verschwenderischer Duft!

Fast hätte ich über alledem die ebenholzschwarze Bank nicht bemerkt, die im Blütenmittelpunkt der großen, liegenden Rose stand. Auf der Bank saß eine junge Frau, von der ich nicht viel erkennen konnte, denn sie wandte mir halb den Rücken zu. Nur ihr weißes Gewand und die blonden herabfallenden Haare sah ich – dennoch nahm mich ihr Anblick stärker gefangen als alle Rosen um sie herum. Vielleicht war es die Einsamkeit, die sie zu umgeben schien, vielleicht auch der traurige Ausdruck, der in ihrer Haltung lag, ich wusste es nicht. Ich wusste nur, dass ich sie unverwandt anstarrte und Dantapuri mir irgendetwas zurief.

»Wie … was?«, fragte ich.

»Ich sagte, du sollst nicht in das Gärtchen hineinschauen. Willst du, dass wir in Teufels Küche kommen?«

»Nein, nein, gewiss nicht«, beeilte ich mich zu versichern. »Wer ist die junge Frau auf der Bank?«

»Woher soll ich das wissen, bin ich ein Eunuch?« Dantapuri klang verärgert.

»Natürlich nicht! Du bist ein sehr guter Elefantenkenner und kommst von der schönen Insel Lanka.«

»Genauso ist es.« Dantapuri schien halbwegs versöhnt.

Ich machte einen zweiten Versuch, während das Rosa Gärtchen langsam aus unserem Blickfeld verschwand: »Sitzt die junge Frau öfter auf der Bank?«

Dantapuri schwieg. Dann sagte er: »Du bist recht hartnäckig, Hakim, aber meinetwegen: Ja, ich habe sie ein paarmal gesehen. Aber nur aus dem Augenwinkel. Sie saß jedes Mal allein da.«

Danach verstummten wir, bis wir zurück an unserem

Ausgangspunkt waren. Dort verabschiedete ich mich. »Ich danke dir, Dantapuri«, sagte ich, »den Ausritt auf Abul werde ich nie vergessen.«

Am Abend, als meine schönen Sklavinnen mich badeten und salbten, kam Rayhan, mein dicker Diener, zu mir und fragte mich mit geheimnisvoller Miene: »Kennst du einen Mann namens al-Hamalat, Hakim?«

»Nein, woher sollte ich ihn kennen?«, fragte ich zurück.

Rayhan begann, eigenhändig die Öllämpchen an den Wänden zu entzünden, und quäkte: »Al-Hamalat ist ein Freund von mir, er wohnt im Viertel al-Karch, in der Safrangasse, er ist einer der erfolgreichsten Mädchenwirte der Stadt.«

»Mädchenwirte?«, fragte ich, denn ich konnte mit dem Begriff nichts anfangen.

»Oh, Hakim, wie sagt der Prophet, auf dem Allahs Segen und Heil ruhe? ›Die Frauen sind eure Äcker‹, sagt er, und er hat recht! Du solltest al-Hamalat einen Besuch abstatten.«

»Der Mann betreibt also ein Bordell«, stellte ich fest. Ich fand Rayhans nicht nachlassende Bemühungen, mir körperliche Lust zu verschaffen, durchaus unterhaltsam, wollte mir aber nicht den Zeitpunkt vorschreiben lassen, an dem ich bei einer Frau lag, deshalb versuchte ich abzulenken und fragte: »Was hat es eigentlich mit dem Harem des Kalifen Harun auf sich?«

Rayhan unterbrach seine Arbeit und quäkte erstaunt: »Warum willst du das wissen, Hakim?«

»Ach, nur so. Ich habe mich schon immer gefragt, wie der Herrscher, den zu besuchen unsere Gesandtschaft so weit gereist ist, mit seiner Familie lebt.«

»Familie?« Rayhan lachte kollernd. »Kalif Harun hat zweihundert Frauen, das wäre eine ziemlich große Familie, wenn man bedenkt, dass jeder Gläubige nur vier Frauen haben darf. Aber für Kalif Harun, den ›Schatten des Propheten‹, gelten eigene Gesetze, auch wenn er, als er die Nachfolge seines Bruders antrat, nur drei Frauen hatte: Aziza, Ghadir und Zubaida. Aziza ist die Tochter Ghitrifs, des Bruders von Khaizuran, welche die Mutter des Kalifen ist, Ghadir war eine Konkubine von al-Hādi, dem Bruder des Kalifen, der unter, sagen wir, nicht ganz geklärten Umständen starb, und Zubaida, die Lieblingsfrau, ist eine Base des Kalifen …«

»Ich bin Zubaida bereits ein Mal begegnet«, sagte ich, während meine Sklavinnen damit begannen, mir das Gewand für die Nacht überzustreifen, »es war anlässlich des Empfangs. Ich habe zwar nur ihre Augen gesehen, aber sie ist gewiss eine sehr schöne Frau.«

»Ja, Hakim, das kann man wohl sagen.« Rayhan unterbrach seine Arbeit, kam auf mich zugewatschelt und flüsterte mir ins Ohr: »Und eine sehr verschwenderische dazu, wie man immer wieder hört. Sie trinkt nur aus goldenen Bechern, und ihre Löffel sind aus Gold oder Kristall. Selbst die Tische, von denen sie isst, werden mit einer Schicht aus Gold und Silber überzogen. Doch bevor sie den Speisen zuspricht, lässt sie sich die Hände mit Duftwasser aus einem goldenen Spender besprühen, und Obst und Früchte werden aus ähnlichen Gefäßen mit Moschuswasser besprengt.«

»Moschuswasser?«, hakte ich nach. Ich wusste, dass Moschus das Sekret aus einer Drüse am Bauch des Moschustiers war und dass diese Drüse vor den Geschlechtsorganen saß. Moschus war eine ölige, angeblich aphrodisierende Flüssigkeit. Sie mit Wasser verdünnt zur Veredelung von Früchten zu verwenden war sicher nicht nach dem Geschmack eines Mannes aus dem Abendland. Aber ich ersparte mir eine Bemerkung.

»So ist es, Hakim. Vergiss nicht, was ich dir einmal gesagt

habe: In Bagdad kommt es weniger darauf an, wie etwas schmeckt, als vielmehr darauf, ob es außergewöhnlich ist. Im Übrigen sagt man, der ›Kleine Butterball‹ trüge ausschließlich edelsteinbestickte Pantoffeln.«

»Der Kleine Butterball?«

Rayhan lachte glucksend. »Das ist die Bedeutung von Zubaida, Hakim. Es ist ein Kosename. Es heißt, sie sei schon ein paar Mal unter dem Gewicht ihrer Juwelen zusammengebrochen, ja, es wird sogar behauptet, dass sie sich an manchen Tagen nur auf den Beinen halten kann, wenn sie von zwei Sklavinnen gestützt wird. Sie scheint überhaupt ungern zu gehen – was ich, wie du dir denken kannst, gut verstehe – und lässt sich am liebsten in silbernen Sänften tragen, die im Inneren mit Zobelpelzen ausgeschlagen sind. Sie ist sehr eitel, und wer es versteht, ihr mit wohlgereimten Versen zu schmeicheln, wie der Dichter Abu l-Atahiya, oder ihre Schönheit mit kunstvollen Liedern zu preisen, wie der Sänger Ibrahim al-Mausili, dem füllt sie gern den Mund mit Perlen.«

»Füll mir einen Kelch mit Wein«, bat ich.

»Ich höre und gehorche, Hakim.« Rayhan watschelte davon und kehrte alsbald mit dem Wein zurück.

Während ich trank, erzählte er weiter: »Im Laufe der Zeit hat Kalif Harun seinem Harem noch viel mehr Frauen zugeführt. Darunter Sklavinnen und Konkubinen, von denen die berühmteste vielleicht Dat al-Khal ist, was so viel wie ›die mit dem Leberfleck‹ bedeutet.«

Rayhan hielt inne und kicherte kurzatmig. »Niemand weiß genau, wo der Leberfleck saß, aber es ist sicher, dass es ein besonders teurer Leberfleck war, denn Kalif Harun bezahlte für Dat al-Khal nicht weniger als dreißigtausend Dinar. Umso bedauerlicher dürfte es gewesen sein, dass sie ihre kostbare Zier bei einem Streit mit der Konkubine Sihr verlor.«

Rayhan kicherte abermals. »Vielleicht war es aber auch so, dass Sihr ihr den Leberfleck wegzauberte, denn ihr Name bedeutet nichts anderes als ›Zauber‹.«

Ich setzte den Weinkelch ab und fragte: »Gibt es unter den Sklavinnen und Konkubinen auch eine blonde Frau?«

»Eine blonde Frau? Wie kommst du denn darauf, Hakim?«

»Vielleicht, weil ich selbst blond bin.«

»Lass mich überlegen.« Rayhan legte den dicken Zeigefinger an die Nase. »Hilana, die Griechin? Nein, Griechinnen pflegen nicht blond zu sein. Diya? Wenn es so wäre, wüsste ich es. Marida? Sie schenkte Kalif Harun bereits vier oder fünf Kinder. Alle haben schwarze Haare. Ich glaube nicht, dass sie blond ist, zumal sie aus dem fernen Sogd stammt. Inan? Kommt, wie man hört, aus Zentralarabien, für Frauen aus dieser Gegend gilt das Gleiche …«

Rayhan hielt inne und rollte vorwurfsvoll mit den Augen. »Hakim, du kannst nicht verlangen, dass ich jede einzelne Frau im Harem kenne. Es liegt bereits mehrere Jahre zurück, dass ich in den Privatgemächern des Kalifen arbeitete.«

»Soso.« Ich ließ mir Wein nachschenken. »Dann weißt du sicherlich auch nicht, wann Kalif Harun zuletzt unter der Krankheit litt, die im Volksmund als ›Enge in der Brust‹ bezeichnet wird?«

»Aber natürlich weiß ich das, Hakim! Wenn der Kalif, Allah möge ihm Gesundheit und ein langes Leben schenken, krank ist, spricht sich das in Windeseile herum. Zuletzt litt er im Monat *Ḏū l-ḥiǧǧa,* du würdest sagen, im November, an Enge in der Brust.«

»Also kurz bevor unsere Gesandtschaft in Bagdad eintraf«, stellte ich mehr für mich selbst fest. »Weißt du, was der Leibarzt gegen das Leiden unternahm?«

»Nein, Hakim, wie sollte ich? Ich weiß nur, dass es zwei

Ärzte sind, die sich um ihn bemühten, Dschibril heißt der eine, er soll ein syrischer Christ sein, Arpak der andere, er kommt aus Khorasan, ist also persischer Herkunft.«

»Weißt du, ob Kalif Harun mit dem Können seiner Ärzte zufrieden ist?«

Rayhan seufzte. »Vielleicht ja, vielleicht nein. Wie soll ich das wissen, Hakim? Doch wenn ich es recht bedenke, tritt die Krankheit immer wieder auf. Das spricht eigentlich gegen die Kunst seiner Ärzte.«

»Vielleicht sollte ich dem Kalifen meine Dienste anbieten. Ich werde ihn morgen oder übermorgen in seinem Harem aufsuchen.«

Kaum hatte ich das gesagt, sperrte mein dicker Diener Mund und Nase auf und machte ein so bestürztes Gesicht, dass ich unwillkürlich lachen musste.

»Hakim, das ist nicht lustig! Wenn du das, was du eben gesagt hast, ernst meintest, hast du dein Todesurteil gesprochen! Kein fremder Mann darf es wagen, den Harem zu betreten. Der Harem ist ein strikt abgetrennter Bereich im Palast, der die Privatgemächer des großen *amir al-mu'minin* beherbergt. Nur seine Frauen, seine Konkubinen, seine Kinder und einige wenige Auserwählte dürfen sich darin aufhalten. Für alle anderen sind sie *harām!*«

»Harām?«

»Das heißt so viel wie ›strikt verboten‹, Hakim.«

Ich dachte an die blonde Frau und sagte: »Ich wusste nicht, dass die Bräuche so streng sind. Wenn es dich beruhigt, werde ich zu Hause bleiben.«

Gleichzeitig aber fasste ich einen kühnen Entschluss.

Zwei Tage später machte ich mich auf den Weg zu dem Rosa Gärtchen. Wer mir begegnet wäre, hätte mich wohl kaum erkannt, denn ich trug die Kleidung eines Gartenarbeiters:

ein geflicktes Hemd, eine erdfleckige Hose und einen geflochtenen Hut, unter dem meine Haare vollständig verschwanden. So ausgestattet, näherte ich mich der hohen Rosenhecke.

Als ich sie erreicht hatte, blieb ich stehen. Ich hatte keinen Plan, wie ich weiter vorgehen sollte. Ich war einfach losgelaufen, im Vertrauen darauf, dass mir zur rechten Zeit etwas einfallen würde.

Aber würde ich die blonde Frau überhaupt antreffen?

Um das herauszufinden, musste ich die Hecke überwinden und in das Gärtchen eindringen. Ein Vorhaben, von dem ich wusste, dass es absolut *harām* war.

Dennoch wollte ich es versuchen.

Ich blickte mich um. Es ging schon gegen Abend, weit und breit war kein Mensch zu sehen. Ich begann, die Hecke in beiden Richtungen abzulaufen, blickte mich ständig um, aus Angst, jemand könnte plötzlich auftauchen, und kam mir dabei vor wie ein streunender Hund. Doch nach einer Weile hatte ich entdeckt, was ich suchte: ein kleines Loch in der Hecke. Es war gerade groß genug, um hindurchzuschlüpfen.

Sollte ich es wagen?

Nein, es war schon zu spät. Die Dunkelheit musste bald hereinbrechen, dann würde ich die blonde Frau ohnehin nicht mehr antreffen. Wenn ich sie überhaupt antraf.

Unverrichteter Dinge lief ich zurück zu meinem Löwenkopf-Haus.

In der darauffolgenden Nacht schlief ich schlecht. Ich träumte wirres Zeug von einem Labyrinth, das gänzlich aus rosa Gängen bestand, durch die ich hin und her irrte, bis ich erkannte, dass das Labyrinth in Wahrheit ein Rosa Gärtchen war. Ich sah blonde Frauen auf schwarzen Bänken, die abwechselnd *»harām!«* riefen und mit dem Finger auf mich zeigten. Sie hatten mich entdeckt! Das Herz blieb mir vor

Angst fast stehen, und ich wollte durch das Loch in der Hecke fliehen, zurück in die Freiheit. Doch als ich hindurchschlüpfte, wuchs plötzlich das Dornengestrüpp von allen Seiten auf mich zu, engte mich ein, drohte mich zu ersticken, und ich dachte, das muss die Enge in der Brust sein, unter der Kalif Harun leidet, während die Stacheln mich immer wieder stachen …

»Hakim!«

Ich fuhr von meinem Lager hoch und blickte in das Vollmondgesicht von Rayhan, der mir seinen dicken Finger in die Brust bohrte. »Verzeih, Hakim, aber du hast schlecht geschlafen. Ich will nicht wieder davon anfangen, aber nur, wer seine Lenden entspannt hat, findet süßen Schlummer, und schon der Prophet sagte …«

»Ich weiß, was der Prophet sagte«, krächzte ich, denn der Mund war mir trocken. »Gib mir ein Glas Wasser.«

»Ich höre und gehorche.« Beleidigt watschelte Rayhan davon.

Nachdem ich ein wenig Wasser getrunken und Rayhan sich zur Ruhe begeben hatte, versuchte ich, wieder einzuschlafen. Doch es wollte mir nicht gelingen. Zu lebhaft war der Traum gewesen.

Was hatte er zu bedeuten? Stellte er eine Warnung dar? Sollte ich mein gefährliches Unterfangen aufgeben?

Mit diesen und ähnlichen Fragen zermarterte ich mir den Kopf, und als der Morgen anbrach, stand für mich fest: Der Traum war eine ernstzunehmende Warnung. Ich würde nicht noch einmal zum Rosa Gärtchen gehen.

Am Nachmittag machte ich mich dennoch erneut auf den Weg. Neben der Kleidung des vorangegangenen Tages trug ich ein Paar dicke Lederhandschuhe, die mir beim Auseinanderbiegen des Dornengestrüpps dienlich sein sollten.

Wieder schaute ich mich nach allen Seiten um, bevor ich mir ein Herz fasste und mich ganz klein machte, um durch das viel zu kleine Schlupfloch zu gelangen. Mit Hilfe der Handschuhe bog ich die widerspenstigen Zweige auseinander, doch es kam, wie es kommen musste: In der Mitte der Hecke blieb ich hängen. Es ging weder vor noch zurück. Allmächtiger Gott, hilf mir!

Ich zog und zerrte, und irgendwie schaffte ich es, mich zu befreien. Ich hörte, wie Stoff riss, und spürte gleichzeitig einen heftigen Schmerz in der Wange. Die vermaledeiten Dornen! Ich strebte weiter und kletterte schließlich auf der anderen Seite hinaus. Mein Hemd war halb zerrissen, aber darauf konnte ich keinen Gedanken verschwenden. Ich musste unentdeckt bleiben, nur das zählte.

Ich pirschte mich im Schatten einiger Büsche an die Blütenmitte der großen, liegenden Rose heran, von der ich wusste, dass dort die ebenholzschwarze Bank stand.

Würde die blonde Frau darauf sitzen?

Nein, die Bank war leer.

Welch eine Enttäuschung. Ich hatte viel riskiert, vielleicht sogar mein Leben, und war nicht belohnt worden. Sollte ich den Rückzug antreten? Während ich mich das fragte, hörte ich plötzlich zwei Stimmen. Es waren helle Stimmen, fast die von Knaben, was die Vermutung nahelegte, dass es sich um Eunuchen handelte. Ich wollte fliehen, doch es war schon zu spät. Sie hatten mich gesehen. Was tun? In meiner Not erinnerte ich mich an die Gartenschere, die ich für alle Fälle mitgenommen hatte. Ich nahm sie und tat so, als würde ich tote Zweige aus einem Busch herausschneiden. Dazu summte ich die erstbeste Melodie, die mir einfiel.

Es gelang! Die beiden Eunuchen gingen vorbei. Sie waren so in ihr Gespräch vertieft, dass sie mich kaum beachteten. Fast hätte ich gelacht vor Erleichterung. Ein Mühlstein war mir vom Herzen gefallen.

Doch gewonnen war noch nichts. Wo war die blonde Frau?

Immer im Schatten von Büschen und Hecken, machte ich mich zum unteren Stengel der großen, liegenden Rose auf. Ich wusste nicht, was mich dort erwartete, aber ein unbestimmtes Gefühl zog mich dorthin.

Schließlich machte ich halt. Ich befand mich gut verborgen zwischen mehreren aus Strauchwerk geformten, großen liegenden Blättern und hatte freie Sicht auf einen Bereich des Gärtchens, der mir unbekannt war. Vor mir tat sich ein kleiner See mit rosafarbenem Wasser auf, in dem Flamingos gravitätisch daherschritten und mit ihren Schnäbeln am Grund nach Muscheln, Krebsen und Samen suchten. Gleichfarbige Schmetterlinge flatterten über ihnen und zwischen ihnen, und in der Mitte des kleinen Sees, da entdeckte ich sie – die blonde Frau.

Sie schwamm mit kräftigen Zügen zum Ufer und richtete sich dort auf, um das Wasser zu verlassen. Sie war nur zwanzig Schritte von mir entfernt und so nackt, wie Gott sie erschaffen hatte. Sie drehte sich mir zu, und ich erkannte, warum sie mich von Anfang an auf so geheimnisvolle Weise angezogen hatte: Nie zuvor war ich einer schöneren Frau begegnet.

Sie war von makellosem Wuchs, die Haut wie Rahm, der Körper gertenschlank und doch mit jenen Rundungen gesegnet, die jedes Männerherz höherschlagen lassen. Ich konnte nicht anders, ich musste sie ansehen, musste beobachten, wie sie sich in ein großes Tuch hüllte, um die zarten Gliedmaßen zu trocknen, musste zuschauen, wie sie sich mit einer anmutigen Bewegung bückte, ihr weißes, einer Tunika ähnelndes Gewand aufnahm und es überstreifte. Ich fühlte Enttäuschung, als ihre Schönheit sich meinen Blicken entzog, aber ich kam nicht dazu, lange darüber nachzusinnen, denn schon schlug sie den Weg zu meinem Versteck ein. Was sollte ich sagen, wenn sie mich entdeckte? Ein klirrendes Geräusch unterbrach meine Gedanken. Die Gartenschere! Sie war mir aus der Tasche gerutscht und auf eine der marmornen Wegplatten gefallen.

Die blonde Frau blieb stehen. Sie bückte sich und hob die Schere auf. Dann sah sie mich. Ein leiser Schreckenslaut entfuhr ihren Lippen.

»Das ist meine Schere«, stotterte ich und biss mir im gleichen Augenblick auf die Zunge. Etwas Geistloseres zur Begrüßung hätte mir nicht einfallen können.

Die blonde Frau sah mich verständnislos an.

»Verzeih mir«, sagte ich hastig auf Arabisch, »das war Fränkisch, das kannst du gewiss nicht verstehen. Ich komme aus der Nähe von Aachen. Mein Name ist Cunrad, äh …«

Ich hielt verlegen inne, denn die blonde Frau sah mich noch immer unverwandt an. Sie hatte Augen, so blau wie die Gletscher des Hochgebirges, und einen Mund, so rot wie das Siegel des Salomo. »Du blutest«, sagte sie.

»Wie?«

»Du blutest«, sagte sie abermals und deutete auf meine Wange.

»Ach, das ist nur von den Dornen in der hohen Hecke. Halb so schlimm.«

»Heißt das, du bist von außen in das Gärtchen eingedrungen?« Sie runzelte die Stirn.

»Ja«, sagte ich. Und da mir sonst nichts einfiel, fügte ich hinzu: »Gibst du mir die Schere wieder?«

Sie gab mir die Schere, und eigentlich war damit alles gesagt zwischen uns, doch wir machten keine Anstalten zu gehen. Schließlich sagte sie: »Wenn sie dich erwischen, werden sie dich töten.«

»Wirst du mich verraten?«

»Nein.«

»In Wahrheit bin ich kein Gärtner.«

»Das dachte ich mir.« Ein Lächeln huschte über ihr Gesicht. Trauer und Wehmut lagen darin. »Wenn du aus dem Frankenland kommst, gehörst du sicher zu der Gesandtschaft König Karls.«

»So ist es.« Ich spürte ein wenig Stolz. Offenbar hatte sich unsere Mission bis in die letzten Winkel des Palastes herumgesprochen.

»Gott möge ihn verfluchen!«

»Was sagtest du?« Ich glaubte, mich verhört zu haben.

»Ich sagte: Gott möge ihn verfluchen!« Ihre Augen sprühten vor Zorn.

»Aber warum? Was hat er dir getan?«

»Das geht dich nichts an.«

»Schon gut.« Ich bedauerte die Wendung, die das Gespräch genommen hatte, und wollte es in unverfänglichere Bahnen lenken. »Warst du dabei, als Kalif Harun den Empfang für König Karls ... ich meine, für unsere Gesandtschaft gegeben hat?«

»Nein.«

»Aber gewiss bist du eine seiner Frauen?«

»Nein!«

»Verzeih.« Ich wusste nicht mehr weiter. Denn ob sie eine von Haruns zahllosen Sklavinnen war, mochte ich sie nicht fragen. »Verzeih«, sagte ich nochmals, »ich wollte dir nicht zu nahe treten. Ich dachte nur, da du blond bist wie ich, kommst du ebenfalls aus dem Abendland jenseits des ›Weißen Meeres‹, wie die Araber es nennen. Das wäre immerhin etwas, das uns verbindet.«

»Ich möchte nicht darüber sprechen. Es ist besser, wenn du gehst.«

»Ja, gewiss.« Ich nahm all meinen Mut zusammen und fuhr fort: »Doch ich würde gern wiederkommen. Das Gärtchen ist zwar klein, aber groß genug für uns beide.«

»Ihr Franken gebt wohl nie auf?« Sie schüttelte den Kopf. »Geh jetzt, ehe ich einen der Diener rufe.«

»Du hast mir nicht einmal deinen Namen verraten.«
Sie zögerte kurz. »Aurona heiße ich.«
»Gut, Aurona«, sagte ich, »ich gehe.«

Am Abend dieses Tages hatte ich Mühe, Rayhan, meinem dicken Diener, die Dornenkratzer auf meiner Wange zu erklären. Zunächst behauptete ich, es wäre passiert, als man mich am Morgen rasierte, doch das nahm er mir nicht ab. »Hakim«, sagte er vorwurfsvoll, »ich habe genau gesehen, dass das Schermesser keine Spuren bei dir hinterlassen hat. Als du das Haus verließest, war deine Haut so glatt wie ein Pfirsich!«

»Nun gut«, räumte ich ein, »vielleicht hast du recht.« Und weil mir nichts anderes mehr einfiel, fügte ich hinzu: »Nimm an, dass es die Fingernägel einer Frau waren.«

»Hakim, du warst bei einer Frau?«, quäkte Rayhan begeistert. »Endlich bist du vernünftig geworden! Allah, der Allmächtige, ließ die Gläubigen durch die Offenbarung des Korans wissen, es sei die Pflicht des Mannes, täglich den Leib der Frau wie seinen Acker zu bestellen …«

»Schon gut, Rayhan, schon gut«, sagte ich. »Ich habe gehört, einem der Gärtner ist das Hemd zerrissen. Bitte sorge dafür, dass es genäht wird.«

»Wie kommst du denn plötzlich darauf?« Rayhan zuckte in komischer Verzweiflung mit den Schultern. »Du kümmerst dich um Dinge, die deine Sorge nicht sind, aber vielleicht liegt es daran, dass du Arzt bist.«

»Jaja, vielleicht.«

»Ich höre und gehorche, Hakim.«

Einen Tag später versuchte ich erneut mein Glück. Wieder gelang es mir, unbemerkt in das Rosa Gärtchen einzudringen. Diesmal, ohne dass mir Dornen das Gesicht zerkratzten. Ich verbarg mich in der Nähe der ebenholzschwarzen Bank und wartete.

Ich wartete lange, und ich dachte schon, ich sei vergebens gekommen, da erschien im letzten Dämmerlicht Aurona. Sie setzte sich auf die Bank und begann leise, auf einer Laute zu spielen. Ich verstand den Text kaum, sondern erahnte mehr, dass es um gefangene Krieger ging, die ihre Fesseln zerschneiden wollten. Eine Weile hörte ich zu, und obwohl ich nur wenige Worte verstand, so verzauberte mich der Gesang doch auf seltsame Weise. Wehmut und Sehnsucht, aber auch ein Funken Hoffnung lagen darin.

Als der letzte Ton verklungen und die Dunkelheit vollends hereingebrochen war, machte ich mich bemerkbar und sagte: »Das war ein germanisches Lied. Es hat mich sehr berührt, obwohl ich von dem Inhalt nur wenig verstand. Darf ich mich zu dir setzen?«

Statt einer Antwort rückte Aurona ein Stück zur Seite.

Eine Weile betrachteten wir den mondhellen Nachthimmel. Dann versuchte ich einen Scherz: »Eigentlich hätten wir uns in der Morgenröte treffen müssen.«

»Warum?«

»Weil Aurona ›Morgenröte‹ bedeutet.«

»Wir sollten uns überhaupt nicht treffen.« Auronas Stimme klang kühl.

»Also ist es reiner Zufall, dass du heute Abend gekommen bist?«

Aurona schwieg. Doch ich hörte sie atmen, und ich nahm den zarten Zederndfut ihres Haares wahr. Mehr nicht. War das die einzige Antwort, die sie für mich hatte? In welche Situation war ich geraten? Ich saß mit der schönsten Frau der Welt des Nachts auf einer Bank, heimlich, unter großer Gefahr, und sie schwieg mich an, ja, sie zeigte mir sogar die kalte Schulter. Ich beschloss, der Sache auf den Grund zu gehen. »Zu welchem Volk der Germanen gehörst du?«, fragte ich.

»Das kann dir einerlei sein.«

»Bitte, sage es mir.«

»Ich bin eine Langobardin.« Die Antwort kam widerstrebend.

»Eine Langobardin?«

»Ja, ich gehöre zu dem Volk, das dein König unterjocht hat, wie so viele andere Völker auch.«

Darauf fiel mir zunächst nichts ein, denn es stimmte, was Aurona behauptete. »Hast du deswegen das Lied von den Kriegern gesungen?«

»Nicht nur deswegen.«

»Willst du mir verraten, warum?«

Aurona zögerte. Dann sagte sie: »Sprich nicht so laut, man könnte uns hören.«

Leise wiederholte ich meine Frage.

»Die Lieder sind das Einzige, was mir geblieben ist. Ich bin schon so lange von den Meinen fort.«

»Das bin ich auch.«

»Aber du hast dein Land freiwillig verlassen! Ich dagegen wurde gezwungen.«

»Ich gebe zu, das ist ein Unterschied.« Ich begann, von mir und meiner Familie zu erzählen, von meinem Vater, dem Majordomus, der im Dienste der Mönche von Malmünd stand, meiner Mutter, die aus einer Aachener Patrizierfamilie stammte, und den Klostermönchen, die mir eine fundierte Ausbildung zuteilwerden ließen. Und ich erzählte von meiner Liebe zum Beruf des Arztes. »Ich bin es deshalb geworden, weil nichts auf der Welt mit dem Gefühl zu vergleichen ist, einen Kranken geheilt zu haben«, schloss ich.

»So hast du die Gesandtschaft als Arzt begleitet?«, fragte sie. »Nicht als Krieger?«

»Nicht als Krieger, nicht als Kaufmann, nicht als Bote. Es war meine Neugier auf fremde Länder, die mich hierher verschlug.«

Aurona griff zur Laute und spielte ein paar Akkorde, doch sie sang nicht. Stattdessen sagte sie: »Mein Leben verlief ganz anders. Im Gegensatz zu dir wuchs ich nicht in Freiheit auf, denn ich bin eine Enkelin des langobardischen Stadthauptmanns Rodoald von Pavia, der sich deinem König und seinem Heer ergeben musste. Pavia, unsere Hauptstadt, fiel am vierten Juni des Jahres 774. Niemand aus meinem Volk wird den Tag je vergessen.«

»Das liegt lange zurück, fünfundzwanzig Jahre«, erwiderte ich. »Du und ich, wir haben mit den Fehden unserer Vorfahren nichts mehr zu schaffen.«

»So einfach ist das nicht. Wahrscheinlich weißt du, dass dein König unserem König Desiderius und seiner Frau Ansa das Leben schenkte, nachdem er die Stadt erobert hatte. Er verfügte, dass sie die Zeit bis zum Ende ihrer Tage im Kloster Corbie bei Amiens verbringen sollten. Was du jedoch nicht wissen dürftest, ist, dass dein König diese Gnade nur unter einer Bedingung gewährte: Mein Großvater, mein Vater Hunold, der Stadtverweser war, sowie alle ihre Nachkommen mussten dafür in fränkische Geiselhaft gehen. So kam es, dass auch ich mein Leben in der Pavesischen Zitadelle verbringen musste. Durch ein wechselvolles Schicksal ergab es sich, dass ich nach einem Fluchtversuch erneut gefangen genommen wurde und nach vielen Umwegen auf einem Sklavenmarkt in Damaskus landete. Dort entdeckte mich ein Diener von Yahya, dem Wesir Haruns. Yahya wiederum sorgte dafür, dass ich dem Harem des Kalifen zugeführt wurde.«

Aurona hielt inne und sprach dann weiter: »Du siehst, in fünfundzwanzig Jahren kann viel geschehen, das man nicht vergisst. Besonders, wenn man wie ich eine Geiselhaft gegen die Gefangenschaft in einem Harem eintauschen musste.«

»Du sehnst dich nach Freiheit?«

Aurona sah mich mit ihren gletscherfarbenen Augen an. »Ich würde alles dafür geben.«

»Ich werde es mir merken«, sagte ich.

Bald darauf spürte ich, dass es Zeit war, zu gehen. Gern hätte ich Aurona um ein Zeichen ihrer Gunst gebeten, aber ich wollte mir keine Abfuhr holen. Deshalb sagte ich nur: »Ich muss dich jetzt allein lassen.«

»Komm besser nicht wieder.«

»Das kann ich dir nicht versprechen.«

Nach einem weiteren Tag traf ich Aurona wieder. Sie schien nicht überrascht, mich zu sehen, und zeigte sich zugänglicher als bei meinen ersten beiden Besuchen. »Bevor das Abendlicht ganz verschwindet, möchte ich dir etwas zeigen«, sagte ich. »Schau, was ich mitgebracht habe.« Ich holte eine unscheinbare Knolle aus der Tasche, die aussah wie ein Wollknäuel aus Reisig.

»Was ist das?«, fragte Aurona.

»Eine Pflanze. Man nennt sie Rose von Jericho. Sie sieht nicht gerade außergewöhnlich aus, aber ich dachte, sie könnte trotzdem zu den anderen Rosen im Gärtchen passen.«

»Soll das ein Scherz sein?« Zwischen Auronas Augenbrauen entstand eine Falte.

»Aber nein! Mit dieser Rose hat es eine besondere Bewandtnis: Wenn man sie ins Wasser taucht, entfaltet sie ihre eingerollten Ästchen, und innerhalb eines Tages ergrünen ihre Blätter in der Farbe von dunklen Oliven.«

»Wirklich?«

»Ja, ich spaße nicht. Dem Beduinen, der sie mir in der

Syrischen Wüste verkaufte, stellte ich dieselbe Frage, aber er trat noch am gleichen Tag den Beweis an. Die Jerichorose ergrünt tatsächlich innerhalb weniger Stunden im Wasser, und wenn man ihr das Nass nimmt, trocknet sie aus und zieht sich abermals zusammen. Ein Vorgang, der sich, sooft man will, wiederholt. Deshalb wird diese Rose auch Auferstehungsrose genannt. Jedem, der sie besitzt, bringt sie Glück.«

»Das klingt hübsch.«

»Der Beduine behauptete, dieses Exemplar sei schon dreitausend Jahre alt. Nun, das mag glauben, wer will. Auf jeden Fall gehört sie jetzt dir, denn ich möchte, dass du zukünftig nur noch Glück hast.«

Aurona schwieg. Doch ihre Augen leuchteten, und sie nahm die Rose in die Hand. »Ich danke dir«, flüsterte sie.

»Wenn du dich freust, freue ich mich auch.« Ich überlegte, ob es ziemlich sei, von einer weiteren Eigenschaft der Rose zu berichten, nämlich von ihrer Fähigkeit, die Niederkunft einer Kreißenden zu erleichtern, sofern man sie neben den Gebärstuhl legte, doch ich verzichtete darauf und sagte: »Du hast mir erklärt, du seist weder eine Sklavin noch eine Frau des Kalifen. Das verstehe ich nicht. Magst du das Rätsel für mich lösen?«

Kaum hatte ich die Frage gestellt, fiel ein Schatten auf Auronas Gesicht, und ich beeilte mich zu versichern: »Wenn du nicht darüber sprechen willst, können wir auch gern über etwas anderes reden.«

»Nein, nein.« Aurona steckte das trockene Rosenknäuel behutsam in eine Tasche ihres Gewandes und begann zu erzählen: »Im Harem des Kalifen herrschen großer Reichtum und bittere Armut zugleich. Der Reichtum, das weißt du sicher selbst, äußert sich in ungeheurem Prunk, dem man auf Schritt und Tritt begegnet, die Armut hingegen offenbart sich erst auf den zweiten Blick.«

»Wie meinst du das?«, fragte ich.

»Es sind die Menschen, die trotz allen Überflusses arm sind. Sie sind arm an aufrichtigen Gefühlen, denken nur an ihren Vorteil, lügen, schmeicheln, schmieden Ränke, und alles nur, um Kalif Harun zu gefallen und um Vorteile zu buhlen. Am schlimmsten aber sind die zahllosen Sklavinnen. Jede von ihnen kennt nur ein Ziel: seine Konkubine zu werden und ihm ein Kind zu gebären, denn je mehr Kinder eine Frau ihm schenkt, desto größer ist die Wahrscheinlichkeit, dass er sie zu einer seiner Frauen macht.«

»Du wolltest den Tanz um das Goldene Kalb nicht mitmachen?«

»Nein, das wollte ich nicht. Obwohl ich die Gelegenheit dazu gehabt hätte, denn Kalif Harun bestellte mich mehrmals in sein Schlafgemach. Aber ich gab vor« – Aurona hielt inne und errötete leicht –, »nun, ich gab vor, etwas zu haben, das jede Frau ein Mal im Monat hat. Doch lässt sich, wie du dir denken kannst, diese Ausrede nicht beliebig oft wiederholen, deshalb sann ich auf eine andere Lösung. Lange überlegte ich, wie ich mich dem Kalifen künftig verweigern könnte, ohne ihn zu erzürnen, dann kam mir der Zufall zu Hilfe: Ich erfuhr, dass niemand ein Sklave sein kann, der muselmanischen Glaubens ist, und ich erfuhr ferner, dass dieser Grundsatz für Männer und Frauen gleichermaßen gilt. Da beschloss ich, zum Islam überzutreten.«

»Ein ungewöhnlicher Entschluss.« Ich konnte nicht umhin, Aurona zu bewundern. »Doch sicher war es nicht leicht, ihn in die Tat umzusetzen?«

»Nein, das war es nicht, aber ich hatte das Glück, Hunain kennenzulernen. Hunain ist ein Eunuch, der im Palast als Übersetzer wissenschaftlicher Werke arbeitet. Er überträgt die Arbeiten griechischer Autoren ins Arabische und ist sehr gelehrt und sehr verschwiegen. In den Religionen der Welt kennt er sich aus wie kein Zweiter – obwohl er selbst, wie er mir anvertraute, nicht an Gott glaubt, weil es dafür keine Beweise gebe. Er sagte mir einmal: ›Über die Götter habe ich keine Möglichkeit zu wissen, weder, dass sie sind, noch, dass sie nicht sind, noch, wie sie etwa an Gestalt sind.‹«

»Und dieser Eunuch hat dir die Lehre des Islam nahegebracht?«, fragte ich zweifelnd.

»Genauso war es. Aber es war schwierig für mich, denn ich konnte nichts von dem, was er mich lehrte, aufschreiben. Ich musste alles in meinem Gedächtnis bewahren, um es bei der Prüfung wiedergeben zu können.«

»Du musstest eine Prüfung ablegen?«

»Das war der Wille des Kalifen. Als ich ihm meinen Wunsch zum Glaubenswechsel vortrug, lachte er mich anfangs aus. Doch als ich hartnäckig blieb, wurde er nachdenklich. ›Als oberster Imam und Bewahrer des Glaubens‹, sagte er, ›kann ich dir deinen Wunsch nicht abschlagen. Allerdings will ich sehen, wie ernst du es mit der Lehre des Propheten meinst.‹ Am Tage darauf ließ er mich von Abu Yusuf, dem berühmten Kadi und Korangelehrten aus der Klasse der *ulema,* eingehend befragen.«

»Hast du die Prüfung bestanden?«

»Ja, obwohl Abu Yusuf sich als sehr streng erwies, was kein Wunder war, denn die Prüfung fand vor den Augen des Kalifen statt. Abu Yusuf begann mit den Fragen: ›Wer ist dein Herr? Wer ist dein Prophet? Nach was richtest du dein Leben ein?‹

Ich antwortete: ›Allein Allah ist mein Herr. Mein Prophet ist Mohammed, Allah segne ihn und spende ihm Heil. Nach dem heiligen Buch des Korans richte ich mein Leben ein. In Richtung der Kaaba bete ich. Die Gläubigen sind meine Geschwister.‹

Danach wollte Abu Yusuf wissen: ›Was hast du zu beachten, ehe du dich zum Gebet erhebst?‹

Ich antwortete: ›Der Gläubige hat sich zu reinigen, seine Scham zu bedecken. Unreine, befleckte Kleider sind zu meiden. Auch soll der Platz nicht unrein sein, auf dem das Gebet verrichtet wird.‹

Daraufhin nickte Abu Yusuf, ich hatte zu seiner Zufriedenheit geantwortet. Doch schon kam seine nächste Frage, sie lautete: ›Wenn nun ein Mensch die Waschung beginnt, was geschieht dann mit den Engeln und den Teufeln?‹

Ich überlegte und antwortete: ›So sich ein Mensch anschickt, die Waschung zu beginnen, stellen sich die Engel zu seiner Rechten auf und die Teufel zu seiner Linken. Spricht er dann den Namen Allahs des Erhabenen aus, so weichen die Teufel erschreckt von ihm. Die Engel aber schirmen ihn ab durch ein Zelt aus Licht. Vier Stricke halten dieses Zelt fest. An jedem dieser Stricke zieht ein Engel, der mit lauter Stimme Allah den Erhabenen preist und für den Gläubigen um Vergebung seiner Sünden bittet. Wird jedoch Allah bei Beginn der Waschung nicht angerufen, so können die Teufel die Seele des Betenden packen, denn die Engel schützen ihn nicht. Haben die Teufel erst die Seele gepackt, dann flüstern sie dieser Seele schlimme Gedanken zu, die ihn weglocken sollen von Allah, dem Erhabenen. Der Prophet, Allah segne ihn und spende ihm Heil, hat gesagt: Wenn jemand die Waschung unterlässt, und es geschieht ihm ein Unglück, so gebe er niemand anderem die Schuld als nur sich selbst ganz allein!‹

Ich dachte, damit würde sich Abu Yusuf zufriedengeben, aber er fragte weiter und wollte wissen, wann die Waschung mit Sand erlaubt ist.

Ich antwortete: ›Mit Sand darf sich der Gläubige waschen, wenn Wassermangel zu beklagen ist oder wenn Wassermangel befürchtet wird. Erlaubt ist die Waschung mit Sand auch, wenn ein Glied gebrochen und geschient ist. Auch wenn offene Wunden zu pflegen sind, soll bei der Waschung Wasser durch Sand ersetzt werden.‹«

Aurona hielt inne und blickte mich an. »Ich will an dieser Stelle abbrechen«, sagte sie, »denn die Befragung dauerte einen ganzen Vormittag. Doch am Ende bestand ich die Prüfung.«

»Du musstest in der Tat sehr viel auswendig lernen«, meinte ich bewundernd. »Hat dein neues Wissen dazu geführt, dass du auch im Herzen eine Muselmanin wurdest?«

Aurona zögerte. Dann sagte sie: »Mein Wissen hat dazu geführt, dass ich keine Sklavin mehr bin. Gott der Herr mag ermessen, wer der größere Sünder ist: derjenige, der ihn verleugnet, oder derjenige, der andere versklavt.«

Ich überlegte und sagte: »Ich glaube, der Zweck heiligt die Mittel. Ebenso wie Allah ist auch der Christengott barmherzig. Er wird dir vergeben. Du bist also keine Sklavin mehr und auch nicht Kalif Haruns Frau. Wird er dich demnächst zu seiner Gemahlin machen?«

Aurona zuckte mit den Schultern. »Ich weiß es nicht. Ich lege keinerlei Wert darauf. Das Einzige, was ich weiß, ist, dass ich den Harem und alles, was dazugehört, nicht verlassen darf.«

»Ich werde Mittel und Wege finden, dich zu befreien«, sagte ich zuversichtlich und hatte nicht die leiseste Ahnung, wie ich das anstellen sollte. »Hauptsache, du musst den Kalifen nicht heiraten.«

»Ja, da hast du recht.« Aurona lächelte. Und mit ihrem Lächeln ging in der Dunkelheit die Sonne auf. Doch plötzlich verdüsterte sich ihre Miene, und sie fuhr fort: »Ich bin Langobardin, und ich bin stolz. Mir soll es niemals so ergehen wie einer meiner Stammesschwestern, die einen König ehelichte, der sie später verstieß.«

»Welcher König war das?«

»Dein König Karl! Eine Langobardin zu verstoßen ist die größte Beleidigung, die man ihr zufügen kann.«

»Ich würde dich nie verstoßen.«

Aurona stutzte. Dann glitt abermals ein Lächeln über ihr Gesicht, und sie strich mir sacht mit der Hand über die Wange.

Dort, wo die Dornen mich zerkratzt hatten.

Oh, Tariq, mein großherziger Gastgeber, hier soll für heute mein Bericht enden. Ich danke dir wie stets für Speise und Trank und bin deiner alten verschleierten Dienerin sehr verbunden. Nun freue ich mich auf eine geruhsame Nacht, denn das Erzählen hat viel Kraft gekostet. Nein, bitte habe Verständnis dafür, dass ich es vorziehe, unter dem Sternenhimmel zu schlafen. Es gibt ein geschütztes Plätzchen auf der Pharos-Insel, in unmittelbarer Nähe des Leuchtturms, wo man sein Haupt hinlänglich betten kann. Es liegt ganz in der Nähe des Quartiers, das unsere Gesandtschaft seinerzeit auf dem Wege nach Bagdad bezog.

Der Turm, musst du wissen, hat eine besondere Bedeutung für mich, denn an seinem Fuß hielten sich damals viele Arme auf, die um Almosen baten. Manche von ihnen waren krank, litten unter Flechten, Schwären oder offenen Wunden, und ich konnte ihnen mit Hilfe meiner Kenntnisse Linderung verschaffen. Aber auch den Blick auf das Feuer hoch oben im Turm, das den Schiffen des Nachts den Weg weist, werde ich nie vergessen. Er hat etwas Tröstendes und Beruhigendes.

Keineswegs ruhig dagegen waren die Tage, die auf meine ersten Besuche im Rosa Gärtchen folgten.

Morgen will ich dir berichten, wie ich die Leibärzte des

Kalifen, Dschibril und Arpak, kennenlernte und wie sich am Ende ein Hoffnungsschimmer auftat, Aurona aus dem Harem befreien zu können.

Ich wünsche dir eine gute Nacht. Allah sei mit dir – und Gott befohlen!

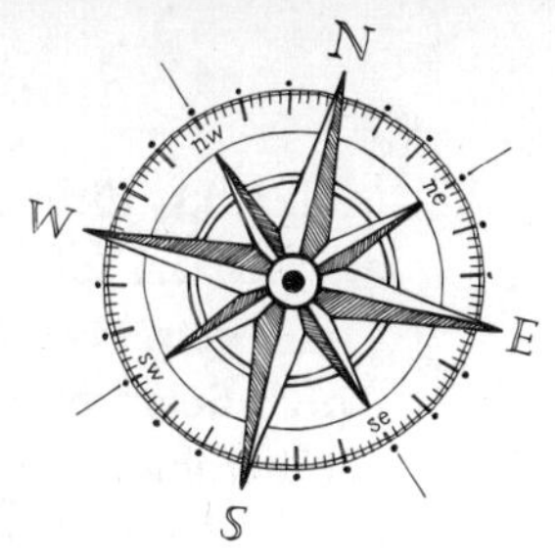

Kapitel 5

Bagdad, Juni bis Juli 799

Im Juni dieses ereignisreichen Jahres geschah es, dass Kalif Harun überraschend mit seinem Hofstaat nach Raqqa in den dortigen Palast reiste. Zu seiner Begleitung gehörte ein Großteil seines Harems und, zu meiner nicht geringen Enttäuschung, auch Aurona, die stolze Langobardin.

So kam es, dass ich sie für einige Wochen nicht sehen konnte und mir die Zeit anderweitig vertreiben musste. Ich war überwiegend unruhig und gereizt, was Rayhan, meinem dicken Diener, natürlich nicht verborgen blieb. »Vielleicht solltest du sie wieder einmal aufsuchen, Hakim«, quäkte er eines Morgens, während er mir Feigen und Zimtreisbällchen ans Bett brachte.

»Wen meinst du mit ›sie‹?«, fragte ich.

»Die kleine Hitzige, die dir die Wange so zerkratzt hat, Hakim. Verrate mir, wer sie ist, und ich werde sie in dein Haus holen. Aber pass auf, dass sie dich nicht wieder so zurichtet!«

»Weißt du, wann Kalif Harun wieder aus Raqqa zurück ist?«, fragte ich.

»Wie kommst du denn plötzlich darauf, Hakim?« Rayhan rollte mit den Augen. »Was hat der Kalif, dem Allah ein langes und gesundes Leben schenken möge, mit deiner kleinen Lustspenderin zu tun?«

»Nichts, nichts. Ich danke dir für deine Fürsorge. Hast du ein paar Äpfel für mich?«

»Gewiss, Hakim. Aber seit wann bevorzugst du morgens Äpfel? Schmecken dir meine Feigen nicht mehr?«

»Bring mir einfach einige Äpfel. Nach dem Essen möchte ich ein Bad nehmen und danach das Haus verlassen.«

»Soll ich die Sänfte bereitstellen lassen, Hakim?«

»Nein, ich werde zu Fuß gehen.«

»Hakim, bei allem Respekt, aber aus dir wird nie ein vornehmer Mann werden.«

»Da magst du recht haben.«

Eine Stunde später lenkte ich meine Schritte zu der großen ummauerten Parkanlage mit dem vergitterten Kasten, in dem zahllose buntgefiederte Vögel piepten, tschilpten und zwitscherten. Ich hoffte, dort Dantapuri, den Mahut, und Abul, das riesige Rüsseltier, anzutreffen. Und ich hatte Glück. Beide kamen mir auf dem Weg entgegen.

Als Dantapuri mich sah, gab er Abul einen Befehl, und der Elefant knickte mit den Vorderbeinen ein, was den Anschein hatte, als kniete er nieder. Dantapuri verließ seinen Platz hinter dem Kopf und sprang zu Boden. »Ich grüße dich, Hakim.«

»Ich grüße dich auch«, antwortete ich. »Ich hoffte, euch beide anzutreffen, denn ich habe eine Kleinigkeit für Abul.« Mit diesen Worten holte ich einen Apfel hervor. »Darf ich ihm die Frucht geben?«

»Das darfst du. Aber lass ihn vorher aufstehen.«

»Gern, wie mache ich das?«

»Hebe die geöffnete Hand leicht nach oben und warte ab, was passiert.«

Ich tat, wie mir geheißen, und wie von Zauberhand erhob sich das gewaltige Tier. Ich streckte ihm den Apfel entgegen. »Hier, nimm, Abul!«, sagte ich.

Abul hob den Rüssel, pflückte mir die Frucht von der

Hand und warf sie sich mit einer lässigen Bewegung in den Schlund.

»Willst du noch einen Apfel?«

Natürlich wollte Abul eine weitere Frucht. Das Spiel mit dem Rüssel wiederholte sich. Nacheinander gab ich ihm alle Äpfel, die ich mitgebracht hatte.

Dantapuri meinte: »Äpfel sind Abuls Lieblingsspeise.«

Kaum hatte er das gesagt, schüttelte der Elefant den mächtigen Kopf, vielleicht, weil ein Insekt ihn störte, doch es sah aus, als wolle er die Behauptung abstreiten. Dantapuri und ich lachten.

Dann geschah etwas Unerwartetes: Abul kniete abermals nieder. Dantapuri rieb über den Augenstein an seinem Turban und sagte: »Ich glaube, Abul fordert dich auf, ihn zu besteigen. Ein großer Gunstbeweis!«

Ich kletterte also auf Abuls Rücken, wo ich hinter Dantapuri Platz nahm. Wenig später, als wir gemächlich unseres Weges schaukelten, sagte ich: »Ich staune immer wieder, wie beweglich ein so großes und schweres Tier sein kann.«

»Da bist du nicht der Erste.« Dantapuri presste seine großen Zehen hinter Abuls Ohren, weil dieser ein wenig schneller gehen sollte, und fuhr fort: »In früheren Zeiten glaubten viele in diesem Land, ein Elefant habe keine Kniegelenke und könne sich nicht erheben, wenn er einmal am Boden läge. Da er gewöhnlich im Stehen schläft, dachte man, es genüge, ihn umzuwerfen, um ihn gefahrlos töten zu können. Auch glaubte man, man müsse nur den Gegenstand, an den er sich lehnte – eine Mauer etwa oder einen Baum –, beseitigen, damit er umfiele und nicht wieder aufstehen könne. Welch ein Unsinn das ist, hat Abul dir gerade bewiesen.«

»Ja, das hat er«, bestätigte ich. »Wie kann jemand nur darauf kommen, einen Elefanten töten zu wollen?«

»Wegen der Stoßzähne, Hakim. Das Elfenbein hat einen großen Wert, und es gibt viele Arme auf der Welt.«

»Trotzdem kommt es mir barbarisch vor.«

»Das ist es. Ich würde Abul mit meinem Leben verteidigen, und ich weiß, er würde es umgekehrt genauso machen.«

»Ihr beide seid wie Brüder.«

»Ja, Hakim.«

Wir ritten noch eine Weile an der großen Parkanlage entlang, bis wir zu der Rosenhecke kamen, die das Rosa Gärtchen einzäunte. Hier bat ich Dantapuri, er möge kehrtmachen.

Der Mahut wandte sich zu mir um und sah mich an. »Gern, Hakim, aber warum willst du plötzlich umkehren, und warum klingst du auf einmal so ernst?«

»Ach, nichts.«

»Wie du meinst.«

Wenig später befanden wir uns auf dem Weg zurück.

Ein paar Tage darauf sah ich in der Gasse der Silberschmiede einen Mann besonders inbrünstig auf seiner Matte beten, was mich an Faustus, unseren Prediger, erinnerte. Ich hatte ihn längere Zeit nicht gesehen und beschloss, ihn aufzusuchen. Doch als ich in seinem Haus mit dem Falkenkopf eintraf, sagte man mir, er sei unterwegs. Ich fragte: »Wo könnte er sich aufhalten?«

»Er wollte zum *suq* im Viertel al-Chaudak, Hakim«, lautete die Antwort.

»Danke«, sagte ich, »ich werde mich dort nach ihm umsehen.«

Ich machte mich auf den Weg zu dem Markt, der, anders als der *suq* al-Karkh, um einiges kleiner war. Die Vielfalt der angebotenen Waren war nicht so groß und die Zahl der Handwerker geringer. Dennoch herrschte in den Verkaufsgassen drangvolle Enge. Rufe, Zoten, Gelächter sowie die lauten Beteuerungen, niemals zuvor sei für diese oder jene

Ware ein besserer Preis gemacht worden, waren überall zu hören. Man wurde geschoben, gestoßen, gerempelt und landete manchmal, ob man wollte oder nicht, im Ladengewölbe eines Händlers. So erging es auch mir. Unversehens sah ich mich einem alten Araber gegenüber, der mich mit zahnlosem Mund anlächelte. Der Mann hielt Gewürze in offenen Säcken feil, und er sagte, indem er auf meine weiße *durra'a* wies: »Du bist versehentlich mit meiner Kurkuma in Berührung gekommen, Fremder. Dein Gewand ist an der Seite ganz gelb.«

Ich vermutete, dass die Verschmutzung meiner *durra'a* kein Zufall war und dass der Alte mir nur etwas von seinen Gewürzen verkaufen wollte, doch er fuhr mit fistelnder Stimme fort: »Erlaube mir, dass ich die Flecken beseitigen lasse.«

Er drängte mich in einen hinteren Raum und nötigte mich mit einem Redeschwall, mein Gewand abzulegen. Er wirkte so freundlich und so besorgt, dass mir nichts anderes übrigblieb, als zu gehorchen. Dann wartete ich mit gemischten Gefühlen auf meine gereinigte *durra'a*, denn das Einzige, was ich noch am Leibe hatte, war ein dünnes Hemd, das meine Blöße kaum verbarg.

Um mir die Zeit zu vertreiben, blickte ich durch das schmale Fenster hinaus auf die Gasse und die gegenüberliegende *masdschid*, auf deren Vorplatz zwei Dutzend Gläubige zusammengedrängt auf dem Boden saßen. Ein Imam las mit volltönender Stimme aus dem Koran. »So höret aus dem Heiligen Buch die Offenbarung Allahs an den Propheten, in der wir das Beispiel finden, wie Noah und die Gläubigen errettet wurden. In Sure elf, Vers vierundvierzig heißt es: *Und es wurde befohlen: O Erde, verschlinge dein Wasser! O Himmel, höre auf. Und das Wasser begann zu sinken, und die Angelegenheit war entschieden. Und das Schiff saß auf dem Berg al-Dschudi auf.*«

Die Menge lauschte ehrfürchtig, nur einer der am Rand Stehenden ergriff das Wort und rief mit lauter Stimme: »Irrlehre, Verblendung, Blasphemie! Glaubt nicht, ihr Leute, was der Ketzer euch weismachen will, denn die wahre Geschichte steht in der Heiligen Schrift …«

Faustus!, schoss es mir durch den Kopf. Er ist es, der die andächtige Stunde mit seinem Geschrei unterbricht. Seit wann versteht er Arabisch? Da erst fiel mir Isaak, unser jüdischer Übersetzer, auf, der neben Faustus stand. Welcher Teufel hatte die beiden geritten?

Ich rief aus dem Fenster: »Faustus, hör sofort auf! Die Menschen verstehen nicht, was du sagst, aber sie sehen, wie du sie und ihren Glauben beschimpfst!«

Doch anders als Isaak, der verstört zu mir herüberblickte, schien Faustus völlig entrückt. Er lamentierte weiter: »Die einzig wahre Botschaft findet sich nur in der Heiligen Schrift, denn darin steht geschrieben im ersten Buch Mose, Kapitel acht, Vers vier …«

»Faustus, halt ein!« Ich biss mir vor Ärger und Sorge auf die Lippen. Da verunglimpfte dieser eifernde Mann die Menschen eines anderen Bekenntnisses, und ich stand halbnackt im Hinterzimmer eines Gewürzhändlers und konnte nicht einschreiten! Großer Gott, wo blieb nur meine *durra'a?*

»*… Am siebzehnten Tage des siebten Monats ließ sich die Arche nieder auf das Gebirge Ararat.* Hört ihr, ihr Ungläubigen? Es war das Gebirge Ararat, wo die Arche aufsetzte! Alles andere ist Lüge und Ketzerei …!«

Weiter kam Faustus nicht, denn nun geschah genau das, was auch damals geschehen war, als er den Schlangenbeschwörer und die schaulustige Menge beschimpft hatte. Die Leute nahmen eine drohende Haltung gegen ihn ein, was ihn aber nicht im mindesten zu stören schien. Er holte tief Luft und wollte mit seinem Gezeter fortfahren, als sich plötzlich eine schwere Hand von hinten auf seine Schulter legte. Sie gehörte einem Mann der *schurta* des Kalifen, einem Ordnungshüter, der auf die Unruhe aufmerksam geworden war.

Wo blieb nur meine *durra'a*?

Der *schurta*-Mann wechselte ein paar Worte mit dem Imam und nickte. Dann packte er unseren Prediger und führte ihn ab.

In diesem Augenblick kam der alte Gewürzhändler mit meiner *durra'a* zurück. Er verbeugte sich tief, während er sie mir überreichte, und bat noch einmal um Verzeihung dafür, dass seine Ware schuld an der Verunreinigung gewesen war.

»Ich danke dir, es ist nicht der Rede wert«, sagte ich und streifte hastig das wieder makellos weiße Gewand über.

»Vielleicht wird dein Besuch bei mir unter einem besseren Stern stehen, wenn du ein zweites Mal kommst. Ich werde dir dann ein gutes Angebot machen«, antwortete der Alte. »Allah sei mit dir.«

»Ja, vielleicht sehen wir uns wieder«, rief ich und stürzte hinaus aus seinem Laden und hinüber zu der kleinen *masdschid,* wo die Gläubigen sich zwischenzeitlich beruhigt hatten und wieder den Worten des Imam lauschten. So fiel es nicht weiter auf, dass ich Isaak beiseitezog und ihn anfuhr: »Was, um Himmels willen, ist nur in dich gefahren?«

Isaak stand noch ganz unter dem Eindruck des Erlebten und hatte Mühe, eine Antwort zu finden. »Es tut mir leid«, brachte er schließlich heraus. »Es war reiner Zufall, dass ich Faustus vor der Moschee traf. Jetzt, wo es passiert ist, weiß ich natürlich, was sein angespannter Gesichtsausdruck zu bedeuten hatte, als er mich fragte, was der Imam vorliest. Es war unverzeihlich von mir, es ihm zu sagen, aber das Übersetzen ist mir so in Fleisch und Blut übergegangen, dass ich nicht weiter darüber nachgedacht habe.«

»Weißt du wenigstens, in welche Richtung Faustus abgeführt wurde? Ich könnte versuchen, ihn einzuholen und mit seinem Bewacher zu reden.«

»Nein, leider nicht. Ich muss gestehen, ich war viel zu froh, dass der Zorn der Leute sich nicht auch auf mich entlud, als dass ich darauf geachtet hätte.« Isaak wirkte sehr zerknirscht.

»Dann ist es zwecklos.« Ich überlegte, was zu tun war. »Wahrscheinlich wird Faustus irgendwo festgehalten, vielleicht muss er sogar in den Kerker. In religiösen Fragen lassen die Muselmanen nicht mit sich spaßen, sie unterscheiden sich darin in nichts von uns Christen. Geh zu Lantfrid und Sigimund und berichte ihnen, was geschehen ist. Vielleicht können sie sich an den *hadschib* al-Fadl wenden, damit der sich für Faustus einsetzt. Und versuche herauszufinden, warum Faustus nicht in Begleitung zweier unserer Soldaten war, so wie Lantfrid und Sigimund es befohlen hatten.«

»Das mache ich.« Isaak schien erleichtert, etwas tun zu können, um seinen Fehler wiedergutzumachen. »Und was willst du unternehmen?«

»Ich werde nach Hause eilen und mit meinem Diener Rayhan sprechen. Rayhan hat viele Jahre im Harem gedient und soll sich dort umhören. Vielleicht erfahren wir auf diese Weise mehr.«

Wir verabschiedeten uns hastig und eilten davon.

Im Löwenkopf-Haus angekommen, rief ich sofort nach meinem dicken Diener und erzählte ihm, was vorgefallen war. Als ich geendet hatte, rief Rayhan: »Das ist ein großes Unglück, Hakim! Der Prediger wird für seine schändliche Tat getötet werden. Wenn er Glück hat, durch einen Schwertstreich, wenn nicht, wird man ihn bis zum Kopf eingraben und steinigen.«

»Das muss unter allen Umständen verhindert werden, und du sollst mir dabei helfen.«

»Ich, Hakim?«

»Ja, du. Faustus ist ein wichtiges Mitglied unserer Gesandtschaft, ihn zu töten, wäre auch eine Beleidigung für Karl, unseren König.«

»Bei allem Respekt, Hakim, es fragt sich, welche Kränkung größer ist, die Beleidigung des Islam oder die Beleidigung deines Königs.«

»Rayhan, jetzt ist nicht die Zeit für Diskussionen! Willst du mir helfen, ja oder nein?«

»Natürlich, Hakim, aber wie?«

»Geh in den Harem und horche dich da um. Du selbst hast mir einmal gesagt, in diesem Palast hätten die Wände Ohren und die Türen Augen. Vielleicht erfährst du, wo Faustus sich aufhält und was mit ihm geschehen soll. Alles Weitere wird sich, so Gott will, finden.«

»Ich höre und gehorche, Hakim, aber ich werde dazu nicht meine einfache *durra'a* tragen können, ich werde, dem Anlass entsprechend, mir eine aus Seide kaufen müssen.«

»Ich verstehe, woher der Wind weht. Wie viele Dirham wirst du brauchen?«

Rayhan rechnete mit den Fingern und nannte eine Summe, die mir ziemlich hoch erschien. »Das ist zu viel. Ich werde dir die Hälfte geben.«

»Hakim, du kennst die Seidenpreise nicht! Sei froh, dass die Seide nicht mehr aus Cathai eingeführt werden muss, seitdem Kaiser Justinian zwei Mönche dorthin schickte und sie auf ihrer Rückreise mehrere Dutzend Kokons in ihren Pilgerstäben nach Konstantinopel schmuggelten. Wenn das nicht geschehen wäre, würde heute keine Seide aus Khorasan, vom Kaspischen Meer oder aus Spanien erhältlich sein, und du müsstest noch viel tiefer in die Tasche greifen.«

»Nun gut, hier, nimm.« Ich gab Rayhan das Geld. »Aber ich möchte, dass du noch heute den Harem aufsuchst. Sicher kennst du noch den einen oder anderen Eunuchen, den du befragen kannst?«

»Gewiss, Hakim.« Rayhan verneigte sich, soweit es ihm möglich war, und watschelte davon.

Zwei Tage vergingen, in denen Rayhan fort war und ich mich voller Sorge fragte, ob Faustus schon hingerichtet worden war. Sicher, er hatte mich und meine Gefährten mit seinen verbohrten Ansichten immer wieder bis aufs Blut gereizt – was man sogar wörtlich nehmen konnte, wenn man an seine verfluchten Läuse dachte –, aber den Tod wünschte ich ihm nicht. Im Grunde genommen war er ein armer Getriebener, der nichts für seine Absonderlichkeit konnte.

Am dritten Tag endlich kam Rayhan zurück in mein Löwenkopf-Haus, und das Erste, was er mit seiner quäkenden Stimme verkündete, war: »Er lebt, Hakim!«

»Gelobt sei Jesus Christus!«, rief ich.

»Das war die gute Nachricht, Hakim, jetzt kommt die schlechte: Er schmachtet angekettet in einem Verlies des Palastes. In den nächsten Tagen soll die Verhandlung vor dem Kadi stattfinden. Der Kadi will nur noch die Rückkehr des großen *amir al-mu'minin* aus Raqqa abwarten.«

»Wann wird das sein?«

»Es heißt, er habe auf dem Euphrat bereits die Stadt Haditha passiert. Wir müssen noch einige Tage bis zu seiner Rückkunft warten.«

»Danke, Rayhan.« Ich überlegte. »Besteht eine Möglichkeit, Kontakt zu Faustus aufzunehmen?«

Über das Vollmondgesicht meines Dieners glitt ein zufriedenes Lächeln. »Die Frage habe ich vorausgesehen, Hakim, und meine Fühler ausgestreckt. Es ist so: Wir werden die Wachen bestechen können, allerdings nur, damit der Prediger mit besserem Essen versorgt werden kann. Ein

Abnehmen seiner Ketten, geschweige denn seine Befreiung sind unmöglich.«

»Wenigstens etwas«, seufzte ich. »Dann sorge dafür, dass Faustus bessere Speise bekommt. Aber richte es so ein, dass niemand weiß, wer dahintersteckt.«

»Das ist bereits geschehen.«

»Ich muss dich loben.«

»Danke, Hakim! Ach, übrigens: Du hast dich noch gar nicht zu meiner neuen seidenen *durra'a* geäußert.« Rayhan drehte sich schwerfällig um die eigene Achse, was ihn wie einen Tanzbären aussehen ließ. »Na, was sagst du?«

»Sehr schön«, murmelte ich, »sehr schön.«

Es dauerte tatsächlich noch mehrere Tage, bis Kalif Harun mit seinem gesamten Hofstaat wieder in Bagdad eintraf. Er begab sich sofort in seinen Harem und wollte von Feierlichkeiten anlässlich seiner Rückkehr nichts wissen. Der Grund dafür sprach sich wie ein Lauffeuer herum: Der große *amir al-mu'minin* litt wieder einmal an Enge in der Brust.

Als ich das hörte, fasste ich einen Entschluss. »Rayhan«, sagte ich zu meinem dicken Diener, »du sollst ein zweites Mal die Gelegenheit bekommen, dein neues seidenes Gewand zu tragen. Gehe für mich in den Harem und biete dem Kalifen meine Dienste als Arzt an. Sage ihm, ich könne sein Leiden lindern.«

Mit dieser Ankündigung hatte ich mich weit vorgewagt, denn ich wusste, wie gefährlich es für einen Arzt sein kann, zu viel zu versprechen, aber Faustus' Lage schien mir weitaus gefährlicher.

Rayhan hatte ausnahmsweise keine Einwände oder Bemerkungen zu machen, sondern sagte nur: »Ich höre und gehorche, Hakim.«

Am Nachmittag dieses Tages – ich überprüfte gerade

meine Kräuter und Instrumente – kam er atemlos herangewatschelt und quäkte: »Hakim, es ist vollbracht: Kalif Harun al-Raschid, der große *amir al-mu'minin* und Bewahrer des Glaubens, ist bereit, dich zu empfangen. Ich muss sagen, es war nicht leicht, ihn zu überzeugen, und erst, als ich begann, dein Können und deine Taten in den höchsten Tönen zu loben, ließ er sich dazu herab, dich sehen zu wollen.«

Diese Nachricht zu hören, hatte für mich nicht nur eine gute Seite, sondern auch eine beunruhigende. »Du weißt um meine Fähigkeiten als Arzt doch gar nicht«, sagte ich vorwurfsvoll. »Du solltest nur vortragen, dass ich das Leiden des Kalifen lindern könne. Wie konntest du mich so anpreisen wie ein Kamel auf dem Markt!«

Rayhan lachte kollernd. »Hakim, wie lange weilst du schon in Bagdad? Über ein halbes Jahr, lang genug, dass du eines wissen könntest: Mit Bescheidenheit kommt man in dieser Stadt nicht weit.«

»Mag sein«, räumte ich ein. »Ich werde mein Bestes geben. Wann darf ich den Kalifen besuchen?«

»Morgen früh, Hakim, nachdem der *amir al-mu'minin* gewaschen und angezogen wurde.«

»Ich werde hingehen.«

Am anderen Tag nahm ich ausnahmsweise die Sänfte, denn die vielen Kräutersäckchen und der Holzkasten mit meinen Instrumenten wogen zusammen schwer. Außerdem, so versicherte mir Rayhan, würde man einem mit einer Sänfte eintreffenden Arzt mehr zutrauen als einem, der wie jeder Bauer zu Fuß daherkam.

Vielleicht stimmte das, was mein dicker Diener behauptet hatte, sogar, denn immerhin war es der *hadschib* al-Fadl persönlich, der mich am Eingang zu den Privatgemächern des Kalifen begrüßte. Er verbeugte sich höflich und sagte: »Bitte sprich mit dem großen *amir al-mu'minin* nur, wenn es unbedingt nötig ist. Am besten, du richtest das Wort an einen seiner Leibärzte, die deine Meinung oder Wünsche weitergeben. Stimme jeden Schritt, den du für notwendig hältst, zuvor mit ihnen ab. Sie sind seit vielen Jahren die Vertrauten des Kalifen und kennen seinen Körper wie ihren eigenen. Sei ehrerbietig und rede, nachdem du wieder in dein Löwenkopf-Haus zurückgekehrt bist, mit niemandem über die Diagnose, die du gestellt hast. Und merke dir: Der *amir al-mu'minin,* Allah schenke ihm Gesundheit und ein langes Leben, ist niemals krank, allenfalls leidet er unter einem Unwohlsein, das von Zeit zu Zeit aus Sorge um sein Reich und aus Verantwortung für seine Untertanen entsteht. Wenn du erlaubst, gehe ich voran.«

Nach diesen Ermahnungen des *hadschibs* folgte ich ihm durch prunkvolle Gemächer, die allesamt vor Gold und Edelsteinen nur so funkelten, aber keine einzige Menschenseele zu beherbergen schienen. Dennoch konnte ich mich des Eindrucks nicht erwehren, als würde mich hier und dort heimlich ein Paar Augen beobachten.

Vor einer jadegrünen Tür, in die mit goldenen Lettern der arabische Schriftzug des Harun al-Raschid intarsiert war, machte der *hadschib* halt. Er blickte mich ernst an und sagte: »Vergiss nicht, was ich dir gesagt habe, Hakim. Und nun wünsche ich dir viel Glück und eine sichere Hand.«

Er drückte behutsam die Tür auf und ging vor. Ich blieb hinter ihm, konnte mir aber, weil ich einen Kopf größer war als er, sofort einen guten Überblick verschaffen. Ein großes flaches Bett mit Zobelfellen und golddurchwirkten Seidendecken bildete den Mittelpunkt des Raumes. Zwei Männer standen am Bettrand und beugten sich hinab zu dem Kranken – es war, das erkannte ich auf Anhieb, Kalif Harun. Am anderen Ende hatte sich der grimmige, unvermeidliche

Masrûr aufgebaut, der Scharfrichter des Kalifen und Schwertträger seiner Rache.

Harun lag mit nacktem Oberkörper in den Kissen und atmete mühsam. Seine olivfarbene Haut glänzte vor Schweiß. Sein Gesicht war blass. Doch als er meiner ansichtig wurde, ging eine Veränderung darin vor. Der spöttische Ausdruck, den ich bereits kannte, breitete sich auf seinem Antlitz aus, und er sprach: »Sieh da, der Verzehrer von Alis Hammelbraten.«

Da ich nicht wusste, ob ich auf die Anspielung eingehen durfte, verbeugte ich mich nur tief. Dann sagte ich: »Ich bin in meiner Eigenschaft als Hakim zu dir gekommen, oh, großer Kalif. Ich will versuchen, dir zu helfen.«

Harun blickte mich an. »Das haben meine Leibärzte bereits versucht. Es sind Dschibril und Arpak. Sie sind zwar selten einer Meinung, aber in diesem Fall stimmen sie überein: Mir ist nicht zu helfen.«

Dschibril, ein drahtiger Mann mit ernster Miene und eisgrauem Bart, sagte: »Oh, großer Kalif, es gibt immer Mittel und Wege, eine Krankheit zu besiegen. Wie heißt es doch im fünfundzwanzigsten Vers der sechsten Sure: *Wen Allah leiten will, dem weitet er seine Brust, und wen er irreführen will, dem macht er die Brust knapp und eng …* Ich bin sicher, dass Allah, der Weltenlenker, dich leitet und dass dein Unwohlsein nur vorübergehender Natur ist.«

Und Arpak, der Kleinere der beiden, ergänzte: »Allah ist groß, wenn es ihm gefällt, wirst du wieder gesund, oh, großer *amir al-mu'minin.* Was getan werden konnte, wurde getan. Die arabische Medizin ist die beste der Welt, keine andere kommt ihr gleich.«

Bei seinen letzten Worten blickte Arpak mich an, und ich glaubte, in seinen Augen so etwas wie Missgunst zu erkennen.

Ich sagte: »Eines der besten Medikamente gegen jede

Krankheit ist die Hoffnung. Sie ist umso größer, je besser man die Krankheitsursache kennt. Denn nur wenn man die Ursache kennt, lässt sich ein Leiden gezielt bekämpfen.«

»Das ist auch meine Meinung.« Dschibril lächelte flüchtig.

»Erlaubst du, dass ich dich untersuche, oh, großer Kalif?«

Harun senkte die Augenlider, was ich als Einverständnis wertete. Ich begann damit, dass ich seinen Puls fühlte. Der Herzschlag war ruhig, aber nicht besonders stark.

»Was schließt du aus dem Ertasten des Pulses?«, fragte mich Arpak. Er tat es in einem Ton, als würde er mich examinieren.

»Lass mich meine Untersuchung erst zu Ende führen«, antwortete ich. Ich fuhr fort, indem ich Haruns Zunge betrachtete, die von normaler Färbung war, in seine Mundhöhle hineinroch, deren Odor nicht unangenehm war, seine Augen untersuchte, deren Pupillen normal geweitet waren, seine Fingernägel, die vollendet gepflegt waren, ansonsten aber keine Auffälligkeiten aufwiesen, und seine Ohren, in die ich hineinschaute. Alles das tat ich unter den kritischen Augen meiner beiden Kollegen, und ich kann nicht behaupten, dass ich mich dabei besonders wohl in meiner Haut gefühlt hätte.

»Könnt ihr mir etwas zur Beschaffenheit von Urin und Stuhl sagen?«, fragte ich sie.

»Das können wir«, antwortete Arpak, aber er machte keine Anstalten, es zu tun.

Dschibril schien etwas freundlicher: »Beide Ausscheidungen liefern keine Indizien für eine Krankheit der Blase oder des Darms.«

»Danke«, antwortete ich.

Anschließend tastete ich Haruns Oberkörper Zoll für

Zoll ab, um zu prüfen, ob sich irgendwo Geschwüre angesiedelt hatten. Dann bat ich ihn, ein paar Mal tief ein- und auszuatmen. Während er meine Anweisung befolgte, legte ich mein Ohr auf seine Brust und horchte konzentriert.

»Ich kann kein Rasseln feststellen, doch dein Atem ist sehr flach, oh, großer Kalif. Nach der Untersuchung durch Sehen, Riechen, Fühlen und Hören steht mein Befund nunmehr fest«, erklärte ich mit einer Stimme, die zuversichtlicher klang, als ich mich fühlte. »Obwohl ich gern deinen Urin noch auf seinen Geschmack hin überprüft hätte, kann ich sagen, dass du unter Kälte in der Lunge leidest. Kälte in der Lunge aber ruft stets eine mangelhafte Verbrennung der Atemluft hervor, deren Folge eine ungenügende Versorgung mit dem vitalen Pneuma ist, welches durch die Verbrennung der Atemluft entsteht …«

»Das alles ist nicht neu und bei den alten Meisterärzten nachzulesen«, unterbrach Arpak mich. »Oh, großer *amir al-mu'minin,* die Diagnose deckt sich, wie du sicher bemerkt hast, vollkommen mit der unsrigen.«

Harun nickte matt.

Obwohl es von Arpak mehr als unhöflich gewesen war, mich nicht ausreden zu lassen, war ich insgeheim froh über seine Worte, denn sie gaben mir die Sicherheit, dass meine Erkenntnisse zutrafen. Ich sagte zu Arpak: »Ich weiß zwar nicht, welches Medikament du bei diesem Befund empfiehlst, aber da du gerade die alten Meisterärzte erwähnt hast, wird dir Galenos von Pergamon sicher ein Begriff sein. Er unterteilte die Arzneien in vier Wirkungsgrade: kaum merklich, deutlich wahrnehmbar, schädigend und zerstörend.«

Dann wandte ich mich wieder Harun zu und sagte: »Dir, oh, großer Kalif, empfehle ich eine Arznei, die deutlich wahrnehmbar ist.«

»Von welcher Arznei sprichst du?«, fragte Harun.

»Von einer Substanz, die ich aus den ätherischen Ölen der Sonnenblume, des Thymians und des Lorbeers gewonnen habe, wobei besonders die Extrakte des Lorbeers von Bedeutung sind, da Lorbeer die Pflanze der Sieger ist, wie wir von den römischen Triumphatoren wissen.«

Harun schien mit der Antwort zufrieden. Er fragte mit schwacher Stimme: »Wirst du mir die Brust wieder weit machen können?«

Ich lächelte. »So Gott will oder *inschallah*, wie ihr Araber sagt.«

»Was hast du vor?«, fragte Dschibril.

»Ich werde meine Heilsubstanz auf zweifachem Wege zur Anwendung bringen«, antwortete ich, »und zwar innerhalb und außerhalb des Körpers. So wird es gelingen, die Diskrasie, also das Ungleichgewicht der Säfte, zu beheben und die Eukrasie, das Gleichgewicht, wieder herbeizuführen.«

»Kann ich dir bei irgendetwas zur Hand gehen?«, fragte Dschibril.

»Nein, nicht nötig, aber es wäre sehr freundlich, wenn du eine Schüssel, einen Krug mit sehr heißem Wasser und ein großes Tuch holen ließest.«

Als das Gewünschte gebracht worden war, öffnete ich meinen Holzkasten und holte die Dose mit der Heilsubstanz hervor. Ich stellte die Schüssel auf einen bereitstehenden Tisch und gab eine gute Portion der Substanz hinein. Dann goss ich das heiße Wasser darüber. Sofort stiegen ätherische Dämpfe auf. »Ich bitte dich, oh, großer Kalif, setze dich vor die Schüssel und atme die Dämpfe mit tiefen Atemzügen ein«, sagte ich. »Um die größtmögliche Wirkung zu erzielen, sollen dein Kopf und die Schüssel dabei von dem großen Tuch bedeckt sein.«

»Nein!« Der das rief, war Masrûr, der grimmige Scharfrichter. »Ich lasse nicht zu, dass der Kopf des großen *amir al-mu'minin* auch nur einen Augenblick aus meinem Sichtfeld verschwindet.«

Ich blickte erst Harun an und dann Masrûr. »Wenn du es nicht erlaubst, kann ich deinem Herrscher nicht helfen«, sagte ich zu dem Scharfrichter.

Ein paar Herzschläge lang geschah nichts. Dann entschied Harun: »Ich will es tun.«

Masrûr, der bei seinem Einspruch vorgetreten war, grunzte und zog sich an seinen Platz zurück.

Gemeinsam halfen wir Harun beim Aufstehen und setzten ihn vor die Schüssel. Ich bedeckte seinen Kopf mit dem Tuch und sagte: »Inhaliere jetzt, oh, großer Kalif. Langsam und tief. Ich will derweil langsam bis hundert zählen. Das soll fürs Erste genügen.«

Als Harun die Prozedur hinter sich gebracht hatte, halfen wir ihm wieder ins Bett, wo er sich seufzend in die Kissen zurücksinken ließ.

Dschibril fragte mich: »Du sprachst von zwei Anwendungen. Die innere haben wir gesehen, welche ist die äußere?«

»Sie besteht im Einreiben der Brust«, antwortete ich. »Ich will zwei Löffel der Heilsubstanz in die Haut einmassieren. Sie wird dafür sorgen, dass die Adern sich erweitern und die Durchblutung sich verstärkt.«

Ich rieb Harun die Brust ein und ordnete an, dass Tücher darübergelegt wurden, bevor wir ihn wieder zudeckten. »Dies war meine Behandlung, oh, großer Kalif«, sagte ich abschließend. »Wie fühlst du dich?«

Harun zögerte. Dann antwortete er mit leiser Stimme: »Du hattest recht, die Heilsubstanz war deutlich wahrnehmbar. Aber ob sie geholfen hat, weiß ich noch nicht.«

»Wenn du einverstanden bist, werde ich morgen wieder nach dir sehen. Heute jedoch sollst du noch zwei Mal über der Schüssel sitzen, jeweils so lange, wie es dauert, bis einer deiner Diener bis dreihundert gezählt hat. An jedem der folgenden Tage werden wir die Dauer der Inhalation erhöhen. Diese Maßnahmen, gepaart mit einer leichten Kost aus viel Gemüse und wenig Wein, soll dafür sorgen, dass du am Ende wieder ganz gesund wirst, oh, großer Kalif.«

»Ich danke dir. Ich möchte jetzt allein sein.«

Damit waren wir Leibärzte entlassen. Ich nahm meine Kräuter und meinen Holzkasten und verließ das Krankenzimmer. Draußen fing mich Dschibril ab und bat mich um ein Wort, während Arpak grußlos davonlief.

»Anders als manche meiner Kollegen kenne ich keinen Neid«, begann er das Gespräch. »Ich bin mehr Wissenschaftler als Arzt und widme mich einem Werk, das ich *Kunnasch* nenne und das viele Gedanken der alten griechischen Ärzte, wie Hippokrates, Paulos von Aigina und Galenos, aufgreift und weiterentwickelt.« Dschibril hielt inne und lächelte flüchtig. »Ich kann deine Behauptung, Galenos habe bei Medikamenten vier Wirkungsgrade unterschieden, nur bestätigen.«

»Vielen Dank«, sagte ich abwartend, »aber gewiss hast du mich deshalb nicht um ein Gespräch gebeten.«

»Nein, deshalb nicht. Ich wollte dich fragen, ob es sich bei dieser Heilsubstanz, die du verschrieben hast, um einen Ersatz für jenen Stoff handelt, den die alten Griechen *kaphoura* nannten und den wir Campher nennen.«

»So ist es«, antwortete ich überrascht. »Ich nahm an, das Medikament ist hier unbekannt, da du und dein Kollege es beim Kalifen nicht angewendet haben.«

»Oh, da irrst du. Der Campher gehört von alters her zum Kanon unserer Medikamente. Dass wir ihn nicht benutzt haben, hat einen anderen Grund.«

»Willst du mir verraten, welchen?«

»Gern, aber wollen wir das nicht bei einem guten Essen besprechen? In der Nähe des Palastes hat Aimen seinen Laden. Bei ihm gibt es die besten Eierspeisen der Stadt.«

Ich lächelte. Die offene, freundliche Art Dschibrils gefiel mir. »Wir können uns dort treffen, ich bin mit meiner Sänfte hier.«

»Das bin ich auch. Ich freue mich.«

Später, als wir mit gekreuzten Beinen auf bequemen Kissen saßen und ich zum ersten Mal Gelegenheit hatte, den von Rayhan, meinem dicken Diener, beschriebenen Eierkuchen in der Flasche zu probieren, kam Dschibril auf sein Thema zurück. Er sagte, nachdem er sich den Mund mit einem Tuch abgewischt und einen Schluck Honigwasser getrunken hatte: »Ich bin sehr interessiert an der von dir hergestellten Heilsubstanz, da sie das, was wir Campher nennen, zu substituieren scheint. Wir Ärzte in Bagdad verwenden stets den Campher, der aus der Rinde und dem Harz des asiatischen Campherbaums gewonnen wird.«

Ich nahm eine Portion Eierkuchen auf den Löffel, aß sie und sagte: »Was ich nicht verstehe, Dschibril, ist, dass du das zur Behebung der Krankheit notwendige Medikament kennst, aber nicht angewandt hast.«

»Ebendeshalb sitzen wir zusammen. Ich will es dir erklären: Arpak, mein von mir nicht unbedingt geschätzter Kollege, und ich haben das Medikament nicht angewendet, weil wir es nicht hatten.«

»Wie bitte?«

»Du hast richtig gehört. Ich sagte bereits, dass wir den Campher des asiatischen Campherbaums verwenden. Um ihn in unseren Besitz zu bringen, unternehmen unsere seefahrenden Kaufleute monatelange Reisen. Jedes Jahr brechen sie im Monat *Ḏū l-qa'da* – du würdest sagen, im November – von Basra oder Siraf auf, um den Nordwest-Monsun zu nutzen, und treffen sechs Monate später in Kanton, einer Provinz von Cathai, ein. Mit sich führen sie kostbare Stoffe, Teppiche, Kupfer- und Silbergegenstände, Gold und Perlen, Rhinozeroshörner und Elfenbein. Das alles verkaufen sie den Sommer über mit gutem Gewinn.

Im *Ḏū l-qa'da* oder einen Monat später, im *Ḏū l-ḥiǧǧa*, machen sie sich auf die Rückreise, um den Nordost-Monsun zu nutzen. Mit sich führen sie dann die Waren des Fernen Ostens: Porzellan, Gewürze, Sandelholz, Mineralien, Metalle, Moschus, Seidenstoffe, Sklaven und ebenjenen Campher. Die Ausfuhr all dieser Güter ist peinlich genauen Formalitäten unterworfen. Es dauert lange, bis die Erlaubnis zur Anbordnahme erteilt wird, da es normalerweise verboten ist, bestimmte seltene Waren zu exportieren.«

Dschibril strich sich über den eisgrauen Bart. »Wenn unsere Kaufleute wieder in Basra oder in Siraf festmachen, hat ihre Reise mit Hin- und Rückfahrt mindestens achtzehn bis zwanzig Monate gedauert.«

»Deine Ausführungen sind sehr aufschlussreich«, sagte ich und löffelte den Rest meines Eierkuchens aus der Flasche, »aber ich habe noch nicht ganz begriffen, wo das Problem mit dem Campher liegt.«

»Ganz einfach, jedes Jahr im Sommer geht er in Bagdad zur Neige. Denn die einen Kaufleute sind schon über ein halbes Jahr fort – und die anderen noch nicht zurück. So ist es auch in diesem Jahr. Alle Vorräte sind erschöpft, und wir Ärzte warten sehnlichst auf neue Ware. Nun kennst du den Grund, warum Arpak und ich dem Kalifen dieses Medikament nicht verabreichen konnten.«

Ich trank einen Schluck Honigwasser und sagte: »Ich danke dir für deine Offenheit. Sie ist nicht selbstverständlich. Wenn du es wünschst, will ich dir gern erklären, wie der von mir verwendete Campher-Ersatz herzustellen ist, denn ich nehme an, die dazu erforderlichen Ingredienzen sind in Bagdad das ganze Jahr über verfügbar.«

»Ich hatte gehofft, dass du das sagen würdest.« Dschibril strahlte über das ganze Gesicht. »Erlaube mir, dich zu diesem Mahl einzuladen.«

»Das erlaube ich dir gern.«

Wir redeten an diesem Abend noch über viele Dinge und begaben uns erst spät zu unseren wartenden Sänften. Beim Abschied verabredeten wir uns in meinem Löwenkopf-Haus, wo ich Dschibril die Zubereitung meines Camphers zeigen wollte.

Zwei Dinge waren es, die mich in den darauffolgenden Wochen so sehr beschäftigten, dass ich nicht in der Lage war, mein Versprechen bei Dschibril einzulösen. Zum einen war es mein sehnlicher Wunsch, Aurona wiederzusehen. Mehrere Male machte ich mich zum Rosa Gärtchen auf, in der Hoffnung, sie dort anzutreffen, doch immer hielten sich Gartenarbeiter in unmittelbarer Nähe unserer ebenholzschwarzen Bank auf, so dass ich unverrichteter Dinge wieder umkehren musste.

Zum anderen war es die Behandlung von Kalif Harun, die mich stark in Anspruch nahm. Unter den Argusaugen des grimmigen Masrûr untersuchte ich ihn mehrmals am Tag und stellte zu meiner Freude fest, dass er sich an meine Anweisungen hielt und stetig Fortschritte machte.

In der zweiten Hälfte des Monats Juli war er endlich so weit genesen, dass er seine Aufgaben als Befehlshaber der Gläubigen wieder aufnehmen konnte. Doch zuvor, am letzten Behandlungstag, schickte er seine beiden Leibärzte vor die Tür und sagte zu mir: »Du hast etwas vollbracht, das ich nicht für möglich gehalten hätte.« Er hielt inne und schaute mich in jener spöttischen Art an, die ich schon kannte. »Das gilt im Übrigen auch für meine beiden hochgelehrten Leibärzte. Sie haben zwar mein Leiden erkannt, waren aber nicht in der Lage, es zu besiegen.«

Ich fragte mich, ob ich richtigstellen sollte, dass der Misserfolg seiner Ärzte nur am fehlenden Campher gelegen hatte, beschloss aber, nichts zu sagen, zumal der Mangel von ihnen selbst verschwiegen worden war. So verbeugte ich mich lediglich tief und sagte: »Ich war nur Gottes – oder besser: Allahs – Werkzeug, oh, großer Kalif.«

»Das mag sein, Cunrad von Malmünd, in jedem Fall habe ich entschieden, dass du einen Wunsch frei hast. Nenne ihn, er ist so gut wie erfüllt.«

Das war eine unerwartete Wendung des Gesprächs. Was sollte ich mir wünschen? Dass Aurona ihre Freiheit zurückbekam und den Harem verlassen konnte? Unmöglich, denn niemand durfte wissen, dass ich sie kannte, am allerwenigsten der Mann, der sie sich in seinem Harem hielt. Oder sollte ich darum bitten, dass Faustus aus der Kerkerhaft entlassen wurde? Das schien schon eher möglich, auch wenn meine Gefährten und ich seit langem nichts von ihm gehört hatten.

Ich sagte vorsichtig: »Oh, großer Kalif, ich selbst habe keine Wünsche, aber es gibt den Prediger Faustus, der zurzeit in einem Verlies des Palastes schmachtet. Er hat in der Öffentlichkeit eine Dummheit begangen, eine unverzeihliche Dummheit sogar, aber dennoch bitte ich an dieser Stelle um Gnade für ihn. Schenke ihm die Freiheit, oh, großer Kalif.«

Während meiner Worte hatte sich das Antlitz des Kalifen verfinstert. »Faustus? Ich kenne den Fall. Er ist ein eifernder Barbar, der das Wissen und die Lehre des Propheten – Allah segne ihn und spende ihm Heil – in besserwisserischer Weise auf einem öffentlichen Platz, noch dazu vor einer *masdschid,* mit Füßen getreten hat!«

»Das ist mir bekannt, oh, großer Kalif, denn ich habe selbst den unerhörten Vorgang beobachtet, war aber leider nicht in der Lage, ihn zu unterbinden. Ich bitte nochmals um sein Leben.«

»Du bist hartnäckig, Cunrad von Malmünd!« Harun schien zu überlegen. »Niemand darf in meiner Hauptstadt das Heilige Buch und die Lehre Mohammeds in Frage stellen. Darauf steht die Todesstrafe. Doch selbst ein so armseliger Wurm wie der Prediger Faustus genießt das Gastrecht, und ich bin kein Verräter am Salz. Deshalb soll er nicht getötet werden.«

»Ich danke dir. Ich bin überzeugt, dass sich ein derartiger Vorfall nicht wiederholt.«

»Ich auch.« Harun blickte spöttisch. »Denn Faustus wird die Stadt verlassen. Ich werde Befehl geben, dass man ihn in der westlichen Wüste aussetzt, damit er von Heuschrecken und wildem Honig lebe und in sich gehe – wie seinerzeit der Prophet Jesus. Wenn der Gott, an den er glaubt, ihm gnädig ist, wird er überleben.«

Ich schluckte und musste insgeheim einräumen, dass Haruns Entscheidung sehr geschickt war. Er hatte das alte Todesurteil durch ein neues ersetzt und dessen Vollstreckung in die Hände des Allmächtigen gelegt. Gewiss würden seine Untertanen das Urteil gutheißen.

»Nun, Cunrad von Malmünd, es ehrt dich, dass du dich für andere verwendest, aber selbst keinen Wunsch hast. Dennoch solltest du die Gelegenheit wahrnehmen.«

Was konnte ich vorbringen? Mein sehnlichster Wunsch konnte nicht Wirklichkeit werden, und alles andere war für mich nicht wichtig. »Nun, oh, großer Kalif, es wäre mir eine Ehre, dich bei deinem nächsten, äh, Unwohlsein wieder behandeln zu dürfen, und es wäre mir eine Freude, wenn der Scharfrichter Masrûr dann nicht fortwährend so bedrohlich in meinem Rücken stünde.«

Für einen Augenblick stutzten beide, dann begann Harun zu lachen, und sein grimmiger Zerberus gestattete sich einzufallen. Sein Gelächter klang, als käme es aus einer Tonne.

Harun wurde wieder ernst. »Das ist kein Wunsch, das ist eine Bitte. Ich werde sehen, ob ich sie erfülle.«

»Weiter fällt mir nichts ein, oh, großer Kalif. Doch halt, es gibt da vielleicht doch etwas, womit du mir einen Gefallen erweisen könntest.«

»Und das wäre?«

»Nun, es geht um unsere Mission und um die Vorschläge, die König Karl dir hat unterbreiten lassen. Ich bin kein großer Unterhändler, und gewiss fehlen mir auch die richtigen Worte, aber es handelt sich um Dinge, die für das Frankenreich von Bedeutung sind. Vielleicht bist du so gütig und lässt uns baldmöglichst wissen, wie du zu den Vorschlägen stehst, damit wir die Rückreise antreten können?«

Harun blickte überrascht. Mit einer solchen Bitte hatte er nicht gerechnet. Doch er fing sich schnell und setzte eine Miene auf, als könne nichts unwichtiger sein als die Vorschläge von König Karl. »Sei unbesorgt«, sagte er leichthin, »ich werde Lantfrid und Sigimund meine Antwort zu gegebener Zeit wissen lassen.«

»Danke, oh, großer Kalif.«

»Und nun gehe in Frieden – Hakim.«

Es war das erste Mal, dass er mich so nannte, und ich nahm es als Bestätigung meiner Arbeit.

Am folgenden Tag traf ich mich mit Lantfrid und Sigimund, die wieder in ihrer von blühenden Kameliensträuchern umgebenen Laube saßen. Ich schilderte mein Gespräch mit Harun in allen Einzelheiten und sagte abschließend: »Leider konnte ich nicht mehr für Faustus tun. Und was König Karl und seine Vorschläge angeht, so ließ sich der Kalif keine Reaktion entlocken.«

»Dass Faustus in die Wüste verbannt wird, ist schlimm.« Lantfrid nickte voller Sorge. »Der *hadschib* al-Fadl, den wir um seine Fürsprache baten, hat also nichts ausrichten können.«

»Oder er hat es gar nicht erst versucht.« Sigimund trank einen Schluck Honigwasser.

»Vielleicht war es so, vielleicht auch nicht«, sagte ich.

Lantfrid seufzte. »Wer kann schon in eine orientalische Seele hineingucken. Die Menschen in diesem Land werden mir immer ein Rätsel bleiben.«

Sigimund trank einen weiteren Schluck. »Es hätte mit Faustus gar nicht erst so weit kommen dürfen. Wo die zwei Soldaten waren, die als Aufpasser an seiner Seite sein sollten, weiß ich bis heute nicht.«

»Die Antwort darauf würde uns auch nicht weiterbringen«, sagte Lantfrid. »Wenn er in der Wüste umherirrt, läuft er vielleicht einer Karawane über den Weg, oder er findet eine Oase. In jedem Fall sollten wir beten, dass er überlebt wie weiland unser Herr Jesus Christus.«

Wir stimmten zu und murmelten eine kurze Fürbitte. Danach fragte Lantfrid: »Könnte es sein, dass sich Kalif Harun noch mit seinem Wesir, diesem Yahya, über König Karls Vorschläge abstimmen will?«

»Dazu hatte er in den letzten Monaten ausreichend Gelegenheit«, entgegnete Sigimund leicht gereizt. »Ich verstehe nicht, was an der ganzen Sache so schwierig sein soll. Dass in Jerusalem keine Mönche mehr ermordet werden, sollte doch auch in Haruns Interesse liegen. Und dass diesem Omayyaden al-Hakam in Spanien ein wenig die Flügel gestutzt werden, sollte ihm ebenso ein Anliegen sein.«

Lantfrid winkte einem der Diener und ließ ein leichtes

Gericht aus gedämpftem Gemüse, mit Spinat gefüllten Wachteln und Limonenreisbällchen kommen. »Das ist ganz zweifelsohne so. Doch wie ich bereits sagte: Wer ist schon in der Lage, in eine arabische Seele hineinzuschauen. Wir können uns nur in Geduld üben und hoffen, dass der Allmächtige es gut mit uns und unserer Mission meint. Und natürlich mit Faustus.«

Wir aßen ohne rechten Appetit und sprachen noch eine ganze Stunde weiter, ohne neue Erkenntnisse zu gewinnen oder Entschlüsse zu fassen, und verabschiedeten uns voneinander mit wenig zuversichtlichen Mienen.

Noch am selben Tag machte ich einen erneuten Versuch, Aurona wiederzusehen. Ich zog abermals die Kleidung eines Gartenarbeiters an und machte mich auf den Weg zum Rosa Gärtchen. In freudiger Erwartung schritt ich an der hohen Hecke entlang und musste kurz darauf zu meiner großen Enttäuschung feststellen, dass jemand die Öffnung abgedichtet hatte. Es war kein Durchkommen mehr! Es blieb mir nichts anderes übrig, als nach einem anderen Loch zu suchen. Natürlich fand ich keines. Es war wie verhext! An diesem Tag schien alles schiefzulaufen. Ich unterdrückte einen Fluch und machte mich auf den Rückweg.

Zu Hause angekommen, war ich so missgelaunt, dass ich fast vergessen hätte, mich meiner verräterischen Gärtnerkleidung zu entledigen. Ich schaffte es gerade noch, sie wieder an ihren Ort zurückzulegen und meine *durra'a* überzustreifen, bevor Rayhan, mein dicker Diener, heranwatschelte. »Hakim, ist dir eine Laus über die Leber gelaufen?«, fragte er mich kurzatmig.

»Warum sollte mir eine Laus über die Leber gelaufen sein?«, fragte ich zurück und kam mir dabei recht scheinheilig vor.

»Du siehst unglücklich aus, Hakim. Beim letzten Mal hat dir die kleine Hitzige ...«

»Verschone mich mit deinen Frauen!«

»Aber, Hakim!« Rayhan war so verblüfft ob meines plötzlichen Ausbruchs, dass er den Mund sperrangelweit aufriss.

»Tut mir leid. Ich, äh, ich mache mir Sorgen um Faustus, unseren Prediger. Er soll in der Wüste ausgesetzt werden. Das hat der Kalif höchstselbst entschieden.«

»In der Wüste? Dann sei Allah ihm gnädig!«

»Ich möchte Faustus' Überleben nicht allein der Güte Allahs überlassen. Gehe in die Stadt und versuche, bei einem Buchhändler eine Karte der westlichen Wüste zu erstehen.«

»Eine Karte der Wüste, Hakim?«

»Genau. Eine Karte, in der sämtliche Brunnen, Wege und Karawansereien eingezeichnet sind. Anschließend sollst du deine neue seidene *durra'a,* die mich so viel Geld gekostet hat, zum dritten Mal anziehen und als vornehmer Mann in die Verliese des Palastes hinabsteigen. Besteche einen der Wächter und übergebe Faustus heimlich die Karte, damit er sich in dem Meer aus Sand zurechtfinden kann. Richte ihm aus, seine Gefährten seien mit ihren Gedanken bei ihm und wünschten ihm Gottes Hilfe für die bevorstehende Zeit.«

Rayhan rollte mit den Augen. »Das ist ziemlich viel auf einmal, Hakim.«

»Das ist noch nicht alles. Ich möchte, dass du anschließend den Harem aufsuchst und dich in meinem Namen nach dem Befinden des Kalifen erkundigst. Finde heraus, ob er bereits wieder in der Lage ist, seinen Frauen beizuwohnen.«

Ich zögerte kurz und sprach dann weiter: »Vielleicht weißt du, dass blonde Frauen aus Germanien die Manneskraft in besonderem Maße beanspruchen. Wie ich zufällig erfahren habe, gibt es eine solche Germanin im Harem.

Sollte der Kalif beabsichtigen, sich mit ihr zu vergnügen, wäre dies aus medizinischer Sicht nicht ratsam.«

»Aber Hakim, erwartest du etwa, dass ich das dem *amir al-mu'minin* sage?«

»Natürlich nicht. Richte ihm nur meine ehrerbietigen Grüße aus und erkundige dich nach seinem Befinden. Ob du in Erfahrung bringst, wie es um das Feuer in seinen Lenden bestellt ist, überlasse ich deinem Geschick.«

»Hakim, was du verlangst, ist unmöglich!«

Ich griff in die Tasche meines Gewandes und gab Rayhan fünfzig Dirham. »Da, nimm, das ist für die Karte. Den Rest darfst du behalten.«

»Oh, ich danke dir, Hakim!«

»Hältst du die Ausführung meiner Befehle immer noch für unmöglich?«

Mein dicker Diener verbeugte sich, soweit es ihm möglich war, und quäkte: »Wenn Allah es will, ist nichts unmöglich, Hakim. Ich höre und gehorche.«

»Seit wenigen Tagen gibt es in Bagdad wieder den Campher des asiatischen Campherbaumes«, sagte Dschibril zu mir am übernächsten Tag. »Unsere Kaufleute sind zurück. Wie immer zu spät, aber dank deines Campher-Ersatzes konnten wir den Kalifen heilen. Sag, welches Wollfett ist als Grundlage für die Salbe geeigneter: das der Ziege oder das des Schafs?«

Wir saßen auf seidenen Kissen in meinem Löwenkopf-Haus, tranken gekühltes Zitronenwasser und waren in ein anregendes Gespräch vertieft. Wie versprochen hatte ich meinem Arztkollegen zuvor die anteiligen Mengen der ätherischen Öle von Sonnenblume, Thymian und Lorbeer zur Zubereitung der Heilsubstanz verraten und den genauen Ablauf der Arbeitsschritte demonstriert. Nun erhob ich mich und sagte: »Die Beschaffenheit von Ziegenfett vermag ich nicht zu beurteilen, aber das Wollfett des fränkischen Schafs liefert eine besonders feine, gut streichfähige Salbe. Warte, ich werde dir eine Probe aus meinem Arzneivorrat holen, damit du dich selbst überzeugen kannst.«

Ich verließ den Raum und begegnete vor der Tür Rayhan, meinem dicken Diener. Ich hatte ihn seit Erteilung meiner letzten Befehle nicht mehr gesehen und war überrascht, ihm so plötzlich zu begegnen. »Was kannst du mir berichten?«, fragte ich gespannt.

»Oh, Hakim, es war die Hölle!« Rayhan rollte mit den Augen und klopfte an seiner teuren *durra'a* herum, die zahlreiche Schmutzspuren und Flecken aufwies. »Bist du schon einmal in den Verliesen des Palastes gewesen? Dreck, Kot, unerträglicher Gestank! So prunkvoll alles zu ebener Erde ist, so grauenvoll ist es da unten!«

Ich ging nicht auf sein Gejammer ein, sondern fragte: »Wie geht es Faustus? Hast du ihm die Karte, die du hoffentlich erwerben konntest, gegeben?«

»Ja, Hakim, nachdem ich die Wachen mit einer Unsumme bestochen hatte! Faustus, der Prediger, lebt. Ich wollte ihm die Karte überreichen, nachdem man mich in das finstere Loch, in dem er sitzt, gelassen hatte, doch er beachtete mich gar nicht. Er schien völlig entrückt. Er kniete am Boden und betete in einem fort, wobei ich allerdings nicht weiß, was er sagte, denn er spricht unsere Sprache nicht. So legte ich die zusammengerollte Karte nur vor ihm nieder und machte, dass ich davonkam. Du siehst selbst, wie viel Schmutz von dieser ungastlichen Stätte an mir haften blieb. Allah sei Dank, dass ich zuvor bereits im Harem war.«

»Du warst zuvor im Harem? Was hast du dort erreicht?«, fragte ich wissbegierig.

Rayhan sah mich mit einer Mischung aus Ehrfurcht und Befremden an: »Sag, Hakim, hast du Gesichte?«

»Gesichte? Nicht, dass ich wüsste.«

»Es war, als hättest du es geahnt: Es begann damit, dass mir Zubaida, die Lieblingsfrau unseres mächtigen Gebieters, in einem der Gänge über den Weg lief. Da ich früher einmal die Ehre hatte, für einige Zeit der Beschneider ihrer Fußnägel sein zu dürfen, traute ich mich, sie anzusprechen. Ich sagte also, nachdem ich mich verbeugt hatte: ›Erlaube mir die Bemerkung, oh, Erlauchteste des großen *amir al-mu'minin,* du siehst verzagt aus.‹

›Ich bin es‹, antwortete sie. ›Der Kalif wollte in der letzten Nacht zum ersten Mal nach seiner Genesung die Freuden der Liebe genießen und ließ Dat al-Khal zu sich kommen. Doch seit sie ihren Leberfleck verloren hat, mag sie an Reiz eingebüßt haben, jedenfalls ließ der *amir al-mu'minin* es ihr gegenüber an der nötigen Härte vermissen. Ich sorgte daraufhin dafür, dass Marida ihm gebadet, gesalbt und geschminkt zugeführt wurde, doch auch ihr misslang, was Dat al-Khal bereits vergebens versucht hatte. Zuletzt schickte ich Abbasa zu ihm, die ihn mit ihrem makellosen Körper an die Weisheit erinnerte, nach der Sinnenfreude und Wollust die Schönheit der Berge haben. Leider mit demselben Ergebnis.‹

›Das ist höchst bedauerlich, oh, Erlauchteste!‹

›Ich habe den Verdacht, dass ein Keim der Krankheit, die er überwunden glaubte, noch in ihm steckt. Vielleicht hat statt der Enge in der Brust die Enge in den Hoden von ihm Besitz ergriffen? Als seine Lieblingsfrau fühle ich mich wie keine andere für ihn verantwortlich. Ich will deshalb, dass der Arzt, der die Enge in der Brust vertrieb, auch die neue Enge besiegt.‹

Das waren ihre Worte, Hakim, jetzt verstehst du vielleicht, warum ich dich vorhin fragte, ob du Gesichte hast. Es war in der Tat so, als hättest du alles vorausgesehen. Außer vielleicht, dass keine blonde Germanin beim *amir al-mu'minin* nächtigte.«

»Nun ja, das war auch nur ein Beispiel«, wiegelte ich ab. Doch innerlich jubelte ich.

»Der Rest, Hakim, ist schnell erzählt. Ich antwortete Zubaida: ›Der Arzt, von dem du sprichst, ist mein Herr, oh, Erlauchteste. Cunrad von Malmünd wird er gerufen. Gern will ich ihn bitten, den großen *amir al-mu'minin* von der neuen Krankheit zu heilen. Doch wird unser aller Gebieter damit auch einverstanden sein?‹

Sie beruhigte mich. ›Dafür will ich schon sorgen. Kümmere du dich so rasch wie möglich darum, dass dein Herr im Harem erscheint.‹

Und nun stehe ich vor dir, Hakim, um dich sofort zum *amir al-mu'minin* zu führen.«

»Warte einen Augenblick«, sagte ich. »Ich habe gerade Besuch. Wie es der Zufall will, handelt es sich um Dschibril, den Leibarzt des Kalifen. Ich werde ihn mitnehmen, wenn er einverstanden ist. Du aber bleibe hier. Wir finden den Weg auch allein, und in deiner schmutzigen *durra'a* kannst du dich ohnehin nicht in den Gemächern des Kalifen sehen lassen.«

»Ich höre und gehorche, Hakim.« Rayhans Gesichtsausdruck war anzusehen, dass es ihm mehr als recht war, zu Hause bleiben zu dürfen.

Kurz darauf standen Dschibril und ich vor Harun al-Raschid und verneigten uns tief. Nachdem wir uns wieder aufgerichtet und durch ein Nicken die Sprecherlaubnis erhalten hatten, sagte ich: »Oh, großer Kalif, ich hoffe, es ist dir recht, dass ich Dschibril, deinen Leibarzt, mitgebracht habe, denn mit den Ärzten verhält es sich wie mit den Spähern im Krieg: Vier Augen sehen mehr als zwei.«

Harun ging nicht auf meine Worte ein, sondern kam gleich zur Sache: »Es war nicht angenehm, bei einer Frau zu liegen und mit ihr nur über das Wetter plaudern zu können. Im Übrigen schätze ich Dschibrils Kunst aus vergangenen Tagen, auch wenn sie gegen meine Enge in der Brust nichts ausrichten konnte. Werde ich für die Untersuchung meine Kleider ablegen müssen?«

Dschibril nickte mir unmerklich zu, doch ich verneinte die Frage. Ich war zu der Überzeugung gekommen, dass Harun, der zu übermäßigem Liebesgenuss neigte, noch zu schwach war, um das Lager erfolgreich mit seinen vielen Frauen teilen zu können. Deshalb sagte ich – und bemühte dabei die für das Arabische so typische blumige Sprache –: »Wer nicht mehr seinen Mann stehen kann, oh, großer Kalif, dem fehlt es an Wind in den Lenden. In ihm schwelt nur ein schwaches Feuer, so dass er wie laues Wasser nur wenig warm ist. Die beiden Behälter, Hoden genannt, die wie zwei Blasebälge sein sollen, um das Feuer anzufachen, sind bei dir durch jahrelange Überforderung ermüdet, es mangelt ihnen an der nötigen Kraft, um den Stamm aufzurichten.«

»Das hast du hübsch gesagt, Hakim.« Für einen Augenblick blitzte der Spott in Haruns Miene auf. Dann wurde er wieder ernst. »Nehmen wir an, deine Diagnose stimmt: Was gedenkst du zu tun?«

»Ich werde dir ein Aphrodisiakum verschreiben, oh, großer Kalif. Die Gelehrten nennen es *salab*. Es ist ein Mehlpulver, das aus den Knollen der Erdorchidee gewonnen wird. Dieses Pulver, vermischt mit dem Wasser des gekochten Spargels, sollst du drei Mal täglich zu den Mahlzeiten trinken. Alles Weitere wollen wir der Zeit überlassen. Sie besitzt eine große Heilkraft.«

»Ist das auch deine Meinung?« Harun blickte Dschibril an. »Ich hasse Spargel.«

Dschibril verbeugte sich. »Mein Kollege hat völlig recht, oh, großer Kalif. Es gibt für dich nichts Besseres als *salab*. Wenn du jedoch die Wirkung durch eine, äh, sehr direkte

Maßnahme unterstützen willst, rate ich zu einer Salbe aus getrocknetem, gemahlenem Brennnessel-Samen.«

»Brennnessel-Samen?« Harun blickte misstrauisch.

»So ist es«, bestätigte Dschibril. »Und auch bei dieser Arznei ist die Zeit ein wichtiges zusätzliches Element.«

Ich ergriff wieder das Wort und schlug vor: »Am besten, du nimmst beide Medikamente im Wechsel, oh, großer Kalif, und die dritte Arznei, die Zeit, schenkt Allah dir in seiner Barmherzigkeit dazu. Nimm von ihr reichlich, und du wirst genesen.«

Harun musterte uns beide. »Es kommt nicht oft vor, dass die Meinungen zweier Ärzte sich nicht widersprechen. Lasst mir die Medikamente hier, damit ich sie ausprobieren kann. Ich werde mich für eure Mühe erkenntlich zeigen. Und nun möchte ich, dass Zubaida mir Gesellschaft leistet.«

Auch nach dieser Behandlung suchten Dschibril und ich Zerstreuung bei einer Eierspeise in Aimens Laden. Während wir runde gebackene Eierfladen, die mit Lamm- und Gemüsestreifen angereichert waren, zu uns nahmen, erzählte uns Aimen, dass es auf der Arabischen Halbinsel einen Vogel gebe, der so schnell wie ein Kamel laufen könne und in der Lage sei, Eier zu legen, deren Inhalt dreißig Mal so groß sei wie der eines Hühnereis.

Dschibril wischte sich bedächtig den Mund ab und sagte: »Das muss ein sehr fruchtbarer Vogel sein.«

Aimen lachte. »Du sagst es! Ein paar von seinen Eiern würden mir und meinen Leuten die Arbeit sehr erleichtern.«

Nachdem er gegangen war, um sich anderen Gästen zu widmen, sagte ich zu Dschibril: »Wo du gerade von Fruchtbarkeit sprichst, ich hoffe nicht, dass der Kalif auf den Gedanken kommt, schon heute Nacht die Wirksamkeit der von uns empfohlenen Medikamente an Zubaida auszuprobieren.«

»Ich glaube, du kannst unbesorgt sein. Es war klug von dir, die Zeit als wichtigen Baustein für die Heilung zu erwähnen. Deshalb habe auch ich noch einmal darauf hingewiesen. Ich bin sicher, der Kalif wird sich an unsere Empfehlung halten. Auch Zubaida, der er gewiss von unserem Rat berichtet hat, wird ihn darin bestärken. Sie ist trotz ihrer, nun, sagen wir: sehr aufwendigen Lebensweise eine kluge Frau.«

Dschibril seufzte und fuhr fort: »Doch leider ist nicht jeder Rat, der ihm zugeflüstert wird, ein guter. Ich wünschte, der Kalif wäre manchmal etwas hellhöriger.«

»Wie meinst du das?«, fragte ich.

Dschibril zögerte. »Darf ich ganz offen sein?«, fragte er.

»Du kannst mir vertrauen.« Ich lächelte. »Wie heißt es doch im Eid des Hippokrates: *Was immer ich bei der Behandlung oder auch außerhalb der Behandlung aus dem Leben der Menschen sehe oder höre, was nicht ausgeplaudert werden darf, darüber werde ich schweigen, in der Überzeugung, dass diese Geheimnisse heilig sind.*«

Dschibril gab mein Lächeln zurück. »Ich habe von Beginn an gespürt, dass du ein guter Arzt bist und die Werte unseres Berufsstandes ernst nimmst. Nun gut, so höre: Es geht um Arpak, unseren Kollegen. Er neidet mir mein Können und lässt seit geraumer Zeit nichts unversucht, um mich beim Kalifen anzuschwärzen. Anfangs habe ich die Lügen, die er über mich verbreitet, auf die leichte Schulter genommen, denn ich bin ein alter Mann und habe meine Verdienste. Doch allmählich mache ich mir Sorgen. Steter Tropfen höhlt den Stein, so heißt es im Sprichwort, und auch die Kalifen aus dem Geschlecht der Abbasiden sind dagegen nicht gefeit.«

Ich erinnerte mich an Arpaks brüske, herablassende Art

mir gegenüber und fragte: »Kannst du ihn nicht zur Rede stellen, damit er aufhört, sein Gift zu verspritzen?«

»Das wäre zwecklos. Arpak ist machthungrig, er möchte gern meine Stelle als Erster Leibarzt einnehmen, und dafür ist ihm jedes Mittel recht.«

Dschibril wirkte sehr unglücklich, als er das sagte, und er tat mir aufrichtig leid. »Wie kann ich dir helfen?«, fragte ich.

»Nun, ich habe dir schon erzählt, dass ich am *Kunnasch* arbeite, einem vielbändigen Werk, das ich in syrischer Sprache niederschreibe.«

Ich nickte. »Das hast du.«

»Was ich noch nicht erwähnte, ist, dass ich ein Enkel von Ibn Bakhtischo bin, einem – das darf ich in aller Bescheidenheit sagen – der berühmtesten Ärzte seiner Zeit. Er lehrte in der persischen Stadt Gundischapur und war genau wie ich nestorianischer Christ.«

»Worauf willst du hinaus?«

Dschibril strich sich über den eisgrauen Bart. Am Zittern seiner Finger erkannte ich, wie erregt er war. »Ich will darauf hinaus, dass wir eine sehr verzweigte Familie sind. Einige Nachkommen von Ibn Bakhtischo leben in Konstantinopel. Bei ihnen würde ich gastliche Aufnahme finden.«

»Langsam begreife ich! Du willst dich nicht darauf verlassen, dass dir der Kalif weiterhin gewogen bleibt, und lieber ins Reich der Byzantiner gehen. Aber ich glaube nicht, dass er damit einverstanden wäre.«

»Pst, nicht so laut.« Dschibril legte den Zeigefinger an die Lippen. »Wenn das, worüber wir sprechen, Harun al-Raschid zu Ohren kommt, bin ich ein toter Mann. Du sagst ganz richtig, dass unser aller Gebieter nicht mit meinem Fortgang einverstanden wäre. Andererseits kann ich nicht in Bagdad bleiben, ohne Gefahr zu laufen, in Ungnade zu fallen.«

»Ich verstehe.« Ich dachte an die Willkür, mit der Harun den unschuldigen Sklaven durch al-Amin, seinen Sohn, hatte köpfen lassen.

Dschibril beugte sich vor und legte beschwörend seine Hand auf meinen Arm. »Es wird für mich unmöglich sein, Konstantinopel jemals auf direktem Weg zu erreichen. Spätestens bei den *awasim,* den schützenden Städten an der Grenze zum Byzantinischen Reich, würden Haruns Häscher mich ergreifen.«

»Das leuchtet mir ein.«

»Ich müsste also über Palästina und Ägypten fliehen. Da ich annehme, dass deine Gesandtschaft diesen Weg ebenfalls einschlagen wird – schon allein, um Haruns Zorn nicht heraufzubeschwören –, würde ich gern mit euch reisen.«

»Das ist leider unmöglich.«

»Ich bitte dich!«

»Nein, tut mir leid.«

Daraufhin machte Dschibril einen so niedergeschlagenen Eindruck, dass ich, ohne es recht zu wollen, sagte: »Nun, wenn überhaupt, müsstest du unerkannt reisen. Niemand dürfte wissen, wer du bist. Wenn es herauskäme, wäre der Erfolg unserer gesamten Mission dahin. Wahrscheinlich würde Harun uns alle köpfen lassen. Nein, ich glaube, das Risiko ist zu groß.«

»Ich würde euch nur bis Alexandria begleiten! Von dort könnte ich ein Schiff nach Konstantinopel nehmen. Spätestens dann wäret ihr mich los.«

»Ich fürchte, es geht beim besten Willen nicht. Doch halt, warte einmal …«

»Ja?« Dschibril beugte sich begierig vor. In meiner Stimme hatte er etwas gehört, das ihn hoffen ließ.

In der Tat hatte ich einen Gedanken gehabt, der so ungeheuerlich war, dass ich ihn zweimal überdenken musste, bevor ich ihn aussprach. Ich sagte: »Es gäbe da noch eine andere Person, die unsere Gesandtschaft ebenfalls unerkannt begleiten könnte. Eine Person, die zurzeit im Harem lebt. Wenn du mir helfen würdest, ihr die Flucht zu ermöglichen, könnten wir vielleicht zwei Fliegen mit einer Klappe schlagen.«

»Eine Flucht aus dem Harem? Bist du von Sinnen?«

Ich schüttelte den Kopf. »Nein, das ist mein voller Ernst. Hilfst du mir, helfe ich dir. *Manus manum lavat,* wie schon die alten Römer sagten.«

Dschibril schwieg, während er sich unentwegt über den eisgrauen Bart strich. Schließlich stieß er hervor: »Du bist wahnsinnig, Cunrad von Malmünd, aber in Gottes Namen: Wir wollen es versuchen.«

Den weiteren Abend redeten wir uns die Köpfe heiß, wie es am besten anzustellen sei, einen alten Leibarzt und eine junge Germanin unbemerkt aus dem Khuld-Palast herauszuschleusen.

Am Ende hatten wir einen Plan.

Oh, Tariq, mein großherziger Gastgeber, du siehst selbst, wie mir allmählich die Augen zufallen. Ich bin ein alter Mann, der aufpassen muss, dass seine Rede nicht von Schnarchgeräuschen unterbrochen wird. Der heiße Tag und das gute Essen, für das ich dir wie immer zu großem Dank verpflichtet bin, haben mich schläfrig gemacht.

Ich hoffe, ich habe dich nicht gelangweilt. Nein? Das erfreut mein Herz. Manches von dem, was ich erzähle, steht mir immer noch so deutlich vor Augen, als wäre es gestern geschehen, und vieles berührt mich immer noch so stark, dass ich Mühe habe, davon zu berichten.

Morgen will ich dir erzählen, wie wir Aurona zu Grabe

trugen. Was machst du für ein betroffenes Gesicht? Ist Aurona dir schon so ans Herz gewachsen? Erschrick nicht und bedenke: Nicht jeder, der zu Grabe getragen wird, ist tot.

Ich wünsche dir eine gute Nacht. Allah sei mit dir – und Gott befohlen!

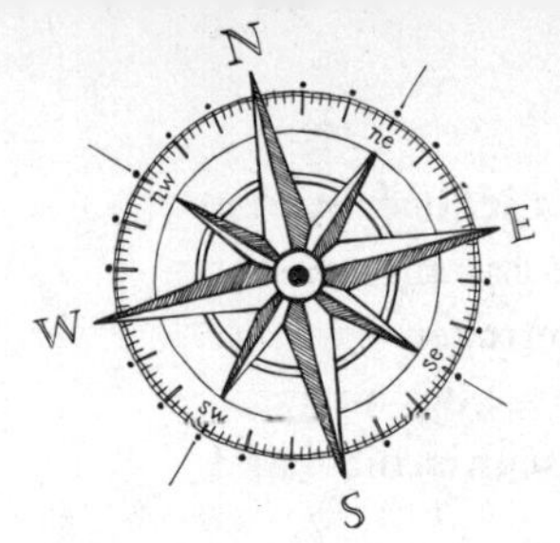

Kapitel 6

Bagdad, August 799

Die erste Dekade des Monats August war ins Land gegangen, als Rayhan eines Morgens an meinem Bett erschien und mir ein golddurchwirktes Seidengewand vor die Nase hielt. »Sieh nur, Hakim«, quäkte er, »das ist mindestens zehntausend Dirham wert!«

»Guten Morgen, Rayhan«, sagte ich, noch sehr verschlafen, und gähnte.

»Aber begreifst du denn nicht, Hakim? Das ist ein Geschenk des großen *amir al-mu'minin,* ein Geschenk für dich, für deine unschätzbaren Dienste! Es wurde soeben abgegeben.«

»Ein Geschenk von Kalif Harun?« Allmählich wurde ich wach.

»Ja, Hakim.« Rayhan breitete das Gewand auf meinem Bett aus, und ich hatte Gelegenheit, es zu betrachten. Es schien tatsächlich sehr kostbar zu sein. Es hatte den Schnitt einer *qaba* und wies auf der Vorderseite Knöpfe aus massivem Gold auf. »Ich habe schon einmal Kleidungsstücke vom Kalifen erhalten«, sagte ich. »Anlässlich unseres Empfangs war es.«

»Aber Hakim, das kannst du nicht vergleichen! Die schwarze Kleidung für den Großen Empfang war gewissermaßen ein politisches Geschenk, diese *qaba* jedoch ist ein Zeichen der persönlichen Wertschätzung. Oh, ich bin so stolz, es ist, als wäre dieses Haus geadelt worden.«

Ich hatte mich unterdessen erhoben und warf das mantelartige Gewand über. »Die Länge stimmt, nur in den Schultern ist es etwas zu schmal«, befand ich.

Rayhan lachte kollernd.

»Was ist daran so lustig?«, fragte ich.

»Verzeih, Hakim, aber aus deinen Worten spricht Unwissenheit. Diese *qaba* ist ein Kleidungsstück, das dem *amir al-mu'minin* höchstselbst auf den Leib geschneidert wurde, damit er es bei wichtigen Anlässen trage. Es wäre also reiner Zufall, wenn es dir passen würde.«

»Was du nicht sagst.« Ich stellte mir vor, König Karl würde mir sein gebrauchtes, durchgeschwitztes Jagdwams schenken, und fand den Gedanken etwas befremdlich. Aber ich war nicht im Land der Franken, sondern in einem orientalischen Kalifat, wo gewiss andere Sitten und Gebräuche herrschten. »Ich werde mich bei Kalif Harun bedanken müssen.«

»Ja, Hakim, das gebietet die Höflichkeit.«

Ich legte die *qaba* ab und zog meine weiße *durra'a* an. »Gehe noch in dieser Stunde in den Harem, richte dem Kalifen meine ehrerbietigen Grüße aus und bitte ihn um eine kurze Unterredung.«

»Hakim, du weißt, ich bin nicht sehr gut zu Fuß.«

»Ja, ich weiß. Tue es trotzdem.«

»Hakim, bei allem Respekt: Ich bin dein Diener und nicht dein Bote.«

Ich wusste, worauf Rayhan hinauswollte: Er stellte sich vor, dass ich ihm den Gang mit ein paar Münzen versüßte, aber ich war nicht gewillt, mir jede Kleinigkeit zu erkaufen. »Dann sei mir als Bote zu Diensten«, sagte ich. »Und nun lauf los.«

Noch am selben Tag ließ mich der *hadschib* al-Fadl zum Kalifen vor. Harun saß mit gekreuzten Beinen auf einem seidenen, mit Rebhuhndaunen gefüllten Kissen und aß kandierte Datteln. Hinter ihm stand der grimmige, unvermeidliche Masrûr. Ich verbeugte mich tief und sagte, nachdem ich zum Sprechen aufgefordert worden war: »Sei gegrüßt, oh, großer Kalif. Ich trete vor dich hin, um dir für dein großmütiges Geschenk zu danken. Die goldene *qaba* werde ich mein Leben lang in Ehren halten.«

»Das Geschenk ist kaum der Rede wert.«

»So unbedeutend es für dich sein mag, so sehr habe ich mich darüber gefreut. Ich hoffe, du bist wohlauf, und die Brust ist dir weit?«

»Danke, ich fühle mich gut. Ich habe mich bemüht, ein braver Patient zu sein, und deine und Dschibrils Anweisungen genau befolgt. Auch meine ›Blasebälge‹, wie du sie nanntest, sind wieder prall gefüllt mit Wind, bereit, das Feuer der Liebe anzufachen.«

Ich musste an Aurona denken und daran, dass auch sie zu den Frauen gehörte, die dem Kalifen Lust bereiten mussten, wann immer er es wünschte. Deshalb sagte ich: »Ein zu starker Wind kann ein Feuer rasch ausblasen. Vielleicht solltest du mit der Liebe noch ein wenig warten, oh, großer Kalif. Von den drei Medikamenten, die dir verschrieben wurden, hat die Zeit ihre Wirkung womöglich noch nicht ganz entfaltet.«

Harun winkte ab. »Die Zeit hat viele Eigenschaften, unter anderem die, dass sie häufig knapp bemessen ist. Vor kurzem hat es in der Provinz Khorasan Unruhen gegeben, und es wird notwendig sein, so rasch wie möglich dorthin aufzubrechen. Einige meiner Truppen sind bereits vor Ort. Ich werde die Unruhen niederschlagen, und Ali ibn Isa, der für das Amt des Gouverneurs vorgesehen ist, soll mich begleiten und unterstützen. Ich würde lieber heute als morgen reisen, aber die Zeit macht mir einen Strich durch die Rechnung. Die Vorbereitungen werden mindestens drei Tage in Anspruch nehmen. Hast du schon einmal erlebt, wie lange es dauert, bis ein Harem reisebereit ist?«

»Nein, oh, großer Kalif, aber ich kann mir vorstellen, dass drei Tage knapp bemessen sind.« Während ich das sagte, schoss mir ein heißer Schrecken durch die Glieder. Drei Tage! Das bedeutete, dass Dschibril und mir nur noch wenig Zeit blieb, Aurona zu befreien. Andererseits konnten sich durch die Abreise des Kalifen neue Möglichkeiten eröffnen. Mir schwirrte der Kopf.

»Es trifft sich gut, dass du gekommen bist, Hakim. Ich wollte dich ohnehin fragen, wie ich es mit dem Campher und den Aphrodisiaka halten soll: Muss ich die Medikamente auch während der Reise nehmen?«

Ich überlegte und sagte: »Den Campher sollst du noch so lange nehmen, wie du in Bagdad weilst. Das *salab* aus den Knollen der Erdorchidee und die Salbe aus Brennnessel-Samen jedoch setze ab. Warte mit den Freuden der Liebe, bis du auf Reisen bist, und lasse dir durch sie die Strapazen versüßen.«

Harun schob sich eine Dattel in den kleinen Mund. »Was du sagst, klingt einleuchtend. Du bist ein guter Arzt. Ich wünschte, ich könnte dich auf die lange Fahrt mitnehmen. Doch ich respektiere, dass du mit deinen Gefährten so rasch wie möglich ins Reich deines Königs zurückkehren willst.«

Harun nahm eine weitere Feige und fuhr fort: »Um deiner Frage zuvorzukommen: Ich werde mich heute noch einmal mit Yahya, meinem Wesir, beraten, um über die Vorschläge deines Königs zu befinden. Das Ergebnis wird Lantfrid und Sigimund in vertraglicher Form überbracht werden.«

»Ich danke dir, oh, großer Kalif.«

Harun seufzte. »Da du, Cunrad von Malmünd, mich

nicht nach Khorasan begleiten kannst, erhebt sich die Frage, welchen Leibarzt ich mitnehmen soll – Arpak oder Dschibril?«

Das Herz klopfte mir bis zum Hals, als ich antwortete: »Zweifellos sind beide überaus tüchtig, und das Wissen beider ist außergewöhnlich groß, es fällt schwer, einem von ihnen den Vorzug zu geben.«

»Du hast recht. Ich wünschte, ich hätte mehr Ärzte von ihrer Güte. Aus diesem Grund habe ich auch dafür gesorgt, dass eine wissenschaftliche Hochschule in Bagdad gegründet wurde. Ich habe sie *Dar al-Hikma,* das ›Haus der Weisheit‹ genannt. In ihren Mauern soll nicht nur Theologie und Jura gelehrt werden, sondern auch Philosophie, Geographie, Mathematik, Kunst und nicht zuletzt Medizin. Doch zurück zu meinen Leibärzten: Beide kann ich nicht mitnehmen. Auch dir ist wahrscheinlich nicht verborgen geblieben, dass sie einander nicht besonders schätzen. Warum das so ist, weiß Allah allein. Ich frage dich also noch einmal: Welchen von beiden soll ich mitnehmen?«

»Das ist eine schwierige Frage, oh, großer Kalif. Den einen zu nennen, hieße, den anderen zurückzusetzen. Doch ich will mich nicht um die Antwort drücken. Soviel ich weiß, schreibt Dschibril an einem medizinischen Werk, das er *Kunnasch* nennt. Die Arbeit nimmt ihn sehr in Anspruch. Überdies ist er alt, die Reise würde womöglich über seine Kräfte gehen. Mein Rat ist deshalb, Arpak mitzunehmen, zumal er aus Khorasan, deinem Reiseziel, stammt.«

Nachdem ich diese Empfehlung ausgesprochen hatte, wartete ich gespannt auf Haruns Reaktion. Sollte er meinem Vorschlag folgen, würde Arpak genügend zu tun haben, die Reise seines Gebieters medizinisch vorzubereiten – und keine Gelegenheit finden, meinen und Dschibrils Absichten in die Quere zu kommen. So gesehen, hatte mir der Himmel die Unruhen in Khorasan geschickt. Doch würde Harun meiner Empfehlung folgen?

»Nun gut, Hakim.« Harun kaute nachdenklich auf einer Dattel. »Deine Argumente überzeugen mich. Arpak soll mich begleiten.« Unvermittelt stand er auf und trat vor mich hin.

Überrascht wollte ich auf die Knie fallen, doch er hinderte mich daran. »Bleib stehen, Hakim. Mir ist gerade eingefallen, dass drei Tage schnell vorüber sind und ich keine Gelegenheit mehr finden werde, mich von dir zu verabschieden, bevor du wieder ins Frankenreich ziehst. Deshalb tue ich es jetzt. Du bist ein guter Botschafter deines Königs gewesen und ein noch besserer Arzt. Allah, der Erbarmer, der Barmherzige, möge deinen Weg begleiten und dir Frieden geben. Lebe wohl.«

»Gott befohlen, oh, großer Kalif.«

Stumm verbeugte ich mich, denn ich wusste nichts weiter zu sagen, und verließ in dieser Haltung rückwärtsgehend das Gemach.

Noch am selben Abend schrieb ich zwei kurze Briefe. Der erste war für Lantfrid bestimmt. Ich teilte ihm mit, dass unsere Mission zu Ende ging und wir damit rechnen durften, die Antwort auf König Karls Vorschläge in Vertragsform zu erhalten.

Der zweite Brief, den ich in Griechisch abfasste, ging an Dschibril. Ich bat ihn darin, sich mit mir zu später Stunde in Aimens Laden zu treffen. Es gebe wichtige Neuigkeiten.

Ich versiegelte die Nachrichten und rief nach Rayhan. Als mein dicker Diener erschien, sagte ich zu ihm: »Ich weiß, dass du kein Bote bist, aber diese zwei Briefe sind sehr wichtig. Ich möchte auf keinen Fall, dass sie in falsche Hände geraten. Auf dich kann ich mich verlassen. Bringe sie deshalb zu ihren Empfängern.«

»Jetzt gleich?«

»Jetzt gleich.«

»Aber Hakim, das Abendessen steht bereit. Ich wollte es gerade auftragen. Du solltest es nicht kalt werden lassen.«

»Rayhan!«

»Schon recht, Hakim, ich gehe ja schon.«

Danach ließ ich meine Sänfte kommen, weil ich nicht wollte, dass man mich auf der Straße sah. Als ich in Aimens Laden eintraf, war Dschibril noch nicht da, so dass ich mich fürs Erste allein in eine Ecke setzte und mir die Finger in einer Schale mit Zitronenwasser reinigte. Aimen erschien mit wichtiger Miene und fragte mich, ob ich schon einmal die Eier vom Schwan gekostet hätte. Sie seien zwar nicht so groß wie die des Laufvogels von der Arabischen Halbinsel, aber schon zwei von ihnen würden einem ausgewachsenen Mann wie mir zu einer reichlichen Mahlzeit verhelfen.

»Gut«, entschied ich, »backe mir einen runden Fladen wie beim letzten Mal, und mache für Dschibril gleich einen mit, er müsste jeden Augenblick hier sein.«

Aimen verschwand, und kurz darauf trat Dschibril durch die Tür. Nachdem wir uns herzlich begrüßt hatten, kam ich ohne Umschweife zur Sache. Ich schilderte mein Gespräch mit Kalif Harun und nannte die kurze Zeitspanne, die uns blieb, um Aurona zu befreien.

»Das ist in der Tat knapp«, meinte Dschibril, während er eine Portion Schwanenei geschickt mit drei Fingern ergriff und zum Mund führte, »aber wenigstens müssen wir uns um den missgünstigen Arpak nicht sorgen. Der hat anderes zu tun, als uns auf die Schliche zu kommen. Ich werde gleich morgen früh in den Harem gehen und mit Aurona sprechen.«

»Brauchst du dafür nicht einen Grund?«

Dschibril grinste. »Abgesehen davon, dass man einem alten Mann wie mir nicht mehr zutrauen dürfte, unserem Kalifen seine Konkubinen auszuspannen, habe ich tatsächlich einen Grund.«

»Aha, und welchen?«

»Das Sumpffieber, das zurzeit in der Stadt auftritt.«

»Davon habe ich noch nichts gehört.«

»Es sind auch erst einige Fälle bekannt geworden, und zwar in einem der Armenviertel am Tigris. Aber das weiß man im Harem natürlich nicht, und deshalb werde ich vorsorglich alle Frauen einzeln nach ihrem Befinden fragen müssen – auch Aurona.«

»Ich verstehe.« Ich aß den Rest meines Eierfladens und spülte ihn mit einem Schluck Wein hinunter. »Wo du gerade das Sumpffieber erwähntest: Wir waren übereingekommen, Aurona tödlich erkranken zu lassen, um sie unbemerkt aus dem Palast schleusen zu können – wäre ein solches Fieber vielleicht die ›richtige‹ Krankheit?«

Dschibril grinste wieder und strich sich über den eisgrauen Bart. »Das ist das, was ich so an dir schätze, Cunrad: Du hast einen schnellen Verstand! Ja, ich beabsichtige, morgen das Sumpffieber bei Aurona zu diagnostizieren. Mit der Folge, dass niemand es wagen wird, sich ihr zu nähern.«

»Einverstanden! Aber damit es unverdächtig wirkt, muss Aurona heftig schwitzen. Was hältst du davon, wenn du ihr zuvor einen heißen Aufguss von Ingwer zu trinken gibst?«

Dschibril nickte vergnügt. »Sehr viel, Cunrad. Doch das allein wird nicht genügen. Wir sollten noch ein weiteres Symptom künstlich herbeiführen: das des erhöhten Herzschlags. Jeder weiß, dass sich bei Fieber der Puls beschleunigt. Ein Extrakt der Tollkirsche müsste deshalb ebenfalls in den Aufguss hinein.«

»Das macht wohl Sinn.« Ich packte Dschibril heftiger am Arm, als ich eigentlich wollte, und sagte: »Aber versprich mir, dass du die Dosis der Tollkirsche besonders sorgfältig abmisst. Ihr Gift ist in kleinen Mengen segensreich, in größeren jedoch von tödlicher Wirkung!«

Dschibril lächelte ob meiner Besorgnis. »Ich habe längst gemerkt, dass dein Interesse an Auronas Befreiung nicht nur daraus entspringt, dass sie blond ist wie du. Verlass dich auf mich. Es kommt im Leben immer auf die richtige Dosis an. Das ist beim Wein so, beim Liebesgenuss und auch bei der Tollkirsche. Niemand weiß das besser als ich.«

»Verzeih, das war dumm von mir.«

»Nein, nein, ich verstehe dich. Aber vergiss nicht: Das Gelingen unseres Plans ist für mich genauso wichtig wie für dich.«

»Du hast recht.«

Wir saßen noch eine ganze Weile beisammen und besprachen die Einzelheiten. Am Schluss sagte ich: »Bitte richte Aurona meine herzlichen Grüße aus. Und sollte sie unseren Plan für zu gewagt halten, erinnere sie daran, dass sie mir einmal versicherte, sie würde alles für ihre Freiheit tun.«

»Das werde ich.«

»Ansonsten machen wir alles so wie beschlossen. Halte dich für unser nächstes Treffen bereit.«

Wir umarmten uns und verließen Aimens Laden.

Schon am Nachmittag des nächsten Tages ereilte mich der Ruf des Kalifen. Der Befehl lautete, ich möge so rasch wie möglich in den Harem kommen, es gäbe einen Krankheitsfall.

Ich nahm meinen Holzkasten und meine Medikamente und folgte dem Boten – es war Faris mit den Hängebacken – in die Gemächer des Befehlshabers der Gläubigen.

Als ich an das Krankenbett trat, stockte mir für einen Augenblick der Atem, so täuschend echt zeigten sich die Symptome des Fiebers auf Auronas Gesicht. Es war rot, schweißnass und aufgedunsen. Ihre blonden Haare klebten wie ein feuchtes Tuch am Kopf. Sie blickte mich aus trüben Augen an und senkte die Lider – ein Zeichen der Keuschheit für jeden Unbeteiligten. Ich aber wusste, dass sie mich auf diese Weise begrüßt hatte. Mein Herz jubelte.

»Wer ist die Kranke?«, fragte ich.

Harun, der mit dem grimmigen, unvermeidlichen Masrûr in einigem Abstand zum Lager stand, antwortete: »Ihr Name ist Aurona. Sie war eine Sklavin und kommt von der anderen Seite des Weißen Meeres, genau wie du. Dschibril hat sie bereits untersucht und seine Diagnose gestellt. Ich möchte wissen, ob sie mit der deinen übereinstimmt.«

»Ich werde mir die Patientin ansehen, oh, großer Kalif. Doch zuvor habe ich eine Bitte.«

»Sprich.«

»Es ist mir nicht angenehm, den ›Schwertträger deiner Rache‹ bei meiner Arbeit im Rücken zu haben. Ich bitte dich, schicke ihn hinaus.«

Harun stutzte. Dann blickte er spöttisch. »Hast du etwa Angst, Hakim?«

»Angst wäre übertrieben, aber das Schwert des Masrûr ist für mich wie ein Damoklesschwert. Es könnte sich ungünstig auf meine Diagnose auswirken.«

»Nun gut.« Harun gab seinem Zerberus einen Wink, und dieser verschwand, das Gesicht womöglich noch grimmiger als sonst.

Ich verbeugte mich. »Danke, oh, großer Kalif.« Dann wandte ich mich Aurona zu. Ich blickte sie an und sagte: »Hab keine Angst, alles wird sich zum Guten wenden.«

Aurona wollte antworten, aber ich kam ihr zuvor. »Am besten, du sprichst kein Wort, denn jedes Wort kostet Kraft, und Kraft wirst du brauchen, um die Krankheit zu besiegen.«

Sie nickte schwach.

Ich nahm ihr Handgelenk und fühlte den Puls. »Der Puls ist stark beschleunigt«, stellte ich fest.

Anschließend untersuchte ich die Zunge und die Augen, legte meine Hand auf ihre Stirn und mein Ohr auf ihren züchtig bedeckten Oberkörper. »Die Zunge ist belegt, das Auge gerötet, die Temperatur erhöht, überdies rasselt es in den Bronchien«, sagte ich dazu. Gerade so, wie ich es mit Dschibril abgesprochen hatte.

Harun schwieg, doch jede meiner Handlungen beobachtete er genau.

»Bevor ich eine Diagnose stelle«, fuhr ich fort, »muss ich noch wissen, wie es um die Ausscheidungen der Patientin steht. Hatte Dschibril Gelegenheit, sie in Augenschein zu nehmen?«

Harun zögerte. »Ja«, sagte er dann.

»Da du eine unabhängige Meinung zu der Krankheit von, äh, Aurona haben willst, oh, großer Kalif, werde ich mich nicht mit Dschibril abstimmen dürfen. Deshalb muss ich dich um Auskunft bitten, sofern du sie mir geben kannst: Waren die nahrungsbedingten Ausscheidungen dünn und schleimig?«

»Ja, so beschrieb Dschibril sie mir.«

»Könnte man sagen, dass die Ausscheidungen dem Schlamm in den Sümpfen des Tigris glichen?«

»Ja, das könnte man.«

»Dann, oh, großer Kalif, steht es fest: Wir haben es mit dem Sumpffieber zu tun.«

»Was bedeutet das, Hakim?«

»Darüber möchte ich gern mit dir unter vier Augen sprechen.«

Harun nickte. »Gut, gehen wir.«

Wir verließen den Raum, und ich nutzte einen unbeobachteten Augenblick, um Aurona aufmunternd zuzulächeln. Vor der Tür stand der grimmig dreinblickende Masrûr, die Hand am Schwert. Harun fragte mich: »Was bedeutet deine Diagnose für die Patientin?«

Ich setzte eine betretene Miene auf und sagte mit Grabesstimme: »Ich fürchte, nichts Gutes, oh, großer Kalif. Aurona wird innerhalb von wenigen Tagen sterben. Alle ärztliche Kunst wird umsonst sein. So wie ein angefaultes Ei nicht wieder frisch werden kann, können auch die Verderben bringenden Keime nicht aufgehalten werden. Wie unsichtbarer Rauch steigen sie aus den Sümpfen des Flusses auf und verbreiten sich in der Luft. Niemand vermag gegen sie etwas auszurichten. Ich fürchte, wir müssen damit rechnen, dass noch mehr Menschen der Krankheit zum Opfer fallen. Nur gut, dass du übermorgen die Stadt verlässt. Schon Galenos, der große römische Heilkundige, riet in solchen Situationen: *Cito longe fugas et tarde redeas,* was nichts anderes heißt, als dass man rasch fliehen sollte und möglichst spät zurückkehren möge.«

»Dies ist ein trauriger Tag.« Harun wirkte sehr betroffen. »Aurona ist eine besondere Frau, stolz und stark, nicht mit anderen Frauen zu vergleichen. Ich wollte sie mit nach Khorasan nehmen und nach meiner Rückkehr zu meiner Gemahlin machen. Doch Allah hat anders entschieden. Leider deckt sich deine Diagnose in allen Punkten mit Dschibrils.«

Ich atmete insgeheim auf. Es war mehr als vorausschauend gewesen, sich mit dem alten Arzt genau abzustimmen, denn Harun konnte sehr misstrauisch sein. Es gab nur zwei Menschen, denen er rückhaltlos vertraute: Masrûr, dem Schwertträger seiner Rache, und Zubaida. Masrûr war ein Eunuch. Und Zubaida seine Lieblingsfrau. »Ich nehme an, der bernsteinfarbene Aufguss, der neben Auronas Lager steht, ist die Medizin, die Dschibril ihr gegen die Symptome des Fiebers verordnet hat?«

»Ja, Hakim.«

»Ich habe daran gerochen. Vermutlich ist Ingwer einer der Bestandteile. Ein oder zwei Löffel von dem Aufguss sollten ihr stündlich eingeflößt werden und stets brühheiß sein. Das wird ihr Leiden bis zum Ende lindern. Wenn es dein Wille ist, werde ich mich darum kümmern«, sagte ich.

»Lass nur, du wirst in den nächsten Tagen ebenfalls die Stadt verlassen wollen und genug zu tun haben. Dschibril soll sich Auronas annehmen. Er wird ihr die letzten Stunden so leicht wie möglich machen.«

»Davon bin ich überzeugt, oh, großer Kalif.«

Harun sah mich an. »Ich hatte bei unserem letzten Treffen geglaubt, wir würden uns nie wieder sehen, nun ist es anders gekommen. Aus traurigem Anlass. Aber ich nehme dir die schlechte Nachricht nicht übel. Allah sei mit dir, wenn du den langen Weg zurück ins Land der Franken antrittst.«

»Ich danke, dir, oh, großer Kalif, möge Gott seine schützende Hand über dich halten.«

Ich verbeugte mich tief und verließ rückwärtsgehend den Harem.

Am Nachmittag des nächsten Tages traf ich mich mit Dschibril in einer der unübersichtlichen Händlergassen des Marktes al-Karkh, denn eine Zusammenkunft in Aimens Laden erschien mir als zu riskant. Während um uns herum die Menschen unter lautem Getöse ihren Geschäften nachgingen, besprachen wir die weiteren Einzelheiten, die es zu beachten galt. Am Ende sagte Dschibril zu mir: »Ich glaube, was zu klären war, ist geklärt. Alles andere liegt in Gottes Hand.«

»Pass auf dich auf«, sagte ich. »Ich werde dich wissen lassen, wann und wo unsere Gesandtschaft zur Rückreise aufbricht.«

»Ich danke dir, mein Freund.«

»Ich danke dir auch.«

Wir trennten uns, und ich machte mich auf den Weg zur Gasse der Töpfer, an deren Anfang einige der *sairafi,* der Geldwechsler, ihre Tische aufgebaut hatten. Einen von ihnen, der mir besonders vertrauenerweckend erschien, sprach ich an. »Ich habe ein paar Golddinare, die ich gegen kleinere Münzen eintauschen möchte«, begann ich. »Kannst du mir helfen?«

»Das kann ich, Herr!«, rief er. »Für einen Dinar aus gutem Gold gebe ich dir fünfzehn Silberdirham, das ist der allgemeine Kurs.«

Ich nahm fünf der wertvollen Münzen aus der Tasche und gab sie ihm. »Von welcher Güte das Gold ist, vermag ich nicht zu sagen, aber ich vertraue dir, denn du siehst aus wie ein ehrlicher Mann.«

»Danke, Herr! Und du siehst aus, als kämst du nicht von hier, wenn du mir die Bemerkung erlaubst.«

Während der Geldwechsler, dessen Name Ahmed war, meine Münzen fachmännisch prüfte, antwortete ich: »Ich bin Cunrad von Malmünd und gehöre der Gesandtschaft an, die der König des Frankenreiches zu Harun al-Raschid, dem großen Kalifen, geschickt hat, und die sich nun auf die Rückreise machen will. Der *hadschib* al-Fadl war so freundlich, die Führer unserer Gruppe mit einigem Geld auszustatten. Von welcher Qualität dieses Gold ist, weiß ich allerdings nicht zu sagen.«

»Ich kann dich beruhigen, Herr! Es ist Gold erster Güte, wie es seit kurzem über die Karawanenstraßen aus dem Sudan herangeschafft wird, damit es in unserer Stadt geprägt werden kann. Du sagst, du gehörst der Gesandtschaft an? Dann dürfte es für dich von Vorteil sein, nicht nur über kleines Geld, sondern auch über den byzantinischen Nomisma zu verfügen. Er ist die einzige Münze, die sowohl im Abendland als auch im Reich Harun al-Raschids, dem Allah ein langes Leben bescheren möge, akzeptiert wird.«

Ich dachte daran, dass unsere Gruppe auf gleichem Weg zurück ins Frankenland wandern wollte, und antwortete: »Wir werden uns nach Süden wenden und durch das Heilige Land reisen, Byzantinische Nomisma brauche ich deshalb nicht. Gib mir für die Golddinare nur die entsprechende Menge an Silberdirham.«

Ahmed zählte die Münzen mit geschickten Fingern ab. »Das wären fünfundsiebzig Silberdirham, Herr. Ziemlich viel Gewicht, das du mit dir herumschleppen müsstest. Wechsle doch nur zwei Dinar ein, und lass dir für die anderen drei einen *schakk* von mir ausstellen.«

»Einen *schakk?*«

»Ein Stück Papier, Herr. Darauf bestätige ich dir mit meiner Unterschrift den Erhalt der Dinare. Wenn du den *schakk* in einer anderen Stadt einem meiner Geschäftspartner gibst, wird er dir dafür wieder die Golddinare auszahlen.«

Ich staunte. »Ein Stück Papier ist so viel wert?«

»Ja, Herr. Der *schakk* ist sehr praktisch, denn für einen Räuber ist er wertlos, für seinen Besitzer jedoch von unschätzbarem Nutzen.«

Mir kam ein Gedanke. »Wie heißt dein Geschäftspartner in Alexandria?«, fragte ich.

»Yildirim, Herr. Er ist ein entfernter Verwandter von mir, der seinen Platz am Hafen von Pharos hat. Wenn du zu ihm gehst und ihm den *schakk* überreichst, wird er dir bare Münze dafür geben.«

»Gut, dann machen wir es so. Stelle mir einen *schakk* über drei Golddinar aus.«

»Gern, Herr.« Ahmed schrieb einen *schakk* auf meinen

Namen aus, setzte seine Unterschrift darunter und reichte ihn mir. »Da du offenbar nach Alexandria reist, Herr, könnte es sein, dass dich dein Weg weiter in die Provinz Ifriqiya führen wird. In diesem Fall wäre es gut, noch mehr Gold in der Tasche zu haben. Die Händler in diesem Landstrich ziehen die Bezahlung mit Edelmetall vor.«

»Sei unbesorgt, ich habe genügend Golddinare.«

»Dann ist es gut, Herr. Erlaube mir, von dem eingewechselten Geld fünf Silberdirham einzubehalten, denn meine Dienste sind nicht umsonst.«

»Selbstverständlich, ich danke dir.«

»Ich danke dir auch, Herr. Allah, der Erbarmer, der Barmherzige, schenke dir eine sichere Reise.«

Ich verließ den hilfsbereiten Ahmed mit dem ersten *schakk* meines Lebens in der Tasche und tauchte in die Gasse der Töpfer ein. Vor Wathiqs Ladengewölbe machte ich halt. Der Junge saß an seiner Töpferscheibe und ließ gerade eine schöne Vase unter seinen geschickten Händen emporwachsen. »*Salam alaikum,* Wathiq«, begrüßte ich ihn.

»*Alaikum,* Hakim!« Wathiq sprang auf. In seinem Gesicht stand ehrliche Freude. »Ich hätte nicht geglaubt, dich jemals wiederzusehen.«

»Das Leben steckt manchmal voller Überraschungen.« Ich überlegte, wie ich das Gespräch beginnen sollte, und sagte: »Ich habe dich gerade bei der Arbeit gesehen. Jetzt glaube ich wirklich, dass alles, was hier steht, von dir gemacht wurde.«

»Danke, Hakim.« Wathiq strahlte.

»Beim letzten Mal brauchte ich keinen Trinkkrug. Würdest du mir heute einen verkaufen?«

»Gern, Hakim, aber zuerst lass mich ein guter Gastgeber sein. Trinkst du einen Becher aufgebrühte Münze mit mir?«

»Das mache ich.« Wir gingen in das halbdunkle Gewölbe,

das Wathiq gleichermaßen als Behausung diente, und alsbald hatte jeder von uns ein dampfendes Getränk vor sich stehen.

»Ein heißer Schluck wärmt das Herz und beschwingt die Rede«, sagte Wathiq eifrig. »Wir können jetzt darüber sprechen, welches meiner Werke du erstehen willst.«

»Einverstanden. Zeige mir deine Schätze.«

Wir tranken jeder noch einen Schluck des heißen Aufgusses, und Wathiq begann, mir seine Ware zu erklären. Er tat es gründlich und mit großer Kenntnis, und am Ende entschied ich mich für den Kauf einer schönen Amphore, um deren bauchige Mitte ein ebenmäßiger Mäander lief. »Wie viel willst du dafür haben?«, fragte ich.

»Drei Silberdirham, Hakim.«

Ich griff in meine Tasche und holte Ahmeds Münzen hervor. »Hier, nimm.«

»Aber Hakim!« Wathiqs Miene verdüsterte sich. »Weißt du denn nicht, dass es gute Sitte ist, beim Kauf zu handeln? Wenn du den Preis einfach bezahlst, gibst du mir das Gefühl, ich hätte zu wenig verlangt und ein schlechtes Geschäft gemacht.«

»Ach ja, verzeih.« Ich musste an Rayhans Ermahnung denken, der mir geraten hatte, zunächst nur die Hälfte des genannten Preises zu bieten. »Ich gebe dir anderthalb Dirham.«

»Das ist zu wenig!« Wathiqs Augen blitzten.

»Aber mehr ist die Amphore nicht wert. Für anderthalb Dirham würde ich bei deinen Kollegen mindestens drei Amphoren bekommen.«

»Vielleicht, aber sie würden nichts taugen und beim ersten Nachtfrost zerbrechen …«

Wir feilschten noch eine Weile weiter und waren fast wieder bei drei Dirham angelangt, als Wathiq plötzlich innehielt, die Amphore ergriff und sie mir mit einer Verbeugung in die Hand drückte. »Sie ist dein, Hakim. Natürlich umsonst. Denn wie könnte ich von einem Mann etwas nehmen, der mich ebenfalls umsonst untersucht hat und der Verkünder einer so guten Nachricht war.«

»Nachricht? Was meinst du damit?«, fragte ich verdutzt.

»Du sagtest mir, die Körnchenkrankheit hätte meine Augen verschont. Wie könnte ich das je vergessen!«

»Ach, richtig.« Ich stellte die Amphore neben mich auf den Boden. Dann trank ich einen weiteren Schluck Minze und suchte nach einer Überleitung zu dem eigentlichen Grund, der mich zu Wathiq geführt hatte. Schließlich sagte ich: »Ich kann meine neue Amphore heute nicht mitnehmen. Es wäre mir angenehm, wenn sie noch zwei oder drei Tage in deinem Laden bleiben könnte.«

»Gern, Hakim, ganz wie du willst.«

»Nun ja.« Ich wog meine Worte sorgfältig ab. »Es gibt da jemanden, der vielleicht ebenso für ein paar Tage in deinem Laden bleiben könnte. Unerkannt, ungesehen. Es handelt sich um einen alten Mann mit seiner Tochter. Der alte Mann hat sich nichts zuschulden kommen lassen, und doch könnte es sein, dass er von der *schurta* des Kalifen verfolgt wird. Er und seine Tochter sind meine Freunde. Würdest du beide für mich verstecken?«

Wathiq riss die Augen auf. »Das ist ein sehr ungewöhnliches Anliegen, Hakim. Und ein sehr gefährliches.«

»Ich weiß. Doch wenn du mir den Gefallen tätest, wäre mir das zehn Golddinar wert.« Ich blickte Wathiq an und erwartete, das Feilschen würde von neuem beginnen, doch zu meiner Überraschung schwieg Wathiq.

»Nun gut, zwölf Golddinar.«

Wathiq schwieg.

»Fünfzehn.«

»Hakim!« Wathiqs Stimme war ein einziger Vorwurf. »Wie kannst du nur glauben, dass man einen Gefallen unter

Freunden erkaufen müsste! Selbstverständlich sind mir der alte Mann und seine Tochter willkommen.« Er sah mich noch einmal strafend an.

Mir fiel ein Stein vom Herzen. »Wirklich?«

»Gewiss.«

»Ich bin dir sehr dankbar. Lass mich dir die Einzelheiten erklären: Es dürfte sich in der Stadt herumgesprochen haben, dass Kalif Harun morgen mit einem Großteil seines Harems nach Khorasan aufbricht, um die dort ausgebrochenen Unruhen niederzuschlagen. Am Abend des darauffolgenden Tages, also übermorgen, wird der alte Mann mit seiner Tochter zu dir kommen, um bei dir Unterschlupf zu finden. Ich weiß, dass du kein Verräter am Salz bist und sie gastlich aufnehmen wirst.«

»Du kannst dich auf mich verlassen, Hakim.«

»Wiederum einen Tag später wird ein ungewöhnlich dicker Mann bei dir erscheinen. Sein Name ist Rayhan. Er ist Eunuch und mein Diener. Er wird die Amphore für mich abholen. Dabei ist zweierlei von größter Wichtigkeit: Erstens, Rayhan darf auf keinen Fall von dem Aufenthalt des alten Mannes und seiner Tochter bei dir wissen, denn er ist ein Plappermaul. Halte beide also gut verborgen. Zweitens, das Abholen der Amphore bedeutet gleichzeitig für dich, dass du dem alten Mann und seiner Tochter sagst, sie sollen am darauffolgenden Vormittag um die zweite Tagesstunde auf den großen Platz, der vor dem Palast liegt, kommen. Hast du das so weit verstanden?«

»Ja, Hakim.« Wathiqs Wangen glühten.

Zur Sicherheit wiederholte ich alles noch einmal. Dann stand ich auf und legte Wathiq die Hand auf die Schulter. »Du bist nicht nur ein guter Töpfer, sondern auch ein guter Freund. Ich danke dir.«

»Du kannst dich auf mich verlassen, Hakim.«

»Ich weiß. Es fällt mir schwer, zu gehen, denn wir werden

uns nicht wiedersehen. Ich wünsche dir ein schönes Leben, möge Gott seine schützende Hand über dich halten.«

»Allah, der Allmächtige, der Allwissende, möge das Gleiche bei dir tun, Hakim!«

Auf dem Weg zurück zu meinem Löwenkopf-Haus hatte ich den Kopf voller widerstreitender Gefühle, denn einerseits neigte sich mein Aufenthalt in Bagdad dem Ende zu, was mich mit Wehmut erfüllte, andererseits blickte ich mit froher Erwartung in die Zukunft. Auch später am Abend, als Rayhan mir wie immer köstliche Speisen vorsetzen ließ und die kundigen Hände meiner schönen Sklavinnen mich pflegten, hielt meine Nachdenklichkeit an.

Würden meine Wünsche und Pläne in Erfüllung gehen?

Die Stadt summte wie ein Bienenkorb, als sich gegen Mittag des nächsten Tages die Palasttore öffneten und die Mitglieder von Haruns Harem in langer Reihe dem Khorasan-Tor entgegenstrebten. Wer unter den Beobachtern war – und dazu zählte auch ich, unauffällig in einer Seitengasse stehend –, fühlte sich an einen Heerwurm erinnert. Nur dass Haruns Zug bunter, lauter und weniger geordnet war. Die Spitze bildete eine Gruppe von Musikern mit Hörnern, Zimbeln, Flöten und Trommeln. Sie entlockten ihren Instrumenten schrille, fremdartige Töne, die ganz anders klangen als die sanften Melodien, die meine Sklavinnen mir des Abends zur Entspannung vorspielten.

Danach kam eine Hundertschaft aus Haruns Leibgarde, in Fünferreihen marschierend, bis an die Zähne bewaffnet.

Es folgte der große Kalif selbst, hoch zu Ross, in einem juwelenbesetzten Sattel. Er trug am ganzen Körper Schwarz, die Farbe der Abbasiden – von der hohen *qalansuwa* auf dem Kopf über die kostbare *qaba* bis hin zu den Schuhen aus weichem Antilopenleder. Sein Gesichtsausdruck war stolz und unnahbar zugleich. Er schien die Menge, die ihm diesseits und jenseits der Straße zujubelte, nicht wahrzunehmen.

Hinter ihm, in gebührendem Abstand, reiste Zubaida in einer Kamelsänfte. Ihr Aufzug war ebenso prunkvoll wie das ihres Gemahls, ja, womöglich noch beeindruckender, da ihre Kleidung in allen Spielarten des Sommers leuchtete.

Nach ihr kam Yahya, der alte Wesir, dem ich anzusehen glaubte, dass er die beschwerliche Reise nur ungern antrat.

Ihm schlossen sich die vielen anderen Frauen Haruns an, seine Konkubinen und Sklavinnen, alle auf das prächtigste gekleidet, auf Kamelen oder Pferden reitend.

Dahinter erschienen Schreiber, Sekretäre, Astrologen, Poeten, Sänger und Tänzer.

Danach folgten Handwerker und andere Bedienstete, Schmiede, Schneider, Sattler, Knechte, sodann die Gruppe der Köche, dann die Diener und Eunuchen, zu Fuß gehend und zahllose schwere, von geschmückten Ochsen gezogene Wagen begleitend, auf denen alles transportiert wurde, was zum aufwendigen Leben eines Hofstaates gehörte …

Ein scheinbar endloser Zug, dessen Schluss abermals eine Abteilung von Haruns Leibgarde bildete.

Ich schaute dem absonderlichen Tross nach, der langsam in einer großen Staubwolke verschwand, und während ich schaute, wurde mir mit einem Schlag etwas klar, das mich mit grenzenloser Erleichterung erfüllte: Aurona war nicht dabei gewesen.

Der erste Teil meines Plans war aufgegangen.

Am Morgen des nächsten Tages hatte ich es eilig, Lantfrid und Sigimund einen Besuch in ihrer Unterkunft abzustatten. Doch als ich dort ankam – sie wohnten im Pferdekopf-Haus –, erfuhr ich, sie seien an ihrem Lieblingsort, der von blühenden Kameliensträuchern umgebenen Laube, anzutreffen.

Als ich sie dort begrüßte, stellte ich fest, dass sich auch Isaak, unser Dolmetscher, zu ihnen gesellt hatte. »Gut, dass ich euch zusammen antreffe«, sagte ich, nachdem ich einen guten Morgen gewünscht hatte, »ich habe wichtige Neuigkeiten.«

»Die haben wir auch«, antwortete Sigimund. »Sie sind nicht so gut wie erhofft, aber vielleicht auch nicht so schlecht, dass sie nicht einen guten Tropfen wert wären.« Er winkte einen Diener herbei, der mir einen mit Wein gefüllten Kelch reichte.

»Wein so früh am Tag?«, fragte ich.

»Setz dich«, befahl Lantfrid.

Ich gehorchte.

Isaak sagte: »Ihr Christen mögt Wein trinken, ich trinke Honigwasser, denn es ist koscher.«

»Um was geht es eigentlich?«, fragte ich.

»Wir haben die Verträge von Harun bekommen«, erklärte Sigimund.

Lantfrid ergänzte: »Harun hat sie uns gestern vor seiner Abreise durch diesen Israfil, der sich als rechte Hand al-Fadls bezeichnet, überbringen lassen. Seitdem rätseln wir, ob sie unsere Mission zu einem Erfolg machen werden oder nicht.«

»Ich wollte mich gerade erkundigen, ob man sie euch schon ausgehändigt hat«, sagte ich. »Ich wurde zu einem Krankheitsfall im Harem gerufen, und in diesem Zusammenhang eröffnete mir der Kalif, er wolle sie ausfertigen und euch übergeben lassen. Aber das habe ich Lantfrid ja schon geschrieben.«

»Stimmt«, sagte Lantfrid.

Sigimund trank einen Schluck Wein und unterdrückte ein Rülpsen. »Willst du sie mal sehen?«

»Gern.« Ich nahm zwei Rollen aus schwerem Papier entgegen und breitete sie auf dem Tisch vor mir aus. Die Verträge waren doppelt ausgefertigt, jeweils in arabischer und lateinischer Sprache, und von Kalif Harun kunstvoll kalligrafisch unterzeichnet. Ich nahm mir Zeit und las die lateinischen Texte sorgfältig durch. Dann gab ich sie zurück.

»Und? Was sagst du?«, fragte Lantfrid.

»Wenn ich es richtig sehe«, antwortete ich, »ist im ersten Vertrag festgehalten, dass Harun al-Raschid, der große *amir al-mu'minin,* unserem König Karl das heilige Grab Jesu in Jerusalem mit der dazugehörigen Grabeskirche schenkt. Der zweite Vertrag berechtigt unseren König, die christlichen Einrichtungen Jerusalems schützen zu dürfen. Damit ist vermutlich die Grabeskirche gemeint, aber auch die Kirche Unserer Lieben Frauen vom Kalvarienberg, ferner die Basilika, die Kaiser Konstantins Mutter Helena erbauen ließ, sowie der Ölberg mit der Himmelfahrtskirche, die man über jener Stelle errichtete, von der aus Christus in den Himmel fuhr.«

»So haben wir das auch verstanden«, sagte Isaak.

»Das ist ja alles schön und gut«, rief Sigimund, »aber was heißt das denn? Darf unser König hinkünftig Krieger nach Jerusalem zum Schutz der heiligen Stätten entsenden?«

»Davon steht da nichts«, sagte Lantfrid.

»Was fraglos beabsichtigt ist«, fügte Isaak hinzu.

»Ich verstehe das so, dass unser König berechtigt ist, Geldmittel zur Verfügung zu stellen, um den Schutz zu ermöglichen«, sagte ich.

»So lese ich es auch.« Lantfrid nickte. »Das Ergebnis ist zufriedenstellend, wenn man bedenkt, welche Zustände in Jerusalem herrschten. Ich erinnere nur an die achtzehn ermordeten Mönche im vorletzten Jahr.«

»Sicher, sicher.« Sigimund trank einen weiteren Schluck Wein. »Und was hat es mit dem ›Geschenk‹ des heiligen

Grabes auf sich? Was nützt unserem König ein Geschenk, auf das er keinen Zugriff hat?«

»Wenn die Grabeskirche mit dem heiligen Grab ein Geschenk an unseren König ist, steht sie von nun an auf fränkischem Boden. Sie ist gewissermaßen eine Enklave der Christenheit im Land der Ungläubigen«, erklärte ich.

»Das stimmt«, bestätigte Lantfrid. »Bei näherer Betrachtung ist das vielleicht mehr, als wir erwarten durften.«

Sigimund stürzte den Rest seines Weines hinunter. Der Alkohol am frühen Morgen zeigte bereits Wirkung bei ihm. »Und was ist mit dem Wunsch unseres Königs, in al-Andalus für Recht und Ordnung zu sorgen? Was ist mit seinem Vorschlag, von der dortigen Bevölkerung Gehorsam einfordern zu können? Darauf wurde in den Verträgen mit keinem Wort eingegangen!«

»Was zweifellos Absicht ist«, sagte Isaak und nippte an seinem Honigwasser.

»Wir sollten nicht undankbar für das Erreichte sein«, beschwichtigte ich. »Vielleicht hat Kalif Harun noch ganz andere Geschenke für unseren König vorgesehen?«

Sigimund lachte höhnisch. »Was könnten das schon für Gaben sein? Vielleicht das Blutleder seines barbarischen Schwertträgers, auf das die abgetrennten Köpfe von Sklaven herabfallen?«

Ich zuckte mit den Schultern. »Ich weiß es nicht. Aber ich schlage vor, den heutigen und morgigen Tag zu nutzen, um alles für unsere Rückreise vorzubereiten.«

»Das hört sich vernünftig an«, stimmte Lantfrid zu. »Angesichts der Tatsache, dass wir die Texte der Verträge ohnehin nicht ändern können, sollten wir an unseren Aufbruch denken.«

»Ich schlage außerdem vor«, fuhr ich fort, »dass wir uns übermorgen um die zweite Tagesstunde auf dem großen Platz vor dem Palast sammeln und von dort den Rückmarsch in die Heimat antreten. Wenn ihr einverstanden seid, werde ich al-Fadl diese Absicht wissen lassen.«

Dagegen wurden keine Einwände erhoben, selbst von Sigimund nicht.

Der zweite Teil meines Plans war aufgegangen.

Gegen Mittag zog ich wieder einmal heimlich meine Kleidung als Gartenarbeiter an und machte mich auf zum anderen Ende der Stadt, wo der Friedhof Rusafa lag. Er war die letzte Ruhestätte für viele vornehme Bagdader Familienmitglieder.

Wenn alles gutgegangen war, hatte Dschibril am gestrigen Nachmittag dafür gesorgt, dass Aurona »starb«. Er konnte dies umso leichter vortäuschen, als sie augenscheinlich an dem hochansteckenden Sumpffieber gelitten hatte und niemand sich in ihrer Nähe aufzuhalten wagte.

Ein weiterer Vorteil bestand darin, dass Aurona vor einiger Zeit zum Islam konvertiert war. Als Muselmanin musste ihr Leichnam – so schrieb es der Koran vor – bereits am Folgetag beerdigt werden, und zwar ohne dass ihr Körper zuvor geöffnet oder untersucht werden durfte.

Außerdem sollte Dschibril dafür gesorgt haben, dass der bereitgestellte Sarg mit Steinen gefüllt und anschließend versiegelt wurde, ebenfalls wegen der Ansteckungsgefahr.

Der Sarg mit den Steinen – würde er heute wirklich zu Grabe getragen werden? Ich nahm eine Gartenschere und tat so, als würde ich eine Buchsbaumhecke stutzen, während ich das Gelände des Friedhofs aus den Augenwinkeln beobachtete. In einiger Entfernung entdeckte ich eine Grube, neben der ein frischer Kranz aus weißen Calla-Lilien lag. War das die Grube für den Sarg? Wo blieb der Sarg?

Ich schnitt weiter und fühlte mich, als stünde ich auf glühenden Kohlen. Gewiss gab es andere Friedhofsbedienstete, denen früher oder später auffallen würde, dass ich an einer makellos gestutzten Hecke herumwerkelte. Wo blieb der Sarg?

Da! Endlich näherte sich vom Rand des Geländes eine kleine Prozession, angeführt von einem alten Imam, der einen Koran, das heilige Buch des Islam, in der Hand hielt und daraus mit lauter Stimme die Eröffnungssure verlas: *»Im Namen Allahs, des Gnädigen und Barmherzigen. Lob sei Allah, dem Herrn der Welten, dem Barmherzigen und Gnädigen, der am Tag des Gerichts regiert! Dir dienen wir, und Dich bitten wir um Hilfe …«*

Hinter dem Imam gingen einige wenige Menschen, dem Aussehen nach Eunuchen, dazu vermutlich ein paar rangniedere Konkubinen und in ihrer Mitte sechs kräftige Sargträger, den versiegelten hölzernen Kasten auf der Schulter. Ein Schauer lief mir über den Rücken, als ich mir vorstellte, Aurona würde wirklich darin liegen.

Ich hatte genug gesehen. Mit möglichst ruhigen Bewegungen verstaute ich meine Schere, tat so, als würde ich mein Werk abschließend bewundern, und trat den Rückweg an.

Den Nachmittag und Abend vertrieb ich mir in der Stadt. Ich aß eine Kleinigkeit in einer Garküche und registrierte kaum, was ich hinunterschlang, denn meine Gedanken waren ausschließlich bei Aurona und Dschibril. Den Sarg auf dem Friedhof Rusafa hatte ich zwar gesehen, aber das musste nicht unbedingt bedeuten, dass beiden die Flucht aus dem Harem gelungen war.

Als die Dämmerung hereinbrach, glaubte ich, es sei Zeit, in die Gasse der Töpfer zu gehen. Da ich schon ein paarmal in der Gegend gewesen war, trug ich zur Tarnung noch immer meine Gärtnerkleidung. Ich schlenderte an den Waren der einzelnen Händler vorbei und achtete darauf, von niemandem angesprochen zu werden. In sicherer Entfernung zu Wathiqs Ladengewölbe blieb ich stehen. Wathiq war zwar mein Verbündeter, aber ich wollte trotzdem nicht, dass er mich erkannte. Je weniger mein junger Freund wusste, desto besser war es.

An einem Eckstein hockte ich mich nieder und tat so, als schliefe ich, denn Schlafende ließ man, sofern sie nicht im Weg lagen, gemeinhin in Ruhe. In Wahrheit jedoch hatte ich ein scharfes Auge auf Wathiqs Behausung. Seine Waren standen wie immer an der Straße, nur er selbst war nicht zu sehen. Wahrscheinlich hielt er sich im Inneren des Gebäudes auf und saß an seiner Töpferscheibe.

Während die Menschen an mir vorbeihasteten, feilschten, schrien, lachten oder schimpften, fasste ich mich in Geduld. Doch worauf wartete ich eigentlich? Aurona und Dschibril konnten nicht in ihrem gewöhnlichen Aufzug durch die Straßen gehen, denn die Gefahr, dass zumindest Dschibril von irgendjemandem erkannt wurde, war viel zu groß.

Aber wie waren die beiden gekleidet? War es das Paar da drüben, das schwere Reisigbündel auf dem Rücken trug? Oder die zwei Gestalten mir gegenüber, die heftig um einen Geldbetrag stritten? Oder jene dort, die einen Esel mit sich führten, der hochbeladen mit billiger Marketenderware war?

Nein, nein, nein.

Oder doch?

Ich starrte mir die Augen aus den Höhlen und wurde nicht klüger. Wo blieben die beiden nur?

Abermals schweifte mein Blick über die Straße. Das Paar mit den Reisigbündeln war verschwunden. War es unbemerkt in Wathiqs Ladengewölbe geschlüpft? Ich durfte die Menschen um mich herum keinen Moment unbeobachtet lassen! Ich starrte, bis mir die Augen tränten.

Wer nicht kam, waren Aurona und Dschibril.

Wo blieben sie nur? Ich hatte alles so schön eingefädelt, es musste doch gelingen!

Schließlich, ich vermutete, es ging schon auf Mitternacht, verließ ich verzweifelt meinen Posten. Wenn Aurona und Dschibril den Weg zu Wathiq nicht gefunden hatten, konnte es nur einen Grund dafür geben: Sie waren bei ihrer Flucht aus dem Harem ertappt worden und danach …

Ich zwang mich, den Gedanken nicht zu Ende zu denken. Immerhin bestand noch die Möglichkeit, dass beide schon vor mir bei Wathiq eingetroffen waren. Auch war es denkbar, dass sie noch später, gegen Morgen, kommen würden. Allerdings konnte ich daran nicht glauben, und darauf warten konnte ich auch nicht, denn die Häscher der *schurta* waren schon zwei Mal auf ihrem abendlichen Streifengang an mir vorübergelaufen, und ich war ganz sicher, dass sie mich mehr als argwöhnisch gemustert hatten.

Der dritte Teil meines Plans war nicht aufgegangen.

Die verbliebenen Stunden in der Nacht warf ich mich unruhig auf meinem Lager hin und her. An Schlaf war nicht zu denken. Immer wieder fragte ich mich, ob ich etwas falsch gemacht hatte, immer wieder grübelte ich, wie ich den dritten Teil meines Plans noch zu einem Erfolg machen könnte. Aber mir fiel nichts ein. Am Ende kam ich zu dem Schluss, dass mir nur die Hoffnung blieb.

Sowie das erste Tageslicht anbrach, stand ich auf, kleidete mich ohne die Hilfe meiner Sklavinnen an und rief nach Rayhan.

»Hakim«, schnaufte mein dicker Diener, »willst du es den Hühnern in der Stadt gleichtun? So früh steht außer ihnen niemand auf. Ich habe noch nicht einmal die Morgenmahlzeit zubereiten lassen. Warte …«

»Nicht nötig«, unterbrach ich ihn, »das können die Bediensteten auch ohne dich. Ich muss dich nochmals bitten, für mich einen Botengang – oder sagen wir besser: eine Besorgung – zu erledigen.«

»Botengang, Besorgung?« Rayhan schnaufte. »Sag lieber gleich, dass du mich missbrauchen willst, Hakim! Es kommt nicht auf das Wort an, sondern auf die Bedeutung, die dahintersteckt.«

»Da hast du zweifellos recht. Ich wollte dich nur nicht in deinem Stolz verletzen. Gehe trotzdem in die Gasse der Töpfer. Dort hat ein Junge namens Wathiq seinen Laden. Bei ihm sollst du eine Amphore für mich abholen.«

»Aber Hakim, sieh dir bloß meine Füße an!« Rayhan deutete vorwurfsvoll auf seine Zehen, die wie dicke weiße Engerlinge unter seinem Gewand hervorlugten. »Sie sind das Laufen nicht gewohnt. Kannst du nicht jemand anderen schicken, jemanden, dem die Schritte leichter fallen?«

»Das könnte ich, aber es gibt niemanden, dem ich so sehr vertraue wie dir.« Bei diesen Worten kam ich mir ein wenig heuchlerisch vor, aber es war mir wichtig, Rayhan zu beauftragen. Auf ihn war unbedingter Verlass. »Die Amphore ist ein Geschenk von Wathiq für mich. Mir liegt sehr viel daran, dass sie unversehrt in meine Hände gelangt. Also gehe jetzt gleich.«

Rayhan seufzte. »Die Prüfungen Allahs sind mannigfaltig. Soll ich diesem Wathiq etwas ausrichten, Hakim?«

»Nein, grüße ihn nur von mir und sage ihm nochmals meinen Dank für das schöne Stück.« Ich hielt inne, denn mir war noch etwas anderes eingefallen: »Nachdem du bei Wathiq warst, lenke deine Schritte zu al-Fadl, dem *hadschib,* und unterrichte ihn über den Zeitpunkt meiner Abreise. Es ist zwar möglich, dass er ihn bereits kennt, aber ich möchte sichergehen. In jedem Fall bricht die Gesandtschaft morgen zur zweiten Tagesstunde am großen Palasttor auf, um den Rückmarsch ins Reich der Franken anzutreten.«

»Was?« Mein dicker Diener wirkte so bestürzt, dass ich fast lachen musste. »Du reist ab? So plötzlich? Davon wusste ich ja gar nichts!«

»Nun weißt du es«, sagte ich leichthin, »irgendwann musste es ja so weit sein.« In Wahrheit allerdings hatte ich ein schlechtes Gewissen, denn obwohl Rayhan durchaus seine Fehler und Schwächen hatte, war er doch ein treuer Domestik, der es verdient gehabt hätte, früher unterrichtet zu werden. »Nun mach dich auf den Weg.«

Ich höre und gehorche.« Immer noch ein wenig beleidigt, schickte Rayhan sich an, meinen Befehl auszuführen.

Danach suchte ich die Unterkünfte unserer Soldaten und Knechte auf. Ich nahm Garlef und Sigerik beiseite und fragte sie: »Wie steht es mit den Vorbereitungen für unsere morgige Abreise?«

»Sie laufen«, antwortete Garlef in der ihm eigenen, kurzangebundenen Art.

»Und wie steht es mit den Vorräten? Wird der Palast uns genügend zur Verfügung stellen?«

»Man hat es uns zugesichert. Ob sie ausreichen werden, wissen wir nicht.« Sigerik zuckte mit den Schultern.

Ich überlegte. »Nun, für die ersten Tage werden sie gewiss reichen. Danach dürften sich Mittel und Wege finden, weitere hinzuzukaufen.«

Garlef und Sigerik brummten irgendetwas und entfernten sich.

Die Pferdeknechte, zu denen ich anschließend ging, waren gesprächiger. Sie erzählten mir nicht ohne Stolz, dass alle Tiere, auch Lantfrids und Sigimunds Reitkamele, in guter Verfassung seien.

Abbo, der junge Soldat, der mir bei der Behandlung der Kampfhunde geholfen hatte, kam hinzu und sagte: »Das gilt ebenso für den Esel, Herr, der dich durch so viele Länder hierhergetragen hat. Doch vielleicht willst du auf der Rückreise ebenso erhöht sitzen wie unsere beiden Handelsherren?«

Ich wehrte ab. »Der Esel hat mir auf der Hinreise gute Dienste geleistet, er wird mich genauso gut nach Hause tragen.«

»Wie du meinst, Herr.«

Ich gab dem Grautier einen freundschaftlichen Klaps auf die Kruppe und schlug den Weg zu meinem Löwenkopf-Haus ein. Anders als gewohnt empfing mich Rayhan nicht mit den üblichen Vorwürfen, die stets darin mündeten, ich sei zu spät zum Essen gekommen. Stattdessen sagte er mit zitternder Stimme: »Ich habe viel geweint und es mir nicht leichtgemacht, Hakim, aber nun steht es fest: Ich werde dich auf deiner Reise ins Barbarenland begleiten.«

Erst jetzt fiel mir auf, dass mein dicker Diener eine Reise-*durra'a* aus derbem Leinen übergestreift hatte und ein Bündel mit seinen Habseligkeiten auf dem Rücken trug. »Was sagst du da?«, fragte ich überrascht.

»Hakim, es ist ganz zweifellos so, dass du ohne fremde Hilfe nicht zurechtkommst. Du brauchst jemanden, der dafür sorgt, dass du regelmäßig isst, genügend Schlaf findest und gesalbt und massiert wirst, nachdem du dein tägliches Bad genommen hast. Außerdem musst du standesgemäß reisen. Ich habe deshalb veranlasst, dass deine Sänfte bereitsteht.«

Trotz der vielen Dinge, die mir im Kopf herumgingen, musste ich schmunzeln. »Und du? Wie willst du reisen?«

»Ich werde an deiner Seite sein.«

»Dann wirst du viel marschieren müssen.«

Rayhan schluckte. »Wenn Allah will, werde ich marschieren.«

»Du wirst durch sengende Sonne ziehen und durch ausgetrocknete Flusstäler, durch strömenden Regen und heulenden Sturm, du wirst scharfe Klippen erklimmen und steile Berge überwinden müssen …«

»Hakim, übertreibst du da nicht ein wenig?«

»Keineswegs, dir wird die Zunge vor Durst am Gaumen kleben und der Magen vor Hunger knurren. Du wirst durch Eis und Schnee stapfen müssen, und deine Lippen werden vor Kälte blau anlaufen. Du wirst überfallen werden, du wirst um dein Leben kämpfen müssen …«

»Hakim, bitte!«

»Du wirst krank werden, du wirst mit ansehen müssen, wie andere sterben, du wirst manches Mal so schwach sein, dass dir der Tod wie eine Erlösung vorkommen wird. Das und vieles mehr wird auf dich zukommen. Willst du mich noch immer begleiten?«

Während meiner Aufzählung hatten sich dicke Schweißtropfen auf Rayhans Stirn gebildet. Er schnaufte. »Wenn ich es recht bedenke, Hakim, bin ich dein treuer Diener. Aber ich muss auch ein treuer Diener Allahs sein. Und Allah hat mir meinen Platz in diesem Haus zugewiesen. Meinst du nicht auch?«

»Das meine ich auch«, sagte ich. »Bleibe nur hier. Du hast immer gut für mich gesorgt, auch wenn du es manchmal fast zu gut mit mir meintest.«

»Sprichst du von Siham, Hakim, der schönen Nubierin, die das Lager nicht mit dir teilen durfte?«

»Ja, sie war nicht für mich bestimmt.«

»So sehe ich es heute auch.« Rayhan nickte bekümmert. »Aber Allah, der Erbarmer, der Barmherzige, hat in seiner Gnade dafür gesorgt, dass du die kleine Hitzige kennenlerntest. Wird sie dich auf der Rückreise ins Frankenland begleiten? Du liebst sie sehr, Hakim, ist es nicht so?«

»Ja, ich liebe sie sehr«, sagte ich und dachte an Aurona.

Ich hatte alles getan, um ihr die Flucht zu ermöglichen, trotzdem schien mein Plan gescheitert zu sein. Was war mit meiner stolzen Langobardin geschehen? Was war aus Dschibril geworden? Ich wusste es nicht. Das Einzige, was mir blieb, war die Hoffnung.

»Hakim, warum schaust du auf einmal so traurig drein? Ist es, weil du uns morgen verlassen musst?«

»So ist es«, murmelte ich. »Gute Nacht, Rayhan. Lege mir meine fränkischen Kleider heraus, denn ich will sie ab morgen wieder tragen.«

»Ich höre und gehorche, Hakim.«

Im ersten Dämmerlicht des nächsten Tages, man schrieb den siebzehnten August, stand ich leise auf und kleidete mich an. Ich ergriff meinen Holzkasten mit den Instrumenten und hängte mir das Bündel mit den Kräutern über die Schulter. Dann ging ich aus dem Haus. Ich tat es, ohne Rayhan und meinen Sklavinnen Lebewohl zu sagen, denn der Abschied fiel mir auch so schon schwer genug. Sie alle waren mir in der Vergangenheit ans Herz gewachsen, mehr, als ich für möglich gehalten hätte.

Ein letzter Blick galt dem Löwenkopf über dem Eingang, der seltsam vertraut und doch schon fremd auf mich herabsah, während ich das Palastgelände verließ und der Stadt entgegenschritt.

Der große Platz, auf dem unsere Gesandtschaft sich zur zweiten Tagesstunde treffen sollte, war noch wie leergefegt, kein Mensch ließ sich blicken. Ich lenkte meine Schritte in eine der kleinen Seitengassen, wo sich bereits mehr Leben regte. Bei einem alten Mann, der eine Garküche betrieb, kaufte ich mir ein karges Morgenmahl. Es bestand aus ein paar mit Minze gewürzten Reisbällchen. Ich fragte den Alten, was es Neues gäbe, und er antwortete, die fränkische

Gesandtschaft wolle heute aufbrechen, um in ihre Heimat zurückzukehren.

Das war mir schon bekannt. Ich verließ den Alten und aß meine Reisbällchen im Gehen, während die Stadt allmählich erwachte und ihre Betriebsamkeit immer mehr zunahm. Ich streifte ziellos umher und versuchte, mir die tausendfachen Bilder aus Häusern, Gassen und schmalen Kanälen ein letztes Mal einzuprägen, denn ich wusste, ich würde niemals wiederkehren.

Wie lange ich ging, weiß ich nicht mehr, doch unversehens wurde ich von einem Strom fröhlicher Menschen mitgerissen, die offenbar nur ein Ziel hatten: Es war der große Platz vor dem Palast.

Ich erkannte, dass die Menschen beim Aufbruch unserer Gesandtschaft dabei sein wollten, uns zuwinken wollten, wenn wir zum Syrischen Tor marschierten, um dort die Stadt zu verlassen. Waren wir so berühmt geworden? Oder gab es einen anderen Grund für das Erscheinen der Menge?

Während ich mich das fragte, ergriff jemand plötzlich meinen Arm und zog mich durch die von der Palastgarde gebildete Absperrung. Es war Abbo. »Herr«, rief er, »wir haben schon nach dir Ausschau gehalten! Alles ist bereit, wir können sofort aufbrechen.«

Ich blickte mich um und sah, dass Abbo recht hatte. An der Spitze unseres Zuges saßen Lantfrid und Sigimund auf ihren Reitkamelen, dahinter, auf seinem Esel, Isaak. Neben ihm stand ein weiteres Grautier, allerdings ohne Reiter. Es war das meine, das auf mich wartete. Dahinter schlossen sich die Ochsenkarren mit unseren Vorräten und Gerätschaften an sowie die Knechte, die Soldaten, die Reit- und die Packtiere. Alle Männer hatten ihre besten Gewänder angelegt und boten einen Anblick, der mich mit Stolz erfüllte.

»Sitz auf, wir reiten!«, rief Lantfrid mir zu. »Wo hast du nur die ganze Zeit gesteckt?«

Bevor ich antworten konnte, ging ein Raunen durch die Menge, dessen Ursache mir zunächst nicht klar war. Dann erkannte ich den Grund und staunte nicht minder: Durch das riesige Palasttor wurde ein Gegenstand getragen, wie ich ihn nie zuvor gesehen hatte. Es handelte sich um ein rundes bronzenes Becken, im Durchmesser so breit wie ein ausgewachsener Mann groß, und dieses Becken funkelte wie ein Diamant in der Morgensonne. Geschultert wurde es von sechs starken Eunuchen. Hinter ihnen kamen weitere Männer, die zwölf kindskopfgroße Kugeln trugen, und danach wiederum folgten Träger, die zwölf kleine metallene Reiterfiguren herbeischafften.

Was hatte das Ganze zu bedeuten?

Das Becken, die Kugeln und die Reiterfiguren wurden im Halbkreis vor unserer Gruppe abgelegt, und die Eunuchen verschwanden.

Danach wurden goldene Krüge und Kannen herbeigetragen, ferner mannshohe Vasen aus Cathai, kunstvoll kobaltblau bemalt, aus einem Material, das Porzellan genannt wurde und kostbarer sein sollte als Gold. Auch diese Gegenstände wurden im Halbkreis vor uns abgelegt.

Dann, wir waren kaum aus dem Staunen herausgekommen, erschallte ein gewaltiger Trompetenstoß, und durch das Palasttor schritt langsam und majestätisch Abul, der riesige Elefant. Er war auf das prächtigste geschmückt, trug eine purpurrote, mit Goldfäden durchwirkte Decke auf seinem gewaltigen Rücken und goldene Kappen an den Enden seiner Stoßzähne. Auf ihm saß in stolzer Haltung Dantapuri, der Mahut, dessen Augenstein im Sonnenlicht funkelte. Auf ein Zeichen Dantapuris hin blieb Abul stehen, gab einen prustenden Laut von sich und schlenkerte gelangweilt mit dem Rüssel.

Zwei Reiter folgten Abul und Dantapuri, von denen ich den einen sofort erkannte. Es war al-Fadl, der wie bei unserer ersten Begegnung ein meergrünes Gewand und einen gleichfarbigen Turban angelegt hatte. Den anderen Mann kannte ich nicht. Er war jung an Jahren und kostbar, jedoch zu bunt gekleidet. Besonders auffällig aber war der hochmütige Gesichtsausdruck, den er zur Schau trug.

»Harun al-Raschid, der rechtmäßige Nachfolger des Gesandten Allahs, der Imam aller Muselmanen und große *amir al-mu'minin,* entbietet euch seinen Gruß«, hob al-Fadl an. »Er bedauert, dass er bei eurer Verabschiedung nicht persönlich anwesend sein kann, denn unaufschiebbare Geschäfte zwangen ihn, die Stadt zu verlassen. Doch zum Zeichen seiner besonderen Wertschätzung hat er befohlen, dass euch einer seiner engsten Vertrauten, der edle Yussuf ibn Abd al-Quddus, begleiten soll.«

Der hochmütige junge Mann neben al-Fadl nickte kurz.

Lantfrid antwortete mit Isaaks Hilfe: »Er ist uns als Reisegefährte willkommen. Sicher werden uns sein Wissen und seine Erfahrung sehr nützen.«

»Das ist richtig, wenn auch in einem anderen Sinn, als du vielleicht glaubst.« Al-Fadl gestattete sich ein Lächeln. »Denn alles, was vor dir und deinen Gefährten ausgebreitet wurde, sind Geschenke des großen *amir al-mu'minin.* Die Krüge, Kannen, Vasen und die bronzene Wasseruhr mit ihren Figuren bedürfen der regelmäßigen Wartung und Pflege. Deshalb wird der edle Yussuf ibn Abd al-Quddus euch als eigens ernannter ›Bewahrer der Geschenke‹ begleiten.«

»Als Bewahrer der Geschenke?«, fragte Sigimund, denn von einem solchen Titel hatte er niemals zuvor gehört.

»So ist es.« Al-Fadl nickte würdevoll. »Für die Pflege und Fütterung des Elefanten ist allerdings der Mahut Dantapuri zuständig.«

»Heißt das etwa …?«, fragte Lantfrid entgeistert.

Wie ihm erging es uns allen. Hatten wir richtig verstanden? Ein Elefant war von Kalif Harun als Geschenk für König Karl ausersehen und sollte uns auf unserer Reise begleiten? Während ich mich das fragte, entstand eine Unruhe hinter der Absperrung durch die Palastgarde. Ein Junge winkte mir zu. Es war Wathiq.

Wathiq? Er musste etwas über Aurona und Dschibril wissen! Beide sollten sich, so war es abgesprochen, unauffällig gekleidet unter die Menge mischen und unsere Gesandtschaft wie selbstverständlich bis vor die Stadt begleiten. Alles Weitere, so hatte ich gehofft, würde sich dann finden. Ich hatte mir die Augen aus dem Kopf geguckt, sie aber nirgendwo auf dem Platz entdecken können. Gab es jetzt Hoffnung? Sollte der dritte Teil meines Plans doch noch aufgehen?

Rasch trat ich auf Wathiq zu und fragte so leise, dass niemand außer ihm es hören konnte: »Ich hatte dir von einem alten Mann und seiner Tochter erzählt. Weißt du, wo sie sind?«

»Nein, Hakim. Das ist auch der Grund, warum ich dich noch einmal sehen wollte.«

»Ja, und?«

»Sie sind nicht in mein Haus gekommen.«

»Nicht gekommen?« Es war mir, als würde mir jemand den Boden unter den Füßen wegziehen.

»Was ist mit dir, Hakim?«

»Nichts, nichts«, murmelte ich. »Es ist nicht so wichtig. Gehe jetzt, denn auch ich muss gehen.«

Oh, Tariq, mein großherziger Gastgeber, wie sagt ein arabisches Sprichwort? Der erste Schritt eines tausend Meilen langen Marsches ist der wichtigste. Doch wenn ich gewusst hätte, was unserer Gesandtschaft mit dem riesigen Rüsseltier alles widerfahren würde, hätte ich die Reise wohl kaum angetreten. Dies umso mehr, als ich an jenem siebzehnten August glaubte, Aurona und Dschibril niemals wiederzusehen.

Morgen will ich dir erzählen, wie die lange Reise ins Frankenland sich anließ, wie wir auf der *Strata diocletiana*, der alten Römerstraße, entlangmarschierten, bis wir zu der Wüstenstadt Tadmur kamen, wo ich vor dem Baal-Schamin-Tempel auf Faustus, unseren Prediger, stieß.

Danach widerfuhr uns etwas, das mit der Hölle begann und im Himmel endete. Zumindest für mich. Doch ich will nicht vorgreifen. Denn der Bogen meiner Erzählung soll gespannt bleiben.

Du deutest auf das Schlafgemach neben diesem Raum? Heute bin ich müde und erschöpft genug, um dein freundliches Angebot anzunehmen. Ich will mich in deinem Haus zur Nachtruhe legen. Das Erzählen ist eine Übung, die einem alten Mann viel Kraft abverlangt, und der Weg zur Pharos-Insel, auf der ich bislang nächtigte, kommt mir jeden Abend länger vor. Ich danke dir. Wie immer auch für die köstlichen Speisen, die mir beim Berichten eine gute Stärkung waren.

Ich wünsche dir eine gute Nacht. Allah sei mit dir – und Gott befohlen!

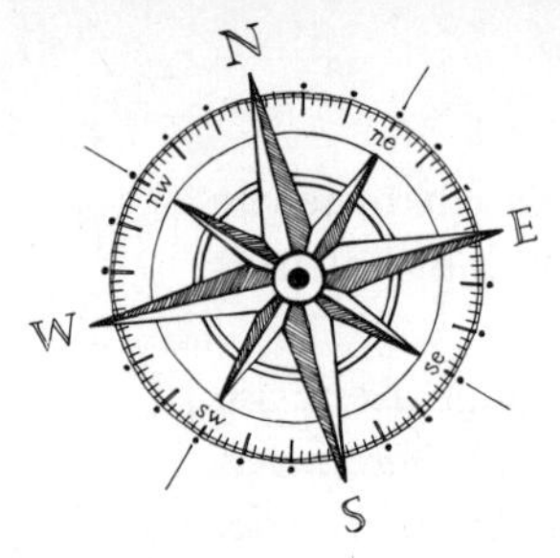

Kapitel 7

Syrische Wüste, November 799

Al-Haqq, so stand es in großen, verwitterten Schriftzügen über der Karawanserei, die wir an diesem Abend müde und erschöpft erreichten. Rund zweieinhalb Monate war unsere Gruppe bereits unterwegs, und noch immer befanden wir uns mitten in der Syrischen Wüste.

In Bagdad, vor unserem Abmarsch, hatte ich angenommen, unsere Reise zurück ins Frankenland würde schneller vonstattengehen als die mühselige Hinreise, da wir die Schlachtrösser und die Kampfhunde für Kalif Harun nicht mehr mit uns führen mussten. Das Gegenteil war eingetreten. Denn Haruns verschwenderischen Gegengeschenke sowie der Tross, der sie umsorgte und bewachte, hatte unsere ursprünglich kleine Gesandtschaft zu einer riesigen Karawane von annähernd hundertfünfzig Menschen aufgebläht.

Der Hauptgrund für unser langsames Vorankommen aber war Yussuf ibn Abd al-Quddus, der Geschenke-Bewahrer, der auf einem milchweißen Kamelhengst daherritt, während sich über ihm ein großflächiger Seidenschirm spannte, der die Kraft der Sonnenstrahlen abfangen sollte. Yussuf war es, der an jeder noch so kleinen Wasserstelle befohlen hatte, man möge die komplizierte bronzene Wasseruhr zusammenbauen, das Becken mit dem kostbaren Nass füllen und prüfen, ob alle Funktionen noch einwandfrei seien.

Lantfrids und Sigimunds Widerspruch, man wolle zügig vorankommen, war von ihm regelmäßig mit der Frage beiseitegewischt worden, sie wollten doch gewiss nicht dafür verantwortlich sein, wenn ein Geschenk des großen *amir al-mu'minin,* des Befehlshabers aller Gläubigen, seinen Zielort defekt erreiche.

Das wollten Lantfrid und Sigimund keinesfalls, und so fügten sie sich zähneknirschend in das Unvermeidliche.

»Was bedeuten die Schriftzeichen da über dem Tor?«, fragte mich Lantfrid in diesem Augenblick, während er sein Kamel zum Stehen brachte.

»Al-Haqq bedeutet Wahrheit«, sagte eine Stimme hinter mir. Sie gehörte Yussuf, der zu uns aufgeschlossen hatte. »Doch die einzige Wahrheit scheint mir zu sein, dass es keine schmutzigere Bleibe in dieser abscheulichen Wüste gibt.«

Ich ließ meinen Blick über die Karawanserei mit ihren Stallungen, Lagerräumen und verschachtelten Unterkünften schweifen. Die Gemäuer bestanden sämtlich aus altersschwachen Lehmziegeln, deren Konturen man kaum unter dem alles bedeckenden Staub erkannte. »Immerhin, eine Gemeinschaftsküche und eine Halle zur Einnahme der Speisen sind vorhanden«, stellte ich fest.

»Wir wollen absitzen und uns stärken«, befahl Lantfrid. »Es war ein langer Tag.«

Wenig später bezog ich einen kleinen Raum mit einem winzigen, zum weitläufigen Hof hinausgehenden Fenster. Ich ordnete meine geringe Habe und hatte anschließend Mühe, mich auf meinem Weg zur Gemeinschaftsküche nicht in den zahllosen verwinkelten Fluren und Gängen zu verlaufen. Schließlich erreichte ich die große Halle neben der Küche, stellte jedoch fest, dass ich einer der Ersten war.

Einige Diener waren noch dabei, Weihrauch und Aloewurzeln abzubrennen, um Ungeziefer abzuwehren, während andere mit Hilfe von Teppichen eine große, rechteckige Fläche auf dem Boden abdeckten – die Tafel, an der wir alle mit gekreuzten Beinen sitzen würden. Nacheinander erschienen meine Gefährten, auch Dantapuri, der Mahut, der normalerweise seine Mahlzeit in Gesellschaft des Elefanten einnahm. »Wie geht es Abul?«, fragte ich ihn, während er sich neben mich setzte.

»Abul geht es gut. Er hat gefressen und getrunken, jetzt ruht er. Der Ort gefällt ihm. Es gibt viel Staub hier, weshalb er eine ausgiebige Staubdusche nehmen konnte. Je dicker die Schicht auf seiner Haut ist, desto besser ist sie vor Stechmücken und anderem Geschmeiß geschützt.«

»Manchmal frage ich mich, wie ein so großes Tier die Sonnenglut tagsüber aushalten kann.«

»Mache dir deshalb nur keine Sorgen.« Dantapuri lächelte flüchtig. »Elefanten können Hitze und Kälte gut vertragen, und Abul ist ein starker Bulle, der in der Blüte seiner Jahre steht. Solange ich bei ihm bin, wird er marschieren, wohin auch immer der Weg uns führt.«

Mittlerweile waren alle Reisegefährten eingetroffen und hatten auf den Teppichen Platz genommen. Yussuf, der Geschenke-Bewahrer, hatte sich am anderen Ende mit seinen Vertrauten und Bewunderern niedergelassen. Er vermied es stets, sich unter uns zu mischen, wahrscheinlich, weil er sich für etwas Besseres hielt.

Die Bediensteten der Küche kamen und reichten fetten Hammel, frisches Gemüse und die aufgekochten Früchte der *bamya*-Pflanze. Es war nicht gerade das, was ein fränkischer Gaumen bevorzugte, aber wir alle hatten uns schon lange an die orientalische Kost gewöhnt.

Während ich ein Stück Hammelfleisch mit drei Fingern griff, nahm ich den Gesprächsfaden wieder auf. »Was ich dich die ganze Zeit schon fragen wollte«, sagte ich, »wie kommt es eigentlich, dass Kalif Harun ein Geschenk, das ihm von deinem Herrn, dem König von Anuradhapura, gemacht wurde, an unseren König Karl weiterverschenken wollte? Ich meine, ein solches Gebaren ist doch unhöflich und eines großen Herrschers nicht würdig?«

Dantapuri schob sich eine gedörrte Dattel in den Mund, kaute, spuckte den Kern aus und antwortete: »Harun ist ein Tyrann. Wer ihm nicht gehorcht, den lässt er töten. So war es auch mit Abul. Das heißt, so wäre es fast gewesen, wenn ich nicht um sein Leben gefleht hätte.«

»Das musst du mir näher erklären.«

Dantapuri nahm eine zweite Dattel. »Es war vielleicht zwei Wochen, bevor eure Gesandtschaft die Rückreise antrat. Da kam eines Morgens Kalif Harun zu mir und äußerte den Wunsch, auf Abul reiten zu wollen. Ich verbeugte mich ehrerbietig und befahl meinem großen Freund, er solle niederknien, doch aus Gründen, die ich bis heute nicht kenne, gehorchte er nicht. ›Was ist mit dem Elefanten, warum will er nicht vor mir knien?‹, fragte der Kalif.

›Ich weiß es nicht‹, gab ich wahrheitsgemäß zur Antwort und wiederholte den Befehl ein zweites Mal. Doch das Ergebnis blieb dasselbe.

Da kam eine große Wut über den Kalifen, und er schrie: ›Wer es wagt, nicht vor mir niederzuknien, hat sein Leben verwirkt, einerlei ob Mensch oder Tier! Der Elefant soll noch in dieser Stunde getötet werden.‹

Ich begann zu wehklagen und bat darum, Abul zu verschonen, doch wenn in diesem Augenblick nicht der *hadschib* al-Fadl hinzugekommen wäre und den Vorschlag gemacht hätte, das unbotmäßige Tier einfach weiterzuverschenken, hätte alles Flehen und Betteln wohl nichts genützt.«

»Dann haben wir es letztendlich al-Fadl zu verdanken, dass du und Abul uns ins Frankenland begleitet?«

»So ist es.«

Wir sprachen an diesem Abend noch lange miteinander, und spät in der Nacht gingen wir beide zu Abul, der groß wie ein Erdhügel neben der Zisterne auf dem Innenhof lag und zu schlafen schien. Dantapuri legte seine Hand an eines seiner runzligen Ohren und sagte leise: »Gute Nacht, mein Freund.«

Danach nickte er mir auffordernd zu, und ich tat es ihm gleich.

»Gute Nacht, Abul«, flüsterte ich.

»Allah akbar … ashadu annaha lahilaha illa'llah … lahila il Allah Mohammad ressul Allah … anna … illa'llah …« So klang es am nächsten Morgen durch das schmale Fenster meiner Behausung und zeigte mir an, dass ein neuer Reisetag begonnen hatte. Unsere muselmanischen Reisegefährten verrichteten das erste ihrer täglichen fünf Gebete und würden gleich dazu übergehen, die kostbaren Geschenke für König Karl auf die Rücken der Lastkamele zu laden.

Auch ich betete ein Vaterunser und dachte an Faustus, unseren Prediger, der nicht mehr unter uns weilte und keine Morgenandachten mehr halten konnte. Welches Schicksal mochte ihn ereilt haben? Ich wusste es nicht, doch ich schloss ihn in meine Fürbitte ein.

Danach machte ich mich rasch fertig und trat nach draußen. Auf dem weitläufigen Innenhof, der in gleißendes Morgenlicht getaucht war, herrschte reger Betrieb. Rufe und Befehle flogen hin und her, und inmitten dieses scheinbaren Durcheinanders stand groß und unerschütterlich Abul, der Elefant. Zusammen mit Dantapuri bildete er regelmäßig den Anfang unserer Karawane, flankiert von Lantfrid und Sigimund auf ihren Reitkamelen. Es war kein Zufall, dass der graue Riese an der Spitze unseres Zuges schritt, denn er sollte jeden, der sich uns feindlich näherte, durch seine schiere Größe einschüchtern.

Es folgten die Karren und die Lasttiere mit den kostbaren Gaben, mit Nahrung und Ausrüstung, mit Zelten, Brennholz und vielerlei mehr. Auch zwei besondere Wagen waren darunter: Einer transportierte das Futter für Abul, der andere das Wasser, denn von beidem benötigt ein Elefant täglich riesige Mengen.

Auf alle diese Gerätschaften hatten mehrere unserer Wachsoldaten ein scharfes Auge. Drei andere beobachteten ständig das Gelände und erkundeten den Weg, während drei weitere den Tross nach hinten absicherten. Links und rechts der Karawane ritt ebenfalls ein Soldat, in der Regel waren es Garlef und Sigerik. Sie wurden bei Bedarf durch einige von Yussufs Männern verstärkt. Am Ende des Zuges ritt der Bewahrer der Geschenke höchstselbst auf seinem milchweißen Kamelhengst. Er war umgeben von über hundert Sklaven, Dienern und Speichelleckern, die von morgens bis abends nichts anderes zu tun hatten, als ihrem Herrn die Wünsche von den Augen abzulesen.

»Wir reiten!«, rief Lantfrid in meine Gedanken hinein, und ich schwang mich auf mein treues Grautier. Neben mir ritt Isaak, genau wie auf unserer Hinreise. Wir hatten die Position zwischen der Spitze und den ersten Wagen eingenommen, weshalb wir stets eine gute Sicht nach vorn hatten. So war es auch an diesem Tag.

Wir verließen *al-Haqq* und bogen wieder auf die uralte Handels- und Heerstraße ein, die einst der römische Kaiser Diokletian hatte bauen lassen. Dann und wann tauchten Zisternen auf, deren Wasser zur Versorgung des dünn bevölkerten Landstrichs sorgten. Es wurde heißer und heißer. Gegen Mittag hing die Sonne wie ein glühender Feuerball am Himmel und trieb uns den Schweiß aus allen Poren. Yussuf ibn Abd al-Quddus ließ von hinten über einen seiner Diener anfragen, ob nicht eine Rast geboten sei, aber Lantfrid und Sigimund lehnten ab. Sie waren der Meinung, ohnehin schon zu viel Zeit verloren zu haben. »Wir reiten weiter«, knurrte Sigimund den Diener an. »Richte deinem Herrn das aus.«

Und Lantfrid ergänzte: »Vielleicht besitzt er ja die Höflichkeit, uns beim nächsten Mal selbst zu fragen.«

Später wurde die Landschaft karger, die Felder seltener. Nur ab und zu sahen wir, wie ein *saqiya* knarrend und quietschend betrieben wurde. Eine solche Vorrichtung hatten wir bereits auf unserer Hinfahrt gesehen, doch auch jetzt staunten wir immer wieder, wie einfach, aber wirksam die Bewässerung vieler Felder erfolgen kann, wenn ein Esel einen Drehhebel im Kreis bewegt und das auf diese Weise geschöpfte Wasser über kleine Stichgräben verteilt wird.

Zwei Tage später näherten wir uns der Oase Tadmur, deren lebensspendendes Nass aus zwei Quellen kommt. Von der einst blühenden Stadt waren lediglich noch Ruinen und Reste übrig, doch wir entdeckten ein paar Bauern, die in der Nähe ein wenig Gemüse und Obst anbauten. In einem halbwegs erhaltenen alten Gutshaus, das abseits zwischen umgestürzten Säulen lag, fand ein Großteil unserer Gesandtschaft Unterschlupf für die Nacht.

Ein paar der Bauern näherten sich scheu und boten uns an, was sie auf den Feldern geerntet hatten: Feigen, Zitronen, Kürbisse und *bamya*-Früchte, dazu Reis und nicht zuletzt einen selbstgebrannten Schnaps aus Datteln. Wir gaben ihnen kleines Geld für ihre Waren, ließen rundes Fladenbrot aus unserem mitgeführten Mehl backen und tranken den Schnaps, was alsbald die Stimmung lockerte und die Zungen löste.

Plötzlich geschah etwas Unerwartetes: Yussuf ibn Abd al-Quddus setzte sich neben mich. »Hakim, ich muss dich sprechen«, sagte er, und obwohl er mir auf Augenhöhe gegenübersaß, klang seine Stimme von oben herab.

»Was gibt es?«, fragte ich.

»Einer meiner Sklaven hat ein entzündetes Auge. Normalerweise kümmern mich solche Belanglosigkeiten nicht, aber dieser junge Mann« – Yussuf kicherte unerwartet – »nun, er ist eigentlich kein Sklave, nicht im herkömmlichen Sinne …«

»Worauf willst du hinaus?«

»Dieser Sklave liegt mir besonders am Herzen, wenn du verstehst, was ich meine. Kannst du dir das Auge einmal ansehen?«

»Das kann ich«, sagte ich. »Führe mich zu ihm.«

Das Auge, das ich kurz darauf untersuchte, wies am oberen Lid ein starke rote Schwellung auf. Ich betrachtete sie gründlich und sagte zu Yussuf: »Dein Sklave leidet unter einem Gerstenkorn.«

»Und? Was gedenkst du dagegen zu tun?«

Ich öffnete den Deckel meines hölzernen Kastens, den ich mir unterdessen hatte bringen lassen, und holte eine wachsartige Stange heraus. »Ich werde das Auge mit dieser Salbe behandeln.«

»Das nennst du Salbe?« Yussuf wirkte belustigt.

»Eine Salbe muss nicht immer von feuchter Substanz sein, besonders, wenn man sie auf einer langen Reise mit sich führt. Denn ein feuchtes Augenmittel verlangt nach einem verschließbaren Behältnis, und Verschlüsse können aufgehen. Das kann mit einem solchen ›Kollyrium‹, das ich im Übrigen selbst hergestellt habe, nicht passieren. Wenn du genau hinsiehst, erkennst du an der Seite eine Inschrift, sie lautet: SEPLASIUM CUNRADI AD CLARITATEM OCULI. Da ich annehme, dass du der lateinischen Sprache nicht mächtig bist, will ich die Worte für dich übersetzen. Sie bedeuten: Cunrads Salbe für die Klarheit des Auges.«

Nach dieser langen Rede stellte sich die Wirkung, die ich beabsichtigt hatte, tatsächlich ein: Yussuf schien beeindruckt. Doch er fing sich schnell und verlangte: »Dann zeige mir doch, wie man eine solche Stange auf dem Auge verstreicht.«

»Gern«, sagte ich. »Man bricht einfach ein Stück ab und löst es in Eiweiß auf. Fertig ist die Salbe. Wenn du so freundlich wärst, das Ei eines Huhns herbeiholen zu lassen, könnte ich mit der Behandlung sofort beginnen.«

Yussuf gehorchte, was mich, ich gebe es zu, mit einiger Genugtuung erfüllte. Während ich den jungen Sklaven behandelte, erklärte ich: »Die Salbe wird den Schmerz lindern, jedoch die Ursache nicht beseitigen. Wenn alles gutgeht, öffnet sich die Schwellung in einigen Tagen, und etwas Eiter tritt aus. Danach sollte der eigentliche Heilungsprozess beginnen.«

»Ich habe dir für deine Hilfe zu danken.«

»Du brauchst mir nicht zu danken. Ich bin Arzt aus Berufung. Es gibt kein erhebenderes Gefühl auf dieser Welt, als einem kranken Menschen geholfen zu haben. Augensalben gibt es nebenbei bemerkt gegen die verschiedensten Beschwerden, unter anderem gegen Krätze, gegen Triefen, gegen Rauhheit und gegen Entzündungen. Bei letztgenannten Beschwerden kommt häufig ein Bleipflaster in den Trägerstoff Wachs, dazu Alaun und Arnika.«

Während meiner letzten Worte hatten Yussuf und ich uns wieder zum Mahl niedergesetzt, und mit jedem Bissen, den er zum Munde führte, kam seine alte Überheblichkeit zurück. »Wer hätte gedacht, dass im fränkischen Urwald so etwas wie ein Kollyrium erfunden werden kann«, bemerkte er spöttisch.

Ich unterdrückte meinen Ärger und sagte ruhig: »Das

Kollyrium kannten schon die alten Römer, deren Heilkunst wiederum griechische Wurzeln hat. Dasselbe gilt übrigens auch für die arabische Medizin. Wobei diese zusätzlich vieles von der indischen übernahm. Man sieht also, dass wir alle von den alten Meisterärzten gelernt haben.«

Daraufhin schwieg Yussuf. Vermutlich, weil ihm keine Antwort einfiel.

Ich aber lächelte in mich hinein.

Am Folgetag zogen wir weiter und hielten direkt auf Tadmur zu. Während Lantfrid und Sigimund sich dafür aussprachen, geradewegs zu einer der beiden Quellen – es war die Efqa-Quelle – weiterzumarschieren und dort die Tiere zu tränken, bat ich darum, mir die alte Prachtstraße, von der ich schon viel gehört hatte, ansehen zu dürfen. »Danach schließe ich wieder zu euch auf, die Quelle ist gewiss nicht zu verfehlen, da alles um sie herum grünt«, erklärte ich.

Lantfrid und Sigimund waren einverstanden, und weil außer mir niemand Interesse an den alten Bauwerken zeigte, machte ich mich allein auf den Weg. Ich ging zu Fuß und näherte mich von Südosten dem Tempel des Bel. Ich passierte ihn und betrat durch das dreibogige Hadrianstor die berühmte Straße. Dann wunderte ich mich. Die Straße war sehr breit, aber nicht gepflastert. Seltsam! Ich ging weiter, schaute mich um und sah zur Linken einen weiteren Tempel. Es war der des Nebo, jenes Gottes, der von den alten Palmyrern dem Apollo gleichgestellt wurde. Weiter ging ich, entdeckte die Thermen des Diokletian und ein paar Schritte später auf der linken Seite das Theater, das Gebäude des Senats und die Agora.

Ich ließ mir Zeit und spürte, dass jeder Stein, jeder Bogen, jede Säule Geschichte atmete. Ich stellte mir vor, wie belebt diese Straße einst gewesen sein mochte, wie in ihr geredet, gelacht, gefeiert wurde, wie große Prozessionen sie durchmaßen und wie ihre Bauten durch den Zahn der Zeit letztendlich zerstört wurden. Beim Triklinium, wo die Straße einen leichten Knick machte, hielt ich inne. Sollte ich einen Abstecher zum Baal-Schamin-Tempel unternehmen oder geradeaus gehen zum Allat-Tempel, wo es eine berühmte Löwenskulptur zu bewundern gab?

Ich entschied mich für den Baal-Schamin-Tempel. Der Gedanke, dass die Palmyrer gleich zwei höchste Götter, nämlich Bel und die phönizische Gottheit Baal-Schamin, anbeteten, reizte mich. Ich lenkte also meine Schritte nach rechts und näherte mich den alten Säulen, die wie ein Skelett in den Himmel ragten. Ich überlegte, warum Baal-Schamin noch zwei weitere Götter an die Seite gestellt worden waren, nämlich Aglibol, der Mondgott, und Jarchibol, der Sonnengott, und dann, plötzlich, überlegte ich gar nicht mehr, denn ich hatte etwas entdeckt, das mich ebenfalls an ein Skelett erinnerte. Nur dass dieses Skelett nicht säulenartig in den Himmel ragte, sondern zusammengekrümmt vor mir auf dem Boden lag.

Nachdem ich den ersten Schrecken überwunden hatte, trat ich näher und betrachtete die menschlichen Überreste. Der Tote war nicht vollständig skelettiert, auch einige Kleiderfetzen waren noch erhalten. Sie mochten von dem zersetzenden Gewürm, das auch in der Wüste vorkam, verschmäht worden sein.

Merkwürdig bekannt kam mir die Kleidung vor. Ich beugte mich hinunter und entdeckte zwischen den Rippen etwas Blitzendes. Es schien aus Silber zu sein. Ein Kreuz an einer Kette!

Eine schreckliche Ahnung befiel mich. Ich ergriff das Kreuz und betrachtete es näher. Da, auf der Rückseite trug es eine Gravur: FAUSTUS.

Ja, er schien es tatsächlich zu sein. Oder besser: das, was von ihm übrig war. Seine Seele hatte ihn für immer verlassen – und mit ihr die verfluchten Läuse.

»Faustus«, murmelte ich fassungslos und musste mich erst einmal setzen, »was hat dich ausgerechnet an diesen Ort getrieben? Wie bist du hierhergekommen? Woran bist du gestorben?«

Fragen über Fragen, auf die es keine Antwort gab. Doch womöglich Vermutungen.

Ich überlegte hin und her und musste an Faustus' blindwütige, selbstzerstörerische Predigten in Bagdad denken. Folgender Schluss lag nahe: Wahrscheinlich hatte er Tadmur, diesen Ort der heidnischen Götter, aufgesucht, um hier den wahren Glauben zu verkünden. Nur: Wem hatte er seine Botschaft überbringen wollen? Den paar armen Bauern, die in der Umgebung lebten? Vielleicht.

Und warum war er zum Tempel des Baal-Schamin gelaufen? Weil der Tempel heidnischen Göttern gewidmet war und es galt, diese zu verteufeln? Vielleicht.

Und woran war er gestorben? War er verdurstet? Wohl kaum, die Efqa-Quelle lag nur eine, höchstens zwei Meilen entfernt im Südwesten.

Welche Möglichkeit kam noch in Frage? Vielleicht die: Er hatte sich wieder einmal so in seinen Furor hineingesteigert, dass er die Signale seines Körpers missachtete – und einem Hitzschlag erlag.

»Faustus«, murmelte ich abermals, »wie sinnlos ist doch dein Tod. Wusstest du nicht, dass der Tempel des Baal-Schamin bereits im vierten Jahrhundert zu einer Kirche umgebaut wurde? Du wusstest es nicht. So bist du umsonst gestorben. Ich will für dich beten.«

Und ich betete für Faustus, den verblendeten Eiferer, ein letztes Vaterunser und sprach danach die unsterblichen Worte des dreiundzwanzigsten Psalms:

Der Herr ist mein Hirte; mir wird nichts mangeln.
Er weidet mich auf einer grünen Aue, und führet mich zum frischen Wasser;
Er erquicket meine Seele; er führet mich auf rechter Straße, um seines Namens willen.
Und ob ich schon wanderte im finstern Thal, fürchte ich kein Unglück; denn du bist bei mir, dein Stecken und Stab trösten mich …

Die Betroffenheit im Lager über Faustus' rätselhaften Tod war groß. Nachdem wir ihn an einem schönen Platz auf den Grabfeldern im Norden beerdigt hatten, rasteten wir zwei weitere Tage an der Efqa-Quelle und brachen danach auf. Lantfrid sagte zu mir, während er in den Sattel seines Reitkamels stieg: »Ich gebe zu, dass mir Faustus und seine Läuse oftmals zuwider waren, aber dass er einen solchen Tod finden musste, ist grauenvoll!«

Und Sigimund ergänzte mit der ihm eigenen Ungeduld: »Durch unsere Trauer wird er auch nicht wieder lebendig. Lasst uns reiten, es ist erst die Hälfte der Strecke bis Damaskus geschafft.«

Und so ritten wir die nächsten Tage durch das schier endlose Meer aus Dünen und Sand. In der Morgendämmerung, nachdem Christen und Muselmanen ihre Gebete verrichtet hatten, wurde zwischen den Männern noch das eine oder andere Wort gewechselt, doch mit der steigenden Sonne und der anwachsenden Hitze verstummten sie mehr und mehr. Schritt für Schritt, Meile für Meile kämpften wir uns vorwärts, den Blick immer nach Südwesten gerichtet, wo Damaskus, unser nächstes großes Ziel, lockte. Isaak an meiner Seite summte dann und wann eine jüdische Melodie, war ansonsten aber auch nicht sehr gesprächig. So gab auch ich mich meinen eigenen Gedanken hin, die immer wieder von zwiespältigen Gefühlen beherrscht wurden: Einerseits freute ich mich auf die Heimat, auf die wogenden Felder, die klaren Flüsse und die kühlen Wälder mit ihrem würzigen Duft. Andererseits sehnte ich mich zurück nach Bagdad, dem Ort, an dem ich Aurona zuletzt gesehen hatte …

Gegen Mittag wurde eine kurze Rast eingelegt, nicht so sehr der Kamele wegen, sondern weil Pferde und Esel getränkt werden mussten. Besonders aber Abul, der graue Koloss, der allein so viel Wasser brauchte wie zehn Pferde zusammen.

Wohl eine Woche war vergangen, als eines Mittags vor uns eine kleine Wasserstelle auftauchte, die nicht weit von der Oase Khan Manqura entfernt lag. Eine andere, kleinere Karawane, deren Tiere bereits getränkt worden waren, schickte sich an, weiterzuziehen. Doch als die Männer Abuls ansichtig wurden, rissen sie Augen und Münder auf und brachten ihre Kamele wieder zum Stehen.

Der Anführer der Karawane, ein sehniger Mann, der von den anderen »Khabir« gerufen wurde, näherte sich auf seinem Kamel und grüßte höflich: *»Salam alaikum, as-Salama, as-Salamu alaikum.«*

»Salam«, erwiderte Dantapuri aus der Höhe von Abuls Rücken herab.

»Darf ich fragen, welch seltsames Tier du da reitest?«

»Das darfst du. Es ist ein Elefant.«

»Was ist ein Elefant?«

Dantapuri erklärte es dem Khabir ausführlich, denn es gab nichts auf der Welt, über das er lieber sprach.

Sigimund indes wurde wieder einmal ungeduldig, gab das Zeichen zum Aufbruch und rief: »Lasst uns weiterziehen, Männer! Wir haben noch genug Wasser für die nächsten drei Tage. Worauf warten wir noch.«

Zu meiner Überraschung hob der Khabir Halt gebietend die Hand. »Einen Augenblick, mein Freund«, sagte er mit Hilfe Isaaks. »Gewiss hat Allah dir schnelle Beine für deine

Reise gewünscht, aber ebenso sicher wollte er nicht, dass du und deine Männer verdurstet.«

»Wie meinst du das?« Sigimund wunderte sich. »Ich sagte doch gerade, wir haben noch genug Wasser für die nächsten drei Tage.«

»Das mag sein, mein Freund. Da du nicht wie ein Mann aussiehst, der von hier kommt, lass dir Folgendes erklären: Die Wüste hat ihre eigenen Gesetze, und niemand weiß, welches am nächsten Tag zur Anwendung kommt. Wer wie du eine Karawane führt, muss wissen, dass an jedem Tag, den Allah werden lässt, etwas Unvorhergesehenes eintreten kann. Nehmen wir an, du und deine Männer würden hier nicht rasten, sondern weiterziehen, und morgen würde die Hälfte deiner Tiere von Koliken geplagt. Was dann? Oder einige würden sich wund laufen. Oder Skorpion und Viper würden sie stechen. Oder ein Sandsturm käme. Oder die nächste Wasserstelle wäre wider Erwarten versiegt. Das alles sind Gründe, warum eine Karawane grundsätzlich besser heute als morgen Wasser aufnehmen muss, und jedes Mal so viel wie möglich.«

»Schon gut, schon gut«, knurrte Sigimund. »Du hast mich überzeugt, wir bleiben. Oder bist du anderer Meinung, Lantfrid?«

Das war Lantfrid nicht, und deshalb waren Knechte und Diener kurz darauf damit beschäftigt, unseren Kamelen die Lasten abzunehmen und die Zelte aufzuschlagen.

Doch auch der Khabir blieb, denn es war für ihn und seine Männer einfach zu verlockend, noch mehr über das riesige Rüsseltier zu erfahren.

So kam es, dass die Männer beider Karawanen abends am Lagerfeuer saßen und die einfache Kost der Wüstensöhne aßen: gekochte Hirse und gebratene Zwiebeln. Dabei fand ein reger Gedankenaustausch zwischen den Reitern des Khabirs und den unseren statt. Jene lernten viel über Art und Wesen eines Elefanten, wir hingegen lernten viel über die Pflege und Behandlung von Kamelen. Da ich besonders an den Heilmethoden interessiert war, setzte ich mich neben den Khabir und erfuhr, welche Mittel die Männer der Wüste gegen manche Erkrankung ihrer Tiere anwandten. Gegen Magenverstimmung, so hörte ich, würde ein Kräuteraufguss mit Steinsalz gute Hilfe leisten. Gegen Entzündungen, besonders im Lauf, sei es von Nutzen, ein flaches Eisen im Feuer zu erwärmen und gegen die erkrankte Stelle zu drücken.

»Die letzte Maßnahme scheint mir bemerkenswert«, sagte ich nachdenklich, »denn es gibt auch Entzündungen, die man mit Kälte bekämpft. Es wäre wichtig, zu wissen, bei welcher Art Entzündung Wärme oder Kälte geboten ist.«

Der Khabir nickte. »Du bist ein kluger Mann, Hakim. Sicher werden deine Beobachtungen dir früher oder später eine Antwort geben. Unsere Medizin und unsere Maßnahmen gründen sich jedoch auf Erfahrung. Weißt du, was wir gegen einen blutenden Huf unternehmen?«

»Nein, das weiß ich nicht«, musste ich einräumen.

»Komm mit, Hakim.«

Der Khabir ergriff eine Laterne und ging mit mir zu den Kamelen, die in einiger Entfernung standen. Wir hatten kaum die Hälfte des Weges zurückgelegt, als ich plötzlich innehielt und nach Luft ringen musste. Ein heftiger, säuerlicher Gestank hatte mir den Atem verschlagen. »Jesus Christus, was ist das?«, keuchte ich.

Der Khabir lachte. »Wusstest du nicht, dass Kamele Wiederkäuer sind, Hakim? Nichts riecht unangenehmer auf der Welt, so sagt man, als die Magendünste der Dromedare. Es sei denn, man ist daran gewöhnt, so wie ich.«

»Aber die Tiere liegen doch schon die ganze Zeit am gleichen Fleck?«, wandte ich ein.

»Der Wind hat gedreht.«

»Das habe ich nicht bemerkt. Tut mir leid. Wahrscheinlich ist meine Nase noch von den süßen Düften Bagdads verwöhnt.«

»Das mag sein. Siehst du den sandfarbenen Hengst da vorn?«

»Ich sehe ihn.«

»Er hat sich vor zwei Tagen in spitzem Geröll den Huf verletzt. Die Wunde blutete und musste behandelt werden.« Der Khabir drückte mir die Laterne in die Hand und löste die Kniefessel des Tieres. Dann hob er eines der vorderen Beine in die Höhe. »Siehst du, der Huf ist geschützt durch einen Lederschuh, der mittels eines Bandes fest verschnürt wurde.«

»Hast du den Schuh selbst angefertigt?«, fragte ich.

»Ich nicht, aber einer meiner Männer. Er hat ihn aus dem Fell eines Ochsen zugeschnitten, denn das Fell der Ziege ist zu dünn.« Der Khabir löste den ledernen Schutz und wies auf einen Einstich im Hufpolster. »An dieser Stelle wird das Polster mit einer starken Nadel durchstoßen.«

»Spürt das Tier keine Schmerzen dabei?«

»Nein, überhaupt nicht. Wir haben die Wunde mit dem Aufguss einer Pflanze behandelt, die aus Indien stammt. Sie wird Tee genannt. Der Aufguss ist sehr heilsam.«

»Ich glaube, ich habe in Bagdad von der Pflanze gehört.«

»Nach der Behandlung mit Tee wurde mit der Nadel ein Lederfaden durch den Einstich gezogen und mit seiner Hilfe der Schuh verschnürt.« Der Khabir ließ das Bein des Hengstes los und sagte: »Nun weißt du es: Wir behandeln einen blutenden Huf, indem wir dem Tier einen schützenden Schuh anziehen.«

»Das klingt sehr fürsorglich«, sagte ich.

»Wir lieben unsere Kamele, Hakim.« Der Khabir wies auf die anderen Tiere. »Sie sind alles, was wir besitzen. Und sie sind immer an unserer Seite. Sie haben, wie du eben gesehen hast, dick gepolsterte, unempfindliche Schwielensohlen, dazu starke Hornhäute an Beingelenken und Brustkorb, damit sie gefahrlos im heißen Sand niederknien können. Sie sind in der Lage, ihre Nasenöffnungen zu schließen, damit der Wüstenstaub nicht eindringt, und sie können Fett in ihrem Höcker speichern, damit sie lange ohne Nahrung auskommen. Wusstest du übrigens, dass Kamele eigentlich zwei Höcker haben? Der vordere ist nur nicht voll ausgebildet.«

»Nein, das wusste ich nicht«, sagte ich wahrheitsgemäß.

»Ein Kamel kann so viel Wasser auf einmal trinken, wie in zwanzig große Eimer geht. Das dürfte fast so viel sein, wie euer Elefant zu trinken vermag.«

»Da hast du sicher recht.«

Der Khabir deutete mit dem Finger auf ein Kamel, das am äußeren Rand der Herde stand und gemächlich wiederkäute. »Siehst du das antilopenbraune Tier dort? Ist es nicht wundervoll? Eine junge Stute, erst fünf Jahre alt. Ihre Schönheit wird den höchsten Ansprüchen gerecht: Sie ist herrlich gebaut, hat große Augen, einen langen, schlanken Hals und einen hohen, festen Höcker. Erst vor drei Monaten hat sie gekalbt und einen kleinen Hengst zur Welt gebracht, der nahezu schwarz ist.«

»Schwarz?«, fragte ich verwundert.

»Ja, die Farben der Kamele sind so unterschiedlich wie sie selbst. Jedes hat seine ganz eigene Art, seine Angewohnheiten, seine Launen. Manche sind grenzenlos gutmütig, andere störrisch wie ein Esel, wieder andere nachtragend wie ein altes Weib. Sie sind vorsichtig im Verschenken ihrer Gunst, abwartend, misstrauisch, sie wollen ihren Herrn erst kennenlernen, bevor sie sich ihm anvertrauen. Der Herr ist es, der um sie werben muss, nicht sie um ihn. Sie sind nicht wie dahergelaufene Hunde.«

»Ich bin beeindruckt, mit welcher Begeisterung du über eure Tiere sprichst.«

Der Khabir griff die Laterne und nahm mich beim Arm. »Wie ich schon sagte: Sie sind alles, was wir besitzen. Nun lass uns zurück zum Feuer gehen.«

Die Tage zogen sich dahin. Die Oase Khan Maqura lag mittlerweile hinter uns, und wir befanden uns wieder mitten in der Wüste, die sich wie ein endloser Ozean aus Sand vor uns ausbreitete. Ich musste oft an den freundlichen Khabir denken, der so begeistert über seine Kamele gesprochen hatte. Seit jenem Abend betrachtete ich die Wüstenschiffe mit anderen Augen, und für kurze Zeit überlegte ich, ob ich nicht ebenfalls eines als Reittier nutzen sollte. Doch dann blieb ich bei meinem treuen Esel.

Genau wie Isaak an meiner Seite döste ich vor mich hin, schwitzte, trank, schwitzte und sprach tagsüber kaum. Nur am Abend, wenn das Lagerfeuer aus getrocknetem Kamel- und Elefantendung entzündet wurde und wir uns zur gemeinsamen Mahlzeit niedersetzten, wurde ich etwas gesprächiger. Danach hatte ich mich ein paarmal um den jungen Sklaven von Yussuf ibn Abd al-Quddus gekümmert, doch meine Fähigkeiten als Arzt waren dabei kaum auf die Probe gestellt worden, denn das Gerstenkorn war von selbst aufgegangen und der Eiter ausgetreten. Die kleine Wunde heilte gut. An Yussuf gewandt, konnte ich mir einen Seitenhieb nicht ganz verkneifen. Ich sagte: »Du wirst deinem schönen Sklaven bald wieder tief in die Augen blicken können.«

Doch der Geschenke-Bewahrer ging nicht auf meine Worte ein. Vielleicht war er einfach nur froh, dass sein Lustsklave keinen bleibenden Makel davontragen würde.

Die andere Abwechslung dieser Tage bestand in dem abendlichen Gang zu Abul, den Dantapuri und ich uns angewöhnt hatten. Auch bei dieser Begegnung wurde kaum geredet, denn es gab nichts zu erzählen. Wir schwiegen gemeinsam und verstanden uns auch so. Ein Elefant und zwei Menschen. Drei Geschöpfe Gottes unter einem gewaltigen Sternenzelt.

Wenn wir glaubten, die Zeit sei gekommen, schlafen zu gehen, verabschiedeten wir uns von Abul, und die Verabschiedung war immer gleich: Wir legten eine Hand an eines seiner runzligen Ohren und sagten leise: »Gute Nacht, mein Freund.«

Wieder einmal hatten wir eine Wasserstelle erreicht. Es war Mittag, und die Sonne stand an ihrem höchsten Punkt. Lantfrid hob die Hand, um die Karawane zum Stehen zu bringen, und gab seinem Reitkamel einen Befehl. Folgsam hielt das Tier inne, knickte zunächst mit den Vorderbeinen ein und anschließend mit den Hinterbeinen, damit Lantfrid bequem aus dem Sattel steigen konnte. »Wir haben bekanntlich gelernt, dass es lebenswichtig sein kann, stets die Wasservorräte aufzufüllen, ganz gleich, wie groß sie noch sind. Also, sitzt ab und macht euch an die Arbeit«, befahl er.

Alsbald wurde alles, was auch nur halbwegs als Speicherbehältnis dienen konnte, mit dem Wasser des Brunnens gefüllt: Ziegenschläuche, Schafsmägen und lederne Hüllen, die aussahen wie große schwarze Bälle. Dazu hölzerne Eimer sowie die Fässer, die auf dem Wasserwagen des Elefanten transportiert wurden.

Als die Vorräte ergänzt waren, rief Sigimund: »Aufbruch, Aufbruch! Bis Sonnenuntergang sind es mindestens noch fünf Stunden, Damaskus wartet!«

»Nein!« Yussuf ibn Abd al-Quddus ritt auf seinem milchweißen Kamelhengst heran. »Ich halte es für geboten, dass die Gelegenheit genutzt und die Wasseruhr, die der große *amir al-mu'minin* für euren König ausersehen hat, auf ihre Funktionsfähigkeit überprüft wird.«

»Aber das ist doch erst vor ein paar Tagen geschehen«, wandte Lantfrid ein.

»Es ist genau zehn Tage her, zehn Tage, in denen der ewige Wind, der ewige Sand und die ewige Hitze den bronzenen Teilen zugesetzt haben. Sie müssen zusammengebaut werden, jetzt, sofort! Als Geschenke-Bewahrer bestehe ich darauf. Oder willst du, dass dein König eine defekte Uhr erhält.«

»Um Himmels willen, nein!« Sigimund wirkte gereizt. Die rhetorische Frage hatte er schon zu oft gehört. »In Gottes Namen, dann lasse das seltsame Gebilde zusammenfügen.«

Yussuf nickte voller Würde und gab seinen Männern die entsprechenden Befehle. Das bronzene Becken wurde unter Gepolter und Gedröhne auf den Boden neben den Brunnen gestellt und mühevoll bis an den Rand mit dem kostbaren Nass gefüllt. Danach begann der eigentliche Aufbau – ein kunstvolles Unterfangen, bei dem Stangen, Röhren, Federn, Winkel und vielerlei mehr aneinandergefügt wurden, bis letztendlich auch die zwölf Figuren – jede für eine Stundenzahl stehend – an ihrem verborgenen Platz untergebracht waren. Auf ein Zeichen Yussufs hin löste der verantwortliche Mann die Wassersperre, und das Nass begann zu sprudeln.

Wir hatten die Uhr schon zur Genüge laufen sehen, trotzdem warteten wir gespannt, bis die erste Figur aus ihrem Kasten sprang und den Ablauf einer vollen Stunde anzeigte.

»Genügt dir das?«, fragte Sigimund.

»Ja, das mag genügen«, antwortete Yussuf herablassend und gab den Befehl, die Uhr abzubauen und zu verstauen.

»Dann sind wir alle beruhigt.« Sigimund gab sich kaum

Mühe, seinen Spott zu verbergen. »Für heute lohnt sich der Aufbruch nicht mehr. Wir übernachten hier.«

Lantfried ergänzte: »Schlagt die Zelte auf und bereitet die Kochfeuer vor.«

Während sein Befehl ausgeführt wurde, tauchten plötzlich Reiter am Horizont auf. Im ersten Augenblick dachte ich, es sei der freundliche Khabir mit seinen Männern, aber als sie näher kamen, erkannte ich, dass es Fremde waren. Sie sahen nicht wie Kameltreiber aus, denn sie trugen Schwerter und Dolche. Ihr Anführer, ein Mann, der sich als Rahman vorstellte, sprach zu uns: »Allah, der Erbarmer, der Barmherzige, hat für alle das Wasser erschaffen. Würdet ihr es mit uns teilen? Wir sind Beduinen vom Stamm der Hilaym aus dem Süden.«

Natürlich waren Lantfrid und Sigimund einverstanden, und nachdem die Fremden ihre Tiere versorgt hatten, sagte Rahman: »Ihr habt mit uns das Wasser geteilt, erlaubt uns nun, dass wir mit euch das Feuer teilen.«

»Feuer, was meinst du damit?«, fragte Lantfrid.

Rahman lächelte vielsagend und ließ einen großen, gefüllten Ziegenschlauch von einem der Lastkamele herbeischaffen. »Trinkt daraus einen Schluck«, sagte er.

Wir probierten und erkannten, dass es scharfer Dattelschnaps war.

Bald darauf saßen wir alle einträchtig am Boden und unterhielten uns mit Isaaks und meiner Hilfe. Wir sprachen über Kamele im Allgemeinen und über die Zucht im Besonderen, tauschten uns aus über die Unterschiede zwischen Pferde- und Kamelrennen, fragten nach dem gesundheitlichen Befinden des anderen und nach der Anzahl seiner Söhne, beklagten die hohen Salzpreise, die unsicheren Zeiten und den Verfall der Sitten, redeten über den Liebreiz und die Durchtriebenheit der Frauen und ließen über alledem unablässig den Ziegenschlauch kreisen.

Auch Dantapuri, der buddhistischen Glaubens und deshalb kein Freund von Trinkgelagen war, gesellte sich zu uns. Ebenso Yussuf ibn Abd al-Quddus mit seinen Bewunderern. Auch sie schienen vergessen zu haben, dass für sie als Muselmanen Alkohol *harām* war.

Irgendwann sagte Rahman zu mir: »Hakim, du hast uns noch gar nicht verraten, wohin der Weg euch führt. Wie heißt euer Ziel?«

Ich gab ihm bereitwillig Antwort und fragte danach meinerseits, in welche Richtung Rahman mit seinen Männern reiten wolle. Er antwortete, sie seien auf dem Weg nach Tadmur, um dort an den Gräbern ihrer Väter zu beten.

»Wurde Tadmur denn in alten Zeiten von Beduinen bewohnt?«, fragte ich verwundert.

»Nun, äh« – Rahman lächelte schief –, »ist es nicht so, dass wir alle von Sem, dem Sohn Noahs, abstammen?«

Darauf hätte ich antworten können, dass nach meiner Kenntnis zu den Semiten die Minäer, Sabäer, Aramäer, Hebräer, Nabatäer und manche andere gehörten, aber gewiss nicht die Franken. Doch ich unterließ es, denn ich wollte nicht unhöflich sein. Yussuf jedoch, der neben seinem genesenen jungen Sklaven saß und den Arm wie zufällig um dessen Hüfte geschlungen hatte, rief mit bereits trunkener Zunge: »Sem? Sem heißen viele! Ich hingegen stamme von al-Quddus ab, dem vielgerühmten Astronomen, der dem Kalifen al-Mansur den bestmöglichen Gründungstag für Bagdad, welche damals noch ›Runde Stadt‹ hieß, errechnete! Ich sage das nur, falls du das noch nicht gewusst haben solltest, mein Freund.«

»Natürlich habe ich das gewusst!« Rahman lachte. »Das weiß doch jeder in der Wüste.«

»Natürlich, jeder!« Auch Sigimund lachte meckernd und stieß Lantfrid in die Seite. Lantfrid fiel in das Gelächter mit ein.

Weil ihre Anführer lachten, tat es der Rest unserer Männer auch, ebenso wie alle Beduinen. Selbst ich machte keine Ausnahme, denn ich fand die Situation äußerst erheiternd und trank zum wiederholten Mal von dem Dattelschnaps. Die ersten Schlucke hatten mir wie auch meinen Gefährten die Tränen in die Augen getrieben, aber allmählich gewöhnte ich mich an das scharfe Zeug. Eine angenehme Gelöstheit ergriff von mir Besitz, und sogar der hochmütige Yussuf, der seinen jungen Sklaven zu liebkosen begann, erschien mir in diesem Augenblick als ein sympathischer Mensch.

»Sem, Sem, Sem!« Yussuf kicherte. »Ich bin Yussuf ibn Abd al-Quddus, ich reise in meiner Eigenschaft als Geschenke-Bewahrer des großen *amir al-mu'minin.*«

»Geschenke-Bewahrer?«, fragte Rahman. »Auf welche Art von Geschenken hast du denn ein Auge?«

»Auf die Wasseruhr!«

»Was ist das?«

»Das ... verstehst du nicht.« Yussuf küsste seinen Sklaven auf den Mund. »Und von den goldenen Krügen, hupp, und Kannen verstehst du auch nichts ... hupp.«

»Ich wusste, dass du ein wichtiger Mann bist.«

»Ni... Nicht wahr!« Yussufs Kopf verschwand im Schoß seines Sklaven.

Rahman schien es nicht zu bemerken. Er sprang auf und rief: »Lasst uns tanzen, Brüder, es ist Allah wohlgefällig, wenn der Mensch ein fröhliches Herz hat.« Er schlug mit dem Handballen auf eine blecherne Schellentrommel und begann, mit den Beinen rhythmisch auf den Boden zu stampfen, während sich sein Oberkörper im Takt hin und her wiegte.

»Ja, lasst uns tanzen!«, rief Sigimund und stolperte an Rahmans Seite. Komm, Lant ... frid!«

Lantfrid folgte, ebenfalls nicht mehr ganz sicher auf den Beinen, dazu andere Männer aus unserer Gruppe. Auch

Dantapuri, den ich niemals zuvor hatte lachen sehen. Und Abbo, der junge Soldat, der mir bei den Operationen an den Kampfhunden assistiert hatte. Wir hakten uns bei den Hilaym ein und stampften mit den Füßen im Takt, bemüht, das Gleichgewicht zu halten. Rahman stand in unserer Mitte und bearbeitete unablässig seine Schellentrommel. Weitere Männer mit Rasseln kamen hinzu. Wir tanzten um sie herum. Sangen eine eintönige Melodie, versuchten, die fremden, kehligen Laute nachzuahmen. Die Musik war ohrenbetäubend, sie schwoll an und ab, wir drehten uns im Kreis, schneller und immer schneller, alles drehte sich ...

Irgendwann spürte ich, wie mir übel wurde, ich wollte den Kreis verlassen, doch ich wurde festgehalten, ich zog, zerrte, spürte, wie ich würgen musste, wie sich mein Mund mit Mageninhalt füllte, eklig, gallig, widerlich.

Dann, plötzlich, war ich frei, und der Boden stürzte auf mich zu, mir wurde schwarz vor Augen, und eine gnädige Ohnmacht umfing mich.

Ich kam zu mir, weil mich jemand am Arm rüttelte. »Hakim, Hakim, so wach doch auf!«

Es war Abbo, der besorgt auf mich herabsah.

Mühsam rappelte ich mich auf. Mein Kopf brummte. Mir war speiübel. Warum war mir speiübel? Der gestrige Abend fiel mir ein. Wir hatten gesungen und getanzt ...

»Sieh nur, was passiert ist!«

Mühsam blickte ich mich um und sah ein Schlachtfeld. Unsere Männer lagen kreuz und quer am Boden, so wie der Alkohol sie gefällt hatte. Lantfrid erkannte ich, der mit halb geöffnetem Mund rasselnd atmete, daneben Sigimund, der in seinem Erbrochenen lag. Auch Yussuf lag da, halb über seinen Lustsklaven gefallen, in lächerlich verrenkter Position. Isaak schnarchte im Sitzen, Dantapuri war der Turban ins Gesicht gerutscht, der Augenstein glänzte matt.

Ich erhob mich ganz und klopfte mir den Staub aus den Kleidern. Dann sah ich die Verwüstung. Unsere gesamte Ausrüstung war durchwühlt worden, das Unterste zuoberst gekehrt. Wer hatte das getan? Kein Zweifel, es musste Rahman mit seinen Leuten gewesen sein. Der Beduine hatte uns absichtlich trunken gemacht und anschließend bestohlen! In meine Überlegungen hinein rief Abbo: »Hakim, die Tiere sind weg!«

»Was sagst du da?« Ich blickte zum Rand des Lagers, wo die Kamele gestern noch gestanden hatten. Sie waren fort. Nur zwei alte Zugpferde und die Grautiere von Isaak und mir waren noch da. Und Abul, der Elefant. Er stand in unerschütterlicher Ruhe am Futterwagen und angelte sich Heuballen mit dem Rüssel heraus.

Welch eine Katastrophe!

Hinter mir begann jemand zu weinen. Es war Yussuf, der Geschenke-Bewahrer. Er hatte seinen Lustsklaven sich selbst überlassen und bot ein Bild des Jammers. Wo war sein Hochmut geblieben?

»Weinen hilft uns auch nicht weiter«, fuhr ich ihn an.

»Aber sieh doch nur, der Wagen!« Yussuf wies auf das Gefährt, mit dem nicht nur die goldenen Krüge und Kannen, sondern auch die kobaltblauen Porzellanvasen transportiert worden waren. Es war zerstört, die kostbaren Geschenke waren verschwunden.

Ich versuchte, meine Gedanken zu ordnen. »Das Wichtigste sind erst einmal die Menschen«, entschied ich. »Abbo, du hilfst mir, sie wieder auf die Beine zu bringen. Hole ausreichend Wasser vom Brunnen. Und anschließend mein Schulterbündel mit den Medikamenten.«

»Ja, Hakim.«

»Und du«, wandte ich mich an Yussuf, »stellst fest, welche Dinge fehlen. Das gilt nicht nur für die Geschenke, für die du verantwortlich warst, sondern auch für unsere Vorräte.«

Yussuf zögerte. Sein Stolz verbot ihm, Befehle von mir entgegenzunehmen, doch dann machte er sich an die Arbeit.

Geraume Zeit später stellte sich heraus, dass alles noch viel schlimmer war, als es im ersten Moment ausgesehen hatte. Fünf unserer Wachsoldaten waren erschlagen worden, vermutlich, weil sie sich dem Diebesgesindel entgegengestellt hatten. Sämtliche Geschenke fehlten, bis auf die bronzene Wasseruhr, deren Wasserbecken zu schwer zum Davontragen gewesen war. Und bis auf Abul, den grauen Koloss, an den sich wohl niemand herangetraut hatte. Alle Münzen hatte man uns gestohlen und nahezu alle Vorräte, dazu mehrere Zelte und andere Gerätschaften. Damit nicht genug, hatte sich der größte Teil von Yussufs Speichelleckern mit den Räubern aus dem Staub gemacht.

»Gottlob sind die Verträge wenigstens noch vorhanden«, seufzte Lantfrid. Er saß wie ein Häufchen Elend an einen der Karren gelehnt und kühlte sich die Stirn mit einem feuchten Tuch.

»Sie hatten nichts von Wert für dieses Pack«, sagte Sigimund zähneknirschend. »Ich könnte jeden Einzelnen von den Halunken erwürgen!«

Seine Drohung war ein Zeichen dafür, dass es ihm schon besserging – ebenso wie den anderen Gefährten, was nicht zuletzt meinen und Abbos Bemühungen zu verdanken war. Jeden von ihnen hatte ich unter ein rasch errichtetes Notzelt schaffen lassen, anschließend untersucht und mit einem großen Schluck Wasser zum Leben erweckt. Außer einem gehörigen Brummschädel schien keiner ernsthafte Beschwerden davongetragen zu haben.

Unsere noch gestern so stattliche Gruppe umfasste nunmehr lediglich einundzwanzig Männer, darunter acht Soldaten, drei Knechte, einen Koch und zwei von Yussufs Speichelleckern, den Lustsklaven nicht mitgerechnet. Garlef und Sigerik, die beiden sächsischen Krieger, waren offenbar im Kampf mit Rahmans Männern gefallen, jedenfalls konnten wir sie nirgendwo entdecken.

Gegen Mittag hatten wir mit vereinten Kräften das übriggebliebene Gerät sortiert und halbwegs repariert. Der Koch hatte Fladenbrot gebacken, zu dem es ein paar Datteln und gedörrte Feigen geben sollte. Kurz bevor wir unter einem Sonnensegel unsere Mahlzeit einnehmen wollten, kam plötzlich Abbo zu mir. Er nahm mich beiseite und schien sehr aufgeregt. »Hakim«, sagte er, »du weißt doch, dass die Diebe die Wasseruhr nicht mitgenommen haben und dass das Becken der Uhr noch umgekehrt im Sand liegt?«

»Ja, sicher, warum?«, fragte ich.

»Ich bin eben daran vorbeigegangen, und ich hörte ein leises Klopfen. Es schien mir, als habe sich jemand unter dem Becken bemerkbar machen wollen.«

»Bist du sicher?«

»Ziemlich sicher, Hakim.«

»Hm, vielleicht hat sich einer der Unsrigen vor Rahman und seinem Diebesgesindel verstecken müssen«, vermutete ich. »Sehen wir einmal nach.«

Gemeinsam gingen wir hinüber zu dem bronzenen Behälter, und ich rief: »Ist jemand darunter? Wenn ja, gib dich zu erkennen!«

»Rahman?«, ertönte eine hohle Stimme von innen.

»Nein, hier ist Cunrad von Malmünd. Und wer bist du?«

»Ein guter Freund mit seinem Gefährten. Hilf uns, damit wir uns befreien können.«

Ich wollte mich bücken, um das schwere Becken anzuheben, aber Abbo warnte mich: »Warte, Hakim, das kann eine Falle sein. Es ist besser, wir holen ein paar andere dazu.« Er rief einige seiner Kameraden, erklärte ihnen, worum es ging, und hob mit zweien von ihnen das Becken an, während die anderen Soldaten mit gezückter Waffe bereitstanden. Als das Becken weit genug aufgerichtet war, krochen zwei Gestalten darunter hervor.

Unwillkürlich traten wir einen Schritt zurück, denn die beiden Befreiten sahen aus wie Rahmans Männer. Sie trugen die seltsamen, *uqul* genannten Kopfbedeckungen und die grob gewirkten, wallenden *abas*-Umhänge. Schon holte einer unserer Soldaten mit der Waffe aus, als ich sah, dass der ältere der beiden Männer sich über den eisgrauen Bart strich.

»Halt!«, rief ich dem Soldaten zu. »Wenn du jetzt zuschlägst, bist du nicht besser als Rahman und seine Mordbuben. Ich will zunächst mit den beiden reden. Dazu brauche ich dich nicht, du verstehst ohnehin kein Arabisch.«

Widerstrebend zog er sich zurück, ebenso wie Abbo und seine Kameraden, und ich beeilte mich, die beiden Beduinen in das Notzelt zu lenken.

Als wir hineingegangen und vor neugierigen Blicken sicher waren, flüsterte ich: »Dschibril, bist du es wirklich?«

»Ich bin es.« Der alte Arzt strahlte, und wir fielen uns in die Arme.

»Ich kann es kaum glauben«, sagte ich, nachdem ich mich wieder gefangen hatte. »Und wer ist der junge Mann an deiner Seite?«

Statt einer Antwort nahm dieser seine Kopfbedeckung ab, und langes, blondes Haar quoll hervor.

»Aurona!«

Sie lächelte.

»Aurona, wie oft habe ich mir ausgemalt, was ich alles sagen würde, wenn wir uns wiedersehen, und nun …«

»Und nun bin ich da.« Sie stellte sich auf die Zehenspitzen und küsste mich. Es war ein Kuss, so flüchtig und leicht wie die Berührung eines Schmetterlings, doch ich wusste, diesen Kuss würde ich mein Lebtag nicht vergessen. »Aurona …«

»Hast du etwas Wasser für uns?«, fragte Dschibril in den Sturm meiner Gefühle hinein. »Wir haben seit Stunden nichts getrunken.«

»Ja, sicher, natürlich«, stotterte ich, »wartet hier, und rührt euch nicht vom Fleck.«

Ich eilte vor das Zelt, um Wasser vom Brunnen zu holen, wurde unterwegs aber von Lantfrid aufgehalten. »Ich höre, du hast zwei von Rahmans Mordbuben in deinem Zelt«, sagte er stirnrunzelnd. »Was hast du mit ihnen vor? Wir sollten sie fesseln und ausquetschen, um zu erfahren, wo die unersetzlichen Geschenke geblieben sind.«

»Ja, sicher«, antwortete ich und überlegte fieberhaft. »Ich habe sie bereits befragt. Es handelt sich bei ihnen um einen alten, äh, Beduinenfürsten und seinen Sohn. Beide wurden von Rahman gefangen gehalten, um Lösegeld zu erpressen. Den Überfall auf unsere Gruppe nutzten sie, um sich zu befreien und unter dem Wasserbecken zu verstecken.«

»Sie haben also nichts mit diesem Rahman zu tun?«

»Nein, nicht das Geringste.«

»Nun gut.« Lantfrid zögerte. »Sie mögen sich der Gruppe anschließen, wenn du glaubst, das verantworten zu können. Vielleicht sind sie als Wüstensöhne sogar bei der Wegfindung von Nutzen.«

»Ja, gewiss.« Mir fiel ein Stein vom Herzen.

»Aber sorge dafür, dass sie fränkische Kleider tragen. Die Beduinentracht würde unsere Männer zu sehr reizen.«

»Das denke ich auch.« Erleichtert holte ich einen Eimer Wasser und trug ihn ins Notzelt.

Dschibril und Aurona hatten sich erschöpft in einer Ecke niedergesetzt. Nachdem sie getrunken hatten, fragte ich: »Was ist nur passiert? Ich habe so auf euch gewartet! Doch nur Wathiq, der Töpfer, erschien auf dem großen Platz und versicherte mir, ihr wäret nicht in seinen Laden gekommen.«

Dschibril trank einen weiteren Schluck, wischte sich den Mund trocken und sagte: »Es ist alles ganz anders gelaufen als geplant. Am Morgen von Harun al-Raschids Abreisetag sorgte ich dafür, dass der Sarg für Aurona vorsorglich in das Krankengemach gestellt wurde. Es sollte alles schnell gehen, wenn Harun erst einmal fort war. Doch dann passierte ein Missgeschick nach dem anderen. Plötzlich bekam ich einen Hinweis, Arpak sei auf dem Weg zu der Kranken. Was konnte ich tun? Die einzige Möglichkeit war, dass Aurona sich augenblicklich in den Sarg legte.«

»Ja, ich sollte die Tote spielen.« Aurona erschauerte bei der Erinnerung.

»Kaum hatte ich den Deckel des Sarges über Aurona geschlossen, erschien auch schon Arpak. Er hatte von meiner Diagnose gehört und Verdacht geschöpft. ›Ich höre, eine der Lieblingsfrauen des *amir al-mu'minin* soll an Sumpffieber erkrankt sein‹, sagte er zu mir und grinste schleimig. ›Mir ist jedoch in ganz Bagdad kein einziger Fall von Sumpffieber bekannt. Erlaube mir, dass ich die Patientin untersuche.‹

›Du kommst leider zu spät, die Patientin ist bereits tot‹, antwortete ich. ›Sie liegt dort in dem Sarg.‹

›Erlaubst du mir dennoch, die Tote einmal in Augenschein zu nehmen?‹ Arpak grinste noch immer.

›Selbstverständlich erlaube ich es‹, sagte ich, denn mir blieb nichts anderes übrig.

Arpak öffnete den Deckel und beugte sich zu Aurona hinunter. Und dann …«

»Dann«, setzte Aurona die Erzählung fort, »kniff er mir plötzlich in den Arm. Es geschah so unverhofft, dass ich nicht anders konnte: Ich zuckte zusammen.«

Dschibril nickte. »So war es. Ich sah, wie es triumphierend in Arpaks Augen aufblitzte, doch bevor er sich wieder erheben konnte, schmetterte ich den Deckel des Sarges zu. Die scharfe Kante traf Arpak genau im Nacken. Sein Kopf steckte im Sarg, während der Rest seines Körpers noch ein paarmal zuckte. Als ich den Deckel wieder öffnete, war Arpak bereits tot. Ich hatte ihm das Genick gebrochen.«

»Es war furchtbar!« Aurona brach in Tränen aus.

Ich setzte mich neben sie und nahm sie tröstend in die Arme, während Dschibril mit leiser Stimme weiter berichtete: »Ich musste damit rechnen, dass Arpaks Tod innerhalb kürzester Zeit auffallen würde. Deshalb gab es nur eine Möglichkeit: Er musste spurlos verschwinden.«

»Und wie hast du das angestellt?«

»Wir beschlossen, nicht die Beschwersteine, sondern Arpak in den Sarg zu legen. Mit vereinten Kräften hoben wir ihn hinein und versiegelten den Deckel. Das Problem war nur: Wenn Arpak unauffindbar blieb, würde Harun für ihn Ersatz brauchen und mich als Leibarzt nach Khorasan mitnehmen wollen.«

»Theoretisch hättest du mitgehen können«, warf ich ein.

Dschibril blickte entrüstet. »Und was wäre dann aus Aurona geworden? Ich konnte sie doch nicht sich selbst überlassen. Im Übrigen: Arpak hatte so viel Gift über mich im Palast verspritzt, dass Harun mich früher oder später fallengelassen hätte, was einem Todesurteil gleichgekommen wäre. Alles in allem war es eine aberwitzige Situation: Bevor Arpak so unselig zu Tode kam, hatte ich fliehen wollen, nun aber musste ich es. Eine andere Wahl blieb mir nicht. Ich versteckte Aurona in einem Nebenraum und rief einen der Diener herbei. Ich befahl ihm, er möge dem *amir al-mu'minin* ausrichten, Aurona sei tot. Der Leibarzt Arpak habe das übereinstimmend mit mir festgestellt. Er sei auf dem Wege zu seinem Gebieter, um ihm die traurige Nachricht zu überbringen und ihn anschließend nach Khorasan zu begleiten.«

»Das war sehr klug von dir«, schob ich ein, während Aurona und ich uns engumschlungen hielten. »Und wie ging es weiter?«

»Nun, auf diese Weise hoffte ich, den Kalifen täuschen zu können. Er durfte auf keinen Fall Verdacht schöpfen. Andererseits war ich sicher: Nur Arpaks oder meinetwegen würde Harun den Zeitpunkt seines Aufbruchs nicht verschieben. Doch wie konnten wir in der Zwischenzeit aus dem Palast fliehen?«

»Ein Zufall kam uns zu Hilfe«, setzte Aurona leise die Erzählung fort. »Ein Weinhändler, der sizilianischen Rebensaft angeliefert hatte, schickte sich an, mit leeren Fässern in die Stadt zurückzufahren. Ich überredete ihn, uns hinten auf seinem Wagen, verborgen in zwei Fässern, mitzunehmen. So gelang uns die Flucht aus dem Palast.«

Dschibril nickte. »Aber das war erst der Anfang unserer Odyssee: Wir überlegten, ob wir wie abgesprochen zu Wathiq gehen oder am nächsten Morgen auf den großen Platz kommen sollten, von dem aus du mit deiner Gesandtschaft aufbrechen wolltest. Doch beides erschien uns unter den gegebenen Umständen als zu gefährlich. Deshalb schlichen wir auf versteckten Pfaden hinunter zum Ufer des Tigris und schlugen uns von dort über die Verbindungskanäle bis zum Euphrat durch. Wir hofften, in der Syrischen Wüste auf euch zu treffen.«

»Das ist euch gelungen«, bestätigte ich nicht ohne Bitterkeit, »wenn auch unter Umständen, die ich mir anders gewünscht hätte.«

»Wir uns auch. Aber wir konnten uns die Umstände nicht aussuchen. Rahman und seine Stammesbrüder stellten für uns die einzige Möglichkeit dar, gefahrlos die Wüste zu durchqueren. Doch auch sie hätten uns nicht in ihre Gemeinschaft aufgenommen, wenn es mir nicht gelungen wäre, das Bruchleiden eines der Männer mittels eines starken Bandes zu lindern.«

»Die Hauptsache ist, ihr seid heil und gesund hier.« Ich überlegte. »Leider ist es so, dass einer der Vertrauten Haruns, ein gewisser Yussuf ibn Abd al-Quddus, die Gesandtschaft als Geschenke-Bewahrer begleitet. Dieser Yussuf ist eine hochmütige Palastschranze. Es würde ihm ein Vergnügen sein, euch zu verraten, wenn er hinter eure wahre Identität käme. Er darf euch deshalb auf keinen Fall erkennen. Am besten, ihr meidet den Kontakt mit ihm. Und sprecht untereinander ausschließlich arabisch, damit es glaubhaft für die Franken in unserer Gruppe wirkt. Ihr reist als ein alter Beduinenfürst mit seinem Sohn. So habe ich euch auch bei Lantfrid beschrieben.«

»Lantfrid, ist das nicht euer Anführer?«, fragte Dschibril.

»Ja, zusammen mit Sigimund. Und Isaak ist unser Übersetzer. Er spricht viele Sprachen. Auch bei ihm solltet ihr vorsichtig sein. Lantfrid ordnete im Übrigen an, dass ihr fränkische Kleidung tragen sollt.« Ich blickte auf Auronas blonde Haare und fügte hinzu: »Vielleicht mit Ausnahme der verhüllenden Kopfbedeckung.«

Aurona verstand. Sie band die Flut ihrer langen Haare zusammen und ließ sie unter der *uqul* verschwinden. »Wir werden alles tun, was notwendig ist«, sagte sie ernst.

Ich nahm ihre Hand. »Aber es wird ein langer, gefahrvoller Weg in die Freiheit.«

Oh, Tariq, mein großherziger Gastgeber, erlaube mir, eine Pause einzulegen, bevor ich einen neuen Abschnitt meiner Erzählung beginne. Es ist ein Abschnitt, den zu schildern mir sehr schwerfallen wird, denn du wirst mich danach mit anderen Augen sehen. Ich werde dir erzählen müssen, wie und warum ich einen heimtückischen Mord begehen musste und warum es keinen Ausweg gab, ihn zu vermeiden. Vielleicht wirst du meine Tat verdammen, vielleicht auch nicht. Wie sagte Jesus Christus, Gottes Sohn, der von dir und deinen Glaubensbrüdern Isa, der Prophet, genannt wird? *Wer unter euch ohne Sünde ist, der werfe den ersten Stein auf sie …*

Verzeih, wenn ich es anspreche, doch mir fiel auf, dass die alte verschleierte Frau, die mich gewöhnlich zu umsorgen pflegt, an diesem und am vergangenen Abend nicht zugegen war. Es ist ihr doch nichts zugestoßen?

Du hast recht, es geht mich nichts an. Es schickt sich nicht für einen Gast, nach einer Frau aus dem Hause des Gastgebers zu fragen.

Ich wünsche dir eine gute Nacht. Allah sei mit dir – und Gott befohlen!

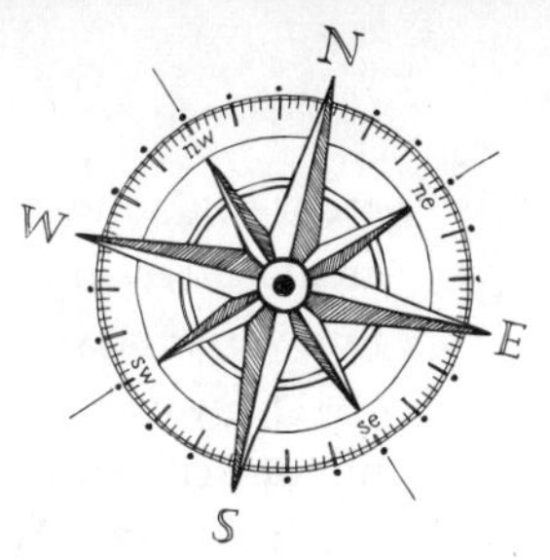

KAPITEL 8

Syrische Wüste, November bis Dezember 799

Die nächsten Tage verbrachten wir damit, aus den Überresten von ursprünglich neun stabilen Wagen zwei mehr oder weniger gebrauchsfähige Karren zusammenzuflicken. Jedes der klapprigen Gefährte hatte nur zwei Räder, wobei die Räder bei der Instandsetzung die größte Schwierigkeit dargestellt hatten, da niemand unter uns das Handwerk des Zimmerers erlernt hatte.

Ein weiteres Problem bildete der Umstand, dass trotz des Raubüberfalls noch sehr viel Ausrüstung und Gerät vorhanden waren, welche nach wie vor transportiert werden mussten. Da einer der beiden Karren mit Abuls Futter beladen werden sollte, blieb nur noch ein weiterer für alles andere übrig. Was auf diesem zweiten Karren keinen Platz fand, musste von uns getragen werden.

Doch das schien unmöglich.

Während Lantfrid, Sigimund und ich noch beratschlagten, gesellte sich Dantapuri unverhofft zu uns und sagte, während er über seinen Augenstein rieb: »Abul wird die beiden Karren hinter sich herziehen, wir müssen sie nur fest aneinanderbinden.«

Ich zweifelte. »Das ist eine sehr schwere Zuglast.«

Dantapuri lachte freudlos. »Es könnten noch drei Karren

mehr sein, und er würde es kaum merken. Solange er genügend Futter und Wasser erhält, wird er alles tun, was ich von ihm verlange.«

»Da wären aber immer noch die Zeltstangen. Es sind mindestens dreißig, und jede ist über sechs Fuß lang«, wandte Lantfrid ein.

»Wir werden sie bündeln, und Abul wird sie quer über seinen Stoßzähnen tragen.«

»Und die übrige Ausrüstung?«, fragte Sigimund.

»Werden wir auf seinen Rücken laden, mit den Zeltplanen abdecken und fest verzurren.«

»Das hört sich an, als wäre es einen Versuch wert«, überlegte Lantfrid.

»Und was ist mit der Wasseruhr?«, fragte Sigimund. »Das verfluchte Ding besteht aus tausend Teilen, und eines ist schwerer als das andere.«

Dantapuri sagte: »Die Uhr mit dem Becken müsste auf den zweiten Karren.«

»Tja, anders geht es wohl nicht.« Lantfrid kratzte sich am Kopf.

»Wir sollten es auf jeden Fall versuchen«, sagte ich.

Und so geschah es.

Als wir am darauffolgenden Morgen aufbrachen, bot das, was einmal unsere Gesandtschaft gewesen war, einen seltsamen, um nicht zu sagen, befremdlichen Anblick: Voran marschierte Abul, wie immer Dantapuri tragend und durch seine Rückenlast noch gewaltiger als sonst wirkend, hinter ihm, verbunden durch starke Seile, folgten die Karren auf quietschenden Rädern, und an den Seiten ritten Lantfrid und Sigimund auf den verbliebenen Zugpferden.

Die beiden Esel, auf denen Isaak und ich bislang gereist waren, hatten wir dem alten Beduinenfürsten und seinem

»Sohn« überlassen, da sie, wie ich erklärte, noch sehr geschwächt waren durch die Gefangenschaft bei Rahman und seinen Mordbuben.

Die anderen Männer folgten zu Fuß. Trotz Abuls gewaltiger Kraft musste jeder von uns immer noch deutlich mehr tragen, als er auf dem Leibe hatte: darunter Nahrung für mehrere Tage, Wasser, soviel es eben ging, die persönliche Habe und nicht zuletzt eine Waffe.

Bevor Lantfrid mit dem Arm nach Südwesten wies und damit das Zeichen zum Aufbruch gab, hatte sich noch ein Streit zwischen Sigimund und Yussuf entzündet, denn der hochmütige Mann wollte durchaus nicht einsehen, dass eine so wichtige Persönlichkeit wie er zu Fuß gehen sollte.

Allerdings war er da bei Sigimund an den Richtigen geraten. »Darf ich dich fragen, als was du unsere Gesandtschaft begleitest?«, fragte er.

»Das dürfte dir hinreichend bekannt sein«, antwortete Yussuf, »aber ich sage es dir gern noch einmal: Ich begleite euch in meiner Eigenschaft als Geschenke-Bewahrer.«

»Richtig, ja. Wo sind eigentlich die goldenen Krüge und Kannen geblieben?«

»Als ob du das nicht wüsstest! Sie wurden von diesem Rahman gestohlen.«

»Und die kobaltblauen Porzellanvasen aus Cathai?«

»Auch gestohlen.« Yussuf runzelte ärgerlich die Stirn. »Was soll eigentlich das Ganze?«

»Das werde ich dir gleich sagen. Aber zunächst lass mich feststellen, dass sämtliche Geschenke – außer der Wasseruhr, die zu schwer war, um sie davonzutragen – geraubt wurden, obwohl du für sie verantwortlich warst. Statt deine Aufgabe ernst zu nehmen, wie der große Kalif es von dir erwarten durfte, hast du dich mit Rahman und seinem Diebsgesindel volllaufen lassen.«

»Aber wir waren an jenem Abend doch alle …«

»Was wir an jenem Abend alle waren, spielt keine Rolle. Du hast versagt, Yussuf!« Sigimunds Augen glitzerten. Ich kannte ihn gut genug, um zu wissen, wie viel Vergnügen es ihm bereitete, die hochmütige Palastschranze in die Schranken zu weisen. »Und jemand, der so versagt hat wie du, Yussuf, ist der Letzte mit einem Anspruch auf ein Reittier.«

Danach war beifälliges Gemurmel von allen Seiten zu hören, und Yussuf hatte schweigend den Marsch angetreten, einzig getröstet von seinem Lustsklaven, auf den er sich hin und wieder stützte.

So waren wir Meile um Meile gegangen, nur manchmal unterbrochen von einer kurzen Rast, die wir nutzten, um ein paar Schlucke Wasser zu trinken.

Anfangs schritt ich an Auronas Seite, die zusätzlich zu ihrer *uqul* ein Tuch um den Kopf gewickelt hatte, so dass nur ein Sehschlitz für ihre Augen frei blieb. Auf diese Weise schützte sie sich gegen den feinen Sand, den der ewige Wind uns allen ins Gesicht blies. Gern hätte ich mit ihr geplaudert, aber ich wagte es nicht. Zu fein waren die Ohren des hochmütigen Yussuf, der direkt hinter uns ging.

So beschränkte ich mich darauf, dem Grautier ab und zu den Hals zu tätscheln und dabei wie zufällig ihre Hand zu berühren.

Um wenigstens etwas zu sagen, rief ich nach vorn zu Lantfrid: »Wie weit ist es noch bis Damaskus?«

»Das weiß nur der Herrgott allein«, antwortete Lantfrid. »Aber wir sind auf dem richtigen Weg. Die Spuren der Karawanenstraße sprechen eine deutliche Sprache.«

»Hoffen wir, dass es so bleibt«, antwortete ich, denn ich wusste, dass die Spuren jederzeit hinter einer Sandverwehung verschwunden sein konnten. Dann würde uns nur eines übrigbleiben: uns nach der Sonne zu orientieren. Doch daran wollte ich nicht denken.

Ich nickte Aurona möglichst gleichmütig zu und beschleunigte meine Schritte, um auf gleiche Höhe mit dem Elefanten und seinem Reiter zu kommen. »Dantapuri, mein Freund, wie geht es dir da oben?«, fragte ich.

»Gut«, kam die Antwort zu mir herab.

»Und wie geht es Abul? Ich meine, er muss eine große Last bei der Hitze schleppen.«

»Darüber mach dir nur keine Sorgen. Abul ist so etwas gewohnt. In jungen Jahren war er ein Arbeitselefant, später ein Tempelelefant.«

»Darüber musst du mir mehr erzählen.«

»Gern, aber nicht vor heute Abend. Für ein Gespräch ist es zu heiß. Nutze deine Kraft lieber zum Gehen.«

»Da hast du recht.«

Ich ließ mich zurückfallen und gab mich meinen Gedanken hin. Sie kreisten immer wieder um Dschibril und Aurona. Bisher hatte ich beide von der Gruppe weitgehend fernhalten können und als Grund ihren geschwächten Zustand angeführt. Aber würde das auf die Dauer gutgehen? Würde es gelingen, auf lange Sicht zu verbergen, dass Aurona eine Frau war? Solange sie sich tief verhüllt vor dem Wüstenwind schützte, bestand sicher keine Gefahr. Was aber würde sein, wenn wir Damaskus erreichten? Wäre es nicht besser, sich vor der Stadt nach Süden zu wenden und weiter den Karawanenstraßen zu folgen?

Nein, denn Damaskus war für uns lebensnotwendig. Unsere Vorräte waren mehr als knapp und das Brennmaterial ebenso, weil der Kameldung fehlte. Von unseren Wasserreserven gar nicht zu reden. Sie reichten stets nur für wenige Tage. Doch wovon sollten wir das alles bezahlen? Wir hatten keinen einzigen Dirham mehr, und die Händler in der Stadt hatten gewiss nichts zu verschenken. Einerlei, sagte ich mir. Ohne den Aufenthalt in Damaskus sterben wir mit Sicherheit. Mit ihm nur vielleicht …

Am Abend bildeten wir wie immer einen Kreis um das

Feuer, nur die Wachen fehlten. Dschibril und Aurona hielten sich abseits in meinem Notzelt. Das Feuer hatten wir mit dem gemacht, was wir Abuls Verdauung verdankten, und der Koch buk Brot aus dem verbliebenen Getreide. Jeder von uns bekam nur einen Fladen, weil wir bereits begonnen hatten, die Vorräte zu rationieren. Immerhin waren die Fladen mit Zuckerrohr gesüßt. Eigentlich war das Süßgras als Leckerbissen für Abul mitgeführt worden, aber Dantapuri versicherte, sein großer Freund hätte sicher nichts dagegen, etwas davon abzugeben.

Ich saß an Dantapuris Seite, schluckte den letzten Bissen hinunter und schlug vor, Abul ein wenig Gesellschaft zu leisten. »Dann kannst du mir auch erzählen, wie sein früheres Leben aussah«, sagte ich.

»Einverstanden.« Wir gingen hinüber zu dem grauen Koloss, der wie immer Gelassenheit und Ruhe ausstrahlte. Er hatte sich hingelegt, vielleicht, weil selbst er von dem langen Tagesmarsch erschöpft war. Wir setzten uns neben seinen Kopf in den Sand, und sein großes Auge blinzelte ein oder zwei Mal.

»Ich grüße dich auch, mein Freund«, sagte Dantapuri und begann zu erzählen: »Bevor aus einem Elefanten ein Arbeits- oder Tempelelefant wird, muss er viel lernen. Dazu wird er anfangs in einem Gehege gehalten, das der Mahut jedoch nicht betritt. Er versucht vielmehr, den Elefanten von außen zu erziehen. Die Ausbildung beginnt damit, dass er ihm zunächst einfache Kommandos zuruft, die das Tier ausführen muss. Damit das besser gelingt, unterstützt der Mahut die Befehle mit einem Stock, der die entsprechende Hilfe gibt.«

»Kann das auch der Ankus sein?«, fragte ich.

»Das ist denkbar. In den meisten Fällen dürfte ein Ankus jedoch zu kurz sein«, antwortete Dantapuri und fuhr fort: »Immer wenn der Elefant ein Kommando richtig befolgt hat, bekommt er einen Leckerbissen zur Belohnung. Vielleicht ein Stück Zuckerrohr, vielleicht eine Frucht. So lernt er den Zusammenhang zwischen einem Kommando und seiner Ausführung kennen. Hat er genügend Befehle zu befolgen erlernt und sich insgesamt als gutmütig und geduldig erwiesen, betritt der Mahut zum ersten Mal das Gehege und streichelt ihn.«

Dantapuri wandte sich Abul zu und strich ihm liebevoll über die runzlige Haut. »Nicht wahr, mein Freund, so war es auch bei uns.«

»Meinst du etwa, das Tier erinnert sich daran?«, fragte ich erstaunt.

»Ganz sicher.« Dantapuri sprach mit dem Brustton der Überzeugung. »Ein Elefant vergisst nie etwas, auch wenn der Zeitpunkt des Geschehens Jahrzehnte zurückliegt. Abul macht da keine Ausnahme. Er ist der klügste, stärkste und geduldigste Elefant, den ich jemals kennengelernt habe.«

»Das will ich dir gern glauben.«

»Lass mich weitererzählen. Danach naht der vielleicht wichtigste Augenblick im Leben eines Elefanten: Es ist der Augenblick, in dem der Mahut ihn zum ersten Mal besteigt und sich hinter seinen Kopf setzt. Im Bereich des Kopfes gibt es Dutzende von empfindlichen Punkten, mit deren Hilfe der Elefant sich lenken lässt. Die wichtigsten habe ich dir bereits in Bagdad gezeigt.«

»Das stimmt. Es kommt mir vor, als läge das hundert Jahre zurück.«

Dantapuri lächelte. »Ganz so lange dauert die Ausbildung eines Elefanten nicht, sondern insgesamt nur drei, höchstens vier Jahre. Wenn sie beendet ist, beginnt für ihn die eigentliche Arbeit. Bei Abul war es so, dass ich mit ihm die erste Zeit in den Wäldern Lankas schwere Holzstämme zu den Flüssen trug, damit sie von dort weitertransportiert werden konnten. Abul war ein sehr zuverlässiger Arbeiter, weshalb sich für uns eines Tages die Möglichkeit eröffnete, nicht mehr Baumstämme, sondern Reliquien zu tragen. Der Anlass waren feierliche Umzüge im Tempelbezirk, die wir Peraheras nennen. Diese Arbeit war zwar leichter, aber ungleich wichtiger, und auch sie verrichtete Abul zur Zufriedenheit aller. Vielleicht wurde deshalb mein Herr, der König von Anuradhapura, auf ihn aufmerksam und verschenkte ihn an den Kalifen Harun.«

»Der ihn seinerseits wieder verschenkte.«

»So ist es. Doch die Hauptsache ist, dass Abul und ich zusammen sind. Und das soll so bleiben, solange wir leben.«

»Das klingt hübsch, wie nach einer guten Ehe.«

Meine Bemerkung hatte scherzhaft klingen sollen, aber Dantapuri lachte nicht, sondern antwortete ernst: »Der Vergleich ist keinesfalls abwegig. Es soll schon vorgekommen sein, dass ein Elefant vor Kummer starb, nachdem sein Mahut zu Grabe getragen wurde.«

»Ein trauriger Gedanke.« Sinnend streichelte ich Abuls Runzelhaut. »Glaubst du, er mag mich?«

»Ich denke schon. Er weiß genau, dass du ihm seinerzeit mehrere Äpfel gegeben hast. Ob er dir gehorchen würde, ist eine andere Frage.«

Ich schmunzelte. »Darauf will ich es lieber nicht ankommen lassen. Es ist nun Zeit für mich, zu gehen. Ich wünsche euch beiden eine gute Nacht.«

»Gute Nacht, Hakim.«

Ich lenkte meine Schritte zum anderen Ende des Lagers, an dem ich mein Notzelt aufgebaut hatte. »Seid ihr noch wach?«, rief ich leise.

»Ja, komm nur herein«, antwortete Dschibril von drinnen.

Ich betrat das Zelt. Im Schein einer flackernden Öllampe waren der alte Arzt und Aurona zu erkennen. Beide saßen auf einem Teppich und aßen etwas Fladenbrot. Dschibril grinste schief. »Du siehst, man lässt uns nicht verhungern.«

»Obwohl wir Beduinen sind«, fügte Aurona mit gespieltem Ernst hinzu.

Ich seufzte. »Ich wünschte, wir könnten die Maskerade beenden, aber Yussuf ist für uns eine ständige Gefahrenquelle. Außerdem dürfte er nicht gut auf euch zu sprechen sein, da ihr den Vorzug habt, reiten zu können, und er wie jeder andere marschieren muss.«

»Ich bin nicht schlecht zu Fuß«, sagte Dschibril.

»Auch ich könnte gehen«, sagte Aurona.

Ich schüttelte den Kopf. »Nein, das möchte ich auf keinen Fall. Dadurch, dass ihr reitet, entsteht eine gewisse Distanz zu den anderen Männern, und die Gefahr ist geringer, dass sie euch in ein Gespräch verwickeln – und sei es auch nur mit Händen und Füßen.«

»Wahrscheinlich hast du recht.« Aurona nickte.

»Ich habe schon hin und her überlegt, wie es gelingen könnte, Yussuf davon zu überzeugen, in Damaskus zu bleiben, damit wir ihn los sind. Aber mir ist nichts eingefallen.«

Dschibril strich sich über den eisgrauen Bart. »Könntest du nicht behaupten, er habe keinen Grund mehr, uns zu begleiten, da die Geschenke, die unter seiner Obhut standen, gestohlen wurden?«

»Daran habe ich auch schon gedacht. Aber du vergisst die Wasseruhr. Sie ist noch immer vorhanden.«

»Das ist leider wahr.«

Wir grübelten gemeinsam nach einer Lösung, doch uns fiel nichts Rechtes ein. Schließlich sagte Dschibril: »Es wird kühl. Ich glaube, ich werde mir ein wenig die Beine vertreten und zu den Männern ans Feuer gehen.«

»Bleib besser hier«, bat ich.

»Was soll schon passieren. Ich bin ein schweigsamer, frierender alter Mann.«

»Aber nimm dich vor Yussuf in Acht!«

»Das mache ich.«

Dschibril kroch durch den Spalt aus dem Zelt, doch ich hielt ihn noch einmal auf. »Und unterschätze seinen Lustsklaven nicht. Der Junge sagt zwar nie ein Wort, aber ich werde den Gedanken nicht los, dass er klüger ist, als er tut. Das gilt im Übrigen auch für die beiden anderen Hofschranzen, mit denen Yussuf sich umgibt.«

»Keine Sorge. Ich glaube, ich bin für mindestens eine Stunde fort.«

Der alte Arzt schlüpfte aus dem Zelt und ließ Aurona und mich allein. Beide wussten wir, dass ihn weder fror noch dass er sich die Beine vertreten musste. Er wollte uns einfach die Gelegenheit geben, allein zu sein.

Wir waren schon öfter allein gewesen, aber diesmal war es anders. Diesmal stand nicht Harun al-Raschid, der mächtige Kalif mit seiner unbeschränkten Macht, zwischen uns. Wir waren frei. Und mit der Freiheit kam zwischen uns Verlegenheit auf.

»Willst du dich nicht setzen?«, fragte Aurona nach einer Weile.

»Ja, äh, natürlich.« Ich setzte mich zu ihr auf den Teppich.

»Ich wollte sowieso mit dir sprechen«, sagte sie, »weil du jede Nacht draußen in der Kälte schläfst, obwohl das Zelt groß genug für uns drei ist.«

»Das ist richtig«, räumte ich ein. »Aber vergiss nicht: Alle denken, ich würde den alten Beduinenfürsten und seinen Sohn genauso wenig kennen wie sie. Und so soll es auch bleiben. Im Übrigen macht es mir wirklich nichts aus, unter freiem Himmel zu schlafen.«

»Aber mir.«

»Wie meinst du das?«

»Ich will nicht, dass du dir da draußen den Tod holst. Wer weiß, was sich da alles herumtreibt: Skorpione, Schlangen, Hyänen …«

»Heißt das, du machst dir Sorgen um mich?«

»Ja, das mache ich«, sagte sie ernst.

»Und denkst in der Nacht manchmal an mich?«

»Mehr, als mir lieb ist.«

»Mir geht es genauso«, flüsterte ich und zog sie an mich. Ich küsste sie sanft, spürte ihren Atem, ihre Nähe, sog den Duft ihrer Haare ein. »Wie oft habe ich daran gezweifelt, dass wir uns wiedersehen würden. Und nun liegst du in meinen Armen.«

Statt einer Antwort begann sie zu weinen.

»Um Gottes willen, du weinst ja! Habe ich etwas Falsches gesagt?«

»Nein, nein.« Eine Träne lief ihr die Wange hinunter. »Ich bin nur so glücklich. Endlich hat sich alles zum Guten gewendet.«

»Das hat es.«

»Ich habe fest daran geglaubt, dass es so kommen würde. Weil du mir die Rose geschenkt hast.«

»Die Rose?«

»Die Rose von Jericho. Weißt du nicht mehr, wo du sie mir gegeben hast? Es war im Rosa Gärtchen. Ich habe sie immer bei mir. Sie kann jede Trockenzeit überwinden und erblüht stets wieder, als wäre nie etwas geschehen. Ich dachte mir, so ist es auch mit unserer …«

»Liebe?«

»Ja, mit unserer Liebe.«

Danach schwiegen wir, denn jedes weitere Wort hätte den Zauber des Augenblicks zerstört. Irgendwann sagte ich: »Ich werde dich nie wieder verlassen, das schwöre ich.«

»Ich dich auch nicht, mein Liebster.«

Ich beugte mich vor und blies das Licht aus.

Am anderen Morgen – ich hatte wieder im Freien geschlafen – wurde ich von seltsamen Geräuschen geweckt. Sie hörten sich an, als würde Metall auf Metall geschlagen, klirrend und krachend. Es klang sehr bedrohlich. Ich fuhr aus meinen Decken hoch und starrte ins Halbdunkel. Schemenhafte Gestalten droschen da aufeinander ein. Ein Überfall? Rahman und seine Mordbuben? Meine Gedanken rasten. Was war zu tun? Aurona, meine liebe, leidenschaftliche Aurona, dir darf auf keinen Fall etwas passieren! Ich muss dich warnen, dich und Dschibril und alle anderen …

Gottlob waren wenigstens die Tiere noch da, denn im Schutz ihrer wärmenden Körper hatte ich geruht. Ich hastete hinüber zu meinem Notzelt und wurde plötzlich angerufen: »Hakim, willst du nicht mitmachen?«

»Wie, was?« Ich brauchte eine Weile, bis ich begriff, dass es Abbo war, der mich gefragt hatte. Er stand mit einigen der Soldaten und Knechte abseits des erloschenen Feuers. Alle hielten Schwerter in der Hand.

Ich ging zu ihm hinüber und versuchte, mir nichts anmerken zu lassen. Niemand brauchte zu wissen, dass ich die Situation falsch eingeschätzt hatte. »Wozu soll das gut sein?«, fragte ich.

»Wir üben uns im Gebrauch der Waffen, Hakim. Gestern Abend am Feuer – du warst nicht dabei – sprachen wir darüber, dass jeder von uns ein Schwert oder eine Lanze zur Verfügung hat, aber lange nicht alle damit umgehen können. Nur wir Soldaten können es, und Sigimund meinte, die Knechte und der Koch und auch der Geschenke-Bewahrer mit seinen Leuten sollten den Umgang mit der Klinge lernen. Im Zweifelsfalle wären wir dann bei einem erneuten Angriff viel wehrhafter.«

»Das leuchtet ein«, sagte ich und musste wie von selbst an Aurona und Dschibril denken. »Aber ich glaube nicht, dass wir den Beduinenfürsten und seinen Sohn mit einbeziehen sollten, denn der Fürst ist zu alt und der Sohn noch zu jung.«

»So sehe ich es auch, Hakim. Der Beduine saß gestern Abend mit am Feuer, aber er schien nichts von unserer Unterhaltung verstanden zu haben. Er spricht ja auch nur Arabisch. Isaak übersetzte ihm unsere Worte, doch er zuckte nur mit den Schultern. Der Geschenke-Bewahrer hingegen wäre im richtigen Alter, um eine Waffe zu führen, aber er scheint sich zu schade dafür zu sein.« Abbo machte eine Pause und zog ein abfälliges Gesicht. »Das Gleiche gilt für sein Jüngelchen und seine beiden Diener. Doch wenn du mitmachen würdest, Hakim, wären wir immerhin siebzehn Männer, die sich bei einem Überfall wehren könnten.«

»Ich mache mit«, sagte ich. »Was muss ich tun?«

»Wir haben eine mannshohe Puppe gebaut, Hakim. Dort steht sie. An ihr üben wir die wichtigsten Schwertstreiche für den Angriff. Was die Verteidigung angeht, so ist der Gebrauch des Schildes unerlässlich. Auch das üben wir.«

»Ihr habt an alles gedacht.« Ich blickte mich um. »Und wo sind Lantfrid, Sigimund, Isaak und Dantapuri?«

»Dantapuri sagt, sein Ankus wäre so viel wert wie drei Schwerter, er brauche keine Übung, um sich mit ihm wehren zu können. Die anderen sind nicht hier, weil wir nicht alle auf einmal schulen können.«

»Ich verstehe. Gib mir ein Schwert, dann können wir anfangen.«

Wieder lag ein glühend heißer Tag hinter uns. Die Sonne hatte uns sämtliche Gedanken aus unseren Hirnen gebrannt, während wir mühsam Schritt für Schritt vorwärtsstrebten: links, rechts, links, rechts ... mit der Mechanik eines Schöpfrades, nur dass wir kein Wasser zutage förderten, sondern es durch sämtliche Poren ausschwitzten. Gegen

Mittag fragte Sigimund mit krächzender Stimme: »Wann endlich werden wir die verdammten Gemäuer von Damaskus erreichen?«

Da ihm niemand antwortete, wandte er sich an mich: »Frag doch mal den Beduinenfürsten, vielleicht weiß der es.«

»Ich bin nicht sicher, ob meine Kenntnisse dazu ausreichen, die Beduinen sprechen sehr unterschiedliche Dialekte«, wich ich aus.

»Na gut, dann soll unser sprachkundiger Isaak es versuchen.«

Isaak, der an diesem Tag besonders unter der Hitze litt und mehr tot als lebendig vor Yussuf marschierte, bedeutete Dschibril, er möge etwas langsamer reiten.

Dschibril zügelte sein Grautier. »Was gibt es?«, fragte er in bestem Arabisch.

Isaak blieb stehen und rang nach Luft.

Yussuf stolperte fast über den stehengebliebenen Isaak und stieß eine Verwünschung aus.

»Ich kann nicht mehr«, keuchte Isaak.

»Wir können alle nicht mehr«, versetzte Yussuf. »Was ist los?«

»Wie weit … ist es … noch bis Damaskus?«, krächzte Isaak.

»Das wüsste ich auch gern«, sagte Yussuf und musterte Dschibril. »Weißt du es, alter Mann?«

»Nein«, antwortete Dschibril, »ich komme aus dem äußersten Süden, wo die Tajji leben. Ich bin zum ersten Mal in dieser Gegend, tut mir leid.«

»Ich verstehe«, sagte Yussuf nachdenklich.

Ich legte Isaaks Arm um meine Schultern und stützte ihn. »Leider weiß niemand, wie weit es noch bis Damaskus ist«, rief ich nach vorn zu Sigimund. »Aber ich bin sicher, es sind nur noch wenige Tagesreisen.«

Als wir im letzten Abendlicht am Feuer saßen, rückte Yussuf überraschend an meine Seite und sprach mich an: »Hakim«, sagte er mit wichtigtuerischer Miene, »ich muss etwas mit dir besprechen – allein.«

»Ein ärztliches Problem?«, fragte ich.

Er grinste. »O nein, es ist etwas anderes.«

»Nun gut, lass uns hinüber zu den Tieren gehen. Dort können wir ungestört reden.«

Als wir bei den Pferden und Eseln angelangt waren, begann Yussuf, mit umständlichem Gehabe mein Grautier zu tätscheln.

Eine Weile fasste ich mich in Geduld, dann fragte ich: »Was soll das? Du wolltest doch mit mir reden?«

»Wie? Ach ja.« Yussuf grinste schon wieder. »Ein schöner Esel, den du da hast, gutmütig und kräftig gebaut. Ich bin sicher, er wird mich morgen gern tragen.«

»Worauf willst du hinaus?«

»Wie ich bereits sagte: Dieser Esel wird mich morgen tragen. Unser Gespräch soll dir die Argumente dazu liefern.«

Ich wurde ärgerlich. »Eher geht ein Kamel durch ein Nadelöhr, als dass du mein Grautier reitest. Du weißt genau, dass ich es dem Sohn des alten Beduinenfürsten überlassen habe.«

»Ach ja? Ich glaube nicht, dass der Sohn ein Sohn ist und der alte Beduinenfürst ein Beduine.«

»Wie bitte?« Ich erstarrte innerlich. »Was willst du?«

»Wie ich bereits sagte: dein Grautier reiten.«

»Das wirst du nicht.«

Ich wollte mich abwenden und gehen, aber Yussuf hielt mich zurück. »Nicht so schnell, Hakim. Erinnerst du dich an den kleinen Vorfall heute, als Isaak den alten Beduinenfürsten fragte, wie weit es noch bis Damaskus sei?«

»Ja, und?«

»Der Alte antwortete, er wisse es nicht, er komme nicht

aus dieser Gegend, sondern aus dem Süden. Und nun rate mal, Hakim, was mir dabei aufgefallen ist.«

»Du wirst es mir gleich sagen.«

Yussuf ließ sich Zeit, bevor er weiterredete. »Mir fiel auf, dass der Alte in einem Arabisch antwortete, wie es am Hofe unseres von Allah gesegneten Kalifen, unseres geliebten *amir al-mu'minin,* gesprochen wird – und gewiss nicht im Süden der Wüste. Findest du das nicht auch seltsam, Hakim?«

Ich schwieg.

»Daraufhin beobachtete ich den Alten genauer und passte einen Moment ab, an dem er sein schützendes Gesichtstuch herunternahm. Tja, und was ich da sah, kam mir sehr bekannt vor. Es handelte sich um niemand anderen als den berühmten Leibarzt unseres *amir al-mu'minin,* um Dschibril!«

»Kannst du beschwören, dass du ihn nicht verwechselt hast? Es gibt viele alte Männer mit grauen Bärten.«

»Was ich gesehen habe, habe ich gesehen. Ich weiß, dass du mich für hochtrabend und dumm hältst, doch ich bin klüger, als du denkst, Hakim. Ich habe mich nämlich gefragt, wer der Sohn des alten Beduinenfürsten sein könnte, wenn der Alte in Wahrheit Dschibril ist, von dem jeder bei Hofe weiß, dass er weder Frau noch Kind hat.«

»Und zu welchem Schluss bist du gekommen?«

Yussuf sonnte sich in seinem Wissen. »Zunächst rätselte ich, um wen es sich handeln könnte, doch als der ›Sohn‹ am Nachmittag sein Grautier hinter eine Düne lenkte, folgte ich ihm unauffällig. Meine Vermutung war richtig: Er wollte etwas verrichten, das man in der Wüste anschließend mit Sand bedeckt. Geduldig wartete ich. Und was musste ich sehen, als der ›Sohn‹ sich wieder aufrichtete? Ein süßes blondes Dreieck zwischen seinen Beinen! Es handelte sich also keineswegs um einen ›Sohn‹, mit dem der alte Dschibril unterwegs war, sondern um eine junge Frau. Nur: Wer war die Unbekannte? Da sie mit Dschibril reiste, lag die Vermutung nahe, dass sie mit ihm gemeinsam aus dem Palast geflohen war. Warum hatte sie das getan? Es gibt nur einen vernünftigen Grund dafür: Sie wollte sich dem entziehen, was das nächtliche Recht ihres Gebieters ist. Mit anderen Worten, bei Dschibrils ›Sohn‹ handelt es sich um eine der Frauen des Kalifen. Soweit mir bekannt ist, hat nur eine von ihnen blonde Haare. Ihr Name ist Aurona. Habe ich recht, handelt es sich bei der Frau um Aurona?«

Ich machte einen letzten Versuch. »Und warum hätte der alte Beduinenfürst, von dem du behauptest, er sei Dschibril, fliehen sollen?«

»Weil er beim *amir al-mu'minin* in Ungnade zu fallen drohte. Das weiß im Palast jedes Kind.«

»Ich muss zugeben, dass du viel Scharfsinn an den Tag gelegt hast. Nehmen wir an, du hast recht mit deinen Überlegungen. Warum erzählst du sie ausgerechnet mir?«

»Weil du es bist, der mit Dschibril und Aurona unter einer Decke steckt. Es kann kein Zufall sein, dass beide für ihre Flucht einen Weg wählten, den auch deine Gesandtschaft für ihre Reise nutzt. Außerdem – und das ist das letzte Glied in der Kette meiner Beweise – hast du vergangene Nacht dein Zelt mit Aurona geteilt. Es war genau in der Zeit, als Dschibril zu uns anderen ans Feuer kam. Und der Einzige, der außer den Wachen im Kreise fehlte, warst du. Da musste ich nur eins und eins zusammenzählen.«

»Und nun erwartest du von mir, dass ich morgen früh für dich mein Grautier frei halte, weil du uns anderenfalls verrätst?«

»Nicht nur das. Mein Plan ist etwas umfangreicher. Doch eines nach dem anderen: Du hast meinen jungen Sklaven von seinem Gerstenkorn geheilt und mir dadurch zu einigen erquicklichen Stunden verholfen. Dasselbe will auch ich dir mit Aurona gönnen. Niemand soll sagen, Yussuf ibn Abd al-Quddus wisse nicht, was der Prophet für wahr erkannt hat: dass nämlich die Frauen unsere Äcker sind. Allerdings wird mein Langmut nur so lange anhalten, bis wir in Damaskus sind. Dort werde ich den Statthalter aufsuchen und ihm berichten, wer mit dem Eigentum unseres geliebten *amir al-mu'minin* durchbrannte und wer ihm dabei half. Ich bin sicher, der *amir al-mu'minin* wird mich für mein waches Auge und meine Treue reich belohnen.«

Yussuf machte eine Pause und ergänzte hämisch: »Und er wird alles dafür tun, um deiner Gesandtschaft habhaft zu werden. Du und deine Gefährten, ihr werdet eure Heimat niemals wiedersehen.«

»Nun gut, du hast uns in der Hand.« Ich überlegte fieberhaft. Welch gerissener Bursche dieser Yussuf doch war! Ein Speichellecker der übelsten Sorte. Nicht nur, dass er mich und die Gefährten zu seinem Vorteil vernichten wollte, es machte ihm auch noch Spaß, mich in seinem Netz zappeln zu lassen, indem er mir großzügig noch ein paar Liebesstunden mit Aurona in Aussicht stellte. Du hinterlistige Spinne!, dachte ich. Es muss doch einen Ausweg aus dieser vermaledeiten Situation geben. Laut fragte ich: »Hast du eigentlich schon zu Abend gegessen, Yussuf?«

Er stutzte. »Wie kommst du plötzlich darauf? Wenn du es genau wissen willst, nein.«

»Wichtiges bespricht man am besten bei einem guten Essen. Ich habe Beziehungen zum Koch, weil ich ihn einmal mit Erfolg behandelt habe. Er wird uns etwas zubereiten, das weitaus schmackhafter ist als das ewige Fladenbrot. Sei in einer Stunde wieder hier, dann wird alles vorbereitet sein.«

»Warum sollte ich?« Yussuf blickte mich lauernd an. »Deine Einladung wird meine Absichten in keiner Weise ändern.«

»Vielleicht doch.«

»Wie meinst du das?«

»Warte nur ab.«

Ich drehte mich um und ließ Yussuf zurück. Geradewegs lief ich zum Zelt des Kochs. Ich hatte Glück und traf ihn an. »Höre, Randolph«, sagte ich, »jetzt ist die Zeit gekommen, wo du dich dafür erkenntlich zeigen kannst, dass ich dich auf der Hinreise von dem Zehrfieber geheilt habe. Bereite gewürzten Reis zu und gebe ihn in eine Schüssel. Vielleicht hast du auch noch etwas von dem eingelegten Huhn. Das brauche ich ebenfalls.«

Randolph wischte sich die Hände an einem fleckigen Tuch ab. »Aber Cunrad, du sprichst von meinen letzten guten Vorräten. Wieso weißt du überhaupt davon?«

»Ich weiß davon, weil ich dich diese Vorräte manchmal essen sehe. Aber das tut nichts zur Sache. Wenn du alles zubereitet hast, bringe es hinüber zu den Tieren und stelle es dort auf einem Teppich ab. Ich habe einen wichtigen Gast. In einer Stunde muss ich mit ihm essen.«

»Cunrad …«

»Ich weiß, mein Wunsch ist ungewöhnlich. Erfülle ihn mir trotzdem. Es ist wichtig, glaube mir.«

Randolph seufzte. »In Gottes Namen, Cunrad, ich bin nicht undankbar. Wieso wusstest du, dass ich manchmal von den guten Vorräten …?«

Den Rest seines Satzes hörte ich nicht mehr, denn ich war schon auf dem Weg zu meinem Notzelt. Ich schlüpfte hinein und sah, dass Aurona allein war. »Wo ist Dschibril«, fragte ich, nachdem ich sie flüchtig geküsst hatte.

»Er sagte, er wolle ein wenig die Sterne betrachten, sie seien heute Nacht wieder zum Greifen nah. Ich glaube aber, es ging ihm nur darum, uns wieder allein zu lassen. Sag, ist etwas passiert?«

»Ja, bitte erschrick nicht: Yussuf, der Speichellecker, hat

herausgefunden, wer der alte Beduinenfürst und sein Sohn in Wirklichkeit sind. Er hat uns in der Hand. Ich will versuchen zu retten, was zu retten ist. Lass mich nachdenken.«

Aurona gehorchte augenblicklich, denn meine Stimme ließ keinen Zweifel am Ernst der Lage zu. Es sprach für sie, dass sie schwieg, obwohl sie sicher viele Fragen hatte.

Ich holte mein Bündel mit den Kräutersäckchen aus einer Ecke des Zeltes und schnürte es auf.

»Kann ich dir helfen?«, fragte sie nach einer Weile.

»Nein«, murmelte ich. Ich saß vor den Kräutern, die so vieles vermochten, und grübelte. Ich überlegte hin und her und entschied mich schließlich für einen Weg. Es war der einzig denkbare. Ich griff zu dem Säckchen, in dem sich das Pulver des Türkischen Fingerhuts befand. Die Arznei, die in geringen Mengen die Tätigkeit des Herzens unterstützt, in größeren jedoch lebensbedrohlich ist, hatte ich auf der Hinreise in Firadh erstanden. Das Säckchen war nahezu voll. Ich steckte es ein. »Mach dir keine Sorgen, meine Liebste«, sagte ich zu Aurona und gab mich damit zuversichtlicher, als ich war. »Ich bin noch vor Mitternacht zurück, dann werde ich berichten.«

»Pass auf dich auf«, bat sie. »Und handele nicht unbedacht.«

»Das verspreche ich«, sagte ich.

Ich nahm eine Laterne und ging mit schnellen Schritten hinüber zu den Tieren, gespannt, ob Randolph meine Anweisungen befolgt hatte. »Gott sei Lob und Dank«, murmelte ich, als ich sah, dass alles wie gewünscht hergerichtet war. Ein Teppich war ausgerollt, mehrere Schüsseln standen darauf. Darin dampfender Reis und etwas von dem Huhn. Sogar eine Schale mit Sesamkernen war da. Außerdem eine Kanne mit aufgebrühter Minze.

Ich setzte mich mit gekreuzten Beinen auf den Teppich und holte das Säckchen mit dem Türkischen Fingerhut hervor. Bevor ich es öffnete, ließ ich meinen Blick schweifen. Nein, niemand war in der Nähe. Auch Yussuf nicht. Ob er überhaupt kam? Ich hatte keine Zeit, lange darüber nachzudenken. In dem Säckchen befand sich mehr Pulver, als in drei hohle Hände ging. Genug, um selbst Abul, der in einiger Entfernung vor sich hin döste, zu töten.

Ich nahm etwas von dem Reis, etwas Huhn, ein paar Körner Sesam und ein gutes Quantum Pulver und formte daraus ein Bällchen. Es sah appetitlich aus, und ich war sicher, es würde schmecken. Dem ersten Bällchen folgten weitere, bis die ganze Schüssel voll war. Dann atmete ich tief durch und schenkte mir etwas von der Minze ein. Ich trank das heiße Gebräu und dachte: Herr im Himmel, steh mir bei, damit diese Schlucke nicht die letzten meines Lebens sind.

Im gleichen Augenblick erschien Yussuf. »Du siehst, ich bin gekommen«, sagte er. »Aber glaube nicht, dass du mich umstimmen kannst.«

»Es war klug von dir, dass du gekommen bist«, antwortete ich. »Setz dich und iss mit mir.«

Yussuf ließ sich mir gegenüber nieder und musterte mich argwöhnisch.

»Greif zu«, sagte ich. »Es sind köstliche Reisbällchen, viel besser als das langweilige Fladenbrot.«

»Das klingt, als hättest du sie schon gekostet.«

»Das habe ich. Könnte ich sonst ihren guten Geschmack loben?«

Yussuf lachte überlegen. »Ich stelle fest, dass du mich nach wie vor für ziemlich dumm hältst, obwohl ich dir vorhin durch meine Schlussfolgerungen das Gegenteil bewiesen habe. Denkst du wirklich, ich wäre so töricht, mich auf dein Wort zu verlassen?«

»Nein, das denke ich nicht«, antwortete ich, nahm eines der Bällchen, steckte es in den Mund und schluckte es hinunter. »Wie ich bereits sagte, die Bällchen sind köstlich. Wenn du sie verschmähst, entgeht dir etwas.«

»Nun ja.« Yussuf klaubte eine der kleinen Kugeln heraus und aß sie. »Wir werden die Dinger abwechselnd essen. Du eines, ich eines, du eines, damit ich sicher sein kann, dass du die gleiche Menge zu dir nimmst wie ich.«

»Natürlich«, sagte ich, nahm ein zweites Bällchen und begann das Gespräch. »Du sagtest, ich könne dich nicht umstimmen. Ich will es trotzdem versuchen. Möchtest du etwas von der heißen Minze trinken?« Ich wartete seine Antwort nicht ab, sondern schenkte ihm ein. Als er trank, schob ich die Schüssel mit den Reisbällchen näher an ihn heran.

Er setzte den Becher ab und nahm, ohne nachzudenken, eines. »Glaube nur nicht, du könntest mich mit deiner Gastfreundschaft einwickeln.«

»Das habe ich nicht vor. Ich weiß, dass ich dich nicht umstimmen kann, indem ich dich einfach bitte oder an dein gutes Herz appelliere.«

»Da hast du ausnahmsweise einmal recht.« Yussuf lachte meckernd und nahm ein weiteres Bällchen. »Die sind tatsächlich recht gut.«

»Das freut mich. Du sagtest, Kalif Harun würde dich für dein waches Auge und deine Treue reich belohnen, wenn du uns verrietest. Wie, denkst du, würde er sich erkenntlich zeigen?«

»Woher soll ich das wissen?«

»Antworte.«

»Vielleicht mit einem einträglichen Amt. Oder mit einer hohen Summe Geldes.«

»Tausend Golddinar?«

»Nun, vielleicht.«

»Fünftausend?«

»Nun …«

»Zehntausend? Zwanzigtausend?«

»Das weiß ich nicht.« Yussufs Augen begannen zu glitzern.

»Fünfzigtausend?«

»Hör auf! Du willst mich verspotten. Jeder im Palast weiß, dass die höchste Summe, die ein Mensch dem *amir al-mu'minin* jemals wert war, dreißigtausend Dinar betrug. Er gab sie für die Sklavin Dat al-Khal, ›die mit dem Leberfleck‹.«

»Iss!« Ich schob die Schüssel mit den Reisbällchen noch näher an ihn heran. »Oder willst du mich zum Verräter am Salz machen?«

»Schon gut.« Yussuf nahm eines. »Und was ist mit dir?«

Ich bediente mich ebenfalls. »Fünfzigtausend Dinar würde Kalif Harun dir niemals geben, womöglich nicht einmal ein Zehntel davon. Ich hingegen würde dafür sorgen, dass die fünfzigtausend dein werden.«

Yussuf lachte abfällig. »Und woher willst du das Geld nehmen? Soll plötzlich ein freundlicher Dschinn aus der Wüste aufsteigen und es mir überreichen?«

»Ich werde dir die Summe in Damaskus übergeben. Meine Bedingung ist, dass du dein Wissen von heute an mindestens zwei Jahre lang für dich behältst, damit ich sicher sein kann, dass unsere Gesandtschaft bis zum Ende ihrer Reise unbehelligt bleibt.«

Yussuf stand auf. Sein Gesicht, eben noch lachend, hatte einen steinernen Ausdruck angenommen. »Suche dir einen anderen für deine Scherze. Ich habe genug von deinen leeren Versprechungen. Ich werde morgen früh dein Grautier reiten und in ein paar Tagen zum Statthalter von Damaskus gehen, um ihm mein Wissen mitzuteilen. Und niemand wird mich davon abhalten.«

»So warte doch! Verspiele nicht die Möglichkeit, zu einem der reichsten Männer Bagdads zu werden.«

»Wie denn, mit deinem Geld? Du hast doch nichts! Du nicht und die übriggebliebenen Männer deiner Gesandtschaft ebenso nicht. Du scheinst zu vergessen, dass dieser Rahman uns alle überfallen hat!«

»Setz dich, iss und hör mir zu.« Ich nahm selbst eines der Reisbällchen und bot meinem Widersacher erneut davon an. Er bediente sich und schluckte das Kügelchen hinunter.

»Nimm noch eines, oder willst du, dass etwas für die anderen übrig bleibt?«

Das wollte Yussuf nicht. Ein weiteres Bällchen verschwand in seinem Mund.

»So, und jetzt werde ich dir erklären, warum ich kein armer Mann bin. Du weißt es wahrscheinlich nicht, aber ich bin derjenige, der die Geldkasse unserer Gesandtschaft verwaltet. In dieser Eigenschaft habe ich auf der Hinreise vorsorglich fünfzigtausend Dinar bei einem der wichtigsten *sairafi* in Damaskus gegen einen *schakk* eingetauscht. Wenn ich den *schakk* bei ihm vorweise, werde ich das Geld sofort zurückerhalten.«

»Das kann jeder behaupten. Wer sagt mir, dass du die Wahrheit sprichst? In Yussufs Augen stand Ablehnung, aber auch ein Funke Gier.

»Bevor ich den Beweis antrete, sollten wir uns die letzten beiden Reisbällchen teilen – wie es sich für anständige Geschäftsleute gehört. Ich wünsche dir einen guten Appetit.«

Nachdem wir die kleinen Kugeln gegessen hatten, machte ich ein geheimnisvolles Gesicht und zog im schwachen Licht der Laterne jenen *schakk* hervor, den mir der Geldwechsler Ahmed in Bagdad gegen eine Zahlung von drei Golddinar ausgehändigt hatte. Ich hielt den *schakk* so, dass nur der große arabische Schriftzug, der das Papier als Scheck auswies, sichtbar war.

Yussuf starrte verblüfft darauf.

»Da staunst du, was?«, sagte ich und steckte den *schakk* wieder ein.

»Kann ich das Papier noch einmal sehen?«

Die Frage hatte ich befürchtet, denn ich musste davon ausgehen, dass Yussuf als gebildeter Höfling des Lesens und Schreibens mächtig war. Angestrengt hatte ich überlegt, mit welcher Ausrede ich das Verlangen ablehnen konnte, doch mir war kein triftiger Grund eingefallen. Deshalb sagte ich nur: »Ich erwarte, dass du mir vertraust.«

Yussufs Augen verengten sich. »Ich habe dir schon zwei Mal gesagt, dass ich klüger bin, als du denkst. Ein drittes Mal werde ich es nicht tun. Unsere Unterredung ist hiermit beendet.«

Abermals wollte er aufstehen, und abermals hielt ich ihn zurück. »Halt! Ich verlange von dir nicht mehr, als du von mir verlangst.«

»Was soll das nun wieder heißen?« Widerstrebend setzte er sich.

»Wer garantiert mir denn, dass du uns nicht verrätst, nachdem ich dir die fünfzigtausend Dinar gegeben habe?«

»Nun …«

»Siehst du, ich muss dir genauso vertrauen wie du mir. Wenn wir beide dazu nicht in der Lage sind, kann aus unserem Geschäft nichts werden.«

Yussuf rieb sich nachdenklich das Kinn.

»Was gibt es da noch zu überlegen? Denke daran, was du alles mit fünfzigtausend Dinar anfangen könntest. Halb Bagdad würde dir zu Füßen liegen.« Ich streckte meine Hand aus.

Yussuf zögerte. »Aber das Grautier will ich morgen trotzdem reiten.«

»Das kannst du von mir aus tun.«

»Gut.« Er schlug ein.

»Am besten, wir trennen uns jetzt, und du suchst unbemerkt dein Zelt auf. Unser Gespräch muss streng vertraulich bleiben, denn meine Gefährten wären kaum einverstanden, wenn sie erführen, dass ich dir unser ganzes verbliebenes Geld geben will. Also, zu niemandem ein Wort.«

»Keine Sorge, ich werde mich daran halten.«

Yussuf stand auf und verließ mich mit schnellen Schritten. Ich blickte ihm nach und kam mir vor wie der abscheulichste Mensch auf Erden.

Sowie er verschwunden war, sprang ich auf und hastete hinter die nächste Sandverwehung. War es nur Einbildung, oder begann mein Herzschlag schon zu rasen? Ich kniete nieder, beugte mich vor und steckte mir den Finger in den Hals. Ich würgte, keuchte, würgte wieder. Die vergifteten Reisbällchen mussten unbedingt hervorkommen! Ein neuerlicher Versuch. Und noch einmal. Endlich zog sich meine Muskulatur krampfhaft zusammen und presste mir einen widerwärtigen Brei in den Mund. Ich spuckte ihn aus und beleuchtete ihn mit der Laterne. Ja, die Reiskörner waren einzeln erkennbar, alles war noch unverdaut. Herr im Himmel, ich danke dir! Gib, dass der Türkische Fingerhut seine Wirksamkeit noch nicht entfalten konnte!

Ich weiß nicht, wie lange ich dasaß, doch irgendwann, als Randolph kam, um abzuräumen, stand ich auf und half ihm bei der Arbeit.

»War das Essen zu deiner Zufriedenheit?«, fragte er.

»Ja, Randolph, es hat sehr gut geschmeckt«, antwortete ich.

»Mit wem hast du dir eigentlich das Mahl geteilt?«

»Mit Yussuf, dem Geschenke-Bewahrer.«

»Mit dem?« An Randolphs Reaktion war abzulesen, wie wenig er den Speichellecker mochte. »Dem hätte ich nichts abgegeben.«

»Jedenfalls danke ich dir.«

»Gern geschehen, Cunrad.«

Auf dem Weg zum Küchenzelt fing uns Lantfrid ab. »Auf ein Wort, Cunrad«, sagte er.

»Einen Augenblick.« Zusammen mit Randolph stellte ich die Küchen-Utensilien wieder an ihren Platz und folgte Lantfrid ans Feuer. Außer uns saß niemand mehr da. »Was gibt es Neues?«, fragte ich.

Lantfrid nahm ächzend Platz und machte eine einladende Geste. Ich setzte mich neben ihn.

»Du willst wissen, was es Neues gibt?«, hob er an. »Dasselbe könnte ich dich fragen. Ich habe erfahren, dass du mit Yussuf eine Abendmahlzeit verzehrt hast, die weitaus üppiger war als das, was wir normalen Sterblichen bekommen.«

»Hat Randolph geplaudert?«

»Ja, das hat er. Weil ich wusste, dass noch ein letzter Rest von Reis und Huhn da war und ich danach gefragt habe. Außerdem habe ich gesehen, wie Yussuf allein – also ohne seinen Lustsklaven – von den Tieren zurückkehrte. Etwas später kamst du mit dem Koch. Also, was hast du mir zu sagen?«

Ich sah ein, dass ich mit der Wahrheit herausrücken musste. Zumindest mit der halben Wahrheit. »Ich habe Yussuf zu einem Essen eingeladen, weil ich etwas sehr Wichtiges von ihm wollte und dafür die besten Voraussetzungen schaffen musste.«

»Mit unseren letzten genießbaren Speisen?« Über Lantfrids Nasenwurzel bildete sich eine Falte.

»Ja, Lantfrid. Es war wirklich wichtig.«

»Und was war das? Spann mich nicht länger auf die Folter.«

»Nun, äh, ich habe mir Gedanken darüber gemacht, dass wir uns in Damaskus mit neuer Nahrung und neuer Ausrüstung versorgen müssen, aber dafür nicht mehr das notwendige Geld besitzen.«

Lantfrid blickte düster. »Darüber zerbrechen Sigimund

und ich uns jeden Tag den Kopf. Dreimal verflucht sei dieser Rahman! Aber uns ist nichts eingefallen, denn in Damaskus gibt es kaum gute Christen wie in Jerusalem, die wir um Hilfe bitten könnten.«

»Ich weiß, Lantfrid.« Ich nahm einen Stock und stocherte in der verlöschenden Glut. »Rahman hat neben unserem Geld und unserer Habe sämtliche goldenen Krüge und Kannen und darüber hinaus die kobaltblauen Porzellanvasen aus Cathai mitgehen lassen.«

»Wem sagst du das.«

»Doch die Wasseruhr hat er uns gelassen. Die war für den Abtransport zu schwer und zu vielteilig.«

»Stimmt.«

»Mein Einfall war nun, die Uhr in Damaskus zu verkaufen. Sie stellt für uns nur eine Belastung dar und würde überdies ein schönes Stück Geld bringen, denn Bronze hat einen hohen Wert. Der Haken war nur, dass wir dazu die Einwilligung des Geschenke-Bewahrers brauchten.«

»Ach, und deshalb …?«

»Genau. Deshalb habe ich ihn zum Essen eingeladen, schöne Worte gefunden und seiner Eitelkeit Genüge getan – mit Erfolg.«

»Heißt das, wir können die Wasseruhr verkaufen?«

»So ist es, Lantfrid. Ich habe Yussuf versichert, auf die Uhr käme es auch nicht mehr an, nachdem die Kannen und die Vasen entwendet wurden. Im Übrigen könne er, wenn er nach seiner Rückkehr dem Kalifen Bericht erstatte, immer noch behaupten, die Wasseruhr sei bei dem Überfall ebenfalls gestohlen worden.«

»Und das leuchtete ihm ein?«

»Es schien so.«

»Na, hoffentlich überlegt er es sich morgen früh nicht wieder anders.«

»Das glaube ich nicht«, sagte ich.

Oh, Tariq, mein großherziger Gastgeber, wenn ich sehe, wie gespannt du meine Worte verfolgst, mag ich kaum innehalten mit meiner Schilderung, doch der Tag neigt sich allmählich, und auch dieser Abschnitt meines Berichtes ist zu Ende. Du weißt nun, wie ich den heimtückischen Mord, von dem ich gestern sprach, ausführte, und wie es mir gelang, dabei zu überleben.

Noch viele Jahre verfolgte mich die Tat im Geiste, denn nichts ist schimpflicher als ein Arzt, dessen Aufgabe es sein soll, Leben zu retten, dieses zu vernichten trachtet. Doch ich hatte keine andere Wahl. Yussuf ibn Abd al-Quddus, der Geschenke-Bewahrer, hätte seine Absicht in jedem Fall wahr gemacht und uns verraten. Der Machtbereich des Kalifen erstreckte sich weit, bis zu einem Gebiet im äußersten Westen Ifriqiyas, welches die Geographen Maghreb nennen. Sein Zorn wäre über uns gekommen, noch ehe wir Jerusalem, Dumyat, Alexandria oder eine andere Stadt erreicht hätten. Er hätte uns gefangen nehmen, höchstwahrscheinlich sogar töten lassen. In jedem Fall wäre ein politischer Sturm ausgelöst worden, der die von uns geknüpften politischen Bande für lange Zeit zerrissen hätte.

Vielleicht fragst du dich, was geschehen wäre, wenn wir unsererseits Yussuf gefangen genommen hätten, um ihn an dem Verrat zu hindern? Auch diese Tat wäre früher oder später ruchbar geworden und einem Schlag ins Gesicht des Kalifen gleichgekommen. Seine Rache hätte uns genauso ereilt.

Ich sehe, du verdammst mich nicht und stimmst meiner Argumentation zu? Das erleichtert mich sehr, oh, Tariq, mein Freund!

Du deutest auf einen Finger deiner Hand? Hast du eine Verletzung davongetragen? Ah, ich verstehe, es geht nicht um deine Hand, sondern um die der jungen Bediensteten, die eben zur Tür hereingekommen ist. Ich will mir den

Finger gern einmal ansehen. Nun ja, ich weiß nicht, wie es passiert ist, aber zweifellos ist ein Glied gebrochen. Eine solche Fraktur kann sehr schmerzhaft sein. Bitte, lasse deshalb einen Aufguss aus Weidenrinde zubereiten und diesen für einige Zeit ziehen. Dann soll die Patientin ihn mit kleinen Schlucken über einen längeren Zeitraum trinken.

Was ebenfalls vonnöten wäre, sind schmale, dünne Leinenstreifen. Besäße ich noch meinen hölzernen Kasten mit den Instrumenten und den anderen ärztlichen Utensilien, wären die Streifen schon zur Hand, so aber muss ich dich bitten, ein paar herbeiholen zu lassen.

Ich warte …

Da haben wir sie ja. Bei einem gebrochenen Finger gilt die alte Regel: Einer hilft dem anderen. Das heißt, wir werden den verletzten Finger mit den Leinenstreifen fest an seinem Nebenmann fixieren. Vorsicht, ich beginne. Das Wickeln hat sehr behutsam zu erfolgen, da der Schmerz auch so schon groß genug ist. Einmal herum, zweimal, dreimal … Gleich bin ich fertig. Ein Knoten, nicht zu fest, gibt dem Verband abschließenden Halt. Nun kann die Fraktur in Ruhe zusammenwachsen. In vier bis sechs Wochen wird die Sache ausgestanden sein. Bis dahin soll die Patientin regelmäßig von dem Weidenrinden-Aufguss trinken und die Hand ruhig halten. In zwei oder drei Tagen will ich wieder nach ihr sehen.

Du verbeugst dich vor mir, oh, Tariq, mein Freund? Bitte, du brauchst mir nicht zu danken. Es war mir Ehre und Freude zugleich, mich für deine Gastfreundschaft, die ich auch heute wieder genießen durfte, erkenntlich zu zeigen.

Morgen will ich dir berichten, was aus dem hinterhältigen Yussuf wurde und warum ich die Liebe Auronas für einen langen Zeitraum verlor. Und ich will erzählen, ob es mir gelang, die Wasseruhr in Damaskus zu verkaufen.

Erlaube mir, dass ich mich nun zurückziehe, denn die Müdigkeit beginnt, mich zu übermannen.

Ich wünsche dir eine gute Nacht. Allah sei mit dir – und Gott befohlen!

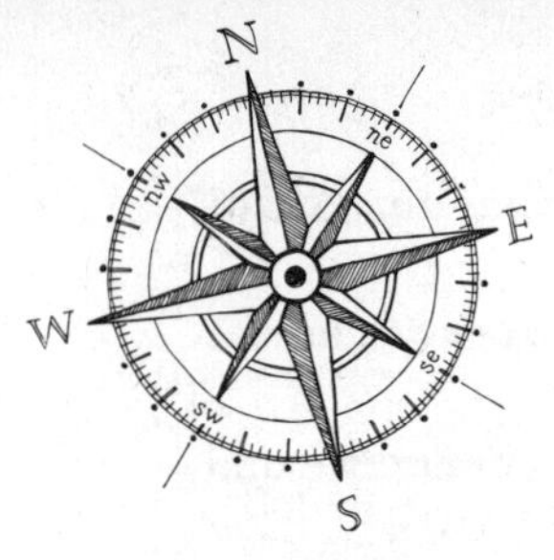

Kapitel 9

Syrische Wüste, Damaskus; Dezember 799 bis Mai 800

Obwohl ich Aurona versprochen hatte, ihr von meiner Begegnung mit Yussuf zu berichten, unterließ ich es, denn als ich zum Notzelt zurückkam, brachte ich es nicht übers Herz, sie in ihrem unruhigen Schlummer zu stören. Auch Dschibril, der neben ihr lag und leise schnarchte, wollte ich unbehelligt lassen. Beide würden die schrecklichen Ereignisse noch früh genug erfahren.

So wickelte ich mich in meine Decken ein und verbrachte eine weitere Nacht unter dem glitzernden Sternenhimmel. Doch der Schlaf, auf den ich gehofft hatte, wollte sich nicht einstellen. Zu aufgewühlt war meine Seele, zu quälend mein Gewissen. Mehrere Male war ich kurz davor, zu Yussufs Unterkunft zu laufen, um nach ihm zu sehen, doch ich traute mich nicht – aus Angst vor seinem Anblick. Stattdessen betete ich und flehte meinen Christengott an, er möge mir die ruchlose Tat verzeihen.

Erst gegen Morgen, als der Tag schon graute, fiel ich in einen unruhigen Schlaf mit bizarren Träumen, in deren Mittelpunkt eine riesige Wasseruhr stand. Eine der zwölf bronzenen Reiterfiguren, die zu der Uhr gehörten, war Yussufs Lustsklaven wie aus dem Gesicht geschnitten und rief: »Ich nahe, ich nahe!« Und als ich den Lustsklaven fragte, was das zu bedeuten habe, lachte er hämisch und rief: »Ich bin dein letztes Stündlein!«

Ich erschauerte, doch schon wieder rief der Sklave etwas. Es hörte sich an wie: »Hakim, Hakim!«

Hakim? Das war zweifellos ich, doch ich hatte keine Zeit, ihm zu antworten, denn ich musste hinaus in die Wüste, Reisbällchen säen, viele Reisbällchen, aus denen Fingerhutfelder wachsen sollten.

»Hakim!«

Ich schreckte hoch, blinzelte und erkannte, dass Yussufs Lustsklave tatsächlich vor mir stand und nach mir rief. »Was gibt es?«, fragte ich benommen.

»Schnell, schnell, bitte folge mir! Yussuf ibn Abd al-Quddus ist … er ist …!«

Mit einem Schlag waren die Bilder der vergangenen Nacht wieder da. »Ich komme«, sagte ich. Wir hasteten an Abbo und seinen Soldaten vorbei, die unsere Knechte wie jeden Morgen im Waffenhandwerk unterwiesen, und gelangten zu Yussufs Zelt, das weitaus prächtiger und einladender aussah als mein Notzelt.

Doch dafür hatte ich keinen Blick. Ich hatte nur Augen für die gekrümmte Gestalt, die vor mir auf einem kostbaren kappadokischen Teppich lag. Yussufs Mund stand halb offen, als ringe er nach Luft, die Augen waren aufgerissen, die Hände an die Brust gepresst. Sein Gesicht war von wächserner Farbe.

»Hakim, du musst ihm helfen!«

»Dafür ist es zu spät, er ist tot«, sagte ich

»Hakim, bitte! Es kann nicht sein, dass Yussuf tot ist. Noch gestern Abend war er gesund wie ein Fisch im Wasser.«

»Nun gut, ich will ihn untersuchen.«

Ich ergriff die üblichen Maßnahmen, die zur Feststellung des Todes dienen, obwohl mir bereits ein erster Blick gesagt hatte, dass Yussuf nicht mehr lebte. Ich legte einen Finger an den Hals des Leichnams und forschte nach dem Herzschlag. Nichts. Dann versuchte ich, den Puls zu fühlen. Mit dem gleichen Ergebnis.

»Er kann nicht tot sein, Hakim!« Die Stimme des Lustsklaven zitterte vor Verzweiflung. »Vielleicht lebt er noch ein wenig – ein ganz klein wenig?«

Ich antwortete nicht und setzte meine unnötigen Untersuchungen fort, indem ich um ein Messer bat und die Spitze in die Fußsohle drückte. Abermals nichts.

Ich richtete mich auf und sagte zu dem Lustsklaven: »Wie ist eigentlich dein Name?«

»Baschar ibn Amat ibn al-Barq, Hakim, aber der edle Yussuf nennt mich immer Baschi.«

»Nun gut, äh, Baschi: Ich könnte Yussuf noch Insekten in den Mund stecken oder kaltes Wasser in die Gehörgänge gießen, ich könnte seine Handflächen über offenes Feuer halten und mancherlei mehr, was wir Ärzte in derlei Situationen zu tun pflegen, doch das Ergebnis wäre immer gleich: Dein Freund Yussuf ibn Abd al-Quddus würde keinerlei Reaktion mehr zeigen. Er ist tot. Ich fürchte, sein Herz ist stehengeblieben.«

Ein Aufschrei war die Antwort. Baschi warf sich über den toten Körper und vergoss bittere Tränen.

Ich stand daneben und schwieg. Wieder fragte ich mich, ob es keine andere Lösung gegeben hätte, als Yussuf zu vergiften, doch ich wusste: Alles wäre immer wieder auf die Frage hinausgelaufen, welches Leben am Ende höher einzuschätzen sei – das eines Einzelnen oder das von über einem Dutzend Franken.

»Was ist hier los?«, fragte Lantfrid in meine Gedanken hinein. Er war mit den anderen Gefährten ins Zelt getreten und starrte auf den toten Körper.

»Der Geschenke-Bewahrer ist einem Herzanfall erlegen«, antwortete ich mit belegter Stimme. »Ich habe ihn bereits untersucht.«

»Himmel und Hölle« – Lantfrid fuhr sich durch die wenigen Haare –, »das hat uns gerade noch gefehlt.« Und Sigimund meinte: »Das ist eine üble Sache! Wir können ihn da nicht liegen lassen. Bis Mittag muss er unter die Erde. Oder pflegen die Muselmanen ihre Toten nicht zu begraben?«

Baschi, der die ganze Zeit vor sich hin geweint hatte, wandte sich mit tränenerstickter Stimme an mich: »Hakim, ich möchte von Yussuf Abschied nehmen. Darf ich mit ihm für eine Weile allein sein?«

Ich übersetzte seine Worte für die anderen und fragte mich wieder einmal, wo Isaak, unser Dolmetscher, steckte. Wahrscheinlich schlief er noch.

»Von mir aus soll er Abschied nehmen«, entschied Sigimund für mich. »Das können wir dem Jungen nicht abschlagen. Aber nicht zu lange, wir müssen weiter.«

Die Gefährten nickten. Das Ereignis begann, seinen Reiz zu verlieren. Sie zerstreuten sich. Nur Lantfrid und ich blieben. Wir traten vor das Zelt, und Lantfrid bat mich: »Cunrad, kannst du dich um den Toten kümmern? Du bist Arzt, du weißt am besten, wie in solchen Situationen vorzugehen ist.«

»Gewiss«, antwortete ich, obwohl ich keine Vorstellung davon hatte, was zu tun war.

Ich wartete eine Weile, bis ich glaubte, Baschi stören zu können. »Wir dürfen mit der Beerdigung nicht länger warten«, sagte ich zu ihm. »Yussuf ist schon viele Stunden tot, das zeigt die Leichenstarre. Ich schlage vor, du hebst mit deinen beiden Glaubensbrüdern eine Grube aus und hältst ein Ritual ab, das deiner Religion entspricht.«

Baschi begann wieder zu weinen. »Aber was soll ich denn sagen? Ich war noch nie bei einer Beerdigungsfeier.«

»Frage deine Glaubensbrüder, vielleicht wissen die es.«

»Aber es sind doch nur Diener!« Baschi weinte lauter.

»Sind sie nicht Muselmanen wie du?«

»Was soll ich nur tun?«

Mir fiel die Beerdigungszeremonie auf dem Friedhof Rusafa ein, bei der sechs kräftige Eunuchen jenen Sarg getragen hatten, in dem weder Beschwersteine noch Aurona gelegen hatten, sondern der missgünstige Arpak. Ein alter Imam hatte die Prozession angeführt, dabei einen Koran haltend und daraus die Eröffnungssure vorlesend. »Du hast doch sicher eine Koranschule besucht?«, fragte ich.

»Ja, selbstverständlich, Hakim.«

»Dann kennst du die Eröffnungssure?«

Baschi schniefte. »Ich kenne den gesamten Koran auswendig, Hakim. Du sprichst von *al-Fatiha,* die auch ›die Eröffnende‹ genannt wird.«

»Sprich diese Sure. Ich habe einmal gehört, sie sei die wichtigste im Koran. Grüße Yussuf ibn Abd al-Quddus ein letztes Mal und sage ihm, dass er dir, äh, dass er dir sehr nahegestanden hat. Du wirst schon die richtigen Worte finden.«

»Ja, Hakim.« Baschi wirkte auf einmal sehr tapfer.

Kurz vor der Mittagsstunde war die Grube ausgehoben. Die Arbeit hatte mehr Zeit in Anspruch genommen als ursprünglich gedacht, denn uns mangelte es an Schaufeln. Doch mit vereinten Kräften – auch ich hatte mit angefasst – konnten wir den Toten schließlich in das Erdloch legen. Wir bedeckten die Leiche mit Sand und suchten gemeinsam nach einem größeren Stein, der den Begräbnisort markieren und an Yussuf ibn Abd al-Quddus erinnern sollte. Da wir keinen fanden, mussten wir uns mit mehreren kleinen Steinen begnügen. Baschi nahm das kostbarste Gewand seines Freundes und Liebhabers, breitete es über der zugeschütteten Grube aus und beschwerte es mit den Steinen. »Dies soll ein Zeichen für alle Vorüberziehenden sein, dass hier der edle Yussuf ibn Abd al-Quddus begraben liegt«, sagte er mit trauriger Stimme zu den beiden Dienern. »Wir wollen jetzt gemeinsam beten.«

Das war für mich und die anderen Gefährten der Augenblick, die Muselmanen allein zu lassen. Mich langsam entfernend, hörte ich die ersten Zeilen der »Eröffnenden«: *»Im Namen Allahs, des Gnädigen und Barmherzigen. Lob sei Allah, dem Herrn der Welten, dem Barmherzigen und Gnädigen, der am Tag des Gerichts regiert! Dir dienen wir, und Dich bitten wir um Hilfe …«*

Am frühen Nachmittag ritten wir weiter. Alles war wie an den Tagen zuvor, nur dass Yussuf, der Geschenke-Bewahrer, fehlte. Mein Grautier, das zu reiten er so erpresserisch gefordert hatte, trug auf seinem Rücken weiterhin Aurona, und immer wenn ich ihr tief verhülltes Antlitz sah, wurde ich an das erinnert, was ich getan hatte.

»Was hast du getan?«, fragte sie mich einmal leise, als ich meinen Schritt beschleunigte, um einem Ruf Lantfrids zu folgen.

»Ich habe dafür gesorgt, dass der heimtückische Yussuf uns nicht mehr verraten kann«, antwortete ich mit ebenso gesenkter Stimme.

»Heißt das …?«

»Ja, das heißt es.« Ich war froh, nicht näher auf ihre Frage eingehen zu müssen, denn Lantfrid rief mich bereits zum zweiten Mal.

»Ich muss weiter«, murmelte ich und ließ Aurona hinter mir. »Was gibt es, Lantfrid?«, fragte ich, als ich neben ihm war.

»Ich habe mir das mit dem Verkauf der Wasseruhr noch

einmal durch den Kopf gehen lassen«, sagte Lantfrid. »Wenn du sie in Damaskus veräußerst, dann darfst du das auf keinen Fall unter deinem richtigen Namen und als Mitglied unserer Gesandtschaft tun. Jede Verbindung zu unserer Gruppe muss unbedingt vermieden werden. Der Käufer – so du einen auftreiben kannst – soll glauben, du seist ein Hehler, der Rahmans Diebesgut zu verkaufen sucht. Alles andere würde einem politischen Skandal gleichkommen. Hast du mich verstanden?«

»Selbstverständlich, Lantfrid«, antwortete ich. »Was du sagst, klingt überzeugend. Es ist allerdings damit zu rechnen, dass Hehlerware nicht so viel einbringt wie normale Ware.«

»Das müssen wir in Kauf nehmen.«

Sigimund, der wie immer neben Lantfrid ritt und unsere Worte mit angehört hatte, ergänzte: »Höchste Zeit, dass wir die verdammte Uhr loswerden. Sie ist für uns nur noch ein Klotz am Bein.«

»Ich will tun, was ich kann«, versprach ich.

»Und wo wir gerade von hinderlichen Dingen reden«, fuhr Sigimund fort, »dieser Beduinenfürst und sein Sohn haben sich bei der Wegfindung bislang als nicht besonders nützlich erwiesen. Sie kapseln sich vielmehr ab und schweigen wie die Austern. Wenn mich nicht alles täuscht, haben sie auch heute Vormittag durch Abwesenheit geglänzt, als wir dem Geschenke-Bewahrer sein Grab schaufelten. Als gute Muselmanen hätten sie doch eigentlich dabei sein müssen?«

»Da hast du recht«, sagte ich lahm.

»Die beiden essen uns nur unsere Vorräte weg, meinst du nicht auch, Lantfrid?«

Lantfrid nickte.

»Wir sollten uns ihrer entledigen.«

»Wie bitte?« Ich blickte empört. »Willst du sie in der

Wüste aussetzen? Der alte Mann würde keine einzige Meile zu Fuß schaffen und sein Sohn wahrscheinlich nicht viel mehr. Das käme ihrem Todesurteil gleich!«

Sigimund knurrte etwas Unverständliches. »Dann soll sich wenigstens der Sohn nützlich machen. Er kann bei der Küchenarbeit helfen. Randolph stöhnt sowieso dauernd, es würde ihm alles zu viel.«

»Ich werde mit dem jungen Mann reden«, sagte ich.

Am Abend, nachdem wir am Feuer gegessen hatten, wollte ich ein paar Brotfladen und Datteln zu meinem Notzelt tragen, um Aurona etwas Nahrung zu bringen und gleichzeitig alle Dinge mit ihr zu bereden. Ich hoffte, mein Handeln würde bei ihr auf Verständnis stoßen, doch das fest verschlossene Zelt gab mir ein eindeutiges Signal: Ich war nicht willkommen.

»Aurona«, rief ich leise.

Keine Antwort.

Ich rief nochmals, und wieder blieb es stumm im Zelt.

»Cunrad, mein Freund, worauf wartest du?«, erklang eine leise Stimme in meinem Rücken. Ich wandte mich um und erkannte Dschibril, der in einiger Entfernung sein Abendgebet gesprochen hatte.

»Ich wollte das Zelt betreten, aber offenbar möchte dein, äh, Sohn mich nicht einlassen«, antwortete ich vorsichtig.

Der alte Arzt runzelte die Stirn. »Warum sollte das so sein?«

»Ich kann den Grund nur erraten. Lass uns zu den Tieren gehen, dort sind wir ungestört.«

Wir schlenderten hinüber zu den Pferden und Grautieren, und als wir dort angekommen waren, hockten wir uns nach Arabersitte auf den Boden. Dann erzählte ich, was die Ursache für Yussufs überraschenden Tod gewesen war. Und je mehr ich erzählte, desto ungläubiger und entsetzter wurde Dschibrils Gesichtsausdruck. Als ich geendet hatte, sagte ich: »Aurona kennt die Einzelheiten nicht, aber sie wird sich ihren Teil denken. Ich hoffe, sie hat Verständnis für mein Handeln, wenn ich es ihr erkläre.«

Dschibril strich sich über den eisgrauen Bart und sagte bedächtig: »Um ehrlich zu sein: Es fällt nicht leicht, Verständnis für dein Handeln aufzubringen, denn zweifellos hast du eine große Sünde auf dich geladen, und deine Tat wiegt umso schwerer, weil du Arzt bist und den Eid des Hippokrates geschworen hast. Aber wie ich den Fall sehe, hast du nicht aus Gier oder Lust getötet, sondern ausschließlich, um das Leben deiner Gefährten zu retten. Zwar ist der Wert eines Lebens gegen den Wert eines oder mehrerer anderer nicht aufzurechnen, doch ich denke, dein Handeln ist zu verstehen. Ich jedenfalls verdamme es nicht.«

»Ich danke dir.«

Nachdem wir eine Weile geschwiegen hatten, sagte ich: »Willst du von den Fladen und den Datteln?«

»Nein, mein Freund, ich bin nicht hungrig.«

»Dann nimm sie für Aurona mit. Grüße sie von mir, und sage ihr, ich würde morgen das Gespräch mit ihr suchen. Bitte erzähle ihr nichts von dem, was du weißt, ich möchte es ihr selbst sagen.«

»Du kannst dich auf mich verlassen, mein Freund.«

Wieder verbrachte ich eine Nacht unter dem glitzernden Sternenhimmel. Am Morgen, als mich das Waffengeklirr der übenden Gefährten weckte, erhob ich mich, um ihnen Gesellschaft zu leisten. Mein Kopf war noch immer voll von den Geschehnissen der vergangenen zwei Tage, und ich war für jede Abwechslung dankbar.

Wir kreuzten die Klingen für etwa eine Stunde, und

Abbo, der uns anleitete, schien mit unseren Fortschritten schon recht zufrieden. Anschließend setzten wir uns zum gemeinsamen Essen nieder. Nach dem kargen Morgenmahl, das aus nicht viel mehr als aus aufgegossener Minze bestand, folgten wir erneut den fast verwehten Spuren der uralten Karawanenstraße. Die Sonne stieg stetig und mit ihr die Temperaturen, die den Körper schlaff und den Geist träge machten. Kurz vor Mittag, als das Himmelsgestirn schon fast am höchsten stand, schloss ich zu Aurona auf und drängte ihr Grautier ein paar Schritte zur Seite, damit ich sicher sein konnte, dass niemand unsere Unterhaltung mit anhörte.

»Aurona, kennst du eigentlich Randolph?«, fragte ich im Bemühen um einen neutralen Beginn.

»Nein.« Die Antwort klang abweisend.

»Nun, er ist unser Koch. Er könnte Hilfe gut gebrauchen.«

»Was hat das mit mir zu tun?«

»Aurona, bitte, mach es mir nicht so schwer. Gestern sprach Sigimund mich an. Er beklagte sich darüber, dass der alte Beduinenfürst und sein Sohn ziemlich wertlos für die Gemeinschaft seien und sie nur dazu beitragen würden, die wenigen Vorräte schneller schrumpfen zu lassen.«

»Ja, und?«

»Er schlug vor, euch beide irgendwo in der Ödnis auszusetzen, aber ich konnte es verhindern. Allerdings besteht Sigimund darauf, dass wenigstens der ›Sohn‹ des alten Beduinenfürsten sich nützlich macht, indem er Randolph bei der Küchenarbeit hilft. Du wirst ihm also spätestens ab morgen zur Hand gehen müssen.«

Aurona schwieg.

Eine Weile schritt ich neben ihr her. Dann machte ich einen erneuten Versuch, das Eis zu brechen. »Aurona, Liebste«, sagte ich, »du hättest mich gestern Abend ins

Zelt lassen sollen, um mir die Möglichkeit zu geben, dir alles zu erklären.«

Sie blickte zu mir aus dem schmalen Schlitz ihres Gesichtstuchs herab, und der Ausdruck in ihren gletscherfarbenen Augen verhieß nichts Gutes. »Was wolltest du mir denn erklären? Wie du den Geschenke-Bewahrer getötet hast? Du hast ihn feige ermordet. War es nicht so?«

»Pst, nicht so laut!« Ich blickte mich um, aber niemand schien auf uns zu achten. »Ich habe getan, was getan werden musste, und ich habe es unter Einsatz meines eigenen Lebens gemacht.« Mit raschen, eindringlichen Worten schilderte ich das Geschehene. Als ich fertig war, fügte ich an: »Du siehst also, es war eine Art Notwehr. Wenn ich nicht so gehandelt hätte, würdest du die Heimat vielleicht niemals wiedersehen.«

»Vielleicht werden wir alle die Heimat niemals wiedersehen. Ist das ein Grund, einen Menschen zu töten?«

»Aurona, bitte …« Ich suchte nach Worten. »Du liebst mich doch!«

Sie schüttelte langsam den Kopf. »Man kann eine Liebe nicht auf einen Mord gründen.«

»Aurona, so höre doch …«

»Dieser Mord wird immer zwischen uns stehen. Ich will nie wieder mit dir das Zelt teilen. Wie könnte ich mich von Händen liebkosen lassen, die einem anderen Menschen die Todesmahlzeit gereicht haben.« Sie begann zu weinen.

»Aurona, bitte, denke an die Rose von Jericho, die ich dir einst im Rosa Gärtchen schenkte. Du weißt, sie erblüht immer wieder. Das kann auch für unsere Liebe gelten.«

Aurona schwieg.

Ich schöpfte Hoffnung und fügte hinzu: »Wir alle sind nicht frei von Schuld, auch du nicht, meine Liebste. Du selbst hast einmal unseren Christengott verraten, weil du als

Muselmanin anerkannt werden wolltest. Ist das nicht genauso verachtenswert?«

»Ich wollte das Sklavenjoch abschütteln.« Aurona klang trotzig. »Das ist etwas anderes, als einen ahnungslosen Menschen zu töten.«

»Aurona, ich beschwöre dich …«

»Lass mich.« Abermals begann sie zu weinen. »Lass mich, es ist etwas zerbrochen. Für immer.«

Wie vor den Kopf geschlagen trottete ich neben ihr her. Irgendwann, als ich merkte, dass sie nicht mehr mit mir reden würde, ließ ich mich zurückfallen, voller Trauer und Verzweiflung.

Der weitere Tag lief nur schemenhaft vor meinen Augen ab. Ich stolperte vor mich hin und war keines klaren Gedankens fähig. Am Abend saß ich steif wie eine Statue beim gemeinsamen Mahl und reagierte kaum, als Dantapuri mich ansprach: »Hakim«, sagte er, »irgendetwas stimmt nicht mit dir. Du isst nicht, du trinkst nicht, du redest nicht. Kann ich dir helfen?«

»Mir ist nicht zu helfen«, antwortete ich düster.

Dantapuri schluckte den letzten Bissen seines Fladenbrotes hinunter und sagte: »Komm, wir gehen zu Abul. In seiner Nähe werden alle Sorgen klein.«

»Warum sollte das so sein?«

»Weil seine Gelassenheit so groß ist. Er verströmt eine Unerschütterlichkeit, die ansteckend ist. Komm nur.«

Widerstrebend folgte ich Dantapuri und setzte mich mit ihm neben den riesigen Kopf des ruhenden Elefanten. Dantapuri schwieg, und nur das große Auge Abuls blinzelte dann und wann.

»Spürst du, was ich meine?«, fragte Dantapuri nach geraumer Zeit.

»Ja«, sagte ich, »vielleicht.«

»Willst du mir nicht sagen, was dich bewegt?«

»Nein.« Um meine schroffe Antwort etwas abzumildern, fügte ich hinzu: »Ich kann nicht darüber reden. Es ist besser, wenn ich zu niemandem darüber spreche.«

»Sollen wir ein wenig auf Abul reiten? Hoch oben auf seinem Rücken sieht die Welt ganz anders aus.«

Bald darauf ließen wir uns durch die Wüste tragen, dem Sonnenuntergang entgegen, und tatsächlich kehrte so etwas wie Ruhe in mein Herz zurück. Auf einem Geröllfeld saßen wir ab, und Dantapuri bückte sich, um einen der kleinen Steine aufzuheben. »Abul«, sagte er liebevoll, »hier habe ich etwas für dich, nimm!«

Der große Rüssel schlängelte heran. Die Spitze ergriff den Stein, verharrte einen Moment und schleuderte ihn dann fort.

Dantapuri lachte. »Ich wusste, dass ich dich nicht täuschen kann, mein Freund!« Er griff in die Tiefen seines Wickelschurzes und holte eine Dattel hervor. Bevor er sie Abul anbot, hob er den Arm, und zu meinem nicht geringen Schrecken gab der Koloss einen markerschütternden Trompetenstoß von sich.

»Brav, mein Freund!«

Abul erhielt die Dattel und warf sie sich mit einer lässigen Bewegung in den Schlund.

Dantapuri griff abermals in seinen Wickelschurz, holte eine weitere Dattel hervor und hob wieder den Arm. Diesmal war ich gewarnt und hielt mir die Ohren zu, als der Trompetenstoß in meiner unmittelbaren Nähe erklang.

Nachdem Abul die Dattel verspeist hatte, fragte ich: »Was hat das Ganze zu bedeuten? Mit dem Getöse könnte man ein halbes Heer in die Flucht schlagen.«

Dantapuri wurde ernst. »Du sagst es, Hakim. Genau darum geht es mir. Wenn Rahman mit seinen Spießgesellen diesen Ton gehört hätte, wäre er mit Sicherheit auf der Stelle umgekehrt, statt uns zu überfallen. So aber konnte er seine schändliche Tat ausführen. Ich mache mir heute noch Vorwürfe, dass ich Abul an jenem Abend in einiger Entfernung anpflockte, um ihm die Unruhe des Zechgelages zu ersparen.«

»Ich begreife allmählich. Abul verbindet mit dem Erhalt einer Dattel die Aufforderung zu trompeten. Wie hat er das gelernt?«

»Oh, ganz einfach. Ich gab ihm eine Zeitlang immer dann eine Dattel, wenn er trompetet hatte. Irgendwann ging es dann auch in der umgekehrten Reihenfolge.«

»Aha, und den ohrenbetäubenden Ton willst du als Waffe einsetzen, falls wir noch einmal überfallen werden sollten?«

»Richtig, Hakim.«

»Und was ist, wenn du dann gerade keine Dattel zur Hand hast?«

»Sieh her, Hakim.« Dantapuri hob den Arm, und Abul gab zum dritten Mal den Trompetenstoß von sich.

Ich war beeindruckt. »Lass mich einmal.« Ich trat vor Abul hin und hob den Arm.

Nichts geschah.

Dantapuri lachte glucksend.

»Bei mir macht er es nicht«, sagte ich enttäuscht.

»Das hat nichts mit dir zu tun, Hakim. Abul hat nur noch nicht vollständig begriffen, dass er auch ohne Dattel trompeten soll. Mal macht er es und mal nicht. Wir müssen einfach weiterüben. Abul ist klug, es wird nicht mehr lange dauern, dann genügt eine Armbewegung, um einen Ton zu erzeugen, der den Tag des Jüngsten Gerichts anzukündigen scheint.«

»Das ist eine vorzügliche Waffe.«

»Und eine, die niemandem schadet, Hakim.«

»Ja«, sagte ich und musste an meine Tat denken. In jenem Augenblick hätte ich viel darum gegeben, eine ähnlich friedliche Waffe gehabt zu haben, um Yussuf von seinem Vorhaben abzubringen. Doch der Gedanke war müßig. Yussuf, der Geschenke-Bewahrer, war tot, und nichts würde ihn wieder lebendig machen.

»Ich möchte zurück zum Lager«, sagte ich.

Wir zogen weiter durch das endlose Sandmeer und machten für zwei Tage Rast an der einstmals römischen Oase al-Dumair, deren Bewässerung über horizontal angelegte Tunnel erfolgt, die das lebensspendende Nass gleichmäßig unter den Feldern verteilen. Qanate nannten die Araber sie, doch wir hatten weder den Blick noch das Interesse für die kunstvollen Anlagen, sondern strebten vorwärts. Nach drei weiteren Übernachtungen in der Wüste sahen wir gegen Mittag des folgenden Tages die Mauern von Damaskus am Horizont auftauchen. Ein Aufatmen ging durch unsere Reihen. Ich war wohl der Einzige, der sich nicht an dem Anblick erfreuen konnte, denn meine wiederholten Bemühungen, Aurona in ihrer starren Haltung umzustimmen, waren fehlgeschlagen.

»Damaskus, wir kommen!«, rief Lantfrid froh und gab das Zeichen zum Halt. »Ich freue mich auf ein anständiges Mahl!«

Sigimund fügte hinzu: »Und auf die holde Weiblichkeit!«

»Verzeiht, wenn ich eure Freude etwas dämpfe«, wandte ich ein. »Ich halte es für besser, dort drüben in der kleinen Karawanserei Quartier zu nehmen.« Ich wies auf eine Ansammlung flacher, verwitterter Gebäude, die rechts am Wegesrand lagen.

»Wieso das denn?«, fragte Sigimund gereizt.

»Wenn ich wie beschlossen die Wasseruhr in Damaskus zu verkaufen trachte, soll jedermann denken, sie entstamme dem Diebesgut von Rahman. Das aber wird nicht gelingen, wenn unsere Gesandtschaft in die Stadt einzieht und ganz offenkundig im Besitz der Uhr ist. Es darf auf keinen Fall der Eindruck entstehen, wir wollten eines der Geschenke des großen Kalifen veräußern«, antwortete ich. »Jedenfalls war das Lantfrids Meinung, als ich mit ihm darüber sprach.«

»Das stimmt«, sagte Lantfrid. »Ein politisches Erdbeben wäre die Folge. Ein Vorfall, der unsere ganzen diplomatischen Bemühungen zunichtemachen würde.«

»Mag sein.« Sigimund war noch immer verärgert. Notgedrungen richtete er den Blick auf die Karawanserei. »Wie heißt die Herberge überhaupt? Was steht da über dem Hauptgebäude, kannst du das lesen, Cunrad?«

»Nein, tut mir leid.«

»Isaak, was steht da?«

Unser jüdischer Übersetzer eilte herbei und schirmte mit der Hand die Augen ab, während er den verblassten Schriftzug studierte. »*Qawyu quzaḥ* steht da«, sagte er nach einer Weile.

»Aha, und was heißt das?«

»Es heißt *Regenbogen.«*

Sigimund lachte freudlos. »Kann mir mal einer sagen, was dieses armselige Gemäuer mit einem Regenbogen zu tun hat?«

Während er das fragte, kam ein fetter Mann mit rudernden Armen herangewatschelt. Als er Abul entdeckte, blieb er wie angewurzelt stehen und machte ein Gesicht, in dem Angst, Staunen und Ungläubigkeit einander in schneller Folge abwechselten. Nachdem Dantapuri ihn halbwegs von der Harmlosigkeit des grauen Kolosses überzeugt hatte, entspann sich mit Isaaks Hilfe eine Unterhaltung, in der er uns mit gestenreichen Worten die Vorzüge seiner Karawanserei schilderte.

»Sag ihm, er soll nicht so viel reden, sondern lieber einen Preis nennen«, verlangte Sigimund.

Die Antwort des Mannes, der sich als Ahmed bin Ahmed

vorstellte, fiel gestenreich und langatmig aus, doch als er fertig war, wurde klar, dass er lediglich versichert hatte, sehr billig zu sein.

»Wie billig?«, fragte Lantfrid.

Die neuerliche langatmige Antwort ergab nach Abzug aller Wortgirlanden, dass Ahmed uns einen Preis machen würde, der so klein sei wie der kleinste Dattelkern. Im Übrigen sei in Damaskus ohnehin jede Unterkunft überfüllt.

Sigimund wollte etwas entgegnen, aber Lantfrid hob die Hand. »Lass gut sein«, sagte er auf Fränkisch zu ihm. »Ich denke, wir sollten bleiben, schließlich verfügen wir im Moment über gar keine Barschaft, nicht einmal über Dattelkerne. Cunrad soll als Erstes die Wasseruhr verkaufen, dann werden wir weitersehen.«

So kam es, dass wir uns noch zur selben Stunde in der Karawanserei *Qawyu quzaḥ* einrichteten. Ihre von Sonne und Wind gebleichten Gebäude, von denen es mehr als ein halbes Dutzend gab, gruppierten sich um einen großen, quadratischen Innenhof, auf dem sich Trauben von Tieren tummelten – Kamele, Pferde und Esel. Alle schrien und wieherten durcheinander, setzten Kot ab und fraßen mit mahlenden Kiefern aus den ihnen um den Hals gehängten Futtersäcken. Eine Zisterne in einer der Ecken sorgte dafür, dass sie keinen Durst leiden mussten.

Die menschlichen Unterkünfte waren karg, noch karger als die in der Herberge *al-Haqq,* die ich noch in guter Erinnerung hatte. Immerhin sorgte Ahmed dafür, dass neben dem Hauptgebäude ein Feuer entzündet und darüber ein halber Hammel am Spieß gebraten wurde. Wir setzten uns zum Essen nieder, hieben die Zähne in das schmackhafte Fleisch und ließen uns die Freude daran auch nicht durch Ahmeds misstrauische Frage, ob wir auch wirklich zahlen könnten, verderben.

»Cunrad«, sagte Lantfrid kauend zu mir, »ich weiß nicht, wie lange ich diesen geldgierigen Ahmed noch vertrösten kann. Schon zweimal hat er mich um eine Anzahlung gebeten. Ich habe es beide Male abbiegen können, aber wenn es dir nicht gelingen sollte, die Wasseruhr zu verkaufen, sehe ich für uns alle schwarz.«

»Ich werde mein Bestes tun«, versprach ich. »Gleich morgen früh will ich aufbrechen. Allerdings habe ich noch nicht mit Dantapuri gesprochen, denn Abul wird den Karren mit der Uhr ziehen müssen.«

»Dantapuri möchte dem Elefanten eine Pause gönnen.« Überraschenderweise war es der Lustsklave Baschi, der sich mit Isaaks Hilfe in unsere Unterhaltung einmischte.

Sigimund, wie immer an Lantfrids Seite, sagte: »Eine Pause können wir alle gebrauchen. Aber die Heimat ruft, und wir haben keine Zeit zu verlieren.«

Lantfrid rieb sich das Kinn. »Wenn Dantapuri sagt, der Elefant müsse sich ausruhen, glaube ich ihm das. Wo ist er überhaupt?«

»Jenseits des Innenhofes. Ich glaube, er möchte mit seinem großen Freund allein sein«, gab ich Auskunft.

»Nun gut, ich denke, wir sollten die Pferde, auf denen Sigimund und ich bislang geritten sind, vor den Karren spannen. Wir brauchen sie erst einmal nicht. Du könntest auf deinem Grautier reiten, Cunrad.«

»Ich werde zu Fuß gehen, das bin ich die letzten Wochen auch«, antwortete ich.

»Einverstanden, es ist ja auch nicht sehr weit. Abbo soll dich begleiten, zu zweit ist man stärker.«

»Auch ich würde gern mitgehen«, sagte Baschi.

»Du?« Sigimund lachte abfällig.

»Ja, ich.« Baschi schaute trotzig. »Zusammen mit den beiden Dienern.«

»Und wozu sollte das gut sein?«

Baschis Gesicht nahm einen hochmütigen Ausdruck an, der sehr an den seines toten Herrn erinnerte. »Ich bin Baschar ibn Amat ibn al-Barq, durch meine Familie sind mir die Namen einiger Händler bekannt, die Interesse am Kauf der Wasseruhr haben könnten.«

Sigimund lenkte ein. »Wenn das so ist, kannst du mitgehen. Alles, was uns hilft, die vermaledeite Uhr zu verscherbeln, soll uns recht sein, nicht wahr, Lantfrid?«

Lantfrid nickte.

»Dann brechen wir morgen bei Tagesanbruch auf«, entschied ich. »Entschuldigt mich nun, ich bin müde.« Ich erhob mich, ging aber nicht in das winzige Gelass, das man mir zugewiesen hatte, sondern verließ das Gelände der Karawanserei, um Dantapuri und Abul aufzusuchen. Einen Besuch von Aurona ersparte ich mir. Der »Sohn« des alten Beduinenfürsten hatte, nachdem er Ahmed und Randolph bei der Vorbereitung des Hammels geholfen hatte, sofort seine Kammer aufgesucht. Er wohnte dort mit seinem »Vater« und würde mich gewiss nicht anhören.

Ich traf Dantapuri und Abul außerhalb des Innenhofes an. Der graue Koloss ruhte halb auf der Seite liegend, und sein Mahut saß bei ihm, an den gewaltigen Leib gelehnt. »Störe ich euch?«, fragte ich.

»Aber nein.« Dantapuri lächelte mir zu. »Wir genießen den Abend. Abul hat zu fressen und zu saufen bekommen, und ich habe mich mit ein paar Feigen begnügt. Hammelbraten ist nicht unbedingt das, war wir Leute aus Lanka unsere Leibspeise nennen.«

Ich setzte mich zu den beiden und fragte: »Stimmt es, dass du Abul eine Pause gönnen willst? Baschi, der Lustsklave, berichtete das beim Essen.«

Dantapuri tätschelte die rauhe Haut seines großen Freundes. »Abuls Kräfte sind nicht unerschöpflich, auch wenn man angesichts seiner ungeheuren Ausmaße etwas anderes denken könnte. Er hat ein sanftes Gemüt und braucht manchmal Ruhe. Das habe ich diesem Baschi gesagt. Warum fragst du?«

Ich erzählte von dem Plan, die Wasseruhr in Damaskus zu verkaufen, und von Baschis Absicht, mich und Abbo mit den Dienern zu begleiten.

»Es ist gut, wenn diesmal die Pferde den Karren mit der Uhr ziehen, weil Abul auf diese Weise dem Lärm und dem Trubel einer großen Stadt entgeht«, sagte Dantapuri, nachdem ich zu Ende gesprochen hatte. Dann zog er seinen Ankus hervor und prüfte spielerisch die Schärfe der Spitze. »Aber nimm dich in Acht vor diesem Baschi.«

»Baschi? Der ist doch völlig harmlos.« Ich lachte. »Ein Jüngelchen, das der Männerliebe zuneigt, mehr nicht.«

»Vielleicht, vielleicht auch nicht.« Dantapuri blickte ungewohnt ernst. »Er hat den Hochmut seines verstorbenen Herrn. Und Hochmut paart sich häufig mit Niedertracht. Ich würde ihm nicht trauen.«

»Gut, ich verspreche dir, vorsichtig zu sein. Im Übrigen ist ja Abbo dabei, der wird schon auf mich aufpassen. Morgen brechen wir mit dem ersten Sonnenstrahl auf. Bis dahin ist noch einiges zu überlegen. Danke für deinen Rat und schlafe gut, Dantapuri.«

»Du auch, Hakim.«

Ich stand auf, legte meine Hand an eines von Abuls runzligen Ohren und sagte leise: »Gute Nacht, mein Freund.«

Ich hatte nicht damit gerechnet, aber als Abbo und ich im ersten Sonnenlicht die Pferde vor den mit der Uhr beladenen Karren spannten, gesellte sich Baschi mit den beiden Dienern zu uns. Und nicht nur das, er bot sogar seine Hilfe an. Ich musste an Dantapuri und seine Warnung denken und leistete dem Lustsklaven innerlich Abbitte. Wahrscheinlich war er nur ein verzogenes Jüngelchen mit einem guten Kern.

»Hüa!« Abbo schnalzte mit der Zunge, und die Pferde zogen an. Die bronzenen Gegenstände der Wasseruhr schepperten und dröhnten, während wir die ersten Schritte in Richtung Damaskus gingen.

Lantfrid erschien ein wenig verschlafen und wünschte uns viel Erfolg.

»Wir werden die Uhr schon verkaufen«, sagte ich und gab mich damit zuversichtlicher, als ich in Wirklichkeit war. Leb wohl, Lantfrid.«

»Gott befohlen.« Er winkte uns nach.

Wir schritten rüstig aus, und ich wunderte mich einmal mehr über Baschi, denn dieser hielt gut mit, ohne zu jammern oder zu klagen. Gleiches galt für die Diener, zwei eher unscheinbare junge Männer, die stets respektvollen Abstand zu Baschi hielten.

Um die Mittagsstunde passierten wir eines der hohen Stadttore und ließen uns mitreißen vom Strom der Menschen. Da sich der Hunger bei uns meldete, sprach ich einen Mann an, der eine Garküche betrieb. Er hielt Suppe in einem Kessel feil und briet Geflügel über einem Holzkohlenfeuer. Ich hatte den Mann mit Bedacht ausgewählt, denn er litt ganz offensichtlich unter einer Eiterbeule auf der Stirn. »Kannst du etwas von deinen Speisen entbehren?«, fragte ich höflich.

»Wenn du Geld hast«, war die knappe Antwort.

»Ich habe kein Geld, aber du hast einen *furunculus.* Ich schlage vor, wir machen ein Geschäft: Ich bin Arzt und befreie dich von dem Störenfried, und du gibst mir und meinen Begleitern dafür zu essen.«

»Nein.«

»Nein? Hast du dir das auch gut überlegt? Ich habe dich eine Zeitlang beobachtet und festgestellt, dass die Leute deinen Stand meiden. Der Grund dafür ist das eklige Geschwür unter deinem Haaransatz.«

Der Mann zögerte. Dann sagte er: »Der Wundschneider hat schon ein paar Mal darin herumgestochert, aber immer vergebens. Es hat nur höllisch weh getan.«

»Die Schmerzen kann ich dir nicht ersparen, aber heilen kann ich dich – vorausgesetzt, du machst mich und meine Freunde satt.«

»Und du bist wirklich Arzt?«

»So wahr, wie ich hier stehe.«

Keine halbe Stunde danach hatte ich den Mann von seinem Leiden befreit. Ein Messer mit scharfer Spitze und ein Stich, der den Eiterkanal im richtigen Winkel traf, waren der Schlüssel zum Erfolg gewesen. »Dein Hemd sieht sauber aus«, sagte ich zu dem Mann. »Ich werde einen Streifen davon abreißen und dich damit verbinden.«

Als auch das erledigt war, zeigte der Mann sich hocherfreut und beteuerte, der Druck und der Schmerz in der Wunde hätten schon spürbar nachgelassen. Ich möge ihm nennen, was er uns von seinen Speisen geben solle.

»Das müssen meine Gefährten dir selbst sagen«, antwortete ich und blickte auf. Doch außer dem Pferdegespann mit der Uhr stand da nur noch Abbo. »Wo sind Baschi und die Diener?«, fragte ich verblüfft.

Abbo zuckte mit den Schultern. »Ich weiß es nicht, Hakim. Ich habe dir die ganze Zeit zugeschaut. Irgendwann müssen die drei verschwunden sein.«

»Wollt ihr nun essen oder nicht?«, fragte der Mann.

»Gewiss, gewiss«, sagte ich schnell. »Gib uns von allem, was du hast.«

Wir ließen es uns schmecken und hielten beim Essen immer wieder Ausschau nach Baschi und den Dienern, aber sie schienen wie vom Erdboden verschwunden. Schließlich fragte ich den Mann: »Sag mal, wie heißt du eigentlich?«

»Mehmet, Hakim.«

»Gut, Mehmet, kennst du in dieser Gegend einen Händler, der uns eine Wasseruhr abkaufen könnte?«

»Eine was?«

»Nun, sagen wir besser: ein paar schöne Figuren aus Bronze.«

»Hm.« Mehmet überlegte. »Geht am besten die Straße hinunter. An der Ecke seht ihr zur Linken ein großes Haus mit zwei Stockwerken und einer weitläufigen Dachterrasse. Es ist das Haus von Abdullah ibn Hasan, einem der reichsten Kaufherren der Stadt. Ihn könnt ihr fragen.«

»Danke, Mehmet.«

Wir nahmen den empfohlenen Weg und hatten Glück: Abdullah empfing uns in einem kühlen Raum zu niederer Erde. Nach den üblichen Begrüßungs- und Vorstellungsfloskeln kam ich zur Sache und bot ihm die bronzene Wasseruhr an.

»Eine Wasseruhr?«, fragte Abdullah. »Ist das dein Ernst?«

»Die Uhr ist eine handwerkliche Meisterleistung«, versicherte ich.

Abdullah lachte. »Verzeih, Hakim, wenn ich etwas erheitert wirke, aber wozu braucht der Mensch eine Uhr, die das Wasser misst?«

»Die Uhr misst nicht das Wasser, sondern die Zeit. Sie benötigt Wasser, um laufen zu können.«

»Wasser, um laufen zu können …«, wiederholte Abdullah sinnend. Dann lachte er wieder lauthals. »Hakim, du machst Scherze mit mir! Weißt du nicht, wo wir hier sind? In Damaskus! Einer Stadt am Rande der Wüste, wo allezeit Wasserknappheit herrscht. Jeder halbwegs normale Mensch ist froh, wenn genug davon da ist. Du aber willst es verschwenden und eine Uhr damit betreiben.«

»Abdullah, diese Uhr ist einzigartig!«

Der reiche Kaufherr beruhigte sich langsam. »Wie gesagt,

Hakim, nimm mir mein Lachen nicht übel. Aber eine solche Uhr ist völlig unverkäuflich. Wenn es eine Sonnenuhr wäre, sähe die Sache anders aus. Sonne haben wir in Damaskus genug, aber eine Wasseruhr …«

Bevor Abdullah wieder zu lachen begann, erhob ich mich rasch und verabschiedete mich.

Wir versuchten es an diesem Nachmittag bei einem weiteren Händler, der uns zum Glück nicht auslachte, aber den gutgemeinten Rat gab, es lieber mit dem Verkauf von Sanduhren zu versuchen. Sand gebe es in der Wüste genug.

Auch bei den anderen Kaufleuten, die wir noch besuchten, hatten wir keinen Erfolg, bis mir schließlich ein Einfall kam. Ich hielt einen Jungen auf der Straße an und fragte nach dem nächsten Schmied.

»Meinst du Mukhtar?«, krähte der Kleine.

»Äh, ja.«

»Der wohnt dahinten.« Der Junge zeigte auf einen Hof, der mit Pflugscharen, schwerem Werkzeug und anderen Gerätschaften vollgestellt war. Aus der danebenliegenden Werkstatt drangen Hammerschläge.

»Danke.«

Abbo lenkte den Karren auf den Hof und brachte die Pferde zum Stehen. Als sie schnaubend haltgemacht hatten, rief ich laut: »Meister Mukhtar?«

Ein kräftiger Mann mit Lederschürze trat aus einer rußgeschwärzten Tür. »Wer will mich sprechen?«, fragte er mit tiefer Stimme.

»Wir sind auf der Durchreise«, antwortete ich, denn ich dachte, es sei besser, unsere Namen nicht zu nennen.

»Ach, und da seid ihr ganz zufällig bei mir vorbeigekommen?« Mukhtar schien zu den Misstrauischen im Lande zu gehören.

»Wir haben Ware, die dich als Schmied interessieren dürfte: Figuren und Gestänge aus bester Bronze.«

Mukhtar wanderte um den Karren herum, betrachtete den einen oder anderen Gegenstand und blieb schließlich vor dem großen Becken stehen, wo er verständnislos den Kopf schüttelte. »Was soll das Ganze darstellen?«

Aus den bisherigen Gesprächen vorsichtig geworden, antwortete ich: »Genau weiß ich es nicht. Vielleicht ist es eine Art Kalender. Die zwölf Figuren könnten für die Monate des Jahres stehen.«

»Ich brauche keinen Kalender.«

Für Mukhtar schien das Gespräch beendet, aber ich sagte schnell: »Wenn du alles einschmelzen würdest, hättest du vorzügliche Bronze, aus der du alle möglichen Dinge anfertigen könntest. Sogar Vasen, Krüge oder Lampen, die andere Schmiede nicht anbieten.«

»Hm, das ist wohl richtig.« Mukhtar kam ins Grübeln. »Und wie ist das Mischungsverhältnis von Kupfer und Zinn bei dieser Bronze?«

Mit der Frage hatte ich nicht gerechnet. »Tut mir leid, das weiß ich nicht.«

»Dann weißt du sicher auch nicht, woher die Figuren stammen? Ist das Hehlerware?«

»Nun, äh, es sind meisterhaft gearbeitete Stücke.«

»Zweifellos.« Mukhtar ließ seine Hand über einige der Figuren gleiten. Die Bewegung wirkte fast zärtlich. »Du kennst also den ehemaligen Besitzer nicht?«

Ich dachte an Harun al-Raschid und sagte: »Doch, ich kenne ihn.«

»Und wer ist es?«

»Der Mann ist sehr berühmt und möchte lieber unbekannt bleiben.«

»Soso, wahrscheinlich steckt er in Geldschwierigkeiten.«

Mukhtar begann erneut, um den Karren herumzuwandern, die Figuren dabei immer wieder eingehend musternd, und ein Gefühl sagte mir, dass er angebissen hatte. »Ich behaupte nicht, dass ich mit der Bronze etwas anfangen könnte«, begann er zu feilschen, »aber nehmen wir einmal an, es wäre so. Dann hätte ich mit dem Einschmelzen eine Menge Arbeit und mit der Herstellung neuer Gießformen ebenso. Außerdem wüsste ich nicht einmal das Mischungsverhältnis der Bronze, das heißt, die Härte des Materials wäre mir gänzlich unbekannt, was seine Verwendungsmöglichkeiten erheblich einschränkt. Dennoch bin ich kein Unmensch, ich würde dir für jede Figur einen ganzen Dinar geben und für den Rest an Stangen und Rohren noch einmal acht. Das Becken wäre mir zehn Dinar wert. Macht zusammen dreißig Dinar.«

Mein Herz tat vor Freude einen Sprung. Ich wusste, dass unsere Gruppe mit einer solchen Summe viele Wochen auskommen würde. »Sechzig Dinar.«

»Sechzig Dinar?« Mukhtar heulte auf. »Sagtest du s-e-c-h-z-i-g?«

»Das sagte ich.«

»Willst du, dass ich komplett verarme? Willst du mich und meine Kinder in die Gosse stoßen? Fünfunddreißig Dinar sind das Äußerste, was ich bieten kann.«

»Nun gut, fünfundvierzig Dinar. Weil du es bist, und weil ich weiß, dass du mit den prachtvollen Kunstfiguren fachmännisch umgehen wirst.«

»Du willst mich ins Unglück stürzen! Allah, der Weltenkluge, der Rechenkundige weiß, dass ich das nicht bezahlen kann!«

»Du könntest es, aber ich bin heute milde gestimmt. Vierzig Dinar.«

»Achtunddreißig.«

»Neununddreißig Dinar, das ist mein letztes Wort.« Mit angehaltenem Atem beobachtete ich Mukhtar. Wenn der Schmied darauf nicht einging, wäre alles umsonst gewesen. Ich dachte an Rayhan, meinen dicken Diener, der mich gelehrt hatte zu handeln, und hoffte, ich würde ihm keine Schande machen.

Nach kurzem Zögern schlug Mukhtar in meine ausgestreckte Hand ein. »Ich werde mich bis über die Ohren verschulden müssen, um deinen Wucherpreis zu bezahlen«, klagte er, »aber ich glaube, du bist ein ehrlicher Mann, dem ich vertrauen kann. Lass rasch die Gegenstände in mein Haus bringen, damit sie vom Hof verschwinden. Ich will derweil die Münzen holen.«

Das ließen Abbo und ich uns nicht zweimal sagen. Mit einiger Anstrengung schafften wir sämtliche Teile der Wasseruhr in die Werkstatt. Dann traten wir wieder vor die Tür und warteten.

Nach einer Weile – ich hatte schon befürchtet, Mukhtar wolle uns betrügen – erschien der Schmied mit einem Säckchen voller Geld, das ich entgegennahm. »Ich werde die Münzen nicht nachzählen, denn ich verlasse mich auf dich«, sagte ich zu ihm und reichte das Säckchen weiter an Abbo.

»Das ehrt mich. Allah sei mit dir.« Mukhtar lächelte.

»Danke, Mukh…« In diesem Augenblick erhielt ich hinterrücks einen Schlag auf den Kopf. Ich taumelte und versuchte, das Gleichgewicht zu halten. Aus dem Augenwinkel sah ich, dass auch Abbo sich eines Angriffs erwehrte. Ein vierschrötiger Kerl schlug mit einem Knüppel auf ihn ein. Ich wollte um Hilfe rufen, doch schon erhielt ich einen zweiten Schlag, stärker noch als der erste. Mein letzter Gedanke, bevor mir schwarz vor Augen wurde, galt dem hinterhältigen Mukhtar. Der Kerl war doch ein Betrüger …

Ich wachte auf in einem dunklen Raum, in dem es Übelkeit erregend nach Kot und Urin stank. Mein Hinterkopf schmerzte. Eine mächtige Schwellung hatte sich dort gebildet, die Folge der Schläge, die mich getroffen hatten. Wer hatte mich geschlagen? Wo war ich? Ich rief, so laut ich konnte, und spitzte die Ohren. Nichts.

Wieder rief ich, doch die einzige Antwort, die ich bekam, war das Summen der Fliegen, die sich auf den Exkrementen niederließen. Mir wurde schlecht. Ich erbrach mich und lag in meinem eigenen Schmutz. Tausend Gedanken kreisten in meinem Kopf. Mukhtar, du abgefeimter Betrüger! Du warst der Urheber des Überfalls! Du warst sicher, es mit Hehlerware zu tun zu haben, und wusstest, dass es kein Risiko sein würde, die Wasseruhr nur dem Schein nach zu bezahlen und mich beseitigen zu lassen! Ja, so musste es gewesen sein.

Die Erkenntnis verschaffte mir einige Genugtuung, denn ich hatte das Spiel durchschaut. Doch was nutzte mir das in meiner Situation?

Verzweiflung kroch in mir hoch, die ich zu bekämpfen suchte, indem ich mich ablenkte. Ich studierte jeden einzelnen Zoll des schmalen Lochs, in das man mich geworfen hatte, und stellte fest, dass ich in einem Gefängnis gelandet war. Dafür sprachen die obszönen Zeichnungen an den Wänden, die ich im Halbdunkel erkennen konnte.

Was konnte ich noch erkennen? Nicht viel. Der Raum war kaum länger als ein Mann groß und vielleicht anderthalb Schritte breit. Die Wände bestanden aus Lehmziegeln und waren so niedrig, dass ich nicht aufrecht stehen konnte. An der einen Stirnwand befand sich ein Schlitz in der Mauer. Ich trat davor und spürte einen winzigen, warmen Luftzug auf meinem Gesicht. Nun gut, ich würde wenigstens nicht ersticken.

Abermals rief ich. Und nochmals. Die Hartnäckigkeit, mit der meine Rufe unbeachtet blieben, ließ die Verzweiflung wiederkehren. Tränen stiegen mir in die Augen. Ich begann zu heulen wie ein Kind, und ich schämte mich für meine Schwäche.

Irgendwann musste ich vor Erschöpfung eingeschlafen

sein. Wie lange ich schlief, weiß ich nicht. Doch ich wachte auf durch ein Geräusch, das ich bisher nicht gehört hatte: sich nähernde Schritte. Dann sah ich einen Lichtspalt am Boden. Ein Schlüsselbund klirrte. Die Tür schwang auf. Ein gedrungener Mann stand im Türrahmen. Das musste der Kerkerknecht sein. »Wer bist du?«, fragte ich.

»Niemand.« Die Stimme des Kerls klang hohl.

»Wo bin ich?«

»Bei mir.«

»Ich verlange, auf der Stelle freigelassen zu werden! Ich bin …« Ich hielt inne. Fast hätte ich einen verhängnisvollen Fehler begangen. Denn ich durfte weder meinen Namen noch meine Herkunft nennen, wenn ich nicht wollte, dass der Verkauf der Wasseruhr mit unserer Gesandtschaft in Verbindung gebracht wurde.

»Komm mit, und glaub ja nicht, du könntest türmen. Vorwärts …«

»Wohin bringst du mich?«

»Wirst's schon sehen.«

Er schob mich durch ein paar dunkle Gänge, wobei ich einige Male fast gefallen wäre wegen des unebenen Bodens, und öffnete schließlich knarrend eine Tür. Ein spartanisch eingerichteter Raum tat sich vor mir auf. Ein Tisch mit einem Stuhl, ein Fenster, so schmal wie eine Schießscharte, und ein Schriftzug an der Wand. In dem Schriftzug erkannte ich das kalligrafische Zeichen von Harun al-Raschid, dem großen Kalifen. Was hatte das zu bedeuten?

»Stell dich dahin und halt's Maul«, befahl der Kerkerknecht und schlurfte davon.

Ich wartete und versuchte, mich auf das kommende Verhör einzustellen. Denn verhört werden würde ich, das war mir klar. Wie sollte ich mich verhalten? Am besten wäre es, alles abzustreiten und sich dumm zu stellen. Auf keinen Fall durfte ich meine Gefährten in die Sache mit hineinziehen.

»Du bist also Cunrad von Malmünd, der Mann, der allgemein Hakim genannt wird und Mitglied der Gesandtschaft von König Karl ist.«

Ich fuhr herum und erkannte einen gutgekleideten, älteren Mann, der einen schwarzen Turban trug. »Wenn du wissen willst, mit wem du es zu tun hast, muss ich dich enttäuschen. Mein Name ist unwichtig. Du kannst mich Abd nennen, Abd wie Diener, denn ich bin ein Diener von Omar Mahmud al-Nafs al-Zakiya, dem Statthalter des großen *amir al-mu'minin,* dem Allah ein langes Leben schenken möge.«

Man hatte mich also erkannt! Meine Gedanken rasten. »Höre, äh, Abd«, sagte ich, »die Sache, um deretwegen du mich gefangen hältst, verhält sich ganz anders, als du denkst.«

»So, tut sie das?« Abd musterte mich kühl, während er auf dem Stuhl Platz nahm.

»Einerlei, was man dir gesagt hat, in jenem Augenblick, als deine Männer mich niederschlugen, war ich im Begriff, die Wasseruhr von Mukhtar zurückzukaufen.«

»Mukhtar?«

»Mukhtar, der Schmied. Du musst wissen, dass unsere Gesandtschaft überfallen wurde, äh, mehrere Male sogar, und bei einer dieser Gelegenheiten wurde die Uhr gestohlen.« Ich hielt inne und hoffte inständig, dass die Häscher nicht mitbekommen hatten, dass der Fall genau andersherum lag. »Ich war froh, die Wasseruhr bei Mukhtar wiedergefunden zu haben und zurückkaufen zu können.«

Abd schwieg.

»Mein Gefährte Abbo kann bezeugen, dass wir die Uhr zurückkaufen wollten.«

»Ach ja, da war noch ein anderer außer dir. Ein wehrhafter Kerl.« Abd gestattete sich ein schmales Lächeln. »Jedenfalls wehrhafter als du.«

»So glaube mir doch, wir wollten die Uhr zurückkaufen!«

Abd schüttelte den Kopf. »Uhr, Uhr? Was für eine Uhr? Ich verstehe nicht, was du da redest. Es interessiert mich auch nicht. Du stehst hier wegen der feigsten, schändlichsten Tat, die ein Mann nur begehen kann. Gibst du sie zu oder nicht?«

»Welche Tat?«

»Du weißt genau, wovon ich spreche.«

»Nein.«

»Nein?« Wieder lächelte Abd. »Nun, dann will ich dir Gelegenheit geben, dein Gedächtnis aufzufrischen. Doch vergiss nicht: Ich habe mehr Zeit als du.«

Abd betätigte ein Glöckchen. Der Kerkerknecht erschien, packte mich grob beim Arm und stieß mich aus dem Raum. Draußen auf dem Gang stemmte ich mich gegen ihn und rief: »Ich verlange, augenblicklich zum Statthalter gebracht zu werden!« Doch der Kerl schnaufte nur und schob mich weiter.

»Ich will den Statthalter sprechen!«

»Halt's Maul«, brummte er mit hohler Stimme, schob und stieß mich immer weiter, bis wir wieder bei meinem Verlies angekommen waren. Krachend schloss er die Tür hinter mir. Ich kauerte mich in die Ecke, von der ich annahm, dass sie am wenigsten verschmutzt war, und versuchte, meine Gedanken zu ordnen. Abd, der mich verhört hatte, kannte Mukhtar offenbar nicht. Er konnte also nicht mit ihm unter einer Decke stecken. Dafür sprach auch, dass er nichts vom Vorhandensein der Wasseruhr wusste. Andererseits hatte er sich als Vertreter des Statthalters von Harun al-Raschid ausgegeben, wusste von unserer Gesandtschaft und hatte gewiss von den mitgeführten Geschenken gehört. Wie passte das alles zusammen? Ich grübelte und grübelte und kam zu keinem Ergebnis.

Wie spät am Tag mochte es sein? Ich tastete nach dem Schlitz in der Mauer. Der Luftzug war kühler als zuvor. Hieß das, es war schon Nacht?

Ein schepperndes Geräusch unterbrach meine Gedanken. Der Kerkerknecht schob einen Napf herein. Fahles Licht fiel in den Raum. Ich erkannte, dass der Napf eine eklige, schleimige Brühe enthielt. Trotz meiner armseligen Situation packte mich die Wut. »Wer bist du, dass du es wagst, mir so einen Fraß vorzusetzen?«

»Ich hab's schon mal gesagt: Niemand.« Die Stimme des Kerls klang, als käme sie aus einer Tonne.

»Ich werde dich Hohlkopf nennen.«

»Von mir aus.«

Hohlkopf schlug die Tür von außen zu und entfernte sich mit schlurfenden Schritten. Mit ihm verschwand auch das Licht.

Ich war wieder allein. Allein mit einer schleimigen Brühe. Ich konnte sie nur riechen, aber mir drehte sich fast der Magen um, denn sie roch fast noch ekliger als die Exkremente im Raum. Ich würde die Suppe niemals anrühren, das schwor ich mir. Einerlei, wie groß mein Hunger werden würde.

Ich dachte an Aurona und an die Gefährten. Was sie wohl gerade taten? War Abbo bei ihnen? Hatte er sich retten können? Beim Verhör hatte Abd gesagt, Abbo sei wehrhafter gewesen als ich. Was bedeutete das? Und vor allem: Was warf Abd mir vor, wenn nicht den Verkauf der Wasseruhr?

Ich zermarterte mir das Hirn und wurde trotzdem nicht klüger. Die vergangenen Stunden kamen mir vor wie ein böser Traum. Aber sie waren kein Traum, sondern grausame Wirklichkeit. Irgendwann schlief ich vor Erschöpfung ein.

Am nächsten Morgen – ich glaubte, am Luftzug erkannt zu haben, dass es Morgen war – machte ich mich mit Heißhunger über die Brühe her. Ich nahm den Napf, setzte ihn an die Lippen und leerte ihn in einem Zug. Ich schalt mich einen Schwächling, weil ich nicht widerstanden hatte, aber hinter mir lag eine Nacht voller Hoffen und Bangen. Eine Nacht, in der ich gebetet, gesungen und meine Seelenqual hinausgeschrien hatte. Es machte keinen Sinn, nichts zu essen. Ich wollte nicht hungers sterben.

Ich wollte stark sein. Einerlei, wie lange man mich in diesem Loch festhielt. Mit dem Dorn meiner Gürtelschnalle ritzte ich einen Strich in die Wand, als Zeichen für meine erste Nacht. Ich hoffte, es würde keine weitere hinzukommen.

Wieder fragte ich mich, was Abd mir vorwarf. Schließlich kannte der Mann mich nicht. Ebenso wenig wie ich ihn. Wir waren uns noch nie begegnet. Doch halt! Er hatte meinen Namen gewusst. Und er hatte Kenntnis von unserer Gesandtschaft. Was, um alles in der Welt, wollte er von mir?

Die schlurfenden Schritte von Hohlkopf unterbrachen meine Gedankensprünge. »Ah, in der Not frisst der Teufel Fliegen. Hat die Suppe geschmeckt?«, brummte er, als er den leeren Napf sah.

Ich ersparte mir die Antwort.

»Komm mit.«

Wie am Tag zuvor führte er mich durch die holprigen Gänge zu dem Unbekannten namens Abd, der mich mit den Worten »Ist dir mittlerweile eingefallen, was du getan hast?« begrüßte.

»Ich habe mir nichts zuschulden kommen lassen.«

»Du hast einen Menschen getötet.«

»Ich habe …?« Das war es also! Abd bezichtigte mich des Mordes an Yussuf ibn Abd al-Quddus. Doch woher wusste er, was zwischen mir und dem Geschenke-Bewahrer vorgefallen war? Niemand war an dem Abend Zeuge meiner Tat gewesen. Wirklich niemand? »Ich habe keinen Menschen getötet«, beteuerte ich und versuchte, das Zittern in meiner Stimme zu verbergen.

»Du lügst!«, rief Abd scharf.

»Ich habe keinen Menschen getötet«, wiederholte ich und dachte: Was ich getan habe, muss man mir erst einmal beweisen. Solange das nicht geschieht, will ich alles abstreiten. Darin liegt die einzige Möglichkeit meiner Verteidigung.

»Du hast den edlen Yussuf ibn Abd al-Quddus auf dem Gewissen!«

»Wer behauptet das?«

»Jeder, der Augen im Kopf hat. Der edle Yussuf starb über Nacht, von einem Tag auf den anderen. Du als Arzt warst dabei. Du hast ihn getötet, gib es zu!«

»Niemals.«

»Nun gut.« Abd lehnte sich in seinem Stuhl zurück. »Ich gebe dir ein weiteres Mal Gelegenheit, darüber nachzudenken. Ich bin sicher, du wirst bald gestehen.«

Es vergingen sieben Tage und sieben Nächte, bis ich wieder vor Abd stand. Ich hatte die Zeit mehr tot als lebendig verbracht, verschmutzt, verlaust und verängstigt – unterbrochen von immer wieder aufloderndem Zorn. Wer steckte hinter dem feigen Überfall auf mich? Ich hatte einen Verdacht, und ich wollte Gewissheit haben, ob dieser Verdacht stimmte. »Wer behauptet, ich hätte Yussuf getötet?«, fragte ich.

»Die Fragen stelle ich«, wies Abd mich zurecht. »Versuchen wir es andersherum: Da der edle Yussuf ein kerngesunder Mann war, liegt die Vermutung nahe, dass er vergiftet wurde. Du als Arzt besaßest die entsprechenden Mittel dazu. Hast du ihn vergiftet?«

»Nein.«

»Du solltest dein Gewissen erleichtern. Irgendwann wird

die Wahrheit ohnehin herauskommen. Also noch einmal: Gibst du es zu?«

»Ich gebe gar nichts zu.«

Abd seufzte. »Ich werde heute eine ausgedehnte Reise antreten und für die nächsten Wochen keine Möglichkeit finden, mit dir zu reden. Willst du wirklich noch so lange in deiner Zelle schmoren?«

»Ich bin unschuldig.«

»Wie du meinst.« Abd rief nach Hohlkopf, der mich zurück in meine stinkende Behausung brachte.

Die Striche an der Wand sagten mir, dass über zwei Monate vergangen waren, als Abd mich erneut befragte. »Du siehst schlecht aus«, begann er das Verhör, »etwas abgemagert, aber du kannst nicht erwarten, dass einem Mörder wie dir Wein und Manna gereicht werden.«

Mit seiner Bemerkung, ich sei etwas abgemagert, hatte Abd mehr als recht. Nach einer Kost, die nur aus schleimiger Brühe und Wasser bestand und manches Mal ganz entfallen war, hatte ich kein einziges Gramm Fett mehr auf den Knochen. In der ersten Zeit hatte ich noch versucht, mit Hohlkopf ins Gespräch zu kommen, um ihn für mich zu gewinnen. Ich erhoffte mir davon eine Verbesserung der Kost. Doch alle meine Versuche scheiterten. Der Kerl war unempfindlich gegen jede Art von Freundlichkeit und obendrein von schlichtem Geist. So musste ich allein gegen Hunger und Einsamkeit ankämpfen. Ich verlegte mich auf das Hersagen sämtlicher erlernten Gedichte, sang die Lieder, die ich kannte, und als mir auch diese ausgingen, begann ich mit dem Zitieren ganzer Passagen aus medizinischen Lehrbüchern. Irgendwann aber waren alle Texte deklamiert, alle Verse gesungen, ich verfiel in einen Dämmerzustand. Tag und Nacht wurden eins, und mehrfach ertappte ich mich dabei, wie ich wirres, ungereimtes Zeug redete.

Doch als Hohlkopf mich eines Tages unsanft hochzerrte, um mich zu Abd zu bringen, kehrte mein Verstand gottlob zurück. Ich stand schwankend vor dem Verhörtisch und krächzte: »Du sagtest, ich könne dich Abd nennen, Abd wie Diener. Ich nehme an, du bist tatsächlich ein Diener. Handelst du im Auftrag eines gewissen Lustsklaven?«

»Ich bin es, der die Fragen stellt.«

»Ich spreche von Baschar ibn Amat ibn al-Barq, welcher ›Baschi‹ genannt wird und seiner eigenen Aussage nach der Enkelsohn eines Mannes ist, der am Hofe al-Mahdis, des Vaters von Harun al-Raschid, höchsten Einfluss besaß. Nun, wie ist es: Handelst du in Baschis Auftrag?«

Abd kniff die Augen zusammen. »Und wenn es so wäre?«

»Würde ich dich auffordern, Baschi herzubringen, damit er mir seinen Vorwurf ins Gesicht sagt.«

Abd schwieg. Die Finger seiner rechten Hand schlugen einen Trommelwirbel auf den Tisch. »Der edle Baschar ist schon vor Tagen mit einer Sänfte zurück nach Bagdad aufgebrochen, um sich dort im Schoße seiner Familie von den Strapazen der Wüstendurchquerung zu erholen. Aber seine Anwesenheit ist auch nicht erforderlich. Er klagt dich an, du habest bereits um den Tod des edlen Yussuf gewusst, bevor du ihn untersuchtest. Das konntest du nur, weil du sicher warst, einen Leichnam vor dir zu haben.«

»So, hat er das gesagt?« Nun, da ich wusste, wer mein Feind war, fühlte ich mich sicherer. Ich rief mir die Situation in Yussufs Zelt ins Gedächtnis zurück und sagte: »Baschi rief mir zu: ›Hakim, du musst ihm helfen!‹, woraufhin ich antwortete: ›Dafür ist es zu spät, er ist tot.‹ Darauf er: ›Hakim, bitte! Es kann nicht sein, dass Yussuf tot ist. Noch gestern Abend war er gesund wie ein Fisch im Wasser.‹ Um ihn zu beruhigen, lenkte ich ein und sprach: ›Nun gut, ich will ihn untersuchen.‹ Das war alles.«

»Na bitte, da sagst du es selbst!« In Abds Stimme schwang Triumph mit. »Du wusstest von Anfang an, dass der edle Yussuf tot war.«

»Weil ich Arzt bin und weiß, wie ein Toter aussieht.«

»Mag sein. Doch wer außer dir sollte es getan haben? Kein anderer kam dafür in Frage!«

»Ach ja? Und was ist mit Baschi selbst? Du weißt sicher, dass er und Yussuf einander, äh, sehr zugetan waren. Wer sagt dir, dass es zwischen ihnen nicht zu einem Zerwürfnis kam? Was macht dich so sicher, dass Baschi seinen Liebhaber nicht im Zorn oder aus Eifersucht ermordete?«

»Du willst nur von deiner eigenen Schuld ablenken.«

»Ich will frei sein, endlich frei sein!«

»Du wirst so lange in dem Loch sitzen, bis die Maden dich fressen. Oder bis du gestanden hast.«

Ich weiß nicht, wie lange ich diesmal eingesperrt war, waren es Wochen, Monate, Jahre? Jegliches Zeitgefühl hatte ich verloren. Ich erinnere mich nur, wie ich eines Tages von Hohlkopf grob emporgerissen und aus meinem Verlies gezerrt wurde. Auf meine gemurmelte Frage, ob die Quälerei denn nie ein Ende haben würde, bekam ich keine Antwort. Stattdessen stieß er mich vor sich her, so dass ich mehrmals zu Boden fiel. Dann aber stach es mir plötzlich wie ein Blitz ins Auge. Strahlende Helligkeit umfing mich. Ich blinzelte heftig. Langsam konnte ich wieder sehen. Und was ich sah, kam mir wie ein Trugbild vor: Ich lag auf einer staubigen Straße, und Abbo stand über mir.

»Abbo?«, flüsterte ich ungläubig.

Er lachte. »Ja, Hakim, ich bin's.«

Oh, Tariq, mein großherziger Gastgeber, was ich an jenem Tage sah, war tatsächlich keine Sinnestäuschung. Abbo stand leibhaftig vor mir. Ich habe das Bild so klar vor Augen, als sei es gestern gewesen – und nicht vor mehr als dreißig Jahren. Heute, da ich unzählige Male darüber nachgedacht habe, wie alles zusammenhing, bin ich sicher, dass die Anklage durch Abd niemals offiziell war, obwohl genau dieser Eindruck durch den Al-Raschid-Schriftzug an der Wand des Verhörraumes erweckt werden sollte. Ich denke vielmehr, dass die Rachegelüste einer einzelnen Familie, vielleicht der von Baschi, vielleicht der von Yussuf, dahintersteckten. Die Familie hatte ihre Beziehungen spielenlassen, um mich ins Gefängnis zu bringen und ein Geständnis von mir zu erpressen, das meinen Tod bedeutet hätte. Für diese These spricht auch, dass es stets nur ein einzelner Verhörender war, der sich zudem als »Abd«, Diener, vorstellte. Ferner, dass Abd kein einziges Mal zum grausamen Mittel der Folter greifen ließ, was bei einer förmlichen Anklage gewiss geschehen wäre. Und nicht zuletzt, dass Abd ganz augenfällig nicht das geringste Interesse an dem Verbleib der Wasseruhr zeigte. Doch zu all diesen scharfsinnigen Überlegungen war ich in jenem Augenblick nicht fähig, ich war nur überglücklich, die Freiheit wiedergewonnen zu haben.

Kein Gut auf dieser Welt ist höher einzuschätzen als die Freiheit – von der Gastfreundschaft, die ich auch heute wieder bei dir, mein lieber Tariq, genießen durfte, einmal abgesehen. Ich danke dir herzlich für die köstlichen Speisen, die du für mich auftragen ließest, und versage mir die Frage nach dem Gesundheitszustand der alten verschleierten Dienerin, denn diese Frage wäre unschicklich.

Morgen, mein Freund, will ich dir berichten, wie unsere Gesandtschaft durch das Heilige Land reiste, wie grausam das Schicksal es mit Dantapuri, dem Mahut, meinte, und wie ich die Zuneigung von Abul, dem grauen Koloss, endgültig gewann.

Verzeih, wenn ich mich jetzt zurückziehe.

Ich wünsche dir eine gute Nacht. Allah sei mit dir – und Gott befohlen!

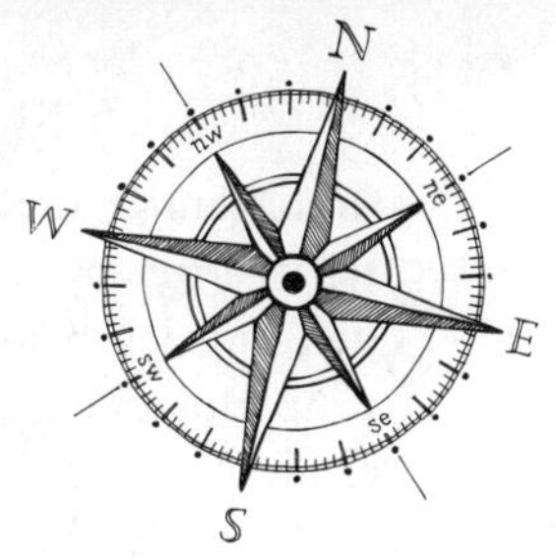

Kapitel 10

Heiliges Land, Mai 800

Abbo hob mich auf den Karren, vor dem die beiden Pferde warteten, und setzte sich neben mich. »Abbo, bist du es wirklich?«, flüsterte ich.

»Ja, Hakim, jetzt wird alles gut.« Abbo schnalzte mit der Zunge, und der Karren setzte sich in Bewegung. »Die Gefährten warten schon auf uns.«

Ich schloss die Augen und öffnete sie wieder. »Ich kann es noch nicht glauben, aber es scheint kein Traum zu sein. In welchem Monat sind wir?«

»Wir haben Anfang Mai im Jahre des Herrn 800.«

»Großer Gott!« Ich rechnete. »Dann war ich fünf Monate gefangen.«

Abbo nickte mitleidig. »Das sieht man dir an, Hakim.«

Ich sammelte meine Gedanken. Dann sprudelte es aus mir heraus: »Wie ist es dir gelungen, dem Überfall zu entkommen? Hast du das Geld für die Wasseruhr retten können? Wo sind die Gefährten? Wie kommt es, dass ich frei bin?«

Wieder lachte Abbo, während er den Karren geschickt durch die belebten Straßen von Damaskus steuerte. »Das sind viele Fragen auf einmal. Die meisten kann Lantfrid dir besser beantworten. Aber so viel kann ich sagen: Es waren drei Männer, die uns vor der Werkstatt von diesem Mukhtar überfielen. Einer von ihnen schlug dich von hinten nieder, mit den beiden anderen hatte ich es zu tun. Es waren zähe Burschen. Sie kämpften heimtückisch und ausdauernd, aber als jemand, der sich zu wehren versteht, gelang es mir schließlich, mit allen dreien fertig zu werden. Nachdem ich sie in die Flucht geschlagen hatte, hielt ich nach dir Ausschau, aber ich konnte dich nirgends entdecken. Ich ging in die Werkstatt, um Mukhtar zu fragen, doch der Schmied war unauffindbar. Danach fragte ich die Menschen auf der Straße, ein paar Müßiggänger und Herumlungerer, die jedoch auch nichts gesehen hatten. Es war wie verhext. Am Ende blieb mir nichts anderes übrig, als wieder zur *Regenbogen*-Karawanserei zurückzukehren. Dort war der Schrecken natürlich groß, und selbst der Umstand, dass ich das Geldsäckchen erfolgreich verteidigt hatte, konnte die Gefährten nicht darüber hinwegtrösten, dich verloren zu haben.«

Abbo lenkte den Karren durch das Stadttor hinaus auf die Straße nach Osten und fuhr fort: »Jedenfalls werden alle froh sein, dass deine Zeit im Kerker vorbei ist. Sie wollten für deine Ankunft ein Festmahl vorbereiten.«

»So sind wir immer noch in der Herberge *Qawyu quzaḥ?«*, fragte ich.

»Ja, Hakim. So heißt sie wohl. Wer kann sich schon diese arabischen Namen merken.«

Danach schwiegen wir. Jeder hing seinen Gedanken nach. Als wir auf den quadratischen Innenhof der Karawanserei einbogen, liefen alle Gefährten zusammen, und Lantfrid rief: »Bei der heiligen Mutter Gottes, du bist es tatsächlich!«

»Ja, ich bin's«, sagte ich mit belegter Stimme. Zu mehr reichte es nicht, denn die Freude des Wiedersehens überwältigte mich.

Lantfrid und die anderen bildeten eine Traube um den

Karren, lachend, scherzend, durcheinanderredend. Schließlich gebot Sigimund Ruhe und sagte: »Wie du an den beiden Lämmern über dem Feuer siehst, Cunrad, haben wir keine Kosten und Mühen gescheut, um dich gebührend zu begrüßen. Doch wenn ich dich so von oben bis unten betrachte, ist es vielleicht besser, du wäschst dich erst einmal und ziehst dir was Anständiges über. Wenn es dir nichts ausmacht, fangen wir anderen schon mal an.« Er machte eine Pause, grinste und fuhr fort: »Wir lassen dir auch bestimmt was übrig.«

»Danke«, sagte ich matt. »Danke.« Ich wehrte die Hände ab, die mir vom Karren herunterhelfen wollten, schaffte es mit Ach und Krach allein und strebte meiner Kammer in der Herberge zu. Dort angekommen, warf ich mich erschöpft auf mein Lager. Ich wusste, wenn ich liegen blieb, würde ich sofort einschlafen. Deshalb wollte ich nur langsam bis hundert zählen und danach wieder aufstehen. Doch beim Zählen schlummerte ich ein. Als ich erwachte, neigte sich der Tag schon. Ich erhob mich hastig, griff mir saubere Kleider und ging mit schleppenden Schritten in den kleinen Nebenhof mit dem Brunnen. Dort wusch ich mich gründlich. Das kühle Wasser tat mir gut und weckte meine Lebensgeister. Ich streifte Hose und Hemd über, atmete tief durch und lenkte meine Schritte zum großen Innenhof.

Dort saßen meine Gefährten im Kreis um ein Feuer und schmausten. Als sie mich sahen, rückten sie bereitwillig auseinander, und ich setzte mich zwischen Lantfrid und Sigimund. Ich war froh, dass sie mich nicht mit Fragen bestürmten, sondern nur ein paar Scherze darüber machten, dass ich so lange geschlafen hatte. Dann ließen sie mir zu essen reichen. Es war der junge Gehilfe von Randolph, der es mit einer scheuen Geste tat, und ich sah, wie er dabei die Augen niederschlug.

Mir klopfte das Herz bis zum Hals, als ich das Stück Fleisch und die Portion Reis von Aurona entgegennahm. Am liebsten wäre ich aufgesprungen, hätte sie umarmt und geküsst und sie gefragt, ob sie mir endlich verziehen hätte, doch das war natürlich unmöglich. So bedankte ich mich nur mit heiserer Stimme und fragte Lantfrid, nachdem Aurona sich wieder ihrer Arbeit zugewandt hatte: »Ich sehe, der Sohn des alten Beduinenfürsten ist immer noch bei uns. Macht er seine Küchenarbeit ordentlich?«

Lantfrid wischte sich mit dem Handrücken den Mund ab und antwortete: »Randolph sagt, er könne nicht klagen. Aber wenn du mich fragst, hat es mit dem Jungen etwas Seltsames auf sich. Er spricht so gut wie nie und besteht darauf, stets das Gesichtstuch zu tragen.«

Sigimund auf meiner anderen Seite fügte hinzu: »Wenn du mich fragst, hat der Junge wahrscheinlich ein Muttermal oder so etwas im Gesicht. Vielleicht auch eine entstellende Narbe, die er nicht zeigen mag.«

»Das wird es wohl sein«, gab ich ihm recht und dachte an Auronas große Schönheit.

»Mir ist's gleich, wie hässlich einer ist, solange er seine Arbeit flink macht.«

»Ja, flink ist er«, bestätigte Lantfrid. »Und überdies seinem alten Vater sehr ergeben. Er umsorgt ihn rührend. Auch heute ist er schon in die gemeinsame Kammer gegangen, um ihn mit Essen zu versorgen.«

»Ach, ist der Alte krank?«, fragte ich möglichst beiläufig.

»Soviel ich weiß, nein. Aber er ist genauso schweigsam und zurückhaltend wie sein Sohn. Ich habe nur ein paar Mal gesehen, wie er sich mit Isaak unterhielt. Der scheint der Einzige zu sein, der ihn versteht. Außer dir natürlich.«

Um das Thema in weniger riskante Bahnen zu lenken, sagte ich: »Ich habe Abbo vorhin auf dem Karren eine Menge Fragen gestellt, die er aber nur zum Teil beantwortete. Er meinte, ich solle mich an dich wenden. Du wüsstest das besser. Was mich besonders interessiert, ist, wie es gelang, mich aus den Fängen von Abd zu befreien.«

»Abd?« Lantfrid runzelte die Stirn. »Ein Mann dieses Namens ist mir nicht bekannt. Aber ich kann dir sagen, dass sich eine Abordnung unter meiner Führung nicht weniger als drei Mal nach Damaskus aufmachte, um beim Statthalter …« Er unterbrach sich und fragte Sigimund: »Wie war noch gleich sein Name?«

»Omar Mahmud al-Nafs al-Zakiya.«

»Genau den meine ich. Wir versuchten also drei Mal, zu diesem Omar vorgelassen zu werden, jedes Mal vergebens. Obwohl Isaak sein Bestes gab, scheiterten wir an seinen dünkelhaften Schreiberlingen. Immer wieder hieß es, der Statthalter sei nicht zugegen oder verhindert. Das Verhalten dieser Bücherwürmer war mehr als beleidigend, besonders, weil wir darauf verwiesen, Gesandte von König Karl zu sein.«

Sigimund ergänzte: »Am liebsten hätten unsere Krieger den Wichtigtuern eine Lektion erteilt, aber dann wären wir am Ende wohl alle im Gefängnis gelandet.«

Lantfrid nickte ein paar der Gefährten zu, die eine gute Nacht wünschten und sich entfernten. Dann nahm er den Faden wieder auf. »Als wir merkten, dass hinter dem Gebaren der Schreiberlinge Absicht steckte, beschloss ich, nach einer anderen Lösung zu suchen.«

»Du hättest mit der Gruppe ohne mich weiterziehen können«, warf ich ein.

»Das hätte ich. Aber zufällig tragen Sigimund und ich die Verantwortung für die Gesundheit unserer Männer, und diese Verantwortung wollten wir lieber weiterhin unserem Hakim überlassen.«

Sigimund bestätigte augenzwinkernd: »Der im Übrigen sein Handwerk recht gut versteht und ziemlich beliebt ist.«

»Nun ja.« Ich räusperte mich verlegen. »Und was habt ihr unternommen?«

Lantfrid lächelte vielsagend. »Wir kamen überein, uns an die nächsthöhere Instanz zu wenden.«

»Ich verstehe«, sagte ich, »ihr habt es bei dem Vorgesetzten des Statthalters versucht. Wer ist es denn?«

»Kein Geringerer als der große Harun al-Raschid.« Lantfrids Lächeln wurde breiter.

»Ja, aber …?«

»Ich beschloss, zusammen mit Isaak auf den Grautieren nach Bagdad zu reiten, um mich beim Kalifen selbst für dich zu verwenden.«

»Das habt ihr für mich getan?«, fragte ich fassungslos.

»Vier Wochen waren wir unterwegs. Als wir ankamen, weilte Harun allerdings nicht in seinem Palast. Er befand sich immer noch in der Provinz Khorasan, um die dortigen Unruhen niederzuschlagen. Doch der *hadschib* al-Fadl war so freundlich, uns Quartier zu geben. Drei geschlagene Monate mussten wir warten. In dieser Zeit saßen wir wie auf glühenden Kohlen, weil wir uns ständig fragten, ob du noch lebtest und wie es den Gefährten ging.«

»Das muss eine schwere Zeit für euch gewesen sein.«

»Wohl bei weitem nicht so schwer wie deine. Du bist ja dünn wie ein Skelett. Jedenfalls sorgte der *hadschib* sofort nach Rückkehr des großen Kalifen dafür, dass dieser uns empfing. Nachdem ich unser Anliegen vorgetragen hatte, schüttelte er missbilligend den Kopf und fragte, was man dem Hakim Cunrad von Malmünd vorwerfe. Ich antwortete, ich wisse es nicht, niemand aus der Gesandtschaft wisse es. Offenkundig läge eine Verwechslung vor. Über meine Sorge, deine Verhaftung könne mit dem Verkauf der Wasseruhr zusammenhängen, verlor ich natürlich kein Sterbenswörtchen.«

»Das heißt, Harun schöpfte keinen Verdacht?«, fragte

ich, denn ich erinnerte mich daran, dass Abd behauptet hatte, Baschi sei nach Bagdad aufgebrochen, um sich dort von den Strapazen der Wüstendurchquerung zu erholen. Den Aufenthalt in der Hauptstadt hätte der Lustsklave durchaus nutzen können, um mich bei Harun anzuschwärzen.

»Nein, nicht den geringsten. Aber er wirkte in Eile und beendete die Anhörung mit einer herrischen Handbewegung. Dann verfügte er deine sofortige Freilassung. Er unterschrieb sogar ein Papier dafür. Außerdem trug er mir auf, dich zu grüßen und dir schnelle Beine für deine Reise zu wünschen.«

»Danke.«

»Übrigens hatte Abbo das Papier bei sich, als er sich heute Vormittag zum Gefängnis aufmachte, aber wie er mir vorhin sagte, schien es nicht notwendig zu sein, es vorzuweisen. Der Befehl des Kalifen hatte auch so schon den Weg zu seinem Empfänger gefunden. Abbo jedenfalls fand dich auf der Straße vor dem Gefängnistor.«

»Daran kann ich mich lebhaft erinnern«, sagte ich und unterdrückte ein Gähnen. »Wenn du erlaubst, gehe ich jetzt wieder in meine Kammer. Ich fühle mich noch etwas schwach.«

Mein Wunsch stieß allgemein auf Verständnis, und selbst der ungeduldige Sigimund ermahnte mich, ich möge mich erst einmal richtig ausschlafen, bevor wir anderentags aufbrächen.

Doch entgegen meiner Absicht ging ich nicht sofort zu meiner Lagerstatt, sondern besuchte zunächst Isaak, denn ich hatte ihn am Feuer nicht gesehen. Als ich ihn schlafend in seinem Bett vorfand, sagte ich leise »Isaak« und rüttelte ihn an der Schulter. »Isaak, ich will dir danken für das, was du für mich getan hast.«

Er wachte auf und streckte sich. Dann erst erkannte er

mich. »Der Erhabene, dessen Name gepriesen sei, hat meine Gebete erhört!«, rief er. »Du bist es tatsächlich!«

»Ja, ich bin es. Lantfrid und du, ihr habt meine Befreiung erwirkt. Ich glaube, das kann ich niemals wiedergutmachen.«

»Unsinn.« Isaak griff zu einer Schale mit Nüssen. »Willst du ein paar?«

»Nein danke, ich habe gerade gegessen. Wieso warst du nicht mit am Feuer? Es gab köstlichen Lammbraten. Lamm ist, soviel ich weiß, nach den jüdischen Speisegesetzen als koscher anzusehen.«

»Das stimmt. Aber die Tiere wurden nicht vorschriftsmäßig geschächtet. Randolph hat sie mit einem Schlag betäubt und dann abgestochen. Kein Jude dieser Welt würde ein Tier, das betäubt wurde, essen, weil es als verletzt gilt und sein Fleisch dadurch unbrauchbar wird.«

»Das wusste ich nicht. Vielleicht nehme ich doch ein paar Nüsse.« Wir aßen langsam, und nach einer Weile fragte ich: »Warum habt ihr nicht die Pferde für den Ritt nach Bagdad genommen? Sie sind doch viel schneller als die Grautiere?«

Isaak nahm eine weitere Nuss und antwortete: »Pferde sind stärker als Esel, aber nicht so zäh. Wir taten gut daran, die Grautiere zu nehmen, denn sie haben uns hin und zurück mit großer Ausdauer getragen.«

»So haben auch sie ihren Anteil an meiner Befreiung. Weißt du, was mir bei der Gelegenheit einfällt?«

»Du wirst es mir gleich sagen.«

»Wir kennen unsere Grautiere schon eine kleine Ewigkeit und haben ihnen noch immer keine Namen gegeben.«

»Das stimmt.« Isaak schaute verblüfft. »Und was schlägst du vor?«

»Ich weiß nicht. Hast du einen Einfall?«

Gemeinsam überlegten wir und kamen schließlich zu dem Ergebnis, dass Kastor und Pollux zwei hübsche Namen wären, da beide Esel unzertrennlich und wie Zwillinge waren. Mein Grautier sollte Kastor heißen, das von Isaak Pollux. Ich sagte: »Die Namen passen auch deshalb gut, weil Kastor und Pollux sich den Argonauten anschlossen und auf ihrer Suche nach dem Goldenen Vlies zahlreiche Abenteuer erlebten.«

Danach verabschiedete ich mich. Ich war todmüde. Trotzdem strebte ich der Kammer von Dschibril und Aurona zu. Ich wollte einen neuen Versuch machen, Aurona zurückzugewinnen, und hoffte dabei auf die Hilfe des alten Arztes. »Darf ich hereinkommen«, rief ich leise vor der Tür.

»Ja, komm nur.« Es war Dschibril, der mir antwortete.

Als ich den Raum betrat, sah ich, dass er allein war.

»Cunrad«, rief er, »an mein Herz!«

Wir fielen uns in die Arme. Lange blieben wir so stehen, ohne etwas zu sagen, und wir spürten beide, wie nah uns der andere war. Dann setzten wir uns nach Arabersitte mit gekreuzten Beinen auf den Boden, und Dschibril sagte: »Ich sehe es in deinem Gesicht, mein Freund, du vermisst Aurona. Doch leider ist sie nicht da. Ich nehme an, sie geht Randolph noch bei der Küchenarbeit zur Hand.«

»Ich bin nicht nur Auronas wegen hier«, sagte ich.

»Und wenn es so wäre, würde ich es verstehen.« Dschibril nahm meine Hand und blickte mich ernst an. »Aurona ist in den letzten Monaten wie verwandelt. Sie ist schweigsam und nimmt kaum etwas zu sich. Wenn ich sie frage, was ihr fehlt, erhalte ich nur einsilbige Antworten. In der ersten Zeit dachte ich, es hinge mit der ungewohnten Arbeit zusammen, die sie für Randolph verrichten muss. Aber dann wurde mir klar, dass sie dir nicht verzeihen kann, was du getan hast. Dabei leidet sie genauso unter eurem Zerwürfnis wie du. Ich bin überzeugt, sie möchte sich mit dir versöhnen, aber ihr Dickkopf steht ihr dabei im Wege. Ach, es ist schon eine vertrackte Situation.«

»Vielleicht wird alles besser, jetzt, wo ich wieder da bin«, antwortete ich, aber ich glaubte selbst nicht an meine Worte.

»Es gibt niemanden, der sich das mehr wünschte als ich.« Dschibril seufzte. »Aber kommt Zeit, kommt Rat. Erzähle erst einmal, was du erlebt hast. Wenn ich dich so betrachte, muss dein Gefängnisaufenthalt ein Alptraum gewesen sein.«

»Ja, es war häufig wie ein böser Traum.« Ich erzählte Dschibril in allen Einzelheiten, was mir widerfahren war.

Danach saßen wir eine Weile schweigend da und hingen unseren Gedanken nach. Schließlich griff Dschibril zu der kleinen Lampe und füllte etwas Öl nach, denn sie drohte zu verlöschen. Als ihr Schein wieder heller wurde, sagte er: »Du siehst, auf jedes Dunkel folgt Licht. Du hast den Kerker überwunden, du wirst auch Aurona wieder für dich gewinnen.«

»Gebe Gott, dass du recht hast«, sagte ich aus tiefstem Herzen.

Dann verließ ich Dschibril und ging in meine Kammer.

Am nächsten Morgen drängte Lantfrid schon beim ersten Dämmerlicht zum Aufbruch. An der Spitze sollte wie zuletzt Abul mit Dantapuri marschieren, hinter ihm, verbunden durch Seile, folgten die beiden Karren, wobei der zweite, der zuvor die Wasseruhr getragen hatte, nun die Küchenausrüstung und unsere persönliche Habe transportierte. An den Seiten würden Lantfrid und Sigimund auf den Pferden reiten.

Kastor und Pollux, die beiden Grautiere, waren wieder für den Beduinenfürsten und seinen Sohn vorgesehen, doch bevor wir uns in Bewegung setzten, rief Sigimund mir zu: »Der alte Fürst bedeutet mir, du sollst statt seiner auf dem Esel reiten.«

Es entspann sich eine kurze Diskussion zwischen mir

und Dschibril, weil jeder von uns darauf bestand, zu Fuß zu gehen. Bevor die Gefährten ungeduldig wurden, sagte ich auf Arabisch: »Ich schlage eine salomonische Lösung vor: Erst reitest du ein Stück auf Kastor, danach ich.«

»Einverstanden«, entgegnete Dschibril, »sofern wir mit der umgekehrten Reihenfolge beginnen.«

»Nun gut, dann machen wir es so.«

Lantfrid wies mit dem Arm nach Süden und rief: »Auf, auf, Männer, das schöne Frankenland wartet!«

»Auf, auf!«, antworteten wir, und langsam setzte sich unsere Gruppe in Marsch.

Es waren insgesamt siebzehn Männer, die an diesem Maitag aufbrachen, dazu ein Elefant, zwei Pferde und zwei Esel. Auf dem einen Esel ritt ich, auf dem anderen Aurona. Zwischen uns ging Dschibril. Während wir auf die staubige Straße einbogen, schaute ich verstohlen zur Seite, doch Aurona blickte starr geradeaus. Es gab mir einen Stich ins Herz. Wie lange sollte das so weitergehen?

Dabei schien alles wie immer. Als wären keine fünf Monate vergangen, seit unsere Gruppe auf staubigem Pfad die Wüste durchquert hatte. Die Sonne brannte alsbald wie ein glühender Feuerball vom Himmel und lähmte sämtliche Gedanken. Wir gingen Schritt für Schritt, Stunde um Stunde, bis Lantfrid gegen Mittag das Zeichen für eine kurze Rast gab. Nachdem die Tiere versorgt worden waren, ließen wir uns am Rand der Straße im Halbkreis nieder, aßen ein paar Datteln und tranken von den mitgebrachten Wasservorräten. Es wurde kaum geredet, was mir nur recht war, denn ich fühlte mich immer noch sehr schwach. Lediglich Sigimund sagte nach ein paar Schlucken: »Wenn ich an diesen Ahmed denke, ihr wisst schon, den Betreiber der *Regenbogen*-Herberge, dann kommt die Wut in mir hoch. Der Kerl wollte doch tatsächlich Geld für das Wasser haben, das wir vor dem Abmarsch aus seinem Brunnen schöpften. Er meinte, wir hätten unseren Aufenthalt zwar bezahlt, das Wasser jedoch sei nicht im Preis enthalten. Er glaubte wohl, wir als Fremde wüssten nicht, dass es hierzulande ein kostenloses Gut für jedermann ist. Für wie dumm hält uns dieser Halsabschneider eigentlich? Jedenfalls habe ich ihm gehörig die Meinung gesagt. Er hat kein Wort verstanden, aber genau gewusst, was ich meinte.«

Sigimund blickte beifallheischend in die Runde, und ein paar der Gefährten brummten zustimmend.

»Wie viel ist denn von dem Geld für die Wasseruhr übrig?«, fragte ich.

»Nicht mehr viel.« Sigimund zuckte mit den Schultern. »Aber ein paar Wochen wird es schon noch reichen.«

Wenig später mahnte Lantfrid zum Aufbruch. Wir erhoben uns, und ich sagte zu Dschibril: »Nun ist es Zeit, dass wir wechseln. Du reitest mein Grautier.«

Dschibril wehrte ab. »Nein, nein, ich kann noch weiter gehen.«

»Wir wollten uns ablösen.«

»Gewiss, aber jetzt noch nicht.«

»Höre, Dschibril«, sagte ich leise, aber bestimmt, »mir geht es wieder gut, nun steig schon auf.«

Lantfrid, der bereits auf seinem Pferd saß, hatte unsere kleine Meinungsverschiedenheit mitbekommen und ritt heran. »Was ist los, Cunrad?«, fragte er. »Willst du etwa zu Fuß gehen? Das kommt überhaupt nicht in Frage. Der alte Fürst scheint rüstiger zu sein, als ich dachte. Du nimmst den Esel. Keine Widerrede!«

Ich fügte mich. »Schon recht, Lantfrid.«

»Auf, auf, Männer, das schöne Frankenland wartet.«

Am Nachmittag winkte Lantfrid mich an seine Seite und sagte: »Du weißt, dass wir auf der Hinreise den Weg über Jerusalem nahmen. Es liegt nahe, auch den Rückweg so zu wählen. Doch was mir die letzten Stunden nicht aus dem

Kopf will, ist, ob es nicht besser wäre, früher oder später nach Südwesten zu schwenken und ans Meer zu ziehen. Dort könnten wir uns einfach südlich halten und würden früher oder später wie von selbst nach Alexandria kommen. Frag doch mal den alten Beduinenfürsten, was er davon hält. Wenn ich mich nicht täusche, sagte er, er käme weit aus dem Süden. Also muss er sich in der Gegend auskennen.«

»Äh, gut, Lantfrid.«

»Und frag ihn bei der Gelegenheit auch gleich, wann er uns zu verlassen gedenkt. Er hat sich bislang nicht als sonderlich nützlich erwiesen.«

»Ja, Lantfrid.«

Ich wandte mich an den neben mir gehenden Dschibril und eröffnete ihm, was Lantfrid wollte.

»Derlei Fragen habe ich schon länger befürchtet«, antwortete der alte Arzt, während er mühsam einen Fuß vor den anderen setzte. »Du weißt genauso gut wie ich, dass mir die Wüste völlig unbekannt ist.« Er strich sich über den eisgrauen Bart wie immer, wenn er über etwas nachsann, und fuhr mit bedächtiger Stimme fort: »Aber wenn ich es mir recht überlege, spricht in der Tat einiges für den Weg entlang der Küste. Dort dürfte ein kühlerer Wind wehen, und die Versorgung mit Wasser wäre einfacher, besonders, wenn ich an den Elefanten denke. Er ist das einzige Geschenk Haruns, das euch geblieben ist. Ihr solltet alles daransetzen, es zu hüten und zu bewahren.«

»Da hast du zweifellos recht«, stimmte ich zu. »Leider hat Lantfrid noch eine zweite Frage gestellt.«

Dschibril schaute ratlos. »Ich weiß, aber ich habe keine Antwort darauf. Wenn es hart auf hart geht, müssen Aurona und ich uns allein nach Alexandria durchschlagen. Von dort könnte ich ein Schiff nach Konstantinopel nehmen. Aurona hingegen müsste versuchen, nach Pavia zu gelangen.«

»Das kommt überhaupt nicht in Frage. Wir sind und bleiben zusammen!«

Zu Lantfrid rief ich hinüber: »Der alte Fürst schlägt den Küstenweg vor«, und nannte die von Dschibril vorgebrachten Gründe.

»Nun gut, das leuchtet ein«, sagte Lantfrid, »und wann sollen wir nach Westen schwenken? Hat er das auch gesagt?«

»Bei Qanayah, einige Tagesreisen von hier. Wir könnten dort Wasser und Vorräte aufnehmen«, antwortete ich schnell, denn ich hatte gehört, dass der Ort an einem Flüsschen lag, welches zu jeder Jahreszeit Wasser führen sollte. Einer Eingebung folgend, fügte ich hinzu: »Außerdem bittet der alte Fürst darum, ihm freiheraus zu sagen, wenn er unsere Gastfreundschaft nicht länger in Anspruch nehmen darf.«

»So, darum bittet er? Das ist nicht ungeschickt«, knurrte Lantfrid. »Wenn wir uns an die hiesigen Gepflogenheiten halten, müssen wir ihn bis ans Ende der Welt durchfüttern, und das weiß er natürlich genau. Aber es wird uns wohl nichts anderes übrigbleiben.«

»Wie du meinst, Lantfrid.« Innerlich grinsend ritt ich weiter. Das Problem schien fürs Erste gelöst zu sein.

In Qanayah, das wir vier Tage später erreichten, tränkten wir unsere durstigen Tiere, aßen eine karge Mahlzeit und rüsteten uns für die Nacht. Ein wegekundiger Araber erklärte uns, bis zur Küste im Westen seien es noch mehrere Tagesreisen, wir sollten am besten bis zu den Höhen von al-Dschaulan vorstoßen. Von dort würden wir einen prachtvollen Ausblick auf den See Genezareth genießen können, bevor wir an seinem Ufer weiter nach Süden zögen. Wir bedankten uns, und ich schlief ein weiteres Mal allein unter dem glitzernden Sternenhimmel.

Nach einigen Tagesmärschen – ich hatte mich inzwischen durchgesetzt und ging wieder zu Fuß – erreichten wir al-Dschaulan, eine Gegend, in der auch das biblische Kapernaum lag. Gerne hätte ich mir die verwitterten Tempel und Gemäuer angeschaut, ähnlich, wie ich es in Tadmur getan hatte, doch ich war sicher, mit diesem Wunsch auf wenig Gegenliebe bei meinen Gefährten zu stoßen. Außerdem ereignete sich an jenem Tag etwas, das meine Aufmerksamkeit viel mehr beanspruchen sollte: Abbo kam frühmorgens nach der üblichen Waffenertüchtigung zu mir und sagte: »Hakim, die Gefährten haben mich eben verspottet. Sie meinten, ich würde auf dem Rücken wie eine bunte Kuh aussehen.«

»Wie eine bunte Kuh?«

»Ja, wir haben wie immer mit nacktem Oberkörper geübt. Kannst du mal nachsehen?«

Er drehte sich um, und ich betrachtete seinen Rücken. Was mir auf den ersten Blick ins Auge stach, waren rund zwei Dutzend roter Flecken unterschiedlichen Ausmaßes, wobei der größte doppelt so groß wie der Daumennagel eines Mannes war. Ich nahm die Flecken näher in Augenschein und stellte fest, dass sie unregelmäßig in der Ausdehnung waren, überdies etwas rauh und schuppig. »Ich sehe Veränderungen auf deiner Haut«, sagte ich, »der Oberfläche nach könnte es sich um Verhornungsstörungen handeln. Spürst du ab und zu ein Jucken?«

»Nein, Hakim, nichts. Ist es etwas Schlimmes?«

Obwohl ich eine Ahnung hatte, dass mit den Veränderungen nicht zu spaßen war, sagte ich: »Mach dir keine Sorgen. Wir werden die Flecken schon wegbekommen. Ich muss nur überlegen, was am besten zu tun ist.«

»Ja, Hakim.«

»Und übe fürs Erste nicht mehr mit nacktem Oberkörper. Überhaupt halte ich es für besser, wenn du deine Haut ständig bedeckt hältst, besonders tagsüber.«

Abbo versprach es, und bald darauf waren wir wieder unterwegs. Es war eine beeindruckende Landschaft, durch die wir zogen, vor uns und zu unserer Linken das rötlich schimmernde Sandmeer der Wüste und zu unserer Rechten der silbern blinkende See Genezareth, jene alte Stätte, an der unser Herr Jesus Christus so viele Wunder vollbrachte, indem er Blinde sehend und Lahme gehend machte. Ich seufzte innerlich und wünschte mir, ich hätte ähnliche Fähigkeiten, um Abbo mit einem einfachen Wort helfen zu können. Das jedoch würde nicht der Fall sein, wenn sich mein Verdacht bestätigte.

Am Abend fasste ich mir ein Herz und sprach Aurona an, nachdem sie mit Randolph das Mahl zubereitet hatte und sich anschickte, Dschibril ein wenig Essen in mein Notzelt zu tragen. »Aurona«, sagte ich, »ich muss in einer dringenden Angelegenheit mit Dschibril sprechen und weiß, dass dir meine Anwesenheit im Zelt unangenehm sein würde. Bitte richte ihm deshalb aus, er möge mich bei den Tieren treffen.«

Aurona blickte mich wortlos an, vielleicht einen Augenblick länger als notwendig, und wandte sich ab. Ich wusste nicht, ob sie meinem Wunsch entsprechen würde, doch ich ging zu den Pferden und Eseln und wartete.

Tatsächlich kam Dschibril nach einiger Zeit und setzte sich neben mich in den noch warmen Sand. »Ich fürchte, ich kann dir nichts Neues von ihr berichten«, sagte er nach einer Zeit des Schweigens. »Sie erwähnt dich nie, wenn sie mit mir redet. Es scheint, als täte sie alles, um das Aussprechen deines Namens zu vermeiden. Und dennoch glaube ich, dass sie nach wie vor unter eurer Trennung leidet.«

»Gebe Gott, dass es so ist«, sagte ich aus tiefstem Herzen, »dann bestünde wenigstens ein Fünkchen Hoffnung, dass sich zwischen uns noch alles zum Guten wendet. Andererseits bin ich der Letzte, der sie leiden sehen möchte. Es ist schon eine vertrackte Situation.«

»Das ist wohl wahr.« Der alte Arzt nickte, griff eine Handvoll Sand und ließ sie durch die Finger rinnen. »Aber alles hat seine Zeit, Cunrad. Sieh her, so wie es dauert, bis das letzte Sandkorn zu Boden gefallen ist, so wird es dauern, bis ihr beide wieder versöhnt seid. Nur wie lange das währen wird, weiß Gott allein.«

Wieder schwiegen wir, und nach einer Weile sagte ich: »Danke für deine tröstenden Worte. Aber ich wollte dich aus einem anderen Grund sprechen.« Dann schilderte ich Dschibril die Symptome auf Abbos Rücken.

Dschibril ließ weiterhin Sand durch seine Finger gleiten und antwortete: »Die Zeichen, die du schilderst, sprechen für eine Hautveränderung, die ›Lichtwarze‹ genannt wird. Es ist eine Krankheit, die schon die alten Griechen kannten. Sie entsteht, wenn zu viel und zu häufig Sonnenlicht auf die Haut einstrahlt. In Bagdad ist mir die Krankheit ein paar Mal begegnet. Der Schwierigkeitsgrad der Behandlung ist von Fall zu Fall unterschiedlich und abhängig von dem Ort und der Anzahl der Veränderungen.«

»Ich habe schon befürchtet, dass es sich um Lichtwarzen handelt«, bestätigte ich. »Bei uns im Frankenland treten sie selten auf, dennoch weiß ich, dass man im alten Hellas die Krankheit als *karkìnos* bezeichnete, wobei *karkìnos* gleichzeitig Krebs bedeutete.«

Dschibril nickte. »Du bist sehr bewandert in der ärztlichen Literatur. Galenos ist es, der uns den Zusammenhang zwischen der Krankheit und dem Meerestier erklärte. Er schrieb, dass die Tumoren häufig der Gestalt eines Krebses ähnelten. Und er sagte wörtlich: *So wie die Beine des Tieres an beiden Seiten des Körpers liegen, so verlassen die Venen den Tumor, der seiner Form nach dem Krebskörper gleicht.*«

»Eine solche Form ist mir bei Abbos Flecken nicht aufgefallen«, überlegte ich weiter, »aber ich glaube, die Diagnose ist trotzdem eindeutig, zumal Abbo nach meiner Beobachtung recht häufig mit nacktem Oberkörper herumläuft, nicht nur bei den Waffenübungen. Wahrscheinlich ist er stolz auf seine Muskeln. Was ich mich frage, ist, ob die zunächst harmlosen Lichtwarzen wirklich bösartig werden, und wenn ja, wann.«

Dschibril strich das Häufchen Sand, das sich unter seiner Hand gebildet hatte, glatt und antwortete: »Nach meinem Wissen steigt die Wahrscheinlichkeit einer Erkrankung mit der Anzahl der Hautveränderungen. Bei Abbo scheint mir – leider – die Gefahr einer bösartigen Entwicklung sehr groß zu sein. Doch bis zum Ausbruch der Malignität können erfahrungsgemäß rund zwei Jahre vergehen. Solltest du eine Behandlung in Erwägung ziehen, wäre es möglich, sie erst nach deiner Rückkehr im Frankenland durchzuführen. Dann vielleicht auch mit Hilfe eines erfahrenen Kollegen.«

Ich überdachte die Worte des alten Arztes, denn die Aussicht, die Verantwortung zunächst nicht übernehmen zu müssen, war sehr verlockend. Dann aber sagte ich: »Wenn Hieronymus, der alte Mönchsarzt vom Kloster Malmünd, mich eines gelehrt hat, ist es, dass es in der Medizin nichts gibt, was es nicht gibt. Niemand garantiert mir, dass Abbos Krankheit nicht sehr viel früher auftritt, und die Erfahrung lehrt, dass ein ausgebrochener Krebs ungleich schwieriger zu kurieren ist als ein schlafender – sofern er sich überhaupt besiegen lässt. Ich muss deshalb die Operation so rasch wie möglich vornehmen.«

Dschibril legte mir die Hand auf die Schulter und sagte ernst: »Deine Haltung ist eines guten Arztes würdig, doch allein wirst du den Eingriff nicht durchführen können. Vielleicht solltest du doch erst einmal abwarten. Wenigstens bis Alexandria, wo es gewiss sehr tüchtige Mediziner gibt.«

»Nein, ich habe meinen Entschluss gefasst«, entgegnete ich. »Es muss so rasch wie möglich geschehen.« Ich hielt inne und fuhr fort: »Morgen will ich operieren, und du sollst mir dabei assistieren.«

Dschibril riss die Augen auf. »Du scheinst zu vergessen, dass ich ein alter Beduinenfürst bin.«

»Der gleichzeitig ein kundiger Heiler seines Stammes ist. So werde ich es jedenfalls den Gefährten erklären. Bitte, hilf mir.«

»Und wie, wenn ich fragen darf? Derlei Hautveränderungen pflegen gekautert zu werden. Wir haben aber kein geeignetes Feuer aus guter Kohle, geschweige denn einen Blasebalg, um das Kautereisen zum Glühen zu bringen.«

Ich zögerte. »Das ist eine Schwierigkeit«, gab ich zu. »Ich werde die Lichtwarzen mit dem Skalpell herausschneiden müssen, was für den Patienten natürlich qualvoller ist als der kurze Schmerz des Ausbrennens. Aber vielleicht können wir es mit der *Spongia somnifera* versuchen.«

Dschibril runzelte die Stirn. »Du meinst den Schlafschwamm? Hast du denn die notwendigen Drogen, um ihn zu präparieren?«

»Ja, die habe ich. Ich werde einen Aufguss aus Alraune, Stechapfel und Bilsenkraut herstellen und damit den Schwamm tränken. Anschließend werde ich ihn Abbo unter die Nase halten, mit der Aufforderung, mehrmals tief einzuatmen, damit die Stoffe über die Schleimhäute ihre Wirkung entfalten. Sobald Abbo eingeschlafen ist, können wir mit der Operation beginnen.«

Dschibril erhob sich ächzend. »Ich sehe schon, du bist von deinem Entschluss nicht abzubringen. Ich werde also mein Bestes geben. Wann willst du operieren?«

»Morgen Vormittag, wenn die Sonne so hoch steht, dass ausreichend Licht vorhanden ist.«

»Gut, wenn ich dir bis dahin noch irgendwie behilflich sein kann, lass es mich wissen.«

»Danke«, sagte ich, »aber das wird nicht nötig sein.«

Sechzehn Stunden später hatte sich erwiesen, dass ich doch auf Dschibrils Hilfe angewiesen war. Ich merkte es, als ich nach meinem Schlafschwamm suchte, ihn trotz sorgfältiger Nachforschungen nicht fand und nicht mehr weiterwusste. Irgendwo zwischen Falludscha, wo ich meine Ausrüstung zum letzten Mal kontrolliert hatte, und dem See Genezareth musste ich ihn verloren haben. Womit, um alles in der Welt, konnte ich ihn ersetzen?

Dschibril hatte lächelnd zwei schmale Leinenstreifen genommen, sie zu Röllchen gewickelt und mir in die Hand gedrückt. »Tränke sie wie einen Schlafschwamm«, hatte er gesagt.

»Und dann?«, hatte ich gefragt.

»Dann schiebst du sie Abbo in die Nasenlöcher. Der Effekt wird derselbe sein wie mit dem Schwamm.«

»Wenn ich dich nicht hätte«, hatte ich erleichtert geseufzt. »Darauf hätte ich auch selbst kommen können: Statt des Schwamms einfach ein Paar Röllchen zu nehmen.«

Dschibril hatte geschmunzelt: »Richtig, statt der *spongia* die *phalanga.* So bin ich doch zu etwas nütze, oder?«

Jetzt sagte er: »Schneide die Flecken großflächig heraus. Abbo müsste mittlerweile so tief schlafen, dass er nichts spürt.«

»Das denke ich auch«, sagte ich und setzte das Skalpell mit dem Horngriff an. Zwanzig Atemzüge zuvor hatte ich ihm die Röllchen unter den neugierigen Blicken der Gefährten in die Nasenlöcher geschoben, und Abbo als tapferer Krieger hatte versucht, sich seine Furcht nicht anmerken zu lassen. Danach hatte ich die Gefährten aufgefordert, an ihre Arbeit zu gehen, damit Dschibril und ich ungestört arbeiten konnten. »Ich beginne«, murmelte ich.

»Gut, dass der Patient schläft, er würde sonst die Schmerzen kaum ertragen«, stellte Dschibril sachlich fest. »Zumindest würde er sich unter den Qualen so stark aufbäumen, dass die Gefahr, wichtige Muskeln zu durchtrennen, viel zu groß wäre.«

Ich ging nicht auf ihn ein, sondern konzentrierte mich auf meine Arbeit. Nacheinander schnitt ich alle Flecken heraus und reichte die Hautlappen an Dschibril weiter. Der nahm sie und untersuchte sie auf anderweitige Veränderungen. Doch er fand nichts und sorgte dafür, dass die entstehenden Blutungen mich bei meinen Inzisionen nicht behinderten, indem er die frisch entstandenen Wunden abtupfte und mit einer Salbe aus Mohn und Zink bestrich.

Als ich schließlich fertig war und meinen schmerzenden Rücken wieder streckte, legten wir auf jede der Wunden eine Kompresse mit derselben Salbe und verbanden die gesamte Fläche mit sauberem Leinen.

»Was der Mensch tun konnte, wurde getan«, sagte Dschibril und klopfte mir lobend auf die Schulter, »der Rest liegt in Gottes Hand. Aber ich denke, Abbos Aussichten sind recht gut.«

»Ja«, sagte ich erschöpft, »*volente Deo,* wenn Gott will.«

Wenig später schlüpfte ich in Lantfrids Zelt und meldete, dass die Operation durchgeführt sei. »Allerdings möchte ich, dass wir an diesem Ort drei Tage Rast einlegen, damit Abbo sich erholen kann. In seinem jetzigen Zustand ist er nicht reisefähig.«

Sigimund, der Lantfrid Gesellschaft leistete, schnaubte: »Wenn das so weitergeht, werden wir die Heimat niemals wiedersehen.«

»Du weißt selbst, wie wenig Soldaten wir haben«, entgegnete ich, »und Abbo ist einer der wichtigsten. Wir können nicht auf ihn verzichten.«

»Cunrad hat recht«, schaltete Lantfrid sich ein. »Auf drei Tage mehr oder weniger kommt es nicht an, wenn man Jahre unterwegs ist.«

Sigimund grunzte irgendetwas, das als Zustimmung verstanden werden konnte, und ich verließ das Zelt. Ich kam gerade rechtzeitig, um Abbo beim Aufwachen zu beobachten. Er zuckte ein paar Mal, blinzelte und versuchte, sich auf den Rücken zu drehen, doch der Schmerz hielt ihn davon ab. Dschibril sprach beruhigend auf ihn ein und flößte ihm eine Flüssigkeit ein, die er und ich am Morgen hergestellt hatten. Sie bestand zu einem gut Teil aus dem getrockneten Milchsaft der Samenkapseln des Schlafmohns und stellte ein starkes Schmerzmittel dar. »Wie geht es dir, Abbo?«, fragte ich.

Der junge Krieger stöhnte und versuchte zu grinsen. »Es ging mir schon besser. Hauptsache, ich werde von den Gefährten nicht mehr mit einer Kuh verglichen.«

Ich lachte erleichtert. »Wir werden hier einige Tage bleiben, damit du Zeit hast, wieder auf die Beine zu kommen. Danach ziehen wir weiter. Der alte Beduinenfürst und ich werden uns um dich kümmern. Er hat mir bei der Operation sehr geholfen.«

Dschibril, der bemerkt hatte, dass die Rede von ihm war, nickte.

»Danke«, krächzte Abbo, »danke, ich möchte jetzt ein wenig schlafen.«

»Das tu nur, schlafe dich gesund«, sagte ich.

Nach drei Tagen sahen Abbos Operationsstellen noch immer schauderhaft aus, aber Dschibril und ich kamen zu der Überzeugung, dass sie sich am Rand schon leicht zusammenzogen – ein Zeichen der beginnenden Heilung. Da Abbo zudem fieberfrei war, konnte Lantfrid am Morgen das Zeichen zum Aufbruch geben. Die Marschordnung war wie gewohnt, nur mit dem Unterschied, dass zur Abwechslung Abbo auf Kastor, meinem Grautier, ritt. Er tat es unter Protest, aber ich bestand darauf. Dschibril und ich gingen dafür zu Fuß.

Unsere kleine Gruppe zog am blinkenden Ufer des Sees Genezareth entlang, und das spärliche Grün, das uns immer wieder begegnete, tat dem Auge gut. Kurz bevor die Sonne am höchsten stand, beschleunigte ich meinen Schritt, denn ich hatte bemerkt, dass Dantapuri auf Abuls Rücken in ungewohntes Rot gekleidet war. Ich rief zu ihm hinauf: »Du trägst heute einen Schurz von auffallender Farbe, gibt es einen besonderen Grund dafür?«

Dantapuri blickte ernst. »Da ich das genaue Datum nicht kenne, habe ich beschlossen, heute Buddhas Geburt zu gedenken. Es ist der höchste buddhistische Feiertag, den meine Glaubensbrüder kennen, und ich habe mich nach dem Morgengebet entsprechend gekleidet. Den roten Wickelschurz trage ich jedes Jahr an diesem Tag.«

»Ich kann verstehen, dass du Buddhas Geburt feierst«, antwortete ich, »auch wir Christen feiern die Geburt unseres Herrn.«

Dantapuris Lächeln wirkte ein wenig überlegen, vielleicht, weil es aus so großer Höhe kam. »Das kann man wohl nicht vergleichen«, meinte er. »Unsere Königin hieß Mayadevi, sie war bereits sechshundertzweiundvierzig Jahre vor eurer Muttergottes guter Hoffnung, was sich dadurch offenbarte, dass ein weißer Elefant vom Himmel herabstieg und in ihrem Schoß Einlass fand.«

»So lange liegt das schon zurück?«

»So lange.« Dantapuri nickte voller Würde. »Eine weitere Besonderheit ist, dass Mayadevi schmerzfrei im Stehen gebar. Sie hielt sich, als ihre Stunde gekommen war, an dem Ast eines Baumes fest, und die Götter Brahma und Indra holten das Kind aus ihrer Seite hervor. Es war ein Knabe. Der König nannte ihn Siddhartha und wollte wissen, wie seine Zukunft aussehen würde. Aus diesem Grund bestellte er einen Seher an seinen Hof. Der Seher betrachtete das Kind lange und kam zu dem Schluss: ›Der Knabe wird ein

Buddha werden, ein Erwachter, und sein Einfluss wird tausend Millionen Welten durchdringen wie die Strahlen der Sonne.‹«

Wieder nickte Dantapuri. »Jetzt weißt du, warum dieser Tag für mich ein heiliger Tag ist und warum ich heute einen roten Wickelschurz trage.«

»Ich danke dir für deine Worte, mein Freund«, sagte ich, »und wünsche dir, du mögest noch viele dieser wichtigen Tage erleben.«

»Ich danke dir auch, Hakim.«

Ich ließ mich in der Kolonne wieder zurückfallen und dachte, dass nicht nur Christentum, Judentum und Islam viele Gemeinsamkeiten aufwiesen, sondern auch der Buddhismus. Daran, was noch am selben Abend passieren würde, konnte ich nicht denken, denn ich war kein Seher.

Dabei begann dieser Abend so harmonisch wie selten. Nach einem Mahl, bei dem ausnahmsweise etwas anderes als das übliche Fladenbrot mit den üblichen Datteln gereicht worden war – ein Fischer hatte uns einen Korb frisch gefangener Buntbarsche verkauft –, sangen wir am Feuer die alten fränkischen Lieder, denn die Sehnsucht nach der Heimat mit ihren grünen Wäldern und kühlen Bächen überkam uns mit Macht. Ich musste an Dantapuri denken, der einen besonderen Tag hatte, aber niemanden, mit dem er ihn teilen konnte. Niemanden, außer Abul.

Ich traf beide am Ufer des Sees an, vielleicht fünfhundert Schritte von unserer Feuerstelle entfernt, wo sie ein gemeinsames Bad nahmen. Abul stand bis zum Rumpf im Wasser und bespritzte sich hingebungsvoll mit dem erfrischenden Nass. Dantapuri war an seiner Seite, in der Hand eine große Bürste mit Stiel, die ihm dazu diente, die faltige Haut seines riesigen Freundes abzuschrubben. Dantapuri lachte, Abul gab prustende Laute von sich. Eigentlich hatte ich von Dantapuri noch mehr über Buddha und seine Lehre erfahren wollen, aber angesichts der vor mir liegenden Idylle brachte ich es nicht übers Herz, beide zu stören.

Gerade wollte ich wieder gehen – wobei ich fast über den am Ufer liegenden roten Wickelschurz gestolpert wäre –, als es geschah: Abul machte einen Schritt nach vorn und brach unversehens im Sumpf ein. Sein Rüssel schoss nach oben, als könne er dadurch das Gleichgewicht wiedererlangen, doch sein gewaltiger Körper sank augenblicklich zur Seite. Dantapuri hatte keine Möglichkeit auszuweichen, die graue Wand begrub ihn unter sich. Von Abul ragten nur noch die Beine und ein Teil des Rüssels aus dem Wasser.

Der Anblick verschlug mir den Atem. Dann kam wieder Bewegung in mich. Ich sprang hinzu und rief laut: »Dantapuri, Dantapuri!«

Ich bekam keine Antwort. Nur ein paar Wellen schlugen ans Ufer, während Abul sich lähmend langsam wieder aufrichtete. Wo war sein Mahut? Dort! Ein heller Körper erschien an der Oberfläche, trieb anscheinend leblos heran. »Dantapuri!«

Ich stand mit den Beinen im Wasser und fischte als Erstes seinen Turban mit dem Augenstein heraus. Lange, dunkle Haare quollen darunter hervor. Ich habe noch nie seine Haare gesehen!, schoss es mir durch den Kopf. Im nächsten Moment schalt ich mich einen Dummkopf. Nichts konnte in dieser Situation unwichtiger sein als Dantapuris Haare. »Dantapuri, hörst du mich?«, rief ich. »Dantapuri!«

Sein Gesicht war leichenblass. Mehrere Rippen standen aus seinem Brustkorb hervor, blutverschmiert, grauenvoll anzusehen. Fast noch ärger aber war der Anblick seiner Mundwinkel. Ein schmales Rinnsal aus Blut und Wasser lief da heraus, durchsetzt von feinen Bläschen. Ich wusste, was das bedeutete. Dantapuris Lunge war ernsthaft verletzt. Und eine Ahnung befiel mich, dass alle meine Kunst vergebens sein würde.

Ich zog den leblosen Körper ans Ufer und drehte ihn behutsam auf den Bauch, bevor ich ihn in der Leibesmitte anhob. Es gab ein gurgelndes Geräusch, als etwas Wasser aus dem Mund sickerte. Ich wendete ihn auf den Rücken und bettete den Kopf auf den Turban. Eine flüchtige Untersuchung ergab keine weiteren Befunde. Außer den fatalen Verletzungen im Brustraum schien Dantapuri unversehrt. »Bleibe ganz ruhig«, hörte ich mich zu ihm sagen, doch eigentlich galten die Worte mir selbst. »Ich werde deine Rippen richten und dir einen Druckverband anlegen, damit du wieder gesund wirst. Alles wird wieder gut, hörst du mich?«

So sprach ich auf ihn ein, aber ich glaubte selbst nicht an das, was ich sagte. Endlich begannen Dantapuris Augenlider zu flattern, ein Stöhnen entrang sich seiner Kehle. Ich klopfte ihm leicht gegen die Wange. »Dantapuri?«

Er schlug die Augen auf. Ein schwaches Lächeln umspielte seine Lippen. Ich sah, dass es keiner Erklärungen bedurfte – Dantapuri wusste auch so, was geschehen war. Und er wusste, dass er sterben würde. Sein Mund begann, Worte zu formen. Leise, unverständlich.

»Was sagst du?« Ich beugte mich hinab, legte mein Ohr an seine Lippen und ahnte mehr, als dass ich hörte: »Er … er wollte es … nicht. Nicht übel … nehme es ihm nicht übel … Kümmere dich … bitte …«

Es war vorbei. Ich blickte auf den toten Dantapuri. Tränen schossen mir in die Augen, Tränen der Trauer, der Ohnmacht, der Verzweiflung. Ein Geräusch hinter mir schreckte mich auf. Ich blickte mich um. Hinter mir stand Abul, hoch wie ein Turm, unruhig mit den Ohren wedelnd. Er sah aus wie immer, und doch schien er zu fragen: Was ist mit meinem Herrn geschehen? Kannst du ihm helfen?

»Nein, ich kann ihm nicht helfen. Niemand kann ihm helfen«, sagte ich tonlos. Dann eilte ich zurück zum Lager, um von dem furchtbaren Ereignis zu berichten.

»Das ist eine Katastrophe!«, rief Lantfrid, als er von dem Unglück erfuhr. »Wer soll sich jetzt um den Elefanten kümmern?« Und Sigimund fügte hinzu: »Der Mahut war Teil des Geschenks. Jetzt ist es nur noch die Hälfte wert. Wenn das so weitergeht, kommen wir mit leeren Händen nach Hause.«

Ich sagte: »Wir müssen Dantapuri so bald wie möglich bestatten. Soweit ich weiß, war er buddhistischen Glaubens. Die Anhänger dieser Lehre pflegen ihre Toten zu verbrennen.«

»Verbrennen?« Sigimund lachte verächtlich. »Dazu bedarf es eines starken Feuers. Womit willst du es entfachen? Mit Elefantendung?«

»Auf jeden Fall können wir Dantapuri nicht einfach so liegen lassen. Wir sollten ihn bis zum Morgen unter einen der Karren schieben, damit er vor den Nachttieren geschützt ist.«

»Da hast du recht«, stimmte Lantfrid zu. »Würdest du dafür sorgen? Morgen früh sehen wir weiter.«

Doch es zeigte sich, dass meine Absicht nicht in die Tat umzusetzen war, denn als ich Dantapuris Leichnam forttragen wollte, stellte sich Abul mir in den Weg. Die Sprache seines gewaltigen Körpers war unmissverständlich. Er sagte: Rühre meinen Herrn nicht an!

»Schon gut, schon gut«, versuchte ich, ihn zu beruhigen. »Ich verstehe, dass du dich von deinem Herrn nicht trennen willst.« Nach kurzer Überlegung fügte ich hinzu: »Da ich die Nächte ohnehin unter dem Sternenhimmel verbringe, kann ich es auch in deiner und Dantapuris Nähe tun. Ich hole mir nur ein paar Decken und bin gleich zurück.«

In gebührendem Abstand rollte ich mich später in meine Felle ein und versuchte zu schlafen. Es gelang mir nicht. Immer wieder öffnete ich die Augen und blickte in der mondhellen Nacht hinüber zu dem grauen Koloss, der wie ein

Fels neben seinem Herrn stand. Nur ab und zu berührte sein Rüssel den Leichnam, als wolle er nicht wahrhaben, dass sein Herr tot sei, als könne er versuchen, ihn wieder zum Leben zu erwecken.

Gegen Morgen – ich musste trotz allem eingeschlummert sein – erkannte ich eine schmale Gestalt, die sich Abul behutsam näherte. Es war noch dämmrig, und die Gestalt war tief verhüllt, aber ich sah sofort, dass es Aurona war. Sie trat neben ihn und sprach behutsam auf ihn ein. Dann streichelte sie seine runzlige Haut. Eine Weile ging das so, bis ich mich entschloss, zu ihr zu gehen. »Aurona«, rief ich ihr leise zu, denn ich wollte sie durch mein plötzliches Auftauchen nicht erschrecken.

Und doch ging ein Zittern durch ihren Körper, als sie mich sah. Für einen kurzen Moment blieb sie stehen, dann wandte sie sich um und lief ins Lager zurück.

»Aurona«, rief ich ihr hinterher, »so bleib doch!« Allein, sie war nicht aufzuhalten. Enttäuscht wollte ich mich wieder zur Ruhe begeben, als ich sah, dass Bewegung in den grauen Koloss kam. Langsam, ganz langsam ging er in die Knie und legte sich hin, direkt neben seinen toten Herrn. Er war nur ein Tier, dem man menschliche Gefühle abspricht, und doch meinte ich, genau zu spüren, welch tiefe Trauer er empfand.

Den ganzen folgenden Tag rührte Abul sich nicht von der Stelle. Es schien, als sei er selbst tot. Wie wenig das zutraf, erwies sich immer dann, wenn einer der Gefährten versuchte, sich dem Leichnam zu nähern, sei es, um ihn mit einem Tuch zu bedecken, sei es, um ihn in den Schatten zu ziehen, sei es auch nur, um ein Gebet für ihn zu sprechen. Dann kam jedes Mal Bewegung in den grauen Koloss, und sein heftig hin- und herschwingender Rüssel machte deutlich, wie wenig es sich empfahl, diese Drohung zu missachten.

Am Nachmittag machte ich den Vorschlag, Dantapuri zu

beerdigen, wenn schon eine Feuerbestattung nicht möglich war, doch meine Anregung wurde verworfen. Sie wäre ohnehin gegenstandslos gewesen, da Abul weiterhin niemanden in die Nähe seines toten Herrn ließ.

In der zweiten Nacht legte ich mich wieder zu den beiden, und ich sagte zu Abul: »Ich verstehe deinen Schmerz, mein großer Freund, auch wenn ich das gesamte Ausmaß sicher nicht ermessen kann. Aber du darfst nicht für immer hier liegen bleiben. Dein toter Herr muss bestattet werden, die Gesandtschaft muss weiterziehen. Wir alle haben noch einen weiten Weg vor uns – auch du.«

Ich hoffte, meine Worte hätten ihn ein wenig beruhigt, und wollte ein zweites Mal versuchen, Dantapuri fortzutragen, doch der erhobene Rüssel hinderte mich daran. Unverrichteter Dinge musste ich mich wieder in meine Felle einrollen. »Vielleicht wirst du morgen vernünftig«, sagte ich und seufzte. Doch ich glaubte selbst nicht daran. Ich schloss die Augen und versuchte zu schlafen.

Ein leises Geräusch drang an mein Ohr. Träumte ich? Hatte ich bereits geschlafen? Ich starrte in die Dunkelheit und bemühte mich, etwas zu erkennen. Da! Wieder die Gestalt! Wieder war es Aurona. Sie stand neben Abuls mächtigem Kopf und redete leise auf ihn ein. Sicher wollte sie ihn trösten. Ich hoffte, es möge ihr gelingen, und ging zu ihr. »Ich glaube, er kommt nicht darüber hinweg, dass er seinen Herrn getötet hat«, sagte ich leise.

Aurona antwortete nicht. Sie streichelte nur immerfort sein großes Ohr.

»Nun will er selbst sterben«, fuhr ich fort.

Aurona mied meinen Blick. Plötzlich schüttelte sie heftig den Kopf. »Er darf nicht sterben«, rief sie, »ich habe ihm gesagt, dass er nicht sterben darf! Er wird bei uns bleiben.«

»Was macht dich so sicher?«, fragte ich. Doch ich sollte keine Antwort bekommen, denn mit raschen Schritten entfernte sie sich. Abul und ich waren wieder allein. Allein mit dem toten Dantapuri.

Bis zum Tagesanbruch fand ich keinen Schlaf mehr.

Der zweite Tag nach dem schrecklichen Ereignis verlief wie der erste. Abul lag scheinbar teilnahmslos neben seinem Herrn, und die Gefährten und ich standen ratlos in einiger Entfernung. Mehrfach bot ich ihm Futter und Wasser an, doch er verweigerte jegliche Nahrung. Ich wusste, wie schnell ein Tier mit seinen Kräften abbaut, wenn es nichts zu sich nimmt, und musste machtlos mit ansehen, wie Abul verfiel.

»So geht das nicht!«, rief Sigimund am Nachmittag. »Wir können hier nicht bis zum Tag des Jüngsten Gerichts ausharren, nur weil ein Mahut zu Tode gekommen ist. Wir müssen spätestens morgen weiter!«

Und Lantfrid sagte in ungewohnt scharfem Ton zu mir: »Tu etwas! Sag irgendetwas auf Arabisch zu ihm, vielleicht reagiert er darauf.«

Das brachte mich auf einen Einfall. Ich ging hinüber zu dem Elefanten, stellte mich vor ihn hin und rief mit lauter Stimme: »Shankar!« Und noch einmal: »Shankar!«

Das Wunder geschah. Der Elefant hob den Kopf und blickte mich an. Es schien, als hätte die Erinnerung an seinen ursprünglichen Namen die Erstarrung gelöst.

»Shankar, steh auf!«

Abul erhob sich langsam.

»Brav, Shankar, brav! Es ist gut, dass du nicht sterben willst. Wir alle wollen nicht sterben. Auch Dantapuri, dein Herr, wollte es nicht. Und doch geschah es. Es war nicht deine Schuld, es war Buddha oder Gott oder Allah oder sonst eine Macht, die es bestimmte. Du jedenfalls konntest nichts dafür. Es ist gut, dass du wieder stehst. Ich freue mich.«

Abul machte einen Schritt auf mich zu und blieb stehen.

Seine Ohren wedelten. Ich bildete mir ein, sie signalisierten mir Zustimmung. »Du hast deinen Herrn verloren, Shankar, aber du hast noch uns, deine Gefährten. Du wirst nicht allein sein. Freunde zu haben ist besser, als zu sterben. Meinst du nicht auch?«

Abul machte einen weiteren Schritt auf mich zu, blieb wiederum stehen und streckte seinen Rüssel seitlich aus. Die Bewegung war eindeutig. Ich sollte auf seinen Rüssel steigen, damit er mich in seinen Nacken heben konnte.

Wollte er mir damit sagen, ich solle sein neuer Mahut werden? Ein nie gekanntes Glücksgefühl durchströmte mich. Welch großer, unverdienter Vertrauensbeweis widerfuhr mir da!

»Warte, mein Freund, warte«, murmelte ich. Ich ging zu dem toten Dantapuri, zog den Turban unter seinem Kopf hervor und setzte ihn auf. Ich rieb über den Augenstein und erkannte, dass alles, was ich vermutet hatte, richtig war. »Warte«, murmelte ich abermals und stieg auf die Rüsselspitze. Als ich oben hinter dem mächtigen Schädel Platz genommen hatte, sagte ich: »Shankar, ich werde dich von jetzt an wieder Abul nennen, und du wirst auf Abul hören, genau wie du bei Dantapuri auf diesen Namen gehört hast. Also, Abul, vorwärts, wir machen unseren ersten gemeinsamen Ausritt!«

Und Abul setzte sich mit langsamen, majestätischen Schritten in Bewegung.

Oh, Tariq, mein großherziger Gastgeber, ich weiß nicht, ob es dir jemals vergönnt war, auf einem Elefanten zu reiten – nein? Ich sage dir, es ist ein großartiges Gefühl! Alles um dich herum wirkt plötzlich klein und unbedeutend. Sorgen, Nöte, Ängste verschwinden, als hätte es sie nie gegeben. Als ich an jenem Tage auf Abul saß, hatte ich zum ersten Mal das bestimmte Gefühl, dass unsere Mission trotz aller Misslichkeiten ein Erfolg werden könnte. Allerdings: Wenn ich gewusst hätte, wie viele meiner treuen Gefährten auf dieser Reise noch ihr Leben lassen würden, wäre ich mir keineswegs so sicher gewesen.

Morgen will ich dir berichten, wen der Tod als Nächsten ereilte. Es tut mir leid, dass ich dir nichts Erfreulicheres über diesen Abschnitt unserer Reise erzählen kann, doch ich darf dich beruhigen: Es kamen auch wieder schönere Tage, denn unsere Wanderung währte noch lange. Zwei Jahre sollten noch vergehen, bis wir Aachen, unser Ziel, endlich erreichten.

Bitte zwinge mich nicht, noch mehr von den vorzüglichen Speisen zu kosten, die du wie immer hast auftischen lassen. Rufe vielmehr die junge Bedienstete mit dem gebrochenen Finger herbei, damit ich sehen kann, wie der Heilprozess fortschreitet.

Oh, da kommt sie schon. Nun, lass einmal sehen. Der Verband wurde erneuert, das ist gut. Nehmen wir ihn ab, und betrachten wir die Verletzung. Was ich erkenne, stimmt mich zuversichtlich. Die Sache wird in ein paar Wochen ausgestanden sein. Gegen die Schmerzen, die gewiss noch immer da sind, soll wie bisher der Weidenrinden-Aufguss helfen. Die Hand muss weiterhin ruhig gehalten werden, aber das versteht sich von selbst.

Was sehe ich? Noch ein Patient? Nun, ich muss kein Arzt sein, um zu erkennen, dass dieser Mann schon die Lebensmitte überschritten hat und unter Starblindheit leidet, die man auch grauer Star nennt. Es ist eine Krankheit, die sich schmerzlos entwickelt und mit einer immer stärker werdenden Einbuße der Sehkraft einhergeht. Oh, Tariq, mein Freund, ich kann deinem Mitbewohner helfen, denn ich hatte in Bagdad Gelegenheit, das Buch *Susruta Samhita,* das im vergangenen Jahrhundert ins Arabische übersetzt wurde, eingehend zu studieren. Darin heißt es, dass der Arzt mit dem Hauch seines Mundes das Auge des Kranken erwärmen soll, bevor er zu operieren beginnt. Der Kranke muss dabei fest am Kopf gehalten werden und während der ganzen Zeit auf seine Nase blicken. Der Arzt wiederum ergreift eine Lanzette mit Zeigefinger, Mittelfinger und Daumen und führt sie von der Seite ein, eine halbe Fingerbreite vom Schwarzen und eine viertel Fingerbreite vom äußeren Augenwinkel, und bewegt sie hin und her. Hat er richtig gestochen, so gibt es ein Geräusch, und ein Wassertropfen tritt schmerzlos aus ...

Verzeih, erschreckt dich meine Schilderung? Das war nicht meine Absicht. Niemand muss sich vor dieser Operation fürchten, sofern sie richtig ausgeführt wird. Auch dein alter Mitbewohner nicht. Oder ist es dein Diener? Einerlei, vor Gott und dem Arzt sind alle Menschen gleich, so heißt es. Doch muss ich um Verständnis bitten, dass ich den Eingriff nicht sofort vornehmen kann, denn es fehlt mir an den nötigen Instrumenten und am nötigen Sonnenlicht. In ein paar Tagen, wenn ich meine Geschichte zu Ende erzählt habe, will ich den Starstich gerne durchführen.

Für heute entschuldige mich bitte, ich bin müde, und du siehst selbst, wie ich das Gähnen unterdrücke. Mein alter Körper sehnt sich nach Schlaf. Ich wünsche dir eine gute Nacht. Allah sei mit dir – und Gott befohlen!

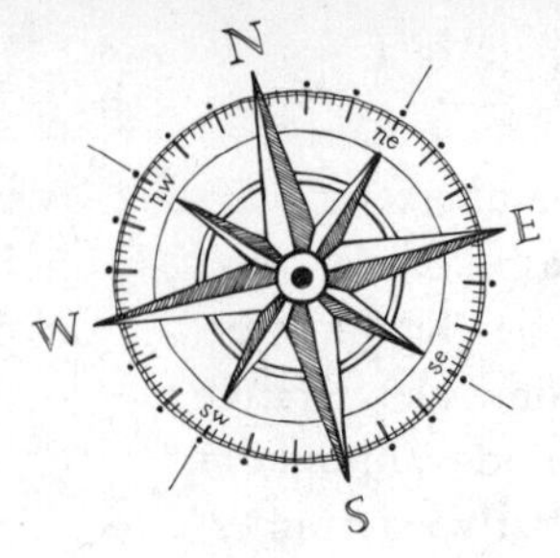

Kapitel 11

Heiliges Land, Mai bis September 800

Den See Genezareth mit seinen blinkenden Wassern hatten wir stets im Blick, als wir in den nächsten Tagen weiter nach Süden marschierten. Die Spitze unserer kleiner gewordenen Karawane bildeten nunmehr ich und Abul, dahinter folgten die anderen Gefährten. Die Stimmung war nach den tragischen Geschehnissen gedrückt, und auch die sengende Julisonne, die unbarmherzig aus einem wolkenlosen Himmel herabschien, trug wenig dazu bei, unsere Gemütslage zu verbessern.

Lantfrid und Sigimund hatten Dantapuri mit einer schlichten Zeremonie begraben lassen, während ich mit Abul einen Ausritt unternahm, um ihm den Abschied von seinem ehemaligen Herrn zu ersparen. Bevor wir losritten, hatte Lantfrid mich gefragt, was die Beerdigungsfeier für einen Buddhisten wohl zum Inhalt haben mochte, und ich hatte schulterzuckend geantwortet: »Ich weiß es nicht. Aber ich glaube, es gibt in dieser Lehre so etwas wie eine Wiedergeburt, eine Art Unsterblichkeit. Vielleicht fällt jemandem von euch eine Bibelstelle ein, die dazu passt?«

Lantfrid war meinem Rat gefolgt und hatte zwei Verse aus dem Ersten Korintherbrief verlesen lassen:

Wenn aber dies Verwesliche
wird anziehen das Unverwesliche,
und dies Sterbliche wird anziehen
die Unsterblichkeit;
dann wird erfüllet werden das Wort,
das geschrieben steht:
Der Tod ist verschlungen in den Sieg.
Tod, wo ist dein Stachel,
Hölle, wo ist dein Sieg? …

Wir gingen Tag für Tag, Schritt für Schritt, aßen, tranken, schliefen und gingen weiter. Ein ewiger Kreislauf, der unsere Sinne stumpf machte für die karge Schönheit der Landschaft.

Wir passierten die Südspitze des Sees und schritten weiter am Ufer des Jordans. Kamen durch Dörfer, die oftmals nur aus wenigen Hütten bestanden, vor denen ein paar magere Hühner herumliefen. Es waren Dörfer, die Deganya, Afiqim und Ashdot hießen, mit armen Menschen, die dennoch das wenige, was sie besaßen, mit uns teilten. Wir waren dankbar dafür, denn ohne ihre christliche Nächstenliebe wäre es uns schwergefallen, genügend Nahrung für Mensch und Tier aufzutreiben.

Abbo, dessen Lichtwarzen ich operiert hatte, ging es zusehends besser. Die rasche Genesung hatte er seiner Jugend und seinem guten Heilfleisch zu verdanken.

Dieser Ansicht war auch Dschibril, der wieder auf Kastor ritt. Nachdem er mir so erfolgreich assistiert hatte, wurde seine Begleitung von keinem der Gefährten mehr in Frage gestellt.

Gleiches galt für Aurona, die nach wie vor Randolph, unserem Koch, zur Hand ging. Ich lebte in ständiger Sorge, jemand könne entdecken, dass sie in Wahrheit weiblichen Geschlechts war, doch schienen meine Befürchtungen unbegründet zu sein. Meine Hoffnung hingegen, Aurona könne ihre ablehnende Haltung mir gegenüber endlich aufgeben, erfüllte sich nicht.

Lantfrid und Sigimund blieben stets gleich in ihrem Gebaren – Lantfrid war der Besonnenere, Sigimund der Ungeduldigere. Trotz ihrer Unterschiedlichkeit ergänzten sie sich gut, und es wurde immer wieder deutlich, warum König Karl gerade sie zu Führern unserer Gesandtschaft bestimmt hatte.

Isaak, unser sprachkundiger Dolmetscher, hatte während der langen, eintönigen Tage am wenigsten zu tun, weshalb er häufig schlief – wie es schien, sogar im Gehen.

Doch eines Abends kurz vor der Nachtruhe – wir hatten am Rand des Dörfchens Ya'aqo unser Lager aufgeschlagen – war er wie umgewandelt. Er kam mit rudernden Armen zu mir und Abul gelaufen und rief atemlos: »Lantfrid schickt mich. Es ist etwas passiert. Du musst kommen, schnell!«

Ich sprang von meinen Fellen auf: »Was gibt es denn? Brauche ich meine Instrumente?«

»Ja, doch, ja! Mach schnell, Sigimund …«

»Was ist mit Sigimund?«, fragte ich, während wir zu seinem Zelt hetzten.

»Ich weiß es nicht, ich glaube, er … er …!«

Sigimund lag auf seinen Decken, mühsam atmend, die Stirn schweißnass. Lantfrid kniete neben ihm und versuchte, ihn zu beruhigen. Anklagend wies er auf ein totes Tier in einer Ecke des Zeltes. Es sah aus wie eine kleine Languste, mit kräftigen Scheren und einem stachelbewehrten Schwanz. Ein Skorpion!

Ich hatte verstanden. Ich hockte mich auf der anderen Seite des Krankenlagers nieder und begann ohne Umschweife mit der Untersuchung. Sigimund hatte mich erkannt und schien etwas erklären zu wollen, aber ich ließ ihn nicht zu Wort kommen. »Sage jetzt nichts. Ich will sehen, was ich tun kann.«

Ich stellte fest, dass seine Stirn nicht nur schweißnass, sondern auch eiskalt war. Sein Puls ging unruhig. Die Zunge war blass. Kein Zweifel, Sigimund zeigte alle Erscheinungen einer Vergiftung. Die Frage war nur, wie viel Gift sein Körper aufgenommen hatte. Wenn der Skorpion der Verursacher war, bestand Hoffnung, denn es war nicht das erste Mal, dass einer der Gefährten einen Skorpionstich davongetragen hatte. In der Regel ging es dem Patienten eine Weile ziemlich schlecht, doch wenn er ansonsten gesund war, erholte er sich nach einiger Zeit wieder.

»Wo ist der Stich, Sigimund?«

Sigimund begann zu zittern. Ein schlechtes Zeichen. »Wasser, rasch!«, befahl ich, während ich hastig meine Arzneien nach dem Türkischen Fingerhut durchsuchte. Ich fand das Säckchen und gab eine Prise des Pulvers in das bereitgestellte Wasser. In Maßen verabreicht, wirkte das Gift wie ein Gegengift, es stärkte den Herzschlag und unterstützte die Regelmäßigkeit des Pulses.

Ich flößte Sigimund von der Arznei ein und dachte flüchtig an Yussuf, den Geschenke-Bewahrer, dem ich ebenfalls von dem Fingerhut gegeben hatte, nur in tödlicher Dosis. Wie nahe lagen Tod und Leben doch beieinander!

Ich fragte nochmals nach dem Stich. Sigimund stöhnte. Er musste große Schmerzen haben. Seine Hand fuhr fahrig nach unten zum Bein. Ich schaute nach. Da saß der Stich, dicht über dem Knöchel. Er war rot und geschwollen. Ich nahm ein Skalpell und schnitt die Stelle kreuzweise ein. Dann zögerte ich kurz, doch es musste sein. Ich beugte mich über den Einschnitt und saugte die Wunde aus, in der Hoffnung, ein Teil des Giftes möge mit dem hervorquellenden Blut heraustreten. Ich bestrich die Wunde mit einer Salbe, gab Sigimund von der Schlafmohn-Flüssigkeit, die ich noch von Abbos Behandlung hatte, und deckte ihn warm zu. »Versuche, ruhig und langsam zu atmen, Sigimund«, sagte ich und fragte nach dem Hergang der Geschehnisse.

Da Sigimund nur stöhnte und weitgehend unverständliches Zeug von sich gab, war ich auf Lantfrids Auskünfte angewiesen, der mit dem Kranken zuvor gesprochen hatte. Danach ergab sich folgendes Bild: Sigimund war wie jeden Abend in sein Zelt gekrochen, um sich zur Ruhe zu begeben. Dabei hatte er mehrere Skorpione in einer dunklen Ecke aufgeschreckt. Statt sich ruhig zu verhalten und Hilfe zu holen, hatte er auf die Spinnentiere eingeschlagen, ohne auf ihre drohend erhobenen, angriffsbereiten Schwänze zu achten. Das Schlimmste aber war, dass er glaubte, alle erschlagen zu haben – und einige übersehen hatte. Und ebendiese hatten ihn gestochen, als er sich niederlegte.

Ich stutzte. »Habe ich da richtig gehört? Demnach müsste Sigimund noch mehr Stiche erhalten haben?«

Lantfrid nickte. »Vielleicht.«

»Und das erfahre ich erst jetzt?« Fieberhaft suchte ich Sigimunds Beine nach anderen Stichen ab – und entdeckte drei weitere. Als ich sie sah, sank mir der Mut. Mit jedem Einstich wurde die Wahrscheinlichkeit, Sigimunds Leben retten zu können, geringer. Es schien ungewöhnlich, dass so viele Skorpione zugleich aufgetreten waren, doch das mochte an den ebenso zahlreichen wie lästigen Insekten liegen, die sich mit Vorliebe in den Falten unserer Zelte verbargen.

Nachdem ich auch die anderen Stiche versorgt hatte, deckte ich Sigimund wieder zu und sagte: »Wir können nur hoffen und beten.«

Lantfrid schnaufte und wischte sich eine Träne aus dem Auge. »Wie oft habe ich ihn ermahnt, er möge ruhiger werden. Warum muss er auch immer gleich so hitzig sein! Mit etwas mehr Gelassenheit wären die verdammten Viecher von ganz allein verschwunden.« Lantfrid hielt inne und strich seinem Freund und Begleiter mit einer fast zärtlichen Geste über die Stirn. »Ich fürchte, mein Jammern hilft niemandem. Bitten wir den Herrgott, dass er Sigimund nicht schon zu sich nimmt. Er ist doch noch keine fünfzig Jahre alt!«

Wir sprachen ein gemeinsames Gebet, und danach warteten wir. Wir hofften, nicht auf den Tod zu warten, aber der Knochenmann tat uns den Gefallen nicht. Er kam sogar früher als gedacht. Es war nicht einmal Mitternacht, als Sigimund, der rastlose, ungeduldige, aufbrausende Sigimund, seinen letzten Atemzug tat.

Lantfrid weinte. Es war das erste Mal, dass ich ihn weinen sah. Es hätte nicht viel gefehlt, und auch mir wären die Tränen gekommen, aber Lantfrid brauchte in diesem Augenblick jemanden, der ihm Kraft gab. Da es Sigimund nicht mehr sein konnte, versuchte ich es. Ich nahm ihn in die Arme und sagte: »Die Wege des Herrn sind unergründlich. Seinem Ratschluss unterliegen wir alle. Es hat ihm gefallen, Sigimund in sein Reich zu holen, und wir sollten ihm frohen Herzens zustimmen. Auch wenn dabei unsere Seele weint.«

Lantfrid schluckte. Dann versuchte er zu lächeln. »Du redest fast schon wie ein Priester. Aber du hast natürlich recht. Dem Ratschluss des Herrn haben wir uns in Demut zu beugen. Doch wir werden immer weniger, ich weiß nicht, ob wir es jemals bis Aachen schaffen können.«

»Lass uns erst einmal vor das Zelt treten«, antwortete ich. »Die Gefährten warten. Wir müssen es ihnen sagen.«

»Gewiss, gewiss, das müssen wir.«

Am nächsten Morgen, zur dritten Tagesstunde, begruben wir Sigimund. Es war eine kurze Feier mit bewegenden Worten, die Lantfrid für uns alle sprach. Die freundlichen Bewohner von Ya'aqo hatten uns Holz gegeben, ein wertvolles Gut in diesen Breiten, aus dem wir ein einfaches Kreuz zimmern konnten. Drei Fuß tief darunter lag Sigimund im Wüstensand. Er trug seinen indigogefärbten Kittel mit dem breiten Ledergürtel und darüber den fränkischen Rechteckmantel, der von einer kostbaren Spange zusammengehalten wurde. Abbo hatte ihm ein Schwert in die gefalteten Hände gedrückt, und einer der anderen Soldaten hatte ein paar kleine Münzen in seine Taschen geschoben. Für alle Fälle, wie er meinte, denn man wisse ja nicht, was einen im Jenseits erwarte.

Nachdem wir zum Schluss der Feier gemeinsam das Vaterunser gesprochen hatten, sagte Lantfrid: »Und jetzt noch etwas anderes, Männer: Sigimund war ein guter Mann. Er braucht einen Nachfolger. Deshalb werden von heute an Cunrad und ich die Gesandtschaft führen. Hat irgendjemand etwas dagegen einzuwenden?«

Das war offenbar nicht der Fall, denn beifälliges Gemurmel erhob sich. Ich blickte die Gefährten an. Niemand schien sonderlich überrascht von Lantfrids Beschluss, niemand außer mir, denn Lantfrid hatte mir zuvor nichts gesagt.

»Cunrad wird wie bisher auf Abul reiten und die Gruppe anführen. Abbo erhält Sigimunds Pferd und sichert mit mir nach den Seiten ab, ansonsten bleibt alles beim Alten.«

Abbo versuchte, sich nichts anmerken zu lassen, aber er platzte fast vor Stolz.

»Und nun macht euch fertig, Männer. Vor uns liegt noch ein weiter Weg!«

Gegen Mittag wechselten wir die Himmelsrichtung und wanderten auf einer alten Karawanenstraße nach Westen. Unser Ziel war das Meer. Die Aussicht auf eine frische, salzige Brise, auf köstliches Meeresgetier und frisches Gemüse beschleunigte unsere Schritte. Doch zunächst lag noch eine beschwerliche Strecke vor uns. Sie sollte uns durch winzige

Ortschaften, armselige Marktflecken und verlassene Dörfer führen, denn das Leben in diesem Landstrich war hart. Es gab wenige Brunnen, und das Wasser war knapp. Zwei, drei Missernten genügten, um die Menschen zu vertreiben.

Immer wieder mussten wir lange Pausen einlegen, um unsere Versorgung sicherzustellen. Ein Kamel kann, wie jeder weiß, leicht eine Woche ohne Wasser auskommen, ein Pferd dagegen nicht; geschweige denn ein Elefant.

Schließlich jedoch, wir schrieben bereits August, erreichten wir eine Stadt namens Dschenin, die uns aller Wassersorgen enthob, denn in ihren Mauern befinden sich ergiebige Quellen. Es ist eine Stätte, die schon den alten Ägyptern bekannt war und den Juden in der Vergangenheit eine Heimstatt bot.

In Dschenin rasteten wir einige Wochen und stärkten uns für den letzten Abschnitt unserer Wüstendurchquerung, der uns ans Meer führen würde. Am Ende sollte die Stadt Hudaira liegen, fünf bis zehn Tagesreisen entfernt, je nachdem, welche Marschgeschwindigkeit man wählte.

Am ersten Tag des Monats September erreichten wir Hudaira, und was wir sahen, entzückte uns schon von ferne. Denn dort, wo die Stadt beginnt, geht das ewige Gelb und Braun der Wüste in ein sattes Grün über. Diese Farbe gab der Stadt auch ihren Namen, denn *hudaira* heißt nichts anderes als Grün.

Doch das Wasser, über das die Stadt in so reichem Maße verfügt, ist Fluch und Segen zugleich, denn neben der außerordentlichen Fruchtbarkeit, die es dem Boden verleiht, macht es weite Gebiete in der Umgebung zu Sümpfen.

Lantfrid lachte froh, als wir die Stadttore passierten, und rief mir zu: »Die Sümpfe schrecken mich nicht, ich habe nicht die Absicht, sie zu durchqueren.«

Ich erwiderte sein Lachen. »Das glaube ich dir gern. Doch zunächst müssen wir uns einen Platz suchen, an dem wir unser Lager aufschlagen können.« Da sich mittlerweile um uns herum eine große Menschenmenge gebildet hatte, die Abul staunend und ehrfürchtig anstarrte, fügte ich hinzu: »Aber wie ich sehe, wird das nicht ganz einfach sein, denn man versperrt uns den Weg.«

Von meinem hohen Sitz herunter rief ich: »Wir sind Gesandte aus dem Frankenland und auf dem Weg nach Alexandria. Dieses urweltliche Tier ist ein Elefant und ein Geschenk des großen Kalifen Harun al-Raschid an Karl, unseren König, welcher in einer Stadt namens Aachen seinen Palast hat. Kann mir einer von euch sagen, wo wir Gelegenheit hätten, unser Lager aufzuschlagen?«

Von mehreren Seiten bekam ich eifrig Antwort, und alsbald drängten wir uns durch die Menschentrauben hindurch bis zum nördlichen Rand der Stadt, wo die Gegend besonders fruchtbar war und mancherlei Getreide und Früchte angebaut wurden.

Als wir die Zelte an einem freien Platz direkt gegenüber dichtem Buschwerk aufgestellt hatten, bekamen wir die Kehrseite von Hudairas Wasserreichtum zu spüren: Stechmücken – Hunderte, Tausende von Stechmücken, die in der Luft schwirrten und nichts anderes im Sinn zu haben schienen, als sich auf uns zu stürzen.

»Randolph!«, rief ich. »Mach sofort ein großes Kochfeuer, möglichst mit viel Rauch, um die Biester zu vertreiben.«

Lantfrid kam zu mir und fragte: »Hast du nicht irgendetwas, mit dem sich die Männer einreiben können?«

Ich überlegte. »Wir sollten es mit Lavendelöl oder mit Pfefferminzöl versuchen, aber beides habe ich nicht vorrätig. Morgen will ich versuchen, etwas zu kaufen. Heute ist es dafür zu spät.«

»Einverstanden. Wann gibt es Essen?«

»Sowie Randolph das Fladenbrot fertig hat.«

Wenig später saßen wir einträchtig am Feuer, aßen Brot,

tranken frisches Wasser und schlugen immer wieder nach den Mücken, denn die Quälgeister ließen sich selbst durch das Feuer nicht vollends vertreiben.

Wir sangen ein paar Lieder, und Lantfrid sprach ein Abendgebet. Danach war es Zeit, sich zur Ruhe zu legen.

Auch ich rollte mich in meine Decken ein, wie immer in der letzten Zeit im Schutz von Abuls riesigem, ruhendem Leib. Und wie immer sprach ich vor dem Einschlafen zu ihm, denn beide waren wir einsam: Abul, weil er Dantapuri verloren hatte; ich, weil ich den Verlust von Aurona nicht verschmerzen konnte. »Abul«, murmelte ich schläfrig, »wenn ich morgen das Schutzöl gegen die Mücken besorge, will ich sehen, dass ich auch etwas Zuckerrohr für dich bekomme. Was hältst du davon?«

Abul gab mir keine Antwort, aber ich wusste auch so, dass es ihm recht war.

»Du musst zugeben, dass Zuckerrohr deine Lieblingsspeise ist. Allerdings wird es einiges kosten, und unser Geld geht zur Neige. Ich habe mir überlegt, dass wir zusammen ein paar Kunststücke aufführen könnten, damit die Menschen uns etwas geben. Die Sache mit dem Trompetenstoß auf mein Handzeichen klappt schon recht sicher, aber es wäre gut, wenn du noch etwas anderes beherrschen würdest. Vielleicht auf einem Bein stehen? Oder dich auf ein Gestell setzen?«

Abul wedelte mit den Ohren.

»Ich weiß, dass du nicht begeistert bist. Aber jeder muss seinen Beitrag zum Gelingen unserer Mission leisten – auch du.«

Da Abul nach wie vor keine nennenswerte Reaktion zeigte, lenkte ich ein: »Wir können morgen Abend noch einmal darüber reden. Der Tag war für uns alle lang.« Ich legte die Hand an sein runzliges Ohr und sagte: »Gute Nacht, mein Freund.«

Ich machte meine Ankündigung wahr. Am nächsten Tag besorgte ich nicht nur eine gute Menge vom ätherischen Öl des Lavendels gegen die Mücken, sondern auch einen großen Arm voll Zuckerrohr, um Abul damit eine Freude zu machen.

Die süßen Stangen verzehrte er unter den Blicken vieler Neugieriger, denn die Anwesenheit des Riesentieres hatte sich wie ein Lauffeuer in der ganzen Stadt herumgesprochen. Nach kurzer Zeit hatte Abul sämtliche Stangen vertilgt und streckte mir verlangend seinen Rüssel entgegen.

»Ich habe nichts mehr, mein großer Freund«, sagte ich bedauernd und zeigte ihm meine leeren Hände.

Abuls Rüssel schwang suchend herum, und irgendjemand reichte ihm eine geschälte Orange. Unter den erstaunten Rufen der Menge nahm er sie auf und warf sie sich mit einer lässigen Bewegung in den Schlund.

Nun gab es kein Halten mehr. Mehrere Hände streckten sich Abul gleichzeitig entgegen, Orangen, Feigen und andere Früchte haltend. Das Gedränge wurde so groß, dass ich ein Seil spannen ließ, um die Menge auf Abstand zu halten. Doch das half nur vorübergehend. Ein kleiner rotznasiger Junge machte sich einen Spaß und bot Abul statt einer Frucht eine Münze an. Abul nahm sie mit der Spitze seines empfindlichen Greiforgans und schwenkte sie hin und her, als sei er unschlüssig, ob er sie schlucken sollte.

Ich sah es mit Schrecken und rief: »Abul, gib mir sofort die Münze!«

Zum Erstaunen aller gehorchte er. Es sah aus, als wäre das Ganze eingeübt. Die Menge johlte.

Weitere Münzen wurden Abul gereicht. Er nahm sie und gab sie mir. Dann hatte ich einen Einfall. Beim nächsten Geldstück rief ich: »Abul, halt!« Es war ein Befehl, den mein großer Freund kannte. Wenn er ihn hörte, hielt er augenblicklich inne. Das tat er auch jetzt. Die Münze blieb, wo sie war.

Ich sagte mit einem schiefen Lächeln: »Abul mag nur große Münzen. Er versteht viel von Geld.«

Wieder johlte die Menge.

Irgendwann jedoch ließ die Spendierfreudigkeit der Menschen nach, vielleicht, weil ihnen die Münzen ausgegangen waren, vielleicht, weil das Neue seinen Reiz eingebüßt hatte – in jedem Fall gingen sie wieder ihrer Wege und ließen mich allein mit Abul zurück. Allein mit Abul und einer Tasche voller Geld.

Am Abend dieses Tages sagte ich zu ihm: »Es scheint so, als müssten wir gar keine anderen Kunststücke einüben, du hast uns auch so zu einem hübschen Batzen Geld verholfen. Wenn das so weitergeht, müssen wir uns um die nächsten Wochen nicht sorgen.«

Abul gab ein Grunzen von sich.

Ich legte die Hand an sein Ohr und sagte: »Gute Nacht, mein Freund.«

Auch in den nächsten Tagen wurde unser Lager immer wieder von den Stadtbewohnern aufgesucht, denn der Elefant wirkte wie ein Magnet auf sie. Sie brachten Früchte und Münzen, doch gegen Ende der Woche versiegte langsam der Besucherstrom, und Lantfrid sagte zu mir: »Wenn ich es richtig sehe, hat der Elefant uns so viel Geld eingebracht, dass wir weiterziehen können. Was hältst du davon, wenn wir morgen früh aufbrechen?«

»Das sollten wir«, antwortete ich. »Ich hätte nicht gedacht, dass ich mich jemals wieder nach der Straße sehnen würde, aber die Bewohner von Hudaira sind ziemlich zudringlich.«

Lantfrid schmunzelte. »Ich glaube, du sorgst dich nur um

deinen großen grauen Freund. Hast Angst, dass er doch einmal ein paar Münzen verschlingen könnte. Aber davon abgesehen: Mich hält hier auch nichts mehr. Bitte veranlasse, dass wir bei Tagesanbruch aufbrechen können.«

»Das mache ich.«

Am anderen Morgen überprüfte ich Ausrüstung und Marschordnung und stellte fest, dass nichts zu beanstanden war. Ich sagte zu Abbo: »Jetzt warten wir nur noch auf Lantfrid. Weißt du, warum sein Zelt noch nicht abgebaut ist?«

»Nein, Hakim. Ich sehe einmal nach.«

Abbo verschwand und kehrte kurz darauf mit verstörter Miene zurück. »Er liegt auf seinem Lager und klappert mit den Zähnen!«

»Was sagst du?« Nichts Gutes ahnend, lief ich zum Zelt und betrat das Innere. Lantfrid lag vollständig angekleidet da. Als ich mich näherte, wollte er aufstehen, doch es war ihm nicht möglich.

»Bleib liegen, Lantfrid.« Ich drückte ihn in die Kissen zurück. »Sag, was ist mit dir?«

»Ich … ich … oh, mein Gott.«

Ich legte meine Hand auf seine Stirn und konnte mir die Antwort selbst geben. Lantfrid hatte hohes Fieber. Sehr hohes Fieber.

»Mir ist so heiß«, krächzte er.

»Warte einen Moment.«

Ich lief vors Zelt und befahl den Gefährten zu bleiben. Sie sollten das Lager einstweilen wieder aufbauen.

»Nicht doch … ich kann … reiten«, meldete sich Lantfrid in meinem Rücken.

»So, wie ich es sehe, kannst du erst einmal gar nichts«, erwiderte ich energisch. »Du bleibst liegen. Das befehle ich dir als Arzt. Ich werde dich untersuchen, und dann werden wir weitersehen.«

Lantfrid fügte sich, er schien auch viel zu schwach, um Widerstand zu leisten. »Ich habe Durst, ich ...« Weiter kam er nicht, denn er musste sich erbrechen. Ein Schwall aus halb Verdautem brach aus ihm hervor und beschmutzte seine Kleidung.

»Das mache ich gleich weg«, beruhigte ich ihn. »Bekommst du genug Luft? Dann ist es gut. Alles wird sich finden. Wir müssen nur die Ruhe bewahren. Hast du Schmerzen?«

»Als hätte man vier ... Pferde an meine Arme und ... Beine gespannt.«

»Du kriegst von der Schlafmohn-Flüssigkeit, die wird die Schmerzen im Nu vertreiben.«

Ich gab meiner Stimme alle Zuversicht, zu der ich fähig war, und doch verdichtete sich in mir ein schrecklicher Verdacht. Alle aufgetretenen Symptome – hohes Fieber, Erbrechen und Gliederschmerzen – deuteten auf das verhängnisvolle Sumpffieber hin, von dem ich wusste, dass es häufig in der Stadt auftrat.

Und ich wusste, dass die Mücken die Urheber des Fiebers waren.

Die verfluchten Mücken! Sie waren noch schlimmer als Faustus' Läuse, denn ihre Stiche konnten tödlich sein. Aber so weit war es noch nicht. Vorher würde ich kämpfen. Mit allen Mitteln, die mir als Arzt zu Gebote standen. Ich wollte nicht schon wieder einen Gefährten verlieren. Der Tod von Sigimund lag keinen Monat zurück.Aber was konnte ich machen? Das Fieber senken, den Patienten stärken und auf Gottes Gnade hoffen – das war schon alles. Doch halt! Vielleicht wusste Dschibril einen Rat? »Ich werde den alten Beduinenfürsten hinzuziehen, um dich so schnell wie möglich wieder gesund zu machen«, sagte ich zu Lantfrid. »Warte einen Augenblick, ich hole ihn.«

Wenig später hatte sich auch Dschibril ein Bild gemacht.

Er wiegte den Kopf hin und her und sagte auf Arabisch zu mir: »Lass uns vor das Zelt gehen. Das, was ich dir mitzuteilen habe, ist nicht gerade erfreulich.«

Draußen tauschten wir uns mit gesenkter Stimme aus. »Ich kenne die Symptome«, sagte Dschibril. »Ich kenne sie leider nur zu gut. Sie sind Zeichen eines Fiebers, von dem man ursprünglich glaubte, es rühre von schlechter Luft her, weshalb die alten Römer von *mala aria* sprachen. Heute wissen wir, dass die Mücken die Urheber sind. Doch was nützt uns dieses Wissen? Herzlich wenig.«

»Deine Erkenntnisse decken sich mit meinen«, antwortete ich düster. »Können wir denn gar nichts machen?«

Dschibril strich sich über den eisgrauen Bart. »So, wie man bei heißen Temperaturen Heißes trinken soll, um sich wohler zu fühlen, soll man bei Fieber heiße Suppe zu sich nehmen, am besten eine kräftige Hühnersuppe. Sie stärkt den Patienten und schwächt das Fieber.« Dschibril unterbrach das Streichen seines Bartes und fuhr fort: »Außerdem sind Wadenwickel angebracht.«

Ich nickte. »Und die Verabreichung von reichlich Wasser, denn das Fieber trocknet den Körper aus. Und sonst?«

»Sonst hilft nur beten.«

»Das habe ich auch schon gedacht.«

»Hoffen wir, dass Lantfrid stark genug ist, um zu widerstehen. Die Reise hat seinem Körper viel abverlangt, und er ist – außer mir – der Älteste von uns allen.«

»Ja, hoffen wir's. Doch nun lass uns tun, was wir tun können.«

Wir gingen wieder ins Zelt, reinigten Lantfrid und sein Lager von dem Erbrochenen, gaben ihm von der Schlafmohn-Flüssigkeit, schickten einen der Soldaten in die Stadt, um heiße Hühnerbrühe zu holen, und wickelten warme Tücher um seine Schenkel.

Lantfrid ließ alles über sich ergehen und wurde langsam

ruhiger. Der Mohn tat seine Wirkung. Er schien einzuschlafen. Doch dann öffnete er plötzlich die Augen wieder und krächzte, zu Dschibril gewandt: »Du bist kein alter … Beduinenfürst! Hab's schon eine … Weile vermutet.«

Dschibril wollte widersprechen, aber Lantfrid hob die Hand. »Ist einerlei … bist ein guter Mann … bist auch Arzt, wie? Einerlei, einerlei …«

Dann war er eingeschlafen.

»Er hat es die ganze Zeit gewusst«, murmelte Dschibril fassungslos. »Was soll ich nur machen? Ich kann nicht länger bleiben, ich muss fort. Wenn die anderen Gefährten erfahren, wer ich in Wahrheit bin, ist die Gefahr viel zu groß, dass sich einer von ihnen verplappert, und der Arm des Kalifen reicht weit. Das Beste wird sein, ich nehme Aurona mit.«

»Nichts wirst du! Bleibe ruhig und benutze deinen Verstand. Lantfrid hat bis heute nicht über seinen Verdacht geredet, warum sollte er es in Zukunft tun? Er schätzt dich. Er wird dich nicht verraten.«

»Meinst du wirklich?« Dschibril ging unruhig im Zelt auf und ab.

»Ja, wirklich. Im Übrigen: Wenn es dir und mir gelingt, ihn zu heilen, ist er dir etwas schuldig. Allein aus diesem Grund wird er seine Vermutung für sich behalten.«

»Dein Wort in Gottes Ohr.«

»Und nun lass uns tun, was unsere Aufgabe ist. Versuchen wir, Lantfrid zu retten.«

Die folgenden vier Tage waren ein einziges Auf und Ab im Kampf um Lantfrids Leben. Manchmal schien es, als ginge es ihm besser, manchmal schien der Tod schon seine Hand auf ihn zu legen. Dabei nahm er stetig ab, die Krankheit zehrte ihn aus, es war, als nähre sie sich von ihm.

Am fünften Tag jedoch wachte er mit klaren, fieberfreien Augen auf. »Gelobt sei Jesus Christus«, murmelte ich, als ich es sah. Von nun an verstärkten wir unsere Bemühungen um Lantfrids Leben. Wir wechselten einander in der Krankenbetreuung ab und zogen sogar einen Arzt aus Hudaira hinzu, weil wir dachten, er hätte mehr Erfahrung in der Behandlung des tückischen Sumpffiebers. Zirkhon war ein kleiner, zierlicher Mann mit einer Hakennase, wie ich sie niemals zuvor größer gesehen hatte. Er war von freundlicher, hilfsbereiter Natur, doch auch er konnte nichts Neues zur Gesundung unseres Patienten beitragen. Immerhin übernahm er einen Teil der Krankenwache, so dass Dschibril und ich etwas mehr Schlaf bekamen.

Zwei Tage nachdem wir uns Zirkhons Hilfe versichert hatten, trat bei Lantfrid erneut eine Verschlechterung ein, die sich mit starkem Durchfall ankündigte. Danach schnellte das Fieber wieder hoch. Wir ergriffen die üblichen Maßnahmen und gaben Lantfrid darüber hinaus mit Honig versetztes Wasser und geriebene Äpfel. Zirkhon erklärte uns, dass wegen seines unterschiedlichen Verlaufs das Sumpffieber auch Wechselfieber genannt würde. Es sei ansteckender als jede andere Form des Fiebers.

Das war Dschibril und mir bekannt, durfte aber nicht dazu führen, dass wir in unseren Anstrengungen nachließen.

Lantfrid war ein guter Patient, der alle unsere Anweisungen, so gut er konnte, befolgte. Dennoch wurde er immer schwächer.

In der neunten Nacht trat abermals eine leichte Besserung ein, die sich in einem Nachlassen des Fiebers äußerte. Ich war es, der zu dieser Zeit Wache an Lantfrids Bett hielt. Gerade flößte ich ihm etwas Suppe ein, als es im Zelteingang hinter mir raschelte. Ich nahm an, es sei Dschibril, der mich ablösen wollte, und sagte, ohne mich umzublicken: »Du bist zu früh, alter Freund. Leg dich noch einmal hin. Ich sage dir Bescheid, wenn es so weit ist.«

»Ich möchte helfen.« Die Stimme, die das sagte, gehörte nicht Dschibril, sondern Aurona.

Ich fuhr herum. Da stand sie, verhüllt wie immer. Ich sah nur die Sorge in ihren gletscherfarbenen Augen, und doch fand ich sie schöner als jemals zuvor.

»Du musst völlig erschöpft sein. Ich sehe es an Dschibril, die Pflege geht über seine Kräfte. Ich möchte helfen.«

»Das kommt überhaupt nicht in Frage!« Ich hatte barscher gesprochen als beabsichtigt, aber die Angst um Aurona verleitete mich dazu.

»Warum nicht?« Unmut und Trotz, wie ich ihn nur allzu gut kannte, blitzten in ihren Augen auf.

»Weil die Gefahr einer Ansteckung viel zu groß ist.«

»Und wennschon. Ob ich mich anstecke oder nicht, wäre dir doch sowieso gleich!«

Vielleicht hätte ich an dieser Stelle sagen sollen: »Nein, es wäre mir ganz und gar nicht gleich, denn ich liebe dich wie niemand anderen auf der Welt«, aber ich sagte stattdessen: »Geh jetzt. Es ist besser für dich. Die Behandlung eines Fiebers ist ausschließlich Sache des Arztes.« Nach diesen Worten tat ich so, als würde ich Lantfrid weiter Suppe einflößen, doch insgeheim spitzte ich die Ohren. Würde Aurona mir widersprechen? Würde sie trotzdem bleiben? Fast hoffte ich es.

Ein Rascheln der Zeltplane gab mir die Antwort. Sie war gegangen.

Lantfrid kämpfte noch sechs Tage, gepeinigt von Schüttelfrost und Fieberschüben, von Durchfall und Erbrechen, dann war er erlöst. Er starb in den Morgenstunden, friedlich, ohne Schmerzen, denn wir hatten ihm den letzten Rest unserer Schlafmohn-Flüssigkeit gegeben.

Am Vormittag desselben Tages begruben wir Lantfrid. Wie bei Sigimund war es uns nicht möglich, ihm ein Grab in geweihter Erde zu schaufeln, denn in Hudaira war kein einziger christlicher Priester aufzutreiben. So war es an mir, die richtigen Worte bei der kurzen Trauerfeier zu finden. Ich bat unseren Herrgott, dass er Lantfrid in sein Himmelreich aufnehme, da dieser allezeit ein guter, gläubiger Christ gewesen sei. Dann erinnerte ich mich an die Worte, die ich für den toten Faustus vor dem Tempel des Baal-Schamin gefunden hatte, denn ich war kein Kleriker und froh, den dreiundzwanzigsten Psalm auswendig zu können:

Der Herr ist mein Hirte; mir wird nichts mangeln.
Er weidet mich auf einer grünen Aue, und führet mich zum frischen Wasser;
Er erquicket meine Seele; er führet mich auf rechter Straße, um seines Namens willen.
Und ob ich schon wanderte im finstern Thal, fürchte ich kein Unglück; denn du bist bei mir, dein Stecken und Stab trösten mich …

Danach schlug ich das Kreuz und sagte: »Amen.«

»Amen«, kam es aus elf Kehlen zurück, denn nach Dantapuris, Sigimunds und Lantfrids Tod bestand unsere einst stattliche Gesandtschaft nur noch aus vierzehn Menschen, wobei Dschibril und Aurona der Feier ferngeblieben waren, da sie sich wie Muselmanen verhalten mussten.

»Wir wollen Lantfrid ein ehrendes Andenken bewahren«, sagte ich abschließend, »heute und für den Rest unserer Mission, denn wie ihr alle wisst, ist diese noch lange nicht zu Ende.«

Die Männer murmelten Zustimmung und nahmen wieder Marschformation ein.

Wir ließen Hudaira hinter uns und zogen südwärts, das Weiße Meer stets zu unserer Rechten. Die Marschordnung war wie immer, nur Isaak hatte Lantfrids Pferd erhalten, und Dschibril ritt dafür auf Pollux, Isaaks Esel.

Am Abend erreichten wir Abaddon. Es war ein kleines Dorf aus einem halben Dutzend Hütten, das nach seinem Gründer, einem uralten Juden, benannt worden war. Isaak sprach mit ihm, und wir durften am Brunnen unser Lager aufschlagen. Randolph bereitete uns ein gutes Mahl, denn dank Abuls Künsten hatten wir vor unserem Aufbruch noch schmackhafte Wegzehrung kaufen können. Es gab eine dicke Suppe mit dem Fleisch der Ziege, dazu gewürzten Reis.

Nachdem wir gegessen hatten, suchte ich die Nähe von Aurona, denn ich fand, es war an der Zeit, für meine schroffen Worte an Lantfrids Krankenlager um Entschuldigung zu bitten. Doch als sie mich sah, verschwand sie rasch in meinem Notzelt, das sie noch immer mit Dschibril bewohnte. So blieb mir nichts anderes übrig, als meinen Kummer mit Abul zu teilen. Ich legte mich zu ihm, streichelte sein Ohr und sagte: »Ich habe eine neue Aufgabe, mein großer Freund, denn seit heute bin ich der alleinige Führer unserer Gruppe. Ich weiß nicht, ob ich mich der Aufgabe gewachsen zeigen werde. Jetzt, wo Lantfrid tot ist, wird mir erst klar, wie viele Entscheidungen er Tag für Tag gefällt hat. Einen großen Fehler habe ich bereits gemacht. Ich habe Aurona vor den Kopf gestoßen, als sie zu mir kam, um mir zu helfen. Aber ich hatte so große Angst um sie!«

Abul nahm meine Worte wie immer gelassen auf, und sein Gleichmut strahlte ein wenig auf mich ab. »Ich konnte sie nicht in Lantfrids Zelt hereinlassen, weißt du. Ich hätte mir nie verziehen, wenn sie sich bei ihm angesteckt hätte.« Ich hielt inne und fügte hinzu: »Oder bei mir, denn wer weiß: Vielleicht hat die Krankheit auch schon mich befallen?«

Abul gab ein leises Grollen von sich, wahrscheinlich, weil eine Nachtlibelle vor seinem Auge in der Luft stand, aber ich verstand das Geräusch als Beschwichtigung. »Du hast recht, ein Arzt wird niemals krank. Er darf es nicht werden. Jedenfalls will ich alles daransetzen, um der Gruppe ein guter Führer zu sein. Mehr kann ich nicht tun. Und nun: gute Nacht, mein Freund. Ich will noch ein Gebet an unseren Herrgott richten, vielleicht wendet sich dann alles zum Guten.«

Die nächsten Tage zogen wir weiter, immer am Meer entlang, und wir lernten die Vorzüge des großen Wassers kennen. Tagsüber verschafften uns die Etesien, die kräftigen Meereswinde aus Nordwest, Linderung beim Marschieren, und abends genossen wir die Früchte der See in Form von schmackhaften Fischen.

So war es auch an jenem Abend Ende September, als wir zufrieden und gesättigt am Feuer saßen und über unser nächstes Ziel sprachen. Es hieß Jaffa und war eine uralte Stadt, die, wie man uns erzählte, zu biblischen Zeiten von den Kanaanitern bewohnt wurde.

Danach versickerte das Gespräch. Nacheinander standen die Gefährten auf, um sich – bis auf die beiden Wachen, die Abbo eingeteilt hatte – schlafen zu legen. Ich selbst ging nach einem letzten, prüfenden Blick über das Lager zu Abul und sagte: »Abul, mein großer Freund, es ist ein lauer Abend, ich hätte Lust, mit dir ein Stück am Meer entlangzureiten.« Dazu machte ich die entsprechende Handbewegung.

Abul bot mir sein Rüsselende als Aufstiegshilfe, und alsbald saß ich hinter seinem mächtigen Kopf. Er schritt gemächlich am Strand dahin, manchmal halb im Wasser, denn er liebte das kühle Nass. Nach vielleicht einer Stunde blieb er stehen, sog genussvoll eine große Portion Wasser mit dem Rüssel ein und wollte sich abspritzen. »Abul, halt!«

Doch es war schon zu spät. Ein kräftiger Strahl traf mich und hätte mich fast heruntergeschleudert. Mit Mühe und Not konnte ich mich an meinem Platz halten, aber ich hatte keinen trockenen Faden mehr am Leib. Selbst der Turban mit dem Augenstein, den zu tragen ich mir angewöhnt hatte, war klatschnass. »Abul, was machst du für Sachen!«

Abul tat, als wäre nichts geschehen, und ging seelenruhig weiter.

»Halt!« Mit dem Druck meiner Füße zeigte ich, dass ich umkehren wollte. »Zurück zum Lager, du Untier!«

Abul gehorchte.

»Und beeil dich ein bisschen, mir wird kalt.«

Bald darauf jedoch sollte das durch die nassen Kleider hervorgerufene Kältegefühl meine geringste Sorge sein. Denn als wir zum Lager zurückkamen, traute ich meinen Augen nicht. Die sorgfältig ausgerichteten Zelte waren zerstört, die Flammen des Feuers ausgetreten, die beiden Pferde verschwunden. Nur Kastor und Pollux standen anscheinend unbeteiligt da. Werkzeug, Ausrüstung und Gerätschaften, Kisten und Ballen, Futter und Fässer lagen überall am Boden, zerbeult, zersplittert, zertrampelt, als wäre eine Herde Ochsen über sie hinweggerannt.

Was war hier passiert? In fliegender Hast sprang ich von Abul herunter und sah mich um. Wo waren meine Gefährten? »Abbo!«, rief ich. »Abbo, Isaak, Randolph! Wo seid ihr?«

»Hier.« Die Stimme kam schwach von einem der beiden Karren, die abseits des Durcheinanders standen. »Hier sind wir.«

Es war Dschibril, der mir geantwortet hatte.

Ich lief zu den Karren und entdeckte die Gefährten. Sie kauerten unter den Ladeflächen und waren kaum zu sehen. »Was ist passiert?«

Dschibril wies auf den Mann neben sich. »Das kann Abbo dir sicher besser erklären. Das heißt, wenn er sich dazu in der Lage fühlt. Er hat einen bösen Hieb in die Schulter bekommen und viel Blut verloren, aber so Gott will, wird er sich wieder erholen.«

Ich betrachtete Abbo und sah, dass Dschibril ihn notdürftig verbunden hatte. »Kannst du sprechen, Abbo?«

»Natürlich«, sagte der junge Soldat mit zusammengebissenen Zähnen. »Und wenn es das Letzte wäre, was ich tue, denn das Gesindel soll mir den Überfall teuer bezahlen.«

»Welches Gesindel?«

Es schien, als hätte diese Frage einen Bann gebrochen, und plötzlich sprachen alle Gefährten auf einmal. Nachdem sie ihren Bericht beendet hatten, reimte ich mir folgendes Bild zusammen: Alle hatten schon tief geschlafen, als es wie ein Sturm über das Lager hereingebrochen war. Reiter waren es gewesen, wilde Reiter, die ihre Kamele kreuz und quer durch das Lager getrieben hatten, bis das Unterste zuoberst lag. Die beiden Wachen hatten sie gleich zu Anfang getötet, überdies Abbo und zwei, drei andere, die nach der Waffe gegriffen hatten, schonungslos niedergehauen.

»Wir hatten keine Möglichkeit, sie zu stellen«, sagte Abbo bedauernd.

»Euch ist kein Vorwurf zu machen«, beruhigte ich ihn, »auch wenn wir um die zwei toten Gefährten trauern und sie unter Wehklagen begraben wollen. Doch wir werden den Kopf nicht hängenlassen, denn unsere Aufgabe ist noch lange nicht erfüllt. Sind die von Kalif Harun ausgestellten Verträge wenigstens noch vorhanden?«

»Soviel ich weiß, ja.«

»Ich habe sie retten können«, sagte Isaak.

»Das ist wenigstens etwas.« Ich gab mich betont munter, obwohl mir nicht danach zumute war. »Randolph, wie ich sehe, bist du unverletzt, du leitest die Aufräumarbeiten und machst als Erstes ein neues Feuer. Die Soldaten gehen auf Wache, und zwar alle, die dazu noch in der Lage sind. Ich will, dass sich so etwas heute Nacht nicht wiederholt.« Ich hielt inne. »Wenn ich es richtig sehe, sind wir immer noch zwölf Mann, genug, um einen neuen Überfall abzuwehren.«

Dschibril nahm mich beiseite und räusperte sich. »Cunrad, da ist noch etwas, das ich dir sagen muss: Aurona ist fort.«

Ich stand wie vom Donner gerührt. Aurona! Die verfluchten Halunken hatten Aurona geraubt! »Sag, dass das nicht wahr ist.«

»Doch, leider. Ich wünschte, ich hätte eine bessere Nachricht für dich.« Dschibril wirkte fast schuldbewusst.

»Ich brauche ein Schwert!«

»Was hast du vor?«

»Ich will versuchen, sie zu befreien.«

»Bist du verrückt? Das ist viel zu gefährlich!«

»Lass das meine Sorge sein.« Ich ließ mir ein Schwert geben, gürtete es um und fragte, in welche Richtung die Halunken fortgeritten seien.

»Sie ritten nach Osten in die Ödnis«, antwortete Abbo. »Ich werde dich begleiten.«

»Nein, das wirst du nicht. Du bist mir für die anderen verantwortlich. Und nun geht an die Arbeit. Alle!«

»Wann wirst du zurück sein?«, fragte Isaak.

»In zwei, drei Tagen. Wenn ich nach einer Woche nicht wieder da bin, reitet ihr ohne mich weiter.«

Ich lief zu Abul und saß auf. »Lauf, mein großer Freund, lauf!« Ich lenkte seine Schritte nach Osten und versuchte, mit meinen Blicken die Nacht zu durchbohren. Es gelang mir kaum, obwohl ein fahler Mond vom Himmel schien.

Abul erging es nicht anders, denn auch sein Sehvermögen war nicht sehr ausgeprägt. Doch im Gegensatz zu mir besaß er einen sehr feinen Tastsinn im Rüssel. Darauf verließ ich mich.

Wir gingen Stunde um Stunde, und ich redete viel mit meinem großen Freund. Ich sagte: »Abul, ich weiß, dass du eigentlich Ruhe brauchst, denn der Tag war anstrengend, und du nimmst gern während des Gehens dein Futter auf, aber dies ist eine besondere Situation. Wir müssen Aurona unbedingt finden, denn ich liebe sie. Ich mag nicht daran denken, was ich täte, wenn wir sie nicht fänden. Ich liebe sie. Vielleicht haben wir Glück und können sie befreien. Allerdings müssen wir sie dazu erst finden. Werden wir sie finden?«

Abul antwortete nicht, aber mir schien, er schritt etwas schneller aus.

»Höre, Abul, glaubst du, wir sind auf dem richtigen Weg? Wir dürfen Aurona nicht verfehlen! Ich liebe sie. Ich liebe sie doch so sehr!«

Als die erste Dämmerung einsetzte, sah ich, dass sich vor uns viele Spuren im Sand abzeichneten. Ich saß ab und untersuchte sie. Ich verstand mittlerweile genug von Hufabdrücken, um festzustellen, dass vor mir Kamele gelaufen waren. Wahrscheinlich eine Karawane, dachte ich enttäuscht. Brave Händler, die uns gewiss nicht überfallen haben. Doch was war das? Pferdehufe. Die Hufe von zwei Pferden. Und zwei Pferde waren uns gestohlen worden! »Abul, ich glaube, wir sind auf dem richtigen Weg. Vorwärts, weiter!«

Mit neuem Mut schritten wir voran. Die Sonne stieg höher und höher, und ich begann mir schon Sorgen zu machen, weil Abul regelmäßig Futter und Wasser brauchte, als hinter einer hohen Sandverwehung einige Beduinenzelte auftauchten. Dahinter entdeckte ich paar Kamele. Und unsere Pferde! Von Menschen war weit und breit nichts zu sehen. »Die Halunken schlafen sich erst einmal aus«, knurrte ich zwischen den Zähnen. »Abul, mein Freund, zurück! Zurück, damit man dich auf keinen Fall sieht.«

Abul gehorchte.

Ich hielt Abul mehrmals meine aufgerichtete Hand entgegen, was bedeutete, dass er an diesem Platz warten sollte. Dann machte ich mich auf den Weg. Die Strecke zu den Zelten kam mir wie eine Ewigkeit vor, denn ständig befürchtete ich, einer der Kerle könne aus den Zelten treten und mich entdecken, aber alles blieb ruhig.

Wo sollte ich meine Suche nach Aurona beginnen? Die Antwort war einfach: Ich musste beim nächstgelegenen Zelt beginnen, alles andere machte keinen Sinn. Als ich es erreicht hatte, schob ich behutsam die Plane beiseite, schaute ins Innere und sah dort mehrere Männer schlafen. Es waren Beduinen. Sie schnarchten vernehmlich. Aurona war nicht unter ihnen. Das wäre auch des Glücks zu viel gewesen!

Ich forschte weiter. Auch das zweite Zelt war eine Enttäuschung.

Doch beim dritten war mir Fortuna hold. Zwei Gestalten lagen darin, die eine schlafend, die andere leise vor sich hin weinend. Aurona!

Das Herz klopfte mir bis zum Hals, als ich mich ihr behutsam näherte. Ich berührte sie sanft. Sie schreckte hoch, wollte etwas rufen, aber ich hielt ihr rasch den Mund zu. »Pst, ich bin's«, flüsterte ich kaum hörbar. »Komm rasch, alles wird gut.«

Geräuschlos erhob sie sich und folgte mir aus dem Zelt. Draußen ließ sich nach wie vor keine Seele blicken. Sollten wir tatsächlich unbemerkt bleiben?

Wir blieben es nicht. Denn als wir an den Zelten vorbeihasteten, übersah ich einen der Haltepflöcke, stolperte darüber und wäre fast hingeschlagen. Es gab ein Geräusch, das mir wie Donnerhall vorkam, obwohl es sicher nicht lauter als das Räuspern eines Mannes war. Doch es genügte, um die Schläfer zu alarmieren. »Fort, nur fort, Aurona!«

Wir nahmen die Beine in die Hand und liefen, so rasch wir konnten, zu Abuls Versteck. Als ich mich umwandte, sah ich, dass uns die ersten der Halunken bereits folgten. Schneller, schneller! Einer von ihnen, ein junger Kerl, war besonders flink. Er lief weit vor den anderen und erreichte uns gerade in dem Moment, als wir bei meinem großen Freund ankamen. Starr vor Staunen über das riesige Tier blieb er jählings stehen. Ich nutzte die Gelegenheit und streckte ihn mit einem Schlag meines Schwertknaufs nieder. Doch die anderen Halunken waren bereits heran. Für den Bruchteil eines Augenblicks wunderte ich mich, dass der graue Koloss ihnen keinen Schrecken einjagte, aber zu weiteren Überlegungen blieb keine Zeit. Schon griff der eine nach Aurona, während sich die anderen mit gezückter Waffe auf mich stürzten. Es war zwecklos, mich verteidigen zu wollen. Was konnte ich tun? In meiner Not rief ich »Abul!«, riss die Hand hoch, machte das eingeübte Zeichen und tatsächlich: Mein großer Freund hob den Rüssel und trompetete so laut, dass die Wüste erbebte! Damit nicht genug: Er stellte die Ohren auf und schritt, wieder und wieder trompetend, drohend auf die Halunken zu.

Das war zu viel. Sie flohen, so schnell sie konnten. Ich blickte ihnen nach und mochte es kaum glauben. Mein großer grauer Freund hatte eine ganze Mörderbande in die Flucht geschlagen! »Brav, Abul, brav.« Ich streichelte ihn nur kurz, denn darauf, dass die Halunken nicht wiederkommen würden, wollte ich mich nicht verlassen. Doch da war noch der Junge mit den flinken Beinen. Er kam gerade zu sich. Ich packte ihn beim Schopf und sagte: »Nenne mir den Namen deines Anführers. Ich will wissen, wie der

Feigling heißt, der unbescholtene Reisende beraubt und ermordet.«

Der Junge zitterte vor Angst. Ohne seine Kumpane schien er allen Mut verloren zu haben. »Rahman, Herr.«

»Rahman?«

»Ja, Herr.«

»Der Lump, der vorgibt, ein Hilaym zu sein, und uns schon einmal überfiel?«

»Ja … ja, Herr. Aber ich war beim ersten Mal noch nicht dabei.«

»Hm, das würde erklären, warum du dich als Einziger bei Abuls Anblick erschreckt hast«, sagte ich und fügte bitter hinzu: »Allerdings dürftest du nicht der Einzige gewesen sein, der aus dem Erlös unseres Besitzes seinen Nutzen schlug. Habt ihr die Kostbarkeiten gut verkauft?«

»Ja, Herr.« Der Junge verlor etwas von seiner Angst und redete freier. »Rahman war zufrieden. Aber bald danach ließ es sich mit den Überfällen nicht mehr so gut an, und da beschlossen wir, euch nochmals auszurauben, denn wir glaubten, ihr besäßet noch die Wasseruhr, die beim ersten Mal nicht mitgenommen wurde.«

»Die Wasseruhr? Woher wusstet ihr, dass die Apparatur eine Wasseruhr war? Ich meine, wer ist denn überhaupt auf den Einfall gekommen? Rahman?«

»Garlef und Sigerik, Herr.«

»Was? Wer?«

»Garlef und Sigerik.«

»Die beiden sächsischen Krieger?«

»Genau die, Herr.«

»Großer Gott, deshalb waren sie nach dem ersten Überfall spurlos verschwunden! Sie haben sich euch angeschlossen.«

»Ja, Herr. Wir sind euch seit Wochen gefolgt, um den besten Zeitpunkt für den neuen Überfall abzupassen.«

»Sind Garlef und Sigerik eure Anführer?«

Der Junge gab einen verächtlichen Laut von sich. »Die beiden haben uns nur Zwietracht gebracht. Sie haben Rahman die Führerschaft streitig gemacht und heimlich seltsame Götzen angebetet. Vor einer Woche haben sie sogar versucht, ein paar von uns heimlich zu ihrem Ketzerglauben zu bekehren, aber da wurde es Rahman zu viel. Er ließ über die beiden zu Gericht sitzen, und wir kamen einstimmig zu dem Urteil, dass sie getötet werden sollten.«

»Ihr habt sie kaltblütig umgebracht?«

»Nein, Herr.« Der Junge lächelte flüchtig. »Das haben wir der Sonne überlassen. Zwei oder drei Meilen südwestlich von hier.«

»Ich werde hinreiten.«

»Ich würde es nicht tun, Herr. Die beiden sind gewiss kein schöner Anblick.«

»Das überlasse mir.« Ich überlegte, was ich mit dem Jungen tun sollte. Sollte ich ihn töten? Gründe dafür gab es genug. Andererseits entstand aus Gewalt nur wieder Gewalt, und er hatte das ganze Leben noch vor sich. »Ich möchte meine Hände nicht mit Blut besudeln, ich schenke dir die Freiheit. Doch ich habe eine Bedingung: Du gehst nicht zurück zu deinen Kumpanen, sondern nach Jaffa. Suche dir dort Arbeit und werde ein anständiger Mensch.«

»Da... danke, Herr.« Der Junge konnte sein Glück kaum fassen und wollte mir die Hand küssen, aber ich scheuchte ihn fort. »Geh schon, ehe ich es mir anders überlege!«

Hastig lief der Junge davon. Zufrieden sah ich, dass er nicht die Richtung zu Rahmans Lager einschlug. »Ich möchte Garlef und Sigerik finden«, sagte ich zu Aurona, »vielleicht leben sie noch, und ich kann als Arzt etwas für sie tun. Kommst du mit?«

»Wo sollte ich sonst hin?«, antwortete sie.

Abul hob uns auf seinen Rücken, und wenig später schritt

er mit Aurona und mir nach Südwesten. Um die aufkommende Verlegenheit zwischen uns zu überbrücken, fragte ich nach einer Weile: »Wie kommt es, dass man ausgerechnet dich entführte, hattest du deinen Kopf nicht verhüllt?«

»Doch, das hatte ich, aber als die Männer in unser Zelt drangen, versuchte ich zu fliehen. Sie packten mich bei der Kleidung und rissen mir das Gesichtstuch vom Kopf.«

Ich schwieg. Die Vorstellung, dass fremde Hände Aurona brutal gegriffen, ihr Angst und Schmerzen zugefügt hatten, war schwer zu ertragen.

»Sie haben mich wie eine Beute zu einem der Kamele geschleppt und mich im Sattel festgebunden. Ich kam mir vor wie eine Salzplatte.«

Trotz der Situation musste ich über den Vergleich schmunzeln. Dann wurde ich wieder ernst. »Hat einer der Unseren deine blonden Haare gesehen?«

»Das glaube ich nicht. Es ging alles viel zu schnell.«

»Nun gut, hoffen wir's. Ich … Moment mal, was ist das da vorn?« Ich schirmte mit der Hand die Augen ab.

»Was siehst du?«, fragte Aurona hinter mir.

»Ich glaube, zwei mannshohe Pfähle«, antwortete ich. Was ich außerdem sah, verschwieg ich lieber. »Abul, lass uns herunter.« Abuls Rüssel hob uns auf den Boden. Als wir uns unten gegenüberstanden, sagte ich: »Ich glaube, ich habe Garlef und Sigerik entdeckt. Ich werde zu ihnen gehen und möchte, dass du mit Abul hier wartest.«

»Kann ich nicht mitkommen?«

»Auf keinen Fall.«

Ich ging auf die beiden Pfähle zu, und mein erster Eindruck bestätigte sich auf schreckliche Weise. Die beiden sächsischen Krieger waren stehend an Beinen, Händen und Oberkörper gefesselt, so stramm, dass kein Tropfen Blut durch ihre Adern rinnen konnte. Sogar ihre Stirn war unverrückbar fest fixiert. Das Schlimmste aber war, dass man ihnen eine Stoffrolle in den Nacken geschoben hatte, die ihren Kopf nach oben drückte und sie zwang, direkt in die Sonne zu blicken. Damit nicht genug, hatte man ihnen die Lider aufgerollt, was es ihnen unmöglich machte, die Augen auch nur für einen kurzen Moment zu schließen. Welch eine Folter! Beide mussten unter unerträglichen Schmerzen erblindet sein.

Sigerik war tot. Er bot ein Bild des Grauens, sein offener Mund stand wie ein schwarzes Loch in einem rotfleckigen Gesicht, die Lippen waren aufgeplatzt, die Augäpfel weiß und trüb. Ich murmelte ein Gebet und ging die wenigen Schritte zu dem anderen Pfahl. Auch hier wollte ich eine kurze Fürbitte halten, doch zu meiner Überraschung lebte Garlef noch. Dass er atmete, erschien mir wie ein Wunder, zumal er genauso bedauernswert aussah wie sein Kamerad. »Wer bist ... du?«, krächzte er mir entgegen.

»Cunrad.«

»Cunrad?« Garlefs Mund verzerrte sich.

»Du hast richtig gehört.«

»Töte mich.«

»Das werde ich nicht.« Ich tastete nach dem Wasserschlauch an meinem Gürtel und hielt ihn hoch, so dass etwas von dem erquickenden Nass in Garlefs Mund rinnen konnte. Er trank gierig. Als ich den Schlauch absetzte, keuchte er: »Danke, Cunrad von Malmünd ... aber mit mir ... ist's aus.«

Dem konnte ich als Arzt nicht widersprechen. Jede Hilfe würde zu spät kommen. Ich überlegte, ob ich ihn abbinden sollte, aber ich unterließ es. Das Lösen der Knoten würde nur neue Schmerzen verursachen. »Vielleicht wäre es gut, wenn du vor deinem Tod noch dein Gewissen erleichtern würdest.«

Garlefs Mund verzerrte sich wieder, und ich erkannte, dass es ein verächtliches Lächeln war.

»Du sollst wissen, dass ich dich und Sigerik schon auf der Hinreise im Verdacht hatte, unsere Mission vereiteln zu wollen, doch mir fehlten die stichhaltigen Beweise dafür, weshalb ich meine Vermutung für mich behielt. Ich behaupte, ihr beide seid unserer Sache untreu geworden, weil König Karl das Volk der Sachsen in blutigen Feldzügen schlug und zum Christentum zwang. Dafür wolltet ihr euch rächen.«

»Er sei … bis in alle Ewigkeit verflucht!«

»Ebenso, wie ihr euch dafür rächen wolltet, dass er im Jahre 772 die Irminsul, euer Nationalheiligtum, zerstörte. Ich habe euch bei eurer Götzenverehrung beobachtet und gesehen, wie eines Nachts Sinthgunt, eure Mondgöttin, von euch angebetet wurde, dazu Woden und Thunar. Ihr wart es, die unterhalb des Gotthardpasses ein Vorderrad an dem Ochsenkarren gelöst haben, auf dem mehrere der Gefährten saßen.«

»Und … und wennschon.«

»Dass sie nicht abstürzten, grenzte an ein Wunder.«

»Pah …«

»Ihr wart es auch, die dafür gesorgt haben, dass die kostbaren Kriegssättel kurz hinter Alexandria spurlos verschwanden. Und ihr wart es, die im Palast des Kalifen Harun die Hunde aufeinandergehetzt haben, weil ihr sicher wart, König Karl damit großen Schaden zufügen zu können.«

Ich traute meinen Ohren nicht, aber Garlef lachte.

»Und ihr wart dafür verantwortlich, dass Faustus ohne Bewachung sein Haus verließ und vor einer *masdschid* gegen den muselmanischen Glauben eifern konnte. Wie du wohl weißt, musste der arme Faustus das mit dem Tod bezahlen.«

»Ja … ja … bist ein kluges … Köpfchen.« Wieder lachte Garlef mühsam. »Töte mich.«

»Ich bin Arzt, ich töte nicht.«

»Bitte … mach's kurz.«

Ich rang mit mir. Als Arzt hatte ich zwar Leben zu retten, doch war es in diesem Fall nicht menschlicher, es zu beenden? Welche andere Möglichkeit hatte ich? Sollte ich mit ansehen, wie Garlef sich langsam zu Tode quälte?

»Bitte …«

»Gut, ich werde dich erlösen. Wenn du zuvor deinen Frieden mit dem alleinigen Gott machen willst, dann bekenne dich jetzt zu ihm. Hoffe auf seine Gnade, denn er ist gütig und barmherzig. Dem nächsten Priester auf unserem Weg will ich von deinem Wandel berichten, damit er für deine arme Seele betet und du nicht in der Hölle schmoren musst. Willst du dich bekennen?«

Ich wartete, aber Garlef sagte nichts. Ich merkte lediglich, wie er versuchte, mir seinen gemarterten Körper entgegenzustrecken. Da konnte ich den Anblick nicht länger ertragen. Ich griff zum Schwert, atmete tief durch und stieß es ihm mitten ins Herz. Er starb wie ein Krieger, furchtlos, todesverachtend. Ich konnte nicht umhin, ihn zu bewundern.

Ohne mich noch einmal umzusehen, ging ich zurück zu Aurona. Mit stockenden Worten berichtete ich ihr, was geschehen war. Ich ließ das Schwert in den Sand fallen und murmelte: »Ich habe wieder getötet.«

Statt einer Antwort sank sie in meine Arme.

Wir weinten beide.

Endlich waren wir wieder vereint.

Oh, Tariq, mein großherziger Gastgeber, du siehst, wie ich selbst heute, nach so vielen Jahren, wieder weinen muss, denn die Erinnerung übermannt mich. Danke für das Tuch, das du mir reichst. Ich werde mir damit die Tränen trocknen. Tränen sind eines alten Mannes unwürdig.

Du fragst dich vielleicht, warum ich Garlef und Sigerik nicht begrub. Nun, zweierlei Gründe sprachen dagegen: Zum einen hatte ich nur meine Hände, um ein Grab auszuheben, zum anderen wusste ich, dass Rahmans Mörderbande immer noch in der Nähe war. Ich wollte unbedingt verhindern, dass Aurona ihnen erneut in die Hände fiel, und musste mit ihr das schützende Lager so schnell wie möglich erreichen.

Verzeih, dass mein Appetit diesmal zu wünschen übrigließ, aber sicher verstehst du, warum ich den Speisen nicht wie üblich zusprechen konnte. Am morgigen Abend werde ich Angenehmeres zu erzählen haben. Und mich gern um die Patienten in deinem Haus kümmern.

Erlaube mir nun, dass ich mich zurückziehe. Ich wünsche dir eine gute Nacht. Allah sei mit dir – und Gott befohlen!

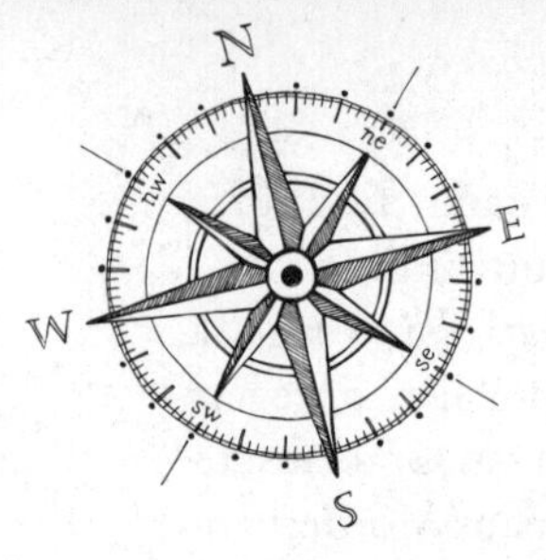

Kapitel 12

Heiliges Land, Nildelta; Oktober 800 bis Februar 801

In den folgenden Monaten zogen wir über Jaffa, Gaza und al-Arisch bis zum Delta des Nils. Es war die wohl schönste Zeit unserer gesamten Reise – geprägt von Frieden und Harmonie. Der einzige kritische Moment ergab sich, als Abbo, dessen Schnittwunde rasch und gut verheilt war, mich fragte, wann der alte Beduinenfürst und sein Sohn uns verlassen würden. Der Fürst stamme doch aus dem Süden der Syrischen Wüste, welche wir schon lange hinter uns gelassen hätten. »Soviel ich weiß«, antwortete ich, »will er uns bis Alexandria begleiten. Ein Glücksfall, wenn du mich fragst, weil er ein kundiger Heiler ist, wie du und deine verletzten Kameraden am eigenen Leibe erfahren haben.«

»Das stimmt, Hakim.« Abbo zögerte. »Es geht mich nichts an, Hakim, aber da ist noch etwas: Du reitest in letzter Zeit häufiger mit dem Fürsten und seinem Sohn auf dem Elefanten aus. Manche der Gefährten reden schon darüber. Sie fragen sich, was du mit den Fremden zu schaffen hast.«

In der Tat hatte ich mit Dschibril und Aurona einige Ausflüge unternommen, immer dann, wenn die Männer sich von den Strapazen des Marschierens für zwei oder drei Tage erholen sollten. Auf Abuls breitem Rücken hatten wir uns über die gemeinsame Zeit in Bagdad unterhalten, über den Hofstaat mit seinen zahllosen Intrigen, Kalif Harun mit seiner milden und grausamen Seite und immer wieder darüber, dass es uns bisher gelungen war, die wahre Herkunft von Dschibril und Aurona zu verschleiern – was angesichts der langen Wegstrecke einem kleinen Wunder gleichkam. Wenn wir eine Rast einlegten, hatte Dschibril sich jedes Mal taktvoll entfernt, um, wie er sagte, ein wenig mit sich und seinen Gedanken allein sein zu können. Aurona und ich jedoch hatten die Gelegenheit genutzt …

»Ich habe mir schon gedacht, dass unsere kleinen Exkursionen auffallen würden«, sagte ich zu Abbo. »Aber es ist ganz einfach so, dass ich mich dem alten Fürsten sehr verbunden fühle, nicht zuletzt, weil er viel von der Heilkunst versteht.«

»Natürlich, Hakim.«

»Im Übrigen wird die Straße, auf der wir gehen, in den nächsten Tagen ohnehin sehr viel belebter sein, was weitere Ausritte unmöglich machen dürfte. Es ist eine jahrhundertealte Heerstraße, die von Syrien und Arabien nach Ägypten führt. Ihr Endpunkt ist die heute verfallene Stadt Pelusion, nach welcher auch der östlichste der sieben Nilarme benannt ist. Eine geschichtsträchtige Stätte, an der sich schon die Ägypter mit den Persern eine verlustreiche Schlacht lieferten.«

»Davon musst du mir mehr erzählen, Hakim.« Alles, was mit Krieg und Schlachten zu tun hatte, interessierte Abbo brennend.

»Gern, aber nicht jetzt. Heute Abend am Lagerfeuer.«

Als der Abend gekommen war und wir gegessen und getrunken hatten, sagte ich zu dem neben mir sitzenden Abbo: »Lass uns warten, bis der Sohn des Beduinenfürsten sich zurückgezogen hat. Das, was ich dir zu erzählen habe, ist nichts für junge Ohren.«

Wir warteten, und nachdem sich Aurona mit dem Essen für Dschibril entfernt hatte, begann ich: »Was ich dir jetzt sage, kannst du auch bei dem griechischen Geschichtsschreiber Herodot nachlesen. In seinem Dritten Buch berichtet er über eine Schlacht, die zwischen Psammetich, dem ägyptischen Pharao, und Kambyses, dem persischen König, im Nilarm Pelusion geschlagen wurde. Der Schlacht war ein grausames Ereignis vorausgegangen: Die Ägypter hatten die beiden Söhne des Phanes, welcher zuvor ein feindliches Heer gegen sie geführt hatte, öffentlich schlachten lassen, das Blut der Knaben in einem Kessel mit Wein und Wasser vermischt und getrunken, um sich für den anschließenden Kampf zu stärken. Doch es nutzte ihnen nichts. Kambyses siegte und trieb sie bis nach Memphis zurück, wo er sie so lange belagerte, bis sie sich ergaben.«

»Welch barbarische Sitten, Hakim!«

»Das kannst du wohl sagen. Jetzt lass uns von etwas anderem reden, der Junge des alten Fürsten kommt zurück.«

Drei Tage später hatten wir den Pelusion erreicht. Der siebte Mündungsarm des Nil war völlig versandet, so dass wir keine Mühe hatten, durch sein Bett zu marschieren. Bis auf ein paar armselige Sträucher an den ehemaligen Ufern erinnerte nichts mehr daran, dass sich hier einst rauschende Wasser ins Meer ergossen. Wir hatten gerade die verfallenen Gemäuer der gleichnamigen Stadt passiert, als uns eine einzelne Gestalt entgegenkam. Dreihundert Schritte vor uns blieb sie stehen, schlug das Kreuz, fiel auf die Knie und faltete die Hände.

Ich ritt zu diesem Zeitpunkt wie immer an der Spitze unseres Zuges und dachte: Welch seltsamer Vogel mag das sein? »Vorwärts, Abul, wir wollen sehen, mit wem wir es zu tun haben.«

Näher kommend sah ich, wie die Gestalt sich erhob, einige Schritte hinkend auf mich zumachte und dann erneut stehen blieb. Ich erkannte, dass ich es mit einem Priester zu tun hatte. Die lange Kutte und die Tonsur sprachen dafür. *»Salve, pater«*, sagte ich.

»Du sprichst Latein?«, fragte der Priester überrascht. Mein Turban mit dem Augenstein hatte ihn wohl glauben lassen, es mit einem Araber zu tun zu haben.

»So ist es«, bestätigte ich. »Mein Name ist Cunrad von Malmünd, ich leite diese Gesandtschaft. Wir sind Getreue des Frankenkönigs Karl und unterwegs von Bagdad nach Aachen.«

»Äh, gewiss.« Die Miene des Priesters drückte aus, dass er mir kein Wort glaubte, denn wie eine Gesandtschaft sahen wir schon lange nicht mehr aus. »Darf ich fragen, ob das, was du da reitest, ein Elefant ist?«

»Ja, das ist Abul. Er ist ein Geschenk von Kalif Harun al-Raschid.«

»Äh, natürlich.«

»Aber auch ich habe eine Frage: Warum hinkst du?«

»Ach, es ist nicht der Rede wert.«

»Nur heraus mit der Sprache. Auch wenn ich nicht so aussehe: Ich bin Arzt.«

»Verzeih meine Offenheit, aber es fällt schwer, zu glauben, was du behauptest.«

»Das nehme ich dir nicht übel. Dennoch ist es wahr.«

Der Priester musterte mich und die Gefährten eingehend. Er hatte hellwache, kluge Augen, die in einem Gespinst aus Falten und Fältchen saßen und zu dem gütigen Ausdruck seines Gesichts das Ihrige beitrugen. Sein Alter mochte fünfundfünfzig oder sechzig Jahre betragen. »Mein Name ist Zosimus«, sagte er schließlich.

»Wir freuen uns, dich kennenzulernen. Da wir ohnehin in dieser Stunde unser Lager aufschlagen wollten, lade ich dich ein, mit uns zu essen. Danach werde ich mich deiner Hühneraugen annehmen.«

Zosimus schaute überrascht. »Woher weißt du, dass ich Hühneraugen habe?«

»Weil ich Arzt bin. Ich sehe es an deinem Gang und an deinen zu stramm sitzenden Sandalen. Nimmst du die Einladung zum Essen an?«

»Sehr gern.«

Nachdem wir das Mahl zu uns genommen hatten – es war von Zosimus zuvor gesegnet worden –, sorgte ich dafür, dass unser Gast die Füße in gewärmtem Wasser einweichte. Danach schaute ich mir die quälenden Stellen an den Zehen an und präparierte mit einem scharfen Löffel die Hornzapfen heraus. Zosimus ließ alles über sich ergehen und lenkte sich während der Prozedur ab, indem er über sich erzählte: »Ich habe die letzten Tage im Schutz der Festung Sile verbracht, die auch Tjaru genannt wird. Ich wollte mich dort erholen. Um ehrlich zu sein, fiel mir das Gehen von Tag zu Tag schwerer, doch ich wollte es nicht wahrhaben. Unser Herr Jesus vermochte sogar über das Wasser zu schreiten, sagte ich mir, soll ich mich da von ein paar Hühneraugen aufhalten lassen?«

»So Gott will, wirst du damit keine Last mehr haben«, versprach ich und deckte die Operationsstellen mit Kompressen ab. »In wenigen Tagen wirst du wieder laufen können wie einst die Jünger Christi. Wohin soll dein Weg dich führen?«

Zosimus betastete vorsichtig seine verbundenen Zehen und gab bereitwillig Antwort: »Um das zu verstehen, musst du wissen, dass ich ein Benediktinermönch von der Abtei Montecassino bin, welche zwischen Rom und Neapel gelegen ist. Seit über vierzig Jahren lebe und arbeite ich dort.

Der Allmächtige möge mir vergeben, aber in dieser langen Zeit habe ich es niemals geschafft, mich auf den Weg ins Heilige Land zu machen. In diesem Jahr endlich konnte ich mein Vorhaben in die Tat umsetzen. Ich nahm ein Schiff von Neapel nach Alexandria, wo ich die Gelegenheit nutzte und die Gebeine des Evangelisten Markus anbetete. Nun bin ich auf dem Weg nach Jerusalem. Dort will ich in der Himmelfahrtskirche niederknien und den Herrn preisen.«

»Das ist ein löbliches Unterfangen«, sagte ich.

»Das aber fast nicht gelungen wäre wegen der vertrackten Hühneraugen.« Zosimus lächelte. »Ich glaube, die hat mir der Teufel geschickt.«

»Ich glaube eher, deine Sandalen sind die Übeltäter.«

»Vielleicht. Wie heißt es schon bei Matthäus: *Weichet von mir, ihr Übeltäter!* Doch um ehrlich zu sein, weiß ich nicht, ob der Evangelist damit meine Hühneraugen meinte.«

Ich lachte. Zosimus gefiel mir. Er vertrat seinen Glauben nicht so verbissen wie Faustus, den wir in Tadmur begraben hatten. »Höre, Zosimus«, sagte ich, »ich muss gerade an die vielen Gefährten denken, die auf unserer Reise schon zu Tode gekommen sind. Zwei von ihnen starben einen grausamen Tod am Pfahl. Ich will nicht behaupten, sie hätten es nicht verdient, denn sie waren von Grund auf schlecht, doch ich habe versprochen, einen Gottesmann zu fragen, ob er für sie beten und ihnen seinen Segen erteilen will.«

Zosimus runzelte die Stirn. »Dazu müsste ich mehr über die Sünder wissen.«

»Ich werde dir ihre Geschichte erzählen«, sagte ich. »Sie ist lang, mit der unseren eng verknüpft und beginnt vor über drei Jahren in Aachen, wo sich unsere Gesandtschaft vor der prächtigen, fast fertiggestellten Pfalzkirche sammelte, um sich auf den langen Weg nach Bagdad zu machen. Doch ich glaube, es ist zu spät, um heute noch damit anzufangen. Bitte, sprich ein Abendgebet für meine Gefährten und mich. Wir mussten lange auf Worte aus geweihtem Mund verzichten.«

»Das will ich gern tun«, antwortete Zosimus.

Am Abend darauf erzählte ich Zosimus, was wir erlebt hatten, und er kam aus dem Staunen nicht heraus. »Der Herr hat euch oftmals auf eine harte Probe gestellt«, sagte er, als ich mit meinem Bericht fertig war. »Und ich muss kein Prophet sein, um dir vorherzusagen, dass eure Prüfungen noch lange nicht zu Ende sind. Du als Anführer der Gruppe wirst besonders stark sein müssen. Gibt es denn niemanden, mit dem du die Verantwortung teilen könntest?«

»Doch, schon«, antwortete ich leise, denn ich wollte nicht, dass die Gefährten in der Runde mich hörten. »Aber darüber möchte ich mit dir ein anderes Mal sprechen.«

»Wie du willst. Was nun Garlef und Sigerik angeht, so machst du es mir schwer, denn sie sind nicht nur Heiden, sondern auch Ketzer. Du sagtest, sie hätten Woden und Thunar vergöttert und Irminsul angebetet. Irminsul war, wie man weiß, das wichtigste Heiligtum der Sachsen, ein scheußliches Abbild der Weltesche Yggdrasil, das mit ketzerischen Weihgeschenken überhäuft wurde. Welch eine Gotteslästerung! Woden wiederum war ihr Götze der Geisterwelt und Thunar ihr Gewittergeist. Man kann König Karl nicht genug danken, dass er diesem Spuk ein Ende gemacht hat. Weißt du übrigens, was ich bei meiner Ankunft in Alexandria erfuhr? König Karl hat sich nach Rom aufgemacht und will sich noch in diesem Monat von Papst Leo zum Kaiser krönen lassen.«

»Was du nicht sagst!«

»Ich habe es aus sicherer Quelle. Einige Christen in Alexandria sind gut informiert.«

Ich musste Zosimus' Worte erst einmal auf mich wirken

lassen, und meinen Gefährten erging es genauso. Dass König Karl die Kaiserwürde erhalten sollte, machte uns alle stolz und glücklich. Nachdem die Freude sich etwas gelegt hatte, sagte ich: »Wird der Gott, in dessen Namen Karl die Krone erhält, auch Garlef und Sigerik verzeihen können?«

Zosimus seufzte. »Die Wege des Herrn sind unergründlich. Wer seine Sünden ehrlich bereut, dem wird er vergeben. Deshalb frage ich dich: Waren Garlef und Sigerik reuig?«

Ich schüttelte den Kopf. »Zumindest Garlef war es nicht.«

»Nun, dann ist mir bang um ihre Seelen. Doch ich will mit aller Inbrunst für sie beten, denn ich weiß, dass es dein Wunsch ist.«

»Ja, das ist es«, sagte ich. »Aber sprich zunächst ein Gebet mit uns, wir wollen uns zur Ruhe begeben.«

Wiederum einen Abend später nahm ich Zosimus nach dem gemeinsamen Mahl beiseite und ging mit ihm zu Abul, der wie immer abseits des Lagers seinen Platz gefunden hatte. »Du brauchst keine Angst vor ihm zu haben«, sagte ich, »er ist lammfromm. Und er ist vor allem verschwiegen. Darf ich bei dir auf das Gleiche hoffen?«

Zosimus lächelte. »Ich denke schon, dass ich es in beiden Tugenden mit deinem Freund aufnehmen kann.«

Ich lächelte zurück. »Der Gedanke, dich mit meinem Elefanten zu vergleichen, lag mir fern.«

»Ich weiß. Was kann ich für dich tun, mein Sohn?«

Wir setzten uns, und ich begann: »Du fragtest mich, ob es niemanden gäbe, mit dem ich mir die Verantwortung teilen könnte. Nun, es gibt zwei Männer, denen ich mich anvertraue. Allerdings insgeheim, denn niemand darf wissen, wer sie in Wahrheit sind.«

»Du sprichst von dem alten Beduinenfürsten und seinem Sohn?«

»Wie kommst du darauf?«, fragte ich verblüfft.

»Ich dachte es mir.« Zosimus hauchte auf das silberne Kreuz an seiner Brust und polierte es mit dem Ärmel. »Die beiden sind anders als die Übrigen deiner Gefährten. Ich sah sie nur ein paar Mal, aber ich spüre, dass es mit ihnen etwas Besonderes auf sich hat.«

»Das hat es, und du sollst der Erste und Einzige sein, der erfährt, wer sie in Wirklichkeit sind. Der Alte ist ein ehemaliger Leibarzt des Kalifen Harun al-Raschid. Er drohte in Ungnade zu fallen und beschloss deshalb, aus dem Palast zu fliehen und sich uns unter anderem Namen anzuschließen. Was seinen Sohn betrifft, so ist es nicht sein Sohn, sondern eine junge Frau.«

»Eine junge Frau?« Verdutzt hielt Zosimus in seiner Polierarbeit inne.

»Du hast richtig gehört. Sie ist eine Langobardin, gehörte dem Harem des Kalifen an und floh ebenfalls.«

»Weil ihr euch liebt?«

»Wie kommst du darauf?«

Zosimus grinste. »Ich bin nur ein alter Mönch, mein Sohn, aber ich bin auch ein Mensch. Und ich war auch einmal jung. Ich kann nur hoffen, dass du und …?«

»Aurona ist ihr Name.«

»Aurona? Ein schöner Name. Nun, ich kann nur hoffen, dass ihr euch züchtig verhaltet und die gebotene Keuschheit nicht vergesst.«

Was sollte ich darauf antworten? Aurona und ich hatten mehrfach alles um uns herum vergessen, zuallererst die Keuschheit, doch das konnte ich dem freundlichen Mönch natürlich nicht sagen. »Ich bin dir noch den Namen des alten Leibarztes schuldig«, erklärte ich. »Er heißt Dschibril, was Arabisch ist und in unserer Sprache Gabriel bedeutet. Gabriel wie der Erzengel, denn er ist nestorianischer Christ.«

»Du hast wahrhaft ungewöhnliche Freunde.«

»Ungewöhnliche und gefährliche. Niemand darf wissen, wer sie in Wirklichkeit sind. Kalif Harun würde sie sonst, ohne mit der Wimper zu zucken, töten lassen. Ebenso wie mich. Deshalb bist du der Einzige, dem ich mich anvertraue.«

»Du kannst dich auf mich verlassen. Als Mönch und Priester bin ich es gewohnt, die Ohrenbeichte abzunehmen – und zu schweigen. Fahre nur fort.«

»Nun, um die Sache zu Ende zu bringen: Auf einsamen Ausritten berate ich mich manchmal mit Dschibril und Aurona. Ihre Meinung hilft mir sehr. Leider wird Dschibril uns in Alexandria verlassen; er will eine Schiffspassage nach Konstantinopel nehmen, wo er Verwandte hat, bei denen er unterschlüpfen kann. Aurona hingegen möchte in ihre Vaterstadt Pavia zurückkehren.«

»Du hingegen musst nach Aachen zu König Karl.« Zosimus betrachtete das silberne Kreuz, das in der Dunkelheit schimmerte. »Wie verträgt sich das?«

»Dein Scharfsinn verblüfft mich schon wieder. Um ehrlich zu sein, möchte ich, dass Aurona für immer mein ist – vor Gott und der Welt. Würdest du uns an einem abgeschiedenen Ort trauen?«

Zosimus stutzte. Dann lachte er. »Das ist nicht dein Ernst?«

»Nie habe ich etwas ernster gemeint.«

»Tut mir leid, aber das ist unmöglich.«

»Warum? Du bist doch geweihter Priester und Vertreter des Herrn auf Erden.«

»Das wohl.«

»Und warum lehnst du meine Bitte ab?«

»Mein lieber Cunrad von Malmünd« – Zosimus wurde plötzlich sehr förmlich –, »es beginnt schon damit, dass hier nirgendwo ein Gotteshaus steht, in dem die Zeremonie stattfinden könnte. Folglich gibt es auch keine Kirchenbibel, kein Kruzifix, keinen Altar, keine Kerzen, nicht das geringste Gerät, das notwendig wäre, um die Zeremonie zu feiern. Überdies fehlt es mir am passenden Gewand. Soll ich die Liturgie vielleicht in meiner alten Kutte halten? Nein, nein, das schlage dir nur aus dem Kopf.«

Ich machte einen neuen Versuch. »Brauchte Jesus eine Kirche?«, fragte ich. »Brauchte er einen Altar, brauchte er ein prächtiges Gewand?«

»Das kann man nicht vergleichen.«

»Warum nicht? Jesus brauchte das alles nicht, dennoch hat er Wunder über Wunder vollbracht. Und du als Mann Gottes kannst nicht einmal eine Trauung durchführen?«

Daraufhin schwieg Zosimus. Ich sah, wie es in seinem Gesicht arbeitete. »Du bist recht hartnäckig.«

»Ich werde dich so lange bitten, bis du ja sagst.«

»Aber ich habe nicht einmal eine Bibel.«

»Du kannst die notwendigen Gebete und Passagen gewiss auswendig.«

»Und wer soll singen, wenn keine Gemeinde vorhanden ist?«

»Der Gesang der Vögel wird genügen.«

»Gut und schön, aber ich fürchte, ich kann dir den Gefallen trotzdem nicht erweisen. Ich habe so etwas noch nie gemacht.«

»Du warst auch noch nie in Jerusalem auf dem Ölberg, um in der Himmelfahrtskirche zu beten, und doch hast du dich dorthin auf den Weg gemacht.«

Zosimus seufzte. »Ich merke schon, es gibt kein Entrinnen. Nun denn, in Gottes Namen. Weiß die Braut schon von ihrem Glück?«

»Nein, noch nicht.«

»Auch das noch.«

»Vater im Himmel, sieh auf diesen Mann und diese Frau herab, die den Wunsch haben, für immer den heiligen Bund der Ehe einzugehen …«

Sieben Tage waren nach meinem Gespräch mit Zosimus vergangen, wir schrieben den vierundzwanzigsten Dezember des Jahres 800, und der Benediktinermönch stand mit Aurona, mir und Dschibril vor einem dichten Schilfgürtel, der sich an einem der wasserführenden Nilarme entlangzog. Der Tag war mit Bedacht ausgewählt worden, denn mit der Geburt unseres Erlösers, so Zosimus' Worte, sei großes Glück über die Menschheit gekommen, das sich in jedem frohen Ereignis widerspiegele.

Abul hatte uns an den verschwiegenen Ort getragen, wo wir allein mit dem Rauschen des Flusses waren, mit zwitschernden Vögeln und summenden Libellen. Mein großer grauer Freund wirkte gelassen wie immer, während er sich mit dem Rüssel hier und da ein Bündel Schilf herausrupfte, doch seine kleinen Augen mit dem weißen Ring darin verfolgten das Geschehen genau.

»… Beide, Cunrad und Aurona, haben mir, Deinem Diener, o Herr, versichert, dass sie in Liebe entbrannt sind und einander in ewiger Treue zugetan sein wollen. Somit erflehe ich für sie Deinen Segen und Deine Barmherzigkeit, denn wie heißt es in Deinem heiligen Buch: *Der unschuldige Hände hat und reinen Herzens ist, der nicht Lust hat zu loser Lehre und schwöret nicht fälschlich, der wird den Segen des Herrn empfangen und Gerechtigkeit von dem Gott seines Heils …*«

Es folgte eine ausgedehnte Fürbitte, in der Zosimus Gesundheit, Kindersegen und ein langes Leben für das Brautpaar erflehte, darüber hinaus einen glückhaften Reiseverlauf für alle Gefährten sowie den Erfolg der Mission. Danach fand er eindringliche Worte, mit denen er auf die Fährnisse des Lebens und die Abgründe des Teufels hinwies, und senkte den Kopf in Demut. »Wir alle sind Sünder, o Herr, und wenn wir auch nicht in Sack und Asche gehen, so sind wir doch schlicht gekleidet, denn Hoffart und Prunksucht liegen uns fern …«

Als ich diese Worte Zosimus' hörte, musste ich insgeheim lächeln. Ganz frei von Eitelkeit scheint der alte Mönch nicht zu sein, dachte ich, sonst hätte er nicht versucht, vor Gott das Tragen seines armseligen Gewandes zu begründen. Doch lange konnte ich mich mit dem Gedanken nicht aufhalten, denn Zosimus stimmte ein uraltes Kirchenlied an, dessen Melodie, wie er uns erklärt hatte, schon von den Märtyrern in den römischen Arenen gesungen worden war. Er hatte darauf bestanden, es mit uns einzuüben – in Ermangelung einer Gemeinde:

Allein Gott in der Höh'
sei Ehr und Dank für seine Gnade.
Darum dass nun und nimmermehr
uns rühren kann kein Schade …

Er sang mit ansteckender Kraft, und als er geendet hatte, hob er die Hände und zog Aurona und mich zu sich heran. »Willst du, Cunrad von Malmünd, Arzt aus Berufung, Führer einer Gesandtschaft sowie Mahut eines Elefanten, vor Gott hintreten und Aurona zu deinem Eheweib nehmen, willst du sie lieben und achten, schützen und ehren, bis dass der Tod euch scheidet, so antworte mit Ja.«

»Ja«, sagte ich fest.

»Willst du, Aurona von Pavia, Enkelin des Stadthauptmanns Rodoald von Pavia und Tochter des Stadtverwesers Hunold von Pavia, vor Gott hintreten und Cunrad zu deinem Ehemann nehmen, willst du ihn lieben und achten, schützen und ehren, bis dass der Tod euch scheidet, so antworte mit Ja.«

»Ja«, hauchte Aurona, und ich sah, wie sich eine Träne in ihre gletscherfarbenen Augen stahl.

»So erkläre ich euch beide in meiner Eigenschaft als Bruder im Orden des heiligen Benedikt und geweihter Priester vor dem Herrn zu Mann und Frau.«

Zosimus gab uns beide zusammen, und wir küssten uns scheu, bis uns ein Räuspern unterbrach.

»Wir sind noch nicht ganz fertig«, mahnte Zosimus. »Der Wissenschaftler Gabriel, ehemaliger Leibarzt des Kalifen Harun al-Raschid, möge nun bezeugen, dass die Ehe vor Gott geschlossen wurde.«

»Ich bezeuge es«, sagte Dschibril ernst.

»Dann wollen wir die gnadenreiche Feier mit dem Glaubensbekenntnis beenden: *Ich glaube an Gott, den Vater, den Allmächtigen, den Schöpfer des Himmels und der Erde …*«

Zum Abschluss segnete Zosimus jeden Einzelnen von uns, und wir spürten, wie die Kraft Gottes uns Freude und Zuversicht für die kommende Zeit verlieh.

Abul trug uns auf seinem breiten Rücken zum Lager zurück, wo ich den Gefährten erklärte, warum wir fort gewesen waren. Ich sagte: »Es war Pater Zosimus ein Herzensbedürfnis, die Botschaft Gottes an den alten Beduinenfürsten und seinen Sohn zu richten, und das an einem ungestörten Ort. Ich glaube, in dieser Mission war er erfolgreich.«

Die Gefährten verstanden meine Worte genau wie von mir beabsichtigt: Sie dachten, Zosimus hätte versucht, Dschibril und Aurona zum christlichen Glauben zu bekehren, und nickten beifällig.

Anschließend bat Randolph zu einem besonders schmackhaften Essen am Heiligen Abend.

Siebzehn Tage später, das Jahr 801 war bereits angebrochen, hatten wir den westlichsten Nilarm überwunden, und die Stadt Damanhūr lag vor uns.

Von Zosimus, dem hilfsbereiten Mönch, hatten wir uns

bereits zwei Tage nach dem Heiligen Abend verabschieden müssen, denn ihn zog es mit Macht nach Jerusalem. Auch wir wollten eilig weiter, doch erwies sich unser Wunsch als schwer durchführbar, da die Nilarme breit und wasserreich waren. Jedes Mal hatten wir lange suchen müssen, bis eine seichte Stelle gefunden war, an der wir die Strömung durchwaten konnten. Der letzte Nilarm jedoch schien unüberwindbar. Nirgendwo fanden wir eine Furt, es war zum Verzweifeln. Keines der kleinen, mit Dreiecksegeln betriebenen Flussboote war groß genug, um Abul aufnehmen zu können. Schließlich hatte ein alter ägyptischer Fischer Rat gewusst. Er ließ drei Boote Seite an Seite vertäuen und eine Plattform darauflegen, wodurch eine Fläche entstand, auf der mein großer Freund Platz fand. So gelangten wir auf schwankendem Boden auf die andere Seite.

»Von Damanhūr bis Alexandria sind es nur noch wenige Tagesreisen«, sagte ich an diesem Morgen während eines gemeinsamen Ausritts zu Dschibril, »die Zeit des Abschieds naht.«

»Ja, wir werden uns trennen müssen. Alles im Leben hat seine Zeit.« Dschibril seufzte. »Wenn ich, so Gott will, heil in Konstantinopel ankomme, werde ich weiter wissenschaftlich arbeiten können. Das ist immerhin ein Trost.«

»Du meinst am Werk *Kunnasch*? Ich dachte, deine Aufzeichnungen wären alle in Bagdad geblieben?«, fragte ich.

»Das sind sie auch. Sie waren viel zu umfangreich, als dass ich sie bei der Flucht aus dem Palast hätte mitnehmen können. Aber ich habe noch jedes Wort im Kopf, ich muss es nur neu niederschreiben.«

»Vielleicht werde ich eines Tages auch niederschreiben, was wir alle gemeinsam durchgestanden haben. Aber bis dahin wird wohl noch viel Zeit vergehen. Manchmal wünschte ich, ich wäre in der Lage, sie zu beschleunigen, dann könnte ich endlich mit Aurona wie Mann und Frau leben.«

Dschibril schmunzelte. »Ich kann deine Nöte als frisch getrauter Ehemann verstehen. Aber solange es ein Geheimnis bleiben muss, wer der Beduinenfürst und sein Sohn tatsächlich sind, wird der Sohn noch bei seinem Vater im Zelt schlafen müssen.«

»Du hast natürlich recht. Ich frage mich, ob ich das Geheimnis lüften darf, nachdem du uns in Alexandria verlassen hast.«

»Ja, das gilt es gut zu überlegen.« Dschibril strich sich über den eisgrauen Bart. »Es wird nicht nur darauf ankommen, wie verschwiegen deine Gefährten sind, sondern auch darauf, dass sie nicht versehentlich etwas ausplaudern. Du musst wissen, ob du dich auf sie verlassen kannst.«

»Ja, so ist es wohl«, sagte ich nachdenklich. »Wenn ich es richtig sehe, können Aurona und ich erst dann wirklich sicher sein, wenn wir uns dem Zugriff Haruns endgültig entzogen haben, also jenseits des Meeres in Italien.«

»Hast du schon einmal überlegt, wie es wäre, mit mir nach Konstantinopel zu gehen?«

»Du meinst, zusammen mit Aurona?«

»Das meine ich.«

»Ausgeschlossen. Was sollte dann aus den Gefährten werden?«

»Nun, ich könnte dir antworten, dass sie in Abbo einen tüchtigen Krieger als Anführer und in Isaak einen kundigen Begleiter als Dolmetscher hätten, aber« – Dschibril hob die Hand, um meinem Protest zuvorzukommen – »ich weiß, was du mir entgegnen würdest: Du würdest dagegenhalten, dass du die Verantwortung nicht auf andere abwälzen kannst und dass du dich nicht feige davonstehlen und die Gefährten im Stich lassen willst. Das verstehe ich.«

Daraufhin schwiegen wir eine Weile und genossen es, auf Abuls breitem Rücken zu reiten, bis ich sagte: »Lass uns zum Lager zurückkehren, Dschibril. Ich möchte, dass wir noch vor der Abenddämmerung in Damanhūr sind.«

Und so geschah es.

In Damanhūr blieben wir eine gute Woche, und auch hier war das Aufsehen, das Abul erregte, groß. Ich nutzte die allgemeine Aufmerksamkeit, indem ich die Bewohner dazu verleitete, meinem großen Freund Münzen zuzustecken, die er unter den erstaunten Rufen aller an mich weiterreichte. So kam innerhalb weniger Tage eine hübsche Summe zusammen. Ein Geldbetrag, von dem ich wusste, dass wir ihn in Alexandria mehr als nötig brauchen würden. Nicht zuletzt, weil es galt, eine Schiffspassage für Dschibril zu bezahlen. Dem alten Arzt war es überhaupt nicht recht, dass Abul und ich für ihn »betteln gingen«, wie er sich ausdrückte, aber er musste einsehen, dass wir keine andere Wahl hatten.

Einen Teil des Geldes benutzte ich, um unsere beiden Karren, die von der langen Reise sehr mitgenommen waren, bei einem Zimmermann ausbessern zu lassen. Ich lobte ihn für seine gute Arbeit, und er fühlte sich sehr geschmeichelt. »Ich muss zugeben, es war nicht ganz leicht, Hakim«, sagte er, »weil ich normalerweise nur Kamelsänften baue, aber Allah hat mir geschickte Hände geschenkt, und wenn du zufrieden bist, dann bin ich es auch.«

Ich danke dir«, sagte ich, »nun fühle ich mich für den Weitermarsch nach Alexandria gut gerüstet.«

Am nächsten Morgen brachen wir mit dem ersten Hahnenschrei auf. Trotz der frühen Stunde waren schon Gaffer auf der Straße, die unseren merkwürdigen Zug zum westlichen Stadttor hinausbegleiteten.

Bald darauf waren wir wieder allein unterwegs. Ab und an schweifte mein Auge zurück zu der hinter mir gehenden Gruppe, verweilte für einen zärtlichen Moment auf der Gestalt Auronas und stellte zufrieden fest, dass wir die Zeit in Damanhür gut genutzt hatten. Nicht nur die Karren waren ausgebessert, auch unsere Kleidung war gewaschen und geflickt worden und jedermanns Waffe neu geschärft. Insgesamt machten wir keinen prunkvollen, aber doch einen recht annehmbaren Eindruck.

So zogen wir dahin, vorbei an zahllosen Dattelpalmen, Feldern und Sümpfen, an Gräben und Schöpfrädern, auf einem schmalen Pfad, den vor uns schon Tausende und Abertausende von Karawanen beschritten hatten. Am vierten Tag dieses Reiseabschnitts erblickten wir gegen Mittag in der Ferne den Leuchtturm von Pharos. Er grüßte herüber und war für mich wie ein alter Bekannter, denn bereits auf der Hinreise hatte unsere Gesandtschaft auf der benachbarten Pharos-Insel Quartier bezogen. Doch noch waren wir nicht am Ziel.

Erst am folgenden Tag zogen wir am Mareotis-See vorbei und marschierten von Osten her in die Stadt hinein. Wie nicht anders zu erwarten, bildeten sich sofort große Trauben staunender Menschen, die zunächst ehrfürchtig Abstand hielten, dann jedoch immer mutiger wurden und Abuls faltige Haut zu berühren trachteten. Drei kräftige Stadtsoldaten erschienen, geboten mir anzuhalten und fragten mich, wer ich sei und wohin ich wolle. Ich gab höflich Auskunft und bat darum, auf der Pharos-Insel unser Lager aufschlagen zu dürfen.

»Du kommst also im Auftrag des Frankenkaisers Karl«, stellten sie fest. »Wir glauben dir, obwohl du nicht wie ein Franke aussiehst.«

»Ich bin Franke«, antwortete ich, nahm den Turban mit dem Augenstein ab, so dass mein blondes Haar darunter hervorquoll. »Ich höre mit Genugtuung, dass ihr meinen König einen Kaiser nennt. Ist er inzwischen gekrönt worden?«

»So ist es«, bestätigte einer von ihnen, »die Kunde kam vor einer Woche. Es gibt einige Christen in der Stadt, die aus diesem Anlass gefeiert haben. Was nun deine Bitte angeht, so magst du auf der Pharos-Insel eine Unterkunft beziehen. Zunächst jedenfalls, bis die endgültige Genehmigung vom Statthalter erteilt worden ist.«

»Unsere Gesandtschaft nahm schon einmal auf der Pharos-Insel Quartier, drei Jahre liegt es zurück, und der Statthalter fühlte sich durch unsere Anwesenheit geehrt.«

»Das mag sein. Aber er wurde durch einen neuen ersetzt. Er nennt sich al-Iskandarīyah.«

»Entbiete ihm meinen Gruß. Ich danke dir.«

»Nimm eine der großen Straßen, die von Ost nach West führen, am besten die, welche am Museion vorbeiführt. Danach biegst du rechts ab und kommst auf den Damm, der dich zur Insel bringt.«

»Ich danke dir«, sagte ich abermals und rief, nach hinten gewandt: »Auf, auf, Männer, heute Abend wollen wir im Schein des Leuchtfeuers von Pharos essen!«

»Auf, auf!«, riefen sie froh zurück, denn wir alle waren des Reisens müde.

An einem der nächsten Tage bemühten Dschibril und ich uns um eine Passage nach Konstantinopel. Im Großen Hafen südlich des Leuchtturms lagen viele Schiffe, die aus allen Himmelsrichtungen nach Alexandria gekommen waren, um hier Ladung zu löschen und neue aufzunehmen. Ich sprach den Kommandanten eines stattlichen Zweimasters an, von dem ich wusste, dass er gerade eingelaufen war, und sagte: »Dieser alte Mann hat sein Leben hinter sich. Er möchte in Ruhe sterben, aber er kann es nicht, bevor er seine einzigen Verwandten noch einmal gesehen hat. Sie wohnen in Konstantinopel. Würdest du ihn gegen gutes Geld dorthin bringen?«

Der Kommandant, der das Ausladen von schweren Zedernstämmen aus dem Libanon überwachte, schüttelte den Kopf. »Bei Allah, du scheinst nicht oft das Meer befahren zu haben«, sagte er, »sonst wüsstest du, dass die Gewässer nördlich der kretischen Insel von Piraten verseucht sind. Wer mit seinem Schiff dorthin fährt, muss entweder schwer bewaffnet oder verrückt sein. Ich jedenfalls setze mein Schiff nicht aufs Spiel, ich bleibe im östlichen Teil des Weißen Meeres.«

Wir bedankten uns und gingen. Dschibril sagte zu mir: »Um ehrlich zu sein, mag ich es gar nicht, wie du für mich sprichst. Ich würde lieber selbst verhandeln.«

Ich erwiderte: »Du weißt, wir müssen unbedingt vermeiden, dass dich irgendjemand erkennt. Alexandria ist noch immer eine Hochburg der Wissenschaft und dein Name unter den Gelehrten bekannt. Deshalb sagst du am besten nichts und schaust gebeugt nach unten wie ein alter Mann.«

»Ich bin alt, aber nicht gebrechlich.«

»Du bist auf der Flucht, mein Freund. Du darfst kein Risiko eingehen. Wenn du erst einmal an Bord bist und das Schiff auf See ist, kannst du beruhigt sein. Vorher nicht.«

Dschibril seufzte. »Du hast ja recht.«

»Da vorn liegt ein weiterer großer Segler. Versuchen wir unser Glück dort.«

Doch auch der neue Schiffsführer wollte um keinen Preis nach Konstantinopel segeln. »Allenfalls bis Zypern oder bis Antiochia am Orontes«, erklärte er. »Von da an mag der alte Mann seinen Weg über Land finden.«

»Dazu ist er nicht mehr in der Lage«, sagte ich und erhielt im selben Augenblick von Dschibril einen Stoß in die Seite.

Der Schiffsführer bemerkte es nicht. »Vielleicht käme noch Venedig in Frage«, überlegte er laut. »Es gibt ein paar Segler, die sich entlang der Küste Ifriqiyas nach Westen stehlen und dann nordwärts halten.«

»Vielen Dank«, sagte ich und zog Dschibril weiter.

Wir versuchten es an diesem Tag noch bei zwei weiteren Kapitänen und bekamen immer dieselbe Auskunft. Auch an den Folgetagen waren unsere Bemühungen erfolglos. Schließlich sagte ich: »Ich halte es für das Beste, wenn du den Weg über Venedig nimmst, Dschibril. Venedig ist eine starke, unabhängige Stadt, ein Handelszentrum zwischen dem Frankenland und dem Reich der Muselmanen. Von dort wirst du sicher gut weiterreisen können.«

Dschibril seufzte. »Ich glaube, es hat alles keinen Zweck. Vielleicht ist es am besten, wenn ich bei euch bleibe. Dann würde eure Reisekasse auch nicht durch die Kosten für meine Passage belastet.«

»Das kommt überhaupt nicht in Frage. Wir … Warte einmal, mir kommt gerade ein Einfall: Wir könnten versuchen, zusammen mit dem Schiff nach Venedig zu fahren. Dann würden wir uns dort erst trennen.«

»Meinst du, das könnte gelingen?« Dschibrils Augen begannen zu leuchten.

»Warum nicht, die Gefährten glauben ohnehin, dass wir hier ein Schiff nehmen werden. Schließlich sind wir auf der Hinfahrt auch über das Meer gekommen.«

An den folgenden Tagen bemühte ich mich allein um eine Passage für uns alle, doch wieder war mir das Glück nicht hold. Spätestens, wenn ich erklärte, dass der Elefant Abul, von dem der halbe Hafen redete, zu unserer Gruppe zählte, lautete die Antwort der Kapitäne: »Ein solches Untier kommt mir nicht aufs Schiff! Was geschieht, wenn es sich losreißt? Die Gefahr des Kenterns wäre viel zu groß, besonders bei Seegang.«

So musste ich unseren Plan schweren Herzens aufgeben. Wir schrieben mittlerweile Ende Januar, und das Geld in unserer Kasse schmolz dahin.

»Dschibril«, sagte ich eines Abends zu dem alten Arzt,

nachdem ich ihn beiseitegenommen hatte, »ich habe heute mit einem Schiffsführer gesprochen, der, sofern die Winde günstig stehen, morgen Vormittag nach Venedig segelt. Du solltest noch heute Abend an Bord gehen.«

»So plötzlich?« Dschibril erschrak. »Und wenn ich nicht einverstanden bin?«

»Ich habe die Passage schon bezahlt.«

»Nun, nun … und was soll aus Aurona werden? Welch einen Grund sollte ein alter Beduinenfürst haben, seinen Sohn bei Fremden zurückzulassen?«

»Eine gute Erziehung.«

»Wie bitte?«

»Ich werde den Gefährten erklären, du habest uns wie beabsichtigt verlassen und seist mit einem unserer Pferde auf dem Weg zu deinem Stamm.«

»Dann müsste ja eines der Pferde fehlen, und das tut es nicht.«

»Doch.« Ich grinste. »Ich habe heute eines verkauft, um deine Passage bezahlen zu können.«

»Aber, aber …« Dschibril verstand allmählich gar nichts mehr. »Und was meintest du eben mit ›einer guten Erziehung‹ für den Sohn?«

»Ich werde den Gefährten sagen, es sei dein Wunsch als Fürst gewesen, dass dein Sohn am Hofe Kaiser Karls in höfischen Sitten und Tugenden unterrichtet wird. Deshalb wird er uns bis Aachen begleiten.«

»Du hast wirklich an alles gedacht.« Dschibril zuckte mit den Schultern. »Dann bleibt mir wohl nichts anderes übrig, als euch zu verlassen. Doch ich muss sagen, nun, da der Zeitpunkt gekommen ist, fällt es mir sehr schwer.«

Ich nahm den alten Arzt in die Arme, drückte ihn fest und sah ihm in die Augen: »Wie sagtest du selbst kurz vor Damanhūr? ›Alles im Leben hat seine Zeit.‹ Und du fügtest hinzu: ›Wenn ich, so Gott will, heil in Konstantinopel ankomme, werde ich weiter wissenschaftlich arbeiten können. Das ist immerhin ein Trost.‹«

»Jaja, das sagte ich.«

»Wir werden für dich beten. Möge deine Reise glücklich verlaufen. Und nun schnüre dein Bündel, in einer halben Stunde bringe ich dich zum Schiff.«

»Ich werde dich und die Gefährten nie vergessen. Und Aurona auch nicht.«

»Wir dich auch nicht, mein Freund. Und nun geh.«

Dschibril hatte seine Unterhaltung mit den Gefährten stets auf das Äußerste beschränkt – schon allein, weil er das Fränkische nicht beherrschte –, aber als er fort war, fehlte er ihnen doch, denn sie hatten seine bescheidene, ruhige Art schätzen gelernt. Nachdem ich ihnen erklärt hatte, wie alles zusammenhing, sagte Abbo: »Ich würde meinen Sohn nie in ein fremdes Land geben. Aber ich bin ja auch kein Fürst. Bist du sicher, dass Arab sich in Aachen zurechtfinden wird?«

»Ich werde mich persönlich um ihn kümmern«, antwortete ich und dachte, dass ich damit keineswegs gelogen hatte. »Im Übrigen finde ich den Namen, den ihr dem Sohn gegeben habt, nicht besonders einfallsreich.«

Abbo guckte mich treuherzig an. »Wir haben ihn gefragt, wie er heißt, ein paarmal sogar, aber er hat als Antwort immer nur arabisches Zeug geredet, da haben wir ihn Arab genannt. Irgendwie müssen wir ihn doch nennen.«

»Nun ja, da habt ihr recht.«

»Vielleicht tut es ihm ja ganz gut, wenn er zu Kaiser Karl an den Hof geht. Da muss er sich seine Schüchternheit abgewöhnen, ob er will oder nicht. Und das Gesichtstuch muss er auch abnehmen. Die Männer und ich fragen uns, warum er es dauernd trägt. Hier in der Stadt bläst doch kein Wüstenwind. Da stimmt doch was nicht, Hakim?«

»Das habt ihr ganz richtig erkannt«, antwortete ich. »Da stimmt etwas nicht, und ich will dir auch sagen, was: Der Sohn ist mit einem Feuermal geschlagen, das sich über sein ganzes Gesicht ausgebreitet hat. Niemand soll von der Entstellung erfahren. Ich bitte euch, das zu respektieren und nicht darüber zu sprechen.«

»Oh, das konnte ich nicht wissen.« Abbo wirkte betroffen. »Nichts gegen ihn, er scheint ein netter Kerl zu sein, und Randolph ist auch zufrieden mit ihm.«

»Wo du gerade von Randolph sprichst: Ich möchte, dass er von heute an unsere Mahlzeiten wieder allein zubereitet. Wir sind mittlerweile nur noch elf Männer, da wird er gut zurechtkommen.«

»Jawohl, Hakim. Aber der Arab, der müsste wirklich mal Fränkisch lernen.«

»Wie gesagt, ich werde mich ab heute um ihn kümmern.«

»Wird er auch bei dir im Zelt schlafen, jetzt, wo der Alte weg ist?«

»Äh, ja. Ich denke, das wird das Beste sein.«

»Das denke ich auch, Hakim.«

Am Abend war es so weit: Aurona zog in mein Zelt ein, das ich von Lantfrid übernommen hatte. »Endlich können wir zusammen sein, ohne dass sich jemand etwas dabei denkt«, flüsterte ich auf Arabisch und nahm ihr das Gesichtstuch ab, um sie küssen zu können. »Aber wir müssen sehr vorsichtig sein, meine Liebste.«

»Das müssen wir wohl«, flüsterte sie zurück.

»Und wir müssen sehr leise dabei sein.«

»Wobei?«

»Du weißt schon.«

»Geht das denn?« Sie kicherte.

»Wir sollten es ausprobieren …«

Am nächsten Morgen setzte ich mich mit Isaak zusammen, denn ich brauchte jemanden, mit dem ich reden konnte, und Isaak war ein verlässlicher Mann, der mir sogar das Leben gerettet hatte, als ich im Gefängnis von Damaskus saß. »Isaak«, sagte ich, »ich habe dir doch von dem *schakk* erzählt, den ich in Bagdad für drei Dinar kaufte. Dieser *schakk* stellte unsere eiserne Reserve dar. Leider war ich bereits vor einer Woche gezwungen, ihn bei einem Geldwechsler namens Yildirim einzulösen. Das Leben in Alexandria ist sehr teuer, allein der Elefant kostet an Futter so viel wie ein halbes Dutzend Männer. Überdies sind die Alexandriner verwöhnt. Wie du weißt, langweilte es sie schon nach einem Tag, Abul Münzen zu geben, die er an mich weiterreichte. Mit einem Wort: Unsere Kasse ist nahezu leer, und wenn kein Geld vom Himmel fällt, werde ich versuchen müssen, als Arzt etwas zu verdienen. Oder hast du einen besseren Vorschlag?«

Isaak überlegte. »Du könntest zum Statthalter Mustafa al-Iskandarīyah gehen und um Unterstützung bitten.«

»Dafür bin ich zu stolz. Im Übrigen: Wie sähe es aus, wenn der Führer einer kaiserlichen Gesandtschaft um Geld betteln würde? Ich bin froh, dass man uns wenigstens die Genehmigung zum Verbleib auf der Pharos-Insel erteilt hat. Sie ließ so lange auf sich warten, dass ich schon dachte, man hätte uns vergessen. Wahrscheinlich wirkte unser Einzug in die Stadt nicht beeindruckend genug, von Abuls Größe einmal abgesehen.«

Isaaks Miene hellte sich auf. »Als wir in die Stadt kamen, sagte einer der drei Stadtsoldaten, es gebe in Alexandria eine Reihe von Christen. Vielleicht könnte man die fragen?«

»Das habe ich schon getan. Ich ging zu einigen Kaufleuten und bat sie, uns zu helfen. Sie waren auch bereit dazu. Allerdings nur gegen Unterzeichnung eines Schuldscheins.«

»Was ist daran so schlimm?«

»Ich sollte den Schein im Namen von Kaiser Karl unterschreiben. Das bedeutet, Karl müsste bei unserer Ankunft in Aachen als Erstes unsere Schulden begleichen. Und das will ich nicht.«

»Tja, dann …« Isaak kratzte sich am Kopf.

»Dann werde ich wohl meine Künste als Arzt anbieten müssen.«

Und das tat ich in den nächsten Tagen. Ich suchte den Geldwechsler Yildirim auf, der auf der Pharos-Insel seinem Gewerbe nachging, und fragte ihn, ob er etwas dagegen habe, wenn ich meinen Stand neben dem seinen aufschlüge.

»Nein, Hakim«, antwortete er, »denn du wirst mir mein Geschäft nicht streitig machen. Außerdem hast du bei mir einen *schakk* von meinem Verwandten Ahmed in Bagdad eingelöst, wie könnte ich da etwas einzuwenden haben.«

Es zeigte sich, dass der Platz neben Yildirim geschickt gewählt war, denn Menschen mit unterschiedlichsten Berufen wie Handwerker, Lastenträger, Wäscherinnen, Seeleute, Händler, Mägde, Boten oder Dienerinnen strömten unablässig an ihm vorbei. Ich öffnete meinen Holzkasten mit der Aufschrift *Quae herbae non sanat, ferrum sanat* und ließ meine Instrumente aufblitzen. Es dauerte nicht lange, bis der erste Patient kam. Es war ein Taucher, der im Haupthafen von Alexandria arbeitete. Er hatte eine hässliche Schürfwunde am Schulterblatt, die vom Muschelbesatz an den Unterwasserbefestigungen der Kais herrührte. Ich reinigte die Wunde, strich Salbe darauf und verband sie. »Das Wichtigste ist«, sagte ich zu ihm, »dass du das Tauchen an den nächsten Tagen unterlässt. Salzwasser ist Gift für den Heilprozess. Komm in zwei Tagen wieder.«

Er versprach es, bezahlte meine Dienste und verschwand.

Der Nächste war ein junger Kerl, der sich den Arm ausgekugelt hatte. Ich sagte: »Ich sehe, du hast große Schmerzen. Beim Einrenken werden sie noch größer sein, aber danach wird es dir bessergehen. Willst du die Behandlung wagen?« Er wollte es und zog bald darauf seiner Wege.

Dann kam eine junge Frau mit einem Säugling im Arm. Es war ein Knabe mit Nabelbruch. Ich untersuchte ihn und sagte: »Ich werde den Bruch bandagieren und ihn auf diese Weise zurückdrängen. Das Gleiche musst auch du in den nächsten Monaten tun, und zwar jeden Tag aufs Neue, damit dein Kind gesund wird.«

So ging es immer weiter, bis gegen Abend ein junges Mädchen vor mir erschien. Es stand auf der Schwelle zur Frau und trug bereits das verhüllende Gesichtstuch. Warum das Mädchen zu mir gekommen war, sah ich sofort, denn das eine Auge war blutunterlaufen. »Wenn ich dir helfen soll, musst du das Tuch abnehmen, es behindert mich bei meiner Arbeit.«

Das Mädchen nickte und gehorchte. Ich sah, dass es schön war. »Nun lass mich dein Auge ansehen.« Behutsam untersuchte ich die schmerzende Stelle. Das Mädchen hielt tapfer still. Dann hatte ich die Ursache entdeckt: Es war ein Splitter, der sich von außen durch das obere Lid gebohrt und dabei die Haut des Augapfels leicht verletzt hatte. »Wie ist das passiert?«, fragte ich.

Das Mädchen antwortete nicht. Es sah mich nur vertrauensvoll aus seinem gesunden Auge an.

»Nun gut, es kommt nicht darauf an, wie es passiert ist. Wir müssen den Splitter ohnehin beseitigen«, sagte ich und griff zu einer Pinzette aus meinem Holzkasten. »Der Schmerz wird kurz, aber heftig sein, wenn ich das Holzstück herausziehe.«

Das Mädchen antwortete nicht.

»Wie heißt du denn?«

Das Mädchen lächelte und deutete auf seinen Mund.

»Ah, ich verstehe, du kannst nicht sprechen. Ich sage dir,

das ist nicht das Schlechteste, es wird schon genug Unsinn auf dieser Welt geschwätzt. Es gibt immer einen, der alles besser weiß und mit seiner Meinung nicht hinter dem Berg hält, einerlei, ob man sie wissen will oder nicht. Wie heißt es so schön: Reden ist Silber, Schweigen ist Gold ...« In dieser Art sprach ich weiter auf die Kleine ein, denn ich wollte sie von der Prozedur ablenken. Tatsächlich zeigte sie keine Spur von Furcht, und es gelang mir, den Splitter schon beim ersten Mal herauszuziehen. Ich hielt ihn hoch und sagte: »Der wird dir nie wieder weh tun, das verspreche ich dir. Ich habe dein Auge genau untersucht, es sieht schlimmer aus, als es ist. Nimm dieses Stück Kollyrium mit nach Hause und löse es dort in Eiweiß auf. Dann erhältst du eine Salbe, die dein Auge rasch heilen wird.«

Die Kleine kramte in ihrem Gewand nach einer Münze, aber ich lehnte das Geld ab, denn sie war tapfer gewesen, und ich hatte an jenem Tag schon genug verdient.

Sie nickte, lächelte, band das Tuch wieder vor ihr Gesicht und verschwand.

Mehrere Tage arbeitete ich auf diese Weise, bis eines Morgens ein vollbärtiger Mann mit spitzer Mütze auf mich zutrat. Er war in Begleitung zweier ähnlich aussehender Männer und begrüßte mich mit steifer Würde: »*Salam alaikum*, bist du der Arzt Cunrad?«

»Der bin ich«, sagte ich abwartend. »Von welchem Leiden kann ich dich befreien?«

Der Bärtige wandte sich seinen Begleitern zu und murmelte irgendetwas. Dann sagte er zu mir: »Deine Antwort ist meiner zweiten Frage zuvorgekommen. Du arbeitest hier also.«

»So ist es«, antwortete ich, »denn ich bin nicht nur Arzt, sondern auch Führer der Gesandtschaft Kaiser Karls, die sich auf dem Rückweg ins Frankenland befindet. Leider sind unsere Geldmittel im Augenblick knapp bemessen, so dass ich gezwungen bin, für die Weiterreise ein paar Dinar zu verdienen.«

»An der Weiterreise wollen wir dich nicht hindern«, sagte der Bärtige mit spöttischem Unterton.

»Wohl aber an deiner Tätigkeit«, fügte einer der beiden anderen hinzu.

Und der Dritte sagte mit wichtiger Miene: »Wir sind eine Abordnung der Ärzte Alexandrias und verbieten dir hiermit deine Arbeit. Du gehörst nicht unserer Gemeinschaft an und darfst deshalb nicht praktizieren.«

»Nicht praktizieren!«, wiederholte der Bärtige und hob warnend den Finger: »Wir dulden keine Konkurrenz, merke dir das. Solltest du dich nicht danach richten, werden wir uns beim Statthalter al-Iskandarīyah beschweren, und ich darf dir versichern, dass unser Einfluss bei ihm groß ist.«

Angesichts dieser massiven Drohungen ersparte ich mir jede Antwort. Ich klappte meinen Holzkasten zu, tat so, als gäbe es die drei nicht, und wandte mich an Yildirim. Laut sagte ich zu ihm: »Die Medizin vermag vieles zu heilen, doch es gibt zwei Leiden, die sie niemals kurieren wird. Weißt du, welche ich meine?«

»Nein«, sagte Yildirim.

»Es sind der Neid und die Dummheit.«

Dann ging ich, allerdings nicht ohne einen verächtlichen Blick auf meine kleingeistigen Kollegen zu werfen.

»Lass mich mal überlegen«, sagte Abbo zu mir, nachdem ich von dem unerfreulichen Zwischenfall berichtet hatte. »Randolph muss kochen, Arab scheint mir zu zart, Isaak ist auch nicht gerade der Stärkste, und du als unser Anführer kommst nicht in Frage, aber davon abgesehen sind wir immer noch sieben Mann. Wir könnten uns als Arbeiter im Hafen verdingen und Geld verdienen.«

»Daran habe ich auch schon gedacht«, entgegnete ich, »aber die Schufterei auf den Schiffen ist schwer, und unser Aufenthalt in Alexandria soll dazu dienen, Kräfte für den letzten Abschnitt unserer Reise zu sammeln. Wie ihr wisst, können wir die Stadt nicht über das Meer verlassen und werden deshalb an der Küste entlang nach Westen marschieren müssen, bis wir Qairawān, die nächste größere Hafenstadt, erreicht haben. Das sind rund zweitausend Meilen. Eine Entfernung, die uns alles abverlangen wird.«

Isaak sagte: »Wir haben es bis hierher geschafft, wir werden es auch weiter schaffen.«

Randolph sagte: »Schlimmer als die Syrische Wüste kann's nicht werden.«

Abbo sagte: »Wir haben schon ganz andere Entfernungen bewältigt. Ich glaube, Arab und die anderen denken genau wie ich.«

Ich musste lächeln. Die Zuversicht meiner Gefährten gefiel mir. »Gut, wenn die Tageshitze vorüber ist, will ich zum Haupthafen gehen und fragen, wo morgen Arbeitskräfte benötigt werden.«

Eine Stunde später saßen Aurona und ich in meinem Zelt, und ich erzählte ihr von unserem Plan. Natürlich nahm ich an, sie würde ihn begrüßen, doch das Gegenteil war der Fall. »So, ihr habt also beschlossen, ich sei zu schwach zum Arbeiten«, grollte sie. »Ich schaffe genauso viel wie ein Mann.«

»Aber Liebste«, sagte ich und wollte sie in die Arme nehmen.

»Lass das, ich meine es ernst.«

»Das bezweifle ich nicht, aber glaube mir: Die Schinderei im Hafen ist wirklich hart, und außerdem« – ich küsste sie – »darfst du nicht vergessen, dass du ein Feuermal hast. Stell dir vor, dein Gesichtstuch würde bei der Arbeit verrutschen, und die Gefährten würden erkennen, dass deine Haut makellos ist. Was dann?«

»Ich mag nicht, dass sie denken, ich sei hässlich.«

»Es ist doch nur zu deinem Schutz. Und eine bessere Begründung für das Tragen des Tuchs fiel mir nicht ein.«

Aurona seufzte. »Du hast ja recht. Aber manchmal könnte ich es in tausend Stücke reißen.«

»Ich bin bald zurück.« Ich küsste sie noch einmal und verließ rasch das Zelt. Wie von selbst lenkte ich meine Schritte zu Abul, meinem großen Freund. Er stand abseits des Lagers und vertilgte malmend einen großen Haufen Palmblätter. Als er mich sah, unterbrach er seine Beschäftigung und bot mir seinen Rüssel an.

Ich lachte. »Du willst, dass ich dich erklimme? Nun gut, eigentlich wollte ich allein zum Hafen gehen, aber zusammen macht es mehr Spaß.«

Wir schritten gemächlich zu den Kais, wo an diesem Tag wieder Zedern aus dem Libanon angelandet worden waren. An einem Stapel aus aufgeschichteten Hölzern blieb Abul plötzlich stehen, ohne dass ich ihm einen Befehl gegeben hätte. Spielerisch fuhr sein geschmeidiger Rüssel über die mächtigen Stämme, schien die Festigkeit zu prüfen, die Beschaffenheit, ja, sogar das Gewicht.

Das Gewicht?

»Ich glaube, Abul, du hast mich gerade auf etwas gebracht!«, rief ich, denn mir war eingefallen, dass mein großer Freund in früheren Zeiten als Arbeitselefant eingesetzt worden war. Rasch saß ich ab und deutete auf die Stämme. »Heb sie hoch, Abul, heb sie hoch!«

Abuls Rüssel schwang hin und her, als habe er meinen Befehl nicht gehört.

»Heb sie hoch!«

Abul gehorchte nicht.

Mir fiel ein, dass es für die Arbeit gewiss ein bestimmtes

Kommando gab, doch Dantapuri hatte mir dieses nie genannt. »Heb sie hoch, Abul, komm schon!«

Doch alles Bitten und Betteln war vergebens. Entweder verstand Abul mich nicht, oder er wollte nicht. Letzteres konnte ich mir jedoch nicht vorstellen. »Abul, mein großer Freund, gräme dich nicht, der Fehler liegt bei mir.« Ich streichelte seinen rauhen Rüssel und überlegte. Es musste doch eine Möglichkeit geben, ihn zum Tragen der vermaledeiten Stämme zu kriegen!

Und dann wusste ich es. Es gab einen Befehl, den Abul kannte und den er jedes Mal sofort ausführte, bevor wir uns bei Tagesanbruch an die Spitze unserer Gruppe setzten. »Abul, nimm die Zeltstangen!«

Abuls Rüssel schwang hoch, umschlang zielstrebig einen der Stämme, hob ihn leicht an und setzte ihn wieder ab. »Abul, warum nimmst du ihn nicht hoch?«

Mein großer Freund schüttelte den Kopf. Es sah aus, als wolle er sagen, ich möge mich gedulden. Dann setzte er von neuem an, und ich erkannte sogleich, warum: Beim ersten Mal hatte er den Stamm nicht mittig genug ergriffen, um ihn im Gleichgewicht halten zu können. Nun aber schob er seine gewaltigen Stoßzähne unter das runde Holz, umschloss es von oben mit dem Rüssel und hob es mit unwiderstehlicher Kraft an. Er trug es mehrere Schritte weiter und ließ es achtlos fallen.

Es gab ein donnerndes Geräusch, das einen hageren Mann aufschreckte, der bisher auf einer Bank gedöst hatte. Der Hagere sah Abul, riss die Augen auf und rief: »Das ist ja der Elefant von der Pharos-Insel!«

Er wirkte dabei so entgeistert, dass ich unwillkürlich lachen musste. »Ja, das ist Abul«, bestätigte ich. »Er war früher ein Arbeitselefant, und wie es scheint, möchte er diese Tätigkeit gern wieder aufnehmen.«

Der Hagere staunte noch immer. »Der ist ja stärker als

zehn Flaschenzüge zusammen. Wenn ich das Ibn Qasim erzähle, wird er begeistert sein.«

»Wer ist Ibn Qasim?«, fragte ich.

»Du kennst Ibn Qasim nicht? Er ist der größte Holzhändler der Stadt und hat täglich große Mengen an Stämmen zu bewegen. Wenn er deinen Elefanten sähe, würde er ihn dir sofort abkaufen wollen.«

»Verkaufen würde ich Abul um kein Geld der Welt«, sagte ich, »aber seine Dienste könnte ich gegen gute Bezahlung anbieten. Würdest du mich mit Ibn Qasim bekannt machen?«

So kam es, dass Abul schon am nächsten Tag Holzstämme auf bereitstehende Transportwagen verlud. Er hatte dabei viele Zuschauer, die angesichts seiner gewaltigen Kräfte aus dem Staunen nicht herauskamen. Immer wieder musste ich Fragen zu seiner Herkunft, seinem Körper und seinem Alter beantworten, und als jemand fragte, wie viel Futter ein solches Urwelttier am Tag benötige, antwortete ich: »So viel, wie zwei ausgewachsene Männer wiegen. Solltest du zufällig Blätter, Früchte oder schmackhafte Wurzeln in großen Mengen übrig haben, wird er sie gern entgegennehmen.« Damit hatte ich die Lacher auf meiner Seite, aber zur nicht geringen Überraschung aller kam derselbe Mann ein paar Stunden später mit einem rumpelnden Karren daher, auf dem büschelweise die schmackhaften Blätter der Lotuspflaume lagen.

Abul unterbrach seine Arbeit und vertilgte unter den gebannten Blicken der Menge die gesamte Wagenladung.

Von nun an brauchte ich mir keine Gedanken mehr über Abuls Futterbeschaffung zu machen, denn es fand sich stets jemand, der Blätter, Zweige oder Rinde herbeischaffte, um neugierig beobachten zu können, wie mein großer Freund das Grünzeug geschickt mit dem Rüssel ergriff und in seinem Schlund verschwinden ließ. Doch nicht nur sein starker Appetit fand allgemeine Beachtung, sondern auch, was davon übrig blieb, denn nie zuvor hatten die Alexandriner Mistballen von solcher Form und solchem Ausmaß gesehen.

Eine Woche arbeiteten Abul und ich im Hafen, dann kam ich zu dem Schluss, dass unser Verdienst für die Weiterreise ausreichte, und ich sagte zu Ibn Qadim: »Ich danke dir, dass du mir die Gelegenheit gabst, für dich arbeiten zu können, aber es ist Zeit, Alexandria zu verlassen. Morgen werden Abul und ich nicht mehr in den Hafen kommen.«

Ibn Qadim, ein beleibter, lebhafter Mann, schlug die Hände über dem Kopf zusammen und begann zu zetern: »Was sagst du da? Habe ich dich und dein Untier nicht von heute auf morgen in Lohn und Brot genommen? Willst du meine Großmut mit Füßen treten? Nur Allah, der Erbarmer, der Barmherzige, weiß, wie schwer es mir fiel, den überteuerten Lohn für dich aufzutreiben! Und nun willst du mich Knall auf Fall verlassen! Woher soll ich so schnell Träger bekommen, die den Elefanten ersetzen?«

Daran hatte ich nicht gedacht. Zwar neigte Ibn Qadim zu theatralischen Auftritten, aber ganz unrecht hatte er mit seinem Vorwurf nicht. Deshalb sagte ich: »Ich verstehe dich und werde noch eine weitere Woche bleiben. Danach jedoch muss unsere Gesandtschaft weiterziehen.«

»Allah segne dich und deinen starken Helfer.« So schnell sich Ibn Qadim aufregte, so schnell pflegte er sich wieder zu beruhigen.

»Kennst du einen guten Handwerker, der Kamelsänften herstellt?«, fragte ich.

Ibn Qadim stutzte. »Wie kommst du plötzlich darauf?«

»Ich war in Gedanken schon wieder auf der Karawanenstraße, und da kam mir ein Einfall.«

»Ich verstehe nicht …«

»Es würde zu weit führen, dir alles zu erklären. Sag, gibt es einen Handwerker, der diese Kunst beherrscht?«

»Nun gut, da fällt mir Yaqut ein.«

»Yaqut?«

»Genau der. Er wohnt in der Gasse der Zimmerer. Vielleicht kann er dir helfen. Er ist ein umgänglicher Mann.«

Ich ritt auf Abul zum beschriebenen Ort und hatte Mühe, mit meinem großen Freund die enge Gasse zu beschreiten. Doch ich fand Yaqut auf Anhieb. Er war ein Mann mit grauen Bartstoppeln und altersfleckigen Händen. Nachdem ich mich vorgestellt hatte, sagte ich: »Du bist ein Mann, den Allah mit geschickten Händen gesegnet hat, könntest du für mich eine Houdah anfertigen?«

»Was ist das?«, fragte Yaqut.

»Eine Elefantensänfte. Ich dachte, wer Kamelsänften herstellen kann, ist auch in der Lage, eine Houdah zu zimmern.«

»Ich will es gern versuchen«, erwiderte Yaqut, »aber ich weiß nicht, wie eine Houdah aussieht.«

»Das kann ich dir genau sagen.« Ich saß ab und erklärte, was Dantapuri mir einst geschildert hatte: »Eine Houdah ist eine Plattform mit zwei oder mehr Bänken, die auf dem Rücken des Elefanten befestigt wird. Sie ist begrenzt durch einen Handlauf und besitzt eine Überdachung gegen die Sonne. Das Beste wird sein, ich zeichne dir auf, was ich meine.«

Yaqut erklärte sich einverstanden, und nachdem ich ein genaues Bild auf einem Stück Papyrus angefertigt und mich mit ihm über den Kaufpreis geeinigt hatte, verließ ich den hilfsbereiten Mann. »In einer Woche muss die Arbeit fertig sein. Schaffst du das?«, fragte ich beim Abschied.

»Ich werde mich beeilen.«

»Allah schenke dir eine schnelle, ruhige Hand.«

Am selben Abend erklärte ich den Gefährten, was ich vorhatte, und Isaak fragte: »Wozu, in aller Welt, willst du eine Houdah bauen lassen?«

»Ganz einfach«, sagte ich. »Der Mensch neigt dazu, sich von Äußerlichkeiten beeinflussen zu lassen. Wenn wir das nächste Mal in eine Stadt kommen, will ich, dass einige von uns hoch auf dem Elefantenrücken sitzen. Das wird die Bewohner beeindrucken, und sie werden uns mit dem gebotenen Respekt behandeln. Die Geringschätzung, wie sie uns hier durch den neuen Statthalter al-Iskandarīyah widerfuhr, möchte ich nicht noch einmal erleben.«

Isaak nickte verstehend, und die anderen Gefährten murmelten beifällig.

Die Woche verging wie im Fluge, und ich bezweifelte, dass Yaqut die Houdah in der kurzen Zeit fertiggestellt haben würde, doch als ich mit Abul vor seinem Werkstattladen erschien, stand davor eine sauber gearbeitete, solide Elefantensänfte. Sie bestand aus zwei hintereinander angeordneten Bänken und einem Sonnenschutz aus gespanntem Ziegenfell. Schnitzereien und Verzierungen besaß sie nicht, dafür aber einen Stauraum hinter der Rückbank. »Auskleiden konnte ich die Bänke nicht, denn ich bin kein Polsterer«, erklärte Yaqut.

»Das macht überhaupt nichts«, wehrte ich ab und dachte an Abuls purpurrote, golddurchwirkte Decke mit den dazugehörigen Kissen, die bei Reisebeginn seinen gewaltigen Rücken geziert hatte. Die Teile waren nach wie vor in unserem Besitz, ebenso wie die goldenen Kappen für die Enden seiner Stoßzähne, denn niemand hatte es bei den Überfällen gewagt, sich dem grauen Koloss und seiner Ausrüstung zu nähern. »Du hast dich selbst übertroffen, Yaqut«, lobte ich, und ich meinte es genau so, wie ich es sagte.

Nachdem ich bezahlt hatte, setzten wir die Houdah mit

Hilfe einiger Nachbarn auf Abuls Rücken, und ich ritt mit ihm ins Lager zu den Gefährten, die uns staunend begrüßten.

Am anderen Morgen verließen wir Alexandria in der gewohnten Reihenfolge. Insgesamt bestand unsere Streitmacht nur noch aus sieben Soldaten, von denen zwei eigentlich Pferdeknechte waren, dazu kamen ein Koch, ein Dolmetscher, ein Arzt und eine als Mann verkleidete Frau. Ferner ein Elefant mit Houdah, ein Pferd, zwei Grautiere und zwei rumpelnde Karren. Kurzum: die seltsamste Karawane, die je unter der Sonne marschierte.

»Auf, auf, Männer, das schöne Frankenland wartet!«

»Auf, auf!«

Oh, Tariq, mein großherziger Gastgeber, ich glaube, ich habe dir am gestrigen Abend nicht zu viel versprochen, denn das, was ich dir heute zu berichten wusste, dürfte deine Ohren weit mehr erfreut haben.

Ist es so? Das beruhigt mich. Um ehrlich zu sein, plagte mich ein wenig das schlechte Gewissen, weil ich mich so rasch verabschiedete. Dafür versprach ich dir, mich heute gern um die Patienten in deinem Haus zu kümmern, und ich sehe, du nimmst mich beim Wort.

Wen haben wir denn da? Einen jungen Mann, dessen Fingernägel grün schimmern? Ich nehme an, du arbeitest im Garten? Ich dachte es mir. Wo drückt der Schuh? Oh, ich sehe es schon. Ein dick geschwollener Handrücken, und ein schmutzig roter Punkt in der Mitte. Darin hat gewiss ein Dorn gesteckt, der die Wunde infizierte. Damit ist nicht zu spaßen. Gut, dass du zu mir gekommen bist. Morgen, spätestens übermorgen hätte das Blut deine Hand vollends vergiftet, und sie wäre nicht mehr zu retten gewesen. So aber können wir die Sache beheben. Ich brauche nur ein glühendes Eisen, um die Wunde auszubrennen. Lass dir in der Küche einen eisernen Löffel geben und sorge dafür, dass der Stiel im Feuer erhitzt wird. Wenn die Hitze nicht ausreicht, hilf mit einem Blasebalg nach. Glüht der Löffel, nimm einen zweiten aus Holz und bring beide zu mir. Hast du alles verstanden? Gut. Hab keine Angst, und nun lauf los.

Kann ich in der Zwischenzeit etwas tun? Oh, da haben wir wieder die junge Bedienstete mit dem gebrochenen Fingerglied. Wie geht es dir? Du nickst und lächelst? Daraus entnehme ich, dass die Antwort »gut« lautet. Nehmen wir den Verband einmal vorsichtig ab. Was haben wir da? Ein Fingerglied, das zusammenwächst, wie es sich gehört. Sehr schön. Nimm nur weiter von dem Weidenrinden-Aufguss, immer dann, wenn der Finger wieder zwickt. Den Rest überlassen wir dem Herrgott oder besser: Allah. Du hast frische Leinenstreifen mitgebracht? Sehr umsichtig. Dann ist ein neuer Verband umso schneller gemacht. In zwei oder drei Tagen sollst du wiederkommen.

Was sehen meine müden Augen? Die alte verschleierte Dienerin, die mir in den Anfangstagen die köstlichen Speisen auftischte! Ich habe dich vermisst und auch die Kühnheit besessen, nach dir zu fragen, obwohl sich das für einen Fremden nicht geziemt. Doch wenn ich deine Handbewegung richtig deute, nimmst weder du noch Tariq mir das übel. Das freut mich.

Darf ich darauf hoffen, in den nächsten Tagen wieder von dir umsorgt zu werden? Du schüttelst den Kopf und deutest auf deinen Bauch? Hast du dort Schmerzen? Das macht die Diagnose schwer, denn Plagen im Leib können viele Ursachen haben. Überdies ist es mir verwehrt, dich ohne Kleider zu sehen. Doch liegt – verzeih, wenn ich es offen sage – in deinem Alter eine Vermutung nahe. Leidest du unter

Hitzewallungen? Ja? Unter Schlafstörungen? Ja? Unter Gemütsschwankungen? Ja?

Nun, bei einem dreimaligen Ja fällt der Verdacht wie von selbst auf die Übergangsjahre der Frau als Verursacher. In diesem Fall rate ich dir, beim nächsten Kräuterhändler Mönchspfeffer zu kaufen und diesen als Aufguss zu trinken. Die Linderung wird nicht gleich am ersten Tag eintreten, aber vielleicht schon nach einigen Wochen. Ich wünsche dir gute Besserung!

Ah, da ist auch schon der junge Gärtner zurück. Setze dich dort an den Tisch und lege die kranke Hand darauf, mit der Wunde nach oben. Du hast dich vielleicht gefragt, wofür der zweite Löffel ist. Ich will es dir sagen: Du sollst darauf beißen, während ich die Wunde ausbrenne.

Du fängst an zu zittern? Das musst du nicht, sieh nur, draußen fängt es an zu regnen. Autsch! Da habe ich dich überlistet, während du wegschautest und feststelltest, dass draußen wie üblich die Sonne scheint, habe ich die Wunde gekautert. Ja, es schmerzt, aber du bist ein Mann! Du hast es überstanden und darfst darauf hoffen, dass das Gift verbrannt ist. Für gewöhnlich kommt eine Brandsalbe auf so eine Wunde, aber ich habe keine, denn die Ausrüstung des Arztes wurde mir gestohlen. Besorge dir die Salbe, vielleicht von dem Kräuterhändler, der auch den Mönchspfeffer verkauft. Für heute Abend mache ich dir einen Notverband, der die Wunde schützen soll. Wird der Schmerz zu groß, trink Weidenrinden-Aufguss, die junge Bedienstete mit dem gebrochenen Finger hat welchen. Sei tapfer, morgen Abend will ich wieder nach dir sehen.

Oh, Tariq, mein alter Freund, das waren viele Beschwerden und viele Patienten – wie in alten Zeiten. Doch ich merke, wie ich dabei auflebe. Wer anderen hilft, hilft auch sich selbst.

Morgen will ich dir erzählen, wie es mit unserer Reise weiterging und wie an der Küste Ifriqiyas aus den Gesandten Kaiser Karls »Die Gesandten der Sonne« wurden.

Ich wünsche dir eine gute Nacht. Allah sei mit dir – und Gott befohlen!

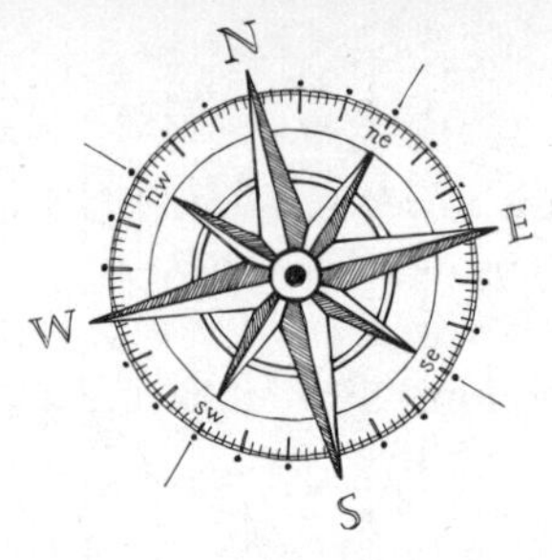

Kapitel 13

Ifriqiyas Küste, März 801

Vierzehn Tage waren vergangen, als wir an einem Nachmittag die Mauern der Stadt Marsa Matruh vor uns auftauchen sahen. Der Anblick war uns höchst willkommen, denn wider Erwarten hatten wir auch im Angesicht des Weißen Meeres jeden Tag aufs Neue unter Wasserknappheit gelitten.

Die Stadt wurde, so hatten wir gehört, von den Byzantinern Paraitonion genannt, und bereits Alexander der Große hatte sie vor über tausend Jahren besucht, um von hier die einzige Straße nach Süden zu nehmen und im Tempel der Oase von Siwa das Orakel zu befragen. In dieser bedeutenden Stadt, dachten wir, würden uns ein paar erholsame Tage vergönnt sein.

Doch wir hatten uns getäuscht.

Marsa Matruh glich eher einem verschlafenen Nest als einer Metropole. Ein scharfer Wind fuhr vom Meer her durch die unbelebten Straßen und wirbelte feinen Sand auf. Er bedeckte die Plätze und sammelte sich in den Häuserecken, wo er für Verwehungen sorgte. Eine Frau mit Gesichtstätowierung erschrak bei Abuls Anblick, presste schützend ihren Säugling an sich und wollte sich davonmachen. Mein Ruf jedoch hielt sie auf. »Hab keine Angst«, sagte ich in meinem besten Arabisch, »wir kommen in friedlicher Absicht und wollen nichts weiter als einen Platz, an dem wir in Ruhe rasten und unsere Zelte aufschlagen können.«

Sie mied meinen Blick und schlüpfte rasch durch einen Vorhang in ihre Behausung.

»Es scheint, wir sind hier nicht sehr willkommen«, sagte ich zu Isaak, der neben Aurona auf seinem Grautier ritt. »Oder kann es sein, dass die Frau mich nicht verstanden hat?«

»Ich weiß es nicht«, antwortete er. »Vielleicht spricht sie nur die Sprache der Berber.«

Offenbar hatte sie mich aber doch verstanden, denn wenig später traten uns fünf alte Männer entgegen, alle auf Stöcke gestützt und in lange braune Gewänder gekleidet, und der Älteste ergriff das Wort: »Es fällt schwer, zu glauben, dass jemand, der wie du auf einer so furchteinflößenden Kreatur sitzt, in friedlicher Absicht kommt«, sagte er mit brüchiger Stimme.

»Salam«, entgegnete ich. »Da, wo ich herkomme, entbietet man zunächst einen Gruß, bevor man das Gespräch beginnt.«

Auf der Stirn des Alten entstand eine Falte. »Wer bist du, dass du meinst, mich an die Gebote der Höflichkeit erinnern zu müssen?«

»Ich bin Cunrad von Malmünd, Arzt und Führer dieser Gesandtschaft, die vom Frankenkaiser Karl nach Bagdad zu Harun al-Raschid geschickt wurde und sich nun auf dem Weg zurück nach Aachen befindet. Und wer bist du?«

»Ich bin Maslama, der Älteste der Stadtältesten. Und die Höflichkeit, an die du mich gerade erinnert hast, verbietet mir den Hinweis, dass wir in dieser Stadt noch nie von einer Gesandtschaft, wie du sie schilderst, gehört haben.« Nach diesen brüskierenden Worten steckten er und seine Begleiter die Köpfe zusammen. Sie redeten einige Zeit gestenreich aufeinander ein, dann fuhr der Alte fort: »Deshalb ersuchen wir dich und deine ›Gesandtschaft‹, unsere Stadt so schnell wie möglich zu verlassen. Unsere Erfahrungen mit unbekannten Fremden sind nicht die besten.«

Ich schluckte meinen Ärger hinunter und erwiderte: »Die Frau mit dem Säugling im Arm sagte dir gewiss nicht nur, dass wir in friedlicher Absicht kommen, sondern auch, dass wir um einen Lagerplatz bitten. Da du uns dennoch fortschicken willst, scheinst du dich zum Verräter am Salz machen zu wollen. Ich werde deine Haltung friedlichen Fremden gegenüber gern in anderen Städten erzählen.«

Daraufhin steckten die Ältesten wieder die Köpfe zusammen, und Maslama sagte: »Diese Stadt hat eine bewegte Vergangenheit hinter sich. Als wichtige Handelsstation wurde sie mehr als ein Mal erobert und oftmals überfallen, sie war Stützpunkt und Bollwerk und immer wieder Schauplatz blutiger Kämpfe, doch niemand soll sagen, ihre Bewohner wüssten nicht mehr, was Gastfreundschaft bedeutet. Du magst mit deinen Männern auf dem Platz am Rande der West-Zisterne lagern.«

»Im Namen meiner Männer danke ich dir«, sagte ich und unterdrückte die Genugtuung in meiner Stimme. »Der Platz scheint ideal, da Mensch und Tier dort gewiss ausreichend trinken können.«

»Gewiss.« Maslama nickte. »Gegen ein angemessenes Entgelt.«

Ich stutzte. Neuer Ärger wallte in mir auf. »Ist in dieser Stadt das Gesetz der Wüste nicht bekannt, nach dem man sein Wasser brüderlich teilt«, fragte ich. »Nennst du das Gastfreundschaft?«

»Jede Freundschaft hat ihre Grenzen. Und Wasser ist knapp. Überlege es dir. Ansonsten steht es dir frei, mit deinen Männern weiterzuziehen.«

Ich biss die Zähne zusammen und blickte zu Isaak, der als Einziger neben Aurona die unhöflichen Worte verstanden hatte. Auch Isaak wirkte sehr verärgert. Doch wir hatten keine Wahl. Unsere Wasservorräte waren schon vor einem Tag zur Neige gegangen, einen weiteren Tag ohne das lebensspendende Nass wollte ich nicht wagen, zumal wir nicht wussten, wann der nächste Brunnen auf unserem Weg liegen würde. »Du machst aus deinem Herzen keine Mördergrube«, sagte ich zu dem Alten. »Wir nehmen deine Einladung an, auch wenn sie uns an den Bettelstab bringt. Auf, Männer, es gibt eine Zisterne im Westen der Stadt, wo wir lagern können!«

Ohne die unfreundlichen Alten eines Blickes zu würdigen, zogen wir an ihnen vorbei, unserem neuen Ziel entgegen.

Am Abend, nachdem Randolph das Fladenbrot gebacken und ausgeteilt hatte, saßen wir zusammen und unterhielten uns über den Tag. Mein Ärger war inzwischen weitgehend verraucht, und ich sagte: »Es scheint tatsächlich so zu sein, dass man westlich von Alexandria noch nichts von unserer Gesandtschaft gehört hat, anders kann ich mir das schroffe Verhalten der Stadtältesten nicht erklären.«

Isaak aß eine Dattel zu seinem Stück Brot und antwortete: »Das ist nicht so verwunderlich. Wir gehen diesen Weg zum ersten Mal. Außerdem sind wir in der Provinz. Was in Alexandria die Spatzen vom Dach pfeifen, mag hier gänzlich unbekannt sein.«

Abbo nickte. »Hier scheinen sich Fuchs und Hase gute Nacht zu sagen. Wie sonst ist es zu erklären, dass die Alten Männer noch nie etwas von Kaiser Karl gehört haben?«

Einer der wachfreien Soldaten, sein Name war Giso, sagte nachdenklich: »Wenigstens bei dem Namen Harun al-Raschid hätten die Alten aufhorchen müssen. Wir befinden uns immer noch in seinem Machtbereich, ist es nicht so, Hakim?«

»Das stimmt, sein Reich wird erst weit im Westen durch eine Meerenge begrenzt, über die der Feldherr Tāriq ibn Ziyād vor bald hundert Jahren übersetzte, um die Iberische Halbinsel zu erobern. Seitdem wird die Meerenge auch ›Felsen des Tāriq‹ oder Jabal al-Tāriq genannt. Doch wie dem auch sei: Ich denke, wir sind heute zum letzten Mal bescheiden und zurückhaltend aufgetreten. Wenn wir in die nächste Stadt kommen, soll Abul in vollem Prunk daherschreiten, mit goldenen Kappen auf den Stoßzähnen. Wir werden, auch wenn es viel Geld kosten wird, ein paar Teppiche in dieser ungastlichen Stadt erwerben und damit unsere altersschwachen Karren abdecken, wir werden das Pferd und die Grautiere striegeln, bis ihr Fell nur so schimmert, wir werden unsere Waffen putzen, bis sie blitzen, wir werden unsere besten Kleider anlegen wie seinerzeit beim Empfang von Kalif Harun, wir werden Trommeln und Schellen schlagen und allesamt ein höchst feierliches Gesicht machen.«

Abbo lachte und schlug sich auf die Schenkel. »Hoho, Hakim, das klingt gut, das werden wir. Es soll doch mit dem Teufel zugehen, wenn man uns beim nächsten Mal nicht ernst nimmt!«

Dieser Meinung waren auch alle anderen.

Nach dem Essen ging ich mit Aurona zu meinem großen Freund, der sich einem mächtigen Büschel Tamarindenblätter widmete. Ich befahl ihm, sich niederzulegen, und wir setzten uns zu ihm. Während ich eines seiner großen Ohren streichelte, sagte ich zu Aurona: »Ich habe vorhin beim Essen deine Augen beobachtet, meine Liebste, und darin Zweifel gesehen, ob wir beim nächsten Mal wirklich so prunkvoll auftreten sollen.«

Sie schaute mich aus ihren gletscherfarbenen Augen an. »Es ist nicht deine Art, das weißt du.«

»Ich sage ja auch nicht, dass ich mich in der Rolle wohl fühlen werde, aber eine andere Lösung fiel mir nicht ein.«

Aurona überlegte. Dann sagte sie: »Ich finde, der junge Giso meinte etwas sehr Richtiges. Er hielt es für wenig wahrscheinlich, dass die Stadtältesten mit dem Namen des Kalifen nichts anzufangen wussten. Je länger ich darüber nachdenke, desto klarer wird mir, dass jeder in den Dörfern und Städten an dieser Küste den *amir al-mu'minin* kennen muss.«

»Richtig«, spann ich den Faden fort, »was für Kaiser Karl – oder bis vor kurzem: König Karl – nicht unbedingt gilt. Das Frankenland ist weit und Karls Ruhm vielleicht nicht bis hierher gedrungen.«

»Ein zweifelhafter Ruhm.«

»Bitte, Liebste, fang nicht wieder damit an. Ich weiß, dass Karl viel Blut vergossen hat, um seine Ziele zu erreichen.«

»Ich werde ihn niemals anerkennen!«

»Ja, Liebste.« Ich suchte nach einer Möglichkeit, das Gespräch wieder in weniger delikate Bahnen zu lenken. »Was deine Verachtung angeht, so gilt sie sicher nicht nur unserem Kaiser Karl, sondern auch Kalif Harun, der dich und die halbe Welt in seine Abhängigkeit gezwungen hat. Und genau das bringt mich auf einen Gedanken: Ich werde die Mission, die wir für Karl erfüllen, zukünftig mit keinem Wort mehr erwähnen, werde vielmehr nur noch sagen, dass wir von Harun al-Raschid mit großen Geschenken versehen wurden und diese ins Land der Franken bringen sollen. Damit werde ich Wort für Wort bei der Wahrheit geblieben sein und trotzdem den Eindruck erweckt haben, wir seien Gesandte Haruns.«

Aurona lächelte. »Ich wusste gar nicht, dass du so durchtrieben sein kannst.«

Ich lächelte zurück und küsste sie. »Das wusste ich auch nicht.«

Eine knappe Woche später erreichten wir die Stadt As Sallum, die dem gleichnamigen Golf ihren Namen gab. Wir betraten sie in bester Ordnung. An der Spitze ritt ich auf dem mit Purpur und Gold herausgeputzten Abul, hinter mir die hochaufragende, mit Girlanden geschmückte Houdah, in der Isaak, Randolph und Aurona saßen und huldvoll winkten. Es folgten die mit Teppichen abgedeckten Karren, die links und rechts von je drei unserer Soldaten begleitet wurden. Die Soldaten schlugen, da wir weder Schellen noch Trommeln hatten auftreiben können, mit ihren Schwertern rhythmisch gegen die Schilde, was sich sehr kämpferisch anhörte. Am Schluss ritt Abbo in blitzender Wehr zwischen den Grautieren Kastor und Pollux.

Wir hatten die Stadt noch nicht ganz erreicht, da erschien bereits eine Abordnung aus drei Kamelreitern. Der Anführer verbeugte sich tief, was mich dazu veranlasste, die Hand zu heben und auf diese Weise das Schlagen der Schilde zu unterbinden.

»*Salam alaikum,* Fremder«, sagte der Anführer höflich, mein Name ist Muntasir ibn Kafr, ich bin der Befehlshaber des *amir al-mu'minin* in dieser Stadt, und das sind meine Unterführer. Darf ich erfahren, mit wem ich die Ehre habe?«

»Mein Name ist Cunrad von Malmünd«, gab ich Auskunft. »Ich bin einer der Leibärzte des großen *amir al-mu'minin* und hatte die Gelegenheit, ihn von der Enge in seiner Brust zu befreien.«

»Wir haben von dem, äh, Unwohlsein gehört, das den Befehlshaber der Gläubigen zuweilen plagt. Du musst dein Handwerk gut verstehen, wenn du die Enge besiegen konntest.«

»Ich habe lediglich meine bescheidenen Kenntnisse eingesetzt und auf diese Weise das Vertrauen des *amir al-mu'minin* gewonnen. Deshalb beauftragte er mich, an der Spitze einer Gesandtschaft ins Land der Franken zu reisen. Als Gesandte der Sonne, die von weit her aus dem Osten kommen. Er gab mir kostbare Geschenke mit, damit ich sie dem Herrscher der Franken überreiche.«

Muntasir, ein ernster Mann mit tiefen Falten um den Mund, antwortete: »Der *amir al-mu'minin,* dem Allah Gesundheit und ein langes Leben schenken möge, ist im ganzen Reich für seine Großzügigkeit bekannt. Sicher sind die Geschenke, von denen du gerade sprachst, mit einer zweiten Karawane auf dem Weg ins Frankenland, denn ich sehe keine.«

»Du hast ein scharfes Auge, Muntasir ibn Kafr«, entgegnete ich, aber du kannst nicht wissen, dass wir seit vielen Monaten unterwegs sind und Opfer mehrerer Überfälle wurden, bei denen man uns alle Geschenke raubte. Alle bis auf eines, welches allerdings das größte und kostbarste ist, das eine Karawane jemals mit sich führte.«

»Es liegt mir fern, deine Worte anzuzweifeln, oh, Cunrad von Malmünd, doch meine Augen, denen du so freundlich Schärfe zugebilligt hast, vermögen ein solches Geschenk nicht zu erblicken.«

»Es steht genau vor dir.«

»Du meinst …?«

»Richtig, es ist der Elefant, den ich reite. Sein Name ist Abu l-Abbas, er wurde vom *amir al-mu'minin* persönlich nach dem Gründer der Abbasiden-Dynastie benannt. Nun magst du ermessen, warum es kein passenderes Geschenk gibt, das die Macht und die Größe des *amir al-mu'minin* demonstrieren könnte.«

Wieder verbeugte sich Muntasir tief. »Dürfen wir dich und deine Männer zu einem bescheidenen Mahl einladen?

Es wäre uns eine große Ehre, mehr über den *amir al-mu'minin* zu erfahren.« Muntasir hielt inne und wies auf seine Unterführer. »Leider haben wir viel zu selten Gelegenheit, mit hohen Herren aus Bagdad zu plaudern. Bitte sei mit deinen Männern mein Gast.«

Der Einladung folgten wir nur allzu gern, und ich dachte mit grimmiger Befriedigung, dass sich auch hier an der Küste Ifriqiyas wieder das alte römische Sprichwort bestätigt hatte: *Vestis virum reddit,* was so viel wie »Kleider machen Leute« heißt.

Bei dem anschließenden Mahl – Muntasir hatte uns kaum Zeit gelassen, unser Lager aufzuschlagen – kamen wir seit langem wieder einmal in den Genuss feinerer Speisen. Es gab mit Butter übergossenen Reis, Fisch und eingelegtes Okragemüse, gefüllte Täubchen, Wachteleier und in Pinienhonig getränkte Nüsse. Vor allem aber gab es einen ganzen Hammel, der sich über dem Feuer drehte. Wir ließen ihn uns schmecken, und nachdem ich die vielen Fragen über den Kalifen, den Palast und die Stadt Bagdad beantwortet hatte, sagte ich zu Muntasir: »Ich möchte dir noch einmal im Namen meiner Gefährten für die köstlichen Speisen danken, wir haben lange nicht so gut gegessen. Allerdings fällt mir auf, dass du selbst nichts zu dir nimmst. Gibt es einen Grund dafür?«

»Ja, den gibt es«, sagte Muntasir, und seine Miene verdüsterte sich. »Ich habe es mit dem Magen. Je weniger ich esse, desto besser geht es mir.«

Dass der Befehlshaber von As Sallum Magenprobleme hatte, stand ihm ins Gesicht geschrieben, dafür sprachen die tiefen Falten sowie die ungesunde Hautfarbe. Ich fragte: »Was isst du denn am liebsten, wenn du überhaupt etwas zu dir nimmst?«

Muntasirs Augen begannen zu leuchten. »Oh, Cunrad von Malmünd, ich darf sagen, dass es Allah gefallen hat, mich im Leben nicht ganz unerfolgreich sein zu lassen, insofern könnte ich mir die feinsten Speisen der Welt leisten, aber mein Lieblingsgericht ist nach wie vor Hammel. Schöner, fetter Hammel. Nichts geht darüber!«

»Und immer, wenn du dich etwas besser fühlst, sprichst du diesem kräftig zu?«

»Du sagst es. Die wenigen Male, an denen mein Leib nicht rebelliert, müssen genutzt werden.«

»Dann rate ich dir, die nächsten Wochen darauf zu verzichten. Zu viel Fett ist nicht bekömmlich. Man stößt danach nur sauer auf, und der Magen kneift, als säße ein Messer darin.«

»Was? Du meinst, die Beschwerden lägen am Hammel? Willst du mir das Einzige, was ich essen kann, auch noch verbieten?«

Ich lächelte. »Ich will dir gar nichts verbieten. Iss, was du willst. Möglichst aber viel Gemüse, wie das köstliche Okragemüse, das du auftischen ließest. Auch jede Art von Fisch ist gut verträglich. Und trinke stets ausreichend Wasser. Lass überall Fettes und Süßes weg, und du wirst sehen: Schon bald wird deine Freude an Speise und Trank zurückkehren, und selbst den Genuss eines herzhaften Hammelstückes wirst du nicht bereuen müssen.«

Muntasir schluckte. »Meinst du wirklich?«

»Es kommt im Leben immer auf das richtige Maß an. Doch was ›richtig‹ ist, muss jeder für sich selbst herausfinden. Der eine verträgt mehr Fett in den Speisen, der andere weniger. Du gehörst zu jenen, die sich darin bescheiden sollten. Halte dich daran, und du wirst nie wieder Magenprobleme haben.«

»Hakim«, rief Muntasir, »das ist der beste Rat, den ich seit langem erhalten habe! Ich danke dir. Weißt du was? Es heißt, der Prophet, Allah segne ihn und spende ihm Heil, sah es nicht gern, wenn seine Gefolgsleute dem Alkohol zusprachen. Andererseits hast du mir erzählt, dass der große *amir al-mu'minin* durchaus dem Wein zugetan ist. Seien wir also gute Untertanen, und folgen wir seinem Beispiel.«

Ohne meine Antwort abzuwarten, ließ Muntasir eine Amphore Wein kommen und schenkte mir und den Gefährten ein. Dabei sagte er: »Ich habe bemerkt, dass der Junge an deiner Seite ebenfalls unsere Sprache beherrscht. Darf ich fragen, ob das dein Sohn ist?«

»Nun, äh, in gewisser Weise ja«, stotterte ich und hoffte, man würde mir meine Unsicherheit nicht anmerken. »Bitte, gib ihm nichts zu trinken, er ist, äh, er hat …«

»Ich habe ein Feuermal«, half mir Aurona überraschend aus. »Es ist nicht schön, niemand soll es sehen.«

Muntasir schaute betroffen drein. »Oh, das tut mir leid. Aber du hast doch nichts dagegen, wenn wir anderen …?«

»Nein, nein.«

Bald darauf war der kleine Zwischenfall vergessen, und wir saßen bis spät in die Nacht beim Wein. In bester Stimmung und leicht schwankend, schlüpfte ich mit Aurona in unser Zelt. »Es war ein wunderbarer Abend«, raunte ich ihr ins Ohr, »schade nur, dass du nichts trinken konntest.«

»Du hast ja für mich mitgetrunken.«

Ich lachte und zog sie aufs Lager. »Auf jeden Fall hat man uns heute Abend den nötigen Respekt erwiesen.«

»Was du allerdings gerade nicht tust.«

»Aber, Liebste …« Ich kitzelte sie ein wenig.

Sie kicherte. »Bitte, sei vernünftig.«

»Ich bin vernünftig.«

»Liebster, es geht nicht.«

»Warum denn nicht?«

»Du hast es selbst gesagt.«

»Was habe ich gesagt?«

Wieder kicherte sie. »Dass ich dein Sohn bin.«

Ein paar Tage später befahl ich Abul, auf der staubigen Straße haltzumachen, und rief Abbo zu: »Ich sehe ein paar Hütten vor mir. Und wie es scheint, auch einen Brunnen. Das muss das Nest Bi'r al-Ashhab sein. Sollen wir dort Rast machen?«

»Ich denke, ja, Hakim!«, rief Abbo zurück. Unsere Wasservorräte gehen schon wieder zur Neige, und wer weiß, wann wir wieder etwas kriegen.«

»Dann werden wir in Bi'r al-Ashhab unser Lager für die Nacht aufschlagen«, entschied ich. »Wie es scheint, können wir uns das Spektakel, das wir in As Sallum veranstalteten, diesmal sparen. Kein Mensch ist weit und breit zu sehen. Hier können wir nichts erwarten, nichts außer Wasser.«

Nachdem wir eine Stunde später unsere Zelte am Brunnen aufgeschlagen hatten, zeigte sich, dass die Gegend doch nicht ganz ausgestorben war, denn ein junger Beduine kam auf einem Kamel zum Brunnen geritten und fragte, ob er in unserer Runde willkommen sei.

»Selbstverständlich«, sagte ich einladend. »Wie du siehst, ist gerade ein Feuer gemacht. Sobald wir Brot gebacken haben, kannst du es dir schmecken lassen. Wie ist dein Name, mein Freund?«

»Ich nenne mich Badawī, was so viel wie ›nicht sesshaft‹ bedeutet. Der Himmel ist mein Dach, der Wind meine Wand und die Straße mein Boden. Ich bin überall zu Hause. Habt ihr noch genügend Körner, die ihr zu Mehl für das Brot verreiben könnt?«

Randolph bejahte seine Frage, fügte aber hinzu: »Einige Tage wird es noch reichen, danach müssen wir weitersehen.«

»Für diesen Fall habe ich einen Rat«, sagte Badawī, während er sich mit gekreuzten Beinen zu uns setzte. »Ich gebe ihn euch, weil ihr ausseht, als kämt ihr nicht von hier. Also hört: Ihr werdet entlang der Straße immer wieder auf Hirsefelder stoßen, aber nirgendwo einen Speicher entdecken. Dennoch gibt es verborgene Vorräte. Wisst ihr, wo ihr sie findet?«

»Nein«, musste ich einräumen.

»In der Erde. Wenn ihr eine runde Holzabdeckung entdeckt – ich muss dazu sagen, dass die meisten von ihnen gut getarnt sind –, wenn ihr also eine runde Holzabdeckung im Boden entdeckt, dann handelt es sich häufig nicht um einen Brunnen, sondern um ein unterirdisches Kornsilo, das zuweilen sogar ähnlich tief ist.«

»Ein Brunnen, der nicht Wasser, sondern Nahrung spendet?«, fragte Isaak.

»Genauso ist es. Ein solcher Speicher ist dunkel und trocken und hält das Korn viele Jahre frisch. Wenn ihr also einmal in Not seid, mag euch ein solcher Speicher das Überleben sichern.«

»Danke für den Rat«, sagte ich. »Willst du noch etwas Brot? Mit Fleisch können wir leider nicht dienen, aber ein paar Datteln wären noch da.«

»Nicht nötig, danke.« Badawī hob abwehrend die Hand. »Aber ich habe etwas, das vielleicht ähnlich schmackhaft wie Fleisch ist. Wartet.« Er erhob sich, ging zu seinem Kamel, das neben Kastor und Pollux angepflockt war, und kehrte mit einer kleinen Schachtel zurück. Er öffnete sie und sagte: »Die sind mir heute Morgen über den Weg gelaufen.«

»Heuschrecken?«, fragte ich entgeistert.

Badawī grinste.

»Die willst du doch nicht etwa essen?«, fragte Abbo.

Isaak rieb sich das Kinn. »Die Tora erlaubt dem Hungrigen diese Krabbeltiere, sie sind also koscher, aber ich weiß nicht, ob man sie essen sollte.«

»Geschweige denn, ob sie Fleisch ersetzen können«, fügte ich hinzu. »Ich glaube, du machst Scherze mit uns, Badawī.«

»Aber nein.« Wieder grinste der junge Beduine. Er nahm einen dünnen starken Zweig und spießte die Insekten damit auf. Dann hielt er sie über das Feuer. Es knisterte und knackte.

»Das klingt nicht gerade verlockend«, meinte Giso, und Aurona an meiner Seite schüttelte sich.

Nach kurzer Zeit streifte Badawī die Tiere vorsichtig auf einem Stein ab und forderte uns mit einer Geste auf, sie zu probieren: »Heiß schmecken sie am besten.«

Wir zögerten. Abbo fasste sich als Erster ein Herz, ergriff einen der krossen Körper und biss vorsichtig hinein. Gespannt verfolgten wir seine Miene. Er kaute langsam, hielt inne, kaute wieder und nickte. »Gar nicht so schlecht«, meinte er. »Es schmeckt nach Nuss.«

Daraufhin trauten wir anderen uns auch, und ich stellte fest, dass Abbo recht hatte. Die Tierchen mundeten tatsächlich ein wenig nach Walnüssen. Badawī freute sich, dass seine Speise auf so viel Wohlwollen stieß, und erklärte, man könne Heuschrecken auch in Öl brutzeln, in Wasser kochen oder einfach an der Sonne trocknen. Sogar zu Mehl könne man sie zerstoßen und zum Backen verwenden. Besonders schmackhaft seien sie aber zu Reis.

»Ich glaube nicht, dass wir das alles ausprobieren müssen«, sagte Randolph, »soll ich noch weitere Brotfladen backen?«

Abbo lachte. »Warum nicht, zu Brot schmecken die Dinger wahrscheinlich auch.«

Während Abbo aß, hatte ich Gelegenheit, eines der noch nicht gebratenen Insekten zu betrachten. Es schimmerte mattgrün, eine Farbe, die dafür sprach, dass es sich um ein junges, noch flugunfähiges Exemplar handelte. Die Länge betrug annähernd drei Zoll, die Mundwerkzeuge waren kräftig entwickelt. Von den sechs Beinen waren die beiden hinteren aufgestellt und als Sprungbeine ausgebildet. An Flügeln zählte ich insgesamt vier. Ich legte das Tierchen beiseite und erinnerte mich daran, einmal gelesen zu haben, dass Heuschrecken auch in der Augenheilkunde Verwendung fanden. Um die entsprechende Arznei herzustellen, sollte man ein dichtes, unempfindliches Gefäß nehmen und dieses mit wirkverstärktem Wein füllen, wobei die Verstärkung aus der Fenchelknolle und der Wurzel des Primelgewächses bestand. In der so gewonnenen Flüssigkeit sollten die Heuschrecken mazeriert und anschließend durch ein Tuch gegossen werden.

Ich wusste nicht, ob eine Augenentzündung auf diese Weise gelindert werden konnte, denn ich hatte die Rezeptur noch niemals angewendet, was ich aber wusste, war, dass Gott eine Plage nach der anderen über das Land Pharaos gebracht hatte, indem er das Wasser des Nils in Blut verwandelte, das Land mit Fröschen, Bremsen und Mücken heimsuchte, das Vieh verseuchte, Hagel schickte und zum Schluss die alles verwüstenden Heuschreckenschwärme aussandte. Als letzte Plage vor der ewigen Finsternis.

»Cunrad!« Isaak war es, der mich aus meinen Gedanken riss.

»Was gibt's?«

»Badawī sagte gerade, er müsse zu seinem Stamm zurückkehren. Es könne sein, dass in nächster Zeit noch mehr Heuschrecken auftauchen, dann sei es wichtig, die jungen Tiere vom Boden aufzusammeln und zu verbrennen.«

»Warum macht ihr euch die Mühe?«, fragte ich Badawī.

»Das weißt du nicht, Hakim?« Badawī schaute ungläubig.

»Sonst würde ich nicht fragen.«

»Nun, es ist eine Vorsichtsmaßnahme. Solange die Tiere am Boden sind, fressen sie nur ihre unmittelbare Umgebung kahl. Doch wenn sie erst zu fliegen gelernt haben, werden sie zu einer großen Gefahr.«

»Ich kenne die Gefahr, zumindest aus der Bibel. Ist sie wirklich so groß?«

Badawī nickte ernsthaft. »Ja, Hakim. So erzählen es jedenfalls die Alten unseres Stammes. Sie drängen auch jedes Jahr darauf, dass die Heuschrecken auf dreifache Art bekämpft werden. Als Erstes sollen die Eier vernichtet werden, das geschieht, indem man den Boden umpflügt oder ihn platt stampft. Hat man nicht alle Eier zerstört, muss man die geschlüpften Maden einsammeln, und wenn auch das nicht geholfen hat, liest man schließlich die fertigen Heuschrecken auf.«

»Um sie anschließend zu verbrennen, ich hörte es.«

»Ja, Hakim. Wenn du mich fragst, wird ziemlich viel Aufhebens um die kleinen Biester gemacht, denn solange ich lebe, habe ich noch nie welche fliegen sehen.«

»Ich auch nicht.«

»Ich muss jetzt gehen, Hakim. Ich wünsche dir eine gute Reise. Möge Allah dir und deinen Männern schnelle Beine und ausreichend Wasser schenken.«

»Danke, Badawī, alles Gute auch für dich.«

Zwei Tage blieben wir in Bi'r al-Ashhab und füllten unsere Wasserbehältnisse auf, in erster Linie die Ziegenschläuche und die Rindermägen, aber auch die großen Fässer, die Abul vorbehalten waren. Er pflegte gern seinen Rüssel in sie hineinzustecken, ihn vollzusaugen und sich anschließend das Nass in den Schlund zu spritzen. Da in der Nähe des Brunnens ein kleiner Dattelpalmenhain stand, der niemandem zu gehören schien, ergänzten wir unseren Speisezettel durch ein paar Säcke der schmackhaften Früchte. Sie stammten noch vom vergangenen Jahr und waren deshalb besonders süß. Da es uns an Lademöglichkeiten mangelte, nutzten wir den Stauraum hinter der Rückbank der Houdah. Auch vergaßen wir nicht, große Mengen an Palmblättern zu sammeln und büschelweise auf dem Futterkarren festzuzurren.

Während der ganzen Zeit ertappte ich mich dabei, wie ich meine Blicke immer wieder auf den sandigen Boden richtete, doch ich entdeckte keine einzige Heuschrecke. Isaak, der mich dabei beobachtete, fragte mich: »Bist du beunruhigt wegen der Erzählungen des jungen Beduinen, Cunrad?«

»Beunruhigt wäre übertrieben«, antwortete ich, »immerhin hat mich das, was Badawī berichtete, vorsichtig gemacht. Doch nach allem, was ich sehe – oder besser: nicht sehe –, scheinen wir uns in einer Gegend zu befinden, in der die kleinen Tierchen nicht gedeihen. Wir können also getrost weiterziehen. Unser nächstes Ziel auf der alten Küstenstraße heißt Tobruk. Weißt du mehr über die Stadt?«

Isaak, der dabei war, seine wenige Habe in Pollux' Packtaschen zu stopfen, schürzte die Lippen und überlegte. »Soviel ich weiß, ist Tobruk eine uralte Ansiedlung. Die Griechen gründeten hier eine Kolonie namens Antipyrgos, wohl wegen des geschützten Naturhafens. Sie waren ja bekanntlich große Seefahrer und Händler. Eine Festung aus römischer Zeit soll es auch gegeben haben. Allerdings dürfte von der wenig übrig sein.«

»Lassen wir uns überraschen«, sagte ich. »Ich schätze, es sind noch fünfzig Meilen bis Tobruk. In einer Woche wissen wir mehr.«

Wieder waren wir auf staubiger Straße unterwegs. Die Landschaft war karg. Sand und Steine wechselten einander ab. Ab und zu lag ein Brunnen mit etwas Grün am Wegesrand, dann folgte abermals graue, braune Ödnis. Die Luft war staubig, wenn der Wind von der Großen Wüste herüberblies, und kühl, wenn er uns vom Meer her erreichte. Je näher wir Tobruk kamen, desto üppiger gedieh die Pflanzenwelt. »Es muss mehrere gute Brunnen in der Stadt geben«, sagte ich zu Isaak, »vielleicht ist sogar eine Oase in der Nähe.«

Isaak schaute zu mir hoch, denn wie so häufig ritt ich auf Abul. »In jedem Fall scheinen wir uns um die Wasserbeschaffung keine Sorgen machen zu müssen. Ich wünschte, wir wären schon da«, antwortete er.

»Das geht mir genauso«, sagte ich. Und dann, plötzlich, wurde meine Aufmerksamkeit von einigen großen Flecken abgelenkt. Sie befanden sich vor mir im Gras, schienen sich zu bewegen und waren von silbrig dunkler Farbe. »Weißt du, was das für seltsame Verfärbungen sind?«, fragte ich.

»Warte.« Isaak ritt an einen der Flecken heran, saß ab und beugte sich hinunter. Dann prallte er zurück. »Es sind Heuschrecken!«, rief er.

»Heuschrecken?«

»Ja, ja, sieh doch nur!« Hektisch ergriff er ein paar und hielt sie mir auf der flachen Hand entgegen.

Die Heuschrecken spreizten die Flügel und flogen fort. »Die können ja fliegen!«

»Ich sehe es«, sagte ich möglichst ruhig, doch eine böse Ahnung beschlich mich. Ich hob den Arm und rief: »Wir machen hier halt! Randolph, entzünde sofort ein Feuer, Abbo, sorge dafür, dass die Zelte aufgebaut werden, Giso, lass Vorräte und Futter abdecken, Arab, hilf ihm. Rasch, packt mit an, wir brauchen alle Hände!«

Die Gefährten gehorchten umgehend.

Während Abuls Rüssel mir zurück auf den Boden half, drang ein dunkles Brummen an mein Ohr. Es hörte sich an, als flöge eine Hummel durch die Luft. Doch es war keine

Hummel. Es war auch keine Heuschrecke. Es waren Millionen Heuschrecken! Sie waren von verschiedenen Plätzen aufgeflogen und wehten wie schwarze Schleier in der Luft. Das Brummen verstärkte sich. Die Schleier kamen näher, züngelten in unsere Richtung. Die ersten der gierigen Insekten landeten zwischen uns, irrten suchend umher. Weitere folgten, stürzten sich herab, prasselten auf uns ein, krabbelten uns in die Kleider, versuchten, in Nase und Ohren zu dringen, eklig, gierig, unersättlich, einem unwiderstehlichen Fresstrieb folgend.

»Rettet die Vorräte!«, rief ich und kämpfte mich durch zum Futterwagen. Trauben von Insekten saßen bereits auf ihm und fraßen sich durch alles, was essbar war, Brot, Datteln, Hirse, Palmblätter … »Los, los, nehmt die Teppiche, schlagt zu!«

Wir hieben mit den Teppichen auf die Biester ein, wieder und wieder, und jedes Mal, wenn wir sie vertrieben hatten, kehrten sie in größerer Zahl zurück. Wir schlugen und schlugen, warfen mit Sand, fluchten, riefen, drohten und schlugen erneut. Das Pferd wieherte, die Esel schrien, und Abul trompetete in höchster Erregung. Es war eine einzige Apokalypse.

Doch so schnell der Spuk begonnen hatte, so schnell war er vorüber. Die dunklen Schleier erhoben sich in die Luft, zogen weiter und wurden von einem ablandigen Wind hinaus aufs Meer getragen. Wir standen da und wussten nicht, wie uns geschehen war. Der Boden unter uns war kahl, kein Grashalm stand mehr da, stattdessen lagen dort Hunderte, Tausende tote und halbtote Insekten. Der Qualm des erstickten Feuers biss uns in die Augen. Ich blinzelte. »Wie steht es mit den Vorräten?«, fragte ich atemlos.

Randolph hatte bereits nachgesehen. »Besser, als ich befürchtet habe«, sagte er. »Es ist nicht viel verlorengegangen. Wir haben die Biester erfolgreich gestört.«

»Gott sei Lob und Dank, so werden wir nicht verhungern. Mach als Erstes wieder ein Feuer und backe Brot. Nach dem Schreck sollten wir uns alle stärken.«

»Mach ich.«

»Abbo, kümmere dich mit den Knechten um die Tiere. Und sieh nach, ob etwas entzweigegangen ist. Lass dir von Arab helfen.«

»Ja, Hakim.«

»Giso, du nimmst die restlichen Soldaten und erkundest, wie weit das Land im Umkreis kahl gefressen wurde. Sei in einer Stunde wieder zurück.«

»Ist recht, Hakim.«

Isaak, der sich bei der Abwehr der Plagegeister ebenfalls wacker geschlagen hatte, klopfte sich die letzten Exemplare aus den Kleidern. »Es scheint so, als seien Badawīs Heuschrecken nur die Vorboten von Hekatomben weiterer Tiere gewesen«, sagte er.

»Ja«, bestätigte ich, »sie kamen wie aus dem Nichts. Hast du geschaut, ob Haruns Verträge Schaden genommen haben?«

»Nein, habe ich noch nicht. Aber das kläre ich gleich.«

Wenig später kam Isaak zurück und berichtete: »Die Ecken sind ein bisschen angefressen, aber offensichtlich hat das Papier den Tierchen nicht sonderlich geschmeckt. Der Erhabene, dessen Name gepriesen sei, hat uns vor Schlimmerem verschont.«

»Ja, es ist ein kleines Wunder, dass nicht mehr passierte. Komm, wir helfen Randolph bei seiner Arbeit.«

Wir gingen hinüber zu dem Koch, und während dieser das Feuer entzündete und die Brotfladen formte, säuberten wir die Umgebung von den dicht an dicht liegenden Heuschrecken. Als die Fläche um das Feuer frei war, türmte sich ein großer Berg toter Insekten daneben auf. Wir setzten uns, und Isaak sagte: »Wenn ich an Badawīs Worte denke, wäre es vielleicht nicht verkehrt, die Krabbeltiere mitzunehmen.«

»Du meinst als Wegzehrung?«

»Warum nicht? Lebte Jesus seinerzeit nicht auch von Heuschrecken in der Wüste?«

»Das stimmt. Allerdings hatte er süßen Honig dazu.«

Randolph blickte von seiner Arbeit auf und warf ein: »Wir hätten süße Datteln, Hakim.«

»Du wärst als Koch also einverstanden, unseren Speisezettel dieserart zu erweitern?«

»Ja, Hakim. Ich würde die Biester in den nächsten Tagen dörren und anschließend zu Pulver mahlen. Das Brot daraus wäre mal was anderes als die ungesäuerten Fladen, die ich üblicherweise mache.«

»Nun gut, ich werde das mit den Gefährten besprechen.«

»Hakim?«

»Ja?« Ich drehte mich um und sah Giso zurückkehren.

»Hakim, wir haben uns umgesehen. Die Gegend vor Tobruk ist kahl wie der Kopf eines alten Mannes. Wohin wir auch blickten, nirgendwo entdeckten wir ein grünes Fleckchen. Keine Triebe, keine Blätter, keine Früchte, nichts.«

»Danke«, sagte ich. »Wo ist Abbo?«

»Hier bin ich, Hakim. Alle Tiere sind wohlauf. Abul war ein wenig gereizt, aber als Arab sich um ihn kümmerte, wurde er schnell wieder ruhig.«

»Gut, ich sehe nachher selbst nach ihm. Kommt alle ans Feuer, lasst uns essen, ich habe etwas mit euch zu besprechen.«

Als alle saßen, sagte ich: »Nach dem, was Giso berichtet hat, erwartet uns nichts als kahlgefressene Ödnis. Wir wissen nicht, wie viele Meilen totes Land vor uns liegen. Wenn wir dennoch weitergingen, müssten wir eine riesige Landmasse umrunden, deren Küste gegen Ende sogar nach Süden verläuft – eine Richtung, in die wir nicht wollen. Die Landmasse, von der ich spreche, wird Kyrenaika genannt. Ich schlage vor, sie nicht zu umrunden, sondern zu durchqueren, wir würden auf diese Weise sehr viele Meilen einsparen.«

Die Gefährten nickten. Abbo fragte: »Wie viele Meilen würden wir denn einsparen, Hakim?«

Ich zuckte mit den Schultern. »Ich weiß es nicht genau, vielleicht hundert Meilen. Aber mir wurde berichtet, dass eine Oase auf der Strecke liegt. Bi'r Hacheim heißt sie. Sie soll fünf bis sieben Tagesreisen von hier entfernt liegen. Wenn wir sie erreicht haben, können wir unsere Vorräte auffrischen und weiterziehen bis zu einer Stadt mit dem Namen Adschdabiya. Von dort wäre es nicht mehr weit bis zu einem Golf, der Golf von Syrte genannt wird. Danach würden wir weiter nach Westen marschieren können, unserem großen Ziel Qairawān entgegen.«

Isaak sagte: »Alles, was unsere Reise verkürzt, soll mir recht sein. Ich bin dafür, den Weg über Bi'r Hacheim zu nehmen.«

»Ich auch«, sagte Abbo.

Giso schloss sich seiner Meinung an.

Randolph sagte: »Bevor wir losmarschieren, müsste das Wasser in den Fässern erneuert werden. Die Deckel lagen nicht drauf, als die Heuschrecken kamen, und jetzt schwimmen sie tot auf der Oberfläche.« Er grinste. »Ich glaube nicht, dass Abul gern Insekten trinkt.«

»Das glaube ich auch nicht«, sagte ich und fiel in das Lachen der anderen ein. »Wir werden das Wasser erneuern, es ist genug im Brunnen. Da alle mit meinem Vorschlag einverstanden sind, sollten wir morgen in aller Frühe aufbrechen. Ich nehme an, auch du hast nichts dagegen, Arab?«

»Ich stimme zu«, sagte Aurona, und zur Verblüffung der Gefährten sprach sie dabei zum ersten Mal Fränkisch.

»Habt ihr das gehört, Männer?«, fragte Abbo begeistert. »Arab spricht unsere Sprache!«

»Nur ein paar Worte«, sagte Aurona. Ein wenig verlegen stand sie auf und nahm etwas Brot und ein paar Datteln mit, um beides unbeobachtet in meinem Zelt verzehren zu können.

Abbo blickte ihr nach. »Ich finde, Arab macht sich in letzter Zeit sehr gut, Hakim, findest du nicht auch?«

»Ja, äh, gewiss. Nun lasst uns schlafen gehen. Wir werden morgen alle Kräfte brauchen.«

»Der Weg nach Bi'r Hacheim scheint selten begangen zu werden«, sagte Isaak am Spätnachmittag des nächsten Tages zu mir. »Ich verstehe zwar wenig von Spuren, aber so viel doch, um zu sehen, dass es immer weniger werden.«

»Das ist richtig«, pflichtete ich ihm bei, »mag aber am ewigen Wüstenwind liegen, der sie verwischt. Auf jeden Fall stimmt unsere Richtung, ich sehe es am Sonnenstand.«

Isaak tätschelte Pollux, sein braves Grautier. »Ich schätze, in einer Stunde setzt die Dämmerung ein, bis dahin sollten wir einen Rastplatz gefunden haben.«

»Das sollten wir.« Ich zog die Beine an und stellte mich, den schwankenden Abul unter mir, auf die Füße. So hatte ich einen noch besseren Überblick. Ich schirmte die Augen mit der Hand ab und spähte angestrengt nach vorn. »Ich sehe nur eine Landschaft, die flach wie ein Tisch ist. Kein Baum, kein Strauch, nur Sand, Sand, nichts als Sand, und dazwischen ab und zu ein wenig Geröll. Entweder sah die Gegend schon immer so aus, oder die Heuschrecken waren auch hier.«

»Das glaube ich nicht, Hakim«, sagte Abbo, »wir haben

doch gesehen, wie der Wind ihre Schwärme aufs Meer hinauswehte.«

Giso rief: »Von mir aus brauchten sie niemals wiederzukommen!«

»Ich glaube, da sind wir uns alle einig«, sagte ich. »Und weil es einerlei zu sein scheint, wo wir lagern, können wir auch gleich hierbleiben.«

Gemeinsam bauten wir die Zelte auf, fütterten und tränkten die Tiere, und Abbo sagte, sich mehrfach umblickend: »Wenn es nicht die Spuren im Sand gäbe, die uns den Weg weisen, würde ich wetten, dass noch niemals eine Menschenseele diese Wüstenei betreten hat. Aber sei's drum, ich werde trotzdem Wachen aufstellen.«

»Tu das«, sagte ich und machte einen abschließenden Gang durch das Lager. Danach suchte ich mein Zelt auf und sagte leise zu Aurona: »Liebste, ich habe mich sehr gefreut, dass du heute Fränkisch mit den Gefährten geredet hast.«

Aurona saß auf ihrem Lager, hatte das Gesichtstuch abgelegt und kämmte sich ihre langen Haare. »Es waren nur drei Wörter, wenn man es genau nimmt.«

»Trotzdem, ich glaube, die Gefährten erkennen dich mit jedem Tag mehr an.«

»Es sind nette Kerle.«

Eine Pause entstand, während ich die geschickten Bewegungen Auronas verfolgte. »Du bist wunderschön.«

Sie hielt inne und lächelte. »Sag das lieber nicht zu laut. Die Gefährten würden sich sonst fragen, wieso ein Feuermal schön sein kann.«

»Ach, Liebste.« Ich seufzte. »Immer wieder fängst du davon an. Genügt es dir nicht, dass du für mich die schönste Frau der Welt bist?«

»Den größten Teil des Tages bin ich nur ein verhüllter Mann.«

»Den ich liebe.« Ich nahm ihr den Kamm weg und küsste sie. »Einerlei, ob du verkleidet bist oder nicht. Für mich macht das keinen Unterschied.«

»Wenn doch alles so einfach wäre.« Aurona schmiegte sich an mich.

»Es ist einfach. Ich bin sicher, Abul fühlt wie ich. Ihm ist es ebenfalls gleich, ob du ein Gesichtstuch trägst oder nicht.« Ich stand auf. »Komm, wir gehen zu ihm. Er braucht genauso viel Zuwendung wie ein Mensch.«

Aurona verhüllte sich, und wir wanderten gemächlich zum Rand des Lagers, wo mein großer Freund wie immer seinen Platz gefunden hatte. Ich bedeutete ihm, er solle sich hinlegen, und gehorsam bettete er seinen mächtigen Körper in den Sand. Aurona und ich setzten uns. Ich nahm eines seiner Ohren, um damit zu spielen, und sagte: »Abul, wir haben heute eine Abkürzung genommen. Dadurch werden wir womöglich schneller nach Qairawān gelangen. Ich weiß, dass der Gang durch die Wüste beschwerlich ist, aber wenn wir erst einmal dort sind, nehmen wir ein Schiff, dann wirst du das Weiße Meer befahren, ohne einen einzigen Schritt gehen zu müssen.«

Abul grunzte ein wenig. Die Aussicht, das Meer zu befahren, schien ihn nicht sonderlich zu reizen.

Aurona kicherte. »Du redest mit ihm wie mit einem Menschen.«

»Natürlich ist er kein Mensch. Aber er hat eine Seele, und er hat Gefühle. Ich glaube, er hat eine sehr zarte Seele, obwohl er riesengroß ist.«

Aurona wurde nachdenklich. »Ja, die hat er. Alles an ihm ist groß, seine Stärke, seine Treue, seine Zuverlässigkeit – nur seine Seele ist zart.«

»Ich werde alles tun, damit sie niemals verletzt wird.«

Aurona schaute mich an, und zu meinem nicht gelinden Schreck wurden ihr die Augen feucht.

»Um Gottes willen, Liebste, habe ich etwas Falsches gesagt? Was fehlt dir?«

»Nichts, nichts.« Aurona lächelte unter Tränen. »Für das, was du eben gesagt hast, liebe ich dich noch mehr.«

Am zweiten Tag unseres Marsches nach Bi'r Hacheim ließ die abkühlende Wirkung der Meerwinde nach, denn wir waren viele Meilen ins Landesinnere vorgedrungen. Die Sonne brannte unbarmherzig aus einem wolkenlosen Himmel herab. Gegen Mittag legten wir eine kurze Rast ein, obwohl jeder erfahrene Wanderer weiß, dass es besser ist, einen anstrengenden Marsch nicht zu unterbrechen, weil der erneute Aufbruch schwerer fällt als weiterzugehen. Doch in der Wüste herrschen andere Gesetze. Die regelmäßige Aufnahme von Wasser ist lebenswichtig.

Wir tranken eine geringe Menge und setzten unseren Weg entschlossen fort. Wir hatten schon schwierigere Situationen durchgestanden, und wir wussten: Am Abend würde die Kühle einsetzen und uns Linderung verschaffen.

So war es auch. Wieder schlugen wir an einem unwirtlichen Ort unsere Zelte auf, aßen und tranken und sprachen kaum. Nur Abbo sagte einmal: »Ob ihr's glaubt oder nicht: Ich habe den ganzen Tag über kein einziges Lebewesen in dieser Einöde gesehen. Keine Spinne, keinen Wurm, nichts. So muss die Erde am Tag des Jüngsten Gerichts aussehen.«

Dem wurde nicht widersprochen, und alsbald legten sich alle schlafen.

Da auch Aurona eingeschlummert war, ging ich allein zu meinem großen Freund, um noch ein wenig mit ihm zu plaudern. »Abul«, sagte ich zu ihm, »du bist von uns allen am schwersten und musst am meisten tragen. Überdies musst du die Karren ziehen. Ich werde deshalb besonders darauf achten, dass du genug Wasser trinkst. Wenn du ausfällst, sind wir verloren. Bitte zeige mir an, wenn es dir nicht gutgeht. Geht es dir gut?«

Abul wedelte ein wenig mit den Ohren. Wie üblich nahm ich eines und begann, es zu streicheln. »Ich glaube, es geht dir gut. Jedenfalls hast du heute deine gewohnte Menge an Blättern und Zweigen vertilgt. Vielleicht ist es morgen nicht ganz so heiß, dann schmeckt es gleich noch mal so gut. Ich hoffe, in Bi'r Hacheim stehen Dattelpalmen, die Blätter magst du doch so gern, stimmt's?«

Abul schnaufte.

»Ich wusste es.« Ich gab ihm einen aufmunternden Klaps. »Gute Nacht, mein Freund.«

Anders, als ich gehofft hatte, war es am folgenden Tag sogar noch heißer. Wir schwitzten und kämpften uns vorwärts, Schritt für Schritt, langsam, aber stetig. Gegen Mittag befahl ich eine kurze Rast und ermahnte die Gefährten, sich nicht zu setzen, sondern ihr Quantum Wasser im Stehen zu trinken. Kastor, Pollux und dem Pferd wurden Rindermägen mit Wasser umgehängt, damit sie saufen konnten. Abul bediente sich aus seinen Fässern. Während er trank, warf ich einen Blick auf den Wasserspiegel, der sich bereits beträchtlich gesenkt hatte. Im Geiste überschlug ich, wie viele Tage das kostbare Nass noch reichen würde, und die Berechnung beunruhigte mich.

Am Abend waren wir alle erschöpft und ausgepumpt – die Soldaten, die zu Fuß hatten gehen müssen, vielleicht am meisten. Randolph gab sich alle Mühe mit der Abendmahlzeit, denn er wusste, wie wichtig ein schmackhaftes Essen für die Stimmung war. Er buk Fladenbrot aus Heuschreckenmehl und rollte süße Datteln hinein, eine Speise, die wir so noch nicht kannten. Dennoch wurden seine Backkünste kaum gelobt, die Gefährten waren einfach zu entkräftet. Ich schickte sie zur Ruhe und sagte in meinem Zelt zu Aurona: »Liebste, du hast dich heute wacker gehalten, aber nun musst du schlafen.«

Sie schaute mich ernst an. »Nicht nur ich, auch du. Du gönnst dir von allen am wenigsten Ruhe.«

»Unsinn, ich sitze den ganzen Tag auf Abus breitem Rücken und lasse mich tragen.«

»Du weißt genau, dass das nicht stimmt. Du bist morgens der Erste und abends der Letzte, du kümmerst dich um alles und jeden und trägst dazu die ganze Verantwortung. Ich habe die Gefährten beobachtet, sie werden nicht mehr lange durchhalten. Wie soll es nur weitergehen?«

»Oh, Liebste« – ich zeichnete sanft mit dem Finger die Konturen ihres Gesichts nach –, »du machst dir zu viel Sorgen. Morgen, spätestens übermorgen sind wir in Bi'r Hacheim. Dort können wir uns ausruhen und neue Kräfte sammeln. Du wirst sehen, wenn wir erst wieder das Meer erreicht haben, wird alles leichter.«

Aurona hielt meinen wandernden Finger fest. »Glaubst du das wirklich?«

»Aber natürlich, Liebste.«

»Dann lass uns jetzt schlafen.«

Ich küsste sie. »Du hast eben selbst gesagt, dass ich abends der Letzte bin. Deshalb will ich noch einmal rasch nach den Tieren sehen.«

»Aber beeil dich, bitte.«

Ich trat aus meinem Zelt und lenkte in der Dämmerung meine Schritte zu dem Pferd, das tagsüber von Abbo geritten wurde. Es stand neben Kastor und Pollux und schnaubte, als es mich sah. Ich klopfte ihm den Hals und sagte: »Du hast dich die letzten Tage brav gehalten, Brauner, bald hat die Plackerei ein Ende.« Dann wandte ich mich den Grautieren zu und lobte sie ebenfalls. »Euch beide kann sowieso nichts erschüttern, was? Da seid ihr ganz ähnlich wie Abul.«

Ich strich ihnen freundschaftlich über die Stehmähne und verabschiedete mich.

Dann ging ich zu Abul, der abseits des Lagers wie ein dunkler Fels dastand. Ich bedeutete ihm, er möge sich hinlegen, und setzte mich neben seinen Kopf. Nachdem ich wie gewohnt eines seiner faltigen Ohren genommen hatte, sagte ich: »Das war ein harter Tag, was? Wir alle sind erschöpft, ich glaube, sogar du. Ich spüre, dass die Gefährten sich fragen, wie lange sie der Hitze noch widerstehen können. Niemals zuvor haben sie eine so lange Strecke unter solchen Bedingungen durchmessen müssen. Aber ich will Zuversicht ausstrahlen, denn es muss einen geben, an dem die anderen sich aufrichten können.

Wie lange werden wir noch durchhalten? Zwei Tage, drei Tage? Ich will ab morgen das Wasser rationieren. Jeder soll nur noch die Hälfte trinken dürfen. Denn verhungert ist in der Wüste noch niemand, wohl aber verdurstet. Ich wünschte, ich könnte die Maßnahme auf die Menschen beschränken, aber sie muss genauso für euch Tiere gelten. Vielleicht ist sie überflüssig, weil wir morgen oder übermorgen unser Ziel erreichen, aber ich muss mit allem rechnen.

Verstehst du das? Ich wusste, dass du mich verstehst. Vielleicht sehe ich auch alles zu schwarz, des Nachts neigt man ohnehin dazu. Ich will nachher ein Gebet für uns sprechen, für Mensch und Tier, dann wird gewiss alles gut. Schlaf nun, mein Freund, ich weiß, ich kann mich auf dich verlassen. Gute Nacht, gute Nacht.«

Am nächsten Tag ließ ich die Gefährten einen Halbkreis bilden und eröffnete ihnen, dass ich das Wasser rationieren würde. Rasch fügte ich hinzu: »Es ist eine reine Vorsichtsmaßnahme, denn ich rechne fest damit, dass wir morgen Bi'r Hacheim erreichen werden. Teilt euch das Wasser über den Tag gut ein. Trinkt wenig und in kleinen Schlucken. Wir werden über Mittag nur eine kurze Rast einlegen, damit die Tiere saufen können. Dafür werden wir heute Abend unser Lager eine Stunde früher aufschlagen.«

Abbo meldete sich: »Wir werden's schon schaffen, Hakim. Wenn es bloß nicht so leer in dieser verdammten Wüste wäre. Man kommt sich vor, als wär man ganz allein auf der Welt.«

»Wir sind nicht allein. Wir haben uns. Und wir haben Gott. Lasst uns gemeinsam beten und ihn um seinen Beistand bitten.«

Ich sprach ein Gebet, sagte »Amen« und spürte, wie die Zwiesprache mit Gott die Gefährten stärkte. Danach befahl ich: »Und jetzt marschieren wir. Ich weiß, dass jeder sein Bestes geben wird, trotzdem kann es sein, dass diesem oder jenem von euch unter der Hitze die Sinne schwinden. Ich will deshalb, dass die Reiter sich die Tiere mit den anderen teilen. Wechselt euch ab. In welchen Abständen, überlasse ich euch. Und nun: Auf, auf, das schöne Frankenland wartet!«

»Auf, auf!«, kam die Antwort. Der vierte einsame Tag in der Kyrenaika lag vor uns.

Ich weiß nicht mehr genau, wie wir diesen Tag überstanden, aber mit Gottes Hilfe waren wir am Abend alle noch am Leben. Ich ging zu Abul und sagte zu ihm: »Das war ein schwerer Tag, so schwer wie keiner zuvor. Und doch: Die Gefährten haben sich untadelig verhalten, obwohl manch einer vor Kraftlosigkeit schon stolperte. Wenn wir morgen nicht Bi'r Hacheim erreichen, weiß ich nicht, wie ich ihnen weiter Mut machen kann.

Du meinst, ich soll den Kopf nicht hängenlassen?

Das ist leichter gesagt als getan. Drei Viertel unserer Wasservorräte sind bereits aufgebraucht. Ich denke von morgens bis abends an nichts anderes. Wasser, Wasser, Wasser!

Wenn es nicht reicht, können wir uns alle zum Sterben hinlegen.«

Abul grunzte.

Ich rieb über den Augenstein an meinem Turban. »Du widersprichst mir? Vielleicht hast du recht, ich darf nicht verzagen. Ich muss daran glauben, dass wir morgen in Bi'r Hacheim sind, alles andere macht keinen Sinn. Ich danke dir, dass du mir so geduldig zugehört hast. Nun schlafe friedlich und sammle Kraft. Gute Nacht, mein Freund.«

Der fünfte Tag kam und brachte die Rettung. So glaubten wir wenigstens. Denn zwei Stunden nach unserem morgendlichen Aufbruch entdeckte ich in der Ferne einige Gebäude. »Ich sehe ein paar Häuser und ein paar Palmen!«, rief ich.

Mit neuer Kraft strebten wir unserem ersehnten Ziel entgegen. Doch je näher wir kamen, desto ungläubiger schauten wir drein, denn die Gebäude standen ganz offensichtlich leer. Sie waren alt und verwittert und seit langem unbewohnt. Auch die von mir erspähten Dattelpalmen wiesen keinerlei Leben mehr auf, ihre Blätter waren gelb und vertrocknet.

Ich hob den Arm und ließ die Gruppe anhalten. »Wir werden sehen, was das zu bedeuten hat«, rief ich und fuhr zuversichtlich fort: »Bi'r Hacheim kann dies noch nicht sein, denn dies ist eine ausgetrocknete Oase. Wir werden noch ein Stück weiterziehen müssen.«

»Cunrad, auf ein Wort.« Isaak war auf Pollux zu mir herangeritten und fragte leise: »Siehst du das ausgebleichte Schild dort an dem ersten Haus?«

»Ja«, sagte ich, »darauf steht irgendetwas Arabisches.«

»Nein, Cunrad, nicht irgendetwas. Der Schriftzug bedeutet ›Bi'r Hacheim‹.«

»Großer Gott …«

»Ein Irrtum ist ausgeschlossen.«

Ich brauchte mehrere Augenblicke, um meine Fassung wiederzuerlangen. Wenn dieser Ort Bi'r Hacheim war, schien alles verloren. Fieberhaft überlegte ich. Was konnten wir tun? Weitermarschieren? Bleiben? Zurückgehen?

»Was können wir tun?«, fragte ich Isaak. »Hast du einen Vorschlag?«

»Nein«, antwortete Isaak dumpf. »Uns bleibt nur, unser Leben in die Hände des Erhabenen, dessen Name gepriesen sei, zu geben.«

»Ja, wir wollen gemeinsam beten, aber später.« Ich ließ mir von Abul auf den Boden helfen und winkte die Gefährten heran. »Ich will nicht lange drum herumreden«, sagte ich zu ihnen, »dies ist doch Bi'r Hacheim.«

»Was? Wie?«, kam es entsetzt von allen Seiten.

»Ihr habt richtig gehört. Wie es aussieht, werden wir hier keinen Tropfen Wasser bekommen. Doch wir sind noch nicht am Ende, denn wir haben eine Mission zu erfüllen. Heute Abend wollen wir beschließen, was zu tun ist.«

»Können wir nicht einfach weiterziehen?«, fragte Abbo.

»Ich fürchte, nein. Bis zum Golf von Syrte brauchen wir mindestens fünf Tage, vielleicht sechs, und es gibt keinen Brunnen auf dem Weg dorthin. Unsere Wasservorräte reichen dafür auf keinen Fall. Aber wir lassen uns nicht entmutigen. Haben wir bisher nicht jede Situation gemeistert? Nun baut erst einmal die Zelte auf und schlaft euch darin richtig aus.«

Halbwegs beruhigt machten die Gefährten sich an die Arbeit. Die Stimmung allerdings war gedrückt.

Am Abend saßen wir ums Feuer und beratschlagten, was zu tun sei. Wir überlegten hin und her, redeten uns die Köpfe heiß und kriegten uns zum ersten Mal richtig in die Haare, weil die Lage so ausweglos war. Schließlich gebot ich Ruhe und sagte: »Wie es scheint, war ich zu gutgläubig, als man mir sagte, Bi'r Hacheim sei eine blühende Oase. Das tut mir leid. Doch es hilft nichts: Wir werden zurückmarschieren, die ganze Strecke! Wenn wir überhaupt eine Möglichkeit haben zu überleben, dann diese. Zurück wissen wir, was uns erwartet. Vielleicht werden wir trotzdem verdursten. Aber wenn wir sterben, sterben wir alle zusammen.«

Die Gefährten nickten. Meine Worte leuchteten ihnen ein.

»Wenn einer hierbleiben und auf eine vorbeiziehende Karawane hoffen will, soll er für drei Tage Wasser erhalten. Will einer hierbleiben?«

Ich schaute in die Runde. Keiner meldete sich. Keiner außer Abbo.

»Du, Abbo?«

»Ja, Hakim.« Abbo wirkte plötzlich sehr vergnügt. »Aber ich habe mich nur gemeldet, weil mir gerade ein Einfall kam: Wir könnten nachts marschieren! Nachts ist es kühl, da brauchen wir nicht so viel Wasser, und tagsüber ruhen wir.«

»Nachts …?«, wiederholte ich sinnend. »Nachts! Genau, das ist es. Wieso bin ich nicht selbst darauf gekommen?«

Zwei Stunden später brachen wir auf und marschierten hinein in die sternenklare Nacht …

Oh, Tariq, mein großherziger Gastgeber, gewiss fragst du dich, ob unsere Gruppe trotz aller Fährnisse den Weg zurück durch die Wüste bis zu der Stadt Tobruk fand. Nun, sieh mich an. Der Tatsache, dass ich vor dir sitze, magst du entnehmen, dass unser kühner Plan, nur des Nachts zu marschieren, am Ende gelang. Doch ohne zu übertreiben, behaupte ich, dass die Welt niemals zuvor abgezehrtere, ausgebranntere Männer gesehen hat. Und einmal mehr erwies sich in dieser Situation, dass Frauen es an Tapferkeit und Ausdauer mit jedem Mann aufnehmen können. Meine geliebte Aurona war der beste Beweis dafür.

Wenn ich von Tapferkeit rede, kommt mir die junge Bedienstete mit dem gebrochenen Finger in den Sinn. Ich hoffe, es geht ihr gut? Das freut mich. Morgen will ich mir den Bruch ein weiteres Mal ansehen.

Hat deine alte verschleierte Dienerin den Mönchspfeffer erwerben können? Das ist gut. Sie soll daraus wie von mir empfohlen einen Aufguss zubereiten und trinken. Bitte richte ihr meinen respektvollen Gruß aus. Die Speisen, die sie mir auftischte, schmeckten nicht köstlicher als das, was ich in den letzten Tagen genießen durfte, und doch war ihnen etwas ganz Besonderes zu eigen, weil sie von ihrer Hand gereicht wurden.

Wo ist der junge Mann, dem ich gestern die Hand kauterte? Ah, da ist er ja. Hab keine Angst, mein Sohn, ich wickle den Verband ganz vorsichtig ab. Hm. Du wirst die Hand behalten, so viel lässt sich schon sagen. Doch die Wunde ist tief. Es wird eine Weile dauern, bis sie sich geschlossen hat.

Hast du die Brandsalbe besorgt? Da ist sie ja. Wir werden ein wenig davon applizieren, das wird die Schmerzen lindern. Ein neuer Verband ist auch schnell gemacht. Halte die Hand nur schön ruhig und trinke, wenn es nottut, von dem Weidenrinden-Aufguss. Ich wünsche dir gute Besserung und sehe dich morgen wieder.

Oh, Tariq, mein Freund, auch wir werden uns morgen wiedersehen, denn mit unserer glücklichen Ankunft in Tobruk war unsere Reise noch lange nicht zu Ende. Ich will dir erzählen, wie wir am Weißen Meer entlangmarschierten, wie wir durch hüfthohe Berge von Insektenleichen wateten und wie wir um ein Haar alle jämmerlich erstickt wären.

Ich danke dir für deine Aufmerksamkeit und für die Gelegenheit, dir meine Geschichte erzählen zu dürfen, denn das Erzählen macht mich wieder jung.

Ich wünsche dir eine gute Nacht. Allah sei mit dir – und Gott befohlen!

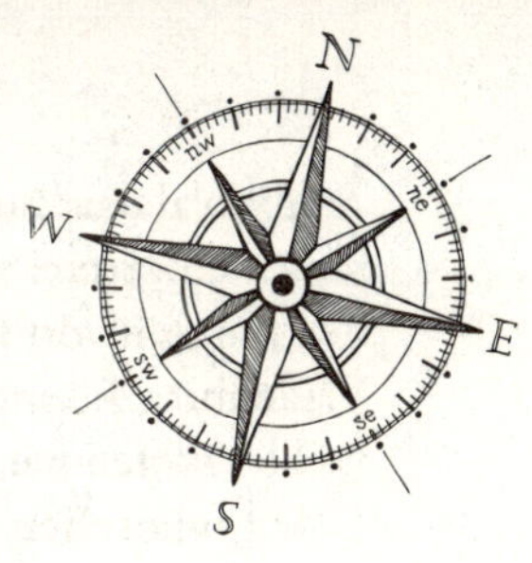

Kapitel 14

Ifriqiyas Küste, April bis Juni 801

Über eine Woche brauchten wir, um uns von den Strapazen der nächtlichen Wüstenwanderung zu erholen. Mensch und Tier waren abgemagert und halb verdurstet. Das galt im Besonderen für Abul. Um ihn hatte ich mir zuletzt am meisten Sorgen gemacht, doch gottlob gab es in Tobruk einen ergiebigen Brunnen, so dass er sich rasch erholen konnte. Schwieriger war es mit dem Futter, denn auch Tobruk war von den Heuschrecken nicht verschont geblieben. Nur im Gebiet westlich des alten Hafenbeckens gab es einige Palmen und Akazien, die zwar ohne Blätter, aber mit unversehrter Rinde dastanden.

Diese Rinde war Abuls Rettung. Mit seinen gewaltigen Stoßzähnen schälte er sie ab, wobei er mehr den linken Stoßzahn einsetzte als den rechten. Ich tätschelte ihn, während er die saftigen Rindenstreifen vertilgte, und sagte: »Es war mir bisher nicht aufgefallen, mein großer Freund, aber es sieht so aus, als seist du linksseitig geschickter. Da haben wir etwas gemeinsam.«

Abul ließ sich durch diese Erkenntnis nicht stören, sondern fraß ohne Pause weiter. »Lass es dir schmecken«, sagte ich und ging zurück zu den Gefährten, die am Feuer saßen. Es war ein prasselndes Feuer, heiß und stark, entzündet aus

Treibholz, das Randolph dazu nutzte, um ein paar frisch gefangene Barsche für uns zu braten – eine Abwechslung, die den meisten von uns hochwillkommen war, denn das ewige Fladenbrot – einerlei, ob aus Hirse- oder Heuschreckenmehl – hatten wir allmählich satt.

Abbo beendete seine Mahlzeit, leckte sich die Finger ab und sagte: »Wenn ihr mich fragt, reicht es allmählich mit dem Fisch. Seitdem wir hier sind, essen wir nur noch Schuppentiere. Wenn das so weitergeht, kriege ich selbst bald Schuppen.«

Daraufhin lachten alle bis auf Isaak, unseren Dolmetscher. »Du vergisst die Muscheln, Langusten und Tintenfische, die regelmäßig im Hafen feilgeboten werden«, erwiderte er. »Auch die haben dir geschmeckt.«

»Das stimmt«, räumte Abbo ein. »Was willst du damit sagen?«

»Ich will damit sagen, dass du keinen Grund zur Klage hast, denn für dich gelten die jüdischen Speisegesetze nicht. Ich hingegen darf nur Schuppentiere essen, alles andere wäre nicht koscher.«

»Ich beklage mich ja gar nicht.«

»Es hörte sich aber so an.«

Bevor die beiden sich in die Haare kriegten, sagte ich: »Wenn ihr schon wieder die Kraft habt, über Fische und anderes Meeresgetier zu streiten, sollten wir morgen weiterziehen. An der Küste der Kyrenaika wird der Speisezettel sicher abwechslungsreicher sein als an einem kahlgefressenen Ort wie Tobruk.«

»Einverstanden.« Abbo grinste.

Auch die anderen Gefährten stimmten zu.

Ich sagte: »Ich habe Erkundigungen eingezogen, von denen ich hoffe, dass sie mehr der Wahrheit entsprechen als das, was ich über die unselige Oase Bi'r Hacheim erfuhr. Also, hört zu: Unser nächster Reiseabschnitt soll bis Darna gehen. Bis dahin sind es, so sagte man mir, an die hundert Meilen. Wir werden also zehn Tage unterwegs sein. Als Wegzehrung wollen wir neben Mehl und Datteln auch Trockenfisch mitnehmen, auch wenn sich mancher aus unserer Runde damit nicht anfreunden wird.«

Ich schaute in Abbos Richtung und hatte die Lacher auf meiner Seite. Dann fuhr ich fort: »Trockenfisch ist sehr gesund und kann mit Wasser schmackhaft aufbereitet werden. An Wasser, so viel scheint sicher, werden wir keinen Mangel leiden. Darna liegt an den Ausläufern des Dschabal-al-Ashdar-Gebirges, wo es häufiger regnet. Deshalb ist die Gegend fruchtbar und vergleichsweise reich an Bäumen. Wenn wir Glück haben, werden wir auch Gelegenheit finden, einem Gottesdienst beizuwohnen, denn in Darna soll es eine Kirche geben. Ich schlage vor, jeder überprüft jetzt seine Ausrüstung, damit wir morgen früh ohne Verzögerung aufbrechen können. Hat jemand noch eine Frage?«

Das war nicht der Fall, und bald darauf gingen wir schlafen.

Am nächsten und an den folgenden fünf Tagen marschierten wir ohne besondere Zwischenfälle stetig an der Küste entlang, zur Rechten sahen wir das Meer blinken, zur Linken das zerklüftete Gebirge aufragen. Seine steilen Abhänge beeindruckten uns besonders am Abend, wenn die letzten Sonnenstrahlen sie in ein flammendes Rot tauchten, ein Rot, das sich nur ganz allmählich verfärbte und in den dunklen Streifen des Küstentieflands überging.

In der Morgendämmerung des sechsten Tages jedoch geschah etwas Unvorhergesehenes. Giso, der als Erster aufgestanden war, stieß einen Laut des Schreckens aus, der die meisten von uns aus dem Schlaf riss. Wir steckten die Köpfe durch die Schlitze der Zeltplanen und trauten unseren Augen nicht. In unmittelbarer Nähe unseres Lagers hatte sich der Boden um drei Fuß angehoben. Von dem flachen Strand, der am Abend zuvor noch hell geschimmert hatte, war nichts mehr zu sehen.

»Was, zum Teufel, hat das zu bedeuten?«, fragte Abbo.

Giso untersuchte die seltsame Masse und rief: »Es sind Heuschrecken! Beim Himmel, woher kommen die Biester so plötzlich?«

»Die wurden bestimmt mit der Flut angetrieben«, vermutete Abbo.

Ich nickte. »Wir haben selbst gesehen, wie ihre Schwärme vom Wind aufs Meer geweht wurden. Sie müssen weit draußen ertrunken und anschließend ans Ufer geschwemmt worden sein.«

»Ausgerechnet dorthin, wo wir lagern«, beklagte sich Giso. »Wo man auch hinblickt, überall Heuschrecken. Ich kann die Krabbelbiester nicht mehr sehen!«

Mittlerweile war es heller geworden, und das ganze Ausmaß der Insekteninvasion wurde deutlich. Die Brandungswellen des Weißen Meeres, die normalerweise hoch aufspritzend gegen das Ufer schlugen, waren zu einer dunklen Masse geworden, die träge auf einer langen Dünung heranschwamm.

»Wir packen zusammen und setzen uns sofort in Marsch«, entschied ich. »Das Meer schichtet die Tiere immer höher auf, demnächst ist hier kein Durchkommen mehr.«

Wir brachen in fliegender Hast das Lager ab und kämpften uns wenig später durch den hüfthohen Sumpf aus toten Tierleibern. Schritt für Schritt ging es voran, jedes Aufsetzen des Fußes ergab ein knirschendes Geräusch, das an das Stapfen durch tauenden Schnee erinnerte. Unser Ziel lag landeinwärts. Es war der schmale, frei gebliebene Streifen des Küstentieflandes, der verlockend grün herüberleuchtete.

Hundert Schritte weiter gerieten wir an eine Senke, wo der Sumpf sehr viel tiefer war. Aurona, von allen am kleinsten gewachsen, kam nicht mehr voran. Sie kämpfte verbissen, doch der ganze Tross geriet ins Stocken. Ich dachte schon, wir würden unser Ziel nie erreichen, als mir der rettende Einfall kam: Abul musste uns helfen! Mein großer Freund hatte wie immer die Gruppe angeführt und dabei eine Schneise in die toten Leiber geschlagen, aber nach jedem Schritt hatte sich der Sumpf wieder hinter ihm und den Karren geschlossen. »Abul, hebe uns auf deinen Rücken!«

Und Abul gehorchte. Nacheinander fanden wir alle Platz in der Houdah, und wer nicht mehr in die Houdah passte, hielt sich von außen an ihr fest. Am Boden blieben nur das Pferd und die beiden Grautiere, denen es als Vierbeiner leichter fiel, die Insektenmassen zu durchpflügen.

Am leichtesten aber fiel es Abul, der unbeirrt und scheinbar mühelos vorwärtsstapfte. Ich saß hinter seinem mächtigen Kopf, rieb über meinen Augenstein und sprach mit ihm: »Abul, mein großer Freund, das machst du wunderbar«, sagte ich. »Ich bin stolz auf dich! Sind wir für dich auch nicht zu schwer? Nun gut, es war nur eine Frage. Ich merke, dein Schritt ist kraftvoll, als gäbe es kein Meer aus Insekten um uns herum. Da vorn, scheint mir, werden die Heuschreckenberge flacher. Ich weiß, wie sehr dich das Grün des Tieflands anlockt, und ich verspreche dir, dass du dich dort nach Herzenslust satt fressen kannst.«

Meine Worte schienen Abul zu beflügeln, denn kurz darauf hatten wir die Flut der toten Leiber hinter uns gelassen, und Abul strebte zu den Büschen und Bäumen. »Lass uns herunter, Abul, danach darfst du alles vertilgen, was du hier siehst. Triebe, Zweige, Blätter, Sprösslinge …«

Abul setzte uns vorsichtig nacheinander auf den Boden, und ich versammelte die Gefährten im Halbkreis um mich. »Ich hoffe, das war unser letztes böses Erlebnis mit den

Heuschrecken«, sagte ich. »Damit sich das auf keinen Fall wiederholt, werden wir am Fuße des Gebirges weiter nach Darna marschieren. Ladet ab und baut die Zelte auf. Wir bleiben hier. Für heute ist unser Bedarf an Abenteuern gedeckt.«

Die Gefährten murmelten zustimmend und machten sich an die Arbeit.

Vier Tage danach marschierten wir in Darna ein, herausgeputzt, als gälte es, an einem römischen Triumphzug teilzunehmen. Nachdem sich die übliche Aufregung um Abul gelegt hatte, sprach ich einige der Neugierigen an und sagte: »Wir sind die Gesandten der Sonne. Wir kommen aus dem Zweistromland, wo der großmächtige Kalif Harun uns mit kostbaren Geschenken ausstattete. Sicher habt ihr schon von unserer wichtigen Mission gehört. Ich bitte für mich und meine Gefährten um einen angemessenen Lagerplatz.«

Darauf erhielt ich keine Antwort, doch zwei oder drei der Gaffer liefen davon und kamen nur wenige Augenblicke später wieder zurück, in ihrer Mitte einen kleinen alten Mann mit lederner Gesichtshaut. Sie blieben vor mir und Abul stehen, und der kleine alte Mann sagte: »Ich bin Khalid, Sohn des Marwan, welcher ein Sohn des Muqanna war.«

Er sagte es in einem Ton, als müsse alle Welt mit seinem Namen und denen seiner Väter etwas anfangen können, und in gewisser Weise hatte er sich damit genau wie ich verhalten. Ich nannte ebenfalls meinen Namen, stellte uns vor und wiederholte den Wunsch nach einem Lagerplatz.

»Die Gesandten Kalif Haruns, des großen *amir al-mu'minin*, dem Allah Gesundheit und ein langes Leben bescheren möge, sind uns jederzeit willkommen«, antwortete Khalid und entblößte dabei einen einsamen Zahn in seinem Mund. »Wollt ihr einen Lagerplatz direkt am Meer?«

»Nicht unbedingt«, sagte ich und dachte an die Heuschrecken.

»Dann wird es schwierig.« Khalid überlegte. »Um ehrlich zu sein, dachte ich im ersten Augenblick, du und deine Männer könnten Christen sein, denn wie Araber und Berber seht ihr nicht aus. Andererseits ist schwer vorstellbar, dass der große *amir al-mu'minin* irgendwelchen Christen kostbare Geschenke anvertraut, nicht wahr?« Er lachte meckernd.

Ich schwieg.

Khalids Gesicht nahm einen listigen Ausdruck an. »Wäret ihr trotzdem damit einverstanden, bei der kleinen Trinitatiskirche zu lagern? Ihr Imam ist ein Priester, der sich Raphael nennt. Ich bin sicher, es wird ihm eine Ehre sein, euch mit Speise und Trank zu versorgen.«

»Ich danke dir. Wo finden wir die Trinitatiskirche?«

»In der Gasse der Fischer und Netzeflicker. Es ist nicht gerade die vornehmste Gegend in unserer Stadt, und auch der Geruch der Netze ist nicht jedermanns Sache, aber ich bin davon überzeugt, dass ihr bei dem Imam Raphael gastliche Aufnahme finden werdet.«

»Ich danke dir, Allah schenke dir eine blühende Gesundheit«, sagte ich und hätte fast hinzugefügt: und ein paar neue Zähne. Doch ich verkniff mir die Bemerkung. Sie hätte mit meinem vornehmen Auftreten nicht im Einklang gestanden.

Wir ritten zum angegebenen Ort und stellten fest, dass es in der Gasse tatsächlich übel roch. Doch an ihrem Ende, das in einen kleinen Platz mündete, wurde die Luft besser. Auf dem Platz stand die Trinitatiskirche. Sie war weiß getüncht, hatte ein Satteldach, wenige Fensteröffnungen und eine Holztür. Durch diese Holztür trat ein Mann in einfacher Kutte heraus. Als er uns sah, schlug er hastig das Kreuz.

»Bist du Pater Raphael«, fragte ich.

»Der bin ich. Und wer bist du?«

»Cunrad von Malmünd, der Anführer dieser Gruppe. Wir alle sind Christen, bis auf Isaak, unseren jüdischen Dolmetscher, und den jungen Arab, der muselmanischen Glaubens ist. Wir kommen von weit her aus dem Frankenland und möchten mit dir einen Gottesdienst feiern. Ferner bitten wir dich, dein Brot mit uns zu teilen und uns hinter deiner Kirche lagern zu lassen.«

Pater Raphael, ein Mann in mittleren Jahren mit schwarzem Vollbart, antwortete: »Es muss Gottes Wille sein, dass er Franken nach Darna geschickt hat, denn auch ich komme aus dem Lande Karls. Bevor ich mich entschloss, das Wort des Herrn in die Welt hinauszutragen, war ich Priester in der Abtei Saint Denis in Lüttich. Es kommt nicht häufig vor, dass sich Christen an unsere Küste verirren, deshalb besteht unsere Gemeinde nur aus wenigen Köpfen. Aber ich bin überzeugt, dass jeder Einzelne von uns euch herzlich willkommen heißen wird. Das gilt auch für eure Tiere, von denen mir der graue Koloss ein Elefant zu sein scheint.«

»Ich danke dir«, sagte ich. »Du hast recht, es ist ein Elefant, auf dem ich reite. Sein Name lautet Abul. Er ist lammfromm und hat noch niemandem etwas zuleide getan. Wenn du einverstanden bist, bauen wir noch in dieser Stunde unsere Zelte auf.«

»Das Haus des Herrn ist groß, Cunrad von Malmünd, und auch für euch ist darin Platz. Ich freue mich, dass du und deine Männer etwas Farbe in meinen Alltag bringen. Heute Abend vor Sonnenuntergang soll eine Eucharistiefeier in meiner Kirche stattfinden, zu der ihr herzlich eingeladen seid. Anschließend wollen wir gemeinsam essen.«

Am Abend fanden wir uns alle in der kleinen Kirche ein, beteten und sangen mit der Gemeinde Darnas, die aus kaum mehr als zwei Dutzend Mitgliedern bestand, und Pater Raphael hielt eine bewegende Predigt, in deren Mittelpunkt er die Abgeschiedenheit seiner Gemeinde stellte, die inmitten von Muselmanen an Ifriqiyas Küste lebte. Die Verse, die er seinen Worten voranstellte, stammten aus dem hundertneununddreißigsten Psalm und lauteten:

Nähme ich Flügel der Morgenröthe
und bliebe am äußersten Meer;
So würde mich doch deine Hand
daselbst führen, und deine Rechte mich halten.

Danach flehte er den Segen des Herrn auf uns herab und vergab uns in seinem Namen unsere Sünden.

»Tretet näher«, befahl er uns mit feierlicher Stimme, und als wir vor dem Altar standen, legte er uns die Hostie auf die Zunge und ließ uns von dem Messwein trinken. Dazu sprach er: »Siehe, das ist mein Leib. Siehe, das ist mein Blut.« Und er fuhr fort: »Wisset, auf diese Weise wurde die geheimnisvolle Wandlung der Substanz von Brot und Wein in den wahren Leib und das wahre Blut Christi vollzogen. In der Hostie ist Jesus, unser aller Herr, wahrhaft gegenwärtig und bleibt es auch nach diesem Tag. Ich segne euch alle und bitte euch, mit mir ein abschließendes Vaterunser zu sprechen: *Vater unser, der du bist im Himmel, geheiligt werde dein Name, dein Reich komme, dein Wille geschehe, wie im Himmel also auch auf Erden …*«

Nach dem »Amen« gingen wir auf den mittlerweile dunklen Platz hinter der Kirche, zündeten Fackeln an und machten ein großes Feuer. Die Gemeinde Darnas bestand aus drei Kaufleuten mit ihren Familien, die sich die verkehrsgünstige Lage ihrer Stadt zunutze gemacht hatten und mit Salz, Fellen und Waffen einen einträglichen Handel trieben. Ihre Kinder hatten als Erste ihre Scheu vor Abul verloren und kletterten begeistert auf ihm herum, wobei sie keinerlei Lust zeigten, das köstliche Mahl mit den Erwachsenen zu teilen.

Denn Pater Raphael hatte es sich nicht nehmen lassen und ein gemästetes Kalb erworben, dessen zartes Fleisch sich über dem Feuer drehte. Eigenhändig schnitt er mir ein Stück ab und sagte dazu mit einem Schmunzeln: »Du bist zwar nicht mein verlorener Sohn, Cunrad von Malmünd, aber meine Freude über deinen Besuch und den deiner Gefährten ist gewiss nicht kleiner als die jenes namenlosen Vaters im Lukas-Evangelium. Darum iss und lass es dir schmecken!«

»Danke, Pater«, sagte ich, aß das Fleisch und dazu den mit Kardamom gewürzten Reis und das feine Gemüse. Die Gefährten taten es mir gleich, sie lachten, schwatzten und genossen es, der geistigen Stärkung in der Kirche die weltlichen Genüsse folgen zu lassen.

Auch Aurona, die ebenso wie Isaak der heiligen Messe ferngeblieben war, sprach kräftig den Speisen zu. Doch nach einer Weile beugte sie sich zu mir herüber und flüsterte: »Ich bin todmüde. Glaubst du, Pater Raphael würde es mir verübeln, wenn ich mich zurückziehe?«

»Bestimmt nicht«, versicherte ich ebenso leise. »Geh nur schon vor und schlafe dich im Zelt aus.« Wie zufällig ließ ich dabei meine Hand auf ihrer Hüfte verweilen. Aurona erhob sich, murmelte eine Entschuldigung und verschwand.

Es war nur eine kurze Berührung voller Zärtlichkeit gewesen, und ich weiß nicht, ob Pater Raphael sie beobachtet hatte, in jedem Fall war sein Ton recht steif, als er zu mir sagte: »Ein hübscher Junge, dessen du dich angenommen hast. Arab, sagtest du, ist sein Name?«

»Äh, ja. Ich habe seinem Vater, einem Beduinenfürsten, versprochen, ihn am Hof Kaiser Karls einzuführen, damit er dort eine gute Erziehung erhalte.«

»Er sollte vor allem zum rechten Glauben erzogen werden, damit ihm seine Sünden vergeben werden können. Am besten, ich rede einmal mit ihm.«

»Das ist ein guter Gedanke«, erwiderte ich und kam mir dabei sehr heuchlerisch vor. »Aber wir wollen morgen schon bei Tagesanbruch unsere Zelte abbrechen, um weiter nach Benghazi zu marschieren.« Diese Absicht hatte ich bislang keineswegs gehabt, doch ich fürchtete die Neugier des Gottesmannes.

»Wie mir auffiel, teilst du mit dem Jungen das Zelt?«

»Sehr richtig. Er ist, äh, wie ein Sohn für mich.«

»Wenn er wie ein Sohn für dich ist, solltest du dich auch wie ein Vater verhalten.«

»Selbstverständlich. Ich tue mein Bestes.«

»Der Junge ist noch nicht einmal im Stimmbruch, habe ich recht?«

»Äh, ja, das hast du richtig bemerkt, Pater. Darf ich so unbescheiden sein und um ein weiteres Stück Fleisch bitten?«

Wir feierten noch bis tief in die Nacht, und als ich schließlich neben Aurona lag, fragte ich mich, ob der Pater mich wirklich der Knabenliebe verdächtigte. Oder vermutete er womöglich in Arab ein Mädchen?

»Ich werde es nur erfahren, wenn ich ihn frage«, murmelte ich zu mir selbst. »Und fragen werde ich ihn nicht.«

»Was sagst du, Liebster?« Aurona war aufgewacht und drehte sich mir schlaftrunken zu.

»Nichts, nichts, schlaf weiter.«

»Gute Nacht, Liebster.«

Ich küsste sie und schlummerte wenig später ein.

»In alten Zeiten erzählte man sich, eine der Aufgaben des Herakles sei es gewesen, die goldenen Äpfel aus den Gärten der Hesperiden zu holen«, sagte Isaak zu mir, während wir uns der Stadt Benghazi näherten.

»Gegen einen Apfel hätte ich jetzt nichts einzuwenden«, antwortete ich, »die letzte gute Mahlzeit haben wir in Darna von Pater Raphael bekommen, und das liegt mehr als drei Wochen zurück.«

»Ja, es gab Kalb vom Spieß, eine wunderbare Speise. Das war etwas anderes als das ewige Einerlei aus Fladen, Fisch und Datteln.«

»Ich denke auch gern daran zurück. Übrigens, das bringt mich auf eine Frage: Ich habe gelernt, dass du als Jude die strengen Speisegesetze deines Glaubens einhalten musst, insofern müsste dir unsere einfache Kost doch eigentlich sehr entgegenkommen, denn sie ist koscher. Trotzdem zögerst du manchmal, sie zu verzehren. Gibt es einen Grund dafür?«

»Ach, es hat nichts weiter zu bedeuten.«

»Wenn du so sprichst, ist genau das Gegenteil der Fall. Was also ist der Grund?«

Isaak seufzte. »Dir bleibt auch nichts verborgen. Wenn ich ihn dir nenne, wirst du mich gewiss auslachen.«

»Ganz sicher nicht.«

»Nun gut. Du weißt, dass ich nur solche Tiere essen darf, deren Hufe zweigespalten sind. Außerdem müssen die Tiere Wiederkäuer sein. Das heißt, ein Kalb oder ein Lamm darf ich verspeisen, ein Schwein aber nicht, weil es kein Wiederkäuer ist.«

»Wir haben auf unserer Reise seit Ewigkeiten kein Schweinefleisch gehabt.«

»Ich weiß. Lass mich weiterreden. Nach jüdischer Lehre sind deshalb andere Landtiere wie Pferde, Esel, Hasen ebenfalls nicht koscher. Geflügel darf dann verzehrt werden, wenn es zu den Haustieren zählt. Ein Raubvogel beispielsweise wäre treifel.«

»Treifel?«

»Das heißt: nicht koscher.«

»Nun gut, du hast mir immer noch nicht verraten, warum du manchmal zögerst, unsere Kost zu genießen.«

»Es hängt mit den Kamelen zusammen.«

»Nanu? Du spannst mich auf die Folter.«

»Kamele sind treifel. Sie sind zwar Wiederkäuer, aber haben keine zweigespaltenen Hufe.«

»Das weiß ich. Ich kann mich aber nicht erinnern, dass für unsere Mahlzeiten jemals Kamelfleisch oder Kamelmilch verwendet wurde.«

»Das Fleisch oder die Milch nicht. Dennoch gibt es etwas, das Randolph dann und wann verwendet hat. Es ist der getrocknete Dung des Kamels, der ihm zum Feuermachen dient.«

»Ich verstehe nicht.«

Isaak seufzte abermals. »Die Frage ist doch, ob es einem gläubigen Juden erlaubt ist, eine koschere Speise zu genießen, die auf einem Feuer zubereitet wurde, das mit den Ausscheidungen eines nichtkoscheren Tieres entfacht wurde.«

Ich schüttelte den Kopf. »Denkst du da nicht ein wenig zu kompliziert?«

»Keineswegs. Ich bin sicher, dass unser Rabbi in Aachen sehr viel Zeit benötigen würde, um diese Frage zu klären. Sag, Cunrad, glaubst du, dass wir noch in diesem Jahr die Heimat erreichen werden?«

Ich überlegte. »Das ist schwer zu beantworten. Wir schreiben bereits Mai. Ich weiß nicht, wie lange wir noch bis Qairawān brauchen werden. Vielleicht sechs, vielleicht acht Wochen. Sind wir dort glücklich angekommen, müssen wir noch weiter bis Sūsa ziehen, das ist der Hafen von Qairawān. Im Hafen dann gilt es, ein Schiff zu finden, das groß genug ist, Abul über das Meer zu transportieren. Mit einem Wort: Ich weiß es nicht.«

»Der Erhabene, dessen Name gepriesen sei, wird es wissen. Das mag genügen.«

»Du hast recht, Gott wird es wissen.« Wir ritten eine Zeitlang schweigend nebeneinanderher. Dann fiel mir etwas ein: »Wie kamst du eigentlich vorhin auf die Gärten der Hesperiden, in denen Herakles goldene Äpfel holen sollte?«

»Ganz einfach, die Hesperiden waren es, nach denen die alten Griechen die Stadt, die heute Benghazi heißt, benannten. Ihr Name war Euhesperides, und sie war eine griechische Kolonie.«

»Ich staune über dein Wissen.«

Isaak lächelte geschmeichelt. »Es ist nicht der Rede wert. Vielleicht liegt es daran, dass ich mehrere Sprachen spreche. Neben unserem schönen Fränkisch auch Englisch, Italienisch, Arabisch und Griechisch. In Bagdad besuchte ich, wie du weißt, manchmal Ephraim, den *Resch Galutha* meiner dortigen Landsleute. Er führte ein gastliches Haus, in dem auch Griechen ein und aus gingen. Mit ihnen unterhielt ich mich mehrmals über die Küste Ifriqiyas. Übrigens: Da vorn hinter den Wassergräben mit dem Schöpfrad scheint Benghazi zu beginnen.«

»Das scheint mir auch so. Was meinst du, sollen wir wieder im Triumphzug einmarschieren?«

»Schaden kann es nicht.«

Bald danach zogen wir unter Gesang und Schildgedröhn in die Stadt ein. Wir brauchten nicht lange, um zu erkennen, dass sie einst bessere Tage gesehen hatte, denn überall starrte uns der Verfall an. Viele Gebäude waren verlassen, von anderen waren nur noch Mauerreste erhalten. Ich dachte schon, wir würden trotz unseres Auftretens nicht beachtet, als eine Sänfte von vier starken Männern herangetragen wurde. Wer darin saß, blieb mir verborgen, denn dichte Vorhänge versperrten den Blick ins Innere.

Die Träger der Sänfte machten halt, und auch ich brachte unsere Gruppe zum Stehen.

Einer der Vorhänge wurde zurückgezogen. Im Halbdunkel erkannte ich ein verschleiertes Gesicht. »Wer bist du?«, fragte eine weibliche Stimme.

Ich stellte mich und meine Gefährten vor. »Und wer bist du?«

»Ich bin Rabia, die Prinzessin der Welt.«

»Nun, wir fühlen uns sehr geehrt, von einer leibhaftigen Prinzessin begrüßt zu werden«, sagte ich höflich und fragte mich, wer die seltsame Königstochter in Wahrheit sein mochte. »Wo finde ich deinen Vater, verehrte Prinzessin?«

»Er kämpft gegen die verfluchten Truppen des verfluchten Kalifen. Er hat sie hinaus in die Wüste gejagt und wird sie dort vernichten.«

»Äh, natürlich. Das freut mich zu hören.« Hatte ich es mit einer Verrückten zu tun? »Dürfen wir auf deine Gastfreundschaft hoffen und in der Stadt deines Vaters lagern?«

»Das dürft ihr«, kam es gnädig aus dem verdunkelten Kasten. »Wartet, bis er zurückkehrt, dann könnt ihr gemeinsam gegen den verfluchten Kalifen kämpfen.«

»Gewiss.«

In diesem Augenblick erschien ein hagerer Alter mit schlohweißen Brauen. Er verbeugte sich vor uns und steckte den Kopf in das Fenster der Sänfte. Dann gab er den Trägern einen Wink, und sie trugen ihre Last davon.

Der Alte verbeugte sich abermals und sagte zu mir: »Ich nenne mich Aristoteles und bin Rabias Erzieher. Eigentlich bin ich Astronom, aber der Mensch muss von etwas leben.«

»Hast du Rabia dazu erzogen, eine Prinzessin zu sein?«, fragte Isaak mit einigem Spott in der Stimme.

Aristoteles blieb ernst. »Sie ist ein gutes Kind. An manchen Tagen ist sie ganz normal, an anderen wieder recht verwirrt. Heute ist sie verwirrt. Ihr Vater ist der Kaufherr Abdallah ibn Yunus, der mit Salz und Seide handelt. Er nennt sie häufig Prinzessin, weil er sie trotz ihres wunderlichen Wesens vergöttert. Außerdem ist er nicht gut auf einen gewissen Kalifen, dessen Namen ich nicht nennen darf, zu sprechen und stöhnt unter der Steuerlast. Seit einer Woche befindet er sich auf Reisen ins Innere des Landes und wird im nächsten Monat zurückerwartet. Ihr seht, meine Herren, Rabia mischt Dichtung und Wahrheit zusammen, aber sie ist ein harmloses Kind. Wie kann ich euch helfen?«

Ich wiederholte meinen Wunsch nach einem Lagerplatz.

Aristoteles überlegte. »Am besten, ihr zieht zum Platz des Hischam, der nach einem omayyadischen Kalifen benannt wurde. Er liegt direkt am Hafen.«

»Verzeih, ich will nicht undankbar erscheinen«, entgegnete ich, »aber gibt es noch einen anderen Platz, an dem wir rasten können?«

Aristoteles zog die schlohweißen Brauen hoch. »Warum? Der Platz am Hafen ist sehr schön.«

»Um ehrlich zu sein, vermeiden wir seit mehreren Wochen, in unmittelbarer Nähe des Meeres zu lagern.« Ich erzählte unser Erlebnis mit den angeschwemmten Heuschrecken.

»Ja, ja, die Heuschrecken!«, rief Aristoteles. »Sie sind eine schreckliche Plage, wir hörten davon. Doch Allah in seiner Barmherzigkeit hat es gefallen, sie von Tobruk aus nicht weiter in den Westen vordringen zu lassen. Die Gefahr, dass die Flut sie hier anspült, ist deshalb ausgeschlossen. Wie sagt unser Prophet Mohammed, Allah segne ihn und spende ihm Heil, in einer Sure des heiligen Korans: *Jedes Weibchen legt neunundneunzig Eier, legte es hundert, würde die Welt überschwemmt.*«

»Wenn du sicher bist, dass wir auf dem Platz des Hischam in Ruhe lagern können, will ich deinen Vorschlag gern annehmen«, lenkte ich ein, »doch von wem erhalten wir die Erlaubnis, unsere Zelte aufschlagen zu dürfen?«

»Von mir«, antwortete Aristoteles mit Würde. »Der Platz gehört meinem Herrn Abdallah ibn Yunus, ich bin befugt, in seinem Namen zu sprechen.«

»Dann danke ich dir. Darf ich dich nachher zu einem bescheidenen Mahl an unser Feuer einladen?«

»Sehr gern. Es wird mir ein Vergnügen sein.«

Aristoteles entfernte sich, und wir begannen, das Lager aufzubauen.

Später, als Aristoteles in unserer Runde saß und, ohne eine Miene zu verziehen, die bescheidene Kost mit uns teilte, fragte ich ihn, warum er den Namen Harun al-Raschid nicht nennen dürfe.

»Ich nehme den Namen nicht in den Mund, weil ich in den Diensten von Abdallah ibn Yunus stehe.«

Isaak, der mitgehört hatte, fragte: »Kannst du uns das näher erklären?«

Aristoteles schluckte einen Bissen hinunter und antwortete: »Dazu muss ich etwas weiter ausholen. Mein Herr Abdallah ist ein stolzer Berber und gehört den Ibaditen an, welche eine besondere Glaubensgemeinschaft unter den Muselmanen darstellen. Die Ibaditen wiederum wurden von den Abbasiden unter ihrem Heerführer Ibn al-As'at bei Tawergha vernichtend geschlagen. Das war im Jahre 139 nach der Auswanderung des Propheten Mohammed, oder, wie die Christen sagen würden, anno 761. Abdallah behauptet, seitdem sei kein anständiger Ibadit gut auf die Kalifen der Abbasiden zu sprechen. Schon das Nennen eines ihrer Namen kommt für ihn einer Beleidigung gleich.«

»Jetzt verstehe ich dich. Dein Verhalten ist sehr ehrenhaft«, sagte ich.

»Ich danke dir.« Aristoteles deutete eine Verbeugung an. »Auch Tawergha ist ein Reizwort für Abdallah, dennoch führt er jedes Jahr eine Karawane zu der Oasenstadt, weil die Handelsmöglichkeiten für Salz und Seide dort ausgezeichnet sind. Auch in diesem Jahr ist er wieder unterwegs.«

»Wie es scheint, ist nicht nur er unterwegs, sondern auch seine Tochter«, sagte Isaak trocken und deutete auf ihre Sänfte, die in diesem Augenblick herangetragen wurde.

Aristoteles seufzte. »Manchmal ist es nicht leicht mit ihr. Ich hatte ihr verboten, das Haus zu verlassen, aber sie hat ihren eigenen Kopf. Ich werde umgehend dafür sorgen, dass sie euch nicht belästigt.«

Er wollte aufstehen, aber ich hielt ihn zurück. »Das tut sie nicht«, widersprach ich. »Sie ist an unserem Feuer willkommen und darf sich gern zu uns setzen.«

So kam es, dass Rabia, ein Mädchen von vielleicht zehn Jahren, in unserem Kreis Aufnahme fand. Sie war recht hübsch und am Anfang ziemlich schweigsam, doch als Abbo aufstand und sich das Schwert umgürtete, weil er auf Wache gehen wollte, rief sie plötzlich: »So ist es richtig, zeige dem verfluchten Kalifen, wie ein Ibadit kämpft! Und grüße den König von seiner treuen Prinzessin!«

»Was sagt sie?«, fragte Abbo verständnislos.

»Nichts weiter«, sagte ich schnell. »Geh nur auf Wache.«

Aristoteles, dem der Zwischenfall peinlich war, wollte sich abermals erheben und seine Anbefohlene zu der wartenden Sänfte führen, aber ich sagte: »Ich glaube, es ist für Rabia nicht gut, so viel allein zu sein. Den jungen Arab habe ich dir bereits vorgestellt. Er ist nicht viel älter als Rabia, und es verstößt gewiss nicht gegen die Schicklichkeit, wenn beide einen Spaziergang um das Lager machen. Kinder sprechen doch ihre eigene Sprache.«

»Da magst du recht haben.« Widerstrebend setzte sich Aristoteles wieder.

Aurona aber wisperte mir erbost ins Ohr: »Wie kommst du dazu, mir ungefragt dieses Kind aufzuhalsen! Ich denke nicht daran, mich mit ihm abzugeben.«

»Bitte!«, flüsterte ich zurück. »Ich weiß auch nicht, warum mir der Einfall gekommen ist, aber mir tut Rabia leid.

Ich glaube wirklich, dass sie sehr einsam ist und ihre Gedanken deshalb häufig einen wirren Weg einschlagen.«

In meine Worte hinein sagte Aristoteles: »Es ist sehr freundlich von dir, Arab, dass du dich ein wenig um Rabia kümmern willst. Lass dich mit ihr in das Haus meines Herrn tragen, dort könnt ihr ungestört plaudern. Wenn du zurück zu den Deinen willst, wird ein Wort genügen, und die Sänfte bringt dich wieder hierher.«

Aurona erhob sich, warf mir einen vernichtenden Blick zu und ging mit Rabia zu der Sänfte.

Aristoteles sah den beiden nach und trank einen Schluck aufgegossene Minze. »Rabia hat keine Mutter und auch keine Geschwister«, sagte er. »Glaubst du wirklich, dass ihre Verwirrtheit etwas mit ihrer Einsamkeit zu tun hat?«

»Ich bin mir nicht sicher«, antwortete ich, »aber ich halte es für möglich. Komm, iss noch ein wenig.«

»Danke, du und deine Gefährten seid sehr gastfreundlich. Ich hoffe, ihr bleibt recht lange in Benghazi?«

»Wir werden morgen oder übermorgen weiterreisen.«

»Das ist schade, ich hätte mich gern mit dir über das Phänomen der Mondfinsternis unterhalten. Als Hakim ist dir sicher bekannt, dass der Mond sehr seltsame Auswirkungen auf den Schlaf haben kann.«

»Ja, ich habe darüber gelesen.«

»Vielleicht könnten wir wenigstens den heutigen Abend nutzen und über eine meiner Theorien sprechen?«

»Gewiss«, sagte ich.

»Es ist so«, begann Aristoteles eifrig, »dass der Grieche Aristarch von Samos – ich nehme an, du hast von ihm gehört – die Größe des Mondes und seinen Abstand zur Erde berechnet hat. Der Abstand des Mondes wiederum bedingt den Einfluss auf den Schlaf und das Kuriosum des Schlafwandelns. Kleinerer Abstand bedeutet ausgeprägteres Schlafwandeln, größerer Abstand geringeres. Da nun der Abstand des

Mondes zur Erde durchaus wechselt, muss sich auch eine Wechselwirkung auf das Schlafwandeln ergeben.«

»Sehr interessant«, sagte ich höflich. In Wahrheit aber machte mich das viele Reden über den Schlaf recht müde.

Dennoch sprachen wir bis spät in die Nacht miteinander, und als ich nach einem letzten Rundgang in mein Zelt kroch, ruhte Aurona bereits auf unserem Lager. Sie war noch wach, und zu meiner Erleichterung schien sie mir nicht mehr zu zürnen.

»War es sehr anstrengend, sich mit Rabia zu unterhalten?«, fragte ich, während ich mich neben sie legte.

Aurona bettete den Kopf in meine Armbeuge und gab flüsternd Antwort: »Zuerst, in ihrer Sänfte, schwiegen wir uns gegenseitig an. Rabia, weil sie verlegen zu sein schien, ich, weil ich noch böse auf dich war. Später in ihrem Haus jedoch kamen wir ins Gespräch.«

»Und redete sie wirres Zeug?«

»Ein paar Male am Anfang, aber danach nicht mehr, vielleicht, weil ich nicht auf ihren Unsinn einging. Ich sprach sie auch nicht mit Prinzessin an, und als sie von ihrem Vater, dem König, erzählte, der den verfluchten Kalifen besiegen würde, fragte ich sie, ob sie sich schon auf den Tag freue, an dem ihr Vater, der Kaufherr, mit seiner Karawane nach Benghazi zurückkehre. ›Ja‹, antwortete sie, ›sehr. Er ist jedes Mal so lange fort.‹

Von da an verlief unser Gespräch ganz normal. Sie zeigte mir die Henna-Mischungen, die sie selbst hergestellt hatte, und fragte mich, warum ich als Junge ein Gesichtstuch tragen würde. Ich erzählte die Notlüge mit dem Feuermal, und sie zeigte sich sehr mitfühlend. Sie schenkte mir sogar ein Gesichtstuch aus Seide, ein sehr schönes, mit schwarzen und violetten Ornamenten. Sieh mal, ich habe ihr versprochen, es fortan zu tragen.«

Aurona zeigte mir im schwachen Schein der flackernden

Öllampe das Tuch, und ich sah, dass es tatsächlich sehr schön war. »Ich bin froh, dass alles einen so guten Ausgang genommen hat«, sagte ich. »Lass uns jetzt schlafen, meine Liebste.«

Die folgenden drei Wochen verliefen ohne besondere Ereignisse. Unser Tag wurde bestimmt vom Abbrechen und Aufbauen des Lagers, von der Wasserbeschaffung, der Nahrungsaufnahme und vom stundenlangen Marschieren. Abends sanken wir müde in den Schlaf, und morgens beim ersten Sonnenstrahl waren wir wieder unterwegs. Auf diese Weise erreichten wir den Küstenabschnitt, an dem das Land wieder nach Westen schwenkt, passierten die Höhe von Aschdabiya, jener Stadt, die wir eigentlich beim Durchqueren der Kyrenaika hatten erreichen wollen, zogen weiter am Meer entlang, weiter und immer weiter, ließen die Stadt Sirte, die dem Golf ihren Namen gegeben hatte, hinter uns und folgten der uralten Straße, die zwei Tagesreisen später ins Landesinnere führte. Es war nicht die Richtung, in die wir strebten, doch ein paar Bauern versicherten uns, dies sei der richtige Weg, um unser nächstes Zwischenziel, die Stadt Misurata, zu erreichen.

Vier weitere Tage marschierten wir, bis wir zu unserer Rechten Wasser aufblinken sahen. Aber es war nicht das Meer, sondern ein kleiner See, der sich vor uns auftat. Sein Wasser erwies sich als trinkbar, so dass wir beschlossen, in seiner Nähe zu lagern. Während wir die Zelte aufbauten, sagte ich zu Isaak: »Wir wollen hier zwei oder drei Tage bleiben. Der Uferbewuchs wird unsere Tiere ausreichend versorgen.«

Isaak hob die Packtaschen von Pollux herunter und sagte: »Ja, es ist schön hier. Das Blau des Sees, das Grün des Schilfs und das Weiß der Düne ergeben ein reizvolles Bild.«

Abbo kam und sagte: »Hakim, hinter der weißen Düne ist eine Kreuzung, Giso hat herausgefunden, dass es nach Westen zu einem Dorf namens Zlitan geht, nach Norden in Richtung Tawergha und Misurata. Das heißt, wir sind auf dem richtigen Weg. Soll ich Wachen aufstellen?«

Ich überlegte kurz. »Ja, tu das. Zwei Mann sollen die Kreuzung im Auge behalten. So können wir nicht überrascht werden.«

»Wird gemacht, Hakim.«

Isaak fragte: »Meinst du, die Gegend hier ist gefährlich?«

»Nein, aber wir müssen vorsichtig sein. Niemand kann wissen, was die nächsten Stunden bringen. Vor dem gemeinsamen Mahl will ich die Gefährten zusammenholen und ein paar Worte an sie richten.«

»Hört zu«, sagte ich wenig später zu ihnen, »ich wurde von verschiedener Seite gefragt, wie lange wir noch durchhalten müssen. Die Antwort ist: Ich weiß es nicht. Niemand kann sagen, was morgen sein wird. Was ich aber weiß, ist, dass jeder Tag, an dem wir marschieren, uns einen Tag näher an unser Ziel bringt. Wir müssen Geduld haben und stark sein. Seht ihr die riesige weiße Düne dort? Sie ist sicher dreimal so hoch wie das große Tor des Khuld-Palastes in Bagdad, und doch wird sie uns nicht aufhalten können, denn hinter ihr geht es weiter nach Misurata. Wir sind also auf dem richtigen Weg, und irgendwann wird auch unsere Straße zu Ende sein.«

»Werden wir Weihnachten in der Heimat verbringen?«, fragte Randolph, der in der Zwischenzeit die Mahlzeit vorbereitet hatte.

Ich zögerte. »Das kann nur Gott allein beantworten. Bis dahin muss einer für den anderen einstehen. Nur gemeinsam sind wir stark.«

Abbo grinste. »Und nur gemeinsam ist Randolphs Kost zu ertragen.«

Damit war die Anspannung gelöst, und in das allgemeine Gelächter sagte ich: »Du, Abbo, kannst für Abwechslung in Randolphs Speisezettel sorgen, indem du ein paar Fische aus dem See fängst. Du magst doch so gern Fisch.«

Wieder lachten alle, diesmal jedoch nicht auf Randolphs, sondern auf Abbos Kosten.

Der ertrug es mit Gelassenheit. »Ich werde mal nachsehen, ob welche drin sind«, sagte er und machte sich zum Schein auf den Weg. Doch mitten in der Bewegung blieb er stehen: »Seht mal, was ist das?« Er wies mit der Hand auf etwas, das sich hinter der Düne wie eine gewaltige braune Wolke auftürmte. Gleichzeitig begannen um uns herum die Zeltplanen zu flattern. Ein heißer Wind fuhr durch das Lager. Randolphs Feuer loderte auf und sank in sich zusammen. Sandkörner hatten es erstickt. Millionen Sandkörner, die plötzlich in der Luft waren. Der Himmel verdunkelte sich. Die Gefährten hatten Mühe, sich auf den Beinen zu halten.

»Sucht Schutz in den Zelten!«, rief ich, doch meine Worte gingen unter in einem dumpfen Rauschen. Das Rauschen schwoll an, wurde stark und stärker, Sand pfiff uns um die Ohren, biss uns in die Haut, drang in Körper und Kleider, unaufhaltsam, allgegenwärtig. Es war, als befänden wir uns im Mahlstrom einer riesigen Sanduhr.

Doch es war keine Sanduhr, die uns die Zeit anzeigte, es war ein Sandsturm, der unsere letzte Stunde einzuläuten schien. »In die Zelte!«, rief ich abermals und versuchte, meine Worte mit Armbewegungen zu unterstützen. Hatten die Gefährten mich verstanden? Ich wusste es nicht. Sie taumelten unter der Gewalt des Sandes. Ich taumelte ebenfalls, suchte Halt, fand ihn nicht, kroch vorwärts, halb blind, halb taub. »Aurona! Aurona, wo bist du?«

Da, das Zelt. War es unser Zelt? Einerlei, ein Zelt! Ich zwängte mich hinein, versuchte, es hinter mir zu schließen. »Aurona?«

Sie presste sich, zitternd vor Angst, auf unser Lager, sagte irgendetwas, das ich nicht verstand. »Was sagst du? Hab keine Angst, es ist gleich vorbei. Nur ein Sandsturm, nur ein Sandsturm …« Ich beugte mich über sie, um sie zu schützen. »Es ist nur Sand, gleich vorbei …«

Doch der Sturm schien immer noch anzuschwellen. Er brüllte, tobte, dröhnte wie tausend Orgeln. Wie mit Peitschen schlug er auf unser Zelt ein, das sich ihm, lächerlich klein und schwach, entgegenstemmte. Dann riss die erste Plane. Sand flutete auf uns zu. Ein Schmerz wie Nadelstiche. Blindheit, Hilflosigkeit. »Aurona …?«

Ich merkte, wie mir die Luft knapp wurde. Luft, Luft! Herrgott, ich kann doch keinen Sand atmen! Mit letzter Kraft öffnete ich meinen hölzernen Instrumentenkasten und nestelte einen Leinenstreifen hervor, band ihn mir vors Gesicht. Luft, Luft …! Dann verlor ich die Besinnung.

Ich wachte auf, weil mir die Sonne grell ins Gesicht schien. Ich blinzelte. Meine Augen und meine Lungenflügel brannten. Was war geschehen? Dann fiel es mir wieder ein: der Sandsturm!

Ich wollte mich aufrichten, aber es gelang mir nicht. Ich steckte hilflos im Sand. »Aurona?« Suchend drehte ich den Kopf und erblickte einen Mann, der neben einer halb verwehten Frau kniete und sie ausgrub. Das musste Aurona sein. Aber wer war der Mann? Ich kannte ihn nicht. Er war kostbar gewandet und fragte sie in diesem Augenblick: »Woher hast du das Tuch, das du im Gesicht trägst?«

Aurona starrte ihn an. Sie war noch nicht in der Lage zu antworten.

»Er hat es von Rabia, der Tochter des Kaufherrn Abdallah ibn Yunus«, krächzte ich.

Der Mann fuhr herum. »Ich bin Abdallah ibn Yunus, und wer bist du?«

Ich nannte ihm meinen Namen und bat: »Hilf mir heraus, alles andere können wir später besprechen.«

Abdallah winkte ein paar Männer herbei, die aussahen wie Kameltreiber, und gemeinsam befreiten sie mich. Dann wandten wir uns Aurona zu. Vorsichtig entfernten wir den Sand, der sie begrub, und ich erklärte Abdallah, Aurona heiße Arab und sei der Sohn eines mir befreundeten Beduinenfürsten.

Während ich das sagte, drückte ich verstohlen ihre Hand, denn größere Zärtlichkeiten ließ die Situation nicht zu. Laut sagte ich: »Unsere Gruppe umfasst insgesamt elf Mann, wir müssen nach den restlichen neun suchen.«

Mit vereinten Kräften gelang es, alle anderen Gefährten zu finden und lebend aus dem Sand zu bergen, alle anderen, bis auf zwei. Es waren die beiden, die Abbo auf Wache geschickt hatte. Ich sandte ein Stoßgebet zum Himmel und bat den Herrn, sie mögen am Leben sein, denn mehr konnte ich im Augenblick nicht für sie tun. Dann kümmerte ich mich weiter um die Überlebenden. Sie waren im Lager an ganz unterschiedlichen Stellen verschüttet worden, nachdem sie zuvor mehr schlecht als recht Schutz gesucht hatten – die meisten von ihnen in der Houdah.

Vom Lager selbst war kaum noch etwas zu erkennen. Die weiße Düne hatte es vollends begraben. Nur hier und da ragte eine Plane oder eine Zeltstange aus dem Sand heraus. Dazu ein Stück granitener Fels, über dem sich ein grauer Arm matt bewegte.

Ein grauer Arm?

»Großer Gott, Abul, dich habe ich ganz vergessen!«, rief ich und eilte zu ihm. »Mein großer Freund, wie geht es dir? He, Männer, kommt, wir müssen das Tier befreien, es steckt fast vollständig im Sand. Rasch, rasch, beeilt euch!«

Es war ein hartes Stück Arbeit, das riesige Rüsseltier zu befreien, denn der Sand verhielt sich beim Graben wie Wasser und floss hartnäckig immer wieder in seine ursprüngliche Position zurück. Doch schließlich hatten es die Männer geschafft. Abul stand, wenn auch auf wackligen Säulen, in ganzer Größe vor uns, hielt seinen Rüssel in einen Ziegenschlauch und trank durstig.

Ein so gewaltiges Tier hatten Abdallah und seine Kameltreiber nie zuvor gesehen, und der Kaufherr sagte staunend zu mir: »Allah, der Allerbarmer und Weltenkluge, hat auch diese Kreatur erschaffen, und es war sein Wille, dass sie am Leben bleibt. Ebenso wie die beiden Esel mit den seltsamen Namen Kastor und Pollux. Du kannst von Glück sagen, Cunrad von Malmünd, dass meine Karawane deine Gruppe so kurze Zeit nach dem Sandsturm aufgespürt hat. Denn mit dem Ghibli, wie wir den Südwind nennen, ist nicht zu spaßen. Die Alten erzählen, dass er schon so manchen Sandsturm entfacht und so manchen Reisenden erstickt hat. Doch nun lass uns essen und trinken. Ich habe gute Geschäfte in Tawergha machen können und führe schmackhafte Speisen mit mir. Außerdem hast du mir noch immer nicht erzählt, wie der junge Arab an das Gesichtstuch von meiner kleinen Prinzessin gekommen ist.«

»Das kann er dir auch selbst erzählen«, antwortete ich und hoffte, Aurona damit nicht wieder bevormundet zu haben. Doch sie schien nichts dergleichen zu denken, denn als wir später an Abdallahs Feuer saßen, plauderte sie recht angeregt mit ihm und erzählte ihm alles, was er wissen wollte.

Ich schaltete mich in die Unterhaltung ein und sagte zu Abdallah: »Höre, dass ich ein Hakim bin, weißt du bereits, deshalb erlaube mir, dass ich als Hakim zu dir spreche. Deine Tochter Rabia ist ein reizendes Mädchen, aber sehr einsam. Es wäre gut, wenn du dafür sorgen könntest, dass sie in

Zukunft zusammen mit anderen jungen Frauen unterrichtet wird.«

»Warum sollte ich das tun?« Abdallah biss herzhaft in ein mit Safran gewürztes Hühnerbein.

»Weil die Einsamkeit ihr schadet.« Dann erklärte ich dem Kaufherrn, welche Folgen das Alleinsein für Rabia nach sich zog, und fuhr fort: »Ein gemeinsamer Unterricht mit anderen Mädchen hätte auch den Vorteil, dass Aristoteles mehr Freude an seiner Arbeit fände.«

»Ich will darüber nachdenken.«

Der weitere Abend verlief sehr harmonisch, doch gegen Ende ereilte uns eine schlechte Nachricht. Die ortskundigen Kameltreiber, die Abdallah ausgeschickt hatte, um unsere vermissten Wachen zu suchen, kamen ohne Ergebnis zurück. »Wir haben sie nirgendwo finden können, wahrscheinlich hat sie der Sand begraben«, erklärten sie. Und einer von ihnen fügte hinzu: »Auch der Braune, nach dem wir suchen sollten, ist spurlos verschwunden. Der Ghibli hat ihn sich geholt.«

Danach herrschte Schweigen. Schließlich sagte Abdallah: »Wir wollen zu Allah, dem Erbarmer, dem Barmherzigen, beten, denn was geschehen ist, war sein Wille.«

Ich erhob mich langsam und sagte: »Auch wir wollen zu Gott, dem Allmächtigen, beten, denn seinem unergründlichen Ratschluss haben wir uns zu beugen. Abdallah, du warst so freundlich, uns zwei Zelte zur Verfügung zu stellen, erlaube, dass wir uns dahin zurückziehen.«

Abdallah nickte mit Würde. »Ich erlaube es. Wenn ihr noch irgendetwas braucht, lass es mich wissen.«

Daraufhin betete jede Gruppe für sich getrennt. Die eine zu Allah, die andere zu Gott, und beide erflehten von ihrem Schöpfer das Gleiche.

Die anschließende Nacht war für uns alle kurz und unruhig.

Am anderen Morgen sagte ich zu Abbo: »Nimm zwei Mann und stelle selbst Nachforschungen an. Ich hoffe noch immer, dass unsere vermissten Gefährten wieder auftauchen. Aber gehe so vor, dass Abdallah es nicht bemerkt. Er soll nicht glauben, wir würden dem Urteil seiner Männer misstrauen.«

»Das mache ich«, sagte Abbo und verschwand.

Wir anderen waren den ganzen Morgen damit beschäftigt, die Reste unserer Ausrüstung den Sandmassen zu entreißen, wobei Abdallahs Kameltreiber uns einmal mehr behilflich waren. Gegen Mittag ergab sich folgendes Bild: Nahezu alles war noch vorhanden, bis auf ein paar Zeltstangen und Planen, die sich trotz intensiver Suche nicht wieder anfanden. Die beiden Karren, unsere einzigen Transportmittel, waren unversehrt geblieben. Dasselbe galt für die Houdah und – am wichtigsten von allen – die Verträge, die Kalif Harun uns mitgegeben hatte.

Einzig unser Mehl war völlig versandet und taugte nicht mehr zum Brotbacken. Die Datteln und der Trockenfisch hingegen konnten im nahen See abgespült und vom Sand befreit werden. Dennoch jammerte Randolph: Fisch und Datteln! Wer soll das essen? Davon kriege ich doch keinen satt.«

»Ich könnte dir mit ein paar Sack Mehl aushelfen«, bot der hilfsbereite Abdallah an. »Es ist Hirsemehl, sehr schmackhaft und sehr nahrhaft.«

Randolph schaute mich fragend an.

»Wir stehen tief in deiner Schuld, Abdallah«, sagte ich, »aber uns bleibt nichts anderes übrig, als anzunehmen. Ich wünschte, ich könnte mich in irgendeiner Form dafür erkenntlich zeigen.«

»Nun, vielleicht kannst du das«, antwortete der Kaufherr, »einer meiner Treiber hat einen vereiterten Zahn. Wenn du den ziehen würdest, wäre ihm sehr geholfen.«

»Gern«, antwortete ich, »ich hole nur rasch meine Instrumente. Lass in der Zwischenzeit einen Kamelsattel in den Sand stellen, damit der Kranke sich daraufsetzen kann.«

Als ich mit meinem hölzernen Kasten zurückkam, saß der Patient bereits und schaute mir misstrauisch entgegen. »Du brauchst keine Angst zu haben«, sagte ich zu ihm. »Dreh den Kopf mehr zur Sonne, ich brauche Licht.«

Er gehorchte.

»Nun sperr den Mund weit auf, dann wird das Ganze schnell vorbei sein.« Ich gab mich dabei zuversichtlicher, als ich war, denn eine Zahnbehandlung ist immer schmerzhaft und schwierig.

Er nickte scheu. Trotz meiner Worte hatte er Angst.

»Lass den Mund geöffnet.« Ich schaute hinein in die dunkle Höhle und entdeckte den Übeltäter, einen kräftigen, angefaulten Backenzahn. »Warte.« Ich nahm eine Zange mit gebogenen Enden und rüttelte damit an dem Zahn. Er gab ein wenig nach. Ich verstärkte meine Bemühungen. Der Patient stöhnte. Abermals gab der Zahn ein wenig nach. Ich unterbrach meine Arbeit und wandte mich an die Umstehenden. »Ich brauche zwei starke Hände.«

Ein junger Kameltreiber von athletischem Wuchs meldete sich.

»Tritt hinter den Kranken und halte seinen Kopf, so fest du kannst, hast du verstanden?«

Er nickte und tat, wie ihm geheißen.

Wieder setzte ich die Zange an, umfasste mit den Enden den ganzen Zahn, holte tief Luft und brach ihn mit einer entschlossenen Bewegung heraus.

Der Patient heulte auf.

»Es ist überstanden«, sagte ich zu ihm und hielt den Eiterzahn hoch. »Das ist der Übeltäter. Zum Glück ist er ganz geblieben. Wenn du willst, behalte ihn. Die Wunde wird rasch heilen. Allerdings darfst du vor morgen nichts essen.«

Abdallah, der unter den Zuschauern gewesen war, sagte bewundernd: »Allah, der Erbarmer, der Barmherzige, hat dir die Hand geführt. So etwas habe ich noch nicht gesehen.«

Ich hätte antworten können, dass in diesem Fall auch Glück im Spiel gewesen war, doch ich hielt es für falsch, meine Leistung zu schmälern. Stattdessen sagte ich: »Hast du noch andere Männer, denen ich helfen kann?«

Das war nicht der Fall, so dass ich mich von Abdallah und seinen Männern verabschiedete und den Gefährten beim Neuaufbau unseres Lagers helfen konnte. Gegen Mittag kam Abbo mit dem Suchtrupp zurück und zuckte hilflos mit den Schultern. »Nichts«, sagte er. »Wir haben alles abgesucht, aber die beiden Gefährten sind wie vom Erdboden verschluckt.«

»Das war zu befürchten«, sagte ich betrübt. »Wir werden immer weniger. Nur noch neun Mann sind wir. Aber es hilft nichts. Unsere Reise muss weitergehen. Wir wollen eine Andacht für die beiden halten und beten, dass der Herr sie in sein Himmelreich aufnimmt.«

»Ja, Hakim.«

»Fasst jetzt beim Errichten der Zelte mit an.«

Am frühen Abend, nachdem wir die Andacht für die zwei vermissten Gefährten gehalten hatten, erhielt ich unerwarteten Besuch in meinem Zelt. Abdallah war es, der sich durch den engen Spalt zwängte und mich auf ein Wort bat.

»Gern«, sagte ich, »worum geht es?«

»Nun« – Abdallah schaute Aurona an und zögerte –, »was ich zu sagen habe, bespricht man besser unter vier Augen.«

»Ich verstehe«, sagte Aurona und verließ das Zelt.

»Nun, Hakim«, hob Abdallah erneut an, »deine Kunst im Zahnziehen hat mich heute sehr beeindruckt, und da kam mir der Gedanke, dass du dich sicher nicht nur damit auskennst, sondern auch mit anderen Dingen …«

»So ist es, Abdallah.«

Der Kaufherr redete noch ein wenig um den heißen Brei herum, dann rückte er mit seinem Anliegen heraus: »Du musst wissen, Hakim«, sagte er, »dass Rabia meine geliebte kleine Prinzessin ist, dennoch wünsche ich mir nichts sehnlicher als einen Sohn. Ich habe schon bei zahlreichen Frauen gelegen, doch nach Rabia gelang es mir niemals wieder, eine zu schwängern. Meine Diener schmeicheln mir zwar und beteuern, es müsse an den Frauen liegen, ich aber glaube, es liegt an mir. Kannst du mir helfen?«

»Du stellst mir keine leichte Aufgabe«, antwortete ich, »denn dein Problem kann viele Ursachen haben. Deshalb fällt meine Antwort nur recht allgemein aus. Wichtig ist in jedem Fall, dass du dich leicht und gesund ernährst, genügend trinkst und dir bei allem, was du tust, mehr Zeit nimmst. Gehe nicht so oft auf Reisen, jage dem Geld nicht hinterher, komme innerlich zur Ruhe und – das ist vielleicht am wichtigsten – setze dich nicht unter Druck. Denn mit der Liebe ist es wie mit vielen Dingen: Je mehr man sie erzwingen will, desto weniger wird man sie erreichen.«

Abdallah stand der Zweifel ins Gesicht geschrieben. »Und das ist alles, Hakim?«

»Das ist sehr viel. Ich kenne dich noch nicht lange, aber ich glaube, dass du keinen der von mir genannten Punkte bisher erfüllt hast.«

»Nun, vielleicht hast du recht …«

Da Abdallah noch immer skeptisch dreinblickte und ich wusste, dass Glaube Berge versetzen kann, fügte ich hinzu: »Ich hatte die Ehre, einem Kalifen, dessen Namen ich aus Höflichkeit nicht nennen will, bei einem ähnlichen Problem helfen zu dürfen. Ich verschrieb ihm ein Aphrodisiakum, das die Gelehrten *salab* nennen. Es ist ein Pulver der Erdorchidee und wird mit dem Wasser des gekochten Spargels vermischt. Trink davon drei Mal täglich und bete zu Allah um einen Sohn.«

»Hakim!« Abdallahs Augen leuchteten. »Warum hast du das nicht gleich gesagt? Wenn das Mittel dem verfluchten Kalifen geholfen hat, wird es auch mir helfen! Und ich bekomme endlich den erflehten Stammhalter.«

»Ich wünsche es dir von Herzen, mein Freund«, sagte ich. »Wenn du erlaubst, sagen wir einander schon jetzt Lebewohl, denn ich bin müde, und meine Gefährten und ich wollen morgen in aller Frühe weiterziehen.«

»Lebe wohl, Allah sei mit dir!« Abdallah umarmte mich kurz und heftig und drückte mir einen Kuss auf beide Wangen. »Er schenke dir und deinen Männern schnelle Beine und immer ausreichend Wasser.«

»Danke, Abdallah, Gott sei auch mit dir.«

Der Kaufherr wandte sich ab, doch bevor er das Zelt verließ, drehte er sich noch einmal um: »Ach, übrigens, Hakim, ich habe es mir überlegt: Ich werde deinen Rat befolgen und Rabia nicht mehr so häufig allein lassen.«

»Das ist ein weiser Entschluss«, sagte ich.

Am nächsten Morgen zog unsere kleine Schar weiter, über Tawergha und andere Dörfer nach Qasr Ahmed, dem uralten Hafen von Misurata.

Oh, Tariq, mein großherziger Gastgeber, ich habe in deinem Gesicht gesehen, wie sehr dich meine Geschichte berührt hat. Es ist schwer für mich, noch einmal davon zu berichten, wie einer nach dem anderen unserer Gefährten den Tod fand, und sicher fragst du dich, wie viele von uns am Ende glücklich in Aachen eintrafen. Nun, ich bitte dich um Geduld. Noch ist meine Erzählung nicht beendet, denn noch lauerten viele Gefahren auf uns.

Mit Freude habe ich gesehen, dass sich der Raum während meiner Geschichte mehr und mehr füllte. Mehr als ein halbes Dutzend Zuhörer habe ich mittlerweile, ich fühle mich geschmeichelt!

Lass mich noch einen letzten Bissen von der köstlichen Fasanenbrust verspeisen und einen Schluck Zitronenwasser dazu trinken, bevor ich mich meinen Patienten widme.

Oh, als Erste hätten wir da wie immer unsere junge Bedienstete mit dem gebrochenen Finger. Lass einmal sehen. Nun, ich bin zufrieden! Von einem gebrochenen Finger wird bald nicht mehr die Rede sein, denn das Glied wächst einwandfrei zusammen. Musst du noch von dem Weidenrinden-Aufguss trinken? Nein? Das höre ich gern, denn die Antwort sagt mir, dass du keine Schmerzen mehr hast.

Das dürfte für meinen zweiten Patienten leider noch nicht gelten, wie? Lass mich einen Blick auf die gekauterte Wunde deiner Gärtnerhand werfen. Nimmst du die von mir verordnete Brandsalbe? Gut, gut. Anderenfalls wird es mit der Wundheilung länger dauern. Für heute jedoch bin ich zufrieden. Hilf mir mit deiner heilen Hand beim Anlegen des neuen Verbandes. Ja, so ist es richtig. Gute Besserung, mein Freund!

Wo ich von guter Besserung spreche: Wie geht es der alten verschleierten Dienerin? Gut so weit? Sie soll nur weiter den Aufguss aus Mönchspfeffer trinken. Morgen, spätestens übermorgen möchte ich sie sehen, denn eine Behandlung von ferne taugt auf die Dauer nichts.

Wen haben wir denn da, einen neuen Patienten? Dich kenne ich noch nicht, mein Sohn. Ah, ich ahne, warum du dich meldest. Du hast gehört, wie ich Abdallahs Kameltreiber den faulen Zahn zog, und willst mir deshalb dein Gebiss zeigen. Nun gut, schauen wir einmal in die Mundhöhle. Alle Zähne sehen gesund aus, wie es sich für einen Jungen in deinem Alter gehört. Doch halt, dort unten links am Ende der Reihe bricht etwas hindurch. Ein Weisheitszahn! Nun, das ist schmerzhaft, aber nicht weiter schlimm. Kaue vorsichtig auf der anderen Seite, dann wird es gehen. Bei größerer Pein zerbeiße ein paar Nelken. Morgen sehen wir uns wieder.

Oh, Tariq, mein großherziger Gastgeber, es sieht mehr und mehr aus, als würde sich der Erzähler, den du so gastlich beherbergst, zum Arzt wandeln. Ich danke dir für die Gelegenheit, meinen Beruf auszuüben, denn nichts auf der Welt geht über das großartige Gefühl, einen Menschen geheilt zu haben. Ich fühle mich dir sehr verbunden und freue mich auf morgen. Dann will ich dir erzählen, wie sich unsere Männer um ein Haar selbst vergiftet hätten und nur wie durch ein Wunder mit dem Leben davonkamen.

Ich wünsche dir eine gute Nacht. Allah sei mit dir – und Gott befohlen!

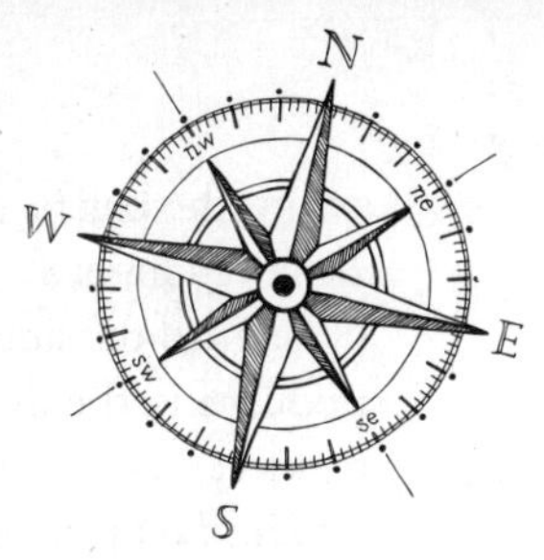

Kapitel 15

Ifriqiyas Küste, Juli bis November 801

»Es scheint so, als wären wir dazu verdammt, unser Lager stets am Hafen aufschlagen zu müssen«, sagte Isaak zu mir, nachdem wir unsere Zelte in guter Ordnung an der Hauptmole von Qasr Ahmed errichtet hatten.

Ich blickte nach Osten, wo die Küstenlinie zurückwich und den Beginn des Golfs von Syrte markierte. Das Weiße Meer zeigte sich an diesem Julitag glatt wie ein Spiegel, es war heiß und nahezu windstill, und kein Schiff konnte den Hafen unter Segeln verlassen. »Hast du noch immer Sorge, die Heuschrecken könnten uns ein weiteres Mal überfallen?«, fragte ich belustigt.

»Nein, obwohl du selbst einmal gesagt hast, dass wir nicht wissen können, was morgen sein wird.« Isaak sah mich ernst an. »Um ehrlich zu sein, kommt mir die See an diesem Tag sehr verlockend vor. Sie breitet sich friedlich und einladend vor mir aus, ist von wunderschöner blauer Farbe, birgt köstliches Meeresgetier und ist in jeder Beziehung besser als die trockene, auszehrende Wüste. Außerdem weiß ich, dass irgendwo im Norden hinter dem Horizont die italienische Küste auf mich wartet.«

»Du erinnerst dich aber gewiss auch an unsere Überfahrt

nach Alexandria im Jahre 798. Da gebärdete sich die See zum Teil ganz anders.«

»Ja, das tat sie. Aber im Augenblick habe ich genug von Beduinen, Heuschrecken und Sandstürmen. Können wir nicht versuchen, schon von hier aus eine Passage nach Porto Venere zu bekommen?«

»Also daher weht der Wind.« Ich musste lachen. »Ich vermute, du hast ausgesprochen, was viele der Gefährten denken. Nun gut, wir können es versuchen. Allerdings sind wir wieder einmal sehr knapp mit dem Geld.«

»Wir reisen in Kaiser Karls Namen.«

»Kaiser Karl ist weit. Wir sind an der Küste der Berber, denen es schon schwerfällt, den mächtigen Kalifen Harun anzuerkennen. Trotzdem will ich sehen, was sich machen lässt. Die Gefährten würden eine vorgezogene Seereise sicher sehr begrüßen.«

»Wir alle sehnen uns nach Hause.«

»Das weiß ich. Ich werde auf Abul losreiten und mein Glück versuchen.«

»Soll ich dich begleiten?«

»Nicht nötig. Heute Abend, wenn Randolph das Mahl zubereitet hat, will ich euch berichten, was ich erreichen konnte.«

Ich ging zu Abul, der in einer Traube von Gaffern stand, die ihm Berge von Blättern hingeworfen hatten, um beobachten zu können, wie er fraß. »Komm, Abul, mein großer Freund«, sagte ich, »wir machen einen Spaziergang.«

Abul hob mich auf seinen Rücken, und wir stapften los, hinüber zu der Hauptmole, die sich wie ein gekrümmter Haken um das Hafenbecken herumzog. An der Mole waren zahlreiche Schiffe vertäut. Wir steuerten einen der größeren Segler an, auf dessen Deck ein sonnengegerbter Mann die Takelage des Mastes überprüfte.

»Bist du der Kapitän dieses schönen Schiffes?«, fragte ich,

bemüht, meiner Stimme einen liebenswürdigen Klang zu geben.

»Ich bin Stavros, der Besitzer, und wer bist du?«, fragte er.

Ich sagte, wer ich sei und woher ich käme.

»Soso, aus dem Frankenland kommst du«, sagte Stavros, »meine Vorfahren waren sizilische Griechen.«

»Oh, das trifft sich gut, dann weißt du sicher, ob zurzeit in den Gewässern um Sizilien Piraten ihr Unwesen treiben.«

»Wie kommst du denn darauf?« Stavros zog probehalber an einer Leine.

»Im östlichen Teil des Weißen Meeres soll es viele geben.«

»Man kann nicht sagen, dass es hier keine gäbe. Sie sind aber nicht zahlreich. Warum fragst du? Hast du Angst vor Piraten?«

»Nein, nein.«

»Wenn ich auf einem solchen Koloss wie du säße, hätte ich vor nichts Angst.«

»Nun gut, um es kurz zu machen: Ich benötige eine Passage hinüber nach Italien, am besten nach Porto Venere.«

»Warum sagst du das nicht gleich?« Stavros trennte sich von seinem Tauwerk und trat an die Reling. Sein Arm machte eine ausladende Bewegung. »Siehst du den Hafen hier, Cunrad von Malmünd?«

»Ja, natürlich …?«

»Er ist uralt, weit über tausend Jahre, so sagt man. Seit jeher ist er sehr geschützt und deshalb sehr geschätzt. Nur eines ist er nie gewesen: sonderlich tief. Das hat zur Folge, dass ihn nur kleinere Schiffe anlaufen können. Und weil ihn nur kleinere Schiffe anlaufen können, wirst du keines finden, das in der Lage wäre, dich und deinen grauen Riesen zu transportieren.« Nach dieser ausführlichen Erklärung nickte Stavros kurz, als wolle er seine eigenen Worte unterstreichen, und widmete sich wieder der Takelage.

»Danke, das war deutlich«, murmelte ich und lenkte Abul zurück zum Lager.

Am Abend berichtete ich den Gefährten von meinem Misserfolg und sagte: »Ich schlage vor, wir ziehen schon morgen weiter. Die nächste größere Stadt heißt Tripolis. Doch zuvor will ich versuchen, mit Abul ein paar Münzen zu verdienen.«

Am nächsten Morgen schritt ich mit meinem großen Freund zu dem Platz, an dem am Tage zuvor die Gaffer gestanden hatten, und traf auch diesmal nicht wenige von ihnen an. Ich hatte ein paar süße Datteln dabei und fütterte Abul damit vor aller Augen. Dazu sagte ich: »Er mag Früchte sehr gern. Wenn ihr wollt, dürft ihr ihm welche geben. Aber ich bitte euch, gebt ihm keine Münzen, ich möchte nicht, dass er sich den Magen verdirbt.«

Wie ich vorausgesehen hatte, fand sich kurz darauf ein Spaßvogel, der ihm trotzdem ein Geldstück zusteckte. Scheinbar erschrocken rief ich: »Abul, gib mir sofort die Münze!«

Zum Erstaunen aller gehorchte er. Die Gaffer begriffen, dass das Ganze eingeübt war, und jubelten. Nun gab es kein Halten mehr. Von überall her wurden Abul Münzen gereicht, und jedes Mal übergab er sie mir. Es dauerte nicht lange, da war das Geldsäckchen, das ich mitführte, prall gefüllt. Ich verbeugte mich und sagte: »Eigentlich wollte unsere Gesandtschaft heute weiter nach Tripolis ziehen, aber weil Abul Geldstücke so sehr schätzt, werden wir in zwei Stunden wieder an dieser Stelle sein.«

Wir verließen den Platz und kehrten nach zwei Stunden zurück. Eine Menschenmenge, nicht minder groß als zuvor, erwartete uns, darunter viele Gaffer, die wir schon kannten. Das Spiel wiederholte sich. Innerhalb kürzester Zeit war das Geldsäckchen wieder voll.

Noch zwei Mal wiederholten Abul und ich unseren Auftritt, jedoch an jeweils anderer Stelle in der Stadt, dann beschloss ich, es dabei bewenden zu lassen. Misurata war ein Ort von zweitausend Einwohnern, und ich dachte mir, dass mittlerweile jeder den Elefanten gesehen haben musste. Der Reiz des Neuen war dahin.

Einen Tag später brachen wir nach Tripolis auf. Unsere Marschordnung war wie gewohnt, doch wir hatten nur noch fünf Soldaten in unserer kleinen Schar. Ich ritt wie immer auf Abul voran, es folgten Aurona und Isaak auf Kastor und Pollux. Randolph marschierte neben dem Futterwagen, und die Soldaten unter der Führung von Abbo und Giso sicherten nach den Seiten und nach hinten ab.

Wir brauchten nur zehn Tage bis Tripolis, denn wir kamen auf der Küstenstraße rasch voran. Wasserstellen und gute Brunnen lagen auf unserem Weg. Palmenhaine säumten mehrfach die Straße. Es war heiß, doch von See her brachte uns ein frischer Wind stets Kühlung. Kurz vor Tripolis rief ich Isaak zu: »Haben die alexandrinischen Griechen, die im Haus des *Resch Galutha* ein und aus gingen, dir auch etwas über Tripolis erzählt?«

»Das haben sie.« Isaak blickte zu mir hoch und begann zu erklären: »Tripolis leitet sich ab von Tripole, was ›drei Städte‹ bedeutet. So nannten die alten Hellenen die hiesige Region mit den Orten Oea, Sabratha und Leptis Magna. Später gehörte die Region zu Karthago, also zu jener Handelsmacht, deren bekanntester Sohn Hannibal mit seinen Elefanten über die Alpen zog, um Rom zu erobern.«

»Anders als Hannibal wollen wir mit Abul niemanden erobern, sondern friedlich in Aachen ankommen«, sagte ich und tätschelte den Schädel meines großen Freundes.

»Nein, erobern wollen wir nicht«, bestätigte Isaak. »Tripolis wird von den Arabern übrigens Tarābulus und von den Berbern Trables genannt. In Oea, aus dem das heutige Tripolis hervorging, wurde übrigens ein Triumphbogen zu Ehren des römischen Kaisers Mark Aurel erbaut.«

»Ein Triumphbogen? Das bringt mich auf einen Einfall: Was hältst du davon, wenn wir in vollem Prunk durch diesen Bogen einmarschieren, schließlich ist auch Karl, in dessen Auftrag wir reisen, ein gekrönter Kaiser?«

»Ein kleiner Triumphzug für Karl?« Isaak gestattete sich ein Lächeln. »Ich weiß nicht, ob unser Aufzug wirklich noch so viel hermacht.«

»Wir werden es sehen.«

Wie sich zeigte, erregte unser Marsch durch den Torbogen zumindest einiges Aufsehen in der Stadt, was einmal mehr an Abul lag.

Nachdem sich die erste Aufregung unter den Einwohnern gelegt hatte, brachte ich unsere kleine Gruppe zum Stehen und sagte: »Hört, Leute, wir sind die Gesandten der Sonne. Der mächtige Kalif Harun al-Raschid, dem Gesundheit und ein langes Leben beschieden sein möge, hat uns beauftragt, dem Herrscher des Frankenlandes Geschenke zu überbringen. Sein Name ist Karl, er residiert in der Stadt Aachen und ist genauso Kaiser wie jener Mark Aurel, durch dessen Triumphbogen wir eben marschiert sind.«

Die Menge steckte die Köpfe zusammen und redete eifrig, doch niemand hieß uns willkommen.

»Wir sind in friedlicher Absicht da. Unser einziger Wunsch ist ein Lagerplatz für die Nacht. Wo können wir unsere Zelte aufschlagen?«

Ich wartete, doch abermals bekam ich keine Antwort. Ich wiederholte meine Frage, und schließlich rief ein gebeugter Wasserträger mit krächzender Stimme: »Niemand von uns kann dir die Erlaubnis geben. Das kann nur Ghazali ibn Ishaq.«

»Danke für die Auskunft«, sagte ich. »Wo finde ich Ghazali?«

»Der verehrungswürdige Ghazali empfängt niemanden.

Wenn er es für nötig hält, mit jemandem zu sprechen, wird er seinen Weg zu ihm finden.«

»Nun gut, vielleicht ist einer von euch so freundlich und unterrichtet Ghazali von unserem Besuch in der Stadt.«

Daraufhin zerstreute sich die Menge, und wir warteten.

Wir warteten eine Stunde lang, dann zwei, schließlich drei. Danach war meine Geduld erschöpft. »Wer ist dieser Ghazali eigentlich?«, fragte ich Isaak. »Glaubt er, er sei Kalif Harun persönlich und könne uns warten lassen wie irgendeinen Bittsteller?«

Isaak zuckte mit den Schultern. »Die Seele der Orientalen wird mir für immer verschlossen bleiben.«

»Das geht mir ähnlich«, sagte ich. »Wie es scheint, sind wir für diesen Ghazali Luft, mal sehen, ob wir uns trotzdem bemerkbar machen können.« Ich ging zu meinem großen Freund und streichelte ihm den Rüssel. »Abul«, sagte ich, »pass einmal auf: Ich trete jetzt vor dich hin und hebe den Arm. Weißt du noch, was du dann tun sollst?«

Abul schnaufte. Ob er mich verstanden hatte, wusste ich nicht. Deshalb machte ich die Probe aufs Exempel, und der Erfolg ließ nicht lange auf sich warten: Ein so ohrenbetäubender Trompetenstoß erschütterte die Luft, dass ich unwillkürlich zurücktaumelte. Ich hielt mir die Ohren und sagte zu Isaak: »Das müsste dieser Ghazali eigentlich gehört haben.«

Doch ich hatte mich geirrt. Der geheimnisvolle Ghazali machte keine Anstalten, uns mit seiner Anwesenheit zu beehren.

»Vielleicht ist er taub?«, fragte ich und wiederholte die Prozedur mehrere Male. Daraufhin strömte die halbe Stadt herbei, und endlich schien auch Ghazali seine Zurückhaltung uns gegenüber aufgegeben zu haben, denn die Menge teilte sich, und ein in dunkles Braun gewandeter, weißbärtiger Mann schritt langsam auf uns zu. Er trug bauschige

Hosen mit spitzen, goldenen Schuhen und dazu das *qamis*, ein Hemd mit weiten Ärmeln, die gleichzeitig als Taschen dienten.

»Ich bin Ghazali ibn Ishaq«, sagte der Alte mit knarrender Stimme.

Ich stellte mich und meine Gefährten vor und erklärte nochmals, in welcher Mission wir unterwegs seien.

»Ich bin Ghazali ibn Ishaq«, wiederholte der Alte, und er sagte es in einem Tonfall, als müsse ich vor ihm auf die Knie fallen.

Da ich dazu aber keinen Anlass sah und überdies auf Abuls mächtigem Rücken thronte, schwieg ich.

»Ich bin Ghazali ibn Ishaq, Allahs Vertreter in der größten *dschami* von Tarābulus. Mir kam, äh, zu Ohren, dass du in der Stadt bist.«

»Das bin ich in der Tat. Es ist mir eine Ehre, dich kennenzulernen.«

Der Alte musterte mich aus kurzsichtigen Augen. »Deine Stimme klingt sehr jung für einen Mann mit einer so wichtigen Aufgabe, wie du sie schilderst.«

»Ich war ihr bislang leidlich gewachsen.«

»Was willst du?«

»Nichts, was die Höflichkeit einem frommen Muselmanen verbieten würde. Ich erbitte lediglich einen Lagerplatz für die Nacht. Vielleicht am Hafen?«

Ghazali schüttelte den Kopf. »Das ist gänzlich unmöglich. Überall im Hafen herrscht sehr viel Betrieb.«

»Was du nicht sagst.« Ich wurde langsam ärgerlich. »Gilt das auch für den Abend oder die Zeiten, an denen deine Gläubigen zu Allah beten müssen?«

Ghazali setzte eine womöglich noch unnahbarere Miene auf. »Wenn die Situation es erfordert, ist es den Gläubigen erlaubt, die Zahl ihrer Gebete zu reduzieren oder sie zu einem anderen Zeitpunkt zu verrichten.«

»Ich verstehe«, sagte ich. »Gestatte, dass wir weiterreisen.« Ich gab Abul das Zeichen, vorwärtszugehen, und wir marschierten geradewegs auf Ghazali zu. Der musste notgedrungen zur Seite springen, was gar nicht mehr würdevoll aussah und mich insgeheim mit Genugtuung erfüllte.

Ich führte unsere kleine Schar geradewegs aus der Stadt hinaus und machte an einem weitläufigen Geröllfeld halt. »Einen frostigeren Empfang als in Tripolis haben wir selten erlebt«, sagte ich zu den Gefährten. »Ich denke, es war in eurem Sinne, die zweifelhafte Gastfreundschaft des Imams Ghazali nicht zu beanspruchen.«

»Ich glaube, wir waren alle drauf und dran zu gehen«, gab Isaak mir recht. »Eine solche Schroffheit haben wir zuletzt in Marsa Matruh erlebt, als der Älteste der Stadtältesten, äh, wie hieß er noch gleich …?«

»Maslama«, half der junge Giso aus.

»Richtig, als dieser Maslama die Unverfrorenheit besaß, sich von uns sogar das Wasser bezahlen zu lassen.«

»Diesmal ist es nicht so weit gekommen«, sagte ich. »Wir wollen jetzt das Lager aufschlagen, hier scheint ein guter Platz zu sein.«

Wir errichteten die Zelte und ließen uns Randolphs Essen schmecken, denn dank Abuls Geschicklichkeit beim Münzspiel hatten wir ein paar gebratene Hühner erwerben können. Danach teilte Abbo die Wachen ein, und ich machte meinen letzten Rundgang. Als ich bei Abul ankam, setzte ich mich zu ihm und sagte: »Manchmal wünschte ich mir, ich wäre so groß wie du, mein Freund, dann würde sich auch vor mir die Menge teilen. In jedem Fall habe ich es sehr genossen, dass wir vor Ghazali nicht zu Kreuze gekrochen sind. Das wäre einer Gesandtschaft Kaiser Karls auch nicht würdig gewesen. Was meinst du?«

Abul wedelte mit einem Ohr, was ich als Einverständnis wertete.

»Es ist schon spät. Ich will zu Aurona gehen, die sicher schon auf mich wartet. Gute Nacht, mein Freund, gute Nacht.«

Als ich in unser Zelt gekrochen war, zog mich Aurona mit überraschender Kraft aufs Lager und küsste mich so leidenschaftlich, dass ich kaum wusste, wie mir geschah.

»Nanu, was ist denn in dich gefahren?«, flüsterte ich, nachdem ich wieder zu Atem gekommen war.

»Ich bin so stolz auf dich!«, flüsterte sie zurück. »Diesem frostigen Imam hast du es richtig gegeben. Ich glaube, wenn ich ein Mann wäre, hätte ich ihm eine gehörige Tracht Prügel verabreicht.«

Ich schmunzelte. »Meine kleine unbeugsame Langobardin.«

»Ich bin nicht klein!«

»Oh, doch, das bist du.«

Wir rangen miteinander, und nachdem ich mich zum Schein ergeben hatte, wiederholte sie: »Ich bin nicht klein, gib es zu, ich bin nicht klein.«

»Du bist nicht klein, du bist groß und stark.« Ich grinste.

»Sag das noch mal.«

»Du bist nicht klein, du bist groß und stark.«

Danach rangen wir nicht mehr.

»Wir müssen dieses Geröllfeld möglichst rasch verlassen«, sagte Randolph am nächsten Morgen zu mir. »Hier gibt es keine Brunnen, und unsere Wasservorräte gehen zur Neige.«

»Daran ist nur dieser hochmütige Ghazali schuld«, entgegnete ich, »wäre er nicht gewesen, hätten wir in Tripolis bleiben können. Aber sei's drum, wir brechen auf.«

Am Vormittag zogen wir die Küstenstraße weiter nach Westen, gingen den ganzen Tag, bis wir gegen Abend einen Brunnen erreichten. Ein paar Kamele standen in der Nähe angepflockt, und um ein Feuer herum hockten ein paar Treiber. Nachdem wir unsere Wasserschläuche gefüllt hatten, fragten wir sie, wo die nächste größere Stadt an der Küste läge, und sie antworteten, es gäbe innerhalb vieler Tagesreisen keine Stadt, nur hier und da ein kleines Fischerdorf. Das nächste von nennenswerter Größe heiße Zuwāra, in einer Woche könnten wir dort sein.

Die nächsten Tage wurden wieder von dem Einerlei aus Marschieren, Essen und Schlafen bestimmt, bis wir Zuwāra erreichten. Hier lagerten wir wie gewohnt, entzündeten unser Kochfeuer, aßen, stellten Wachen auf, legten uns zur Ruhe und zogen weiter. So ging es noch viele Male, bis wir eine Landschaft erreichten, wie wir sie nie zuvor gesehen hatten. Flache, buchtartige Gewässer von erstaunlichen Ausmaßen waren es, die sich zu unserer Linken ausbreiteten, während zu unserer Rechten das Weiße Meer wie gewohnt herübergrüßte. Dazwischen marschierten wir auf Landstreifen, die so schmal waren, dass wir manchmal glaubten, über das Wasser zu gehen. »So ähnlich muss es unserem Herrn Jesus ergangen sein, als er über den See Genezareth wandelte«, witzelte Abbo, aber niemand ging auf ihn ein, denn der Marsch durch den tiefen Sand war anstrengend.

Nach zehn Tagen hatten wir die seltsame Seenlandschaft hinter uns gelassen und gelangten in wüstenartigere Gebiete, womit sich die Frage nach dem täglichen Wasser wieder häufiger stellte. Wir gelangten an einen Punkt, an dem der Weg sich gabelte. Giso fand heraus, dass die rechte Abzweigung an die Küste führte, wo eine Stadt namens Zarzis lag. Dort gebe es große Haine mit Olivenbäumen und Dattelpalmen. Auch Fischer würden dort täglich aufs Meer fahren. Links gehe es nach Madanīn, einer Stadt, wo der Karawanenhandel blühe und viel Landwirtschaft betrieben werde. Berühmt sei Madanīn für seine aus mehreren Stockwerken bestehenden Kornspeicherkammern, welche sich Ghorfa nennen würden.

Isaak sagte: »Es ist interessant, dass die Menschen in diesem Landstrich ihr Korn nicht in unterirdischen Silos speichern, wie es uns Badawī, der junge Beduine, in Bi'r al-Ashhab erzählte. Auf jeden Fall scheint es hier keinen Mangel an Getreide zu geben.«

Wir hielten Rat und kamen zu dem Schluss, dass der Weg über Madanīn für uns der richtige sei, obwohl die Aussicht auf frische Oliven und Datteln ebenfalls sehr verlockend war.

In Madanīn begegnete man uns mit großer Freundlichkeit, obwohl wir – trotz Isaaks Übersetzungskünsten – erhebliche Schwierigkeiten mit der Verständigung hatten, denn die Menschen sprachen hier in einem fremdartigen Berberdialekt. Dennoch gelang es uns, einige Säcke Korn zu kaufen, die unsere Weiterreise sicherten.

Unser nächstes Ziel hieß Qābis, eine größere Stadt, die an einer ausgedehnten Meeresbucht lag. Der Karawanenweg dorthin führte uns zum ersten Mal wieder nach Norden, eine Richtung, die wir bis zu unserem ersehnten Ziel Qairawān einzuhalten haben würden.

Doch auf halbem Wege kam es zu einer merkwürdigen Begegnung. Wir befanden uns in einer hügeligen Landschaft, als eines Vormittags auf dem Kamm einer Düne ein Reiter auftauchte. Er saß auf einem Kamel, war mit Schwert und Dolch bewaffnet und schaute alles andere als freundlich auf uns herunter. Damit nicht genug, tauchten hinter ihm zahlreiche weitere Reiter auf.

»Die sehen nicht aus, als wollten sie uns einen guten Tag wünschen«, knurrte Abbo und gürtete sich sein Schwert um. Unsere anderen Soldaten taten es ihm gleich.

»Nicht so schnell!«, hielt ich sie zurück. »Wir sind nur neun, und sie sind mindestens dreißig. Ein Kampf wäre aussichtslos. Es ist klüger, wir verhandeln.«

»Wie du meinst, Hakim.« Abbo fügte sich.

Ich rief Isaak an meine Seite, und gemeinsam ritten wir bis an den Fuß der Düne – ich auf Abul, Isaak auf Pollux. Dann warteten wir mit klopfendem Herzen. Es dauerte nicht lange, da löste sich ein herrisch aussehender Krieger aus dem Pulk der Reiter und lenkte sein Kamel zu uns herab.

»*Salam,* ich bin Cunrad von Malmünd«, sagte ich zur Begrüßung, »wir sind die Vorhut einer großen Gesandtschaft, die Kalif Harun ins Frankenland zu Kaiser Karl schickt. Und wer bist du?«

Der Krieger, der sich ein dunkelblaues Tuch verwegen um den Kopf gewickelt hatte, starrte uns finster an. Schließlich erwiderte er meinen Gruß. *»Salam.«* Was folgte, waren Worte, die weder ich noch Isaak verstanden. Wir sagten ihm in allen Sprachen, die wir kannten, dass wir nicht wüssten, was er uns erklären wollte, doch es war vergebens. Da verlegten wir uns darauf, mit Händen und Füßen zu reden, und schließlich ergab sich folgendes Bild: Der kriegerische Reiter hieß Afulay und war der Anführer einer berberischen Großfamilie aus dem Volk der Luwāta, die einen Rachefeldzug gegen eine andere Familie führte. Er war zunächst davon ausgegangen, wir seien Mitglieder dieser anderen Familie, und nur das große graue Tier hatte ihn davon abgehalten, uns zu vernichten.

Ich machte ihm klar, dass es sich bei dem Tier um einen Elefanten handele und dass der Elefant Abul heiße. Er sei das Geschenk Kalif Haruns an Kaiser Karl und stärker als alle anderen Tiere der Welt.

Als Afulay verstanden hatte, was ich meinte, wich sein finsterer Gesichtsausdruck zum ersten Mal einem Lächeln, und er bedeutete mir, dass seine Kamele stärker seien als der Elefant.

Die Rede ging noch ein paar Mal hin und her, denn wir

beharrten beide auf unserer Meinung, bis Afulays Gesicht plötzlich einen listigen Ausdruck annahm und er vorschlug, der Elefant solle einmal versuchen, so viele Kamele fortzuziehen, wie er Finger an einer Hand habe.

Ich überdachte rasch seine Worte. Wenn ich ihn richtig verstanden hatte, schlug Afulay eine Art Tauziehen zwischen Abul und fünf Kamelen vor, und wie es schien, war er sehr sicher, dass seine Wüstenschiffe obsiegen würden. »Was soll der Gewinner bekommen?«, fragte ich.

Afulay erklärte, dass er im Falle seines Sieges den Elefanten als Preis beanspruchen würde, ich dagegen seinen vergoldeten Dolch erhalten solle.

Mittlerweile hatten sich alle um uns versammelt, die Krieger aus dem Volk der Luwāta und die restlichen Gefährten. Die Stimmung war noch immer gespannt, aber nicht mehr so kriegerisch wie am Anfang. Mit Hilfe seiner Männer suchte Afulay die fünf stärksten Kamelhengste aus und ließ Stricke aus Halfagras kommen. Dann befahl er, daraus eine Art Geschirr zu knüpfen, welches die Kräfte der Kamele vereinigte. Er wies auf das Ende des Geschirrs, das in ein starkes Seil mündete, und bedeutete mir, daran solle der Elefant gebunden werden. Derjenige habe gewonnen, der den anderen zehn Schritte auf seine Seite ziehen könne.

Ich nickte, um mein Einverständnis zu verdeutlichen, und sagte zu Abul: »Jetzt gilt's, mein großer Freund. Ich bin sicher, du willst nicht zum Eigentum eines wildfremden Berbers werden. Also, streng dich an, hörst du?«

Abul wedelte mit den Ohren. Er schien ein wenig aufgeregt.

»Bleib ganz ruhig«, sagte ich zu ihm. »Du wirst die Kamele so leicht wegziehen, wie du es jeden Tag mit unseren beiden Karren tust.«

Doch ganz so überzeugt, wie ich mich gab, war ich nicht,

denn ich wusste, über welche Kräfte ein ausgewachsener Kamelhengst verfügt. Ich winkte Abbo und Giso heran, und sie halfen mir, das Ende des Seils mit Abul zu verbinden. Nachdem das geschehen war, gab ich meinem großen Freund einen letzten aufmunternden Klaps.

»Wir sind bereit«, sagte ich zu Afulay.

Der Krieger lächelte kalt. Einer seiner Männer blies in ein Horn, der Kampf war eröffnet.

»Hoaaah!«, brüllte Afulay und hieb mit einem Stock auf die Kamele ein, die unter seinen Schlägen zusammenzuckten und erschreckt nach vorn preschten. Doch es geschah – nichts.

Abul stemmte sich dagegen.

»Hoaaah, hoaaah!« Afulay feuerte seine Hengste an, das Seil spannte sich zum Zerreißen, doch es geschah noch immer nichts. Abul stand wie ein Fels. Er zitterte zwar unter der Anstrengung, aber er stand. Unverrückbar. Dann hob ich den Arm. Abul schwenkte den Rüssel, stieß seinen urweltlichen Trompetenton aus, und langsam, ganz langsam machte er einen ersten Schritt.

»Hoaaah, hoaaah!« Afulay hieb wie von Sinnen auf die Kamelhengste ein.

Abul machte seinen zweiten Schritt. Und noch einen. Und noch einen.

»Hoaaaaah!«

Aber alle Schreie und Hiebe nutzten nichts. Einmal in Bewegung, war Abul durch nichts aufzuhalten. Er zog die fünf Kamelhengste wie Spielzeug hinter sich her, bis ich ihm befahl, stehen zu bleiben.

»Glaubst du nun, dass Abul stärker ist als alle anderen Tiere der Welt?«, fragte ich Afulay.

»Ich glaube es«, sagte der Krieger.

»Dann gib mir deinen Dolch.«

Afulay zögerte. »Er ist sehr kostbar«, sagte er langsam.

»Nicht, weil er aus Gold ist, sondern weil mein Vater ihn von seinem Vater erhielt, welcher ihn wiederum von seinem Vater bekam …«

»Heißt das, du willst unsere Abmachung mit Füßen treten?«

»Nein, nein.«

Mir kam ein Gedanke. »Wenn ich es recht bedenke, gehört der Dolch zu dir wie deine Hand oder dein Arm«, sagte ich. »Es wäre deshalb sehr eigennützig von mir, ihn zu beanspruchen. Gib mir stattdessen die fünf Kamele.«

»Ist das dein Ernst?« Afulay begann zu strahlen.

»Die Kamele samt Sätteln und sonstiger Ausrüstung.«

»Du bist ein großzügiger Mann, Cunrad von Malmünd, Allah schenke dir Gesundheit und ein langes Leben. Die Kamele sollen noch in dieser Stunde dein sein!«

So kam es, dass unsere kleine Gruppe unverhofft um fünf starke Kamelhengste reicher wurde.

Bei der Verabschiedung, die sehr herzlich ausfiel, wies Afulay mehrmals nach Norden, und ich sagte: »Genau das ist unsere Richtung, Gott sei mit dir und deinen Männern. Und wenn du auf deine Feinde triffst, vergiss nicht, dass sie genau wie du zu Allah beten.«

Doch Afulay schien noch etwas auf dem Herzen zu haben, denn mehrmals sagte er »Qabis«.

»Richtig, dahin wollen wir.«

Afulay nickte ernst und machte eine weiterführende Bewegung. *»Bi'r … bi'r!«*

»Sagtest du ›Brunnen‹? Warum schaust du so finster dabei drein? Nun, ich vergaß, dass du wahrscheinlich immer so guckst. Doch jeder Brunnen, der später auf unserem Weg liegt, soll uns willkommen sein.«

Afulay schien beruhigt. Wir umarmten einander und trennten uns endgültig.

In Qabis verkauften wir die Hengste nebst Ausrüstung auf dem dortigen Kamelmarkt und erzielten für alles eine beträchtliche Summe, eine Summe, die so hoch war, dass Abbo zu mir sagte: »Mit dem Geld kommen wir drei Mal bis Aachen, Hakim.«

Ich lachte. »Noch sind wir nicht da. Erst müssen wir das Städtchen Skhira erreichen. Es liegt wie Qabis am gleichnamigen Golf. Ansonsten gibt es nicht viel darüber zu berichten. Höchstens, dass in seinem Umland das Halfagras angebaut wird. Es kann also durchaus sein, dass der Strick, mit dem Abul die Kamele fortzog, aus der Gegend kommt.«

»Es war ein großartiger Sieg. Ich werde nie die entgeisterten Gesichter der Muselmanen vergessen.«

»Ja, es war beeindruckend. Von Skhira sind es mehr als hundertdreißig Meilen bis Qairawān, von wo aus es weiter nach Sūsa geht. Und dann liegt noch immer das Weiße Meer zwischen uns und Aachen.«

»Ach, das ist doch nichts im Vergleich zu dem, was wir schon hinter uns haben, Hakim.«

»Da hast du recht. Nun gib den Befehl zum Aufbruch. Wir wollen weiter.«

Zwei Tage, nachdem wir Skhira hinter uns gelassen hatten, kamen wir in unwegsames Gelände. Die alte Karawanenstraße führte durch steiniges Gebiet mit heißer, staubiger Luft, die den Mund und den Körper rasch austrocknete. Da unsere Wasservorräte wieder einmal fast zur Neige gegangen waren, kam uns die seichte Wasserstelle, die wir am Abend erreichten, wie gerufen. »Vielleicht ist das der Brunnen, von dem Afulay gesprochen hat«, sagte ich zu Abbo. »Lass die Zelte für die Nacht aufbauen. Doch zuvor soll die Gruppe trinken, erst die Tiere, dann die Menschen.«

Ich ließ mich von Abuls Rücken herabheben und begutachtete mit ihm die Gegend, wie ich es häufig tat, seitdem wir von Rahman mit seinem Diebsgesindel überfallen worden waren. Wenig später kam Abbo zu mir und meldete: »Die Zelte sind aufgebaut und die Wasservorräte ergänzt, Hakim.«

»Haben die Tiere getrunken?«

Abbo kratzte sich am Kopf. »Nein, Hakim, seltsamerweise nicht. Die Esel scheinen nicht durstig zu sein.«

»Hm«, sagte ich, »Abul machte ebenfalls keine Anstalten zu trinken. Und ein Bad im Schlamm nehmen wollte er auch nicht.«

Abbo lachte. »Wer kann schon in die Köpfe der Tiere hineingucken! Die Gefährten jedenfalls haben schon den ersten Durst gelöscht, und Randolph brät Lammfleisch über dem Feuer. Seitdem wir die Kamele in Qabis verkauft haben, können wir uns wieder alles leisten. Kommst du zum Essen, Hakim?«

»Gleich, fangt nur schon ohne mich an«, sagte ich, denn mir war ein Verdacht gekommen. Ich ging zu der Wasserstelle, einem flachen, sumpfigen Teich von vielleicht fünfzig Schritt im Durchmesser, und umrundete ihn langsam. Dann blieb ich jählings stehen. Ich war an einem Punkt angelangt, an dem es unvorstellbar stank. Unerträglicher Gestank hatte mir den Atem geraubt. Aasgeruch! Suchend glitten meine Augen über das Wasser. Dann sah ich sie. Mehrere Köpfe mit toten Augen. Ziegenköpfe. Sie waren halb verwest. Was hatte das zu bedeuten?

Afulay!, schoss es mir durch den Kopf. Afulay hatte mehrfach *»bi'r«* gerufen und mich warnen wollen. Die Wasserstelle war von ihm und seinen Männern vergiftet worden, eine Maßnahme gegen die verfeindete Großfamilie. So musste es gewesen sein, und ich Dummkopf hatte es nicht bemerkt!

Doch was nutzte mir die Erkenntnis? Nichts.

Ich lief, so rasch ich konnte, zum Feuer, wo die Gefährten saßen. Alle schmausten von dem leckeren Lammfleisch und schauten mir vergnügt entgegen.

»Wie viel habt ihr von dem Wasser aus dem Tümpel getrunken?«, herrschte ich sie an.

Isaak wischte sich den Mund. »Nanu, warum so streng, Cunrad?«

Abbo lachte. »So viel, dass ich fast schon vom Trinken satt geworden wäre.«

Die anderen fielen in das Lachen ein. Auch Aurona lächelte.

Sollte es noch einmal gutgegangen sein? Vielleicht hatten die Gefährten ihr Wasser an einer Stelle geschöpft, die nicht verseucht war? Ich beschloss, zunächst nichts zu sagen und in der Nacht unbemerkt die Ziegenköpfe aus dem Wasser zu entfernen. Vielleicht würden unsere Tiere dann am nächsten Morgen davon trinken. Alles Weitere würde sich finden. »Ich hoffe, ihr habt mir noch etwas übrig gelassen«, sagte ich betont fröhlich und setzte mich zu ihnen.

Gegen Mitternacht stahl ich mich heimlich aus unserem Zelt und ging zu der verseuchten Wasserstelle. Im fahlen Licht des Mondes sah ich die ekligen Köpfe im Wasser treiben und fischte sie nacheinander mit einer Stange heraus. »Afulay«, murmelte ich dabei, »ist es eines stolzen Kriegers würdig, seine Feinde auf so hinterhältige Art zu bekämpfen?« Dann warf ich die verwesten Stücke hinter stacheliges Gebüsch.

Ich kehrte zum Lager zurück und schlüpfte ins Zelt. Es war stockdunkel, doch ich spürte sofort, dass sich etwas verändert hatte. »Aurona, Liebste?«, flüsterte ich.

»Mir ist so schlecht«, kam es leise zurück.

»Um Gottes willen!« Ich zog sie an mich und nahm den sauren Geruch von Erbrochenem wahr. »Was ist passiert?«

Stockend erzählte mir Aurona, sie hätte sich hinter dem

Zelt übergeben müssen. Sie hätte Schmerzen, alles täte ihr weh, und kalt sei ihr auch.

Also doch! Das Wasser des Tümpels hatte sie vergiftet. Als Arzt wusste ich, dass sie in diesem Fall viel Flüssigkeit zu sich nehmen musste. Reines, frisches, klares Wasser, doch genau daran mangelte es.

In meine Gedanken hinein hörte ich ein Stöhnen. Es kam von draußen. Ich wickelte Aurona in sämtliche Decken, die wir hatten, und flüsterte: »Warte, meine Liebste, ich bin gleich zurück.«

Vor dem Zelt ging ich dem Stöhnen nach und fand Abbo gekrümmt am Boden liegen. »Mir kommt's oben und unten raus«, keuchte er, »ich glaube, mir war noch nie so schlecht.«

Die Zeltplane hinter ihm bewegte sich. Giso stürzte heraus, machte noch zwei Schritte und hockte sich hin.

Nacheinander kamen alle Gefährten hervor, erbrachen und erleichterten sich oder taten beides im Wechsel. Sie boten ein Bild des Jammers. Ich musste handeln. »Hört zu«, sagte ich, »das Wasser im Tümpel ist verdorben. Das ist der Grund, warum es euch schlechtgeht. Aber macht euch keine Sorgen. Bleibt ruhig, haltet den Körper warm und versucht zu schlafen. Was ihr braucht, ist vor allem gutes Wasser. Wasser, mit dem die Vergiftung aus dem Körper gespült werden kann. Ich werde mit Abul aufbrechen, um welches zu besorgen.«

»Ich komme mit«, meldete sich Abbo.

»Du bleibst hier wie alle anderen. Ich gehe allein, denn ich allein trage die Schuld daran, dass wir in diese Situation geraten sind.«

»Du, Hakim?«

Ich erklärte, dass ich Afulays Warnung nicht verstanden hatte, und schloss: »Und jetzt geht alle in eure Zelte. Wartet auf mich. Bleibt im Schatten. Ich bin so rasch wie möglich zurück.«

Ich kippte die Wasserfässer mit dem verseuchten Nass aus, verstaute sie mit weiteren Schläuchen auf einem der Karren und spannte ihn hinter Abul. Dann machte ich mich auf den Weg.

Wir schritten nach Norden, dem Geröllpfad folgend. Bald darauf brach der Tag an. Ich saß hoch oben auf Abul, rieb über den Augenstein an meinem Turban und sagte zu ihm: »Guten Morgen, mein großer Freund. Wir sind wieder einmal allein unterwegs. Ich hoffe, du bist nicht allzu durstig? Wenn wir Glück haben, finden wir heute Wasser. Wenn nicht … aber daran wollen wir nicht denken. Malen wir uns lieber aus, wie es sein wird, wenn wir Erfolg haben. Sollten wir an eine gute Wasserstelle kommen, kannst du dich nach Herzenslust darin wälzen und dich mit Schlamm und Wasser abspritzen. Das machst du doch so gern? Ich weiß, es liegt schon lange zurück, dass du es tun konntest. Jaja, die vermaledeite Wüste. Aber irgendwann werden wir im schönen Frankenland ankommen. Dort wird es dir gefallen. Es gibt dort riesige Wälder und quellklare Flüsse, ganz anders als in deiner Heimat, der Insel Lanka. Doch was ist das da vorn? Mach halt, mein Freund.«

Abul blieb stehen. Ich richtete mich in seinem Nacken auf und schirmte die Augen ab, um besser sehen zu können. Was ich erkennen konnte, war ein schmaler silberner Streifen am Horizont.

»Komm, Abul, lauf weiter! Es scheint, als sei das Glück uns hold. Lauf, lauf!«

Eine Stunde später hatten wir einen großen See erreicht. Anders als erwartet, war sein Ufer kaum bewachsen, sondern seltsam kahl. Um mein Versprechen zu halten, stieg ich von Abul herab und sagte: »Geh hinein, mein Freund, und kühle dich ab. Trinke, bade und bespritze dich, soviel du willst. Ich werde am Ufer auf dich warten. Danach wollen wir die Wasserfässer füllen.«

Abul stapfte gemächlich in den See, hielt inne und tauchte seinen Rüssel ins Wasser. Dann nahm er ihn wieder heraus. Tauchte ihn noch einmal ein und nahm ihn abermals heraus. Dann wandte er den Kopf zu mir, als wolle er sagen, irgendetwas stimmt da nicht.

»Was ist los, Abul?« Ich steckte einen Finger ins Wasser und leckte daran. Er schmeckte stark nach Salz. Salzwasser. Welch eine Enttäuschung! Ich biss die Zähne zusammen und versuchte, mir vor Abul nichts anmerken zu lassen. »Nun hast du dich abgekühlt, mein Freund«, sagte ich, »doch wir müssen weiter. Gewiss dauert es nicht mehr lange, bis wir gefunden haben, was wir suchen.«

Wir folgten der Straße weiter nach Norden und trafen nach einer Weile auf eine große Ansammlung von Zelten und Kamelen. Die Zelte waren im Kreis aufgebaut, in der Mitte saßen mehr als drei Dutzend Männer um ein Feuer. Als sie unserer ansichtig wurden, sprangen sie auf und griffen zu den Waffen. *»Salam!«*, rief ich. »Ich komme in friedlicher Absicht.«

Einer der Männer, ein großer, breitschultriger Bursche, der das Kopftuch ähnlich verwegen wie Afulay trug, antwortete: *»Salam!«*, und sprach in einem mir unverständlichen Dialekt weiter.

Ich zuckte mit den Schultern »Tut mir leid, ich verstehe dich nicht.«

Daraufhin winkte der Breitschultrige einen kleinen älteren Mann herbei, der eine verblüffende Ähnlichkeit mit Isaak hatte und – wie sich herausstellen sollte – auch über ein ähnliches Übersetzertalent verfügte. Er hieß Hajji und sprach ein leidliches Arabisch. Mit seiner Hilfe kam eine Unterhaltung zustande, aus der sich ergab, dass ich es mit den Yugenten, einer weitverzweigten berberischen Familie, zu tun hatte. Der Breitschultrige hieß Gwafa und fragte mich, wie man das riesige Tier nenne, auf dem ich gekommen sei. Ich erklärte es ihm und dazu alles Weitere, was mit unserer Mission zu tun hatte. Ich schloss: »Leider sind unsere Wasservorräte nahezu vollständig erschöpft, und auf unserer Suche nach einem Brunnen stießen Abul und ich bisher nur auf einen Salzsee.«

»Das ist der See Sebkhet Mecheguia«, erklärte Gwafa. »Er ist so salzig, dass an seinem Westufer eine Saline betrieben wird. Wie kommt es, dass du so dringend Wasser benötigst?«

»Meine Gefährten tranken aus einer Wasserstelle, die einen halben Tagesritt von hier entfernt liegt«, antwortete ich. »Sie war mit verwesten Ziegenköpfen vergiftet.«

»Bei Allah, das ist das übelste Verbrechen, das man in der Wüste begehen kann! Hast du eine Vermutung, wer dich und deine Männer vernichten wollte?«

»Ich glaube nicht, dass wir das Ziel der Tat waren. Ich glaube, dass ein gewisser Afulay dahintersteckt. Er ist der Anführer einer Großfamilie aus dem Volk der Luwāta und liegt mit einer anderen Familie in Fehde.«

»Der verfluchte Hund! Allah gebe, dass ihm die Hände abfallen!«

»Es scheint, als würdest du ihn kennen.«

»Kennen?« Gwafa lachte verächtlich. »Ich kenne ihn so gut, wie man seinen Todfeind nur kennen kann. Die Familie, mit der Afulay in Fehde liegt, ist meine Familie.«

»So galt der Anschlag also dir und den Deinen?«

»Das hast du ganz richtig erkannt, Cunrad von Malmünd. In gewisser Weise standen deine Gefährten für etwas ein, das eigentlich meinen Männern zugedacht war. Wir sind deshalb in deiner Schuld. Mach mir die Freude und lass mich ein guter Gastgeber sein. Iss und trink mit uns am Feuer.«

Ich zögerte. Dann sagte ich: »Ich weiß, dass du kein Verräter am Salz bist, Gwafa, aber ich weiß auch, dass jemand, der sich vergiftet hat, nichts dringender braucht als frisches

Wasser. Denn ständig muss er sich erbrechen und erleichtern, wodurch sein Körper noch mehr Flüssigkeit verliert, als es in der Wüste ohnehin der Fall ist.«

Gwafa strich sich über den schwarzen Bart. »Du denkst zuerst an deine Männer, das ehrt dich. Dann will ich wenigstens dafür sorgen, dass deine Wasserfässer bis zum Rand gefüllt werden. Und deine Ziegenschläuche auch.«

Wenig später beobachteten Gwafa und seine Krieger staunend, wie Abul mit seinem Rüssel aus den Wasserfässern trank und sich danach mit dem kühlen Nass abspritzte. Ich selbst trank auch eine gute Menge, und frisch gestärkt traten wir den Rückmarsch zum Lager an.

Fünf Tage brauchten die Gefährten und Aurona, um sich von der tückischen Vergiftung zu erholen. Dann zogen wir weiter. Vorbei an dem Salzsee Sebkhet Mecheguia, nach Norden hin, immer an der Karawanenstraße entlang. Je näher wir Qairawān kamen, desto belebter wurde der Weg. Feldarbeiter, Eselgespanne und Reiter begegneten uns, und immer wieder erregte Abul größtes Aufsehen, nicht zuletzt, weil er in vollem Prunk mit der Houdah auf dem Rücken daherschritt. Da wir mit Tagesabstand durch kleine Dörfer mit ergiebigen Brunnen kamen, deren Wasser Mensch und Tier ausreichend versorgen konnten, trennten wir uns kurz vor Qairawān von einem unserer beiden Karren, behielten den besseren und ließen ihn bei einem Zimmermann aufarbeiten.

An einem Vormittag im August war es endlich so weit. Ein alter Mann, der einen hochbeladenen Esel führte, wies auf einige Gebäude in der Ferne und sagte mit brüchiger Stimme: »Dahinten, das ist Qairawān, Fremde. Heute ist Markttag, da will ich mein Gemüse verkaufen. Ihr braucht nicht zufällig Gemüse?«

Wir kauften ihm etwas von seiner Ware ab, und er verriet uns mit wichtiger Miene, der hochverehrungswürdige Emir Ibrahim ibn Aghlab, den Allah segnen und mit einem langen Leben bedenken möge, weile zurzeit in seinem Palast. Wenn wir also die wären, für die wir uns ausgäben, hätten wir Glück.

»Sagtest du Emir?«, fragte ich. »Soviel ich weiß, ist Ibrahim ibn Aghlab nur Statthalter von Qairawān?«

»Gewesen, gewesen.« Der Alte kicherte. »Seit letztem Jahr ist er Emir, weil es dem großen *amir al-mu'minin* in Bagdad gefallen hat, ihn zu erheben.« Wieder kicherte der Alte. »Eine Beförderung, die unerwartet kam und die ihn, äh, ein wenig verändert hat.«

»Wie soll ich das verstehen?«, fragte ich.

»Ach, nichts.« Dem Alten schien seine Bemerkung bereits leidzutun. »Ich bin nur ein kleiner Gemüsehändler. Braucht ihr noch etwas?«

Das war nicht der Fall, und so zogen wir weiter, bis wir die Mauern der Stadt erreichten. »Sie ist kleiner, als ich erwartet hatte«, sagte Abbo zu mir.

»Aber die größte nach Damaskus und Alexandria«, entgegnete ich. »Sorge dafür, dass deine Männer die eiserne Wehr anlegen und gegen ihre Schilde schlagen. Isaak, Randolph und Arab sollen in der geschmückten Houdah sitzen und winken. Außerdem will ich, dass Abul die Zeltstangen nicht länger quer über seinen Stoßzähnen trägt. Die Stangen sollen auf den Karren geladen werden. Deckt den Karren mit Teppichen ab, wie wir es schon ein paar Mal gemacht haben. Und dann marschieren wir mit durchgedrückter Brust in die Stadt, als hätten wir nicht über dreitausend Meilen hinter uns.«

»Jawohl, Hakim!« Abbo klang begeistert.

Wie nicht anders zu erwarten, gab es einen Riesenauflauf, sobald wir die ersten Straßen und Plätze durchschritten hatten. Die Menschen jubelten und johlten und kamen uns so nahe, dass sie uns fast den Weg versperrten. In diesem Augenblick ritt ein Würdenträger auf einem Kamel heran. Er war in kostbare weiße Seide gekleidet und trug einen Turban von gleicher Farbe. Den einzigen Kontrast bildete ein roter Rubin in der Mitte seiner Kopfbedeckung. *»Salam alaikum«*, begrüßte er uns. »Seid ihr die Abordnung des Frankenkaisers?«

Nachdem ich das bejaht und uns vorgestellt hatte, fuhr er fort: »Ich bin Ayyub al-Kammash, der *hadschib* des Emirs. Der große *amir al-mu'minin* hat uns wissen lassen, dass wir mit eurem Erscheinen rechnen müssen. Sein Befehl erging dahin, dass es euch an nichts fehlen darf. Ich habe nun die Ehre, euch in den Palast geleiten zu dürfen. Bitte folgt mir.«

Wir marschierten hinter ihm her, immer noch in guter Ordnung, und sahen alsbald das, was al-Kammash als Palast bezeichnet hatte. Es war ein mehrstöckiges Gebäude mit weitläufigen Anbauten, umrahmt von einer Reihe schlanker Säulen. Die Mehrzahl der Mauern war mit farbigen Ornamenten aus Mosaiksteinen geschmückt. Insgesamt war der Wohnsitz nicht unbeeindruckend, konnte aber einem Vergleich mit Kalif Haruns Khuld-Palast bei weitem nicht standhalten.

Vor einem der Anbauten am Rande des Geländes ließ al-Kammash haltmachen und erklärte uns, dies sei unsere Unterkunft. Angesichts des einfachen Gebäudes musste ich an mein Löwenkopf-Haus in Bagdad und an meinen dicken Diener Rayhan denken. Wie lange lag das schon zurück!

»Ich danke dir«, sagte ich zu al-Kammash. »Wo finden unsere Tiere Platz?«

»In einem Gehege am Rande des Palastgeländes. Es wird für alles gesorgt werden.«

»Ich danke dir nochmals.«

Wir bezogen die Räumlichkeiten, insgesamt acht unterschiedlich große Zimmer, wobei jeder der Gefährten ein eigenes erhielt, ich mir jedoch einen Raum mit Aurona teilte. Ich nahm mein Bündel mit den Kräutern von der Schulter, legte meinen hölzernen Kasten mit den Instrumenten daneben und sagte zu ihr: »Liebste, bitte verstaue unsere andere Habe, ich will derweil zu dem Gehege gehen. Ich habe keine Ruhe, bevor ich nicht sicher bin, dass Abul und die Grautiere gut untergebracht sind.«

»Das verstehe ich.« Aurona lächelte und küsste mich. »Ich bin so froh, dass wir endlich am Ziel sind.«

Ich küsste sie wieder. »Wir sind erst kurz davor. Für eine Weile musst du noch Arab, der Sohn des Beduinenfürsten, bleiben, aber immerhin. Wenn ich zurück bin, wollen wir sehen, wie es um die Gastfreundschaft des Emirs steht. Dann soll es ein Abendessen im Innenhof geben. Ich habe schon jetzt einen Bärenhunger.«

Ich ging zu dem Gehege, einer mehrfach abgeteilten Anlage mit hoher, starker Brüstung, in der unter anderem auch ein Löwe mit zwei Löwinnen lebte, und entdeckte Abul in einer Einfriedung, wo er neben Kastor und Pollux stand und büschelweise Palmblätter in sich hineinstopfte. »Abul, mein Freund«, sagte ich und zupfte ihn liebevoll am Ohr, »wir haben es fast geschafft. In den nächsten Tagen gehen wir nach Sūsa, danach wirst du die Wüste niemals wiedersehen.« Bei meinen letzten Worten verspürte ich Wehmut, denn Abul würde sich nicht nur von der Wüste trennen müssen, sondern in naher Zukunft auch von mir. Doch musste er das wirklich? Ich schüttelte die unliebsamen Gedanken ab und fuhr fort: »Und nun gute Nacht, mein Freund, morgen sehen wir uns wieder.«

Abschließend streichelte ich unsere beiden Grautiere und ging dann zurück zu den Gefährten.

Das Abendessen, das wir gemeinsam einnahmen, war von erlesener Güte. Es gab gefüllte Täubchen und dazu mit Butter übergossenen Reis, ferner Hammelstückchen im Weinblatt, gedünsteten Meeresfisch und als besonderen Leckerbissen geröstete Lende von Antilopen, die am Fuße des Rifgebirges erlegt worden waren. All das ließen wir uns schmecken, lobten die Speisen, wie es sich für höfliche Gäste gehört, und ich fragte den neben mir sitzenden al-Kammash: »Vermute ich richtig, dass der verehrungswürdige Emir Ibrahim ibn Aghlab ebenfalls im Palast weilt?«

»So ist es«, antwortete der *hadschib* kauend.

»Sicher hat er unaufschiebbare Geschäfte zu erledigen, die es ihm verbieten, uns mit seiner Anwesenheit zu beehren?«

»Sagen wir so« – al-Kammash schluckte den letzten Bissen hinunter –, »der edle Ibrahim ibn Aghlab ist noch nicht in der Lage, euch zu empfangen. Doch wenn es so weit ist, sollt ihr es umgehend erfahren.«

Mit dieser seltsamen Antwort musste ich mich zufriedengeben, und wenig später gingen wir alle zur Ruhe.

Es dauerte drei Tage, bis Ibrahim ibn Aghlab sich »in der Lage« sah, uns zu empfangen. Als wir nach mehreren tiefen Verbeugungen vor ihn hintreten durften, glaubte ich zunächst, einem Löwen in Menschengestalt zu begegnen, denn der Emir trug eine Perücke, die an die Mähne des Königs der Wüste erinnerte. Zudem war seine Nase schwarz gefärbt, und aus seinen ockergelb geschminkten Wangen ragten starke Schnurrhaare hervor. Um meine Verblüffung zu verbergen, verbeugte ich mich ein weiteres Mal und wartete darauf, angesprochen zu werden.

»Ich wusste, dass du kommst«, erklang nach einer Weile eine seltsam helle Stimme. »Der große *amir al-mu'minin* in Bagdad schickte mir einen Boten mit der Nachricht. Allerdings kommst du spät, Cunrad von Malmünd, das Jahr ist schon weit fortgeschritten.«

»Der Weg war mitunter beschwerlich, oh, edler Emir.«

»Wir haben trotzdem alles getan, um dich gebührend zu empfangen.« Der Emir strich sich mit einer gezierten Bewegung die Mähne aus der Stirn. »Ich hoffe, ich gefalle dir?«

»Ja, äh, gewiss.«

»Das erfreut mein Herz. Du ahnst nicht, wie viel Mühe es macht, jeden Tag wieder in die Rolle als Löwe von Ifriqiya zu schlüpfen.«

Ich schwieg verwirrt. Offenbar war der Emir nicht ganz bei Verstand.

»Nur als Löwe von Ifriqiya kann ich für meine Untertanen das sein, was ich sein muss. Ein Bollwerk gegen alle Feinde. Das weiß auch der große *amir al-mu'minin* in Bagdad zu schätzen und hat mich deshalb zum Löwen gemacht.«

»Ja, ich hörte davon.« Ich erkannte, dass dieses Gespräch zu nichts führen würde. Ibrahim ibn Aghlab schien einer jener Statthalter im Reiche Haruns zu sein, der den Posten dem Einfluss seiner Familie verdankte. Anders war sein Aufstieg nicht zu erklären.

»Hast du Geschenke dabei?«

Das war eine unverhoffte Frage. Niemand von uns hatte daran gedacht, dem Emir von Ifriqiya Geschenke mitzubringen. »Nun, äh, wir haben ein riesiges Geschenk. Es ist ein Elefant, der draußen im Gehege steht. Deshalb kann ich ihn dir nicht übergeben.«

»Ein Elefant?« Wieder strich sich der Emir die Mähne aus der Stirn. »Ich weiß, was ein Elefant ist. Er ist groß und stark, aber ich glaube nicht, dass er meine Löwen besiegen kann.«

»Das glaube ich auch nicht. Darf ich mich nun empfehlen? Es war für meine Männer und mich eine Ehre, von dir empfangen zu werden.«

Ich wartete auf eine Antwort, doch ich bekam sie nicht.

Der Löwe von Ifriqiya war eingeschlafen.

Am anderen Morgen sagte ich zu *hadschib* al-Kammash: »Du weißt, dass unsere Gesandtschaft seit dem Jahre 797 – also dem Jahre 175 nach deiner Zeitrechnung – ununterbrochen auf Reisen ist, und kannst daher gewiss gut verstehen, dass es uns in die Heimat drängt. Glaubst du, es wäre sehr unhöflich dem, äh, Löwen von Ifriqiya gegenüber, wenn wir seine Gastfreundschaft nicht länger in Anspruch nehmen und noch heute nach Sūsa aufbrechen würden?«

Der *hadschib* sah mich ernst an und antwortete: »Er ist nicht immer so, musst du wissen. Aber er glaubt tatsächlich, dass er aufgrund seiner Verdienste zum Emir – oder wie er es ausdrückt: zum Löwen – gemacht wurde. In Wahrheit, nun ja, hat er das anderen zu verdanken. Anderen, die verwandt mit ihm sind und die Geschäfte für ihn erledigen.«

»Ich verstehe«, sagte ich. »Darf ich fragen, in welchem Verhältnis du zu dem Emir stehst?«

Der *hadschib* zögerte. »Er ist mein Halbbruder. Wir haben denselben Vater, doch meine Mutter war eine Sklavin.«

»Ich danke dir für deine Offenheit.«

»Ich hielt sie für notwendig, weil ich dich bitten möchte, über den Zustand des Emirs Stillschweigen zu bewahren. Das gilt auch für deine Männer.«

»Du hast mein Wort.«

»Um auf deine Frage zurückzukommen: Du kannst noch heute reisen und sollst alles Notwendige erhalten, damit es dir und deinen Männern an nichts mangelt. Bis Sūsa sind die Wege gut. Ihr werdet nur zwei Tage brauchen. *Salam,* mein Freund, Allah sei mit dir und schenke dir schnelle Beine.«

»Gott befohlen«, antwortete ich und fügte leise hinzu: »Pass gut auf deinen Löwen auf.«

In Sūsa hielten wir es wie immer: Wir schlugen die Zelte am Hafen auf und richteten uns ein. Anders als zuvor verwehrte uns niemand den Platz, denn wir reisten im Namen des Emirs, dessen Einfluss in Ifriqiya ungleich größer war als der des Kalifen in Bagdad. Wir genossen frisches Wasser, gute Speisen und den Vorzug, stets ausreichend Brennmaterial zur Verfügung zu haben. Am zweiten Abend nach unserer Ankunft stand ich am äußersten Punkt der Hafenmole und blickte mit Aurona auf das Meer hinaus. Wir hatten es in Gedanken schon überquert und stellten uns vor, in der Heimat zu sein, als plötzlich Abbo hinter uns erschien. Hastig nahm ich meine Hand von Auronas Hüfte und tat so, als zeige ich ihr etwas in der Ferne.

Abbo schien es nicht bemerkt zu haben. »Hakim«, sagte er und druckste ein wenig herum. »Kann ich dich mal sprechen?«

Ich begriff, dass er ein Gespräch unter vier Augen wollte, und sagte: »Arab, ich muss mit Abbo etwas bereden. Gehe nur schon vor ins Zelt.«

Nachdem Aurona verschwunden war, fragte ich: »Was gibt's?«

»Nun, Hakim, äh, ich habe heute mit einem Seemann gesprochen, zufällig kommt er wie du aus der Gegend von Malmünd, und ich konnte ihn gut verstehen.«

»Ja, und?«

»Er erzählte mir, dass es sehr gefährlich ist, das Meer zu befahren.«

»Dass es kein Kinderspiel ist, wissen wir alle.«

»Gewiss, Hakim, gewiss, aber er sagte, wir sollten uns besonders vor den Wasserdrachen in Acht nehmen.«

»Wasserdrachen?«

»Sie sollen schon ganze Schiffe verschlungen haben. Ebenso wie die Fischzentauren und die Schlangenungeheuer. Am gefährlichsten aber seien die gigantischen Schnecken. Sie würden nur alle sieben Jahre an die Oberfläche kommen, um zu fressen, und ihre Häuser wären so groß, dass darin ganze Flotten spurlos verschwinden könnten.« Abbo atmete tief ein. »Ich glaube, wir sollten uns das mit der Überfahrt noch einmal überlegen.«

Ich lachte. »Da hat der Seemann aber ein ziemlich wirres Garn gesponnen, und du als Landratte hast natürlich alles geglaubt. Wo sind dein Mut und deine Unerschrockenheit geblieben? Die See ist gefährlich, aber sie ist zu bezwingen. Du hast dich ganz schön ins Bockshorn jagen lassen.«

»Meinst du wirklich?«, fragte Abbo kleinlaut.

»Ja, das meine ich. Und nun geh schlafen. Und träume von etwas anderem als Meeresbestien.«

Zwei Tage danach war mir weniger heiter zumute, denn in der Zwischenzeit hatte ich mehrfach vergebens versucht, ein Schiff nach Porto Venere zu bekommen. Das Problem war mir nicht neu, aber das machte es nicht leichter. Zwar fand ich einen Kommandanten, der Norditalien ansteuern wollte, aber er war nicht bereit, Abul mit an Bord zu nehmen.

Am Abend nahm ich Isaak beiseite und fragte: »Was sollen wir nur tun? Ich kann doch keine Botschaft nach Aachen zu Kaiser Karl schicken und um Unterstützung betteln. Selbst wenn er uns helfen würde, käme unsere Botschaft erst im neuen Jahr an.« Ich seufzte und fügte hinzu: »Wenn sie überhaupt jemals ankäme.«

»Vielleicht gibt es trotzdem Hoffnung«, antwortete Isaak, »ich war heute wie du am Hafen und habe ebenfalls Erkundigungen eingeholt. Dabei kam mir zu Ohren, dass Kaiser Karl zurzeit in Vercelli, einer Stadt am Südrand der Alpen, weilt. Die Nachricht an ihn hätte also einen viel kürzeren Weg zurückzulegen.«

»Hm.« Ich überlegte. »Wenn Kaiser Karl in Vercelli weilt, könnte ein Hilferuf ihn in wenigen Wochen erreichen. Doch wie sollen wir den Ruf begründen? Wenn wir sagen würden, wir hätten einen Elefanten dabei, den zu transportieren die hiesigen Schiffer ablehnten, wäre Kalif Haruns Geschenk keine Überraschung mehr.«

»Das stimmt«, räumte Isaak ein. »Es sei denn, wir verschweigen, dass der Elefant als Geschenk gedacht ist. Im Übrigen: Wäre der Anblick des Riesentiers bei unserer Ankunft nicht schon Überraschung genug?«

»Vielleicht. Es ist müßig, darüber nachzugrübeln. Wir haben keine andere Wahl. Ich werde ein Schreiben an den Kaiser aufsetzen und um Hilfe bitten. Der Kommandant, der morgen die Leinen losmacht, um nach Porto Venere zu segeln, soll den Hilferuf mitnehmen. Wir können nur hoffen, dass der Brief seinen Empfänger erreicht.«

Am nächsten Morgen schrieb ich den Brief und trug ihn persönlich zum Hafen, um ihn dem Kommandanten mitzugeben. Danach sagte ich zu Isaak: »Jetzt heißt es warten.«

Und wir warteten.

Der September kam und verging, der Oktober kam. Noch immer hatte die Sonne Kraft, doch der Wind über dem Meer wurde stärker. Weitere Wochen zogen ins Land. Jeden Morgen und jeden Abend lief ich zum äußersten Punkt der Hafenmole und spähte hinaus aufs Wasser. Vergebens.

Der November brach an. Das Wetter wurde unbeständig. Regenschauer gingen öfter nieder. Die Nächte waren kalt. Die Mienen der Gefährten wurden immer sorgenvoller. An einem dieser Tage kam Abbo zu mir und sagte: »Hakim, wie es scheint, werden wir hier bis in alle Ewigkeit sitzen, wenn wir nicht etwas unternehmen. Ich schlage vor, wir ziehen weiter bis zu der Meerenge im äußersten Westen, wo die Felsen sind. Wie hieß sie noch?«

»Jabal al-Tāriq.«

»Genau, dort soll das andere Ufer nur wenige Meilen entfernt sein, und die Gefahren wären nicht so groß.«

»Du meinst die Gefahren durch Wasserdrachen und Riesenschnecken?« Ich lächelte flüchtig. »Wenn wir dort übersetzen würden, kämen wir ins Reich des Omayyaden al-Hakam, eines erklärten Feindes von Kalif Harun.«

»Aber dieser al-Hakam weiß doch gar nicht, wer wir sind, und auf die Nase binden würden wir's ihm nicht.«

»Du hast recht. Niemand würde uns kennen, geschweige denn wissen, dass der Elefant Abul ein Geschenk des Kalifen an Kaiser Karl ist. Wir könnten uns als eine Art Gauklertruppe ausgeben mit dem Elefanten als Attraktion.«

»Großartig, Hakim, ich werde sofort die Gefährten benachrichtigen!«

»Nicht so schnell. Der Marsch durch al-Andalus wäre dennoch der gefährlichste Abschnitt unserer ganzen Reise. Ein solcher Schritt will wohlüberlegt sein. Ich habe einmal nachgerechnet: Mittlerweile warten wir fast acht Wochen auf eine Antwort Kaiser Karls, da wird es auf drei Tage mehr nicht ankommen. So lange wollen wir uns noch in Geduld fassen. Danach brechen wir auf und ziehen in Richtung Jabal al-Tāriq, das verspreche ich dir.«

»Noch drei Tage? Wie du meinst, Hakim.« Es war Abbos Stimme anzuhören, dass er von meinem Entschluss nicht begeistert war, doch ich glaubte, eine letzte Frist setzen zu müssen.

Am Abend dieses Tages ging ich wieder zur Mole und blickte aufs Meer. Im letzten Abendlicht sah es aus wie flüssiges Erz. Es war dunkel, endlos und – leer. Nichts deutete darauf hin, dass uns jemals ein Schiff abholen würde.

Sollten wir wirklich die ganze Zeit umsonst gewartet haben?

Oh, Tariq, mein großherziger Gastgeber, ich gebe zu, dass es mir ein gewisses Vergnügen bereitet, dich bis zum morgigen Abend im Ungewissen zu lassen, ob Kaiser Karl uns Hilfe schickte oder nicht. Aber liegt darin nicht gerade der Reiz einer Erzählung? Sicher ist nur, dass wir über das Meer fuhren. Doch ob es eine kurze oder lange Passage war, ob sie sich als friedlich oder gefährlich erwies, das steht dahin. Nur so viel sei schon heute verraten: Wir erreichten Aachen nicht mehr im gleichen Jahr, denn widrige Umstände sprachen dagegen. Doch wir hatten auch gute Tage in jener Zeit, Stunden voller Muße und Geruhsamkeit, wie ich sie auch bei dir, mein Freund Tariq, verleben darf.

Mit Freude sehe ich, dass meine Zuhörerschaft abermals gewachsen ist. Und mit Wohlgefallen habe ich bemerkt, dass deine alte verschleierte Dienerin mir wieder die Speisen reichte. Ich war so kühn und habe sie gefragt, ob der Mönchspfeffer bei ihr schon eine Wirkung gezeigt habe, und sie antwortete mir mit einem Nicken. Wenn mich nicht alles täuscht, erspähte ich dabei sogar ein Lächeln unter ihrem Schleier.

Verzeih, ich wollte damit weder ihr noch dir zu nahe treten. Ich bin nur froh, dass es ihr bessergeht.

Ich hoffe, ich kann das Gleiche auch von dem jungen Gärtner sagen? Komm her und lass mich die gekauterte Hand untersuchen. O ja, das sieht zufriedenstellend aus! Wie pflege ich immer zu sagen? Wer in deinem Alter ist, hat noch gutes Heilfleisch.

Und was macht der Weisheitszahn da drüben? Musstest du auf Nelken kauen, um den Schmerz zu betäuben, mein Sohn? Nein? Das freut mich. Öffne den Mund weit, ja, so ist's recht. Ah, der Weisheitszahn ist neugierig, er guckt schon ein wenig mehr hervor als gestern. Stören wir ihn nicht, und hoffen wir, dass es weise von ihm war, in diese Welt hineinwachsen zu wollen.

Hat sonst noch jemand Schmerzen oder Beschwerden? Das scheint nicht der Fall zu sein. Wohin ich auch blicke, ich sehe nur Lächeln. Wie sagt der Volksmund? Der beste Arzt ist jener, der nichts zu behandeln findet. Deshalb erlaube mir, mein Freund Tariq, dass ich mich zurückziehe. Ich bin ein alter Mann, und der Schlaf fordert sein Recht.

Ich wünsche dir eine gute Nacht. Allah sei mit dir – und Gott befohlen!

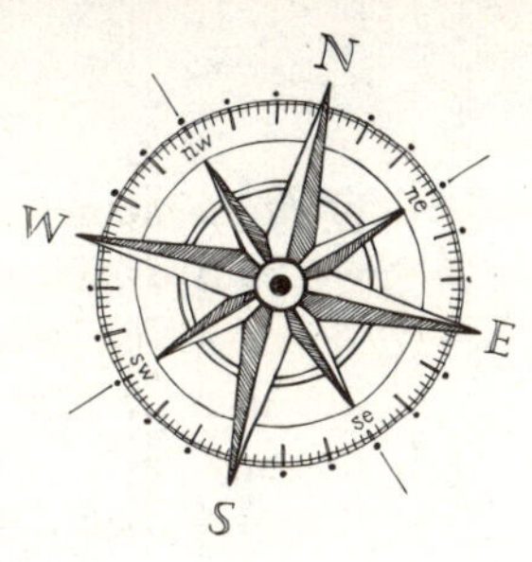

Kapitel 16

Sūsa, Porto Venere, Vercelli; November 801

»Ich bin Ercibald, der Notar«, stellte sich der kleine Mann mit dem sorgfältig gestutzten Spitzbart vor. »Ich hoffe, dieser Anblick entschädigt dich für die lange Wartezeit, die du und deine Männer hier verbringen musstet.« Er stand auf der Hauptmole von Sūsa und deutete mit ausholender Geste auf zwei mächtige Kriegsschiffe, die wenige Stunden zuvor festgemacht hatten. Es handelte sich um Dromonen, die *Venticello* und die *Flutto,* zweimastige Fahrzeuge, deren Vortrieb durch Ruderer und Lateinersegel erfolgte.

»Ich glaubte schon, mein Brief hätte Kaiser Karl nicht erreicht«, sagte ich und versuchte, meine Stimme frei von jedem Vorwurf zu halten.

»O doch, das hat er.« Ercibald faltete die zierlichen Hände auf dem Rücken und begann, mit mir die Mole entlangzuwandern. Seine zahlreiche Begleitung blieb zurück, ebenso wie die Gefährten, die uns neugierig beobachteten. »Ich darf dir versichern, der Kaiser war sehr angetan, von dir zu hören. Er lässt dir seinen Gruß ausrichten. Leider schriebst du nur etwas von einem Elefanten, der ohne Hilfe nicht zu verschiffen sei, und nichts über den diplomatischen Erfolg der Reise. Sind Lantfrid und Sigimund erkrankt, weil sie nicht zu meiner Begrüßung kamen? Wo ist Isaak, der Jude, wo Faustus, der Prediger?«

»Du stellst viele Fragen auf einmal«, antwortete ich. »Lass uns in mein Zelt gehen, ich habe frische Minze aufgießen lassen.«

»Minze?« Ercibald runzelte die Stirn. »Trinkt man hier Minze?«

»Hier ist einiges anders als im Frankenland.«

Im Zelt hatte Aurona das heiße Getränk vorbereitet und schenkte uns beiden ein. »Das ist Arab«, erklärte ich, »der Sohn eines Beduinenfürsten, den ich in die Obhut von Kaiser Karl geben will, damit er am Hof eine gute Erziehung erhalte.«

»Arab, soso.« Ercibald musterte Aurona. »Hat er kein Gesicht?«

»Er hat ein Feuermal, das nicht unbedingt jeder sehen soll.«

»Ich weiß nicht, ob es sich empfiehlt, verhüllt vor den Kaiser zu treten. Karl weiß gern, mit wem er es zu tun hat.« Ercibald spitzte die Lippen und trank vorsichtig einen Schluck.

»Vielleicht sollte ich jetzt deine Fragen beantworten«, entgegnete ich. »Um mit den misslichen Dingen anzufangen: Lantfrid und Sigimund sind tot. Sie starben unter unglücklichen Umständen. Ebenso Faustus, der Prediger. Isaak muss ich entschuldigen, er befindet sich in einem *ribāt* nicht unweit von hier und besucht dort Glaubensbrüder. Spätestens morgen wird er zurück sein.«

»Ah, so ist wenigstens Isaak noch am Leben. Der Kaiser wird betrübt sein, wenn er hört, dass so viele seiner getreuen Gesandten ums Leben kamen. Was ist ein *ribāt?*«

»Eine arabische Festung. Diese heißt al-Qasr al-Kabīr. Kalif Harun ließ sie im Jahre 796 zum Schutz gegen die Angriffe der byzantinischen Flotte erbauen. Sie birgt in ihren

Mauern eine kleine jüdische Kolonie. Um deine weiteren Fragen zu beantworten: Der Kalif hat eine Reihe von Zugeständnissen gemacht, die uns in Form von Verträgen mitgegeben wurden. Jetzt über Einzelheiten zu reden dürfte zu weit führen. Doch will der *amir al-mu'minin,* wie er von seinen Untertanen genannt wird, Kaiser Karl ein sehr ungewöhnliches Geschenk machen: den Elefanten.«

Ercibald riss die Augen auf. »Der Elefant ist ein Geschenk? Davon stand, soviel ich weiß, in deinem Brief nichts. Du sprachst nur von den Schwierigkeiten des Transports.«

Ich lächelte. »Ich hoffe, der Kaiser wird genauso überrascht reagieren wie du, wenn ich ihm das riesige Rüsseltier übergebe. Denn eines musst du wissen: Ich führe seit Lantfrids und Sigimunds Tod nicht nur die Gesandtschaft an, ich bin auch der Mahut des Elefanten.«

Ercibald hüstelte. »Jetzt wird mir auch klar, warum du – verzeih, wenn ich es offen sage – so seltsam gekleidet bist. Auf dem Kopf wie ein Araber, am Leib wie ein Franke.«

»Ich trage den Turban aus Verbundenheit mit Dantapuri, dem verstorbenen Mahut des Elefanten.«

»Noch einer, der gestorben ist? Bei der Gnade des Herrn, wie viele Männer hast du überhaupt noch?«

»Wenn ich Arab nicht mitzähle, der erst später dazukam, sind es sieben.«

»Nur sieben? Du machst Scherze!«

»Neun Männer, ein Elefant und zwei Esel, so sind wir die letzten achthundert Meilen marschiert. Doch davor waren wir auch nicht viel mehr. Der Großteil der Gefährten fand den Tod bei Überfällen, durch Krankheiten oder Katastrophen. Aber darüber will ich dir ein anderes Mal berichten.«

Ercibald räusperte sich umständlich, spitzte die Lippen und trank noch einen Schluck Minze. »Das sind gute und schlechte Neuigkeiten. Umso wichtiger scheint mir, dass ich dir von nun an mit meiner ganzen Kraft zur Seite stehe. Du hast dich sicher gefragt, warum dir ein Notar entgegengeschickt wurde. Nun, ich darf mich glücklich schätzen, das volle Vertrauen des Kaisers zu genießen, weshalb ich auch während der Krönungszeremonie am fünfundzwanzigsten Dezember letzten Jahres in Rom zugegen war, um das Ausfertigen der Schriftstücke zu überwachen.«

»Du warst bei der Krönung dabei?«

»Auf meine Anwesenheit wurde Wert gelegt.« Ercibald gab sich bescheiden, doch man sah deutlich, wie stolz er darauf war. »Karl sicherte der Kirche seinen Schutz zu, wofür Papst Leo ihn krönte. *Manus manum lavat,* wie man zu sagen pflegt. Durch …«

»Eine Hand wäscht die andere«, warf ich ein.

»Du kannst Latein? Das wusste ich nicht. Durch diesen Vorgang jedenfalls wurde das römische Kaisertum im Westen erneuert. Ein Ereignis, dessen Tragweite wir heute noch gar nicht abzuschätzen vermögen. Nun lass mich fortfahren: Wir werden auf unserer gemeinsamen Reise nach Aachen nicht auf Rosen gebettet sein, womit ich meine, dass wir mit Schwierigkeiten rechnen müssen, die ich allerdings kraft meiner von Karl ausgestellten Reisedokumente zu überwinden hoffe. Indes: Auf Dokumente allein wollte ich mich nicht verlassen, deshalb begleiten mich hundertzwanzig fränkische Fußsoldaten, die wir während der Rückreise auf beide Dromonen verteilen sollten. Du selbst erwähntest ja eben die byzantinische Flotte, vor der es sich zu schützen gilt.«

»Das tat ich. Doch angesichts der Streitmacht, die du mit dir führst, dürfte uns von keiner Seite Gefahr drohen. Darf ich dich einladen, mit mir den Elefanten zu besuchen? Sein Name ist Abul, nach Abu l-Abbas, dem Begründer der Abbasiden-Dynastie. Kalif Harun hat ihn selbst bestimmt. Folge mir, ich bin gespannt, was du zu Abul sagen wirst.«

Wir gingen zu meinem großen Freund, der am Rande des Hafengeländes gemächlich Blätter vertilgte, und Ercibald rief, als er den Elefanten vor sich aufragen sah: »Heilige Maria, das gibt es nicht!«

»Er tut keiner Fliege etwas zuleide«, sagte ich. »Willst du ihn einmal reiten?«

»Ich bin nicht lebensmüde!«

Trotz Ercibalds großen Respektes gelang es mir nach einigem Hin und Her, ihn zu einem gemeinsamen Ausritt zu überreden, und als wir geraume Zeit später zum Hafen zurückkehrten, hatte Abul einen neuen Bewunderer gewonnen.

Am nächsten Morgen stellte mich Ercibald den beiden Kommandanten vor, Genueser Schiffsführern, die auf die Namen Varrani und Fregosi hörten. Sodann den Schiffsbesatzungen und Fußsoldaten. Der kleine Notar erklärte, obwohl das Jahr schon weit fortgeschritten sei und wir lieber heute als morgen ablegen sollten, müssten zunächst die Vorräte ergänzt werden. Man habe zwar noch Proviant für mehrere Wochen, aber man wisse nie, was einem auf See widerfahre.

Dafür hatte ich Verständnis, und als Isaak gegen Mittag von der Festung al-Qasr al-Kabīr zurückkehrte – er ritt wie immer auf seinem treuen Pollux –, machte ich ihn mit Ercibald bekannt. Danach tat ich dasselbe mit den restlichen sechs Gefährten.

Nach der Begrüßung sagte Ercibald höflich: »So wenige Männer konnten so viel erreichen. Ich bin beeindruckt!«

Abbo grinste und straffte sich. »Wir sind wenige, aber wir sind wehrhaft. Anderenfalls würden wir nicht vor dir stehen.«

»Das glaube ich. Cunrad deutete schon an, was ihr alles durchgemacht habt. Grund genug, euch heute Abend auf eine der Dromonen einzuladen, genauer: auf die *Venticello* von Kapitän Varrani. Ich bin überzeugt, wir werden ein paar vergnügliche Stunden verleben.«

Am Abend kam eine muntere Runde zusammen, die sich aus Franken und Genuesern zusammensetzte, vorzüglich speiste und dazu den köstlichen Wein des Piemonts trank. Besonders Randolph, der gemeinhin von ruhigem Wesen war, blühte auf, weil er sich endlich einmal nicht um das Essen kümmern musste. Dafür zeigte er umso mehr Interesse an einem hellen Pilz, den Ercibald als Trüffel bezeichnete und der, wie er versicherte, zurzeit überall in der Lombardei und in Ligurien ausgegraben werde.

»Wachsen die Trüffeln denn unter der Erde?«, fragte Randolph verwundert.

Ercibald lächelte fein, als er die Antwort gab: »Sie werden gern von Schweinen ausgescharrt.«

»Von Schweinen?« Randolph ließ vor Schreck die Trüffel fallen.

»So ist es.«

Abbo grinste. »Ich weiß gar nicht, warum du dich so aufregst, Randolph. Beim Verspeisen eines Hühnereis fragst du doch auch nicht, woher es gekommen ist.«

Daraufhin erscholl allgemeines Gelächter, und es wurde – wie von Ercibald vorausgesehen – noch ein sehr vergnüglicher Abend.

Am zweiten Tag nach der Ankunft des Genueser Schiffsverbandes ließ ich auf der *Venticello* einen starken Holzkäfig für Abul bauen. Es war fast so breit wie die Dromone selbst und annähernd zehn Schritte lang, damit sich mein großer Freund während der Überfahrt leidlich bewegen konnte. Kapitän Varrani gesellte sich zu mir, beobachtete die Arbeiten und fragte mich besorgt, ob es möglich sein würde, das Rüsseltier bei Seegang mit Tauen zu binden.

Ich beruhigte ihn. »Gewiss ist das möglich, Abul ist es gewohnt, eine Elefantensänfte zu tragen, die mit Leibgurten gesichert wird. Außerdem ist er sehr gutmütig. Erwartest du schweres Wetter während der Überfahrt?«

Varrani, ein alter Fahrensmann, schaute prüfend in den Himmel und antwortete: »Auf dem Meer sollte man immer mit allem rechnen, besonders zu dieser Jahreszeit. Wenn wir nach Norden halten, müssen wir aufpassen, nicht zu weit von der Westströmung abgetrieben zu werden. Aber wir können mit unseren Segeln hoch an den Wind gehen, so dass wir Sizilien ohne große Probleme umschiffen dürften. Wenn wir erst im Thyrrenischen Meer sind, ist das Wichtigste geschafft.«

»Glaubst du, dass morgen die Winde günstig stehen? Ich würde gern noch in diesem Jahr die Alpen überqueren, und wir haben schon viel Zeit verloren.«

»Die Alpen überqueren? Etwa mit dem grauen Koloss?«

»Er ist ein Geschenk für Kaiser Karl.«

»Bei allen Meeresgöttern, du traust dir etwas zu. Aber wenn meine Nase mich nicht trügt, bekommen wir ablandigen Wind. Es sieht also gut aus.«

»Ich verlasse mich auf deine Nase«, sagte ich.

Am Abend dieses Tages lag ich mit Aurona im Zelt, hielt sie in meinen Armen und flüsterte: »Wenn alles gutgeht, wird morgen aus Arab Aurona werden. Auf die verdutzten Gesichter der Gefährten freue ich mich schon jetzt.«

»Endlich hat das Versteckspiel ein Ende«, seufzte sie. »So hübsch das Gesichtstuch von Rabia auch ist, ich werde heilfroh sein, wenn ich es nicht mehr tragen muss.«

»Morgen werfen wir es über Bord.«

»Vielleicht, vielleicht auch nicht.« Sie küsste mich. »Gute Nacht, Liebster.«

»Gute Nacht, meine Liebste.«

Zwanzig Stunden später waren wir auf See und die Konturen Ifriqiyas hinter dem Horizont verblasst. Die *Venticello* pflügte mit eingezogenen Rudern durch die Wellen, Abul stand ruhig wie eine Statue in seinem Käfig. Der richtige Zeitpunkt für Auronas Enthüllung schien mir gekommen. Ich rief die Gefährten auf dem Vordeck zusammen und bat sie, dort zu warten. Ich hätte eine Überraschung für sie. Dann eilte ich nach achtern, wo Aurona und ich unter Deck eine kleine Kammer bezogen hatten. »Liebste!«, rief ich. »Bist du bereit?«

Sie drehte sich mir zu, und ich sah, dass sie nicht nur das Tuch abgenommen, sondern auch ihre Haare gelöst hatte. Sie lächelte und sagte: »Ab jetzt wird es nie wieder einen Arab geben.«

Gemeinsam gingen wir an Deck. Hand in Hand. Ich sah, wie sich das Licht des Abends in ihren blonden Haaren spiegelte, und eine große Dankbarkeit überkam mich. Wie oft hatte ich gezweifelt, wie oft diesen Augenblick herbeigesehnt!

Ich führte meine Liebste nach vorn, blieb mit ihr vor den Gefährten stehen und sagte: »Das ist Arab.«

Den Satz hatte ich mir lange überlegt, denn ich freute mich auf die Verblüffung, die er zweifellos auslösen würde. Doch statt ungläubige Gesichter zu machen, grinsten meine Weggefährten mich an. Sogar Ercibald, der sich zu ihnen gestellt hatte, lächelte fein.

»Arab war nie der Sohn eines Beduinenfürsten, sondern die ganze Zeit eine junge Frau – meine Frau«, fügte ich hinzu. »Sie heißt Aurona, ist Langobardin und floh aus dem Harem im Khuld-Palast. Bis zum heutigen Tag, wo wir auf See die Rache des Kalifen nicht mehr fürchten müssen, war sie gezwungen, als Mann getarnt zu reisen. Der Priester Zosimus, an den ihr euch sicher erinnert, hat uns an einem geheimen Ort im Nildelta getraut.«

Abbo grinste noch immer. »Das wissen wir doch längst, Hakim.«

»Wie bitte?« Ich schaute Aurona an, die genauso fassungslos dreinblickte.

»Glaub nicht, wir hätten euch unerlaubt belauscht«, sagte Abbo, noch immer mit spöttischem Gesichtsausdruck, »aber es ist nun einmal so, dass wir uns schlecht taub stellen konnten, wenn ihr nachts im Zelt gezärtelt habt.«

Randolph nickte. »Ich hab's gleich am ersten Tag vermutet, als Aurona mir beim Brotbacken half. Ihr Gesicht war verhüllt, aber ihre Hände nicht. Es waren zarte Frauenhände.«

Isaak sagte: »Und ich habe gehört, wenn der ›Sohn‹ mit dem alten ›Fürsten‹, der gar kein Fürst war, sondern der Leibarzt Haruns, abends in deinem Zelt sprach. Ganz unfreiwillig natürlich. Die letzten Zweifel schwanden mir, als du mit ›Arab‹ in einem Zimmer schlafen wolltest, obwohl ausreichend Räumlichkeiten in Ibrahim al-Aghabs Haus vorhanden waren. Spätestens da wusste jeder von uns, dass Arab in Wahrheit eine junge Frau ist.«

»Und ihr habt nie darüber geredet, warum?«

Isaak lächelte. »Hätte es unserer Mission geholfen? Das Gegenteil wäre der Fall gewesen. Also schwiegen wir.«

»Ihr macht mich sprachlos.«

»Auf jeden Fall habt ihr euch alle großartig verhalten«, sagte Aurona mit einem strahlenden Lächeln. »Ich danke euch.«

»Ach, nicht der Rede wert.« Abbo wurde rot.

Aurona schien es nicht zu bemerken. »Cunrad und ich werden euch das nie vergessen. Und nun lasst uns gemeinsam die Fahrt in die Heimat genießen.«

»Das ist ein Wort!«

Frohgemut gingen wir auseinander. Und ahnten nicht, was noch alles auf uns zukommen würde.

»Du kannst sagen, was du willst«, rief Abbo mir gegen den Wind ins Ohr, »ich werde das Gefühl nicht los, dass unter dem Wasser unzähliges Schlangengezücht sein Unwesen treibt. Die Wellen sind auch viel höher als gestern. Bestimmt taucht jeden Moment eines der Ungeheuer auf.«

»Das ist nur der Wind«, versuchte ich, ihn zu beruhigen.

»Und was ist das dahinten?« Abbo deutete nach Backbord, wo ein kleiner schwarzer Punkt über den Wellen tanzte.

»Das ist vielleicht eine vorgelagerte Insel«, antwortete ich. »Kapitän Varrani erzählte mir vorhin, wir hätten die Westspitze der Insel Sizilien bereits umrundet.«

»Ich glaube, der Punkt, wie du ihn nennst, kommt näher«, erwiderte Abbo mit ungewohnter Ängstlichkeit.

Ich schirmte die Augen ab, um besser Ausschau halten zu können. »Du hast recht«, sagte ich langsam. »Aber ich glaube nicht, dass wir es mit einem Meeresungeheuer zu tun haben.«

»Schiffe in Sicht!«, meldete in diesem Augenblick der Ausguck am Bug.

»Wie viele?« Wie aus dem Nichts war Kapitän Varrani an Deck erschienen.

»Ich glaube, drei.«

»Welche Bauart?«

Der Ausguck zögerte. Dann antwortete er: »Es sieht aus, als seien es Dromonen – byzantinische Dromonen.«

Varrani unterdrückte einen Fluch. »Das würde mich nicht wundern. Sizilien und Sardinien stehen unter byzantinischer Herrschaft.« Dann ging sein Blick zum Himmel, der an diesem Tag von einem blassen Blau war. »Der Wind steht günstig für sie, wir können ihnen nicht davonfahren.«

»Was bedeutet das?«, fragte ich.

»Nichts Gutes«, knurrte Varrani.

In der nächsten Stunde erging eine Fülle von Befehlen an

die Mannschaften und Soldaten. Die *Flutto* erhielt Order, aufzuschließen und Parallelkurs zur *Venticello* zu steuern, wodurch die Kampfkraft beider Schiffe verstärkt wurde. Die fränkischen Fußsoldaten, von denen sich je sechzig auf beiden Schiffen befanden, legten die eiserne Wehr an und überprüften Schwerter, Speere und Schilde. Die Ruderer in den unteren Decks erhielten Wein zur Stärkung. Drei Männer machten sich an einem bronzenen Rohr mit einer Art Druckbehälter zu schaffen.

»Was ist das für ein seltsamer Apparat?«, fragte ich Varrani.

Der Kapitän, der jeden Handgriff der Arbeiten kritisch verfolgte, antwortete: »Eine Druckpumpe, um Flammen zu schleudern. Sollten unsere byzantinischen Freunde auf den Gedanken kommen, uns angreifen zu wollen, werden wir sie mit Griechischem Feuer begrüßen.«

»Griechisches Feuer?«

»Eine Mischung aus Öl, Harz, Schwefel und gebranntem Kalk. Die genaue Zusammensetzung ist geheim. Sollten die Byzantiner uns zu nahe kommen, werden wir das Griechische Feuer entzünden und es ihnen mit Hilfe der Druckpumpe entgegenschießen. Die Wirkung des Feuers ist verhängnisvoll, denn einerlei, wo es auftrifft, ob über oder unter Wasser, es ist nicht zu löschen. Es brennt noch stundenlang weiter.«

»Welch eine teuflische Waffe!«

»Eine teuflische Waffe, über die der Feind ebenso wie wir verfügen dürfte. Und nun entschuldige mich, ich habe noch zu tun.«

Varrani entfernte sich, um mit dem Taktgeber für die Ruderer eine höhere Schlagzahl abzustimmen, und ich hatte Gelegenheit, den Feind zu beobachten. Mittlerweile waren die Gefährten an meine Seite getreten. Ich sah, dass auch sie Helme und Kettenhemden angelegt hatten. Abbo reichte mir Schwert und Schild und sagte: »Ich will lieber gegen tausend Byzantiner kämpfen als gegen eines der Ungeheuer aus der Tiefe. Meinst du, sie werden angreifen?«

»Es sieht ganz so aus«, antwortete ich. »Es wird auf jeden einzelnen Mann ankommen.«

»Ich kann auch kämpfen!« Plötzlich stand Aurona hinter mir. »Wenn es sein muss, werde ich wieder zu Arab.«

Ich erschrak. »Liebste, du gehst am besten nach achtern unter Deck.«

»Nein, ich will ein Schwert. Oder soll ich wehrlos dastehen, wenn die Halunken unser Schiff entern?«

»Geh unter Deck, bitte. Das hier kann eine ziemlich blutige Sache werden.«

»Na und? Wir Frauen sehen jeden Monat Blut!«

Zum Glück erschien Ercibald in diesem Augenblick. Seiner Überredungskunst war es zu verdanken, dass meine stolze Langobardin schließlich nachgab und sich widerstrebend in Sicherheit brachte.

Unterdessen waren die Byzantiner auf Rufweite herangekommen. Jedes ihrer drei Schiffe war ähnlich groß wie die unseren. Auf ein Kommando teilten sie sich, um uns in die Zange zu nehmen. Varrani, der am Bug stand, rief: »Schießt ihnen einen Gruß entgegen!«, woraufhin das Rohr der Druckpumpe das Griechische Feuer herausspie. Es zischte rotglühend über die See hinweg und erreichte die feindlichen Schiffe nicht, aber es stellte eine unübersehbare Warnung dar.

»Abbo«, sagte ich, »unsere Männer sollen sich nebeneinander an die Bordwand stellen und gegen ihre Schilde schlagen. Ercibald, befiehl deinen Fußsoldaten, das Gleiche zu tun. Es soll ein ohrenbetäubendes, furchteinflößendes Dröhnen sein, das den Feinden entgegenschallt.«

Wenig später erzitterte die Luft unter den Schlägen von mehr als sechzig Mann, hinzu kam der heisere Ruf von Ercibalds Soldaten, in den alsbald auch die Gefährten einfielen: »Kaiser Karl … Kaiser Karl … Kaiser Karl!«

Der Ruf stellte eine unverzeihliche Beleidigung für die Herrscherin Irene in Konstantinopel dar, die als eine erklärte Feindin Karls galt und nur den Titel »Basileus«, also König, führen durfte. Da die Soldaten der *Flutto* es uns nach kurzer Zeit gleichtaten, wurde die Beleidigung noch einmal um ein Vielfaches größer.

Die Reaktion der Byzantiner ließ nicht lange auf sich warten. Sie heulten vor Wut und stellten sich ebenfalls an der Bordwand auf, drohten, schimpften, gestikulierten.

Währenddessen hatte Varrani ihnen ein zweites Feuergeschoss entgegenschleudern lassen.

»Kaiser Karl … Kaiser Karl … Kaiser Karl!«

Täuschte ich mich, oder kamen die feindlichen Dromonen nicht näher? Unter dem unablässigen Dröhnen der Schilde und dem Schmähruf der Soldaten eilte ich zu Abuls Käfig. Meinen großen Freund hatte ich in der Zwischenzeit ganz vergessen. »Abul«, rief ich, »bleibe ganz ruhig, ich bin bei dir!« Ich nahm eines seiner Ohren und begann, es zu tätscheln. »Ruhig, ganz ruhig. Uns kann nichts passieren, wenn wir nur Stärke zeigen, hörst du? Weißt du noch, was du machen sollst, wenn ich vor dir stehe und den Arm hebe?«

Ich hob den Arm. Sofort schwenkte Abul den Rüssel, und ein markerschütterndes Trompeten hallte über das Meer. Es war so laut, dass es spielend alle anderen Geräusche übertönte.

»Das hast du brav gemacht!«, lobte ich. »Gleich noch einmal!«

Abermals trompetete Abul.

Ich sah hinüber zu den Byzantinern. Sie staunten mit offenen Mündern. Einen lebenden Elefanten, dessen Trompeten ausgereicht hätte, die Mauern von Jericho einzureißen, hatten sie noch nie gesehen.

»Weiter!«, rief ich. »Weiter!«

Und unter den Trompetenstößen Abuls, dem Dröhnen der Schilde, dem Schmähruf der Soldaten und dem wieder und wieder abgeschossenen Griechischen Feuer drehten die Byzantiner langsam ab.

Als feststand, dass wir sie tatsächlich vertrieben hatten, musste ich tief durchatmen. Ich streichelte Abul und sagte: »Mir fällt ein Stein vom Herzen, mein Freund. Ich weiß nicht, was sie mit dir gemacht hätten, wenn du in ihre Hände gefallen wärst. Aber es ist noch einmal gutgegangen. Ich glaube, wir haben das Schlimmste hinter uns.«

Mit dieser Vermutung jedoch sollte ich mich getäuscht haben, denn drei Tage später – wir befanden uns noch im Thyrrenischen Meer, östlich der Insel Sardinien – zog ein Sturm auf.

Es war schon Abend. Nach einem guten Mahl, das wir mit Kapitän Varrani, Ercibald und Isaak auf dem Achterdeck eingenommen hatten, suchten Aurona und ich unsere gemeinsame Kammer auf. Gerade wollten wir uns zur Ruhe legen, als mir ein dumpfes Brummen auffiel. Es erinnerte an das Knurren eines Bären, und es beunruhigte mich. »Was ist das?«, fragte ich Aurona.

Meine Liebste unterdrückte ein Gähnen. »Was soll das schon sein? Irgendein Tau wird in der Takelage schwingen.«

»Wahrscheinlich hast du recht.« Ich legte mich neben sie, und sie bettete ihren Kopf in meine Armbeuge, wie sie es sich angewöhnt hatte. Ich schloss die Augen und versuchte zu schlafen, doch das Brummen hinderte mich daran. Dazu der schwerer werdende Seegang, der die *Venticello* verstärkt schlingern ließ. »Hab keine Angst, meine Liebste«, sagte ich. Doch sie hörte mich nicht. Sie war bereits im Land der Träume.

Ich seufzte. Sie hatte einen so tiefen Schlaf, dass es neben ihr donnern konnte, ohne dass sie aufgewacht wäre.

Aus dem Brummen war ein Ächzen geworden. Das Schiff machte Bewegungen, als wäre es ein Karren, der über Stock und Stein holpert. Der Kapitän, der die Gesandtschaft auf der Hinreise nach Alexandria gebracht hatte, fiel mir ein. Agostini war sein Name gewesen. Er hatte mir viel über schweres Wetter erzählt. Jeder Sturm, hatte er gesagt, besäße eine ganz eigene Stimme, doch allen wäre eines gemeinsam: Je stärker sie würden, desto tiefer klängen sie.

Wie tief würde die Stimme dieses Sturms noch werden? Es hielt mich nicht mehr auf meinem Lager. Ich stand auf, warf den wärmenden Rechteckmantel über und schloss ihn mit einem breiten Ledergürtel. Dann setzte ich mir den Turban auf, denn ich wollte, dass Abul mich sofort erkannte.

Als ich an Deck kam, wäre mir der Turban fast vom Kopf geflogen. Ich zog ihn tiefer in die Stirn und tastete mich nach vorn. Außer dem Rudergänger am Heck und Kapitän Varrani war keine Menschenseele zu sehen. Doch überall waren Seile gespannt. Ich ergriff eines und hangelte mich weiter. Vorbei an den Masten mit den gerefften Segeln, vorbei an den eingezogenen Rudern. Schon nach wenigen Schritten hatte ich keinen trockenen Faden mehr am Leib. Vor mir stampfte der Bug der *Venticello* auf und nieder. Brecher krachten aufs Schiff, die See war wie eine graue Wand. Der Himmel über mir, am Nachmittag noch harmlos blau, war schwarz verhangen. Wieder donnerte ein Brecher aufs Schiff. Gischt sprühte auf, wo war Abul? Er stand inmitten der Naturgewalten, umtost von Wind und Wasser, hob den Rüssel und ließ einen seiner ohrenbetäubenden Trompetenstöße erschallen. Es war ein Trompeten voller Angst und Unsicherheit.

»Abul, ich komme!« Ich zerrte an der Verriegelung des Käfigs, öffnete sie und taumelte meinem großen Freund entgegen. Er hatte sich losgerissen, seine säulengleichen Beine suchten vergebens Halt auf dem glitschigen Deck, der mächtige Körper verlor das Gleichgewicht und prallte gegen die hölzerne Gitterwand. Ich musste aufpassen, nicht von ihm erdrückt zu werden. »Abul!«, schrie ich gegen den Sturm. »Leg dich hin, leg dich hin!«

Ich musste es noch mehrmals rufen, denn mein großer Freund traute sich nicht. Endlich knickte er mit den Beinen ein und lag bäuchlings auf den Planken. »Brav, Abul!« Ich ließ mich neben ihn fallen, ergriff sein Ohr, das ich so häufig gestreichelt hatte, und hielt mich daran fest. »Brav, Abul, so ist's recht. Nun kann der Sturm dich nicht mehr hin- und herschleudern!«

Abul hob den Rüssel, aber ich beruhigte ihn. »Du brauchst nicht zu trompeten, alles ist gut! Wir müssen nur warten, bis der Sturm vorüber ist. Es dauert nicht mehr lange!«

Doch da hatte ich mich getäuscht. Ich weiß nicht, wie viele Stunden ich neben Abul ausharrte, ich weiß nur noch, dass ich am Ende völlig durchgefroren war. Die Glieder waren mir wie abgestorben, und ich wusste kaum, wie mir geschah, als einige Männer der Besatzung am anderen Morgen an Deck erschienen und mich auf die Beine zu stellen versuchten. Es gelang ihnen nicht.

Varrani, der sich die Sturmschäden ansah, kam hinzu. Ich hörte seine Worte wie durch Watte: »Schafft ihn nach achtern in seine Kammer. Er braucht eine heiße Brühe und Ruhe. Und gebt dem Elefanten Futter. Vermutlich wird er sich dann aufrichten.«

Danach hörte ich nichts mehr.

Das Nächste, an das ich mich erinnere, ist Auronas Gesicht. Es beugte sich zu mir herab und wirkte besorgt.

»Es geht mir gut«, krächzte ich.

»Du bist ein miserabler Lügner.« Aurona lächelte. »Eigentlich müsste ich mit dir schimpfen, weil das Leben des

Elefanten dir wichtiger war als dein eigenes, aber du bist krank.«

»Ich bin nicht krank.«

»Du bist Arzt. Alle Ärzte sind dickköpfige Patienten und wollen nicht wahrhaben, dass es ihnen schlechtgeht. Du hast Fieber. Wenn ich du wäre, würde ich sogar sagen, du musst dich in Acht nehmen, dass daraus keine Lungenentzündung wird. Und nun trink ein wenig Brühe.«

Sie flößte mir von der klaren Suppe ein und zog die Decke bis unter mein Kinn. »Du musst schwitzen.«

»Wie geht es Abul?«, krächzte ich.

»Abul geht es gut. Er scheint den Sturm besser überstanden zu haben als du. Und nun schwitze und schlafe dich gesund.«

Nach drei Tagen, die *Venticello* und die *Flutto* segelten bereits im Ligurischen Meer mit Kurs auf Porto Venere, war ich so weit wiederhergestellt, dass ich zum ersten Mal an Deck gehen konnte. Es war ein klarer, kalter Novembertag. Die Gefährten begrüßten mich freudig, und auch Ercibald lächelte froh, als er mich entdeckte. Aurona war an meiner Seite, um mich, wie sie sagte, notfalls stützen zu können. Doch das hatte ich selbstverständlich abgelehnt.

Varrani kam vom Vorschiff dazu, grüßte und fragte, wie es mir ginge. »Ich kann noch keine Bäume ausreißen«, antwortete ich, »aber insgesamt recht gut.«

»Das hört man gern. Fortuna scheint mit dir im Bunde zu sein. Und wenn ich es recht bedenke, nicht nur mit dir. Wir alle haben Glück gehabt.«

Ich nickte. »Das kann man wohl sagen. Es war sehr knapp mit dem Sturm.«

»Sturm?« Varrani lachte. »Das war nicht viel mehr als ein laues Lüftchen. Ich spreche von den verdammten Byzantinern. Dass sie uns nicht angegriffen haben, grenzt an ein Wunder. Nun ja, womöglich hatten sie kein Griechisches Feuer an Bord, was allerdings ziemlich ungewöhnlich wäre, weil jede ihrer Dromonen damit ausgestattet ist.«

»Vielleicht waren die Dinger kaputt?«, vermutete Abbo.

»Das ist nicht auszuschließen.« Varrani rieb sich über das stoppelige Kinn. »Die Druckpumpen für die feuerspeienden Rohre sind sehr störanfällig, wenn man sie nicht regelmäßig wartet. Doch einerlei, die Feiglinge haben sich nicht getraut, uns anzugreifen, haben die Hose voll gehabt und den Schwanz eingezogen ...«

Kaum hatte er das gesagt, biss er sich auf die Lippen. »Verzeihung, äh, ich vergaß, dass nicht nur Männer an Bord sind.«

Aurona lächelte vielsagend.

Ich half Varrani aus der Klemme. »Auf jeden Fall schienen die Byzantiner plötzlich etwas anderes vorzuhaben«, sagte ich. »Wenn du gestattest, habe auch ich etwas anderes vor: Ich möchte zu Abul gehen und nach ihm sehen.«

»Jaja, tu das nur.« Varrani wirkte erleichtert.

Abul stand in seinem reparierten Käfig und tat sich an Tamarindenzweigen und -blättern gütlich, die noch aus Sūsa stammten. Aurona und ich streichelten ihn, und ich sagte: »Lass dich nicht stören, mein Freund. Gemessen an deinem Appetit, scheinst du den Sturm gut überstanden zu haben. Überhaupt scheint alles bald überstanden zu sein, denn morgen sollen wir Porto Venere erreichen. Dann kriegst du endlich wieder festen Boden unter die Füße. Nun friss weiter, ich sehe heute Abend noch einmal nach dir.«

Aurona sah mich streng an und sagte: »Versprich nicht Dinge, die du nicht halten kannst.«

»Warum sollte ich mein Versprechen nicht halten können?«

»Weil ich es dir nicht erlaube. Du bist noch nicht ganz gesund und musst das Bett hüten.«

»Was du nicht sagst.« Ich drängte sie in den Schatten von Abuls mächtigem Körper, zog sie an mich und küsste sie. »Wenn ich heute Abend das Bett hüten muss, werde ich dir beweisen, dass ich nicht krank bin.«

»Das wirst du nicht.«

»Das werde ich doch.«

»Oh, Cunrad von Malmünd, ich wusste, dass du ein dickköpfiger Patient bist.«

Als die *Venticello* am nächsten Tag in Porto Venere festmachte, herrschte strömender Regen. Es war kalt und unfreundlich. »So hatte ich mir die Begrüßung in Europa eigentlich nicht vorgestellt«, sagte Aurona zu mir.

Abbo seufzte: »Wir müssen es nehmen, wie es ist.«

»Vergesst nicht, hier steht der Winter vor der Tür«, erinnerte uns Ercibald. »Da könnt ihr nichts anderes erwarten. Entschuldigt mich bitte, ich muss noch ein paar Dinge erledigen.«

»Worum handelt es sich?«, fragte ich.

»Unter anderem brauche ich eine Genehmigung, damit die Fußsoldaten am Ende der Landzunge lagern dürfen.«

»Das Problem kenne ich.«

Ercibald lächelte fein. »Ein Problem wird es nicht sein. Denn wir reisen im Auftrag Kaiser Karls, dessen machtvoller Arm auch bis hierher reicht. Es ist eher die Höflichkeit, die es mir gebietet, den Stadtoberen mitzuteilen, wo wir übernachten. Im Übrigen schlage ich vor, schon morgen mit dem gesamten Tross weiter nach Vercelli zu ziehen. Was hältst du davon?«

»Das wäre mir sehr recht. Ich würde dem Kaiser gern von unserer Mission berichten.«

Ercibalds Gesicht nahm einen zweifelnden Ausdruck an. »Ich bin mir nicht sicher, ob wir den Kaiser noch in Vercelli antreffen werden. Zwar weilt er seit seiner Krönung in Italien, doch es ist nicht auszuschließen, dass ihn mittlerweile dringende Aufgaben nach Aachen gerufen haben. Dennoch liegt Vercelli auf unserem Weg, da wir für die Überquerung der Alpen den Gotthardpass nutzen werden.«

Später, als Abul versorgt war und die Gefährten ihre Zelte zwischen denen der kaiserlichen Fußsoldaten aufgestellt hatten, machte ich wie üblich meine letzte Runde und schlüpfte anschließend zu Aurona ins Zelt. Auf den ersten Blick sah ich, dass etwas mit ihr nicht stimmte. »Was ist mit dir, Liebste?«, fragte ich.

»Nichts.« Sie nestelte an dem Docht der kleinen Öllampe.

»Du hast doch etwas, das sehe ich dir an der Nasenspitze an. Komm, sag es mir.«

Sie blickte mich an. »Müssen wir unbedingt über Vercelli reisen, wo der vermaledeite Karl sitzt?«

»Daher also weht der Wind.« Ich versuchte, sie in den Arm zu nehmen, doch sie ließ es nicht zu. »Lass das.«

»Liebste, kennst du außer dem Gotthardpass einen anderen Pass mit einem begehbaren Saumpfad?«

»Nein, aber …«

»Na, siehst du. Wer den Gotthardpass nehmen muss, ist auch gezwungen, über Vercelli zu reisen. Jedenfalls, wenn er von Süden kommt. Ich bin sicher, wenn du den Kaiser kennenlernst, wirst du ihn mögen.«

»Verflucht sei er! Er hat so viele Völker ausgelöscht!«

Ich ließ mich aufs Bett nieder und klopfte auf den Platz an meiner Seite, um sie einzuladen, sich neben mich zu setzen. Doch sie blieb stehen. »Also gut«, sagte ich. »Karl hat viele Kriege geführt und viele Männer getötet. Das will ich nicht beschönigen. Aber es scheint das Schicksal aller großen Herrscher zu sein, blutige Hände zu haben. Oder kennst du einen, der sein Reich ohne Schlachten gewinnen konnte?«

Aurona schwieg.

»Nun komm, setz dich zu mir. Ich möchte nicht, dass Karl zwischen uns steht.«

»Er ist ein Mörder, der Tausende von Menschen auf dem Gewissen hat.«

Ich wurde ärgerlich. »Das stimmt. Aber es gibt auch andere, von denen du dasselbe behaupten könntest. Der Langobardenkönig Rothari etwa, ein verstorbener Landsmann von dir, glänzte auch nicht gerade durch Tugendhaftigkeit. Er verwüstete mit seinem Heer im Jahre 643 ebendiese Stadt.«

»Porto Venere? Woher willst du das wissen?«

»Ercibald hat es mir erzählt. Er kennt sich in den Annalen Norditaliens recht gut aus. Und nun komm.« Ich griff nach ihr und zog sie zu mir herunter. »Dass Kaiser Karl nie dein Freund werden wird, wissen wir beide. Lass uns trotzdem gemeinsam nach Vercelli ziehen. Wir gehören doch zusammen. Ist es nicht so?«

Sie begann zu weinen. »Es ist so«, schluchzte sie. »Aber ich kann nun einmal nicht vergessen, was er meiner Familie angetan hat.«

Ich wiegte sie in meinen Armen. »Das brauchst du auch nicht. Versuche nur, die Bitterkeit aus deinen Gedanken zu verbannen. Jede Münze hat ihre zwei Seiten. Auch Karl hatte seine Gründe, in Italien Krieg zu führen. Lass uns jetzt schlafen. Morgen wird ein anstrengender Tag.«

»Gute Nacht, Liebster«, flüsterte sie. »Ich will versuchen, Karls Seite der Münze zu sehen. Aber ob es mir gelingt, weiß ich nicht.«

Am anderen Morgen schien gottlob die Sonne. Die Kraft ihrer Strahlen reichte noch aus, die völlig durchnässten Planen unserer Zelte zu trocknen. Während das Lager abgebrochen wurde, begab ich mich zu Ercibald und sagte zu ihm: »Du hast mir erzählt, ein Großteil der fränkischen Fußsoldaten sei in Pavia und Mailand stationiert. Ich glaube, es wäre gut, wenn wir diese Männer auf dem Wege nach Vercelli entließen, damit sie in ihre Unterkünfte zurückkehren können.«

Ercibald musterte mich aufmerksam. »Wie ich dich kenne, steckt ein vernünftiger Gedanke hinter deinem Wunsch. Welcher?«

»Nun«, sagte ich, »jedermann weiß, je länger ein Heerwurm ist, desto langsamer kriecht er dahin. Mir jedoch ist daran gelegen, möglichst schnell nach Vercelli zu gelangen, denn ich möchte mir die Möglichkeit erhalten, dort den Kaiser anzutreffen.«

»Dein Vorschlag macht Sinn. Warte einen Augenblick.« Ercibald entrollte ein Papier und studierte es eingehend. »Ich habe hier eine Liste der Soldaten«, sagte er dann. »Wenn ich richtig gezählt habe, sind neunundsechzig von ihnen aus Pavia und Mailand. Das heißt, es wären anschließend nur noch einundfünfzig Mann übrig. Würden sie dir genügen, den Schutz der Gesandtschaft bis Aachen zu übernehmen?«

»Gewiss. Bedenke, mit wie viel weniger Männern unsere Gruppe schon marschiert ist.«

»Nun gut. Ich werde die entsprechenden Befehle ausfertigen und an die Unterführer weitergeben. Dem Kaiser wird es im Übrigen nicht unrecht sein, wenn sich die Zahl seiner Soldaten in Mailand und Pavia wieder erhöht.«

»Wann brechen wir auf?«

Ercibald zögerte. »Bis ich die Papiere ausgestellt habe, dürfte es eine Weile dauern. Sagen wir, heute Mittag?«

»Einverstanden, heute Mittag.«

Drei Stunden danach hatten wir einen langen Zug gebildet, der abmarschbereit auf dem Platz wartete. Er bestand aus hundertzwanzig Soldaten, dazu neun der Unseren und nicht zuletzt Ercibald. Der kleine Notar staunte, als ich ihm eröffnete, wir hätten stets eine bestimmte Marschordnung eingehalten, und diese sehe vor, dass Abul und ich die Spitze bildeten.

»Hältst du das nicht für gefährlich?«, fragte er.

»Gefährlich für wen?«, fragte ich zurück und grinste. »Mein großer grauer Freund ist zwar lammfromm, aber auch sehr wehrhaft. Immerhin könnte es nicht schaden, wenn drei oder vier deiner Männer vorausritten, um zu erkunden, wie wegsam die vor uns liegende Strecke ist.«

»Das ist ein guter Gedanke.«

»Die Wagen mit den Zug- und Packpferden sollten stets in der Mitte des Trosses bleiben, dort sind sie vor Angriffen am besten geschützt.«

»Das leuchtet mir ein.«

Daraufhin hob mich Abuls Rüssel empor und setzte mich hinter seinem mächtigen Kopf ab, ein Vorgang, den manche der Soldaten mit großen Augen verfolgten, denn etwas Derartiges hatten sie noch nie gesehen. Als ich meine Position eingenommen hatte, drehte ich mich um, nahm den Arm hoch und rief: »Auf, auf, das schöne Frankenland wartet!«

»Auf, auf!«, antworteten die Gefährten begeistert.

Ich rief ein zweites Mal, und diesmal erklang es aus allen hundertzwanzig Kehlen: »Auf, auf …!«

Langsam setzte sich der Tross in Marsch.

Die nächsten Tage zogen wir durch die fruchtbare Landschaft des Piemont, passierten kleine Dörfer, überquerten klare Flüsse und stapften durch das Laub der herbstbunten Wälder. Wenn wir abends am Feuer saßen, gut bewacht von Ercibalds Soldaten, ließen wir uns die gute heimische Kost schmecken, verzehrten köstlichen Käse, tranken guten Wein, und Randolph fand Gelegenheit, sich nochmals vom Geschmack der Trüffeln zu überzeugen. Dies umso mehr, als ihm von verschiedener Seite versichert wurde, die Edelpilze würden gemeinhin nicht von Schweinen, sondern von Hunden aufgespürt.

Nach zehn Tagen gemächlichen Marsches kamen wir in ein Dorf, von welchem Ercibald zu berichten wusste, Kaiser Karl habe es dem Klerus von Vercelli zum Geschenk gemacht. Das Dorf wurde von den Piemontesern Casal genannt, was so viel wie »kleines Landhaus« bedeutet, und lag am rechten Ufer des Flusses Po. In seiner Mitte stand eine kleine hölzerne Kirche von so beengten Ausmaßen, dass sie unsere gesamte Truppe nicht fassen konnte, als wir uns am Abend anschickten, darin einen Gottesdienst zu feiern. Ercibald und ich beschlossen deshalb, dass der Zeremonie nur jene Soldaten beiwohnen sollten, die sich am nächsten Tag von uns trennen würden, um weiter nach Pavia und Mailand zu marschieren.

Es war für alle Teilnehmer – besonders aber für die Gefährten und mich – ein erhebendes Gefühl, endlich einmal wieder Gottes Wort aus berufenem Munde in einem geweihten Haus zu vernehmen, und nachdem die Liturgie mit einem gemeinsamen Vaterunser geendet hatte, legten wir uns geistig gestärkt zur wohlverdienten Nachtruhe nieder.

Ich war kurz vor dem Einschlafen, als Aurona an meiner Seite wisperte: »Cunrad?«

»Hm?«, brummte ich.

»Ich habe über Karls Seite der Münze nachgedacht. Ich glaube, er hat nicht nur Menschen getötet, sondern auch Gutes getan, zumal er manchen Völkern das Christentum gebracht hat. Trotzdem möchte ich ihm in Vercelli nicht begegnen. Ich müsste Höflichkeit heucheln, und das will ich nicht. Schon im Khuld-Palast bei Kalif Harun ist mir das unsagbar schwergefallen.«

»Du brauchst ihm ja nicht zu begegnen. Ich werde ihm einfach verschweigen, dass ich verheiratet bin. Dann wird er nicht nach meiner Frau fragen. Im Übrigen ist nicht einmal sicher, dass Karl noch in Vercelli weilt.«

»Mir wäre lieber, wenn ich morgen mit den Soldaten nach Pavia aufbrechen könnte.«

»Wie bitte?« Plötzlich war ich hellwach.

»Es ist meine Heimatstadt, Liebster, das weißt du. Kann ich nicht dort auf dich warten, bis du aus Vercelli zurückkommst?«

»Wie stellst du dir das vor? Soll ich ohne meine Frau weitermarschieren?«

»Liebster …«

»Außerdem ist unser Weg erst in Aachen zu Ende. Denn dort soll Abul sein neues Zuhause finden. Und bedenke: Wenn wir uns trennen würden, könnten wir uns Monate nicht sehen. Ich würde mir ständig Sorgen um dich machen – und du dir um mich. Möchtest du das?«

»Nein, sicher nicht.«

»Die Frau gehört an die Seite des Mannes. Das ist nie anders gewesen.«

Aurona schwieg. Dann sagte sie: »Aber zweifellos ist es auch so, dass der Mann an die Seite der Frau gehört.«

Ich lachte und küsste sie. »Das ist ein lustiger Gedanke.«

»Eines Tages, Liebster, werde ich dich daran erinnern.«

Am nächsten Morgen entließen wir die abmarschbereiten Soldaten mit einem Gebet und einem Hochruf auf den Kaiser. Die Unterführer grüßten noch einmal, und der Tross entfernte sich in gut geordneten Dreierreihen.

Aurona, die neben mir stand, blickte ihnen nach. Ich

wusste, was in ihrem Kopf vorging, und drückte ihre Hand. Dann versuchte ich einen Scherz: »Mein Platz ist an deiner Seite, Liebste, aber unser Platz ist an der Seite von Abul. So groß er ist, so verletzlich ist er. Er braucht unseren Schutz.«

»Ja, den braucht er wohl.«

Über ihre Wange rann eine Träne. Warum, wegen der abziehenden Soldaten oder der Verletzlichkeit Abuls, das wusste ich nicht. Ich wollte sie fragen, doch in diesem Augenblick trat Ercibald auf uns zu und sagte: »Von Casal bis Vercelli sind es nur fünfzehn oder sechzehn Meilen, Cunrad. Wenn wir heute Mittag aufbrechen, können wir ohne Mühe morgen Abend dort sein. Was meinst du?«

»Wir machen uns fertig«, sagte ich. »Jeder Tag, den wir früher in Vercelli sind, soll mir recht sein.«

Als die Sonne am höchsten stand, überschritten wir die Holzbrücke, die über den Po führte, und marschierten nach Norden. Am Abend schlugen wir unser Lager im Laub eines großen Waldes auf, nächtigten ohne Zwischenfälle und erreichten am Nachmittag des nächsten Tages Vercelli. Sowie wir die Stadt betreten hatten, ritt ich, ohne dem Aufsehen, das Abul wie immer verursachte, Beachtung zu schenken, zu dem steinernen Gebäude, das am Ufer des Flusses Sesia stand. Es sollte das Haus sein, das dem Kaiser und seinen engsten Vertrauten vorbehalten war. Auf mein Rufen hin öffnete sich die schwere Tür. Ein Soldat erschien. Er war voll gewappnet und grüßte mich militärisch stramm. »Mein Name ist Odo«, sagte er. »Wie es scheint, haben die Genueser den Befehl des Kaisers ausgeführt und den Elefanten aus Ifriqiya geholt. Darf ich fragen, wer du bist?«

Ercibald, der mir auf einem prächtigen Rappen gefolgt war, antwortete für mich: »Das ist Cunrad von Malmünd. Er ist Arzt und Mahut des Elefanten sowie Führer der Gesandtschaft, die Kaiser Karl nach Bagdad entsandte. Mich selbst kennst du ja bereits.«

Odo verbeugte sich. »Es ist mir eine Ehre, euch zu empfangen. Für dich, Cunrad, hat mir der Kaiser Grüße aufgetragen, die ich dir hiermit übermittle.«

»Danke«, antwortete ich. »Wo ist der Kaiser?«

Odo zog die Stirn in Falten. »Lass mich überlegen. Wir haben bald Mitte Dezember. Ich schätze, er müsste dieser Tage in Aachen eintreffen.«

»So werde ich keine Möglichkeit haben, mit ihm zu sprechen.« Es war mehr eine Feststellung als eine Frage, und ich fügte hinzu: »Glaubst du, unser Tross könnte den Gotthardpass noch vor dem Wintereinbruch überqueren?«

»Das hängt davon ab, wann der erste Schnee fällt. Das kann niemand vorhersagen, Cunrad.«

»Nun gut.« Ich dachte an unsere Mission, an die Gefährten und an Aurona, die sich so sehr zurück nach Pavia sehnte. »Ich werde mir überlegen, was zu tun ist.«

Oh, Tariq, mein großherziger Gastgeber, erlaube mir, an dieser Stelle meinen Bericht für einen Tag zu unterbrechen, denn jeder Erzähler weiß, wie wichtig es ist, die Spannung aufrechtzuerhalten. Umso mehr, wenn sich die Geschichte dem Ende zuneigt. Auch mein Mahl habe ich für heute beendet, und ich muss sagen, es war wie immer vorzüglich, was deine alte verschleierte Dienerin mir anreichte. Besonders der in Rosenwasser gekochte Reis zu den mit Ingwerkräutern gefüllten Täubchen hat mir selten gut gemundet. Sie bedeutete mir, sie habe die Speisen eigens für mich zubereitet, was einerseits dem Mann in mir sehr schmeichelt, andererseits dem Arzt in mir sagt, dass sie weiter auf dem Wege der Besserung ist.

Das Gleiche gilt, wie ich mit Freuden feststelle, für den gebrochenen Finger, die gekauterte Hand und den neugierigen Weisheitszahn. Ich wünsche ihren Besitzern weiterhin gute Genesung und will morgen noch einmal nach ihnen sehen. Allen anderen meiner Zuhörer wünsche ich gute Gesundheit.

Und dir, mein Freund Tariq, wünsche ich eine gute Nacht. Allah sei mit dir – und Gott befohlen!

Kapitel 17

Vercelli, Gotthardpass, Worms, Aachen; Dezember 801 bis Juli 802

Der Winter in Vercelli kam über Nacht. Eine Woche, nachdem ich mich entschlossen hatte, auf den wohlmeinenden Rat der Ortskundigen zu hören und nicht weiterzumarschieren, setzte der erste Frost ein. Am Morgen sahen Stadt und Land aus, als hätte die Hand Gottes sie mit weißem Puder überstreut. Der Atem stand mir in Wölkchen vor dem Gesicht, als ich zu der hohen Einfriedung ging, in der Abul untergebracht worden war. »Guten Morgen, mein Freund«, sagte ich zu ihm, »ich wette, du hast in deinem Leben noch niemals Rauhreif gesehen.«

Abul gab mir keine Antwort, aber die gelassene Art, in der er büschelweise Pflanzenkost vertilgte, sagte mir, dass die veränderte Umgebung ihn kaum erschüttern konnte.

Ich streichelte ihn und zerstörte das dünne Eis, das sich auf seinem Wassertrog gebildet hatte. »Trink vorsichtig, es ist sehr kalt«, sagte ich. »Vielleicht machen wir später, wenn du dich gestärkt hast, einen Ausritt.«

Ich verließ meinen großen Freund und ging zu den festen Unterkünften, die meine Gefährten sich mit Ercibalds Soldaten teilten. Sie standen auf dem Gelände des kaiserlichen Steingebäudes und waren auf Odos Befehl für uns hergerichtet worden. Wie sich zeigte, war Abbo als Einziger schon auf den Beinen. »Hakim«, rief er zur Begrüßung, während er sich die Arme um die Schultern schlug, um die Kälte zu vertreiben, »ich trauere der Wärme in der Wüste nach!«

Ich schmunzelte. »Wie es ist, ist es verkehrt. Es liegt in der Natur des Menschen, dass er sich immer das wünscht, was er gerade nicht hat. Freu dich lieber, dass du nicht im Zelt übernachten musst und hier keine Schlangen und Skorpione antriffst.«

Abbo gähnte und grinste. »Dazu müsste ich erst einmal richtig wach werden.«

»Vielleicht hilft dir eine gute Morgenmahlzeit dabei. Ich kenne einen, der außer uns schon aufgestanden sein dürfte. Komm mit, Randolph hat sicher eine kräftige Brühe auf dem Feuer.«

Wir gingen zu dem Küchenzelt, das zur Versorgung der Truppe eingerichtet worden war, und trafen dort Randolph an, der emsig in einem Kessel herumrührte. Zwei von Ercibalds Soldaten gingen ihm bei den Vorbereitungen zur Hand und backten Brote. Es waren nicht die aus Ifriqiya bekannten geschmacksarmen Fladen, sondern goldgelbe, mit Weizen und Hefe hergestellte Laibe.

Abbo schnupperte. »Wenn ich's recht bedenke, bin ich doch froh, wieder im alten Europa zu sein. Gibt es schon etwas zur Stärkung, Randolph?«

Randolph reichte uns Becher mit heißer Brühe, und wir nahmen dazu von dem frischen, duftenden Brot. Nach und nach trafen die anderen Gefährten und die Soldaten ein. Sie ließen sich in bunter Reihe nieder und aßen einträchtig zusammen. Mit Ercibald war ich übereingekommen, dass es wichtig sei, die Truppe zu beschäftigen, weshalb regelmäßig Waffenübungen und Märsche angesetzt werden sollten, sofern das Wetter es zuließ. Darüber hinaus mussten täglich die Tiere versorgt und die Ausrüstung instand gehalten werden.

Nachdem Abbo seinen ersten Hunger gestillt hatte, ging er hinüber zu Giso, denn er wollte mit ihm und den Unterführern den Ablauf des heranbrechenden Tages besprechen. Währenddessen ließ ich mir von Randolph noch etwas Brot und Brühe geben. Beides wollte ich Aurona bringen, die mit mir und Ercibald im kaiserlichen Steingebäude gastliche Aufnahme gefunden hatte.

»Guten Morgen, du Langschläferin«, sagte ich und küsste sie. »Hier habe ich etwas zu essen für dich. Ich war übrigens heute Morgen schon bei Abul. Es geht ihm gut, und wir haben gedacht, es wäre nett, einen kleinen Ausritt zu machen. Hast du Lust mitzukommen?«

Aurona streckte sich. »Ist es nicht zu kalt?«

»O ja«, antwortete ich ernst, »viel zu kalt, aber du wirst besonders hübsch aussehen, wenn die Eiszapfen von deinem Näschen herabhängen.«

Sie schlug nach mir, und ich wich lachend aus. »Ich will Ercibald und Isaak fragen, ob sie Lust haben, uns zu begleiten.«

Nicht viel später saßen wir hoch oben auf Abul und genossen den gemächlichen Gang durch das weiße Vercelli. Die Menschen, die uns begegneten, hatten sich noch nicht an den Anblick des grauen Kolosses gewöhnt und rissen Mund und Augen auf, wenn sie uns sahen. Aurona, Ercibald und Isaak saßen hinter mir in der Houdah, in wärmende Decken gehüllt, während ich mit dem Druck meiner Füße Abul nach Süden lenkte. Alsbald verloren sich die letzten Häuser hinter uns, die Landschaft wurde flacher. Weiße, abgeerntete Felder bestimmten das Bild. Nach einer Stunde kamen wir in ein Gebiet, von dem ich wusste, dass man es einst als *Campi Raudii,* als Raudische Felder bezeichnet hatte. Hier war es, wo einst der römische Feldherr

Marius das Heer der Kimbern vernichtend geschlagen hatte. Ich berichtete den Gefährten von dem Ereignis und wies auf die weite Ebene vor uns: »Man kann sich kaum vorstellen, dass hier einmal Zehntausende von Männern den Tod fanden«, sagte ich. »Es war eine Schlacht, nach deren Ausgang an Marius' Händen viel Blut klebte, und doch war sie wichtig, denn sie rettete Rom.«

Mit dieser Feststellung, die vorwiegend meiner Liebsten gegolten hatte, wollte ich es bewenden lassen, doch sie entgegnete: »Rom wurde später trotzdem erobert und existiert noch heute. Ist es nicht so, dass all die armen Männer umsonst gestorben sind?«

Isaak antwortete für mich: »Aus Sicht der Mütter, ja – aus Sicht des Marius, nein. Wer will entscheiden, wer von beiden recht hatte? Fest steht jedenfalls eines: In seinem fünften Gebot sagt der Erhabene, dessen Name gepriesen sei, *du sollst nicht töten.*«

»Es heißt in der Heiligen Schrift aber auch *Auge um Auge, Zahn um Zahn, Hand um Hand …* Wer will ermessen, wer von beiden mit dem Töten begann?«, wandte Ercibald ein.

»Freuen wir uns, dass in diesen Tagen alles so friedlich verläuft«, versuchte ich, die Wogen zu glätten. »Und erinnern wir uns daran, dass Gewalt nur Gewalt nach sich zieht, die wiederum neue Gewalt verursacht. Das Weihnachtsfest steht bald vor der Tür. Der Bischof von Vercelli, Krisantus, war so freundlich, uns zu einem Gottesdienst am Heiligen Abend in seine Kirche einzuladen. Ich denke, sie ist groß genug, alle Gefährten und Soldaten zu beherbergen.«

»Ich werde nicht dabei sein«, sagte Isaak.

»Verzeih, ich vergaß, dass du Jude bist«, bat ich. »Gibt es für dich denn gar kein Weihnachtsfest?«

»Nein«, erwiderte Isaak. »Wir Juden feiern *Chanukka,* ein Fest, das acht Tage dauert und immer am fünfundzwanzigsten Tag des Monats *Kislew* beginnt, also ziemlich zur selben Zeit wie der Heilige Abend der Christen. Wir feiern die Wiedereinweihung des zweiten Tempels in Jerusalem, wir singen, beten, essen, trinken und brennen Kerzen ab.«

»Es ist bereits das vierte Mal, dass wir zur Weihnachtszeit zusammen sein werden«, überlegte ich, »aber ich habe dich noch nie das *Chanukka*-Fest begehen sehen.«

Isaak lächelte. »Vielleicht tue ich es diesmal. In Vercelli gibt es einige Juden.«

Den Kopf voller Vorfreude auf die kommende Zeit, traten wir den Ritt zurück an und wurden jäh aus unseren Gedanken gerissen, denn seitlich von uns tauchte ein dunkler Fleck im Weiß der Landschaft auf. »Was ist das?«, fragte Aurona.

»Es sieht aus wie ein Hund«, sagte Ercibald.

»Es ist ein Wolf!«, rief Isaak.

»Ich glaube, Isaak hat recht«, sagte ich. »Behalten wir ihn im Auge.«

Während Abul ungerührt weiterging, beobachteten wir das Tier. Es lief etwa fünfzig Schritt entfernt neben uns her und blieb auf gleicher Höhe. »Vielleicht ein Einzelgänger«, vermutete Ercibald.

Kaum hatte er das gesagt, tauchten zwei weitere Wölfe auf. Sie liefen auf der anderen Seite und verhielten sich eine Zeitlang ganz ähnlich. Dann verringerten sie den Abstand allmählich.

»Seht nur, hinter uns!«, rief Aurona plötzlich.

Hinter uns liefen drei weitere Wölfe.

»Wir haben es mit einem ganzen Rudel zu tun«, sagte ich. »Es beobachtet uns und schätzt ab, ob wir als Beute taugen. Doch ich glaube, wir können ihnen die Suppe versalzen.«

»Was willst du tun?«, fragte Aurona ängstlich.

»Den Wölfen beweisen, dass wir zu gefährlich für sie sind. Ich werde Abul anhalten lassen und absteigen, während ihr anderen in der Houdah bleibt. Macht euch keine Sorgen.«

Ich ließ mich von Abuls starkem Rüssel herunterheben und trat vor ihn, ohne das Rudel aus dem Auge zu lassen. »Abul, mein Freund«, sagte ich, »da sind ein paar Wölfe, die nichts Gutes im Schilde führen. Wir müssen sie vertreiben. Kennst du noch dieses Zeichen? Ich hob den Arm, und Abul schnaufte kurz. Dann erschütterte ein ohrenbetäubender Trompetenstoß die winterkalte Luft.

»Heilige Maria!« Ercibald hielt sich entsetzt die Ohren zu.

Ich ließ Abul noch zwei Mal trompeten, dazu den Rüssel schwenken und die Stoßzähne drohend heben, dann blickte ich zu den Wölfen hinüber. Sie trotteten davon.

»Sie haben die Botschaft verstanden«, sagte ich und ließ mich von Abul wieder emporheben. »Nun steht unserer Rückkehr nach Vercelli nichts mehr im Wege.«

Der kalte Wind aus den Bergen sorgte dafür, dass der Frost sich hielt, und wir verlebten eine besinnliche weiße Weihnacht mit einem ausgezeichneten Essen für die gesamte Truppe. Zu dem Essen hatte Bischof Krisantus persönlich eingeladen, nachdem er zuvor einen bewegenden Gottesdienst mit uns in seiner aus Felssteinen errichteten Kirche gefeiert hatte. Sogar einige Sätze auf Fränkisch hatte er während der Liturgie gesprochen, was dazu führte, dass einige der kampferprobten Soldaten verstohlen eine Träne zerdrückten.

Danach lud Krisantus uns zu einem deftigen Mahl. Es gab fünf über dem Feuer geröstete Steinböcke, die wenige Tage zuvor bei Biella am Fuße der Alpen erlegt worden waren. Dazu in Olivenöl geschmorte Bohnen mit Kräutern und Pilzen und zum Abschluss in Honig eingelegte Birnen und

Nüsse. Begleitet wurden die Speisen von einem schweren Rotwein aus der Nebbiolotraube.

»So lässt sich das Leben ertragen«, sagte Abbo und gab sich wenig Mühe, ein Rülpsen zu unterdrücken. »Ich war selten so satt.«

Dem konnte niemand von uns widersprechen. Nicht einmal Aurona, die sonst den Speisen eher zurückhaltend zusprach.

Giso meinte: »Wenn wir nicht aufpassen, setzen wir früher oder später Speck an.«

Wie recht er mit seiner Warnung hatte, zeigte sich in den nächsten Wochen und Monaten, als so mancher von uns den Gürtel ein Loch weiter machen musste. Zu gute Kost, zu wenig Bewegung und zu viel Schlaf in den langen Winternächten waren die Gründe dafür. Das Einerlei der Tage tat ein Übriges. Immer öfter richtete ich deshalb den Blick nach Norden, wo die schneebedeckten Alpen herübergrüßten. »Wann, glaubst du, wird der Gotthardpass wieder begehbar sein?«, fragte ich Abbo an einem windigen Tag im März.

»Das wissen nur die saligen Frauen«, antwortete er geheimnisvoll.

»Salige Frauen? Nie gehört.«

»Man nennt sie auch Salkweiber oder Salaweiber.« Abbo sonnte sich in seinem Wissen. »Es sollen weise Frauen sein, die in Felsen- und Gletscherhöhlen leben und verirrten Wanderern zur Seite stehen.«

»Was du nicht sagst.« Ich konnte mir ein Grinsen nicht verkneifen. »Wahrscheinlich nehmen die saligen Frauen auch häufig ein Bad im Po, um sich mit Wasserdrachen, Fischzentauren und Schlangenungeheuern zu paaren.«

»Hakim, du nimmst mich nicht ernst.«

»Oh, doch. Das Dumme ist nur, dass ich dir deinen Aberglauben nicht austreiben kann. Gegen viele Krankheiten hat

Gott ein Kraut wachsen lassen, aber gegen Trugbilder und Irrlichter scheint selbst er machtlos zu sein. Ich muss dich nun allein mit deinen saligen Frauen lassen, denn um diese Zeit halte ich meine Behandlungsstunde ab.«

In der Tat hatte ich mir angewöhnt, an jedem Vormittag eine oder zwei Stunden darauf zu verwenden, mir die kleinen und großen Wehwehchen der Truppe anzuschauen. Gottlob war so gut wie nie etwas Ernstes dabei, so dass es meistens mit dem Verbinden von Wunden, dem Versorgen von Hautflechten oder dem Aufstechen von Schwären getan war.

Vier Wochen später, man schrieb bereits Anfang April, wachte ich eines Morgens neben Aurona auf und spürte, dass sich etwas verändert hatte. Ich rüttelte sie sanft am Arm und sagte: »Die Luft, Liebste! Sie ist wärmer und riecht anders als sonst. Ich glaube, der Frühling ist endlich da!«

»Wie schade«, murmelte Aurona schlaftrunken, »dann hat das beschauliche Leben ein Ende, und wir müssen wieder auf Wanderschaft gehen.«

Der Pfad, auf dem wir schritten, lag so hoch in den Bergen, dass sich links und rechts unter uns Wolkenfelder wie Watte ausbreiteten. Seit einer Woche waren wir bereits unterwegs, nachdem wir Vercelli und seinen gastlichen Menschen Lebewohl gesagt hatten. Wir waren über Varese, Lugano und Bellinzona bis ins Valle Leventina gezogen, an dessen oberem Ende das Bergdörfchen Airolo liegt. Dort machten wir halt. Die hübsche Aussicht auf das Flüsschen Ticino zu unserer Linken war der Lohn für unsere Mühe. Josua, der Säumer, der uns begleitete, weil er mit seinem Maultier Salz, Wein und Felle nach Altdorf transportieren wollte, machte uns in seiner kaum verständlichen Mundart deutlich, dass der Pass noch mindestens dreitausend Fuß weiter oben liege. Es sei ratsam, die Nacht über am Ufer des Flüsschens zu verbringen und am anderen Tage weiterzumarschieren.

Wir folgten seiner Empfehlung und schlugen das Lager auf. Einundfünfzig Soldaten, dazu die Gefährten, Ercibald, Aurona und ich. Nachdem alle Zelte glücklich aufgebaut waren und Abul ebenfalls einen geschützten Platz gefunden hatte, näherten sich scheu einige Dorfbewohner und boten uns Milch und Käse an. Es war einfache Kost, doch sie kam uns sehr recht, denn sie war frisch. Im Gegenzug gaben wir ihnen von unserem mitgeführten Schinken, den sie gerne nahmen.

Ein freundlicher Alter redete auf mich ein und hob mehrfach warnend den Finger. Da ich ihn nicht verstand, bat ich Josua, er möge die Worte des Mannes übersetzen. »Der Alte sagt, die Reuss sei in diesem Frühjahr besonders reißend. Wir sollten uns vorsehen, wenn wir die Schöllenenschlucht überwinden.«

»Das werden wir tun«, versicherte ich – und ahnte nicht, was ich versprochen hatte.

Der nächste Morgen zeigte einen bleigrauen Himmel. Es war windig und kalt. Nach dem Aufbruch aus Airolo, der unter den neugierigen Blicken der Dorfbewohner stattgefunden hatte, kämpften wir uns mühsam Schritt für Schritt den Saumpfad bergauf. Die Reihenfolge, in der wir marschierten, hatten wir auf Anraten Josuas verändert. »Der Elefant ist viel zu schwer, er sollte nicht vorangehen«, hatte der Säumer erklärt. »Wenn er abrutscht und eine Lawine auslöst, ist der Weg für alle anderen unpassierbar. Umgekehrt macht es mehr Sinn. Wenn alle vorangegangen sind und der Pfad sich als fest erwiesen hat, wird er auch den Elefanten tragen.«

»Das leuchtet ein«, hatte ich gesagt und seitdem die letzte Stelle im Tross eingenommen.

Stundenlang marschierten wir im Gänsemarsch, denn der Weg hoch zum Pass war nur vier oder fünf Fuß breit. Mehrere Male blieben Abul und ich zurück, weil mein großer Freund sich erst nach eingehendem Zureden überwinden konnte, seine mächtigen Beinsäulen auf den glitschigen Untergrund zu setzen. Am Abend waren alle, Mensch und Tier, zu Tode erschöpft. Eisige Kälte und ein scharfer Wind, der uns die Planen der Zelte immer wieder aus den Händen riss, machten das Aufbauen des Lagers besonders schwer. Der Rand des Hanges, an dem wir halbwegs Schutz gefunden hatten, war noch mit Schnee bedeckt. Wir nahmen von dem Schnee, um Wasser zum Kochen einer heißen Suppe zu erhalten, aßen, tranken und sprachen kaum.

Als alle satt waren und in ihren Zelten lagen, machte ich meinen letzten Rundgang. Er fiel länger aus als gewöhnlich, denn ich sah auch nach den Unterkünften der Soldaten und kontrollierte die Wachen, die sie aufgestellt hatten. Nachdem ich Abul eine gute Nacht gewünscht hatte, kroch ich ins Zelt zu meiner Liebsten. Aurona lag bereits in tiefem Schlummer. Sie wirkte überaus klein und schutzbedürftig. Ich küsste sie auf die Stirn und flüsterte: »Gute Nacht, ich liebe dich, meine stolze Langobardin. Karls Seite der Münze soll niemals zwischen uns stehen.«

Am zweiten Tag unseres Aufstiegs zum Pass schlängelte sich der Saumpfad in unzähligen Windungen höher und höher. Links und rechts des Weges lag zunehmend Schnee, den die Kraft der Frühlingssonne noch nicht zum Schmelzen hatte bringen können. Am Nachmittag ließ sich Josua mit seinem Maultier zurückfallen, bis er vor mir und Abul ging, und sagte: »In einer Stunde werden wir ganz oben sein. Von da an geht es nur noch bergab.«

»Gott sei gelobt und gedankt«, antwortete ich aus tiefstem Herzen. »Ich hatte mir den Aufstieg leichter vorgestellt.«

»Täusche dich nicht, Cunrad, das Schwerste kommt erst noch. Jeder erfahrene Führer wird dir bestätigen, dass der Weg hinunter schwieriger ist.«

Obwohl ich Josua nicht glaubte, widersprach ich ihm nicht. »Werden wir auf der Höhe des Passes einen guten Lagerplatz finden?«, fragte ich stattdessen.

»Es gibt einen See am Pass, dort werdet ihr eure Zelte aufschlagen können. Das Wasser des Sees ist genießbar, nur Feuerholz werdet ihr nirgendwo finden.«

»Das sagte man uns bereits in Airolo. Wir führen Holz mit uns.«

»Ja, Cunrad, ich habe es gesehen. Geht trotzdem sparsam damit um. Man kann nie wissen.«

»Danke, ich werde daran denken.«

Eine Stunde später hatten wir den Pass tatsächlich erreicht. Am Ufer des Sees versammelte ich die Männer um mich und hielt eine kurze Ansprache, die mit den Worten endete: »Genießt die Aussicht, wir sind auf dem Pass. Ihr habt euch bisher wacker gehalten, Kaiser Karl wird stolz auf euch sein. Wir wollen hier lagern und ab morgen hinunter zum Rhein marschieren. Freut euch, das schöne Frankenland ist nicht mehr fern!«

Die Männer riefen »Auf, auf!« und begannen mit dem Errichten der Zelte. Die Gewissheit, den höchsten Punkt des Weges erklommen zu haben, beflügelte sie. Als die Unterkünfte standen, kam Josua zu mir und sagte: »Cunrad, wir sprachen bereits darüber: Der Abstieg wird ungleich schwieriger. Wir werden auf Pfaden gehen müssen, an denen links und rechts kein Fußbreit Platz ist – nur eine steil herabfallende Wand. Für Männer, die nicht schwindelfrei sind, ist das höchst gefährlich.«

»Das verstehe ich«, sagte ich, »aber wir können sie deshalb nicht zurücklassen.«

»Nein, das nicht. Aber diesen Männern sollten die Augen

verbunden werden, bevor sie über die Pfade gehen. Es ist ein altes Mittel in den Bergen, um sich zu behelfen.«

»Danke für den Rat«, sagte ich. »Wenn es so weit ist, werde ich dafür sorgen, dass jeder, der es braucht, ein Augentuch erhält.«

Wie bald das sein würde, ahnte ich zu diesem Zeitpunkt nicht, denn schon zwei Tage später, als wir das Urserental mit dem Dorf Andermatt hinter uns gelassen hatten, fiel der Berg zu beiden Seiten steil ab. Abbo kam zu mir und sagte: »Hakim, ich fürchte, Ercibald traut sich nicht weiterzugehen.«

»Kann er nicht auf einem der Esel reiten?«, fragte ich.

»Das will er auf keinen Fall.«

»Ich werde mit ihm reden.« Ich saß ab und ging zu Ercibald. »Es sind nur wenige Schritte, dann wird der Pfad wieder breiter«, versuchte ich, ihm Mut zu machen.

Ercibald war weiß wie die Wand und zitterte am ganzen Körper. »Es geht die ganzen Tage schon so«, stieß er hervor. »Ich weiß, ich gebe ein jämmerliches Bild ab, aber ich will nicht mehr. Zieht ihr nur weiter, ich bleibe hier.«

»Du kommst mit uns, wir brauchen dich«, entgegnete ich. »Lass dir ein Tuch vor die Augen binden und dich über den schmalen Grat führen, danach ist das Gröbste geschafft.«

»Nein, bitte …« Ercibald blieb hartnäckig, ebenso wie ich. Fast kam es zum Streit zwischen uns, doch schließlich gelang es mir, ihm folgendes Zugeständnis abzuringen: Ercibald würde als Letzter von uns die schwierige Stelle passieren – mit Unterstützung eines Helfers, dem er besonders vertraute. Vor ihm jedoch sollten diejenigen Soldaten gehen, die ähnliche Ängste verspürten und ebenfalls mit Hilfe des Augentuchs geleitet wurden. Ihr Beispiel sollte ihm Mut machen, das Unmögliche zu wagen.

Und so geschah es. Vorsichtig, Schritt für Schritt, überwanden zunächst die schwindelfreien Männer mit den Tieren die Gefahrenstelle. Dann folgte ich mit Abul. Auch mein großer Freund schien nicht frei von Tiefenängsten zu sein. Deshalb ergriff ich ihn am Rüssel und führte ihn langsam über den Grat. Nach uns kam der Rest der Männer in Zweiergruppen, wobei jeweils der Vorangehende den Verbundenen an der Hand führte.

Alles ging gut. Dann folgte Ercibald. Er war noch immer kreidebleich und setzte zögernd einen Fuß vor den anderen. Alle, die ihn beobachteten, atmeten schon auf, da blieb der kleine Notar plötzlich stehen. Der vorangehende Helfer machte notgedrungen ebenfalls halt. Redete auf ihn ein. Zog ihn sanft weiter.

»Nein!«, rief Ercibald.

Der Helfer zog ein wenig stärker, wollte Ercibalds Hand nicht freigeben.

»Nein, nein!« Ercibald geriet in Panik, befreite seine Hand mit einem mächtigen Ruck. Durch den Schwung geriet er aus dem Gleichgewicht, griff blind ins Leere, der Helfer wollte ihn halten, stützen, doch Ercibald verlor vollends die Kontrolle, schlug um sich und traf den Helfer, so dass auch dieser taumelte und Ercibald mit in die Tiefe riss.

»Neiiiiin!«

Ihre Körper segelten durch die Luft, schlugen noch zwei oder drei Mal auf einem Vorsprung auf und blieben dann regungslos tief unten in einer Felsspalte liegen.

»Lieber Gott, gib, dass dies nur ein Traum ist«, flüsterte Giso neben mir.

Doch es war kein Traum. Wir brauchten geraume Zeit, um zu begreifen, dass es Wirklichkeit war, was wir gesehen hatten. Ercibald, der gebildete, weitgereiste, stets so besonnen wirkende Notar des Kaisers, war ein Opfer seiner übergroßen Angst geworden. Und mit ihm einer seiner hilfsbereiten Männer.

Unter normalen Umständen hätte mich das Phänomen

gefesselt, warum der eine Mensch schwindelfrei ist und der andere nicht – in diesem Fall jedoch überlagerte die Bestürzung über den Verlust der Reisegefährten alle anderen Gefühle.

»Wir können sie da nicht herausholen«, sagte der praktisch denkende Abbo neben mir.

»Nein, das können wir nicht«, murmelte ich. »Und wir können auch nicht hierbleiben. Wir müssen weitergehen, bis wir wieder auf sicherem Boden sind, und dort zwei Holzkreuze zimmern. Zwei Freiwillige sollen sie dann zurücktragen und an der Absturzstelle aufrichten.«

»Das mache ich«, sagte Abbo sofort.

»Ich bin auch dabei«, meldete sich Giso.

»Gut«, sagte ich, »gehen wir.«

Wiederum zwei Tage später gelangten wir an den Rand der Schöllenenschlucht, die für viele Reisende ein unüberwindliches Hindernis darstellt. Tief unter uns rauschte die wilde Reuss; der Berg auf der anderen Seite schien unerreichbar. Der einzige Pfad zu der kleinen hinüberführenden Holzbrücke war eine Art Bohlenweg, der sich eng an den diesseitigen Fels schmiegte und eine Länge von etwa dreihundert Schritt aufwies. Mit dem Bohlenweg jedoch hatte es eine besondere Bewandtnis: Er war an der fast senkrecht aufragenden Felswand aufgehängt. Wagemutige Männer hatten mit Hammer und Meißel Löcher in den Fels getrieben und darin schwere, herabhängende Ketten befestigt. Anschließend war darunter eine gleiche Anzahl Löcher in die Wand geschlagen worden. In diese Löcher hatte man starke Tragebalken gesteckt und die herausragenden Enden mit den herabhängenden Ketten verbunden. Die Tragebalken schließlich dienten als Untergrund für Randhölzer, über die man die Bohlen quer gelegt hatte.

»Und über diese wackelige Konstruktion sollen wir gehen?«, fragte Abbo zweifelnd.

»Es wird uns wohl nichts anderes übrigbleiben«, antwortete ich. »Wir können nicht zurück. Eine andere Möglichkeit gibt es nicht. In Airolo sagte man mir, der Furkapass und der Oberalppass, über die man ausweichen könne, seien durch Steinschlag unpassierbar geworden. Das heißt: Wenn wir hier aufgeben, wäre alles umsonst gewesen.«

»Das kommt nicht in Frage«, sagte Isaak hinter mir.

»Wir sind nicht Tausende von Meilen marschiert, um jetzt aufzustecken«, sagte Giso.

»Das denke ich auch«, sagte Aurona. »Die Frage ist nur, ob der Bohlenweg uns tragen wird.«

Josua meldete sich zu Wort: »Als ich ihn das letzte Mal benutzte, tat er es.« Er klopfte seinem Maultier den Hals und fuhr schief grinsend fort: »Isabella ist ein kluges Mädchen, obwohl ihr Vater ein Esel war. Wenn der Weg nicht sicher ist, wird sie ihn gar nicht erst beschreiten. Ihr wartet hier. Ich werde vorgehen, und wenn alles in Ordnung ist, kommt ihr nach.«

»So machen wir es«, sagte ich.

Josua nahm Isabella am Zügel und führte sie vorsichtig die dreihundert Schritt bis zu der kleinen Holzbrücke. »Wie ihr seht, hält der Weg. Nun kommt nach!«, rief er uns zu.

Abbo wollte einen Befehl geben, um die Truppe in Marsch zu setzen, aber ich hielt ihn zurück. »Ich werde als Erster mit Abul folgen«, sagte ich. »Der Grund ist einfach: Wenn die Bohlen einen Elefanten zu tragen vermögen, werden sie für die anderen Lasten nicht zu schwach sein.«

»Nein, Hakim«, widersprach Abbo, »wenn der Bohlenweg bricht und du mit Abul abstürzt, kann die restliche Truppe nicht mehr passieren. Die gesamte Mission wäre gescheitert. Wir sollten es so machen wie auf dem Saumpfad. Du und Abul geht zuletzt.«

»Nun gut, du hast recht«, räumte ich nach kurzer Überlegung ein.

Wenig später bewegten sich Mensch und Tier in kleinen Gruppen und unter äußerster Vorsicht über den luftigen Weg. Aurona, die darauf bestanden hatte, bei mir zu bleiben, sowie Abul und ich bildeten den Schluss. Ich nahm meinen großen Freund wieder beim Rüssel, und langsam tastete ich mich vor, die Sinne aufs äußerste gespannt. Da, ein Knirschen! Es war leise, aber unüberhörbar gewesen. Eine der Bohlen schien durchzubrechen. »Abul, halt!«

Ich packte ihn bei den Stoßzähnen und drückte ihn sanft, aber unmissverständlich zurück. »Abul, geh rückwärts, rasch, rasch!« Am liebsten hätte ich das Kommando hinausgeschrien, aber ich beherrschte mich und vermied den Blick in die Tiefe. »Rückwärts, rasch, rasch!«

Und langsam, ohne sich umzuwenden, bewegte Abul seinen mächtigen Körper zurück. Als wir den Ausgangspunkt wieder erreicht hatten, war ich trotz der Kälte schweißgebadet. »Das ist noch einmal gutgegangen«, murmelte ich, während Aurona mir vor Erleichterung um den Hals fiel.

»Gott sei Dank«, schluchzte sie, »ich dachte schon, wir stürzen ab!«

»Die Bohlen sind zu morsch, um einen Elefanten zu tragen«, sagte ich. »Bei Menschen, Eseln und Pferden mögen sie halten, aber für einen Elefanten sind sie zu schwach.«

Mittlerweile waren die alten Gefährten nacheinander zurückgekommen. Isaak fragte: »Und nun?«

»Ich sehe nur eine Möglichkeit«, überlegte Giso.

»Ich sehe auch keine andere«, sagte Abbo.

»Der Elefant wird auf keinen Fall zurückgelassen, falls ihr das eben gedacht haben solltet«, sagte ich energisch. »Er ist das Geschenk des Kalifen Harun al-Raschid an unseren Kaiser. Sollen wir mit leeren Händen vor ihn hintreten? Im Übrigen: Was soll aus Abul werden, wenn er allein zurückbleibt? Er würde über kurz oder lang jämmerlich verhungern und verdursten. Nein, das kommt auf keinen Fall in Frage.«

»Na schön«, wandte Isaak zögernd ein. »Nun wissen wir, was wir nicht wollen. Doch hilft uns das weiter?«

»Wir müssen uns etwas einfallen lassen«, sagte Abbo.

»Aber was?«, fragte Giso.

Gemeinsam überlegten wir hin und her, was zu tun sei. Schließlich entwickelten wir mit Josua, der sich in der Zwischenzeit ebenfalls zurückgetraut hatte, einen kühnen Plan. Er sah vor, nach Andermatt zurückzumarschieren, in den dortigen Wäldern mit Abuls Hilfe drei- oder vierhundert kräftige Kiefern zu fällen und die Stämme in Abschnitte zu zersägen. Die Abschnitte sollten so breit wie der Weg sein. Dann wollten wir die Abschnitte – wiederum mit Abuls Hilfe – zur Schöllenenschlucht tragen, Stück für Stück über die morschen Bohlen legen und sie auf diese Weise verstärken.

»Ein verrückter Plan«, sagte Josua.

»Das mag sein«, entgegnete ich, »aber er muss gelingen.«

Und er gelang. Vier Wochen später, man schrieb bereits Mitte Mai, war das Werk mit vereinten Kräften geschafft. Wobei uns die fünfzig Soldaten Ercibalds, die längst zu Gefährten geworden waren, unschätzbare Hilfe geleistet hatten. Es war fast ein feierlicher Moment, als Abul und ich über den neu gebauten Weg gingen und unversehrt bei der kleinen Holzbrücke, die über die wilde Reuss führte, ankamen.

Eine halbe Stunde später nahmen wir alle den Pfad nach Göschenen unter die Füße.

Der weitere Weg führte uns über Wassen, Intschi, Amsteg, Silenen, Erstfeld bis in das Reusstal hinab nach Altdorf. Hier, an der südlichen Spitze des Vierwaldstättersees, verabschiedete sich Josua von uns. Er tat es mit den Worten: »Ich bin selten mit zäheren, hartnäckigeren Gefährten gereist. Alles Gute für euch, möge Gott mit seinen Schutzengeln weiter auf eurer Seite sein.«

Abbo schaute ihm hinterher und grinste: »Es liegt noch gar nicht so lange zurück, da hätte uns einer wie er schnelle Beine und immer ausreichend Wasser gewünscht. Aber davon gibt's hier ja mehr als genug.«

Wir lachten und machten uns gemeinsam auf den Weg in nordwestliche Richtung, immer am See entlang, bis wir ein Gebiet erreichten, das Luciaria genannt wurde. Seinen Mittelpunkt bildete das Benediktinerkloster Sankt Leodegar. Abt Giselbert war ein gütiger alter Mann, der uns im Namen des Herrn begrüßte und durch seine Mönche gastlich bewirten ließ. Die frommen Brüder waren stolz auf das, was sie über Jahre hinweg mit ihrer Hände Arbeit geschaffen hatten, und zeigten uns die gesamte vielfältige Klosteranlage. Besonders aber tat sich der Leiter der Klosterküche, Bruder Anselm, hervor, der sich an den beiden Abenden, die wir in den geweihten Mauern verbrachten, mit seinen Speisen selbst übertraf.

Körperlich gestärkt und geistig erfrischt – wir hatten auch an den Stundengebeten teilgenommen –, brachen wir am Morgen des dritten Tages auf, um weiter nach Basel zu marschieren. Es war eine liebliche Landschaft, durch die wir zogen, geprägt von dichten Wäldern und weiten Feldern, auf denen die Bauern ihrer Arbeit nachgingen. Ich ritt wie immer auf Abul voraus, der Tross aus über fünfzig Gefährten folgte mir.

An einem Tag Ende Mai erreichten wir Basel, eine Ansiedlung von vielleicht dreihundert Häusern, die links und rechts des Rheins errichtet worden waren. Am westlichen Ufer befand sich eine aus Stein gebaute Kirche. Daneben ein großer Platz, auf dem regelmäßig der Rindermarkt stattfand. Auch an diesem Tag wechselte so manches Stück Vieh seinen Besitzer, und ein betrügerischer Händler bot mir, nachdem er seine Scheu vor Abul abgelegt hatte, drei alte Ochsen für ihn. Ich erklärte ihm, Abul sei ein Geschenk für den Kaiser, ob er wolle, dass ich statt eines Elefanten drei Rindviecher übergebe. Daraufhin schwieg er kleinlaut.

Als der Platz sich geleert hatte, kam ein rundlicher Mann mit Schürze auf mich zu und sagte: »Ich bin Adalher, der Marktmeister. Ich sehe, ihr schickt euch an, hier zu lagern. Im Namen der Stadtoberen soll ich es euch verbieten.«

»Wir sind Gesandte Kaiser Karls. Du siehst es am Wappen auf den Schilden der Soldaten.«

»Ich soll es euch trotzdem verbieten.«

»Warum kommen die Stadtoberen nicht selbst und sagen es mir ins Gesicht?«

»Nun, äh …« Adalher knetete die Hände.

»Sie haben Angst vor dem Elefanten, stimmt's?«

Adalher nickte. »Ihr müsst am Rheinufer außerhalb der Stadt lagern, das soll ich euch ausrichten.«

»Nun gut, wir sind friedlich und gehorchen. Es ist nicht das erste Mal, dass man uns so ungastlich begegnet. Richte den Stadtoberen meinen Gruß aus, sie seien Verräter am Salz.«

»Verräter am …?« Adalher sperrte fragend den Mund auf.

»Was das zu bedeuten hat, darüber mögen die Herren ruhig ein wenig nachsinnen.« Mit diesen Worten lenkte ich Abul zwischen den Häusern hindurch, vorbei an den gaffenden Einwohnern, bis zum Rand der Stadt, wo die Wiesen des Rheinufers begannen. Ich führte die Truppe drei Stunden nach Norden und machte erst halt im Angesicht eines markanten Felsens, der auf der gegenüberliegenden Seite des Rheins lag. »Das da drüben ist der Isteiner Klotz«, rief ich hinunter zu Isaak, der wie immer auf Pollux ritt.

»Wenn ich es recht bedenke, ist dieses Plätzchen auch viel schöner als der Marktplatz von Basel.«

Isaak machte eine weit ausholende Geste. »Ja, es ist eine liebliche Landschaft. Manchmal muss man eben zu seinem Glück gezwungen werden.«

Am nächsten Morgen brachen wir die Zelte ab und marschierten am linken Ufer des Rheins entlang, der auf dieser Höhe schon schiffbar war. Angesichts einiger Floßholztransporte flussabwärts ertappte ich mich bei dem Gedanken, um wie viel einfacher und schneller es sein könnte, den Rhein als Wasserstraße zu nutzen. Dann jedoch erzählte mir ein alter Schiffer, dass es zahllose Untiefen, Hindernisse und scharfe Kehren im Flussverlauf gebe, und ich kam gemeinsam mit Abbo zu der Überzeugung, dass eine Floßfahrt mit Abul zu gefährlich sei. »Wir sind bisher Tausende von Meilen marschiert, da werden wir die restlichen drei- oder vierhundert Meilen auch noch schaffen«, sagte ich, und Abbo stimmte mir zu.

Am sechsten Tag unserer Wanderung sahen wir vor uns einen Hügel, der mitten im Fluss lag. »Diesen Hügel nannten die Römer einst Mons Brisiacus und errichteten ein Kastell darauf, um ihre Reichsgrenze besser bewachen zu können«, wusste der kundige Isaak zu berichten.

»Von dem Kastell ist nicht viel mehr als das Mauerwerk übrig«, meinte Giso. »Wenn du es nicht gesagt hättest, wäre mir die Wehranlage nicht aufgefallen.«

Wir marschierten weiter und kamen in das Herzogtum Elsass, wo man seit alters gut isst und trinkt. Am neunten Tag des Monats Juni erreichten wir Argentoratum, was Keltisch ist und so viel wie »Weiße Burg« bedeutet. Die Burg gab es immer noch, doch wir betraten sie zunächst nicht, sondern errichteten unser Lager am Rheinufer. Später, als sich das übliche Aufsehen um Abul gelegt hatte, ritt ich auf ihm in den Innenhof der Burg und traf dort eine Gruppe

Gaukler an. Sie spielten lustige Melodien auf Fidel und Flöte, und einer von ihnen wanderte unter den Zuschauern umher und zog ihnen abwechselnd lange, bunte Tücher aus den Ohren. Als er Abul und mich entdeckte, fiel ihm vor Schreck eines der Tücher aus der Hand. Die Menge lachte, denn sie dachte, das gehöre zur Darbietung. Dann folgte sie dem Blick des Zauberers, entdeckte mich ebenfalls und lachte nicht mehr.

Ich ergriff das Wort und erklärte ihnen, auf was für einem Tier ich säße, und dass dieses Tier trotz seiner gewaltigen Größe völlig harmlos sei. Um das zu beweisen, ließ ich mich von Abul auf den Boden setzen und reichte ihm einen Apfel. Dann kam das, was kommen musste: Die Menschen fragten, ob sie dem Ungetüm gleichfalls etwas geben dürften, und ich erteilte ihnen die Erlaubnis. Fast wie von selbst fügte ich hinzu: »Aber gebt ihm keine Münzen.«

Natürlich dauerte es nicht lange, bis genau das passierte. Abul reichte die Münze an mich weiter, und das Spiel war eröffnet. Nach kurzer Zeit hatte ich ein hübsches Sümmchen beisammen. Der Reiz des Neuen begann nachzulassen, und die Menge zerstreute sich. Nur die Gaukler blieben. Ich ging zu dem Zauberer mit den Tüchern und sagte zu ihm: »Ich denke, dir steht die Hälfte des Geldes zu, denn du hast die Leute genauso unterhalten wie ich.«

»Das ist sehr anständig von dir«, sagte der Zauberer, ein schlanker Mann mit jungenhaften Gesichtszügen. »Mein Name ist Eduardo.«

»Ich bin Cunrad, und das ist Abul.«

Nacheinander stellte mir Eduardo die Mitglieder seiner Gruppe vor. Neben den beiden Musikanten waren es ein Mann, der als Schlangenmensch arbeitete und sich Serpentus nannte, ein Jongleur namens Dodici, weil er zwölf Bälle gleichzeitig in der Luft halten konnte, und Wilhelm, der Seiltänzer. Sie erzählten, sie wollten nur eine Nacht bleiben und am nächsten Tag weiter nach Speyer reisen. Ob ich und Abul nicht mitkommen wollten. Dem Elefanten ließen sich gewiss weitere Kunststücke beibringen.

Ich erwiderte, ich würde nicht allein unterwegs sein. Meine Truppe wäre weit über fünfzig Mann stark. Dann erzählte ich die Hintergründe unserer Reise, was dazu führte, dass Eduardo und die Seinen aus dem Staunen nicht herauskamen.

Schließlich sagte ich: »Ihr könnt gern bei uns im Lager übernachten. Da ist es sicher. Fahrendes Volk wie ihr wird gern überfallen, das weiß ich aus eigener Erfahrung.«

So ergab es sich, dass wir die nächsten sieben Tage mit den Gauklern nach Speyer marschierten. Es war eine angenehme, kurzweilige Zeit, denn Eduardo, Serpentus, Dodici, Wilhelm und die beiden Musiker erwiesen sich als angenehme Reisegefährten, denen wir manche unterhaltsame Stunde verdankten. Eduardo, der Wert auf die Feststellung legte, nur der Sprecher, aber nicht der Anführer der Gruppe zu sein, ließ es sich nicht nehmen, mir einige seiner Kunststücke beizubringen. »Die Sache mit dem Zaubern von Tüchern ist ganz einfach«, erklärte er mir eines Abends am Lagerfeuer nach einem guten Essen. »Du brauchst dazu zwei gleichfarbene Seidentücher von besonderer Feinheit. Sie müssen sich einerseits so klein wie eine Haselnuss zusammenknüllen lassen und andererseits mindestens so lang wie sieben Männerarme sein. Dann brauchst du nur noch einen Partner, der sich vorher unbemerkt unter das Publikum gemischt hat. Dieser Partner trägt in seinem rechten Ohr unsichtbar das erste Tuch, während du das zweite mit vielerlei Gesten umständlich in sein linkes Ohr hineinstopfst, bis es gänzlich verschwunden ist. Dann gehst du geheimnisvoll lächelnd um den Partner herum auf seine rechte Seite und beginnst mit spitzen Fingern, langsam, Stück für Stück, das erste Tuch hervorzuholen. Die Wirkung ist immer gleich: Jedermann denkt, es sei ein und dasselbe Tuch, das durch den Kopf gezogen wurde.«

»So einfach ist das?«, fragte Abbo staunend.

Eduardo lächelte. »Wie alles, wenn man es weiß.«

Am Abend, als ich meinen Rundgang gemacht und wie immer mit Abul noch ein paar Worte gewechselt hatte, legte ich mich zu Aurona ins Zelt und nahm sie in meine Armbeuge. »Schläfst du schon?«, flüsterte ich.

»Nein«, antwortete sie leise, »ich habe an die Gaukler gedacht. Früher, als ich klein war, betrachtete ich sie immer ehrfürchtig, weil sie Menschen waren, die aus der großen, weiten Welt in unsere Stadt kamen. Heute habe ich selbst die halbe Welt bereist, und sie kommen mir viel unbedeutender vor.«

Ich küsste sie. »Sie sind nicht unbedeutend. Es ist nur eine Frage der Perspektive. Genau wie Karls Seite der Münze.«

»Vielleicht hast du recht. Bald werden wir in Aachen sein. Ich freue mich darauf, dann hast du die Gruppe in die Heimat gebracht, übergibst den Elefanten und kannst mit mir endlich nach Pavia gehen.«

Ich antwortete nicht.

»Liebster?«

»Ja«, sagte ich, »das werde ich dann können.«

Bei dem Gedanken, mich von Abul trennen zu müssen, war mir ganz weh ums Herz geworden.

In Speyer sagte uns Eduardo Lebewohl, denn unsere Wege trennten sich. Er wollte mit seinen Gauklern nach Trier ziehen, während wir den Rhein weiter hinunter nach Worms mussten. Beim Abschied sagte er zu mir: »Du hast mir erzählt, der Elefant wäre ein Geschenk für Kaiser Karl. Ich würde mir an deiner Stelle überlegen, ob ich ihn hergäbe. Das Tier hängt sehr an dir, das sieht jeder.«

»Danke für den gutgemeinten Rat«, sagte ich, »obwohl du es mir damit nicht leichter machst.«

Danach gingen wir auseinander, und ich musste noch lange an seine Worte denken.

Es folgten fünf anstrengende Reisetage bei überwiegend strömendem Regen, doch als wir die Tore von Worms in guter Ordnung passierten, lachte die Sonne wieder vom Himmel. »Wie fast überall am Rhein waren auch hier die Römer schon vor uns da«, rief Isaak zu mir herauf.

»Ich habe es mir gedacht«, antwortete ich. »Aber auch wir schlagen jeden Abend ein kleines Militärlager auf. Nur mit dem Unterschied, dass wir die Gegend nicht gegen Alemannen und andere Germanen verteidigen wollen. Zum Glück lebt das Bistum Worms heute in Frieden.«

»Was wir nicht zuletzt unserem Kaiser zu verdanken haben«, sagte Giso.

»Der im Übrigen hier früher seinen Wintersitz hatte«, fügte ich hinzu.

»Seinen Wintersitz?«, fragte Abbo. »Das heißt, wenn jetzt Winter wäre, hätten wir Karl hier antreffen können?«

»Vermutlich ja.«

Abbo kratzte sich am Kopf. »Ich weiß nicht. Wenn ich an den eisigen Gotthardpass denke, sind mir wärmende Sonnenstrahlen doch lieber. Der Kaiser muss noch auf mich warten.«

Unter solch munteren Reden durchquerten wir die Stadt, kümmerten uns nicht weiter um die gaffenden Bewohner und machten wie üblich am Rheinufer halt. Als wir begannen, die Zelte aufzustellen, näherte sich uns in raschem Trab ein Reiter. »Der will uns bestimmt verjagen«, sagte Abbo, stemmte die Arme in die Hüften und stellte sich breitbeinig hin. »Dies ist Karls Stadt, und wir sind Karls Gefolgsleute. Wir bleiben.«

Doch anders, als Abbo erwartet hatte, begrüßte der Reiter uns mit ausgesuchter Höflichkeit und stellte sich als persönlicher Sekretär von Bischof Erembert vor. »Ich bin Bruder Johannes und beauftragt, dich im Namen Eremberts zu einem bescheidenen Mahl einzuladen. Es soll bereits am heutigen Abend stattfinden, denn der Bischof ist sehr begierig, Näheres über eure Mission zu erfahren.«

»Der Bischof weiß von unserer Reise?«, fragte ich verblüfft.

Johannes lächelte vielsagend. »Auf seinem Weg von Vercelli nach Aachen besuchte Kaiser Karl ein paar Monate vor euch unsere Stadt. Da er freundschaftliche Beziehungen zu Erembert pflegt, unterrichtete er ihn über eure Gesandtschaft und ihre Aufgaben. Er erwartet mit Spannung eure Rückkehr.«

»Und mit der gleichen Spannung erwartet uns der Bischof?«

Johannes neigte bestätigend den Kopf.

»Richte ihm aus, meine Gefährten und ich kommen gern.«

»Dann seid bei Sonnenuntergang in Eremberts Residenz. Es ist das Steinhaus mit den drei Toren, direkt neben der Kirche, die noch vom heiligen Amandus, dem Schutzpatron der Stadt, erbaut wurde. Beides könnt ihr nicht verfehlen.«

»Eremberts Residenz«, wie Johannes sie genannt hatte, war ein eher schlichter, zweigeschossiger Bau mit einem großen hallenartigen Raum zu ebener Erde, der an das Refektorium eines Klosters erinnerte. Ein langer Tisch mit köstlichen Speisen wartete auf die Gäste, zahllose Kerzen spendeten mildes Licht. Erembert, ein kräftiger Mann, dessen roter Gesichtsfarbe man ansah, dass er den Genüssen der Tafel keineswegs abhold war, saß an der Stirnseite des

Tisches und sagte kauend zu mir: »Auch die in Speck gebackene Schweineschulter solltest du probieren, Cunrad. Es ist das Beste, was mein Koch zu bieten hat. Doch nun, da der wütendste Hunger gestillt sein dürfte, bitte ich dich, meine Neugier zu befriedigen: Erzähle mir von eurer Reise ins Morgenland. Der Kaiser berichtete mir, er habe zwei fränkische Handelsherren namens Lantfrid und Sigimund sowie dich und den Juden Isaak an die Spitze der Mission gestellt. Außer dir jedoch sehe ich keinen der Genannten. Auch Ercibald, den der Kaiser euch entgegenschickte, ist nicht dabei. Was ist aus ihnen geworden?«

»Sie sind leider alle ums Leben gekommen.«

»Tot?« Erembert vergaß für einen Augenblick das Kauen, dann schlug er mechanisch das Kreuz. »Der Herr sei ihren armen Seelen gnädig. Ich werde für sie beten. Wie konnte es dazu kommen?«

Ich schilderte die tragischen Umstände, denen die Gefährten zum Opfer gefallen waren, und machte es kurz, denn es fiel mir schwer, darüber zu sprechen. Ich endete, indem ich sagte: »Auch Faustus, unser Prediger, starb. Ihn ereilte das Schicksal in der Syrischen Wüste. Was nun Isaak, unseren Dolmetscher, angeht, so lässt dieser sich entschuldigen. Er ist Jude. Das Stück vom Schwein, das du mir eben so freundlich anbotest, hätte er aufgrund seines Glaubens ablehnen müssen, ebenso wie einen Großteil der anderen Speisen. Diese Unhöflichkeit wollte er dir nicht zumuten.«

»Das ist sehr rücksichtsvoll von ihm.« Erembert tupfte sich mit einem Tuch den Mund ab. »Bitte richte ihm meinen Gruß aus. Erzähle nun weiter.«

Ich schilderte in groben Zügen unsere Abenteuer und ersparte mir die meisten Einzelheiten, nicht zuletzt, um Erembert den Appetit nicht zu verderben. Ich schloss: »Unsere Mission hätte schon in Vercelli zu Ende sein können, doch der Kaiser war zum Zeitpunkt unserer Ankunft schon lange abgereist. Wenn wir unterwegs nicht immer wieder aufgehalten worden wären, hätten wir vielleicht seine Krönung in Rom miterleben können. Ercibald erzählte uns, er sei dabei gewesen, um das Ausfertigen der Schriftstücke zu überwachen. Wenn ich ihn recht verstanden habe, war die Krönung das Ende einer Entwicklung, von der sowohl Karl als auch der Papst profitierten.«

Erembert räusperte sich. »Nun, das ist im Prinzip richtig, wenn auch vielleicht etwas profan ausgedrückt. Fest steht, dass der Heilige Vater eine schwere Zeit hat durchmachen müssen. Der Grund dafür sind die vielen Neider, die er unter den römischen Patriziern hat. Sie waren es, die ihm durch ihre ständigen Anfeindungen und Drohungen das Leben schwermachten.«

»Warum sah er sich diesen Gefährdungen ausgesetzt?«, fragte ich. »Als Pontifex ist er schließlich unantastbar.«

Erembert lachte verächtlich. »Das sage mal diesen Ignoranten! Im Frühjahr 799 jedenfalls spitzte die Lage sich derartig zu, dass seine Feinde sich nicht scheuten, einen Anschlag auf ihn auszuüben. Wer die Drahtzieher waren, ist bis heute nicht bewiesen, aber die Spatzen pfeifen es von den Dächern Roms, dass Anhänger des verstorbenen Papstes dahintersteckten.«

Abbo, der neben mir saß, fragte: »Hatte der Papst denn keine Leibwache?«

Erembert zuckte mit den Schultern. »Das entzieht sich meiner Kenntnis. Ich bin erst ein Mal in meinem Leben nach Rom gepilgert, damals noch als junger Geistlicher. Um die schändliche Geschichte weiterzuerzählen: Seine Heiligkeit überlebte den Anschlag mit knapper Not. Er musste fliehen und fand Schutz bei Karl, der zu jenem Zeitpunkt noch König war und in seiner Paderborner Pfalz weilte. Nachdem ein wenig Gras über die Sache gewachsen war, schickte Karl den Papst unter militärischem Schutz zurück nach Rom. Das muss, wenn ich mich recht entsinne, Ende 799 gewesen sein. Im Spätsommer 800 begab sich Karl selbst nach Rom, um dann am fünfundzwanzigsten Dezember in der Konstantinischen Basilika die Krone von Papst Leo aufgesetzt zu bekommen.«

»Bei allen Heiligen«, sagte Giso beeindruckt, »und während der ganzen Zeit waren wir Tausende von Meilen entfernt in Ifriqiya.«

Ich ergänzte: »Wenn ich mich nicht irre, erfuhren wir von der Kaiserwürde Karls durch einen Benediktinermönch namens Zosimus. Es war jener Mönch, der mich und meine Frau traute.«

»Du bist verheiratet?« Erembert, der sich gerade einen neuen Becher Wein einschenkte, stutzte. »Das wusste ich ja gar nicht.«

»Du weißt, bei allem Respekt, sehr wenig von mir. Ich bin nicht nur Ehemann, sondern auch Arzt und Mahut, das heißt, der Freund und Betreuer des riesigen Elefanten, der als Geschenk für den Kaiser vorgesehen ist. Um auf den Mönch zurückzukommen: Zosimus traute meine Aurona und mich im Pelusion, dem siebten Mündungsarm des Nils.«

»Mündungsarm des Nils. Pelusion. Elefant. Mahut …«, wiederholte Erembert fast andächtig. »Das klingt nach weiteren Abenteuern. Ich glaube, du hast mir von allem nur die Hälfte erzählt. Bitte kläre mich und Bruder Johannes auch über die andere Hälfte auf.«

So wurde ich freundlich, aber bestimmt dazu gezwungen, alle Einzelheiten unserer Reise zu schildern. Es entwickelte sich ein langer, durchaus vergnüglicher Abend, auch deshalb, weil Erembert nicht müde wurde, die Gefährten und mich immer wieder davon zu überzeugen, dass die Wormser Rieslingtraube es durchaus aufnehmen könne mit der Nebbiolotraube aus dem Piemont. Zum Abschied umarmte er mich und sagte mit schwerer Zunge: »Cunrad, ich will es mir nicht nehmen lassen, euch morgen früh zu verabschieden, wenn es für euch weitergeht nach Bingen. Vorher aber lässt du mich auf dem Elefanten reiten, nicht wahr?«

Ich versprach es und verließ mit den Gefährten recht beschwingt die gastliche Residenz.

Im Zelt fragte ich später Aurona: »Liebste, schläfst du schon?«

»Du riechst nach Wein.«

»Verzeih, es ließ sich nicht umgehen, den einen oder anderen Becher zu leeren. Der Bischof ist ein wackerer Zecher. Du tatest gut daran, nicht mitzukommen.«

»Dass ihr Männer immer so viel trinken müsst.«

»Liebste, bitte. Es war ein angenehmer Abend. Ich habe dem Bischof sogar erzählt, dass wir verheiratet sind, und er hat sich eingehend nach dir erkundigt.«

»So, tat er das?«

»Ja, und morgen früh will er auf Abul reiten.«

»Das muss ein seltsamer Bischof sein.« Halbwegs versöhnt, kicherte Aurona.

»Gute Nacht, Liebste.«

»Gute Nacht, du Trunkenbold.«

Nachdem wir am nächsten Morgen das Lager abgebrochen hatten, warteten wir noch über eine Stunde auf Bischof Erembert, doch der Gottesmann kam nicht. »Entweder er hat Angst vor Abul, oder er hat es vergessen«, vermutete Abbo.

Giso widersprach: »Wahrscheinlich schläft er noch seinen Rausch aus. Er war ziemlich bezecht.«

»Du warst auch nicht gerade nüchtern«, wies ich ihn zurecht und fügte versöhnlich hinzu: »Wir alle waren es nicht. Nun gebt den Befehl zum Aufbruch, wir wollen den Flusslauf des Rheins verlassen und in nordwestliche Richtung über Land nach Bingen ziehen, denn das ist der kürzere Weg. Sechs Tage Marsch liegen vor uns.«

Doch schon fünf Tage danach erblickten wir die ersten Häuser von Bingen und stellten fest, dass der Rhein an dieser Stelle nahezu im rechten Winkel nach Norden schwenkte. In der Mitte der Biegung befand sich eine Untiefe, die, wie wir erfuhren, zu keiner Zeit im Jahr schiffbar war. »Ich glaube, wir haben es richtig gemacht, als wir uns am Isteiner Klotz dazu entschlossen, nicht mit dem Floß zu fahren«, rief ich aus luftiger Höhe herab zu Isaak. »Spätestens an dieser Stelle wären wir gescheitert.«

»Das soll in den alten Zeiten schon den Römern so ergangen sein«, erwiderte er.

»Die Römer, die Römer! Gibt es eigentlich einen Ort, an dem sie nicht vor uns waren?«

»Hier am Rhein wohl kaum. Da vorn jedenfalls fließt dem Strom die Nahe zu. Meinst du, wir sollten die Nahe überqueren und am anderen Ufer das Lager aufschlagen?«

»Ja, die Brücke, die hinüberführt, scheint stabil genug zu sein, um meinen Freund zu tragen.«

Wir überschritten die Brücke und errichteten zwischen den Flüssen unser Lager. Am Abend erschienen einige Anwohner und boten uns Wein aus einer Traube an, die am gegenüberliegenden Berghang gewachsen war. Er mundete uns sehr, doch wir tranken nur wenig. Der Abend bei Bischof Eremberg war uns allen noch gut in Erinnerung.

»Wenn wir weiter stramm marschieren, kommen wir in zwei oder drei Tagen zur nächsten Untiefe«, sagte ich am anderen Morgen beim Aufbruch. »Die Leute erzählen, sie läge ebenfalls in einer starken Flussbiegung und sei gut an einer hohen Felserhebung am rechten Ufer zu erkennen. Sie wird ›Lurley‹ genannt.«

»Nie gehört«, sagte Abbo. »Aber es klingt hübsch. Ich freue mich auf die Lurley.«

Ich grinste. »Bist du sicher? Sie gilt seit alters als Sitz von Zwergen, Trollen und Gnomen …«

Nachdem wir die Lurley passiert hatten, folgten wir dem Fluss in Richtung Koblenz, wo wir drei Tage später ankamen. Koblenz ist eine der ältesten Städte des Landes, die von den Vorfahren Karls im fünften Jahrhundert erobert wurde. Ich blickte von Abul herunter auf die Häuser und Mauern und sagte zu Isaak: »Für uns gibt es hier nicht viel zu erobern. Alles sieht friedlich aus. Wir wollen in der Kirche einen Dankgottesdienst feiern und darum bitten, dass der Herr seine schützende Hand bis zum Ende der Reise über uns halten möge. Morgen ziehen wir weiter. Bei einem Städtchen, das die Römer Rigomagus nannten, wollen wir den Rhein verlassen und uns nach Westen wenden. Dann ist Aachen nicht mehr weit.«

Am siebten Juli kehrten wir Rigomagus den Rücken und wanderten auf einer gut ausgebauten, alten Handelsstraße nach Westen, immer am Nordrand der Eifel entlang. Der Weg führte uns durch dichte, rauschende Wälder, über bunte Wiesen und grüne Weiden, auf denen das Vieh graste. Bauern auf den Feldern unterbrachen ihre Arbeit, stellten den Hakenpflug beiseite und winkten uns zu. Die Heimat zeigte sich – gleichsam als Lohn für unsere Mühen – von ihrer schönsten Seite.

Wir alle waren in erwartungsfroher Stimmung, aufgeregt und auch ein wenig ängstlich, denn es lag fast fünf Jahre zurück, dass wir Aachen voller Zuversicht und Tatendrang verlassen hatten. Fünf Jahre sind eine lange Zeit. Was würde uns in Karls Residenzstadt erwarten? Würde Karl überhaupt in ihren Mauern weilen? Wie würde er uns begrüßen? Und vor allem: Wie würde er die ausgehandelten Verträge beurteilen?

Viele Fragen, von denen wir keine beantworten konnten, während wir am Abend des zwölften Juli ein letztes Mal die

Zelte errichteten. Als sie standen, versammelte ich die Gefährten in einem großen Halbkreis um mich und sprach zu ihnen: »Morgen geht unsere Mission zu Ende. Ich glaube, für alle ist es eine Reise gewesen, die sie nie vergessen werden. An manchen Tagen war sie unvergesslich schön, an anderen unvergesslich grausam. Wir haben viele Gefährten verloren, Gefährten, an die wir morgen denken wollen, wenn wir wieder zu Hause sind. Denn unser Verdienst ist auch ihr Verdienst. Ich danke euch allen für eure Treue, Tapferkeit und Unverbrüchlichkeit. Niemals gab es bessere Gefährten als euch.«

Ich hielt inne, denn ich spürte, wie mir die Kehle eng wurde. Dann sprach ich weiter: »Die meisten von euch waren nicht von Anfang an dabei. Für sie will ich es deshalb noch einmal sagen: Morgen wollen wir in guter Ordnung in die Stadt einmarschieren. Niemandem von euch will ich ansehen, dass er Tausende von Meilen marschiert ist. Eure Rüstungen sollen blitzen, dass man sich darin spiegeln kann. Ihr sollt auf eure Schilde schlagen und ein dreifaches Hoch auf den Kaiser ausbringen. Abul soll geschmückt werden und die Houdah tragen. Alles soll so festlich aussehen, dass es einem Triumphzug für Karl, unseren Kaiser, gleichkommt. Denn für ihn haben wir alle Strapazen auf uns genommen. Und nun lasst uns essen und trinken, morgen wird ein ereignisreicher Tag. Auf morgen!«

»Auf morgen!«, riefen sie. »Auf den Kaiser!« Und dann – zu meiner grenzenlosen Verblüffung – riefen sie noch: »Auf Cunrad!«

Oh, Tariq, mein großherziger Gastgeber, wie ereignisreich der Tag werden würde, ahnten wir alle nicht. Wir wussten nur, dass Aachen, unser ersehntes Ziel, anders war als alle Städte im Morgenland. Bedenke nur, Bagdad hat, so wird gesagt, nicht weniger als eine Million Einwohner, Aachen dagegen nicht einmal zehntausend. Es gab keinen Fluss, der die Stadt durchfließt, geschweige denn ein Meer, an das sie grenzt. Es gab keine Kanäle und keine Wasserstraßen, keine Schiffe, keine Boote, keine Kähne, nur zwei alte, sich kreuzende Heerstraßen, auf denen sich das meiste Leben abspielte. Es gab keine Kamele, sondern Esel, keine Seide, sondern Wolle, kein Gold, sondern Blech. Und es gab viel Holz. Nahezu jedes Gebäude war aus Holz – und nicht aus gebrannten Ziegeln wie im Orient. Die wenigen Ausnahmen bildeten die Bauten von Adel und Klerus. So auch die prächtige Pfalzkirche, die Kaiser Karl unweit der Königshalle errichten ließ. Ich glaube, ich erzählte dir, dass der Treffpunkt für unsere Abreise vor ihrem Rohbau lag, und die Gefährten fragten sich, ob sie in der Zwischenzeit fertiggestellt sein würde. Wir hatten beschlossen, genau an diesem Treffpunkt wieder anzukommen.

Es war der Ort, wo sich mein Schicksal entscheiden sollte. Wo ich wählen musste zwischen Abul und Aurona, zwischen Aachen und Pavia, zwischen Mahut und Arzt. Denn ich wusste: Meine stolze Liebste würde niemals in Karls Dienste treten.

Oh, Tariq, was machst du für ein betretenes Gesicht? Und ihr Mitbewohner im *Haus der Stummen* auch? Zeigt mir lieber, wie es euren kleinen und großen Verletzungen geht. Ihr schüttelt die Köpfe und lächelt? Gibt es denn gar nichts zu verarzten? Das freut mich.

Ebenso wie es mich glücklich macht, wieder so trefflich von der alten verschleierten Dienerin umsorgt worden zu sein. Ja, dich meine ich. Schau nur nicht weg. Ein Lob in allen Ehren muss erlaubt sein, obwohl es mir in einem fremden Haus nicht zusteht. Doch morgen werde ich euch, meinen Freunden, ein letztes Mal berichten. Das macht mich kühn.

Höret also morgen, welch überraschende Wendung dazu führte, dass ich bei unserer Ankunft nicht vor den Kaiser hintreten konnte, wie schwer mir die Wahl zwischen Abul und Aurona fiel und wie sie schließlich ausging.

Tariq, mein Freund, ich wünsche dir eine gute Nacht. Allah sei mit dir – und Gott befohlen!

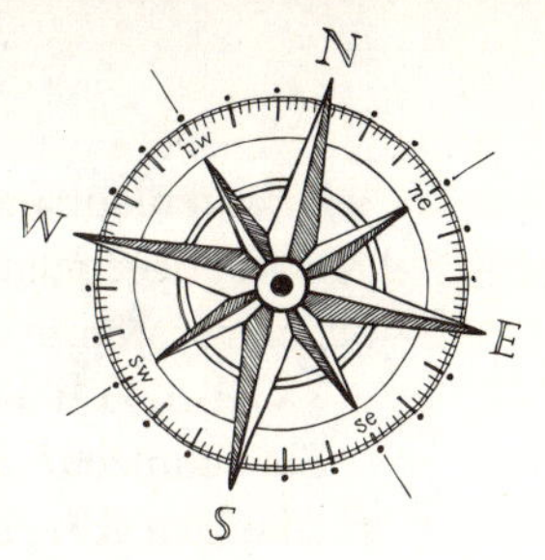

Kapitel 18

Aachen, 13. und 14. Juli 802

Ich konnte nicht behaupten, besonders gut geschlafen zu haben, als ich am letzten Tag unserer Reise morgens aufstand. Zu viele Dinge waren mir im Kopf herumgegangen. Bei Aurona mochte es ähnlich sein, denn sie war blass und, anders als gewöhnlich, nicht sehr gesprächig. Schweigend nahmen wir mit den Gefährten die erste Mahlzeit des Tages ein. Dann gab ich die Befehle zum Abbruch des Lagers und ging zurück zu unserem Zelt. Ich wollte unsere gemeinsame Habe zusammenpacken, doch Aurona hinderte mich daran. »Lass die Sachen, wie sie sind«, bat sie mich. »Auch das Zelt soll stehen bleiben.«

»Warum?«, fragte ich erstaunt.

Sie sah mich fest an. »Weil ich hierbleiben will. Ich will nicht in die Stadt, und du weißt, warum. Ich werde an dieser Stelle auf dich warten.«

»Aber …«

»Bitte, versuche nicht, mich umzustimmen. Mein Entschluss steht fest. Und es ist ja nur für einen oder zwei Tage.«

Ich seufzte. »Ich hatte so gehofft, Karls Seite der Münze würde bei dir auf mehr Verständnis stoßen.«

Sie strich mir über die Wange. »Vielleicht tut sie das. Aber ich kann nicht anders. Ich habe mir vorgestellt, wie es wäre, Karl zu begegnen, und ich will keine Freundlichkeit vortäuschen müssen.«

»Vielleicht würde Höflichkeit genügen?«

Sie schüttelte den Kopf und küsste mich flüchtig. »Ich bleibe. Dass du gehen musst, verstehe ich, aber vergiss nicht, was ich dir einmal gesagt habe: Der Platz des Mannes ist an der Seite der Frau.«

»Ich kann mich gut daran erinnern, Liebste. Ich antwortete dir, das sei ein lustiger Gedanke.«

»Ich habe es sehr ernst gemeint.«

»Nun, wenn du schon hierbleibst, willst du dich nicht wenigstens von den Gefährten verabschieden?«

»Ich habe Isaak und den anderen bereits Lebewohl gesagt.«

»Und Abul?«

»Auch ihm. Es war heute Morgen, als du noch schliefst. Es war … schrecklich.« Auronas Mund zuckte, dann liefen ihr die Tränen über die Wangen.

»Um Gottes willen, du weinst ja!« Ich nahm sie in die Arme, wischte ihr die Tränen ab und dachte: Großer Gott, wenn meine Liebste beim Abschied schon weinen muss, wie soll es mir erst ergehen?

Hinter mir rief einer der Gefährten: »Cunrad?«

»Hörst du, Liebste, man ruft nach mir. Ich muss mich um den Aufbruch kümmern. Es tut weh, dass du nicht mitkommst, aber ich verstehe dich. Soll ich Abbo oder Giso zu deinem Schutz hierlassen?«

»Nein, nein, geht nur alle. Ich kann selbst auf mich aufpassen.«

»Cunrad?«

»Ich komme schon!«

Danach nahmen mich die Arbeiten vor dem Abmarsch so sehr in Anspruch, dass ich nicht mehr an Aurona dachte.

Die Gefährten hatten meine Befehle befolgt und standen in schimmernder Wehr vor mir. Das Zaumzeug der Pferde glänzte. Ausrüstung, Geräte und Zelte waren sorgsam verpackt. Die Verträge, die Lantfrid und Sigimund mit Harun al-Raschid ausgehandelt hatten, entrollt, entstaubt und leidlich hergerichtet. Abul an der Spitze des Zuges trug die purpurrote, mit Goldfäden durchzogene Decke und darüber die mit Girlanden geschmückte Houdah. Die Enden seiner Stoßzähne waren mit goldenen Kappen verziert. Alles sah über die Maßen festlich aus.

Ich sagte zu den Gefährten: »Nach Aachen sind es nur zwei Meilen. Bis kurz vor den Toren wollen wir ohne Tritt marschieren, danach werden wir die Stadt im Gleichschritt betreten. Und nun: Auf, auf!«

»Auf, auf!«, riefen sie, und ich ließ mich von Abul emporheben, um dem Zug voranzureiten.

Kurz bevor wir die Stadt erreichten, bildeten wir Dreierreihen und marschierten in guter Ordnung weiter. Die Gefährten schlugen auf ihre Schilde und sangen das alte Lied von dem Frankenkrieger, der sein Mädel verließ, nach zwei Jahren heimkehrte und wie durch ein Wunder Vater geworden war.

Links und rechts der Straße rotteten sich die ersten Gaffer zusammen. Ein Händler zu Pferde sah uns, riss die Augen auf und preschte in die Stadt, um die Neuigkeit zu verbreiten. Wir marschierten weiter, durch das sumpfige Gelände, das östlich an die Stadt grenzt, vorbei an den ersten strohgedeckten Häusern zur Mitte hin, wo die kaiserliche Pfalz steht. Das Areal wurde von mehreren Wachsoldaten abgeschirmt, denen ich mich zu erkennen gab. Sie ließen uns passieren. Wir gingen weiter bis zu dem Platz zwischen Königshalle und Pfalzkirche, wo ich Halt gebot. Die Gefährten standen still und hatten Gelegenheit, die prachtvollen Gebäude zu bewundern. Die Pfalzkirche war in unserer

Abwesenheit nahezu fertiggestellt worden, bis auf einige Arbeiten am Spitzdach. Wie alle kaiserlichen Gebäude schimmerten ihre Mauern in einem zarten Rosa, was an dem besonderen, mit Ziegelmehl angereicherten Mörtel lag. Mit ihrem hochaufragenden, von einem sechzehneckigen Rundgang umschlossenen Oktogon wirkte sie ungleich schlichter als vergleichbare Bauten in Bagdad – und doch nahm ihre kraftvolle, wuchtige Erscheinung mich auf ganz eigene Art gefangen.

Ich war so sehr in ihren Anblick vertieft, dass ich fast die zwei vornehm gekleideten Männer übersehen hätte, die sich uns gemessenen Schrittes näherten. Der Jüngere war um die dreißig, hatte wache Augen und ein kluges Gesicht, der Ältere hatte die Lebensmitte bereits hinter sich und schien die Sonne nicht zu vertragen, denn er schwitzte stark.

»Bist du Cunrad von Malmünd, der Gesandte des Kaisers?«, fragte der Jüngere höflich.

Ich bejahte und stellte Isaak vor, der wie immer auf Pollux saß.

»Mein Name ist Einhard. Ich bin Leiter der Hofschule des Kaisers und stehe ihm mit meinem Rat zur Seite, wann immer er ihn braucht. Neben mir siehst du seinen Seneschall Bodmar, der bei Hofe sämtlichen Bediensteten vorsteht.«

Bodmar wischte sich die Stirn und nickte voll Würde.

»Leider«, fuhr Einhard fort, »weilt der Kaiser zurzeit nicht in der Stadt. Er brach am Sonntag nach der Frühmesse zur Jagd auf und wollte spätestens am Mittwoch, also heute, zurück sein. Gewöhnlich trifft er gegen Mittag ein, um mit seinen Vertrauten in der Königshalle zu speisen. Ich denke, es lohnt sich nicht, die Soldaten in die Unterkünfte der Leibwache zu schicken, da mit der Rückkehr der Jagdgesellschaft noch in dieser Stunde zu rechnen ist.«

»Wie du meinst«, antwortete ich. »Die Gefährten sind

durch lange Märsche gestählt, es wird ihnen nichts ausmachen, in der Sonne zu warten.«

»Dann bitte ich dich, mich zu entschuldigen. Ich habe noch zu tun.«

»Das Gleiche gilt für mich«, sagte Bodmar.

Sie gingen, und wir blieben zurück. Ich saß noch immer auf Abuls Rücken, drehte mich zu den Gefährten um und rief: »Es kann nicht lange dauern, Männer. Bleibt einstweilen in der Formation.«

Wir warteten.

Nach einer Stunde war Karl mit seinem Gefolge noch immer nicht eingetroffen. Dafür zahlreiche Aachener, die sich um uns herumdrängten und lange Hälse machten. Wie es ihnen gelungen war, trotz der Wachsoldaten auf das Pfalzgelände zu kommen, mochte der Himmel wissen.

Ich ermahnte die Gefährten, ruhig zu bleiben, und befahl vier von ihnen, Abul die Houdah und die Decke abzunehmen. Die anderen durften die Helme ablegen. Sie taten es erleichtert. Die Menge jedoch wurde immer zudringlicher. Längst hatte sie alle Scheu vor dem riesigen Rüsseltier verloren. Als einige begannen, Abul Früchte und Nüsse hinzuhalten, schritt ich ein. Ich konnte nicht zulassen, dass die Menschen zwischen uns herumliefen und den guten Eindruck, den wir zu machen versuchten, zerstörten.

»Hört, Leute«, rief ich. »geht zurück auf eure Plätze! Nur dann werdet ihr sehen können, dass ein Elefant innen vollständig hohl ist.«

Die Menschen lachten. Sie glaubten mir kein Wort. »Hohl? Wie das?«, fragte einer.

Ich antwortete nicht, sondern machte ein geheimnisvolles Gesicht. Dann nahm ich eines der beiden roten Seidentücher, die Eduardo, der Zauberer, mir geschenkt hatte, zerknüllte es in der Hand und schob es unbemerkt in Abuls Rüsselspitze. Anschließend hielt ich das zweite Tuch in seiner ganzen Länge hoch und stopfte es Stück für Stück in Abuls aufgesperrtes Maul.

»Schluck es herunter«, rief ich, »ja, so ist es brav!«

Die Menge gaffte.

»Tücher sind seine Lieblingsspeise.«

Ungläubiges Gelächter.

Ich ging zu Abuls Rüssel und begann, an der Spitze das Tuch hervorzuziehen. Es wurde lang und länger, und je länger es wurde, desto lauter wurden die ungläubigen Rufe in der Menge.

»Glaubt ihr jetzt, dass ein Elefant innen hohl ist?«

Hinter mir klatschte jemand. Ich drehte mich um und erkannte Einhard. Der Ratgeber des Kaisers lächelte. »Es scheint, Karl bekommt ein sehr gelehriges Geschenk von Kalif Harun.«

»Du weißt, dass Abul ein Geschenk für den Kaiser ist?«

»Ich wusste es nicht, aber ich konnte es mir denken. Der Elefant wird zweifellos eine Bereicherung für den pfälzischen Tierpark darstellen. Bislang bevölkern ihn nur Bären, Katzen und Greifvögel.«

»Das freut mich. Wann wird der Kaiser hier sein?« Ich gab mir kaum noch Mühe, die Ungeduld in meiner Stimme zu verbergen.

»Ebendeshalb bin ich gekommen. Mich erreichte gerade die Nachricht, dass es einen Unfall bei der Jagd gegeben hat. Nichts Ernstes. Einer der Treiber hat sich ein Bein gebrochen. Immerhin zog der Vorfall eine Verzögerung nach sich. Wir müssen also noch ein wenig warten.«

Ich wollte etwas entgegnen, aber Einhard hob die Hand. »Ich weiß, dass es sehr heiß ist. Die Dienerschaft ist von Bodmar bereits angewiesen worden, deinen Männern Wasser zu bringen.«

»Danke«, sagte ich.

Kurz darauf kam die ersehnte Erfrischung, auch für die

Tiere der Truppe. Wir warteten weiter. Und je länger wir warteten, desto unruhiger wurde Abul. Fast wie ein Mensch trat er von einem Bein aufs andere, und ich erinnerte mich, dass Dantapuri einmal gesagt hatte, in seiner Heimat Lanka glaube man angesichts dieses Verhaltens, der Elefant horche mit den Füßen nach Wasser. »Hast du noch nicht genug getrunken, mein Freund?«, fragte ich. »Zeige mir, was du möchtest.«

Doch Abul, den ich mittlerweile kannte wie mich selbst, verhielt sich höchst seltsam. Er ging auf und ab und schwenkte rastlos den Rüssel. Ahnte er, dass die Stunde des Abschieds nahte?

»Beruhige dich, mein Freund.« Ich versuchte, seinen Rüssel einzufangen und zu streicheln, aber es gelang nicht. »Abul, bitte. Der Kaiser muss jeden Augenblick kommen.«

Doch der Kaiser kam nicht. Stattdessen setzte Abul sich plötzlich in Bewegung und stapfte davon.

»Abul!«

Mein großer Freund schritt unbeirrt weiter. Die Menge sprang vor ihm beiseite, ängstlich, erschreckt, und ich lief ihm hinterher. »Abul, bleib stehen!«

Aber unaufhaltsam wie eine Lawine, die den Berg herabrollt, schritt mein großer Freund voran. Er passierte die wie gebannt dastehenden Wachsoldaten, ging durch die Gassen Aachens, weiter und weiter und war durch nichts aufzuhalten. Es blieb mir nichts anderes übrig, als ihm zu folgen. Immer wieder bat ich ihn, er möge stehen bleiben, ja, ich benutzte sogar den Ankus, um ihn zum Halten zu bringen, allein, es war vergebens.

Ich weiß nicht mehr, wie lange ich versuchte, seinen Gehorsam zu erzwingen, ich erinnere mich nur noch, dass er irgendwo an einem Waldweg haltmachte. Vielleicht hatte ihn das Gehen ermattet, vielleicht das Grün der Blätter abgelenkt, jedenfalls blieb er stehen und begann, saftige Zweige von einem Baum zu pflücken. »Gott sei Dank«, murmelte ich und ließ mich erschöpft an seiner Seite nieder.

Kaum hatte ich mich ein wenig erholt, kam ein Bauer des Wegs. Er schob einen Karren mit Heuballen vor sich her. Die Ballen versperrten ihm halb die Sicht, weshalb er Abul erst im letzten Augenblick erkannte. Er stieß einen Schreckenslaut aus und wollte davonlaufen, doch es gelang mir, ihn zu beruhigen. Ich erklärte ihm, der graue Koloss sei ein Elefant und völlig harmlos. Dann gab ich ihm einen halben Schilling, damit er mir die gesamte Fuhre für Abul überließe.

Der Bauer starrte auf die Münze und stammelte: »So viel? Dafür bekomme ich eine ganze Kuh!«

»Behalte das Geld«, sagte ich. »Aber rede mit niemandem darüber, dass du mich mit dem Elefanten gesehen hast. Das Tier ist verstört, es braucht Ruhe.«

Der Bauer versprach es, lud das Heu für Abul vom Karren und verschwand.

Mein großer Freund verdrückte mit großem Appetit die gesamte Ladung und legte sich dann nieder. Der Platz gefiel ihm ganz offensichtlich.

»Wir müssen zurück. Der Kaiser wartet.«

Doch Abul dachte nicht daran aufzustehen. Notgedrungen musste ich bei ihm bleiben. Dann, ganz unverhofft, schnaubte und grunzte mein großer Freund und begann, sich auf dem Weg zu wälzen, um ein Staubbad zu nehmen. Ich beobachtete ihn und dachte: Wenn er ein Staubbad nimmt, fühlt er sich wohl. Das habe ich in Ifriqiya oftmals gesehen. Alles ist wieder gut. »Abul, komm, steh auf!«

Warum gehorchte er nicht? War es tatsächlich so, dass er den nahenden Abschied gespürt hatte, deshalb unruhig geworden war und mich an einen Ort führte, wo die Gefahr der Trennung nicht bestand?

»Abul, es hilft nichts. Wir müssen zurück in die Stadt!«

Abul machte keine Anstalten, mir zu folgen. Ich war der Verzweiflung nahe und sicher, dass der Kaiser in der Zwischenzeit Aachen erreicht hatte. Wie mochte die Begegnung mit den Gefährten verlaufen sein? Hatte Isaak statt meiner das Wort ergriffen? Hatte er die Verträge übergeben? Hatte er den Elefanten erwähnt?

Auf keine der Fragen wusste ich eine Antwort. Meinem großen Freund jedoch schien es gutzugehen, denn seine Unruhe war verschwunden. Trotzdem war er durch nichts zum Aufstehen zu bewegen. Der Nachmittag verging, die Dämmerung brach herein. Ich setzte mich neben ihn, wie ich es immer getan hatte, und ergriff eines seiner Ohren. Ich streichelte es und sagte: »Abul, willst du wirklich die Nacht mit mir hier verbringen? Wir müssen vernünftig sein. Du kannst es nicht verstehen, aber du bist ein Geschenk, und Kaiser Karl ist der Empfänger. Du und ich, wir gehören nicht zusammen.«

Ich seufzte schwer und ließ das Ohr los. »Ich weiß, als Dantapuri tot war, wolltest du auch sterben, und nur weil ich da war, hast du dich entschlossen, weiterzuleben. Ich bin sicher, du willst, dass ich bei dir bleibe. Als dein Freund und Mahut. Aber begreife doch: Wenn ich bei dir bliebe, müsste ich Aurona aufgeben. Sie ist meine Frau, ich liebe sie. Ja, ich liebe dich auch, wenn auch auf eine andere Art.

Wenn ich bei dir bliebe, müsste ich in Karls Dienste treten, und das würde Aurona niemals gutheißen. Sie mag Karl nicht. Warum, das ist eine lange Geschichte. Fest steht, Aurona würde niemals in Aachen leben wollen. Es geht einfach nicht.

Ah, vielleicht willst du, dass ich mit dir und Aurona nach Pavia gehe? Doch auch das ist unmöglich. Jedermann wird in kürzester Zeit wissen, dass Karl einen riesigen Elefanten besitzt. Dich mit nach Pavia zu nehmen, hieße also, Karl zu bestehlen. Ich würde vor aller Welt als Dieb dastehen. Ich kann meinen Kaiser nicht bestehlen, hörst du …«

Es war ein grausamer gedanklicher Käfig, der mich in jener Nacht gefangen hielt. Wohl hundert Mal irrte ich darin umher und suchte nach einem Ausweg. Es gab keinen.

Als der neue Tag hereinbrach, fühlte ich mich wie zerschlagen. Ich erhob mich und sagte zu Abul: »Ich gehe zurück in die Stadt. Ich komme mir vor, als würde ich dich verraten, aber ich kann nicht anders. Wenn du mir nicht folgen willst, bleib hier.«

Doch mit der größten Selbstverständlichkeit stellte Abul sich auf seine mächtigen Beinsäulen und senkte den Rüssel, um mich auf seinen Rücken zu heben. Ich entschied mich, sein Angebot abzulehnen. Er musste spüren, dass von nun an alles anders sein würde.

»Nun, komm, mein Freund.«

Wir gingen zurück in die Stadt, Seite an Seite, ein großer Elefant und ein kleiner Mensch, und alle, die uns sahen, blieben stehen und steckten die Köpfe zusammen. Wir kümmerten uns nicht darum, sondern marschierten weiter, und im Geiste legte ich mit meinem großen Freund noch einmal die fünftausend Meilen zwischen Bagdad und Aachen zurück. Wie viel hatten wir erlebt, wie viel gemeinsam durchlitten!

Wir gelangten auf den großen Platz zwischen Pfalzkirche und Königshalle, und ein Wachsoldat sagte mir, der Kaiser befände sich im Römischen Thermalbad, keine dreihundert Schritte entfernt.

Wir gingen zu der Therme, einer rechteckigen Anlage, die nach einer Seite offen war. Ein Wasserbecken wurde sichtbar, wohl dreißig mal vierzig Fuß im Geviert. Mindestens ein Dutzend nackte Männer befanden sich darin, vermutlich eine bunte Mischung aus Höflingen jeglicher Art. Sie lachten, planschten, spritzten oder schwammen ihre Runden. Der Schwefelgeruch nach faulen Eiern, der dem Wasser anhaftete, schien ihre Ausgelassenheit nicht zu stören. Einige Weinkrüge am Beckenrand mochten der Grund dafür sein.

Karl war unter ihnen. Ich erkannte ihn sofort, denn er hatte sich in den fünf Jahren meiner Abwesenheit kaum verändert. Noch immer wurde sein Gesicht von einem kräftigen Vollbart bestimmt, nur dass dieser mittlerweile einige graue Haare aufwies. Die lange Nase und die blauen Augen, die so scharf beobachten konnten, rundeten den Eindruck ab.

Wir näherten uns langsam der Männerschar. Unverhofft hörte das fröhliche Rufen und Singen auf. Man hatte den Elefanten bemerkt. In die Stille hinein sagte Karl mit seiner hellen Stimme: »Das also ist das Geschenk, das es wagt, vor einem Kaiser davonzulaufen.«

»Ich bitte um Entschuldigung«, sagte ich, »der Elefant …«

»Schon gut.« Karl winkte ab. Dann wandte er sich an Einhard, der ebenfalls unter den Badenden war. »Hol mir das große Tuch, damit ich mich bedecken kann. Und schick alle anderen in die Umkleidekammern. Ich will mit Cunrad allein sprechen.«

Er musterte mich eingehend und sagte: »Du bist schmal geworden. Und erwachsener, wenn du mir die Bemerkung erlaubst. Auch siehst du wie ein halber Muselman aus. Den Grund dafür wirst du mir sicher noch nennen. In jedem Fall hat die Reise Spuren hinterlassen, ich habe es gestern bereits an Isaak festgestellt.«

Einhard reichte Karl das Tuch, und dieser fuhr fort: »Isaak hat mich umfassend über alles Wichtige der Mission informiert. Auch über den Inhalt der Verträge. Meine Rechtsgelehrten prüfen sie noch. Wenn man davon absieht, dass ich ohnehin nicht damit gerechnet hatte, von Kalif Harun als Herrscher von al-Andalus bestätigt zu werden, scheint eure

Mission erfolgreich gewesen zu sein. Als Christ ist mir die Vereinbarung über die Grabeskirche in Jerusalem besonders wichtig. Sie steht nun endlich auf fränkischem Boden und ist gewissermaßen eine Enklave der Christenheit im Land der Ungläubigen.«

»Das freut mich, äh …« Ich zögerte. »Verzeih, als wir uns das letzte Mal sahen, warst du König, jetzt bist du Kaiser. Wie möchtest du angeredet werden? Durch den Vorgang deiner Krönung wurde das römische Kaisertum im Westen erneuert, jedenfalls sagte Ercibald mir das. Und die römischen Kaiser wurden mit Majestät angesprochen.«

Karl lachte. »So, wurden sie das? Sage einfach weiter Karl zu mir. Nebenbei: ein respektvolles ›Karl‹ ist mir lieber als ein geheucheltes ›Majestät‹. Und wo du gerade von Ercibald sprachst: Sein Tod ist ein großer Verlust für uns alle. Isaak erzählte mir von seinem tragischen Absturz. Eigentlich wollte ich ihn – genau wie dich übrigens – heute zum gemeinsamen Bad einladen, aber er lehnte ab. Er machte mir mit höflichen Worten klar, er zöge das reinigende Judenbad in der *Mikwe* vor.«

»Er war ein tapferer Reisegefährte und hat mir einmal, als ich in Damaskus im Gefängnis saß, sogar das Leben gerettet. Viele sind gestorben, Karl. Viel zu viele.«

Einhard, der bisher geschwiegen hatte, rief plötzlich: »Pass auf, Cunrad, der Elefant läuft schon wieder davon, genau wie gestern.«

»Nein«, sagte ich, »ich habe ihn die ganze Zeit im Auge behalten. Er geht nur zu den Erlen am Rand des Areals und will von ihren Blättern kosten.«

Karl sagte: »Du musst mir in allen Einzelheiten von der Reise erzählen, Cunrad. Besonders aber von Harun, den du von einem Leiden kuriert haben sollst. Er muss ein seltsamer Mensch sein, wenn er einen lebenden Elefanten verschenkt. Will er damit seine Macht demonstrieren?«

»Ich weiß es nicht«, antwortete ich, obwohl Karl mit seiner Vermutung wahrscheinlich recht hatte. Auch hielt ich es für klüger, nicht zu schildern, dass Abul schon einmal als Geschenk herhalten musste, nämlich als Gabe des Königs von Anuradhapura an Kalif Harun. Ebenso verschwieg ich, dass Harun den Elefanten töten lassen wollte, als dieser sich weigerte, vor ihm niederzuknien.

»Nun ja, wir werden wohl nie erfahren, welche Botschaft Harun mit dem Geschenk verband«, sagte Karl. »In jedem Fall wird der Elefant gute Pflege in meinem Tierpark erhalten. Nun erzähle mir, welche Bewandtnis es mit deinem seltsamen Aufzug hat.«

»Ja, Karl, wie du befiehlst.« Langsam nahm ich den Turban ab. Ich tat es in dem Bewusstsein, ihn niemals wieder aufzusetzen, und übergab ihn meinem Kaiser. »Du erkennst an dieser Kopfbedeckung einen Stein, der in Form und Farbe dem Auge des Elefanten gleicht. Er ist mein drittes Auge, durch das ich alles sehe, wie Abul es sieht, wenn ich nur daran reibe. Auf diese Weise verstehe ich ihn. Ich kenne ihn so gut wie mich selbst.«

Karl und Einhard lächelten amüsiert. »Das klingt ein wenig nach Märchen«, sagte Karl. »Wenn du den Elefanten so gut verstehst, wirst du mir sicher sagen können, warum er gestern davongerannt ist.«

»Das kann ich«, antwortete ich. »Er spürte, dass wir uns für immer trennen müssen, und wollte deshalb mit mir fortlaufen.«

»Und warum ist er mit dir zurückgekommen, wenn er doch fortlaufen wollte?«

»Weil er denkt, dass ich bei ihm bleibe.«

»Und das glaubst du wirklich?« Karl wunderte sich.

»Vielleicht glaubst du es auch, wenn du den Turban aufsetzt und an dem Augenstein reibst«, sagte ich.

Karl lächelte zweifelnd.

»Hier habe ich noch den Ankus. Er dient dazu, dem Elefanten Befehle zu geben, indem man damit in bestimmte Körperpunkte sticht. Aber bei Abul wird das nicht nötig sein. Kommandos wie ›Komm!‹, ›Geh!‹ oder ›Halt!‹ genügen vollauf. Er ist sehr brav und gutmütig. Du wirst deine Freude an ihm haben. Erlaube mir nun, mich von ihm zu verabschieden.«

Ich ging hinüber zu Abul, der große Blätterbüschel von den Erlen herunterriss. »Halt einen Augenblick still, mein alter Freund«, sagte ich mit zitternder Stimme. Ich fing seinen Rüssel ein, streichelte ihn und zog sanft an dem großen Ohr. »Ich muss gehen, Abul, hörst du? Aber ich komme gleich wieder.«

Abul begann abermals zu fressen, voller Gleichmut wie immer. Er vertraute mir, obwohl ich ihn anlog. Welch grausames Spiel musste ich mit ihm treiben!

»Mach dir keine Sorgen, bitte, mach dir keine Sorgen. Ich muss nun gehen.«

Tränenblind, ohne mich um Karl oder Einhard zu kümmern, verließ ich mit steifen Schritten meinen großen Freund. Und bei jedem Schritt, den ich tat, sagte ich: »Aber ich komme gleich wieder. Aber ich komme gleich wieder.« Ich sah kein einziges Mal zurück, denn ich wusste, wenn ich es getan hätte, wäre ich umgekehrt.

In einer der Gassen erblickte ich durch den Schleier meiner Tränen ein bekanntes Gesicht. Es gehörte Isaak. »Ich ahnte, dass du kommen würdest, und habe auf dich gewartet«, sagte er. »Hier ist etwas für dich.« Mit diesen Worten übergab er mir Kastor und Pollux, unsere treuen Grautiere.

»Woher wusstest du, dass Aurona und ich nicht in Aachen bleiben wollen?«, fragte ich.

Isaak lächelte. »Wir Juden müssen immer ein wenig mehr wissen als andere. Das hat unserem Volk geholfen zu überleben.«

Ich umarmte ihn. »*Shalom,* mein Freund, wie nennst du unseren Herrgott immer? Der Erhabene, dessen Name gepriesen sei? Nun, er möge immer mit dir sein.«

Isaak antwortete ernst: »Und Gott mit dir. Sei unbesorgt, ich werde die richtigen Worte beim Kaiser finden, um deine Abreise zu entschuldigen.«

»Danke, verzeih, dass ich nicht sehr gesprächig bin. Gib auf dich acht.« Ich setzte mich auf Kastor und nahm Pollux an den Zügel. So ritt ich den ganzen Weg zurück bis zu der Stelle, an dem zwei Abende zuvor noch unser Lager errichtet worden war. Nur mein Zelt stand noch da. Aurona trat heraus und lief auf mich zu. Sie warf sich mir in die Arme, herzte mich und küsste mich. »Liebster«, jubelte sie, »jetzt wird alles gut.«

»Ich bin zurückgekommen«, sagte ich.

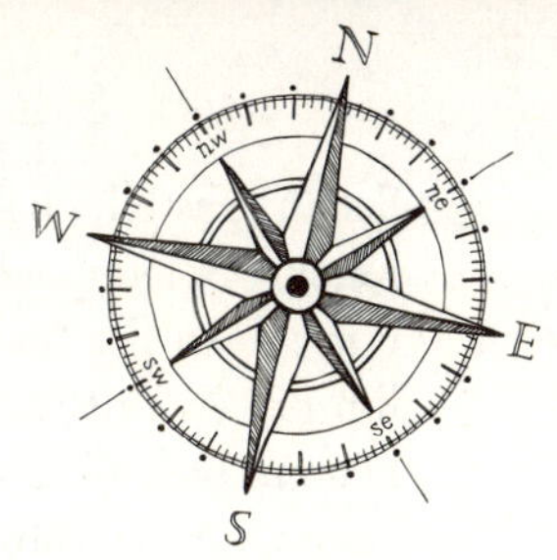

Epilog

Oh, Tariq, mein großherziger Gastgeber, du musst kein Prophet sein, um zu ahnen, dass ich Kaiser Karl niemals wiedersah und dass ich nicht mehr dazu kam, ihm von unserer Reise ins Morgenland zu berichten. Nun, ich habe jetzt dir berichtet. Und ich freue mich, dass meine Geschichte nicht nur dich zu fesseln wusste, sondern ebenso einige Mitbewohner hier im *Haus der Stummen.*

Doch nun lass mich den Rest meiner Erlebnisse schildern. Lass mich erzählen, wie es Aurona und mir in Pavia erging: Mit Hilfe guter Freunde gelang es uns, ein schönes Haus am Flusslauf des Ticino zu erwerben, in dem ich fortan arbeitete. Dank meines nie nachlassenden Bestrebens, ein guter Arzt zu sein und den Eid des Hippokrates getreulich zu erfüllen, hatte ich innerhalb kurzer Zeit eine große Zahl an Patienten, die mir über viele Jahre die Treue hielten. Ich kam zu Geld und Ansehen, und mein Glück wäre vollkommen gewesen, wenn wir Kinder gehabt hätten. Doch obwohl Aurona und ich uns guter Gesundheit erfreuten und obwohl ich all meine ärztliche Kunst aufwandte, blieb uns dieser Wunsch versagt.

Immer wieder fragte ich mich, wie es wohl meinem großen Freund in der Zwischenzeit ergangen war. Im Jahre 813 hörte ich von einem fränkischen Fellhändler, der sich in Pavia auf der Durchreise befand, dass Karl, kurz nachdem er Abul erhalten hatte, diesen in verschiedenen Städten zur

Schau gestellt habe, gewissermaßen als Insignie seiner Macht. Speyer, Straßburg, Verdun, Augsburg und Paderborn seien die Stationen gewesen. Im Jahre 804 soll Abul ihn bei einem Feldzug begleitet haben. Und 810 hätte der Dänenkönig Gudfred das Land der Friesen mit Krieg überzogen, und Karl hätte ihm mit Abul und einem Heer entgegentreten wollen. Bei der Überquerung des Rheins, es soll bei Lippeham gewesen sein, sei der Elefant gestorben, vielleicht ertrunken, vielleicht an Unterkühlung eingegangen.

Mehr, so versicherte mir der Fellhändler, wisse er nicht. Ich jedoch weinte noch einmal heiße Tränen um meinen großen Freund, obwohl nach unserer Trennung bereits elf Jahre vergangen waren.

Kastor und Pollux, auf denen Aurona und ich die ganze Rückreise von Aachen nach Pavia bewältigt hatten, überlebten Abul deutlich. Kastor wurde dreiundvierzig Jahre alt, Pollux sogar siebenundvierzig. Er starb im Sommer 834, kurz bevor sich bei Aurona der Bluthusten einstellte. Es ist eine tückische Krankheit, unberechenbar und unheilbar, denn gegen sie ist kein Kraut gewachsen. Das Einzige, was die alten Meisterärze in einem solchen Fall empfehlen, ist ein Aufenthalt im trockenen Klima der römischen Provinz Africa, dem heutigen Ifriqiya.

Trotz meiner Bedenken wegen der anstrengenden Reise traten wir die Fahrt über das Meer an. Unser Ziel war Alexandria. Während der letzten Tage auf dem Schiff merkte ich, dass es mit meiner Liebsten zu Ende gehen würde. Es war ihr noch vergönnt, den Fuß an Land zu setzen, doch nach wenigen Schritten im Hafen brach sie zusammen. Ein Blutsturz, der durch nichts aufzuhalten war, riss sie aus dem Leben. Ihre letzten Worte waren: »Bring mich noch einmal zum Pelusion, wo wir einander das Jawort gaben.«

Es kam nicht mehr dazu. Sie starb unter meinen Händen. Als ich auf das Schiff zurückkehrte, um unsere Habe zu holen, war ich bestohlen worden. Die Mannschaft wusste angeblich von nichts. Doch was war der Verlust von Geld, Kleidern und Instrumenten gegen den Verlust meiner stolzen Langobardin! Ich begrub sie an einer unzugänglichen Stelle der Pharos-Insel und wachte drei Tage und drei Nächte an ihrem Grab. Dann hatte ich keine Tränen mehr, und der Hunger trieb mich auf die Straßen Alexandrias, wo du mich antrafst, verbittert und verzweifelt.

Oh, Tariq, mein Freund, jetzt kennst du die ganze Geschichte. Und auch wenn du hin und wieder ungläubig geschaut hast, so ist sie doch in allem wahr. Es ist die Geschichte von den Gesandten der Sonne und von Abu l-Abbas, dem Elefanten, der mit seiner unerschütterlichen Sanftmut die Herzen aller Menschen gewann – auf einer Reise, die eintausendundzweiundsechzig Tage währte, vom siebzehnten August 799 bis zum dreizehnten Juli 802. Ich danke dir, dass du mir zugehört hast. Warum lächelst du plötzlich? Waren meine Worte so erheiternd?

Oh, du gibst mir einen hölzernen Kasten mit einer lateinischen Aufschrift: *Quae herbae non sanat, ferrum sanat.* Der Satz kommt mir sehr bekannt vor. Er heißt »Was die Kräuter nicht heilen, heilt der Stahl«. Ich soll in den Kasten hineinschauen? Allmächtiger Gott, welch wunderschöne Instrumente liegen darin! Skalpelle, Messer, Sonden, Haken, Pinzetten … Sie gleichen jenen, die mir damals auf der langen Reise so gute Dienste leisteten.

Sie sind ein Geschenk? Oh, Tariq, mein Freund, die Gabe ist viel zu wertvoll, als dass ich sie annehmen dürfte. Und doch tue ich es, denn welcher Arzt könnte angesichts solcher Prachtinstrumente widerstehen. Ich bin gerührt und danke dir sehr. Ich werde dein Geschenk immer in Ehren halten, ganz gleich, wohin mein Weg mich führen wird.

Du schüttelst den Kopf? Du umarmst mich und bedeutest mir, ich möge bleiben?

Oh, Tariq, heißt das, ich soll als Arzt in deinem Hause wohnen? Heißt das, ich soll zu euch gehören?

Ich muss sagen, die Überraschung ist dir gelungen. Was sehe ich? Alle Frauen deines Hauses nehmen den Schleier ab. Sie lächeln mir zu. Besonders deine Dienerin, die mich so häufig mit den köstlichsten Speisen verwöhnte. Ich werde verlegen. Ich habe sie immer als »alte Dienerin« bezeichnet, und nun sehe ich, dass sie eine Schönheit besitzt, die niemals alt wird. Rede ich dummes Zeug? Sage mir, wenn es so ist. Ich bin so froh. Was gibst du mir noch? Ein Papier? Lass mich lesen, was da steht:

HAKIM, HIC EST NUNTIUS AMICI TUI TARIQ,
CUIUS DOMUI TU PRAESENTIA TUA IAM
MULTOS DIES LAETITIAM AFFERS.
LITTERIS MANDARE IUSSI, QUOD NEQUE SIGNIS
NEQUE GESTIBUS EXPLICARE POSSUM.
ITAQUE LEGE, QUOD DICERE MIHI IN ANIMO
EST …

Verzeih, ich vergaß, dass gewiss nicht alle in diesem Raum des Lateinischen mächtig sind, deshalb will ich den Text übersetzen:

Hakim, dies ist eine Botschaft von Tariq,
deinem Freund, dessen Haus du seit vielen Tagen
mit deiner Anwesenheit erfreust.
Ich habe sie niederschreiben lassen, weil ich sie
weder durch Zeichen noch durch Gesten
deutlich machen kann.
So lese also, was ich zu sagen habe:
Es war im Jahre 179 oder – nach Zeitrechnung
der Christen – im Jahre 801, als du
am Pharos-Turm Kranke behandeltest.

Eine der Kranken war ein junges Mädchen
mit einem Splitter im Augenlid,
den du entferntest. Das Mädchen war so dankbar,
dass es dich nie vergaß.
Heute ist das Mädchen nicht mehr jung,
sondern alt. Eine alte Dienerin namens Merit.
Merit erkannte dich auf Anhieb, als sie dich
betteln sah, und wies mir den Weg zu dir.
So kamst du in das Haus der Stummen.
Sei willkommen, mein Freund, und bleibe.

Merit, ich bitte dich um Entschuldigung, aber wie hätte ich dich mit dem Schleier erkennen können? Ich vermag es noch gar nicht zu glauben, dass du es wirklich bist. Was hältst du da in der Hand? Es sieht aus wie das Stück einer wachsartigen Stange, das Stück eines Kollyriums. Lass einmal sehen. Oh, ich erkenne einige Buchstaben: SEPLASIUM CUNRADI … Cunrads Salbe.

Tatsächlich! Es ist der Rest des Stückes, das ich dir damals zur Heilung des Auges gab. Du hast es die ganzen Jahre aufgehoben. Ich bin überwältigt. Wie klein ist die Welt!

Doch was ist das? Der Raum füllt sich immer mehr, nicht nur mit dem gebrochenen Finger, der gekauterten Hand und dem neugierigen Weisheitszahn. Selbst der graue Star ist gekommen! Diener, Gärtner, Köche, Sklaven, wohin ich auch blicke. Und alle nicken mir zu und lächeln mich an.

Oh, Tariq, ich danke dir und den Deinen, dass ihr mich in eurer Mitte aufnehmen wollt. Dieses Glück habe ich kaum verdient. Du machst mich sprachlos! Doch ich habe ohnehin schon genug geredet.

Von nun an will auch ich verstummen.

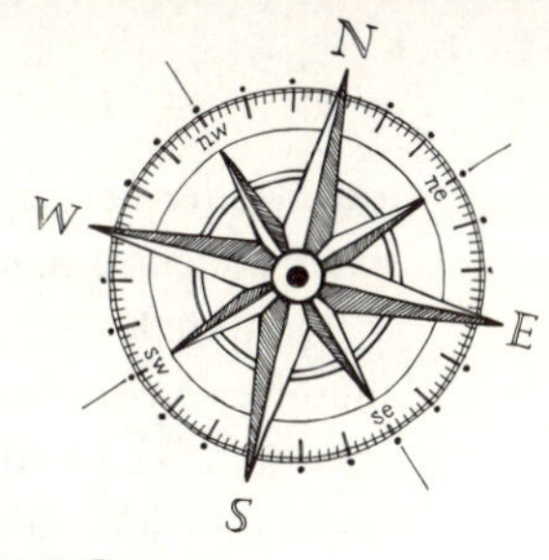

Nachbemerkung

Wenn ich einen historischen Roman lese und in die vergangenen Jahrhunderte hinabtauche, frage ich mich nicht selten, ob eine Person wirklich gelebt oder eine Handlung wirklich stattgefunden hat. Sollte es Ihnen, liebe Leserin und lieber Leser, bei der Lektüre von *Die Gesandten der Sonne* ähnlich ergangen sein, will ich Sie gern darüber aufklären, was Dichtung und was Wahrheit ist.

Wahrheit ist: Karl der Große besaß einen Elefanten, der ein Geschenk des Kalifen Harun al-Raschid war. Das Tier stammte aus Bagdad, dem Herrschersitz Haruns, wo ein Gesandter Karls es übernommen hatte. Der Name des Gesandten lautete Isaak. Isaak war ein weitgereister, sprachkundiger Jude.

Ursprünglich waren es drei Emissäre gewesen, die Karl im Jahre 797 nach Bagdad entsandt hatte, doch die beiden anderen, Lantfrid und Sigimund, waren während der gefährlichen Mission zu Tode gekommen.

Der Name des Elefanten war Abu l-Abbas. Er wurde benannt nach Abu l-Abbas as-Saffah, dem Begründer der Abbasiden-Dynastie, der auch Harun al-Raschid entstammte.

Dass der Elefant Abu l-Abbas weiß war, wird zwar immer wieder behauptet, ist jedoch nirgendwo in den Fränkischen Reichsannalen belegt.

Isaak begleitete Abu l-Abbas auf der langen, beschwerlichen Reise von Bagdad nach Aachen. Das Tier legte fast den gesamten Weg zu Fuß zurück. Die Route führte über Jerusalem und Jaffa bis zum Nildelta und weiter über Alexandria an der Mittelmeerküste entlang bis zur Provinz Ifriqiya – jenem Gebiet, das Tunesien, Ost-Algerien und Tripolitanien umfasste (das Gebiet entspricht der ehemaligen römischen Provinz Africa, von deren Namen sich Ifriqiya ableitet).

In Ifriqiyas wichtigster Stadt Qairawān bemühte sich Isaak zunächst vergeblich um ein Schiff für die Überfahrt nach Italien. Vermutlich erschien es den Kapitänen zu gefährlich, ein mehrere Tonnen schweres Tier über das Meer zu transportieren, oder sie fürchteten einen Angriff der byzantinischen Flotte. Erst ein oder mehrere von Karl dem Großen entsandte Transportschiffe konnten das Tier und Isaak nebst seiner Begleitung aufnehmen und brachten sie Ende 801 nach Porto Venere in der Nähe des heutigen La Spezia in Ligurien.

Isaak, Abu l-Abbas und der Tross überwinterten in der piemontesischen Stadt Vercelli.

Von Vercelli aus trat Isaak im darauffolgenden Frühjahr die Weiterreise an. Zur Alpenüberquerung wählte er den Gotthardpass und folgte danach dem Lauf des Rheins, bis er schließlich am zwanzigsten Juli 802 wohlbehalten mit Abu l-Abbas in Aachen eintraf. Der Elefant dürfte allseits ungläubiges Staunen hervorgerufen haben.

Es wird erzählt, dass Karl den Elefanten gern auf seine Reisen mitnahm, gewissermaßen als Symbol seiner Macht. Außerdem wird berichtet, Karl habe das mächtige Rüsseltier in verschiedenen Städten seines Reiches zur Schau gestellt und es im Jahre 810 auf einen Feldzug gegen den Dänenkönig Gudfred mitnehmen wollen. Dazu jedoch sei es nicht mehr gekommen, da Abu l-Abbas zuvor bei einer Rheinüberquerung ertrank oder – wie andere Quellen behaupten – an den Folgen der Überquerung starb.

So weit die Wahrheit. Alle anderen Personen und Ereignisse in diesem Roman sind dichterische Freiheit.

Von der dichterischen Freiheit musste ich im Übrigen auch bei der Behandlung der arabischen Begriffe Gebrauch machen, denn sie weichen in der Transkription häufig sehr voneinander ab. Das wird allein schon beim Namen Abu l-Abbas deutlich, für dessen Schreibweise ich bei meinen Recherchen die verschiedensten Varianten entdeckte, wie: »Abul Abaz«, »Abu al-Abbas« oder »Abbul Abbas«. Gleiches gilt für Harun al-Raschid. Etwa: »Harun Al Rashid«, »Hārūn ar-Raschīd« oder »Hārūn al Raschīd«.

In allen diesen Fällen habe ich mich stets für eine Schreibweise entschieden, die mir und der Geschichte am meisten entgegenkam.

Leichter war es mit den Entfernungsangaben, die bei der Schilderung einer so langen Reise nicht unwichtig sind. Hier hat mir ein festes Maß sehr geholfen: die Römische Meile. Ihre Länge beträgt 1,47 Kilometer.

Noch ein Wort zum Ankunftsdatum des Elefanten in Aachen: Die Literatur nennt hier im Allgemeinen den zwanzigsten Juli 802. Cunrad jedoch berichtet, er sei mit Abul und den Gefährten am dreizehnten Juli gleichen Jahres in Kaiser Karls Residenzstadt eingetroffen. Warum? Die Antwort ist einfach: Cunrad lebte im neunten Jahrhundert und kannte deshalb den Gregorianischen Kalender nicht. Er konnte seine Zeitangaben nur nach dem durch Augustus korrigierten Julianischen Kalender machen. In den bereits oben erwähnten Fränkischen Reichsannalen heißt es dazu: … *Ipsius anni mense Iulio, XIII. Kal. Aug., venit Isaac cum elefanto et ceteris muneribus, quae a rege Persar-*

um missa sunt, Aquisgrani omnia imperatori detulit, nomen elefanti erat Abul Abaz …

Abschließend vielleicht noch etwas, das weder Wahrheit noch Dichtung ist, sondern allenfalls eine Vermutung: Neunhundert Jahre nach dem Tod unseres Elefanten, also anno 1710, wurden am Rhein nahe der Lippe-Mündung auf einem Acker die Oberschenkelknochen eines Elefanten gefunden.

Waren es die Überreste von Abu l-Abbas?

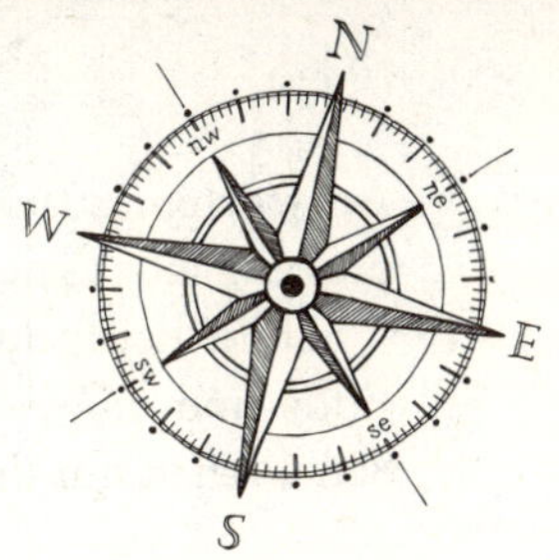

Dank

Mein Dank geht wie immer zuerst an meine Ehefrau, die mich bei der Durchsicht des Manuskripts gewohnt kritisch und konstruktiv unterstützte – auch dann, wenn ich auf dem langen Weg vom ersten bis zum letzten Wort etwas schwächelte.

Ferner an Hans-Peter Übleis, meinen Verleger, dem der Elefant Abu l-Abbas es verdankt, dass er auf Wanderschaft gehen durfte. (Allerdings musste das Rüsseltier ein paar Jahre in der Schublade schmoren, bis es endlich so weit war.)

Steffen Haselbach gebührt Anerkennung dafür, dass er den schönen Titel *Die Gesandten der Sonne* erfand.

Ein besonderer Dank geht an Andrea Müller, meine Lektorin, für die angenehme und professionelle Zusammenarbeit.

Nicht zu vergessen die vielen klugen Köpfe, die hinter dem Onlinelexikon Wikipedia stehen.

Außerdem möchte ich zwei Bücher aus der umfangreichen Literatur hervorheben, die mir bei der Recherche halfen. Es sind: *Harun al-Raschid – Kalif von Bagdad* von André Clot. Und: *Der Diwan des Harun Al Rashid* von Gerhard Konzelmann. Letzterem Werk habe ich auch die

Antworten entnommen, die Aurona bei ihrer Glaubensprüfung gibt (Seiten 92 bis 98).

Schließlich geht noch ein Lob an unsere beiden Möpse Eddi und Olli, deren heiteres Wesen und beruhigendes Schnarchen mir die Arbeit in jeder Phase sehr erleichterten.

Wolf Serno, im April 2016

Die religiösen Zitate des Romans stammen aus:

DIE BIBEL
Die ganze Heilige Schrift des Alten und Neuen Testaments
Siebenundzwanzigster Abdruck
Gedruckt und verlegt von
B. G. Teubner in Leipzig, 1877

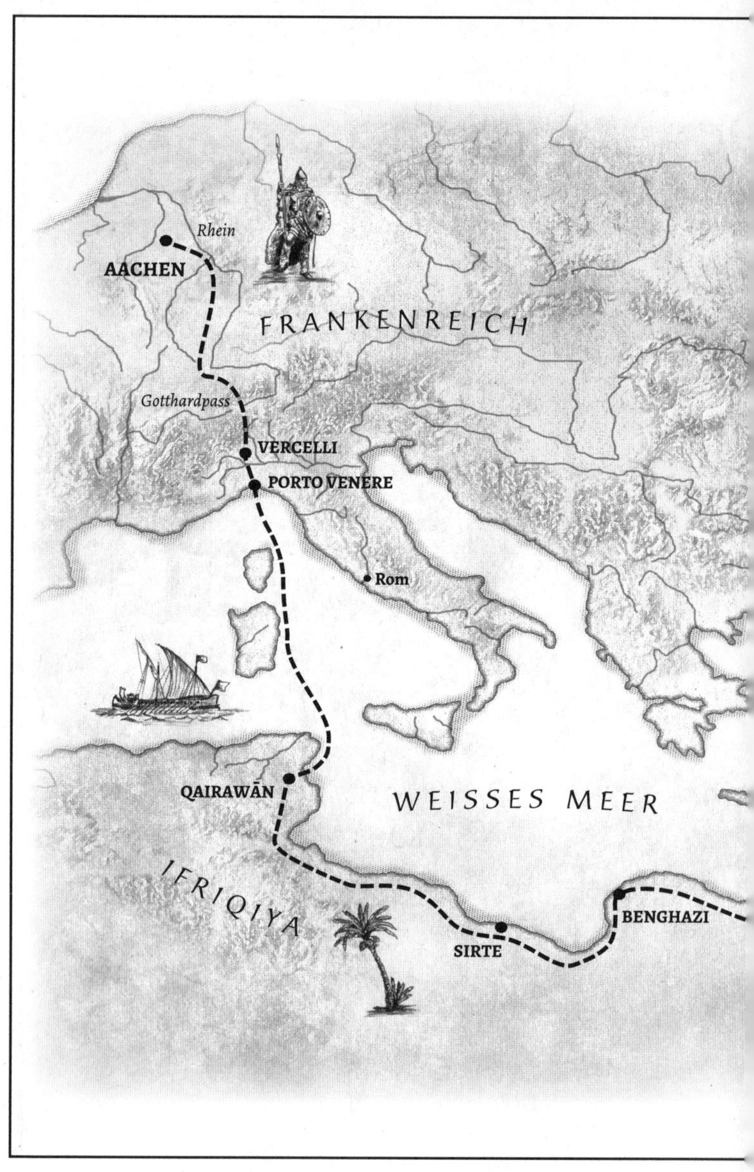
Rhein
AACHEN
FRANKENREICH
Gotthardpass
VERCELLI
PORTO VENERE
Rom
QAIRAWĀN
WEISSES MEER
IFRIQIYA
SIRTE
BENGHAZI

Der Weg der Gesandten

November 799 bis Juli 802

Wolf Serno

Hexensarg

Roman

Provinz Holland, anno 1556. Im vielarmigen Mündungsdelta des Rheins, dort, wo der große Strom und die mächtige Nordsee aufeinandertreffen, liegt die Insel Zwaanwaard. Man nennt sie »die Insel der Todgeweihten«, denn auf ihr leben die Aussätzigen – verstoßen von der Welt, verlassen und vergessen. Der Einzige, der vom Festland zu ihnen hinüberrudert, um sie mit dem Nötigsten zu versorgen, ist Lapidius, der Schellenknecht. Er trifft dabei auf seltsame Menschen, unheimliche Gräber und einen leeren Sarg. Aber er findet auch die Liebe, in Gestalt von Irit, einer jungen, leprakranken Jüdin …